АНГЕЛЬСКИЕ УЗЫ

КРИСТИНА БАУЭР

АНГЕЛЬСКИЕ УЗЫ

ГЛАВА ПЕРВАЯ

Прошел месяц, три дня и шесть часов с моего последнего «гладиаторского призыва» и сражения на Арене. Не то чтобы я одержима этим или еще что, ведь, конечно, я всегда могу прокрасться и тайком посмотреть, как бьются другие, но это так скучно.

Перекатываюсь по своей потрёпанной кровати, кутаюсь в выцветшее одеяло и наблюдаю на моросящий серый дождь за окном. Понедельник – это такой отстой.

По спальне проносится мамин голос:

– Пора вставать! Ты же не хочешь опоздать в школу, не так ли, милая?

Я закатываю глаза. *Конечно*, я хочу опоздать в школу.

Приподняв голову, открываю рот, чтобы сказать это вслух, но тут же его закрываю. Вместо этого, я закусываю губу, натягиваю на голову подушку и начинаю стонать. Громко.

– Хватит шуметь, юная леди! – мама шуршит на кухне бумагами. – Я получила письмо. Ты в Официальном Списке Надзора за Необоснованными Опозданиями.

Ее шаги эхом прокатываются дальше по холлу и замирают у моей двери.

– Если продолжишь в том же духе – тебя временно отстранят от занятий. Что ты скажешь на *это*?

Высовываю из-под подушки голову.

Мама угрожающе замирает в дверном проеме, уперев кулак в бедро. Моя мама – такой же квази демон как и я, поэтому походит на милую человеческую женщину с соблазнительной фигурой, янтарной кожей, глазами цвета шоколада и каштановыми волосами, волнами ниспадающими по ее спине. Все квази демоны имеют хвост; у нас с мамой он охотничий, длинный с заостренным кончиком. Отличить нас друг от друга можно лишь по трем вещам: морщинкам в уголках глаз, легкой седине и мнению по поводу «небезопасного» для восемнадцатилетних.

Взбив подушку, кладу ее под голову. Отстранение – значит, никакой школы. Может, я втихаря даже парочку матчей на Арене посмотрю. Приподнимаю брови.

– И отстранение – это плохо потому что?...

–...я сделаю все для того, чтобы оно таковым стало.

Аргх. Она сделает.

Откидываю одеяло.

– Встаю.

– Хорошо.

Мама уходит.

Я принимаю душ, натягиваю свитер и сонной походкой плетусь на кухню. Там я вижу знакомую, покрытую накипью технику, разномастную, не сочетающуюся между собой мебель, и облупившейся линолеум. Все вокруг выглядит мирно, тихо и пусто. Еще одно типичное утро понедельника перед обычным школьным днем. *Ску-чно*. Надо будет позже уговорить Уолкера взять меня на Арену. До тех пор, пока меня снова не призовут сражаться, это лучше, чем ничего.

В центре кухонного стола лежал толстый белый конверт. Беру его и читаю: «Для квази демона, мисс Майлы Льюис, ряд Данте, 666, Чистилище». Облизываю палец и провожу им по округлым словам. *Настоящие чернила*. Мой длинный черный хвост нервно щелкает.

Нахмурившись, постукиваю нераспечатанным письмом по ладони. Никогда мне еще не присылал таких странных вещей, как это. Одним размытым движением мой хвост огибает туловище и насаживает конверт на свой стреловидный кончик, пытаясь выдернуть его из моих рук.

– Эй! – мой хвост всегда имел собственный разум и по каким-то причинам сейчас он решил, что письмо опасно. Я выдергиваю конверт и увожу из зоны его досягаемости, но до того один угол мы все же успели изрядно потрепать.

– Смотри, что ты наделал! – хвост ныряет мне за спину и виновато обвивается вокруг лодыжки.

Еще раз перечитала надпись на конверте. Ошибки нет. *Я* квази демон (по большей части человек, но с толикой демонической ДНК) и я провела все восемнадцать лет своей жизни в Чистилище (где судят человеческие души и распределяют между Адом и Раем; оно же самое скучное место в истории всех времен и народов). Это письмо не отличается от десятков других, что появляются на нашем крыльце еженедельно. Тогда с чего вдруг моему хвосту захотелось его уничтожить?

Вновь опускаю взгляд на ровные строчки и на интуитивном уровне осознаю их истинный смысл: «Открой это письмо, и ничто больше не станет прежним.»

Похоже, у меня сегодня сумасшедшее утро.

Бросаю конверт-тире-часовую-бомбу в потертый рюкзак. Прочту позже, в школе.

На кухню входит мама.

— Как там моя милая девочка, Майла-ла? — да, мне восемнадцать и моя мама все еще зовет меня ласковым именем годовалого ребенка.

— Хорошо, — открываю кухонный шкафчик и достаю коробку хлопьев «Франкенберри».

Мама следит за каждым моим движение, ее лоб морщится в беспокойстве.

— Ты сегодня хорошо спала, Майла?

Ох, нет. Я знаю, что будет дальше. Расправляю плечи и мысленно настраиваю свой «я очень-очень спокооооооойна» голос.

— Безусловно, — *успех.*

— Плохие сны?

— Нет, — на этот раз "спокойный" голос дает слабину.

— Хммм, — она постукивает пальцем по своей щеке. — С кем-то познакомилась? Завела новых друзей?

Я стискиваю зубы. Каждое утро начинается с таких вот материнских допросов. И я давно поняла, что лучше давать спокойные и лаконичные ответы.

— Нет.

— Вообще никаких друзей?

— Все та же единственная подруга с первого класса, — вскидываю ложку, делая на этом акцент, — Сисси.

— Это хорошо, — она неуверенно улыбается. — Ты в безопасности.

Показываю ей большой палец. Сегодня марафон вопросов закончился относительно быстро; может, мама решила опекать меня менее чрезмерно. Приподнимаю уголки губ в усмешке.

— Больше, чем в безопасности, — рассекаю воздух карате-движением. — Я несокрушимая боевая-Арен-машина!

И вздрогнув, замираю на середине удара. *Как я могла так сглупить?* Стоит мне сказать «Арена» и мама тут же теряет свой долбанный рассудок.

Во время паузы длинною в вечность мама смотрит на меня с непроницаемым выражением лица. Наконец, она отмирает. Но вместо того, чтобы прыгать в истерике, она поворачивается и раскрывает дверцы кухонного шкафчика в поисках кофейной кружки.

Секундочку.

Этим утром мама прервала свой допрос раньше обычного *и* не ударилась в панику при слове «Арена». Мои губы разъезжаются в широкой улыбке. Прелееееестно. В конце концов, привычное *может* меняться.

Откинувшись на спинку стула, смотрю, как мама наливает кофе. Знаю: она так дотошна, только потому, что здесь лишь я, она и этот серый противный дом. У меня нет ни братьев, ни сестер, ни прямых ответов на вопросы о своем отце: кроме того, что он дипломат, мне ничего не известно. Сложите все это вместе и в итоге получите дотошную маму.

Или, по крайней мере, она токовой *была*. Я барабаню пальцами по столешнице. Снижение уровня маминой чрезмерной опеки открывает для меня столько возможностей! Я могла бы смотреть больше матчей. Могла бы участвовать в большем количестве матчей. Могла бы найти хобби, не связанные с Ареной.

Эм, возможно, с последним пунктом я погорячилась.

Мама садится на стул напротив меня, наблюдая за мной большими карими глазами сквозь завитки струящегося из кружки пара.

– Хочешь, подвезу тебя до школы? Я не против подождать снаружи, – уголок ее глаза дергается, – Ну, знаешь, на всякий случай.

Мое сердце уходит в пятки. Нет, все-таки сегодня с моей мамой все хуже, чем когда-либо было.

– Э-э-э-э… – в шоке мой рот так широко раскрывается, что шарики Франкенберри, скатившись по языку, падают на стол. Она *правда* только что предложила прождать меня у школы весь день «на всякий случай»? А ведь Сисси мне рассказывала, что родители в выпускном классе становятся слегка нервными. Дрожь прошлась по моему позвоночнику. Моя мама *плюс* «легка нервозность» *равняется* невообразимому кошмару.

Заставляю себя сделать несколько вдохов.

– Спасибо за предложение, – мне становится все сложнее контролировать свой «спокойный голос». – Но не сегодня.

Вдруг воздух начинает потрескивать от энергии. Черная дыра семь футов высотой и четыре шириной появляется в центре кухни.

Из пустоты выходит упырь.

Машу ему рукой.

– Привет, Уолкер, – строго говоря, его зовут УКР-7, но я называю его Уолкером сколько себя помню.

– Доброе утро, – кивает Уолкер своей лысой головой. Будь он на несколько дюймов выше, моментально бы пробил черепушкой потолок притом, что это он еще и невысокий, по упырьским меркам. Как Уолкер и другие живые мертвецы проживают свое бессмертие с таким жутким ростом – тайна.

Уолкер откидывает капюшон, являя бледную практически бесцветную кожу и сильно выступающие кости. На его голове та же стрижка, что и в день смерти: короткий ежик с бакенбардами и никакой бороды. Из глубоких провалов глазниц на меня смотрят большие черные глаза.

Я широко улыбаюсь. Мне нравится, что рядом именно Уолкер. Большинство упырей одержимы правилами и адски раздражают. Но Уолкер? Он мастерски обходит всякие запреты, особенно когда дело доходит до протаскивания меня на Арену. Дружить с Уолкером — все равно, что иметь милого и немного коварного старшего брата, только без пульса.

— Будь осторожна, Майла, — Уолкер поджимает тонкие губы. — Не так ты должна приветствовать своих повелителей. Я-то не возражаю, но другие упыри могут отправить тебя в лагерь на перевоспитание.

Я закатываю глаза. Чистилище — это сплошная бюрократия с провинциальным шармом, а весельем, как в плохо охраняемой тюрьме. Всю работу забесплатно делают квази вроде меня (и нам не позволено называть себя «заключенными»). Упыри держат нас в узде и свято уверены, что мы – *кхе, кхе* – суперсчастливы им служить.

И вот я уже была готова начать в миллионный раз жаловаться по поводу этого Уолкеру, но тут в разговор встряла мама.

— Здравствуйте, мой обожаемый повелитель! — обильной лестью она пытается компенсировать небрежное приветствие своей дочери. — Желаете кофе без кофеина?

Мама кланяется.

Уолкер кивает; упыри любят кофе.

Мама касается одного из рукавов Уолкера и растирает ткань между пальцами.

— Немного потерто. Вы пришли за новым комплектом? — каждый квази обязаны нести службу; мама шьет и латает одежду. Могло быть хуже. Например, мама Сисси – упырьский проктолог.

— Нет, спасибо. — Уолкер жадно пожирает кофейник взглядом.

Мама вручает ему полную кофе кружку с надписью "Величайший упырь загробной жизни". Ее шоколадные глаза взволнованно вглядываются в его лицо. — Тогда в каком же обслуживание вы нуждаетесь?

Уолкер хмурится.

— Сегодня Майла призвана сражается на Арене.

Широкая улыбка появляется на моем лице. Когда человеческие души попадают в Чистилище, им предоставляется выбор: суд присяжных или испытание боем. В зависимости от исхода они либо счастливо парят на Небесах, либо попадают в Ад. Если человек выбирает суд - это чужая головная боль. Но если он выбирают бой, - что значит: душа определенно злая - кто-то, вроде Уолкера, оказывается на кухне кого-то вроде меня, ибо я одна из тех нескольких десятков квази, что способны надрать задницу любому. Буквально.

Вскочив на ноги, быстренько убираю за собой тарелку.

— Вот теперь это счастливый понедельник!

Мама делает шаг назад.

— Малу призвали сражаться сегодня? Вы не можете! — в поисках поддержки она опирается на столешницу. — Каждый раз, выходя на Арену, она рискует жизнью, — на ее скулах играют желваки. — Это бои *насмерть*.

Я подавляю стон. Мама всегда произносит слово «насмерть» так, словно впервые слышит о том, как работает система боев. Черт, я сражаюсь на Арене с двенадцати лет и не получила еще ни царапины. Похоже, этой драме не будет конца еще долгие годы.

Задыхаясь, мама тычет в календарь на двери.

— Моя малышка сражалась только месяц назад. А она должна служить раз в *три* месяца, верно?

Я поднимаю руку.

— Это не проблема. Я не против. — она кидает на меня полный отчаянья взгляд.

— Знаю. — она так крепко держится за столешницу будто хочет выдернуть ту из стены. — Пожалуйста, Уолкер, скажи мне, что это ошибка.

Черные глаза Уолкера полны понимания.

- Майла обязана послужить именно сегодня. У нас просто завал сражений; расписания остальных бойцов забиты матчами до отказа.

Мама молча смотрит на Уолкера, скрипя зубами в негодовании. Спустя пару мгновений, она прижимает ладони к лицу, и низкий стон срывается с ее губ. Я хмурюсь. Этим утром она взяла новый уровень драмы.

Уолкер легкомысленно мне подмигивает. И, понимая, что это значит, я борюсь с желанием улыбнуться. Нет никакого завала с матчами. Должно быть, в Чистилище попала мегазлая душонка, худшая из худших, и потому оно нуждается в своем лучшем бойце.

Оно нуждается во мне.

Мама качает головой.

- Все эти демоны и ангелы. Обещай мне держать ее подальше от всего «опасного». — она делает ударение на слове «опасного».

- Я всегда так и делаю, Камилла.

Мама выпускает край стола из своего смертельного захвата.

- Конечно.

Я сжимаю зубы. Мама всегда стремится защитить меня от ангелов и демонов. И я еще понимаю от демонов, но от *ангелов*? Бросьте!

Надеваю серую кофту.

- Пора навалять парочке злодеев. – шагнув к Уолкеру, жду отправки на Арену.

Мама рукой касается своего горла.

- Будь осторожна!

- Я всегда суперосторожна, не беспокойся об этом.

- Не опаздывай в школу!

Натянуто улыбаюсь.

- Заметано, Мам!

Уолкер наклоняет голову.

- Отойдите, я создаю портал. – новая черная дыра появляется в центре кухни. Я заглядываю в темноту, чувствуя, как Франкенберри в моем желудке устремляются вверх по пищеводу. Использовать портал — все равно что кувыркаться в пустом пространстве на полный желудок. Совет для тех, кому еще не надоело жить: держите упыря за руку во время перемещения, иначе ваше падение в темноту будет вечным.

Сделав глубокий вдох, хватаю Уолкера за холодный палец так крепко, что будь у него кровоток - передавила бы. Мы вместе шагаем в небытие и выходим уже на песчаном стадионе. Я стараюсь выглядеть готовой-к-бою, а не готовой-блевать.

Уолкер бросает на меня сочувственный взгляд.

- Найти место присесть?

- Неа, я в порядке, спасибо. – я окидываю возвышающийся под открытым небом стадион внимательным взглядом. Арена – это старые противные руины, со сколами на серых камнях и обвалившимися колоннами из песчаника. Почему это место еще не развалилось на части – тайна. Площадка для сражений – один большой ухабистый участок земли, трибуны — голые камни, а верхние уровни выглядят так словно вот-вот рухнут.

Чертовски люблю это место.

Стадион выглядит заброшенным и пустым, за исключением нескольких квази. Все они бойцы, как и я, и также пытаются поймать несколько чужих матчей. Мама раньше тоже ходила, но все эти ее стоны и вздохи так выбивали из колеи, что много лет назад ей запретили тут появляться. Не могу сказать, что я была расстроена. Ничего так не уничтожает, как мамин крик: «Малышка, не умирааааааааай!» когда тебе двенадцать и ты впервые сражаешься.

Рядом раздается скрипучий голос:

- Приветствую, *рабы*! – Слово «рабы» он произнес с особым ядом.

Все мое тело застывает в напряжении. Я узнаю этот голос где угодно, и я ненавижу его владельца. Вычищая пух из-под ногтей, делаю вид, что не замечаю надвигающегося со спины семифутового упыря.

Между нами встает Уолкер.

- Приветствую, ШКИ-12!

На моем лице появляется озорная улыбка.

- Привет, Шарки! — ШКИ-12 ненавидит свое прозвище, поэтому я и использую его при каждой нашей встрече.

Шарки хмурится.

- Мое имя ШКИ-12, *раб.*

Уолкер кладет мне на плечо руку, мягко намекая на то, что я стою лицом-к-пупку с Шарки, церемониймейстером Арены и круглым придурком. Он ни на йоту не изменился с моего последнего матча. Не то чтобы упыри часто что-то в себе меняют. У Шарки серая кожу, черный провал вместо носа и острые зубы. Его серебряная мантия длинной до земли свисает лохмотьями, а в костлявых руках зажат длинный черный посох.

Уолкер сжимает мое плечо.

- Майла как раз собиралась поприветствовать ее упырьского повелителя должным образом, не так ли, Майла? – стоя рядом с Шарки, даже Уолкер кажется низкорослым.

- Моя вина, – я супер-низко кланяюсь. — Приветствую, ШКИ-12!

Его колючие черные глазки превращаются в щелочки. Шарки всегда знает, когда я издеваюсь над ним, и это выводит его из себя.

- Сегодня я не буду тебя наказывать.

Вновь кланяюсь, и даже ниже, чем в предыдущий раз.

- Согласна, ведь предыдущее закончилось совсем недавно.

Шарки поворачивается к Уолкеру, его глаза пылают ярко-алым.

- Следи за ней. – он переводит взгляд обратно на меня. – Сегодня у нас особо злая душа. Надеюсь, наконец, увидеть твою смерть.

Ковыряюсь мизинцем в зубах.

- Конечно, увидишь. Как только – так сразу.

Шарки подходит ближе, его остронаточенные зубы клацают, когда он говорит:

- Душа, с которой тебе предстоит сражаться сегодня, столь зла, что ангелы умоляли Скалу присутствовать здесь, чтобы переместить ее в Ад сразу после поражения. Чему, конечно, не суждено случится. – он наклоняется ближе. – Ты. Обречена.

Я вскидываю брови. Обычно Скала перемещает тысячи душ зараз, что называется иконограцией. Поэтому для того чтобы получить право на личную транспортировку душа должна быть СУПЕР ужасной. *Весело.*

- Удачи, Шар...

Уолкер хватает меня за локоть.

- Смотри, Майла! Твои друзья здесь! – он показывает на другой конец стадиона. – Мы должны идти. – он еще раз кланяется Шарки. – Прошу нас простить.

Пока мы торопимся прочь, Уолкер шепчет мне на ухо:

- Если бы я уже не был мертв, то получил сердечный удар.

- Ах, да Шарки безвредный.

- Потому что я задабриваю его ради тебя. – он кидает на меня хитрый взгляд. – Почему ты вечно над ним издеваешься?

- Не знаю, – пожимаю плечами. – Это хобби.

В нескольких ярдах от нас стоит упырь по имени ХП-22, и зависшая зеленая клякса – Шейла, Люмус демон.

Я приветливо машу Шейле рукой.

- Привет, Шей, как дети? – Шейла замечательна до тех пор, пока вы не встанете достаточно близко, что бы она смогла заглотить вас целиком. ХП-22 же совершеннейшая тупица. Я даже не глянула в его сторону.

- С детьми все хорошо, Майла, растут не по дням, а по часам… Прям, как ты. – все тело Шейлы дрожит, что немного пугает, так как она шесть футов в высоту, три в ширину и имеет четырнадцать красных глаз размерами с теннисные мячики. – Словно вчера тебе было двенадцать, и ты готовилась к своему первому сражению. - она улыбается своим огромным ртом. – Сколько тебе сейчас лет, милая?

- Восемнадцать.

Из Шейлиного тела вытекает, словно капля, рука и принимает очертания липкой ладони с восемнадцатью пальцами.

- Почти взрослая! Тебе уже назначили службу? — «назначение службы» - так упыри называют закрепление за квази пожизненной работы после окончания старшей школы. Нам не позволяют называть это «трудом заключенных». Я вздрагиваю. Есть и особо отвратительные карьеры, например, печально известная лаборатория по разработке заднепроходного зонда.

Прежде чем я успеваю ответить на Шейлин вопрос, Шарки ударяет о землю посохом.

- Внимание! – Шарки поднимает руку, оборванная серая мантия медленно и загадочно покачивается. Под огромным капюшоном глаза упыря светятся двумя алыми точками.

Шейла покачивает своей восемнадцатипалой рукой перед моим лицом.

- Ну, так что, кем будешь служить? В мобильном отряде горшков? Или встречающей на упырьском рынке?

Показав на Шарки, шикаю. Это грубо: говорить во время начала церемонии, плюс я ненавижу отвечать на все эти «кем ты собираешься служить» вопросы. Шейла кивает и утекает прочь. Прекрасно.

БАМ. БАМ. БАМ. БАМ.

Шарки ударяет посохом четыре раза.

- Я взываю к Олигархии!

На четырех балконах верхнего яруса появляются четыре упыря в алых мантиях: по одному на каждую сторону света.

Назвав себя Олигархией, они правят Чистилищем с помощью коллективного разума, причем разума не слишком креативного, если посмотреть на то, какие они дают упырям имена.

Олигархия одновременно закрывает глаза, склоняет головы и открывает по верхнему краю стадиона череду огромных порталов. Из открытого черного пространства появляются ангелы и демоны, а затем одной гигантской волной стекают по неровным каменным ступеням.

Ангелы занимают свои места аккуратными. У всех ангелов мощные белые крылья, льняные мантии в пол, маленькие сандалии с открытыми носками, и глаза неземного голубого цвета. Они могут прятать свои крылья, если того хотят, но оставляют их на виду на время важных событий, таких, как просмотр боев на Арене.

Другими словами, ангелы классные.

На другой стороне стадиона неистовым потоком несутся демоны. Обезумев, они ревут, спеша занять лучшие места. Огромные, покрытые мехом создания топают наравне с маленькими и склизкими монстрами. Над их головами жужжат крошечные шипастые демоны. У всех демонов в обычном состоянии глаза черные, «нейтральный», но иногда меняют свой цвет на красный, что значит «лучше бежать подальше».

Наблюдая за тем, как они карабкаются друг на друга, я качаю головой. Демоны тоже классные, но только когда я их убиваю.

Оживленный гул стадиона стихает, оставляя тревожную тишину.

Она идет.

Окидываю внимательным взглядом верхний уровень Арены. Четыре огромных портала остаются темными и пустыми. Действуя как один, Олигархия склоняет головы. Тихий гул наполняет воздух. Бледно-желтый свет появляется в восточном портале; все головы оборачиваются в ту сторону.

Это Венера, Королева Ангелов.

Она гибка, стройна и высока, с длинными черными волосами, высокими скулами, и экзотичными миндалевидными глазами. Находясь вне времени, она прекрасна и ужасна. Временами, во время матча она смотрит на меня столь пристально, что заставляет дрожать.

Рядом с ней стоит низкорослый упырь с привлекательной внешностью, квадратным подбородком и огромными черными глазами.

Толкаю Уолкера локтем в бок.

- Этот парень мог бы быть твоим братом.

Он поднимает взгляд и улыбается.

- Не говори так.

- Но я так сказала. – наблюдаю за ним своим правым глазом. – Так, это он?

- Ты знаешь, что твоя мама не позволяет мне делиться с тобой личной информацией. – он сочувственно мне улыбается. – Обсуди это с ней позже. – он прочищает горло и перекатывается с пятки на носок. – Но только когда меня не будет поблизости, если ты не возражаешь.

Моя «почему бы тебе не рассказать мне что-нибудь» война уже вошла в анналы истории. Я показываю Уолкеру язык.

- Прекрасно. Так и сделаю.

Венера ступает на свой балкон, а за ней и ее немногочисленная свита. Стоит ей опуститься на белый каменный трон, как тишину на стадионе сметает волной визгов и воплей. Новый силуэт появляется в западном портале: Армагеддон, Король Ада. Он высок и тощ, у него черная ониксовая кожа, что гладка, словно полированный камень. Лезвию подобный нос делит длинное лицо, оканчивающееся острым подбородком. Он внимательно оглядывает стадион, его глаза горят двумя ярко-алыми точками. Сверкающий черный смокинг обтягивает его жилистую фигуру.

Дьявол Ада. Все до одного, нервные окончания моего тела переходят в режим боевой готовности. Если Венера пугает немного, то Армагеддон испускает ауру «могущественнейшего демона», и если вы окажетесь слишком близко (что случалось со мной не единожды), каждой клеточкой своего тела вы будете содрогаться в ужасе. Но это не то, что *действительно* имеет значение, если говорить о Повелителе Ада. Большинство демонов имеют кратковременную память. Они жаждут убить ваше тело и съесть душу - конец истории. Но не Армагеддон. Он годами планировал захват Чистилища и Ада. И эта, своего рода хитрость, вывела зло на новый уровень.

Из портала выходит Армагеддон неторопливо, а за ним и внушительных размеров свита из гориллоподобных Манус демонов. Когда он проходит мимо, Олигархия падает на колени, их движение напоминает мне марионеток, чьи нити оборвались. Их глубокие голоса эхом проносятся по стадиону.

- Славься, Великий Король! – упыри могут править от своего имени, но все знают, кто *действительно* стоит за всем этим.

Не удостоив Олигархию и взглядом, Армагеддон занимает балкон напротив Венеры, его свита следует след в след за ним. Король Ада садится в свой трон из черного камня.

Шарки вновь стучит посохом.

- Упыри, демоны и ангелы! – на стадион опускается тишина.

Я кидаю взгляд на свои часы и усмехаюсь. Прямо сейчас, я должна быть в классе.

Взмахнув костлявой рукой, Шарки показывает на четырех упырей в алых робах, что стоят на верхнем уровне стадиона.

- Сегодня, Олигархия предоставила нам возможность увидеть нашего предводителя: очередной Аренный бой насмерть засвидетельствует блистательный командир наших совместных войск... Всем известный освободитель всего Чистилища... Армагеддон!

Демоны с удовольствием теряют свои долбанные умы в оглушительном приветствии. Моя верхняя губа кривится. *Скряга Армагеддон и его якобы освобождение Чистилища. Он отдал нас в упырьские руки для того, чтобы мы отправляли в Ад больше невинных душ.* Только когда смешивается кровь демона и человека, вы получаете различные способности. Мои глаза горят красным. Я собираюсь показать Армагеддону неприличный жест, но Уолкер хватает меня за руку прежде, чем я успеваю зайти слишком далеко. Он кидает на меня строгий взгляд и одними губами говорит:

- Забей на это, Льюис.

Кивнув, я прячу руку за спину. Во мне достаточно от воина, чтобы признать его правоту: насмехаться над Армагеддоном это П-Л-О-Х-А-Я идея. Все свое внимание я сосредотачиваю на земле под ногами, стараясь замедлить дыхание и сохранить остатки самообладания. Мой внутренний демон имеет собственный разум и побольше, чем у хвоста. Пылающие красным светом глаза означают, что моя демоническая сторона дебоширит. Иногда бывает очень трудно держать ее в узде.

Восседая на своем огромном (величественном) троне, Армагеддон смотрел на бушующую толпу демонов, его тонкие красные губы изогнулись в усмешке. Он сканировал каждое лицо по очереди, впитывая эмоции и оттенки, вплетая их все в свой сложный и темный план.

Я вздрагиваю. Он снова что-то замышляет, и черт, это заставляет меня покрываться гусиной кожей.

Одним жестом Армагеддон призывает толпу к спокойствию.

- Сегодняшняя душа стала моей любимицей еще во времена жизни на земле. Невероятно сильная, неспособная к состраданию и не запятнанная добром душа чистого зла. Когда он выиграет бой — а он выиграет, иначе быть не может — то мы, наконец, будем иметь свою душу за вратами Рая. - темная сторона стадиона взвыла, ликуя, в то время как светлая сторона коллективно содрогнулась. Усмехнувшись, Армагеддон возвращается на свое место.

Все лицо поворачиваются к Венере. Она медленно поднимается на ноги. Ее белые крылья величественно расправляются за спиной. Его выкрикивает одно слово:

- НИКОГДА! — сила ее крика заставляет дребезжать колонны, а щебень осыпаться. Ее взгляд перемещается на меня, ярко сверкая.

Проследив за ее взглядом, Армагеддон окидывает меня с ног до головы внимательным взглядом, радужка его глаз вспыхивает красным. Довольная усмешка обозначается на его лице уголками губ. Я смотрю на лица окружающих, зная о чем они думают: «*Эта* маленькая девочка? Может быть, она побеждала прежде, но против *этого* противника? Вы серьезно?»

В большинстве случаев, это выводит меня из себя.

Шарки ударяет своим посохом вновь; недалеко появляется человеческая душа. При жизни, призрак был широкоплечим мужчиной около шести футов в высоту и двухсот пятьюдесятью фунтами литых мышц под кожей. Сейчас он предстал перед нами спектральной версией своего смертного я: призрачный остов его тела выглядел готовым разорвать прозрачные джинсы и грязно-белую футболку.

Шарки обращается к духу:

- Винсент Фрэнсис Моррис, вы выбрали испытание боем, это так?

- Душитель, Мое имя... Душитель. — сощурив глазки-пуговки, дух проводит толстым языком по полным губам.

- Я спрошу еще раз, – радужка глаз Шарки пылет ярко-алым. – Выбирали ли вы испытание боем?

Дух сжимает руки в кулаки.

- Да, бой.

- Выбирайте противника. – Шарки лыбится и его ножеподобные зубы ярко сверкают в тусклом свете. – Первым мы советуем ХР-22.

Душитель посмотрел на нашего «боевого упыря» с полупрозрачной кожей и хлипкими мышцами. Любой мог победить ХР-22. Фактически, Душитель мог его вырубить в три секунды, а может и меньше, но я не думаю, что он его выберет. Упыри выглядят чрезвычайно устрашающе, даже самые слабые представители. Большинство людей избегает выбирать их.

Душитель не стал исключением.

- Я пас.

Шарки указывает рукой на следующего в очереди.

- Вторым мы предлагаем Шейлу, Люмус демона.

Четырнадцать Шейлиных глаз хаотично передвигаются по верхней части тела и, наконец, останавливаются, чтобы посмотреть на призрак человека. Она широко распахивает черную дыру, служащую ей ртом и издает булькающий рев. Когда эта девушка начинает играть, то становится по-настоящему страшной.

- Хмм. – Душитель окидывает Шейлу пристальным взглядом; казалось, вся Арена затаила дыхание.

Кинув взгляд на Шейлу, качаю головой. Люмус демона убить почти так же просто, как ХР-22. Вся соль заключается в том, что они до ужаса легко воспламеняемы. Один матч, и, вместо шестифутового монстра, у ваших ног лужица безвредного клея.

Но, как и ХП-22 они выглядят сильнее, чем есть на самом деле.

Душитель хмурит брови.

- Нет.

- И третьей мы предлагаем квази демона, Майлу.

Душитель медленно проводит по мне глазами с ног до головы, его жуткий взгляд задерживается на выпуклостях под моей футболкой. Во мне взыграла ярость. Мешок с дерьмом. Если бы он прекратил думать тем, что у него в штанах хоть на две секунды, то обратил внимание на мой демонический хвост, а не на сиськи или задницу. Некоторые квази довольствуются свиными или кроличьими хвостами, но я сорвала джек-пот: длинный и тонкий представитель своего рода со стреловидным кончиком. Даже лучше, ибо он был покрыт драконьей чешуей, а эту вещь почти невозможно блокировать или пробить.

Но Душитель не блистал умом. Он пристально вглядывается в мои карие с длинными ресницами глаза; я бесстыже моргаю в притворном ужасе. Чтобы испытание боем было справедливым, душа должна иметь шанс на победу. У них всегда есть три противника на выбор, двоих из которых разгромить относительно легко. Затем иду я – та, кого никто и никогда не должен выбирать. Вот только, они всегда выбирают.

- Я выбираю ее. – его тонкие губы растягиваются в злобной улыбке. – Я буду сражаться с Майлой.

Понизив голос, он добавляет:

- Ты узнаешь, почему меня зовут Душителем.

Сжав руки в карманах, я фальшиво вздрагиваю. *А ты узнаешь почему они позвали сражаться с тобой меня, придурок.*

Шарки ударяет посохом о землю вновь, и призрачный Душитель превращается в двухсот пятидесяти фунтового человека из плоти и крови.

- Да будет так!

- Итак, правила. – объявляет Шарки. – Когда я досчитаю до трех, вы начнете бой насмерть. Если Душитель проиграет, то отправится в Ад. – ангелы бросают на меня ободряюще взгляды. – Если Душитель выиграет, то отправится в Рай. – демоны издают оглушительный рев.

Я смотрю на беснующихся демонов и мои руки сжимаются в кулаки. Этим психам сильно хочется, чтобы истинно злая душа попала на Небеса. Ведь если душа имеет хотя бы капельку хорошего в себе, то, однажды пройдя через врата, они навсегда превращаются в ангелов. Чисто злая же душа, может стать для ангелов головной болью длинною в вечность, а демоны любят устраивать головную боль ангелом.

Зрители замерли в напряженной тишине. Шарки делает жест рукой и

Шейла, Уолкер и ХП-22 спешат скрыться под ближайшим арочным сводом. Попрыгав с ноги на ногу, разминаю шею. Будет весело.

Шарки поднимает руку.

- Бой начнется через три, два, один!

Если твое прозвище «Душитель» - не надо быть гением, чтобы предугадать твою первую атаку.

- Я убьююююююю тебя! — и, конечно, Душитель кидается на меня с вытянутыми к шее руками.

Это заставляет проснуться моего внутреннего демона. По моим венам растекается злость, в то время как противник несется на меня. Каждый его шаг я вижу в замедленной съемке. Я беспомощно оглядываюсь вокруг словно за мной не пустая площадка размером с футбольное поле, а угол, в который меня загнали.

Душитель обхватывает мою шею пальцами, и в этот момент моя ярость вырывается наружу. Супервысоко подпрыгнув, я подгибаю ноги и бью противника пятками прямо в грудь.

С восхитительным стуком Душитель падает спиной на землю, а я, воспользовавшись инерцией от своего удара, делаю в воздухе кувырок назад и приземляюсь прямо у его головы.

Движением бедра заставляю свой хвост обернуться вокруг сапог противника, аккуратно оплетая его лодыжки. Шагнув назад, затягиваю хвост вокруг ног Душителя покрепче и вздергиваю его лодыжки на уровень своей талии. Мой маневр заставляет Душителя изогнуться телом так, что его руки оказываются рядом с лодыжками — чего я, собственно, и добивалась.

Очередным движением бедра, обматываю запястья Душителя хвостом и связываю его руки с лодыжками

Я усмехаюсь. Теперь этот мешок дерьма связан по рукам и ногам.

Лицо Душителя краснеет от напряжения пока он, беспомощно барахтаясь, пытается освободиться от моих пут. Даже и не мечтай, крошка.

Постучав по его ботинку одним пальцем, я шепчу:

- Я побииииииииила тебя.

Душитель продолжает бороться с моим хвостом, несмотря на всю бесполезность сего действия. Шарки вскидывает костлявую руку.

- Человек проиграл!

Ангелы ликуют, а демоны ведут себя так, словно дружно уронили свои стаканчики с мороженым на асфальт. Свист и шипение доносится с темной половины. Повернувшись к ангельской стороне стадиона, машу рукой своим счастливым фанатам.

Шарки переводит на меня пылающий алым взгляд.

- Сколько раз я тебе говорил? Не паясничай!

Шарки ненавидит, когда я привлекаю к себе хоть какое-то положительное внимание. Поэтому я всегда наслаждаюсь возгласами в свою честь так долго, как это только возможно. Церемониймейстер продолжает сверлить меня взглядом, огонь в его глазах разгорается все ярче. Пока я разминаю шею Душитель борется с моим хвостом. Я буду наслаждаться этим еще как минимум минуту. А Шарки может поцеловать мой зад.

Замахнувшись посохом, Шарки протыкает длинным древком грудь Душителя, точно в сердце. Человек дергается и обмякает. Над безжизненным телом Душителя появляется его призрачная версия.

Шарки поворачивается ко мне, его обычно черные бусинки-глаза сейчас пылают ярко-красным.

- В следующий раз на моем посохе окажется твое сердце

Я уже было открыла рот, чтобы сказать Шарки о том, куда он может засунуть свой посох, когда волоски на моей шее встали дыбом. Вскинув голову, окидываю стадион внимательным взглядом. Все лица обращены только на меня. Глаза Венеры излучают ярко-бирюзовый свет, а уголки ее губ приподняты в довольной улыбке. Приподняв бровь, за мной с любопытством наблюдает Армагеддон.

Пора уносить ноги. Я не нуждаюсь во внимания ни того, ни другого.

- Прошу меня простить. Пришло время призвать Великого Скалу. – низко поклонившись, я разворачиваюсь на пятках и бегом припускаюсь к ближайшему арочному выходу.

Уолкер ждет меня в тени.

- Прекрасная работа. – подмигивает он. – Связывание – это что-то новенькое.

Я делаю легкий поклон.

- Стараюсь привносить в этот мир немного нового.

- От имени твоих болельщиков, я одобряю этот креатив. – он складывает ладони в молитвенном жесте. – Можем мы уже уйти?

- Хмм. – прямо сейчас я нахожусь на стадии «безнадежно опоздала в школу». Можно этим воспользоваться.

- Неа. – выглядываю из нашего укрытия. – Хочу посмотреть, как Скала перемещает души.

У нас в Чистилище нет шатра с уродцами или мальчиковой группы на гастролях, поэтому Скала наиболее близок к понятию «зрелище», чем все то, что я когда-либо видела. И я ни в коем случае не пропущу его появление.

У Уолкера ходят желваки на скулах.

- Я обещал держать тебе подальше от опасного.

Я закатываю глаза.

- Каждый раз по окончании матча ты заводишь старую «Я обещал твоей маме держать тебе в безопасности» шарманку и пытаешься уговорить меня пойти домой. И каждый гребаный раз я уговариваю *тебя* позволить мне остаться. – пихаю его локтем в плечо. – Тебе нужна новая фишка, мой друг.

Уолкер посмеивался.

- Возьму на заметку.

Посох Шарки ударяется о землю, и звук от удара эхом пронеся по стадиону. Я выглядываю из-за арки на Арену. Шарки в одиночестве стоит на Арене, его серокожая голова склонена.

- Приведите его.

В данном случае «его» значит Скалу – единственное существо, способное перемещать души в Ад и Рай. В противном случае они могли бы (и, скорее всего, сделали бы) сбежать.

На Арену опускается тишина, и воздух словно уплотняется наполняющего его напряжения. Мой пульс учащается. Нынешний Скала занимает свой пост на протяжении уже нескольких сотен лет. Он как человеческие Пасхальный Кролик, Санта Клаус и Зубная Фея, три в одном. Увидеть его *огромная* удача. Представьте себе старого, сморщенного настолько, насколько это возможно, парня, а потом добавьте к этому сотню-другую лет, белую мантию и невероятную силу - это Скала.

Песчаный пол начинает трястись под моими ногами. Из огромного портала посреди Арены появляется группа из восьми упырей, неся старика на причудливых носилках. Он был стар, сморщен и всего пять фунтов высотой. Его белая борода была обернута вокруг тела.

Сузив глаза до состояния щелочек, Армагеддон откидывается на спинку темного трона. От него волнами исходит чистая ненависть. Это Король Ада породил Скалу, но тот решил принять мамино наследие фраксов, охотников на демонов. И Армагеддон никогда ему этого не простит.

Скала потихоньку распахивает свои глаза. Ангелы и демоны замокают одновременно. Звучным голосом, что разносится по всему стадиону, Скала спрашивает на латыни:

- Qui turbat Scala?

Упырь подле Скалы переводит:

- Кто беспокоит Скалу?

Призрак Душителя кажется спокойным и незаинтересованным, хотя бусины пота поблескивают на его спектральных щеках.

Шарки низко кланяется.

- Душа была побеждена в честной битве. – он указывает на Душителя. – Мы просим приговорить его к Аду.

Ручной переводчик передает ответ. Слабо кивнув, Скала поднимает руку. Маленькие искорки света начинают свой танец вокруг его узловатых пальцев.

- Parare ad ad infernum, - прошептал Скала.

- Приготовься к отправке в Ад, - от переводчика.

Десятки маленьких лучиков света окружают высохшую руку Скалы. *Игни.* Мельчайшие элементали силы, что могут быть призваны только им.

Так. Круто.

Опершись на каменную стену, обнимаю себя за локти.

- Мой любимый момент.

Улыбка слышится в голосе Уолкера.

- Мой тоже.

С появлением все новых игни, вихрь из них постепенно принимает очертания столба света в два фута высотой. Колонна душ. Ослепляющий столб соскальзывает с носилок Скалы и начинает расти в ширь, пересекет Арену.

Колонна душ окружает призрачные ноги Душителя. Дух стоит в ошеломлении в то время, как игни медленно его окружают; искорки света огибают и подныривают под соседей, словно множество серебряных рыбок. На мгновение игни вокруг Душителя вспыхивают ярче и исчезают вместе с Душителем. Осужденная на Ад душа туда и отправилась.

Я ударяю рукой об руку в жесте «моя работа здесь окончена».

Уолкер кладет руку мне на плечо. Я отвожу от Арены взгляд.

- Пора возвращаться домой, Майла.

- Не так быстро, мистер.

Уолкер усмехается.

- Это та часть, в которой ты отказываешься уходить, пока я не пообещаю выкрасть тебя на просмотр очередного матча?

Он меня сделал.

- Да, это она. – я надуваю губы. Мои энциклопедические знания о демонах и Арене приходятся как нельзя кстати во время таких вот разговоров, как этот. – На следующей неделе на Арену должны привезти Келлула демонов. Суууууупер-редких. Они прозрачны и светятся изнури. – я показываю на своем животе, как на наглядном пособии. Уолкер действительно классно рисует и иногда разрешает мне посмотреть на его рисунки демонов.

- Келлула, говоришь?

Золотая жила. Он должно быть никогда еще их не рисовал.

- Ага.

- Договорились. – он протягивает мне руку. – А сейчас, я должен вернуть тебя в школу.

- Вообще-то, сначала мне надо домой. Нужно переодеться и взять учебники. - что значит: у меня есть еще немного времени насладиться халявой прежде, чем я вернусь в класс. Замечательно.

Уолкер наигранно тяжело вздыхает.

- Я из-за тебя и твоих опозданий получу нагоняй.

- Мы оба. – беру его за руку. – Забей на это.

Склонив голову, Уолкер создает портал. Мой желудок скручивает только от взгляда на него. Мы покидаем песчаную площадку арены и, провалившись в темноту портала, приземляемся на серый ковер в моей гостиной. Я подавляю рвотный рефлекс. Глупый портал.

Наклонившись, Уолкер придирчиво меня осматривает.

- Ты в порядке, Майла?

- Да, я в порядке. – делаю несколько глубоких вдохов и беру содержимое желудка под контроль. – Спасибо.

- До следующего раза. – он поворачивает к еще открытому порталу, но я хватаю его за рукав.

- Что? – мой рот расплывается в коварной улыбке. – Не хочешь позависать со мной и мамой, пока мы обсуждаем мое офигенное утро на Арене?

Он сбегает от меня на низком старте.

- О, нет.

- Трус.

- Чем и горжусь. – он дает задом входит в портал и исчезает.

Хотела бы я уметь сбегать с той же легкостью.

Расправив плечи, морально готовлю себя ко второй части маминой инквизиции. Обычно, допрос начинается со скоропалительного огня вопросов, следующего за вялыми объятьями, сентиментальными слезами и громкими восклицаниями: «Я думала, что потеряла, малышка!». Если повезет, то после всего этого мне достанется парочка домашних пироженых.

Усмехаюсь. Думаю, сегодня мне повезет.

ГЛАВА ВТОРАЯ

Покачиваясь на пятках, окидываю пустую гостиную внимательным взглядом.

- Мам? – нет, ответа.

Странно. Мама редко покидает дом. Особенно редко, если знает, что я ушла сражаться на Арену. В эти дни она как приклеенная стоит ждет меня у входной двери.

Я оглядываюсь вокруг. Наш одноэтажный дом - это длинный прямоугольник с кухней в левом конце, двумя спальнями с ванной в правом конце и гостиной посредине. Там же находится жуткий подвал, в который я спускаюсь, только чтобы запихнуть в стиральную машину одежду и тут же бежать оттуда, словно из Ада.

Все двери нашего дома открыты, а комнаты пусты. Все, кроме маминой спальни.

Я постучу в закрытую дверь.

- Привет?

Тишина в ответ.

Миллиметр за миллиметром я приоткрываю дверь. Мама сидит у подножья кровати, сжимая в руках пурпурную мантию. Ее янтарное лицо блестит от слез. Я сажусь рядом и приобнимаю ее за хрупкие плечи.

- Что случилось, мам?

Ее голос тих и печален.

– Я искала швейные инструменты и нашла это.

Она комкает мантию на своих коленях. Слезы капают с ее носа на нежную ткань. С чрезмерно тревожной мамой я могу справиться. С истеричной, ноющей, драматизирующей? Нет проблем. Но когда в ее глазах столько душераздирающей грусти? Мне хочется укутать ее одеялом, а затем выйти и убить того, кто сделал ее столь несчастной.

Я нежно сжимаю ее плечи.

- Так, что с этой мантией?

Мама поднимает на меня взгляд своих опухших глаз.

- Ты не знаешь?

Вопрос с подвохом, с острым как нож подвохом. И если я отвечу неправильно, то воткну ей этот нож прямо в сердце. Мой большой палец выписывает успокаивающие круги на ее плече.

- Нет, мам, не знаю. – я задерживаю дыхание, надеясь, что такой ответ успокоит ее.

Но он не успокаивает.

Мама леденеет.

- Ясно. – все краски сходят с ее лица.

У меня сжимается сердце. Каким-то образом я заставила ее почувствовать себя еще хуже, из-за чего мне начинает казаться, что я худшая дочь на свете. *Если бы она только рассказала, что с ней произошло.*

С силой прижимая мантию к животу, мама поднимается на ноги.

- Мне нужно побыть одной.

- Без проблем. Если тебе вдруг захочется об этом поговорить - я здесь.

Мама сует мантию на дно ящика в своем гардеробе.

- Я не собираюсь говорить об этом. – ее голос ломается. – Никогда.

Ее слова бьют по мне, словно кулаком. Моя нижняя губа начинает дрожать. Я никогда раньше не воспринимала всерьез вечные мамины отказы что-либо рассказывать. Но сейчас, видя отчаяние в опухших глазах, я точно знаю, что она не расскажет. Кто бы ни был моим отцом, что бы ни произошло с ней во время войны с Армагеддоном - все эти секреты умрут вместе с ней.

Я медленно киваю, у меня щиплет глаза.

- Ладно.

Она садится на край кровати.

- Мне жаль, Майла.

- Все нормально. – это не так, но я не хочу дважды за день ответить неправильно.

Прикрыв за собой дверь, выхожу в гостиную и пластом падаю на драный диван. В моем горле стоит ком из эмоций. Какие бы секреты она ни хранила, они душат нас обоих.

Я выпрямляю спину. Майла Льюис, победительница злых душ не может просто взять и отказаться от поисков самой себя. Я медленно поднимаюсь на ноги, расправляю плечи и маршем прохожу в свою комнату. Надо готовиться к школе.

После быстрого душа я окапываюсь в ворохе своей одежды в поисках черной футболки и спортивных серых штанов. Стандарты одежды устанавливает Министерство Надзора за Голыми Квази; для тинейджеров это футболка и штаны. Я морщусь. Классика упырьского абсурда — конечно, если бы они не говорили нам что носить, то мы бы бегали голыми. Я натягиваю поношенную футболку со штанами и кидаю взгляд на наручные часы. Я еще успеваю на урок перед ланчем с Сисси. Замечательно.

Закинув рюкзак на плечо, направляюсь к самой отвратительной, шумной и совершенно ненадежной машине во вселенной: Бетси - нашему зеленому универсалу.

Бетси - это топливо-прожорливый зеленый шедевр гигантских размеров с потертой обшивкой, подчеркивает которую запах потных кроссовок. Ее радио не работает, двигатель ненадежен и кто-то обклеил все пространство вокруг ее окон оранжевыми помпонами. Люблю ее.

Я сажусь на рваное сидение и завожу двигатель. Бетси чихает и кашляет пока ее внутренности оживают. Широкая колонна ядовитого черного дыма струится вверх.

Мы неспешно едем по дороге к школе. Я быстро бросаю попытки заставить Бетсино радио работать и вместо этого обращаю внимание на пейзаж за окном. Ряды серых домов тянулись в обоих направлениях. На подъездных дорожках то тут то там видны ростки пожелтевшей травы. Небо, как обычно, затянуто серыми тучами.

Впереди появляется кирпичное здание в три этажа высотой и куполовидной крышей. Деревянный знак на желтой лужайке гласит: «ДЛ-19 Школа для Квази Прислужников». Я оставляю Бетси в дальнем углу стоянки. Это она, школа. *Блин.* После прилива адреналина на Арене возвращение в класс оборачивается сплошным разочарованием.

Эх, больше нет причин продолжать оттягивать неизбежное.

Я крадучись пересекаю желтый газон. Правила гласят, что студенты должны являться вовремя, а упыри следуют каждой букве закона. Сражалась со злой душой на Арене? Для меня нет послаблений, когда речь заходит о печально известном Списке Опоздавших.

Максимально тихо я подхожу к маленькой стальной двери сбоку школы. Если я смогу прокрасться незамеченной сейчас, то меня не прибьют за опоздание потом.

Скрестив пальцы, открываю замок хвостом. *Пожалуйста, пусть рядом никого не будет.* Я берусь за ручку, стискиваю зубы и медленно приоткрываю проржавевшую дверь. Заглядываю внутрь:

Пусто. Да!

Я победоносно вскидываю над головой кулак, а затем тихо проскальзываю в еще несколько дверей и оказываюсь в главном холле школы.

Ученики спешат кто куда. Все одеты в стандартные серые штаны и черные футболки. Отлично, я успела в перерыв между уроками. Я внимательно вглядываюсь в однотонный поток из учеников в поисках Сисси. После утречка с мамой мне просто жизненно необходимо увидеть ее улыбку.

Моя лучшая подруга стоит у своего шкафчика. Несмотря на то, что мы одинакового роста, я более фигуриста и с длинными каштановыми волосами, в то время как Сисси более стройная и со светлыми волосам до плеч. У нее золотистый хвост охотничьей собаки, и пусть не очень хорош в бою, но точно добавляет ей милоты. При виде меня ее лицо озаряет улыбкой, а руки приветственно распахиваются. Я таю в ее объятьях.

- С добрым утром, Сис.

- Привет, сладкая. — она целует воздух около моей щеки, затем отворачивается и поспешно ставит старую коробку из-под обуви на верхнюю полку шкафчика.

Я киваю на странную коробку.

- Что это?

Сисси захлопывает шкафчик с подозрительной быстротой.

- Ничего.

Я упираю кулаки в бедро и улыбаюсь.

- Кого ты спасла на этот раз?

- Парочку крошечных коконов. — она вздрагивает. — Папа вновь ремонтировал подвал и собирался убить их.

Папа Сисси вхож на наш черный рынок. Конечно, упыри позволяют квази производить некоторые вещи, но по большей части они всучивают нам уже никем на Земле не используемое: огромные черно-белые телевизоры с антеннами как уши кролика, автоответчики размером с Бьюик - такого рода вещи. Все сходят с ума по новым гаджетам, на чем такие семьи, как семья Сисси зарабатывают деньги. Это объясняет, почему папу Сисси сводит с ума то, что его дочь заинтересована больше в спасении собак, чем в шопинге. Как боец Арены я определенно попадала в категорию «чудики», по крайне мере, по мнению ее родителей. Поэтому обычно мы зависаем у меня дома.

Сияя, Сисси захлопывает дверцу своего шкафчика.

- Думаю, один из коконов откроется сегодня.

Я смотрю на дверцу закрытого шкафчика, и морщусь. В Чистилище нет бабочек, значит, там...

- Моль? — это невероятно, даже для Сисси. - Ты спасла личинки моли?

- Не верно! Я спасла маленькие куклообразные штучки! — оттопыривает она нижнюю губу. — Они нуждаются во мне.

Она шмыгает носом.

Аргх, я ее расстроила.

- Не волнуйся. — я глажу ее по плечу с, я надеюсь, утешительной улыбкой. – Я думаю, это мило. – наверное. Я зеваю и разминаю шею. Что за день? А ведь еще и полдня не прошло. – Я тебе уже рассказывала, как однажды билась с Мофма демоном?

Сисси закатывает глаза.

- Всего лишь четыре сотни раз. – она делает шаг назад и окидывает меня с ног до головы внимательным взглядом. - Ты просто бомба... в плохом смысле этого слова. Все утро провалялась дома с температурой?

- Нет, меня отправили на Арену. – подмигиваю. – Разобралась с противником меньше чем за минуту. – я встаю в боевую стойку. – Давай покажу, как это было. – тянусь к Сиссиной шее. – Человек накинулся на меня с классическим удушающим захватом.

Моя лучшая подруга выставляет перед собой ладонь.

- Хэй, там! – она делает гигантский шаг от меня. – Разве мы это уже не обсуждали?

Опустив глаза в пол, включаю дурочку.

- Не помню. Что ты имеешь ввиду?

- Я рада, что ты кайфуешь от всех этих убийственных штучек, но...

- Это не какие-то там «штучки». Это суперзлая душа. – Сисси не поклонник Арены и обычно меня это не трогает, но сегодня? Почему-то, это больно колет.

Нахмурившись, не поднимаю взгляд от носочков своих ног.

- Пора идти на урок.

Сисси склоняет голову набок.

- Эй, милая. Я не хотела тебя обидеть. – она показала на свою щеку. – Но ты выбила мне зуб в четвертом классе, помнишь? Ты *просто* хотела показать мне свою «отвертку».

- «Копер». Это движение из реслинга.

- *О чем* я и говорю. – она ласково касается моего подбородка. – Почему бы нам не присоединиться к остальным в стране Подростков и не поговорить о чем-нибудь *кроме* Арены? - ее желто-карие глаза сверкают, когда она улыбается. – Тебе бы пошло это на пользу.

Из задворок памяти всплывает и прокручивается перед глазами сегодняшнее утро с Мамой: ее дрожащие руки, покрасневшие глаза и заплаканная мантия.

- Я понимаю, что отличаюсь от остальных, Сисси. – мое горло на мгновенье перехватывает. – Хотела бы я знать почему.

Моя лучшая подруга глубоко вздыхает.

- Этим утром у вас с Камиллой снова была стычка?

- Да. – я нахмурилась.

- Ладно, а теперь, – она кладет руку на мое плечо. – Я знаю, кто съест мои брауни во время ланча. –

Она сжимает мое плечо; тепло разливается в моей груди. Сисси всегда знает, как несколькими словами расставить все на свои места.

Усмешка появляется в уголках моих губ.

- Правда? – Сисси делает сногсшибательные брауни.

- Правда.

Мимо проходит Палетт Ричардс и портит момент.

- Привет, красотки! – она плавно машет рукой, стараясь показать во всей красе свои сверкающие новые часики.

Ох, нет.

- Хай, Пи. – я вяло машу ей в ответ.

С каштановыми волосами и кожей цвета какао, Палетт была обладательницей отвратительного хвоста ящерицы и таланта выводить Сисси из себя.

- Видела мои новые часы?

Сисси окидывает их экспертным взглядом.

- Папа выпустил их на продажу в этом месяце. - она пожимает плечами. – Кто их тебе дал?

- Зак! Можешь в это поверить? Лучший бойфренд на свете! – ее глаза блеснули красным.

Я складываю руки на груди.

- Правда? – Все знают, что Зак выбирает подарки по считалке. Но *больше* и печально известна Сиссина одержимость Заком. Как подло со стороны Палетт. Мои глаза превращаются в щелочки. – Ну, так что, Пи, ты уже познакомилась с друзьями Зака?

Хвост ящерицы, словно кнут щелкает позади Палетт.

- Нет, но уверена, что скоро познакомлюсь. – развернувшись на пятках, она чуть ли не бегом припускается по коридору.

Я скриплю зубами, зная, что гребанный шторм ударит уже за пределами слышимости Полетт.

Сисси хватает меня за руку.

- Зак подарил ей это? – ее глаза пылают алым. - Мой. Зак. Райдер.

Дело вот в чем: каждый квази имеет толику демонической ДНК, соответствующей одному из семи смертных грехов: похоть, чревоугодие, лень, гнев, зависть и гордость. Мой смертный грех - гнев, вот почему я столь хороший боец. У Сисси это зависть, поэтому на обеде она дала речь, длинною в час о том, почему Зак должен был подарить Ролекс *ей*, а не Палетт. Уже не первый год водя с Сисси дружбу , я научилась слушать в пол-уха.

- …и, если он не представил ее своим друзьям, значит, она - всего лишь временное увлечение. – Сисси упирает кулаки в бока. - Плюс, этот парень подарит что-нибудь дорогое любой, кто покажет ему свои сиськи. – ее взгляд резко перемещается на меня, а зрачки вспыхивают алым. – Майла, ты меня слушаешь?

- Эм, да. – кидаю взгляд на свои наручные часы. – Колокола Ада! Пора сворачивать; скоро начнется урок.

Быстро махнув рукой на прощание, припускаюсь на историю.

До двери я добираюсь растрепанной и потной. Внутри наш учитель уже мерит шагами класс. Ненавистная МЦ-12, для своих учеников Мисс Цаца. Как и все упыри она высока, костлява, имеет кожу цвета серого мела и лысый череп. Постоянно красит губы вишнево-красной помадой и носит высокий каблук, что делает ее образ еще жутче в своей длинной черной мантии. Но она хотя бы никогда не снимает свой капюшон.

Из того, что я узнала с нашим хреновым доступом к общественному телевидению, классные комнаты квази очень похожи на земные. Учитель, стоящий перед рядами учеников и единственная дверь, позволяющая войти или выйти. Единственным заметным отличием являются глянцевые фотографии Олигархии на стенах и стулья с дыркой в спинке для наших хвостов. Сделав глубокий вдох, я открываю дверь.

- Класс, откройте страницу 134 Порабощение Квази Сквозь Века.

На цыпочках прокрадываюсь в комнату. Мисс Цаца замирает. Ее угольно-черные глазки впиваются в мою спину.

- Майла Льюис, ты опоздала.

- Простите. Я была на Арене…

Не желаю слушать ваши оправдания. – Мисс Цаца бьет кулаком по столешнице; уверена, что она сломала один из своих супердлинных красных ногтей. – Призвание на службу, не дает тебе права нарушать порядок.

Я занимаю свое любимое место в углу последнего ряда - настолько далеко от учителя, насколько это возможно.

- Ясно.

Мисс Цаца в течение еще целой минуты сверлит меня свирепым взглядом, но затем переводит свой взгляд на раскрытый учебник.

- Как вы можете прочитать на странице 136, квази неумело руководили Чистилищем на протяжении тысячелетий, что и вынудило Армагеддона двадцать лет назад освободить эти земли. Такой ход событий был неизбежен, так как квази самые слабые существа всех пяти реалий.

Я стискиваю зубы и сжала столешницу так, словно пытаюсь разломить ту напополам. Последнее, что мне сейчас нужно – это очередная лекция на тему: «Какой же наш Армагеддон замечательный.»

Мисс Цаца постукивает красным ногтем по подбородку.

- Кто может назвать все пять реалий и их население?

Палетт поднимает руку, чтобы покрасоваться новыми Ролекс.

- Палетт?

- Рай с ангелами, Ад с демонами, упыри в Темных Землях, Квази в Чистилище и… - Палетт морщит лоб.

Мисс Цаца закатывает глаза.

- Фраксы в Антруме.

Лицо Палетт окрашивается в красный.

Учитель звонко хихикает.

- Не волнуйся, маленькая дурочка. Ты всего лишь проиллюстрировала мое мнение на тему уровня развития вашего народа. Квази – низшая форма жизни. – Мисс Цаца начинает свой «урок», что состоит в основном из ненавистной квази версии Армагеддоновой войны. Ее способ подачи материала по истории можно назвать так: «Почему Квази Лажают Сквозь Века».

Вздохнув, я достаю из сумки тетрадь и пытаюсь сосредоточиться. Когда я предпринимаю шестую по счету попытку понять прочитанное, рядом кто-то кашляет. *Вот же черт.* Я узнаю этот звук из тысячи.

Дюйм за дюймом, я поворачиваю голову так, чтобы в поле зрения попали парты сбоку. И тут до меня доходит весь ужас положения: я сделала худший выбор места в истории вселенной. Я умудрилась занять место справа от Зака Райдера - человека, по которому сходит с ума Сисси и моего персонального сталкера.

Сила Зака в похоти. Он высок, бледен и привлекателен, каждый дюйм его тела упакован в мускулы и источает феромоны. У него глаза цвета карамели, точеные черты лица и хаос из светлых волос на голове, что хорошо сочетается с его обезьяним хвостом. Колени всех девушек при виде него подгибаются. Всех, кроме меня, что делает меня бросающей-вызов-целью-номер-один, начиная с третьего класса.

- Привет, киска. - машет мне Зак. На нем стандартный набор из черных штанов, черной футболки и фирменным завлекающим взглядом.

Ткнув в сторону учителя, делаю свое лучшее "тихо!" лицо.

Зак выгибает бровь.

- Идешь на мою вечеринку в пятницу вечером?

- Нет.

Его последняя вечеринка включала в себя только две бани пива и черное сидение личного лимузина. Фингал, что я оставила ему под глазом, сошел только через неделю. Провальная попытка украсть мой первый поцелуй. Но, по крайней мере, я получила удовольствие от того, что ударила его.

Скрипя зубами, оглядываю класс.

Каждая девушка, что находится на радиусе действия феромонов Зака, смотрит на него липким взглядом. Почему я единственная, кто думает, что его шаблонное поведение «Мистер Романтика» раздражает? Возможно, я единственная на всю школу старшеклассница, которая никогда не влюблялась и ни разу не целовалась. И что с этого?

Расправив плечи, поворачиваюсь к Заку боком. *У меня есть более важные темы для беспокойства, чем какой-то там парень и вопрос: что мне с НИМ делать.* Я сильно увлеченной содержимым своей тетради. Надеюсь, он поймет намек.

- Не так быстро, крошка. - он показал на торчащее из моей сумки письмо. - Это не того рода вечеринка. Взгляни.

- Так, оно от *тебя*? — вытащив из сумки письмо, переворачиваю его нужной стороной. - Я в любом случае собиралась его сегодня прочесть. — я замолкаю, а мой хвост пытается изрезать оставшуюся от письма часть. Я шлепаю по стреловидному кончику и сую письмо обратно в рюкзак.

Зак сверкает белозубой улыбкой.

- Почему бы тебе не прочитать его прямо сейчас?

Глядя в окно, Мисс Цаца разглагольствует о том, как не справедливо квази поступали по отношению к демонам, отправляя слишком много душ в Рай. Я могла протанцевать по проходу между парт — она бы и не заметила.

Зак подумал о том же.

- Мисс Цаца ничего не заметит. Давай. Взгляни.

Я вытаскиваю конверт из рюкзака и кладу его на колени.

Зак выгибает дугой другую бровь.

- Не могу в это поверить. Неужели сам воин Арены боится открыть безобидное письмецо?

Это срабатывает. С остервенением разрываю конверт и нахожу внутри теснённое приглашение, в котором написано: *Вы и ваш гость сердечно пригашаетесь присоединиться к дипломатическому вечеру в честь упырей-правителей и их благородных сюзеренов, демонов. В пятницу 13ого, в особняке Рйдеров, в Верхнем Чистилище. Только соответствующий событию дресс-код. Двери открываются в 20:00.*

Я провожу пальцем по теснению на листке.

- Это правда?

- Абсолютная. Ты также можешь взять с собой друга, если захочешь. — Сиссина влюбленность в Зака чудовищна; она никогда мне не простит, если я забью на такую для нее возможность. Может быть, он не настолько глуп, как кажется.

После последней вечеринки, на которую меня приглашал Зак, мне следует отнестись к этому письму со скептицизмом, но есть четыре хороших довода в пользу принятия данного приглашения. Первое, отец Зака *действительно* богатый дипломат, что принимает делегации упырей и демонов. Второе, вечеринка пройдет в особняке его родителей, где он, скорее всего, будет вести себя менее отвратительно. Третье, я возьму с собой Сисси. И четвертое, единственный известный мне факт об отце - это то, что он был дипломатом и я не могу упустить свой шанс узнать о нем больше.

- Я подумаю.

Губы Зака изгибаются в удовлетворенной улыбке.

- Это все, чего я прошу.

Я до последнего урока не вспоминаю о приглашении. На уроке Прислуживания мы с Сисси сидим на заднем ряду. Его преподает нам СТ-42, - мы называем его Старым Таймером - известного своими огромными усами, сломанными зубами и ярой ненавистью к разговорам в классе. Его серые волосы собраны в конский хвост у основания шеи. Не считая вышеперечисленного, его внешность довольно обычна для упырей: высокий, мрачный и мерзкий на вид.

- Сегодня у нас важный урок. – Старый Таймер слоняется по классу, длинная хламида раскачивалась на его тощем стане, как на вешалке. Он откидывает капюшон и окидывает класс внимательным взглядом, накручивая на палец и без того кудрявые усы.

- Сегодня мы узнаем, как приготовить для своего мастера аппетитный обед. – синюшные губы Старого Таймера расплываются в дьявольской улыбке. – Захватывающе, правда? – он звонко хихикает, видя, как мы «счастливы» прислуживать нашим повелителям, готовя для них вкусный обед. Я начинаю выводить в своей тетрадке «Уроки в Глупляндии» снова и снова.

Сиссины рыже-карие глаза цепляются за конверт, торчащий из моего рюкзака.

- Что это?

Я продолжаю корябать. Это важно смотрится и дает мне время подумать. Сисси прочищает горло.

- Я задала тебе вопрос, Майла. – она снова показывает на конверт.

Я зеваю.

- А, это наше приглашение на прием в доме Зака в пятницу вечером.

Сисси начинает задыхаться.

- Приглашение *куда* в пятничный вечер?

Я прекращаю писать, осознав вдруг, какую ошибку совершила.

- Э-э, я расскажу тебе позже.

Старый Таймер заканчивает восхвалять и превозносить наших повелителей, в это время полкласса болтает, поделившись на маленькие группки, а один парень даже сопит на заднем ряду.

- Какая дерзость! – Старый Таймер так резко прекращает накручивать свои усы на палец, что, мне подумалось, он вырвет их с лица с корнями. – Все внимание на своего мастера!

Комната погружается в тишину; дремавший до этого подросток поднимает голову. Если бы Старый Таймер был персонажем комикса, то прямо сейчас из его ушей валил бы дым.

- А теперь усвойте вот что, - учитель проходит к своему столу и склоняется над ним, делая быстрые пометки.

- В наказание за отсутствие внимания, всю следующую неделю вы будете писать тесты. – он впечатывает костлявый кулак в столешницу. – А это значит: чистка мантий, массаж стоп и роболепный этикет, а также ваш сегодняшний урок - приготовление пищи.

Из учеников издает коллективный стон; все мгновенно принимают позу прилежного ученика. Парни перестают вилять хвостами.

- Наконец, все ваше внимание обращено ко мне. – Старый Таймер потирает руки и начинает свой рассказ о том, что упыри любят пряности, пьют сиропы от кашля словно вино и имеют аллергию на рыбу. О, а еще они тоннами едят червей. – Все, следуйте за мной для демонстрации.

Мы обступаем с четырех сторон длинный металлический стол. В левую руку наш учитель берет миску с копошащимися в ней червями, а в правую высокую бутылку соуса Tabasco.

- Кто хочет приготовить восхитительный ужин? – он переводит взгляд с одетого в черное чучела на Бетти Крокер и обратно.

Сисси пихает меня в бок.

- Зак просил и меня тоже прийти, ведь правда же? Пожалуйста, скажи мне, что он просил. – нужно найти ей другое хобби.

Пихаю ее бедром в ответ.

- Сисси, тише. А то втянешь нас в неприятности.

- Майла Льюис. – Старый Таймер кивает мне серой головой. - Хочешь поделиться темой вашего разговора с другими прислужниками?

- Нет, сэр.

Старый Таймер ставит миску с червями на кухонный столик.

- Быть может, ты считаешь, что твой особый статус война Арены дает тебе право игнорировать школьные правилам, которым следуют все остальные?

Я хмурюсь. Единственное, что меня в Арене раздражает – это вечные жалобы на мой «особый» статус. Во всем Чистилище насчитывается лишь несколько десятков сражающихся на Арене квази и все мы происходим от демонов Ярости. Ярость, как известно, это не один, а *два* смертных греха: похоть и гнев. Я же из этой пары унаследовала только гнев и, вероятно, именно поэтому стала столь хорошим бойцом. И, да, я *считаю*, что заслуживаю свой «особый статус». Хэй, я не дала злой душе попасть в Рай этим утром. Где мои овации?

Я уже было открыла рот, чтобы сказать что-нибудь эффектное, когда сталкиваюсь со взглядом Старого Таймера. Нда, здесь меня овации не ждут точно. Я закусываю губу.

- Как скажете, сэр. – *соси, лузер.*

Старый Таймер возмущенно выдыхает.

- Что думает остальной класс? Достойна ли Майла Льюис особого отношения, только потому, что уложила парочку призраков?

Тридцать пар глаз обращаются ко мне, и в каждом взгляде читалось: «Хэй, я и забыл об этой сумасшедшей девице». Данное отношение лучше безжалостных поддразниваний, что были во времена начальной школы. Но меня прекратили задирать после того, как в первом классе я отправила Билли Саммерс на больничную койку. Именно тогда Сисси меня и пожалела, положив в свою маленькую обувную коробку дружбы.

Старый Таймер топает ногой.

- Итак, класс?

Никто не хотел, чтобы их задницы надрали так же, как это было с Билли Саммерс, поэтому держали рты на замке.

- Посмотрим. — Старый Таймер переводит взгляд на миску с червями. - Майла, раз ты, похоже, заслуживаешь особого к себе отношения, то ты-то нам и продемонстрируешь как готовится червовое суфле.

Ох, мое прекрасное несчастье. Только не червовое суфле.

Делаю глубокий вдох.

- Да, сэр.

Подойдя к столу, я смотрю на отвратительных склизких червей. Даже для квази-демона это слишком.

Старый Таймер улыбается, являя полный гнилых и пожелтевших зубов рот.

- Первым делом тебе следует сделать из червей кашу.

Меня передергивает. *Это просто омерзительно.* Оглянувшись назад, отмечаю, что все взгляды одноклассников все еще прикованы только ко мне. Я делаю попытку превратить гримасу отвращения в прохладное, совершенно обычное выражение лица, но в итоге делаю только хуже.

- Понятно. — мой желудок совершает сальто. — Можно мне ложку или что-то вроде этого?

- Конечно, нет, - говорит Старый Таймер. — Это должно быть сделано голыми руками.

- Лаааааадно. — дюйм за дюймом мои дрожащие руки приближаются к извивающейся массе серо-коричневой блювотины.

И в тот же момент Сисси испускает визг.

- Ангелы! Ангелы! — тыкает она в окно; весь класс сбегается посмотреть. Я присоединяюсь к ним, пребывая в восторге от того, что все-таки пронесло.

Действительно, под окнами в сопровождении директора и заведующего шествовала пара ангелов. Старый Таймер выглядывает в окно и его глаза становятся размером с блюдца. Из его горла вырвался взволнованный хрип.

- Упыри и ангелы?

Не считая Арены, ангелы редко посещают Чистилище, не говоря уже о прогулках с упырями на свежем воздухе. Колесики в моей голове вращаются со запредельной скоростью, возвращаясь к одной и той же мысли, снова и снова: *это маленькое представление оттягивает начало приготовления червового суфле!* Улыбка сама собой появляется на моем лице.

- Что, ради света, здесь делают ангелы? – Старый Таймер накручивает на костлявые пальцы усы, его эбонитовые глаза подернуты пеленой задумчивости.

Сисси приподнимает руку.

- Сэр, урок почти закончился. – до конца урока оставалось еще пятьдесят минут, но Сисси, похоже, изобрела новый метод исчисления времени.

Со все еще прикованным к окну взглядом, Старый Таймер рассеянно машет рукой.

- Все свободны.

Сисси хватает меня за руку.

- Мы собирались к тебе домой после школы. – она тянет меня к двери. – Объявляю экстренное положение. Нам *нужно* поговорить.

Я кривлю губы. Догадаться о теме предстоящего разговора было несложно.

ГЛАВА ТРЕТЬЯ

Всю дорогу домой Сисси вертела Бетсино радио и вытягивала из меня мельчайшие подробности разговора с Заком. Поразительно, но к любой мелочи она относилась, как к чему-то важному.

- Он смотрел в глаза, когда задавал тот вопрос?

Его руки скрещены на груди вот так?

И, конечно, она не забыла свой коронный вопрос.

– Он спрашивал обо мне?

Когда у меня закончились ответы, я стала придумывать их на ходу. Так проще.

Глаза Сисси вспыхивают алым.

- Он смотрел на тебя *растлевающим душу* взглядом?

Она даже сложную систему классифицирования его взглядов придумала. Аргх! Это ее гребаное помешательство немного выводит меня из себя. Не только потому, что это глупо - а это огромная трата времени впустую - но еще и потому что часть меня хотела бы когда-нибудь почувствовать что-то подобное. Может, однажды.

- Растлевающим душу. - я причмокиваю губами. – Что ты имеешь в виду?

Ее глаза вспыхивают алым.

- Ты точно знаешь, *что* я имею в виду. Он смотрит на тебя так все время. Ты ему нравишься, а тебя это нисколечко не волнует. Это не справедливо.

Посильнее сжав руль, раздумываю над тем, как бы мне вывернуться из этого положения. У Сисси есть два обличия. В одном она моя дорогая подруга, та, что ничего не может поделать со своим большим сердцем и

потому помогает таким чудакам, как я. В другом она гребаный псих, ревну-
ющий ко всему, что она считает своим. Например, к Заку.

- Тормозни-ка своего демона, Сисси. Ты же не хочешь потерять свой
шанс?

- Какой шанс? – Сисси чуть сползает по сидению и закидывает ноги на
приборную панель. – Ты тоже будешь на приеме. Будем честны. Он даже не
заметит моего присутствия.

- Эй, там. – не могу молча наблюдать за тем, как Сисси сама себя опускает. – Это похоже на… похоже..

- Похоже на что?

- Ну, это похоже на битву с Келлула демоном. Разве будешь ты пытаться
выбраться из обмотанного вокруг тебя тела, которое будет сжиматься
вокруг тебя до тех пор, пока ты не умрешь? НЕТ! – акцентируя, я ударяю по
рулю. – Ты проникнешь под его кожу и вырвешь сердце!

Уголки Сиссиных губ приподнимаются в улыбке; ее глазам возвращается
прежний карий цвет.

- Я не уверенна, что *точно* ты только что сказала, но, думаю, это было
что-то вроде «не сдавайся»?

- Да. – снова ударяю по рулю; я в ударе. – Кто живет в единственном
доме Чистилища, где можно достать любое платье, любую косметику и
любое средство для укладки волос из всех пяти реалиях? ТЫ. Если ты
хочешь Зака, то, сидя в машине и хандря, ты его не получишь. Включи свою
Барби и срази его наповал.

Сисси расправляет плечи, ее губы расплываются в широкой улыбке.

- Знаешь что? Ты совершенно права.

- Черт побери, да, я права. - я въезжаю на подъездную дорожку и
выключаю зажигание, на что двигатель Бетси громко крякает. – А теперь
давай перекусим демоническими батончиками.

Сисси вскидывает кулак над головой.

- Ура!

Припарковав машину, вхожу в дом и сообщаю маме о том, что всю
оставшуюся неделю Сисси, не прекращая, будет болтать о приеме Зака в
пятничный вечер.

Мама тут же оживляется.

- Вечеринка в особняке Райдеров? – она поочередно открывает кухонные
шкафчики, вытаскивая ингредиенты для печенья с шоколадной крошкой.
Вау, неожиданно, но приятно.

- Ага. – Сисси накручивает на палец золотистый локон. – Не знаю *что*
мне надеть.

Мама достает из шкафчика над холодильником миксер.

- У меня есть старые связи в Версачи. Я напишу твоим родителям. Они великолепны в создании чего-то особенного в короткие сроки.

Я опускаюсь на свой любимый стул за нашим кухонным столом (в нем идеального размера дырка для моего хвоста) и наблюдаю за тем, как мама летает по кухне, со столь редкой для нее улыбкой. Откуда она знает кого-то в Версаче?

- Большое спасибо, мама Льюис. – пальцем Сисси выписывает круги на столешнице. – Хотите, чтобы я достала что-нибудь и для Майлы?

Она переводит вопросительный взгляд с меня на маму.

- Ни в коем случае! - мама вскидывает подбородок. – Я в былые времена посетила изрядное количество приемов и сохранила все свои платья. У меня есть на примете то, что замечательно подойдет Майле.

На моем лице появляется хитрая усмешка.

- Все эти разговоры о дипломатических вечерах, должно быть, кое о ком тебе напоминают. – *например, о моем отце*. Я взглядом ей сообщаю: «Это я, и я не сдаюсь».

Мама собирает мои длинные каштановые волосы в кулак и начинает вертеть ими под разными углами.

- Мы не будем об этом говорить, Майла. - она щипает меня за щеку, оставляя ярко-красный след. – Я уже придумала, что мы будем делать с твоими волосами и макияжем.

Я молчу, закусив нижнюю губу. Версаче, дипломаты, особняк Райдеров... Может сделать миллионную попытку узнать что-нибудь о своем отце?

Сисси вздыхает.

- Если ты начнешь свой очередной кто-мой-папа-спор, я пойду домой.

Мама продолжает экспериментировать с моими волосами.

- Не начну. – барабаню пальцами по столешнице. - Ладно, ты не хочешь говорить о папе. Тогда, возможно, ты можешь рассказать мне о своей работе в дипломатии? И что за вечера ты посещала в особняке Райдеров?

Мама отвечает тоном, не терпящим возражений, продолжая крутить моими волосами в разные стороны:

- Я никогда на эти вопросы не отвечала, и начинать не собираюсь.

Я раздраженно вздыхаю.

- Да ладно тебе, мам! Это так не справедливо. Неужели ты не можешь мне выдать хотя бы малюсенького факта?

Сисси бьется лбом о стол.

- Ни за что! Это звучит как кто-мой-папа-спор *плюс* что-ты-делала-до-войны-мама-дебаты. Пожалуйста, позвольте мне сберечь наше время. – она выпрямляется и начинает изображать нам с мамой разговор двумя руками.

Правая рука Сисси «говорит»:

- Мама, мне правда очень хочется знать, кто мой папа.

Сисси изображает меня плаксивым голосом. И мы с ней об этом еще поговорим.

Ее вторая рука «отвечает»:

- Нет. – маму она изображает ворчливым голосом.

«Моя» рука:

- Что ты делала до войны?

«Мамина» рука:

- Я не скажу тебе.

- Ни капельки, ни самой малой дольки?

- Нет.

- Но мне просто ужасно хочется знать.

Сиссина кукла Майла начинает подпрыгивать на месте в нетерпении.

- Нет, нет, нет, нет, нет. А теперь иди в свою комнату и скажи своей подруге, чтобы шла домой.

Сисси встает и раскланивается.

- Спасибо, спасибо! Представление окончено. – и приземляется обратно на свой стул. – А теперь мы можем поговорить о вечере у Райдеров?

Я прячу лицо в ладонях.

- Нет. – она не сможет очаровать меня и в этот раз.

Сисси осторожно раздвигает мои руки до тех пор, пока между ними не образуется узенькая щелочка, в которую я могу видеть Сисси.

- Это не моя Майла. – она мило мне улыбается.

Я пытаюсь надуться, но вместо этого невольно улыбаюсь. И снова, Сисси смогла разрядить обстановку парой слов.

- Ладно, давайте поговорим о приеме.

Мама улыбается.

- Точно. Мы остановились на моих словах о том, что я знаю, что сделать с твоими волосами и макияжем.

- Я сама могу сделать себе прическу и макияж, но будет замечательно, если ты найдешь мне платье.

- И обувь тоже. – добавила Сисси.

- Само собой! – мама выходит из комнаты; Я слышу ее шаги на старой мансарде. Оставшуюся часть дня мама сосредоточенно перерывает старые коробки, что-то не мелодично напевая.

Между тем мы с Сисси активно избегаем выполнения домашнего задания за просмотром марафона *Брэди Банда* на Человеческом Канале.

В общем, это был хороший день.

***

Костлявые пальцы трясут меня за ногу. Выглянув из своего убежища, я вижу Уолкера в метре от подножия моей кровати.

- Ты призвана служить.

Кидаю взгляд на прикроватные часы.

- Сейчас пять утра, Уолкер. - и сегодня вечером прием у Райдеров. – Это уже второй матч за неделю.

Уолкер пожимает плечами, потирая бакенбарды костлявыми пальцами. Я даже отсюда могу слышать, как на другом конце дома мама нервно меряет кухню шагами.

Перекатываюсь на бок и смотрю на Уолкера правым глазом. Знаю, что этого не избежать (не говоря уже о том, что нет занятия лучше), но это не значит, что я не могу немного повредничать.

- Разве не могли они найти кого-нибудь другого, а?

Улыбка появляется на его губах.

- Нет.

- В таком случае, *думаю*, мне придется пойти.

Уолкер делает шаг к двери.

- Не волнуйся, есть еще один воин, которого я мог бы…

Я прыгаю перед ним, перекрывая выход из своей комнаты.

- Ты не посмеешь!

Уолкер улыбается. Он правда слишком привлекателен для упыря.

- Значит, ты *будешь* биться?

- Ты и так знаешь, задохлик. -

Бью его по плечу и, ускорившись, натягиваю на себя одежду, набиваю рот хлопьями и прохожу утренний допрос Великой Маминой Инквизицией.

Уолкер щипает себя за подбородок.

- Пора идти, Майла.

- Наконец! – я прочищаю горло. – Я хотела сказать, пошли. –

Пусть я сильно взволнована тем, что это уже второй бой за одну неделю, но мне не хочется, чтобы у Мамы случился аневризм. – Увидимся позже.

Она хватает меня за плечи.

- Будь осторожна, Майла-ла. Ты – все, что у меня есть. – она шмыгает носом. – если я тебя потеряю…

- Не беспокойся. Я буду мега осторожна. Пока. - хватаю Уолкера за руку и на бегу влетаю в портал. Неважно сколько раз я через это уже проходила, каждый раз моему желудку становится одинаково плохо. Когда я выхожу на Арену, моя голова немного кружится.

Борясь с туманом в своей голове, я окидываю пространство вокруг внимательным взглядом. Рядом со мной стоят Уолкер, Шарки, ХП-22 и старая добрая Шейла, Люмус демон. Из-за того, что все мои силы уходят на попытки сконцентрироваться, мой затуманенный разум пропускает появление ангелов и демонов. К тому времени, как моя голова становится ясной, Шарки уже готов начать матч.

- Демоны и ангелы! – глубокий голос конферансье отскакивает от толстых стен Арены. - Я представляю вам очередное сражение, демонстрирующее эффективность упырьского правления Чистилищем.

Обычно, в этот момент со своей половины начинают реветь демоны, но в этот раз на Арене идеальная тишина. Я окидываю трибуны внимательным взглядом. Армагеддон неподвижно восседает на своем эбонитовом троне. Его красные глаза ярко пылают, а тонкие губы кривятся.

Шарки пристально вглядывается в трибуны, а затем делает жест в сторону темного балкона.

- Я бы хотел попросить величайшего генерала в истории сказать пару слов, прежде, чем матч начнется. Армагеддон, если вы пожелаете!

Лорд демонов, покачивает ногой на подлокотнике черного трона, его алые глаза, полные незамутненной злобы окидывают толпу пристальным взглядом.

- Мне нечего сказать.

Ладно, это странно. Обычно бои начинаются с обмена взаимной любви друг к другу Армагеддона и упырей. Сегодня же их отношения выглядят странно прохладными. Зевнув, потираю шею. Или, может, мой мозг еще не проснулся.

И тут на ноги поднимается Венера.

- Я желаю сказать пару слов.

Шарки с отпавшей челюстью смотрит на Армагеддона в течение нескольких долгих секунд. Венера никогда раньше не брала слово на таких мероприятиях.

Шарки кланяется ей.

- Оу, да. Пожалуйста. – он переключается обратно в режим конферансье. - Упыри, демоны и ангелы! Все вы знаете, что Венера является Оракулом, единственным ангелом владеющим даром ясновидения. Чем вы хотите поделиться с нами сегодня? Предсказанием, касающегося боя?

Венера расправляет свои прекрасные крылья.

- Мы, ангелы, не можем не обратить внимание на то, что возраст Скалы начинает брать свое. – хитринки поблескивают в ее глазах, когда она кидает взгляд на Армагеддона. – Пришло время объявить о его Наследнике и призвать того на Арену.

Я с трудом вдыхаю. На протяжении десятков лет у Скалы не было Наследника. Я, конечно, слышала истории: в любой из моментов времени существуют только один Скала и один Наследник. И что из созданий всех пяти миров, только двое могут иметь в себе одновременно кровь человека, ангела и демона. Мой хвост встает на изготовку над плечом. Так или иначе, требование Венеры призвать на Арену Наследника врубило мои бойцовские инстинкты на полную мощь. Плохой знак.

По периметру верхнего ряда Арены Олигархия синхронно поворачивает головы к Венере. Они заговорили единым голосом, звучавшим как смесь ропота и шипения:

- Мы не нуждаемся в Наследнике Скалы.

Венера медленно качает головой.

- Скала могущественен, но также он смертен. Вот почему всегда есть Скала и его Наследник. Мы не видели Наследника со времен войны Армагеддона. – она сует руки в широкие белоснежные рукава. - Ангелы одобряю подобные бои, как демонстрацию эффективности правления, но насколько оно продуктивно без Наследника?

Армагеддон щелкает длинными черными пальцами. Краснокожий демон с рогами и вилами подходит к трону великого демона.

- Где Наследник Скалы? Тот фракс, которого мы поймали на границе с Адом?

Краснокожий демон сглотнул.

- Мертв, мой повелитель.

Армагеддоновы глаза вспыхивают алым.

- Почему?

- Вы посчитали его слишком наглым.

Король Ада почесывает щеку.

- Ах да, вспомнил. – его кубы кривятся в жуткой усмешке. – Он умер замечательной смертью.

Я вздрагиваю. «Замечательная смерть» значит, что он придумал что-то оригинальное и особо болезненное. Ауч.

Армагеддон кивает Венере.

- Наследника Скалы нет уже почти двадцать лет. К чему поднят это вопрос сейчас?

Венера склоняет свою темноволосую голову.

- Мы считаем время пришло.

- Что ты имеешь в виду? – он барабанит по подлокотнику трона длинными пальцами. – В этом замешано какое-то *пророчество*?

- У Оракула на все есть свое пророчество. – ее глаза вспыхивают ярким голубым светом. – Отвечай на мой вопрос. Наследник Скалы.

- Мы нашли одного бедного парня. – он наклоняется вперед, поставив локти на колени. Его глаза сужаются, стоит ему встретиться с уверенным взглядом Венеры. Воздух заряжается странной угнетающей силой. Становится трудно дышать.

Глаза Армагеддона пылают ярко-алым.

- Пришло время заставить еще одного Наследника Скалы страдать.

Слово «страдать» странным эхом проносится в моей голове. Перед моим внутренним взором появляется мужчина с глазами разного цвета и черными волосами. Его мышцы вздуваются от напряжения. Весь покрытый кровью, он кричит. Не знаю откуда, но я точно знаю, что он - последний Наследник Скалы. У меня подгибаются колени. Тяжелые тучи закрывают всегда серое небо, погружая Арену в полутьму.

Несмотря ни на что, Уолкер всегда на моей стороне. Он хватает меня за плечо поддерживая. Его рука худа, но увита мышцами, сил в которых больше, чем я ожидала.

- Что-то не так, Майла? – лицо корчащегося в агонии мужчины заполняет мое сознание

- Ты этого не видишь?

- Нет, Майла. Ты поймала эманацию от смешения энергии Венеры и Армагеддона. Иногда это вызывает галлюцинации. - он кидает взгляд на тучи. - Просто потерпи еще пару секунд.

Венера окидывает толпу внимательным взглядом льдисто-голубых глаз.

- Давайте начнем матч.

Она медленно опускается на белокаменный трон, а на ее лице проявляется довольная улыбка.

- Да будет так. - Шарки ударяет посохом о землю. Небо светлеет, мои ноги вновь обретают силы. Что за черт здесь происходит?

Уолкер выпускает из жестко захвата мое плечо.

- Готова?

- Да, спасибо. - делаю несколько глубоких вдохов. - Что это только что было? Из моего тела словно дух вышибли.

- Битва желаний между Венерой и Армагеддоном. Я тоже это почувствовал, но без видений. - Уолкер берет меня за руку. У него теплая, дарующая спокойствие ладонь. - Ты должна взять себя в руки и приготовиться к бою, Майла. Они вот-вот призовут душу. Сможешь сделать ради меня?

Сжав его ладонь, разминаю шею.

- Черт возьми, да. - с каждой секундой в мое тело прибывает все больше сил и энергии. - Сделаем это.

Уолкер улыбается.

- Вот это моя девочка.

Шарки снова стучит своей палкой.

- Мы вызываем душу на бой. - рядом с ним материализуется призрак женщины.

Гибкая как прутик и худая, у нее слегка сгорбленные плечи и серые волосы до пояса. Сеточка шрамов покрывает ее опухшее лицо.

Человеческая женщина, не задумываясь, вскидывает руку и показывает на Шейлу.

- Я выбираю ее.

Шарки делает паузу.

- Значит, вы выбираете испытание боем?

- Да. - говорит женщина быстро. - И я выбираю зеленого демона.

Церемониймейстер машет рукой мне, Уолкеру и другому упырю.

- Вы трое, уходите.

Человечка кивает, затем слегка кланяется Люмус демону и падает на колени. Если судить по тому, как сотрясаются ее плечи - уверена, она плачет.

Я следую за Уолкером под один из арочных выходов Арены и беспокойство одолевает меня. Только что произошедшее во многом показалось мне неправильным. Остановившись в тени, опускаю взгляд в пол и лишь краем сознания отмечаю, что Шарки начинает объяснять правила боя.

Я поворачиваюсь к Уолкеру.

- Это, наверное, самый странный мой день на Арене. Во-первых, все эти разговоры о Наследнике Скалы и странные эманации между Венерой и Армагеддоном. Во-вторых, меня выдернули из постели, чтобы сразиться со пожилой человечкой, что сейчас сидит и плачет? Меня призывают только ради худших из худших.

- Мне нечего тебе ответить. - глаза Уолкера встречаются с моими, его черные зрачки поблескивают в тусклом свете. - Ты очень мне дорога, Майла.

Он поднимает руку и касается моей щеки. Его кожа теплее, чем я думала.

Внезапно меня озаряет.

- Ты знаешь, что здесь происходит, не так ли? - я хватаю его за руку. - Расскажи мне.

- Я уже не одно десятилетие наблюдаю за Венерой. И знаю, как она думает.

- И как же?

Уолкер хмурится. Знаю, мама запрещает ему рассказывать что-либо о себе. Но он много больше, чем просто транспорт, перевозящий меня туда-сюда и должен знать, что *действительно* сегодня случилось.

Его рука опускается.

- Я итак уже слишком много тебе рассказал. — повернувшись на пятках, он отходит.

Я встаю на его пути.

- Скажи мне то, что собирался сказать и обещаю - больше не буду давить на тебя. Знаю, ты дал своего рода обещание моей матери. - я смотрю в его блестящие глаза и всем своим существом молюсь: *пожалуйста, расскажи мне хоть что-нибудь.*

Облегчение омывает лицо Уолкера.

- Эту вещь я могу сказать. Мне кажется, что ты впечатлила Венеру своим боем с Душителем. На данный момент она тобой заинтересована. И специально запросила именно тебя на Арену сегодня, но не думаю, что это было ради сражения.

- Тогда зачем?

- Возможно, чтобы ты услышала об их поисках Наследника. – он кивает на поле боя за широким арочным проходом. Человечка все еще стоит на коленях, тихо всхлипывая. Шейла сокращает дистанцию между ними, зеленая слюна капает из зияющей дыры на месте ее рта.

Злость обжигает мои внутренности.

Я на все сто уверена, что эта женщина не должна быть убита и сослана в Ад. Я просто *знаю* это.

- Уолкер, это неправильно. – мои глаза горят демоническим красным. – Почему этой женщине нельзя в Рай?

- Некоторые души верят, что заслуживают быть сосланными в Ад, даже если Суд решит иначе. – он качает головой.

Выбери она Суд - отправилась в Рай прямо сейчас. Я чувствую опустошение. Она целенаправленно проигрывает сражение, чтобы ее душу отправили в Ад.

Инстинктивно принимаю в стойку. Носки моих ног упираются в землю, готовые стартовать. Я прикидываю расстояние до женщины. Я могу преодолеть его в считаные секунды. Она не принадлежит Аду. Я не позволю этому случиться.

Я уже почти выбежала из-под арки, но Уолкер вернул меня обратно.

- Майла, что ты делаешь?

Я сбрасываю его руки.

- Не похоже, что то, что сейчас происходит – правильно. Возможно, я смогу схватить ее...

- И будешь разорванной на клочки сотней демонов. – он покачал головой. – Этим ты никому не поможешь.

Мой голос срывается.

- Неужели нет ничего, что я могла бы сделать?

- Боюсь, не в этот раз. – он осматривает Арену, его взгляд останавливается на Венере. – Но, возможно, скоро. Я верю, что наши союзники-ангелы имеют план по возвращению Чистилища его законным владельцам.

Мое сердце начинает бешено биться. Свободное Чистилище? Армагеддон и его приспешники уйдут? Я в деле.

- Что они хотят от меня? – я бью себе по лбу. – Конечно, это же очевидно. Сражаться.

- Вероятнее всего. – он вздыхает. – Но с ангелами никогда не знаешь наверняка, пока не станет слишком поздно.

ГЛАВА ЧЕТВЕРТАЯ

П ытаюсь сосредоточиться на уроке истории, но это бесполезно. Крики той женщины преследуют меня. Я рисую в тетради испещрённое шрамами лицо, но линии выходят кривыми. Моя рука до сих пор дрожит.

На другом конце комнаты в мою сторону смотрит Зак, светлые брови вопросительно изгибаются, а губы произносят четыре слова:

- Ты. Я. Сегодня. Вечером. – *и это правда срабатывает на других девушках?* Поерзав на стуле, я поворачиваюсь к нему спиной и продолжаю черкаться.

Голос мисс Цацы прорывается сквозь дымку моего сознания.

- Класс, сегодня мы будем изучать Скалу. – выронив ручку, я поднимаю взгляд.

Хотя бы раз в школе стало интересно.

Количество раз, что я видела Скалу можно пересчитать по пальцам одной руки. С таким большим количеством нуждающихся в перемещении душ, он специализируется в основном на массовых перемещениях: тысячи душ за раз. Чтобы заслужить индивидуальный трансфер надо быть очень гадкой душой. Я в деталях вспоминаю загадочного старца, перемещающего души в Ад или Рай мановением руки. Круууууууууут.

- Откройте страницу 402 в «Чистилище сквозь века».

Я открываю учебник на нужной странице. Затем закрываю глаза, три раза моргаю и, прочистив голову, вновь поднимаю веки. На фото передо мной изображен молодой мужчина, крепкий и полный сил. Черная бородка покрывает большую часть его улыбающегося лица. Рукой он обнимает стройную женщину с разноцветными глазами и длинными светлыми волосами. Строчка под рисунком гласит: Максон и Эсми Бейн.

- Это наш нынешний Скала в годы своей молодости. – причмокивает вишнево-красными губами мисс Цаца. – Максон Бейн родился в 1157 году по Земному летосчислению в месте под названием Англия. Кто может сказать, к какой расе он принадлежит?

Зак поднимает руку.

- Он - фракс. Охотник на демонов.

- Замечательно, Зак; однажды ты станешь превосходной слугой. И как же ты понял, что он фракс?

- Глаза. – Зак показывает на изображение. – Один голубой, а другой карий. Фраксы наполовину люди на половину ангелы. Голубой глаз - ангела, а карий – человека.

- Очень хорошо. - мисс Цаца небрежно машет рукой. – Вряд ли вы когда-либо покинете Чистилище, но, если это все-таки произойдет, помните слова Зака. Любой человек с разноцветными глазами – фракс, а фраксы – охотники на демонов. Не имеет значения квази вы или огромный демон. Любой с кровью демонов в жилах будет убит этими уголовниками.

Она хлопает в ладоши.

– А сейчас, откройте страницу 457.

Я листаю учебник до тех пор, пока передо мной не появляется новое изображение: сияющая черная кожа, острый нос и горящие алым глаза.

- Класс, может кто-нибудь назвать мне имя изображенного?

Мои губы сами произносят ответ:

- Армагеддон.

- Верно. Кто это сказал?

Приподнимаю руку.

- Я.

- Майла. – кривит губы мисс Цаца. – Вижу, ты вынесла с Арены хоть что-то полезное. Да, это Армагеддон, Повелитель Ада и отец Максона; его мать – фракса по имени Сара. Смешавшись, кровь ангела, демона и человека бежит по венам Махсона, превращая бесполезного фракса в единственного на всем свете Скалу.

Она с хлопком закрывает свой учебник.

Я поднимаю руку.

- Да, Майла?

- Было ли когда-нибудь такое, что Скала отказывался перемещать душу? – я вспоминаю изрубцованное лицо человеческой женщины. Возможно, Скала воспротивится переносить ее.

И без того огромные глаза мисс Цацы становятся еще больше.

- Нет, никогда. Каждый Скала делает точно то, что ему велят. Всегда,

всегда, всегда. Фактически, Скала даже мысли не может допустить, чтобы сделать что-то отличное оттого, что ему сказали упыри.

Судя по тому, как она переигрывает, думаю, Скала все-таки может быть занозой в заднице, если захочет. Хотя, учитывая как стар нынешний Скала, возможно, он действительно делает только то, что ему прикажут. Мое сердце судорожно сжимается. Не очень-то хорошая новость для женщины с Арены.

Вновь нахожу изображение Максона Бейна в учебнике. Раньше я не задумывалась об этом, но, если Скала перестанет перемещать души, все работы в Чистилище замрут и жизнь здесь остановится. Полагаю, упырям повезло, что нынешнего Скалу волнует только сон, смолотая в кашу еда и передвижение на носилках.

Палетт поднимает руку, осторожно посверкивая своими Ролекс в процессе.

- Значит, последний раз, когда демон и фракса были, эм, вместе, это 1157?

- Вряд ли. – Мисс Цаца закатывает гниющие глаза. – Но пока Скала жив, никто другой не сможет родиться одновременно с кровью ангелов, демонов и людей в своих венах. Скала буквально единственный в своем роде. Вот почему первым делом Армагеддон спас именно его. – она улыбнулась, показав красное пятно от помады на пожелтевших зубах.

Спас или похитил? Мисс Цаца – Мастер переворачивать всё вверх дном.

Я поднимаю руку.

- Что насчет Наследника Скалы?

- Интересный вопрос. – ее глаза превращаются в щелочки. – Было время, когда верили, что одновременно существуют Скала и его Наследник. Двое смертных, в жилах которых течет кровь ангела, демона и человека. И много лет назад один фракс утверждал, что является Наследником Скалы, но был убит и никто так и не занял его места. Это было так давно, что многие задаются вопросом: а действительно ли Наследник когда-то существовал?

Мисс Цаца складывает руки на груди.

- Но существует Наследник Скалы или нет – не имеет значения. – когда ее рот вновь раскрывается, вылетающие из него слова разлетаются по комнате странным эхом. – Тот, кто контролирует Скалу – контролирует все.

Остаток дня пролетает незаметно. Приехав на Бетси домой и взяв перекус, я готовлюсь погрузиться в новый номер журнала «Жизнь Квази». Прислонившись к изголовью кровати, открываю глянцевый журнал и начинаю листать. За одну статью у меня цепляется взгляд: *Десять способов заставить вашего упыря полюбить вас.* Я пробегаю по странице глазами. *Номер десять: попробуйте наш новый сорт червей и рецепт джалапеньо.*

Фу.

Резко прекратив чтение, кидаю журнал на пол.

В мою комнату вваливается Мама с картонной коробкой в руках.

- Привет, моя крошка Майла-ла! - она покачнулась и бухнула коробку на комод. – Давай начнем готовиться к приему!

Я соскальзываю с кровати и, привстав на носочки, пытаюсь заглянуть в коробку.

- Что ты для меня выбрала? Не могу дождаться момента, когда, наконец, увижу свое платье.

- О, ты полюбишь его. Но закрой глаза… Я хочу, чтобы это стало сюрпризом. – она так лучится от радости, что я просто не могу отказать.

- Ладно. – закрываю глаза.

Натягивая на меня платье, она задет вопрос, перед которым трепещет любой выпускник:

- Как у тебя дела с оценками?

Этот изнурительный процесс длиною в год закончится только с назначением служения.

- Тестирования еще не начались.

- Ты не думала стать швеей в будущем? – мама нежно сжимает мою ладонь. – Мы могли бы работать дома и все время быть вместе. Это намного безопаснее Арены.

Бросить сражаться на Арене? Да ни за что на свете! Я уже собиралась сказать это вслух, но надежда, таившаяся в карих глазах, подействовала на меня не хуже ведра ледяной воды. Не могу разрушить ее надежды. Пока.

- Вау, замечательное предложение. – переминаюсь с ноги на ногу. – Но, ты же знаешь, выпускной год начался только две недели назад. У меня еще есть время подумать.

Мама застегивает на спине платье.

- Сильно не затягивай с этим. И оглянуться не успеешь, как наступит выпускной, а у Арены слишком мало добровольно согласных служить.

- Э-э-э, правда? – в удивлении забываю закрыть рот. – Ты уверена?

- А ты как думаешь? – хмыкает она. Вероятно, она узнавала об этом еще годы назад.

Мое тело деревенеет.

- Эм, давай не будем об этом сейчас.

- Согласна. Но если ты вскоре не запросишь работу швеи, то можешь быть назначена служить кем-то отвратительным, вроде уборщика общественных туалетов.

В этом есть смысл.

- Хорошо, мам. Я обещаю подумать об этом в ближайшее же время. – я нетерпеливо ерзаю в платье. Умираю, как хочется открыть глаза. Юбка ощущается довольно странно, но и платья я, в конце концов, одеваю довольно нечасто. – Уже можно открыть глаза?

Мама хлопает в ладоши.

- Да!

Взглянув в зеркало, я вижу свое отражение, одетое в платье до щиколоток с тяжелой стоящей куполом юбкой. Это оранжевое чудовище полностью увешано бантами и рюшами.

Колокола Ада, оранжевый. Даже не знаю, чего хочу больше: проблеваться, умереть или все разом.

В этот же момент раздается дверной звонок.

- Должно быть, Сисси пришла. - хлопнет мама в ладоши. - Пойду, открою ей. Не могу дождаться момента, когда она увидит тебя!

Эм, я могу.

Мама проходит к входной двери и впускает легкомысленное создание внутрь. Сначала слышен лишь нескончаемый щебет, а потом звук приближающихся к моей комнате шагов. Замерев в дверном проеме, Сисси прикрывает ладошкой полуоткрытый рот. Она одета в обтягивающее черное платье в пол, с боковым разрезом на юбке до середины бедра.

Из меня вырывается тихий свист.

- Сисси, ты великолепна. – все квази, по людским меркам, красивы, но Сиссино платье подняло ее природную красоту на совершенно иной уровень. Почему мама не могла и для меня попросить у Версачи?

- Спасибо, Майла. Ты выглядишь... - Сисси закрывает рот, подбирая правильные слова.

- Она удивительна, не так ли? – кивает на меня мама. – Трудно поверить, что я одевала это платье двадцать лет назад.

- Не так уж и трудно. – тихо говорит Сисси.

Вдруг все чего мне хочется – это провалиться сквозь землю. Я убиваю; я не ношу платья.

- Одну секунду! – мама бросается обратно к коробке и вытаскивает широкополую оранжевую шляпу с огромным бантом. – Это идет в комплекте.

Я представляю себя в образе Капитана Крюка, но затем осознаю, что мама проглотит и это не заметив.

- Нет, спасибо. – говорим мы с Сисси в унисон.

В моей груди образовывается узел нетерпения. Мне просто не терпится снять это платье.

- Я не очень хорошо себя чувствую Сисси. – тереблю застежку на спине. – Можешь идти на прием без меня.

- Все с тобой нормально. Это нервы. – повернувшись к моей матери, она начинает моргать как безумная. – Вы же не будете против, если мы внесем пару поправок? Доведем платье до совершенства?

- Конечно. Ножницы лежат в коробке. Нужно что-нибудь еще?

Сисси мило улыбается.

- Лишь немного девичьего времени. – она кидает выразительный взгляд на дверь. – Вы не против?

- Совсем нет. – все еще сияя, Мама почти парит, когда выходит из комнаты. Сисси плотно прикрывает за ней дверь, затем хватает ножницы и принимается за работу. Не проходит и минуты, как рюши и банты оказываются на полу. В итоге я оказываюсь одета в очень простое, очень волнующее оранжевое платье. Смотрю на свое отражение в зеркале.

- Я похожа на ядерную морковку.

Сисси берет меня за руку.

- Нет, непохожа, ты замечательно выглядишь. Пожалуйста, пошли на прием, пожалуйста, пожалуйста, пожаааааааалуйста?

Я об этом еще пожалею.

- Ладно, идем.

Мы с Сисси с низкого старта припустились к выходу, но мама оказалась быстрее и не дала нам сбежать так просто.

- Нет, подождите! – мама вскидывает руки. – У меня есть пленочная камера, она на чердаке. Хочу запечатлеть этот момент!

Притормозив на пороге, Сисси взбивает золотые кудряшки.

- Конечно.

Мама уносится на вверх, топот ее ног разносится по всему дому.

Я перевожу свой взгляд на лучшую подругу.

- Никаких фото, пожалуйста. Кроме того, мы и так опаздываем.

- Ох, да. – Сисси рупором собирает ладони у губ. – Мы ушли, мама Льюис!

Мамин приглушенный голос доносится с чердака:

- Вы уверены, что не можете подождать?

Я хватаю Сисси за руку и вываливаюсь с ней за дверь.

- Точно уверены.

Мы с Сисси спешим к подъездной дорожке и залезаем в Бетси. После того как Бетси выкашливает пару струек токсичного дыма, мы трогаемся по дороге к особняку Райдеров. Весь путь я разглядываю Верхнее Чистилище, мелькающее за окном.

Сейчас это место - сплошное разочарование, а ведь когда я была маленькой, здесь было так фантастично — рядами на крошечных участках земли выстраивались огромные дома, газоны были всегда зелеными, а на подъездных дорожках стояли причудливые черные седаны.

Все это было до того, как упыри захватили власть.

Как и все завоеватели, упыри решили, что заслуживают лучшею из существующей недвижимости. Я помню каждый дом, что мелькает мимо, вот только теперь все они кишат нежитью. Газоны превратили в участки голой земли – для лучшего разведения червей. Все окна заколочены; модные седаны ржавеют на подъездных дорожках.

И так выглядят все дома, кроме особняка Райдеров. Мы с Сисси как раз к нему подъезжаем; он - белая цитадель квази, возвышающаяся на зеленом холме. Небольшой островок старой республики, живой и прекрасный. Припарковав Бетси, мы направляемся к парадной двери. С лучащимся оптимизмом лицом Сисси нажимает на звонок.

- Наконец, мы здесь!

Я подавляю желание схватить ее за руку и бежать отсюда.

Секундой позже, дверь распахивается, являя нам Зака, слишком прилизанного на вид с зачесанными назад волосами, черным смокингом и красным жилетом в клеточку.

- Привет, Красная Шапочка!

- Ха, ха, очень смешно. – прохожу внутрь. – И это не красный, а оранжевый.

- Да «красная шапочка» - это не про тебя, Маппет.

Сисси встает прямо передо мной.

- Привет, Зак! Хочешь потанцевать? – она отставляет ногу вбок, чтобы показать всю прелесть длинных разрезов на платье. Черт, эта девушка выглядит на миллион долларов.

Я скрещиваю пальцы за спиной. Пожалуйста, пожалуйста, пожалуйста, пусть он заметит ее. Хотя бы раз.

В карамельных зрачках Зака вспыхивают алые искорки.

- С удовольствием, эм... - он щелкает пальцами. – Вертится на кончике языка.

- Сисси. – она делает шаг к нему. – Меня зовут Сисси.

- Ого. Ты новенькая в школе?

- Нет, мы с тобой в одном классе начиная с детского сада. Ты сломал мне нос в вышибалах в третьем классе, помнишь?

- Ох, да. – Зак медленно кивает. – Прости за это. – он щелкает по кончику ее носа. – Сейчас ты отлично выглядишь.

Лицо Сисси сменяет восемь оттенков красного.

- Спасибо.

Я сжимаю кулаки и шепчу:

- Да! – ни один из них этого не заметил, что показывает степень их увлеченности друг другом. *Наконец-то.*

- Следуй за мной. – Зак хватает Сисси за руку, и они исчезают в толпе.

Я наблюдаю за их уходом и мне становится интересно: каково это - покрываться румянцем от сказанных парнем слов? И ведь это только первый шаг, второй – поцелуй. Не то чтобы я хоть что-то в этом понимаю.

Эх, ладно. Возвращаемся мыслями на прием.

Я обхожу бальный зал по кругу. Это, должно быть, – самое прекрасное место во всем Чистилище. Огромная стеклянная люстра свисает с потолка. Ряды балконов вдоль длинного деревянного танцпола. Сцена, специально сконструированная под этот зал, идеально подходит для джазового оркестра.

Зал полон упырей и демонов, но и ангелы с фраксами присутствуют тоже. Я даже смогла незаметно понаблюдать за Олигархией и Венерой. Всматриваясь в лица вокруг, я улыбаюсь от уха до уха. Возможно, это все часть плана ангелов, о котором говорил Уолкер. Возможно, мы на краю новой эры сотрудничества между ангелами, упырьми, фраксами, квази и демонами

Но, опять же, возможно, и нет.

Одной скребущей и воющей массой демоны толпятся в дальнем углу, окидывая зал взглядом «ням, ужин». В центре их группы со сложенными на груди руками стоит Армагеддон. Перед моими глазами всплывает образ человеческой женщины с сегодняшнего матча и я вдруг начинаю испытывать безумное желание пересечь комнату и вправить Королю Ада мозги. Делаю глубокий вдох и сжимаю кулаки. Возможно, сегодняшний вечер – неподходящее время для чтения Армагеддону нотаций.

Гости, что подходят к Армагеддону ближе чем на двадцать футов тут же начинают мямлить и, в конце концов, замолкают. Его аура повелителя демонов просто подавляет их и заставляет содрогаться от ужаса. Прибавьте к этой ауре мое неоново-оранжевое платье и каблуки – сегодня точно не тот день, чтобы браться за Короля Ада.

Я заставляю себя отвести взгляд. Затем захожу в толпе самозабвенно танцующих Сисси и Зака. В глазах Сисси мелькают алые искры (что значит – ее желает половина зала и она знает об этом). В то же время рубиновые всполохи появляются и в глазах Зака (что значит – я *не позволю* ему отвезти Сисси домой, и я знаю об этом).

Учитывая то, как страстно они танцуют, в ближайшее время отвезти Сисси домой я не смогу. Следующий час или около того мне придется провести в одиночестве, но, если это цена за осуществление Сиссиной мечты, оно стоит того. Я решаю пройтись вокруг, разглядывая лица присутствующих. Кто бы мог рассказать мне хоть что-нибудь о моем отце?

Мой взгляд цепляется за пожилую квази с копной седых волос и таким же количеством бриллиантов. Ее длинный павлиний хвост прекрасно смотрится с зеленым платьем. И она так медленно ест креветку, что со стопроцентной уверенностью могу утверждать, что ее грех в лени.

Я делаю глубокий вдох и расправляю плечи. С чего-то же надо начинать.

Подхожу к незнакомке.

- Здравствуйте, мы с вами незнакомы, но мне интересно посещали ли вы какие-либо дипломатические вечера, скажем, восемнадцать лет назад?

Дюйм за дюймом, женщина кладет креветку в рот и начинает ее пережевывать. Я принимаю это за «да».

- Что ж, может, тогда вы знаете дипломатов тех дней? Из квази, в частности?

Женщина глотает, а затем медленно поворачивает голову ко мне. Ее глаза настороженно блестят.

- Ты... это ты? – мое сердце начинает бешено биться, и кажется, что оно вот-вот выпрыгнет из груди.

Я хватаю ее за руку.

- Я на кого-то похожа? На кого? На дипломата?

- Вы – часть шоу? – она кивает на мое платье. – Маппет? Или Фоззи-медведь?

- Нет, я – не часть шоу. – я закусываю губу. – Извините.

Очевидно, придется придумать другой способ убить время.

Отложив в сторону квест «Найди папу», я нахожу способ скрыть свою оранжевость: тень от балконов прекрасно скрадывает мою яркость. Как бонус идет невозможность найти меня и отчебучить очередной комментарий про Маппет.

Я набираю с собой кучу банок с содой и сладких снеков на ближайшем столе. Вечер удался.

Я уже заканчивала свой сладкий ужин, когда из темноты портала позади меня вышли две тени.

Прищурившись в тусклом свете, я прохожусь по паре незнакомцев оценивающим взглядом. Один из них явно старше, высокий, плотный и с длинными белыми волосами. Он одет в классический смокинг, идентичный тому, что надет на фигуре рядом с ним. Другой незнакомец – широкоплечий парень с жесткой военной выправкой и короткими каштановыми волосами. До их появления под балконом стояла почти идеальная тишина, поэтому сейчас я просто не смогла не подслушивать.

Ладно, может быть и смогла бы, но мне было немного любопытно и очень скучно.

- Не понимаю, что мы здесь делаем, отец. – парень.

- Мы укрепляем связи с ангелами, сын. – У старшего глубокий и звучный голос. – Они хотят наладить отношения между реалиями.

Мое сердце начинает громко биться. Ангелы? Наладить отношения между реалии? Возможно, мы действительно на пороге новой эры. Улыбаясь, я предаюсь мечтаниям о свободной от упырей жизни, где я сама выбираю работу, одежду и все остальное. И тут открывает рот парень, прерывая мои размышления.

- Понял. Что должен делать я?

- Учиться общению, в общем, и познакомься с каким-нибудь квази, в частности. – глаза отца посверкивают в тени. Зрачки его глаз разного цвета: один голубой, другой карий.

Они - фраксы. Я мысленно благодарю мисс Цацу за то, что научила хоть чему-то полезному.

- Квази – не люди. – бросает парень. – Они – демоны.

Что?! Я сжимаю кулаки. Вообще-то, мы почти люди.

- Ангелы говорят, что они другие. Постарайся очистить голову от предрассудков. – отец кивает на танцпол, на котором Сисси вверх-вниз скользит руками по бедрам Зака. – Возьмем эту девушку, например. Почему бы тебе не позвать ее на танец? Она выглядит довольно, эм, *дружелюбной*.

Я закатываю глаза. *Так, мог выразиться только мужчина в возрасте.* Конечно, Сисси немного выходит сейчас за рамки дозволенного, но она мечтала об этом моменте с девяти лет. Я кидаю взгляд на подругу и улыбаюсь. Сисси выглядит совершенно счастливой. Возможно, то, как она трогает пресс Зака, выглядит слишком пошло, но кому какая разница? Ей восемнадцать; это ее работа – смотреться глупо.

Парень складывает руки на груди.

- У этой квази собачий хвост и танцует она, словно на горячих углях.

Моя кровь вскипает от злости. *Что за МУДАЧНЫЕ заявления?*

Парень сжимает за спиной кулаки.

- Кроме того, отец, ты же знаешь, я не дипломат.

Думаешь?

- Где мой лучший солдат? – мужчина бьет сына по плечу. – Я знаю, что могу положиться на тебя.

Парень живо кивает.

- Конечно.

- Вот это мой мальчик. – широко улыбаясь, мужчина выходит из тени и начинает радостно беседовать с группкой упырей-дипломатов.

Я допиваю остатки соды, разглядывая молодого фракса. Мой демон начинает шевелиться внутри. Я представляю, как вцепляюсь в лицо того, кто не отличает квази от демонов. О, а лучше подпрыгнуть к нему сзади и уложить на лопатки с одного удара под колени. Я так увлекаюсь своими фантазиями, что вместо того, чтобы поставить банку из-под соды на стол, я с громким стуком роняю ее на пол.

Развернувшись на пятках, парень подходит ко мне.

- Вы в порядке, мисс?

С близкого расстояния становится видно, что парень моего возраста, а один его глаз пшенично карий, когда другой темно-серый. У него квадратное лицо с мощной челюстью и высокими скулами. И по какой-то причине я не могу перестать рассматривать его полные губы. Интересно, каковы они на вкус? Да и в целом он довольно сладкий на вид.

Подождите минутку. Я, размышляющая о поцелуе с кем-то? Как это произошло?

Соберись, Майла. Ты съела слишком много конфет, вот и все. Ясно же, что это галлюцинация от переизбытка сахара.

Сделав глубокий вдох, я перевожу внимание пересахаренного мозга на вытворяющую непристойности Сисси.

- Я в порядке. - мой хриплый голос режет слух. - Просто уронила пустую банку.

Его разноцветные глаза встречаются с моими. Воздух между нами наполняется напряжением.

- Выглядите знакомо. - он чуть подается вперед, и я невольно вдыхаю его земляной запах еловых иголок и листьев. - Вы когда-нибудь были на конюшнях Райдеров?

Оу, ты имеешь в виду те конюшни Райдеров, на которых я была *чертову кучу раз*, охотясь на демонов? Маленькие пикси постоянно прибегают туда докучать лошадям, поэтому я назначила себя их постоянным истребителем, втихую, конечно. Нет ни единого шанса, что он мог об этом узнать. Должно быть, вопрос - просто странное совпадение.

Я нервно переминаюсь с ноги на ногу.

- Неа.

Тень улыбки скользнула по его лицу.

- Ах, значит, я ошибся. - он легонько кланяется. - Меня зовут Линкольн. - он окидывает меня внимательным взглядом и останавливает свой осмотр на моем хвосте. - А вы, должно быть, квази, эм «демон».

- Я Майла. - мой голос становится угрожающе тих, когда я говорю «Майла». *У меня есть имя, говнюк.*

- Приятно познакомиться. - он запускает руку в копну своих каштановых волос. - Не хотели бы вы … - он выглядит, так, словно его сейчас стошнит. - Не хотели бы вы потанцевать, Майла? - его взгляд устремляется в центр бального зала и замирает на Сисси и Заке. Наблюдая за ними, он презрительно усмехается. - Похоже, одной из *вашего вида* очень весело.

Ярость захлёстывает меня.

- Под «одной из *вашего вида*» ты имеешь в виду мою подругу с собачьим хвостом? – я ткнула пальцем в сторону танцпола, где Сисси с Заком танцевали мид-ча-ча. – Помнишь? Горячие угли?

Линкольн складывает руки на груди

- То, что я сказал – правда. – кривит он в отвращении губы. – Я с трудом могу на это смотреть.

- Итак, ты считаешь квази омерзительными.

- А ты чего ожидала? – он широко распахивает свои разноцветные глаза. - Ты - наполовину демон. Я – охотник на демонов. Просьба станцевать со мной была жестом доброй воли самого…

- Жестом доброй воли! – мой кулаки начинают нестерпимо зудеть. – Есть у меня для тебя один жест.

Развернувшись на пятках, я устремляюсь прочь, а мой хвост весело машет ему на прощание.

Пройдя на танцпол, я хватаю Сисси за руку.

- Время пошлых танцулек подошло к концу. Только что.

Сейчас я - цунами ярости. Мои глаза пылают ярко-алыми факелами. Сисси с первого взгляда узнает мой гнев-режим.

- Ладно, Майла. – нахмурившись, она быстро чмокает Зака в щеку. – В следующий раз, милый.

Пока мы шли по залу, я слушаю бла-бла-бла Зака о том, чтобы Сисси дала ему свой номер. Сисси легонько сжимает мою руку.

- Великолепный ход, Майла. – она выпархивает за дверь.

Я говорю сквозь сжатые зубы:

- Рада была помочь.

От особняка Райдеров мы отъезжаем в тишине. Сисси смотрит на свои руки в своем - как я его называю - «виноват-режиме».

Пальцами нервно постукиваю по рулю. Не могу выкинуть из головы того чертова фракса. Что за иррациональность.

- Сисси, у меня к тебе вопрос.

Она поворачивается ко мне с огромными полными слез глазами.

- Я правда не хотела бросать тебя одну, но, когда мы с Заком начали танцевать, потеряла счет времени. – она выпячивает нижнюю губу.

- Я не об этом.

- Правда?! – она хватается за сердце. – Потому что я чувствую себя такой виноватой из-за этого.

- Не беспокойся, правда. У меня к тебе другой вопрос.

- Хорошо. Итак, – Сисси откидывается на спинку сидения и упирается коленом в приборную панель. – Задавай.

- Гипотетический вопрос. Представим, что есть один парень…

Сисси вскидывает указательный палец.

- Он горяч?

Я ненавижу себя за это, но:

- Да.

- Хорошо. Мне уже нравится эта игра. Прошу, продолжай.

- Итак, этот горячий парень абсолютный и неисправимый придурок. Если ты все еще думаешь его поцеловать и…

- Остановись на этом месте. – Сисси поднимает ладонь. – Ответом является – целовать, целовать и целовать его.

- Ты не услышала вопрос.

Сисси резко разворачивается ко мне всем корпусом, отчего ее золотые кудряшки подпрыгивают.

- И *какой* же вопрос?

- Ладно, уделала. Чтобы ты сделала в такой ситуации?

- Как я и сказала, поцеловала.

- Не сильно обнадеживает.

Сисси выглядывает в окно.

- Я думала это только гипотетически.

Я с такой силой сжимаю руль, что у меня белеют пальцы.

- Конечно, так оно и есть. – гипотетически, о парне по имени Линкольн.

Сисси смотрит в окно еще мгновенье и затем поворачивается ко мне.

- Притормози-ка, amiga. - она наклоняется ко мне, поджав губы. – Что происходит *на самом деле*?

- Ничего. Просто болтаю, как маленькая девочка, возвращающаяся домой с вечеринки. – подмигиваю ей. - Кстати, Зак сегодня был чертовски горяч.

Пожалуйста, проглоти наживку и смени тему. Пожалуйста, пожалуйста, пожаааааааалуйста.

Сисси постукивает наманикюренным ноготком по приборной панели.

- Если ты не злилась на меня из-за того, что я тебя кинула, тогда почему утаскивала меня оттуда разъярённой фурией?

- И вовсе я не была похожа на разъярённую фурию.

- Майла, твои глаза пылали двумя алыми точками.

- Ладно, возможно, я была немного зла. – как прекрасный и добрый жест Вселенной перед нами вырастает дом Сисси. Я останавливаю машину. – Я в полном порядке. Просто хотела задать гипотетический вопрос и сказать, как горяч сегодня был Зак. Вот и все.

Сиссины глаза превращаются в щелочки.

- Если ты так говоришь.

Состроив озабоченное выражение лица, подношу к глазам запястье с часами.

- Ух ты, только посмотри сколько времени. Я должна ехать, иначе Мама сойдет с ума!

Сисси нехотя выбирается из машины. Я почти слышу, как ржавые шестеренки в ее голове пытаются продолжать работать сверх положенного им в день времени. Могу поспорить, что позже мне придется ответить на ее звонок. Стоит ей захлопнуть дверь, как я в тот же момент завожу машину и срываюсь домой (так быстро, как это только можно сделать на Бетси).

Надеюсь, сегодняшний вечер обойдется без драм.

ГЛАВА ПЯТАЯ

Кинув ключи на кухонный стол, прохожу в гостиную — через нее лежит единственный путь к кровати - и только в последний момент замечаю сидящую на диване маму, рядом с ней валяется кучка бумаг с эскизами упырских мантий.

- Ты рано вернулась. — она хлопает по пустому месту рядом с ней, но я не в настроении для налаживания дочки-матери отношений.

Остановившись, притворяюсь увлеченной разглаживанием складок на своем неоново-оранжевом платье.

- Обстоятельства вынудили уйти.

- Все были в пышных юбках? – мама осматривает подол моего платья. – Пять минут и я верну твоей юбке прежнее состояние.

- Ни на ком не было пышных юбок, мам.

Она поддается вперед.

- Что произошло, Майла-ла?

Я включаюсь в редкий с матерью разговор по душам. Все произошедшее между мной и Линкольном слишком необычно для меня. Я правда нуждаюсь в совете.

- Ладно, был там один парень из фраксов, который…

- Фракс на приеме? – с маминого лица сходят все краски. – На приеме не могло быть фраксов. – она берет со стола приглашение Зака. – Здесь же черным по белому написано: мероприятия для демонов и упырей. Даже если бы их пригласили, фраксы и на милю не подошли к назначенному месту.

Замечательно. Я нажала на спусковой крючок механизма ее беспокойства. Может, если я расскажу ей еще немного о приеме мы сможем вернуться к моему вопросу.

- А я говорю, что они были там. И ангелы тоже.

- И ангелы тоже?! — карточка с приглашением выпадает из ее задрожавших рук.

Ситуация выходит из-под контроля.

- Ты *осознаешь*, что просто повторяешь за мной?

- Ангелы и фраксы. — мама заваливается на спинку дивана. — Не может быть.

- Все хорошо. Кажется, они создают что-то вроде альянса. Фраксы, ангелы, демоны и упыри... Как одна большая счастливая семья. — я кидаю на нее взгляд, как бы говорящий: «Ну, а теперь-то мы можем вернуться к моему вопросу?»

- Все четверо в одном помещении. — мама медленно качает головой. — Они спорили? Дотрагивались до тебя? Делали больно?

- Парень из фраксов пригласил меня потанцевать и...

Вскочив с дивана, мама подскакивает ко мне и обхватывает мое лицо ладонями.

- Ты нормально себя чувствуешь? — она так на меня смотрит, словно ждет, что моя голова вот-вот взорвется.

- Достаточно, мам. — делаю шаг назад, разрывая с ней контакт. Злость и разочарование наполняют меня - как и всегда, когда она начинает чрезмерно беспокоиться ни о чем. — Слушай, я понимаю, что я - это все, что у тебя есть. И потому ты обо мне так беспокоишься. Но мне хотелось услышать от тебя женский совет, а ты даже не слушаешь!

- Он парень? — она сузила свои шоколадные глаза. — Или фракс?

Нечестивый Ад.

- Забудь. — я делаю несколько шагов к выходу, затем замираю и поворачиваю обратно. — Знаешь, возможно, я предпочту чистку уборных, если это будет значить работу одной, потому что это, — показываю на нас с ней. – не работает.

Мамины глаза наполняются слезами.

- Будь осторожна, Майла. Это все, чего я прошу.

- Знаю, Мам. В том-то и проблема. — я вылетаю наружу, громко хлопнув за собой дверью.

Подметая подолом грязь, мерю шагами задний двор. Почему мама всегда так чертовски беспокоится о каждой незначительной мелочи? Вздохнув, опираюсь на стену дома и смотрю в серое небо. Почему-то, сегодня меня искренне беспокоит тот факт, что в Чистилище невидно луны.

Из открытого над моей головой окна доносятся голоса. Это Уолкер с мамой.

- Камилла, нам нужно поговорить. – я наклоняюсь ниже.

- Нет, если Майла здесь. – я слышу как она шумит, проверяя дом. – Хорошо, ее нет. Что происходит?

- Ты не сможешь скрывать ее вечно. Венера знает; она видела это в своем видении еще годы назад. Мы должны подумать над тем, как рассказать Майле о ее истинном наследии.

Зажимаю рот рукой. *Истинное наследие?* Похоже, сегодня вечером я все-таки смогу узнать о себе кое-что интересное. Мое сердце учащенно бьется; волнение переполняет меня. Да, да, ДА!

Когда мама вновь заговаривает, ее голос дрожит:

- Я беспокоюсь не об ангелах, а об упырях. Ты их знаешь. Если они узнают, кем является ее отец, то попытаются завладеть ею.

Вау. *Из-за моего отца упыри могут захотеть завладеть мной.* Мое сердце судорожно сжимается. Значит, что мой отец – упырь. Противный, властолюбивый, червепожирающий неудачник упырь. Такого развития событий я даже в страшном сне не могла предвидеть.

- Мы не можем изменить реакцию упырей на то, что они считают своим, - говорит Уолкер. – Но мы *можем* контролировать то, какой правда предстанет.

Подождите-ка. «Мы» можем контролировать? Мама и Уолкер? Я всегда знала, что мама не собирается мне ничего говорить, но Уолкер тоже знал? У меня отпадает челюсть. Упираю кулаки в бока. Ладно, он намекнул на последнем матче, что владеет *некоторой* информацией, но, похоже, бескровный ублюдок точно знает кто я есть. И никогда и ничего мне не рассказывал, даже не намекал.

Мама выдыхает. Я так внимательно вслушиваюсь, что начинает болеть голова.

- Что ты имеешь в виду? Думаешь, Венера расскажет Майле?

- Да.

Так, Венера тоже знает? Есть ли хоть *кто-нибудь* во всем Чистилище, знающий обо мне меньше меня самой? Припру Венеру к стенке на следующем же матче. Сразу после того, как разберусь с Уолкером.

Мама вздыхает.

- Я немедленно свяжусь с Венерой. А ты пока держи Майлу среди своих: квази и упырей.

Я так низко соскальзываю по стене, что моя филейная часть почти падает в грязь. Упыри – *мои*? Черт.

- Прямо сейчас Венера в особняке Райдеров. Возможно, мы сможем ее найти вместе?

- Конечно, Уолкер. Я очень сильно хочу этого, но…

- Майла может о себе позаботиться. Это не займет много времени.

Мама вздыхает.

- Тогда ладно. - я слышу треск открывающегося портала и последующую за тем тишину.

Вскочив на ноги, мерю шагами грязный задний двор, бурча все ругательства, что я когда-либо слышала. Это были хорошие двадцать минут, во время которых я выпустила весь накопившийся пар. Свихнувшаяся Мама! Лживый ублюдок Уолкер! Не говоря уже о трусливой Венере и моем загадочном упырьском мертвеце-Папаше. Руки сами собой сжимаются в кулаки. Одетая в платье Фоззи Медведя, ругающаяся на самодовольных фраксов, на осознание, что мой отец упырь-неудачник и на открытие того, что все вокруг меня – кучка лживых лжецов… В общем, мне срочно надо было кого-нибудь убить.

И тут я слышу голос. *Ее голос.*

- Привет, Майла.

Прямо сейчас Венера стоит у меня за спиной. Гребанные колокола Ада. Дюйм за дюймом я поворачиваюсь, чтобы увидеть, как она парит над нашим грязным газоном, мягкое свечение окружает ее длинную мантию и белые крылья.

Выдаю первую пришедшую на ум фразу:

- Привет. **Я** – Майла.

Ее миндалевидные глаза светятся голубым.

- Я знаю кто ты. И уже в течение некоторого времени хочу с тобой поговорить. Твоя мама и я согласились с тем, что я это сделаю.

Она стоит прямо здесь. Венера. Знающая ответы на мои вопросы. Каждая клеточка моего тела кричит быть предельно внимательной. *Это оно.*

- Ты должна рассказать мне, – я замираю с открытым ртом, в поиске слов.

Она поднимает руку.

- Нет, *ты* должна поспать. – она нежно касается указательным пальцем средины моего лба. Мир мгновенно погружается в темноту.

***

Мне снится белый огонь.

В своем видении я стою в Сером Море Чистилища. Перед моими глазами простирается пустыня угольного цвета, оканчивающаяся стеной из черного камня. Серебряные дюны бьются и текут вокруг меня. Небо над головой затягивает грозовыми тучами; тишину разрушает треск желтой молнии у горизонта. Сильный ветер путает мои каштановые волосы и хлещет щеки. Запах серы опаляет легкие.

Не знаю почему, но я падаю на колени и прижимаю ладони к серому песку. Линия белого огня вспыхивает на песке между моими ладонями и разрастается в огромный круг. Я вновь стою, наблюдая за потрескивающим у моих ног пламенем. Чувствую тепло огня, но не боль.

Внутри огненного круга, в одном месте песок начинает вздуваться и пениться. Из того места вырастает фигура: высокая женщина с прекрасными белыми крыльями, расправленными за спиной. Ее глаза необычной миндалевидной формы; прямые черные волосы ниспадают на плечи. У меня перехватывает дыхание.

Венера.

Она подымается, пока не зависает над песком. Ветер треплет ее мантию и прямые черные волосы. Глаза сияют мягким светом, две бледно-бирюзовые точки на фоне серой пустыни. Вдруг ее глаза засияли ярче, превращаясь в две отчетливые точки, источающие яркий голубой свет. Я морщусь, но не могу отвернуться. Я хочу бежать, но мое тело не двигается с места.

Венера медленно поднимает руки, крылья повторяют это движение. Ее голос перекрывает бурление Серого Моря.

- Пришло тебе время узнать личность отца. Я буду посылать в твои сны видения из прошлого.

Хочу сказать «да» или «спасибо», но с губ не срывается ни звука. Думаю, мое согласие здесь не нужно.

Вдруг, огненный круг вспыхивает, превращаясь в стену белого огня и возносясь над моей головой. Волны тепла окатывают щеки; по ним стекают капли пота. Я хочу бежать, двинуться, окунуться в море, но все, что я могу - это стоять неподвижно. Огонь вспыхивает ярче; пламя тянется дальше ввысь.

Не проходит и секунды, как огонь окружает все мое тело. Последнее, что я помню, это мир, поглощённый белым пламенем.

Я открываю глаза, проснувшись не на заднем дворе, а в своей кровати. Сейчас раннее утро. С меня сняли оранжевое платье и теперь на мне обычные футболка и штаны. Взбиваю подушку под своей головой, перевожу взгляд на окно и пытаюсь переварить произошедшее. Слова Венеры эхом отдаются в моей голове: «Пришло тебе время узнать личность отца. Я буду посылать в твои сны видения из прошлого».

Мой хвост комкает край покрывала. Тело пылает праведным гневом. *Хватит, значит, хватит; некоторые ответы я хочу получить прямо сейчас.* Отбросив одеяло, бегу на кухню и застаю маму зашивающей за кухонным столом мантию. Когда я вхожу она не поднимает глаз.

- Доброе утро, моя маленькая Майла-ла. Как спалось?

Застываю на месте. Ушатом холодной воды меня окатывает осознание, остужая гнев. Этот случайный и раздражающий утренний допрос, может быть не таким уж случайным и раздражающим.

- Этот вопрос. - я прижимаю ладонь к груди, чувствуя, кончиками пальцев гусиную кожу. – Твой способ спросить приходила ко мне ангел во сне?

Мама поднимает от шитья взгляд, ее карие глаза блестят от слез.

- Да. – ее голос срывается. – Она приходила к тебе ночью? – отчаяние сгущается вокруг нее, подобно темному облаку. – Пожалуйста, скажи да.

От ее слов все мое разочарование и гнев растворяются. Ей от всего этого, должно быть, так же тяжело, как мне.

- Ага. – плюхаюсь на стул напротив нее.

Мама тянет за нитку.

- Это была Венера?

- Да.

- Я говорила с ней прошлым вечером. Мы знали друг друга до войны.

- О чем конкретно вы тогда разговаривали? – выдавив улыбку, делаю кругообразное движение рукой, подбадривая закончить мысль.

Мама вздыхает.

- Знаю, тебя расстраивает мое нежелание говорить о прошлом. – какое-то время она смотрит на ткань в своих руках, затем кладет ее на колени. – После нашей с тобой ссоры прошлым вечером, я отправилась поговорить с Венерой. Она видела тебя на Арене и захотела помочь. Ее дар в том, что она может видеть прошлое и будущее. Мы сошлись на том, что она будет посылать тебе сны о том, что случилось со мной в прошлом.

Я откидываюсь на спинку стула.

- То, как она описала это в моем сне, выставляло все в более драматичном свете.

- Это называется снохождением. Лишь горстка ангелов и демонов обладает силой показывать сновидения прошлого и будущего, пока ты спишь. В другое время они могут говорить и общаться с тобой во сне. На следующее утро после посланного Венерой сновидения, можешь приходить и задавать мне вопросы об увиденном. – она судорожно выдыхает. – Это лучшее, что я могу сделать.

Мне приходится прикладывать огромные усилия, чтобы мой голос звучал спокойно. К чему вся эта драма, когда я так близка к долгожданным ответам?

- Пожалуйста, мам. Почему просто не рассказать мне?

- Возможно, после того как Венера кое-что тебе покажет, ты сама сможешь ответить на этот вопрос. – у нее дрожит нижняя губа.

Мне больше нравилось, когда она спорила со мной. Вина оседает на моих плечах. Чтобы не случилось с мамой во время войны, это должно быть довольно ужасным. Я выдавливаю из себя еще одну улыбку.

- Слушай, сновидения – это очень даже неплохое решение. Спасибо, что

обратилась к Венере. – я перегибаюсь через стол и накрываю ее руку своей.
– И как часто она будет мне их посылать?

- Не знаю, но пообещай, что как только увидишь одно - первым делом найдешь меня.

- Конечно.

Тут начинает звонить телефон. И звонить. И звонить. В Чистилище ввозят только древние аппараты. В данном случае, наш телефон – тяжелый кирпич, украшенный вращающимся циферблатом и увенчанный столь огромной трубкой, что ее можно использовать в качестве оружия. Поморщившись, наблюдаю за тем, как эта штуковина сотрясается при каждом звонке. Должно быть, Сисси проснулась.

Мама вытирает глаза кончиками пальцев.

- Ты не собираешься ответить?

Кривлю губы.

- Не хотелось бы. Я точно знаю, кто это может быть. – включается автоответчик. Он представляет из себя приспособление, размером с обувную коробку, что записывает пропущенные звонки. Не уверена, что люди вообще когда-либо использовали такое дерьмо, как это. Подобных автоответчиков я не видела на Человеческом Канале до тех пор, пока не посмотрела «Золотых девочек» и «Она написала убийство».

Биип. Автоответчик с громким кликом включается.

- Привет, Майла, это Сисси. Хочу поговорить о приеме! Разве это было не волшебно? Ты видела, как мы с Заком танцевали? Позвони мне. Нам надо поговорить! – *Биип.*

Уголки маминых губ поднимаются в улыбке.

- Наконец-то, Зак ею заинтересовался, а?

- Оооооу да. – я подпираю подбородок кулаком. – Никогда бы не подумала, что ты знаешь о Сиссиной влюбленности в Зака.

Телефон зазвенел вновь.

Биип.

- Майла, это Сисси. Прости, что так скоро звоню повторно. Знаю, это мое третье сообщение…

Мама вновь берется за свое шитье, ее улыбка становится шире.

- Вообще-то, уже пятое. Первые три она оставила еще ночью, пока ты спала.

Я закатываю глаза. Замечательно.

Сиссин голос продолжает громко вещать из автоответчика.

- Я правда-правда-правда должна поговорить с тобой о приеме. У меня столько к тебе вопросов. Люблю тебя, милая.

Биип.

Барабаню пальцами по столешнице.

- У Сисси из-за парня немного съехала крыша и я не смогу вынести этого прямо сейчас. Не возражаешь, если я отключу автоответчик до конца выходных?

Мама широко улыбается.

- Неа.

***

Выходные прошли в повторах стремных передач на человеческом телевидении, в сладких хлопьях и в ужасе пред встречей с Сисси. Утро понедельника наступает слишком быстро и, прежде чем приходит осознание, я уже переступаю порог старшей школы Чистилища. Едва я делаю первый шаг по школе, как ко мне тут же подскакивает Сисси, на ее лице огромная улыбка.

Адские бубенцы. Когда несчастны вы, нет ничего хуже чужого счастья.

- Дооооооооброе утро, Майла! – ее маленькие золотые кудряшки подскакивают на плечах. *Даже ее кудряшки выглядят счастливо.*

- Привет, Сисси.

- Ты получила мои сообщения? Я миллион раз пыталась до тебя дозвониться. Но ваш автоответчик сломался или что-то вроде того.

Я закрываю глаза руками .

- Мы с мамой поссорились, а потом… - и что я скажу дальше? Я разругалась с фраксом, мой отец, возможно, упырь, а ангел-оракул шлет мне видения из маминого прошлого? Я вздыхаю. – Я была немного подавлена, вот и все.

Нахмурившись, Сисси кладет руки мне на плечи.

- О, это ужасно. – я почти слышу, как она отсчитывает до трех, из сочувствия давая мне немного передохнуть перед тем, как мы перейдем к главной теме. – Ладно, а теперь давай поговорим о Заке.

Я раздумываю над тем, чтобы притвориться больной - внезапная простуда вполне способна избавить меня от этого праздника любви к Заку – но затем вспоминаю, что Сисси была одержима этим парнем на протяжении последних десяти лет. Пусть насладится моментом. Я натягиваю улыбку.

- Не могу дождаться твоего рассказа.

Я вполуха слушаю ее любовный щебет до тех пор, пока она не начинает кружить по коридору, демонстрируя их с Заком лучший танец. Женская половина школы наблюдала за этим с насмешкой, парни с открытыми ртами.

Я всерьез раздумываю над тем, что будет, если я случайно ее толкну, но тут в мою голову приходит гениальная идея посмотреть на часы.

- Черт возьми, Сисси, я должна бежать! Мне нельзя опаздывать на историю! - вау, не думала, что когда-нибудь скажу *такое* вслух.

Впервые придя на историю заранее, занимаю за свое любимое место в заднем ряду. Остальные ученики, обсуждая выходные, рассаживаются вокруг. Мисс Цаца наносит помаду, используя карманный косметический набор. Удивительно, что, пользуясь зеркалом, она до сих пор не заметила красной полосы на передних зубах.

Мисс Цаца хлопает в ладони.

- Внимание.

Выпрямляюсь на стуле, готовая к работе. Я чрезвычайно гордилась своим планом по избеганию Сисси, как вдруг осознала какую ошибку совершила: к тому времени, как Зак входит в класс, урок уже начался. Прикрываю лицо волосами в надежде, что он меня не заметит (не самый мой лучший план), но он все равно направляется прямо ко мне.

Чуть не даю себе затрещину. Первое правило избегание кого-либо в школе? Приходить в класс последней, чтобы выбрать самой дальнее от него место.

В передней части комнаты, шпильками клацая на каждый шаг, вышагивает Мисс Цаца.

- Класс, откройте страницу 542 в «Чистилище сквозь века».

Я резко раскрываю свой учебник и в это же время на пустое место рядом со мной садится Зак.

- Утречка, Майла.

Листая страницы, притворяюсь, что я не услышала его. Может, поймет намек и отстанет.

- Я сказал, *доброе утро, Майла.*

Ни капельки гребаной удачи. Скриплю зубами и издаю низкое «грррр». Я ожидала от Сисси праздника любви к Заку, но в то же время искренне верила, что мне больше никогда вновь не придется с ним говорить. Теперь же я загнана в угол тем, что сижу справа от него на уроке истории и Мистер Льстивость хочет поговорить. Отстой.

Ради Сисси, веди себя хорошо, Майла. Не губи ей будущее.

Издаю последнее «грр» и шепотом отвечаю:

- Привет, Зак.

Остановившись, Мисс Цаца обводит комнату пристальным взглядом.

- Класс, сегодня у нас очень важный урок. В этом месяце мы отмечаем двадцатилетие освобождения Армагеддоном Чистилища и в честь этого, сегодняшний урок будет посвящен нашим умнейшим и милосерднейшим правителям. Кто хочет начать читать? – ни одной поднятой руки. – Палетт, почему бы не начать тебе? Страница 542.

Полетт бережно перекладывает свой шарф от Гермес на другое плечо и начинает читать:

- Армагеддонова война. Эпизод первый, Изгаженное квази Чистилище. В течение тысячелетий квази бессознательно…

Пока Паллет продолжает читать Зак шепчет мне через проход между партами.

- Майла, я знаю почему ты была так зла на приеме.

У меня перехватывает горло. Зак знает Линкольна?

- Знаешь? – взяв ручку, начинаю рисовать в тетрадке. – Одно дело то, как к этому относятся упыри, но другое… Ты знаешь.

Зак кивает.

- Понимаю.

Отложив ручку, впервые поднимаю на Зака взгляд без неприязни. Никогда бы не подумала, что из всех моих знакомых, я доверюсь именно ему, да еще и посреди урока истории. Но вот он, сидит прямо напротив меня и его глаза цвета карамели полны понимания.

Я ерзаю на стуле.

- Наверное, я увязла в этом по собственной неосторожности. – делаю глубокий вдох и чувствую, что мне становится легче.

- Такое с каждым может случиться. – он аккуратно складывает руки на парте. – Почему ты держала это в секрете?

Почему я никому не сказала, что была оскорблена фраксом?

- Наверное, мне было неловко.

- Тебе следовало рассказать мне о своей влюбленности в меня еще годы назад. Я бы нормально к этому отнесся.

Забываю закрыть рот.

- Влюбленности в кого?

- Да ладно, Майла. Ты на протяжении многих лет была влюблена в меня и сейчас уже всем об этом известно. Несколько людей видело, как тебя выбесил наш с Сисси совместный танец.

Злость наполняет меня. Я осматриваю комнату; с полными жалостью глазами за нами с Заком наблюдает половина класса. Нечестивый Ад. Закина версия произошедшего в пятницу вечером известна всей школе. Ярость вскипает в моих венах.

- Ты ошибся, Зак – мои глаза вспыхивают алым.

- Не надо смотреть на меня такими зрачками. В этом нет ничего плохого, а то я было даже начал задаваться вопросом, а не похожа ли ты на тот вид клеток, что мы изучали на биологии. Ну, знаешь, им еще партнёр не нужен? Как их там?

Я сжимаю кулаки.

- Амебы?

- Я хотел сказать парамеции.

Мои глаза вспыхивают ярче.

- Что ж, больше ты этого не скажешь. Никогда. В жизни.

Перегнувшись через проход Зак, говорит еще тише:

- Все что я хочу знать - это нормально ли ты относишься к тому, что мы с Сисси встречаемся? Я хочу сказать, можешь ли ты вынести то, что я... – он показывает на себя – ...с другой?

Мне пришлось приложить все силы, чтобы, завыв в голос, не разгромить комнату. Три четверти от всего класса за нами сейчас наблюдают. Представление, разворачивающаяся перед ними прекрасно иллюстрирует, что наплел им Зак: это у меня сильная навязчивая идея быть с ним, а не наоборот. Я сжала края парты так сильно, что мои пальцы побелели.

Зак настороженно за мной наблюдает.

- Нормально?

- Я никогда не была тобой увлечена Капитан Больное Эго.

- Я не об этом тебя спрашивал, Майла. – он издает звук неодобрения, я пытаюсь подавить страстное желание ударить идиота. – Слушай, мы с Сисси поговорили об этом в выходные. – он делает глубокий вдох. - Пока ты не скажешь, что не против всего этого, я не буду с ней видеться. – все краски сходят с его лица.

Наблюдаю за ним своим правым глазом. Такие парни, как он не меняются за одну ночь.

- Почему она сама не сказала мне этого?

- Она скажет. – он поскреб свою парту ногтем большого пальца. – Я не хотел рисковать, поэтому первым поднял этот вопрос с тобой. – он убавляет звук голоса. – Если быть точным, я пообещал ей, что не буду поднимать его вообще.

- Значит, ты солгал моей лучшей подруге. – мой внутренний яростный монстр испускает защитный рев. – Давай на время отложим мою, так называемую одержимость. - Я делаю воздушные кавычки на слове «одержимость» - Ты никогда не вел себя иначе глупой похотливой обезьяны. Почему я должна согласиться позволить тебе быть с кем-то так милым, как Сисси?

Зак испускает долгий выдох.

- Моя семья имеет власть и деньги. – он откидывается на спинку стула, потирая рукой свою шею. – Это делает меня лакомым кусочком.

Я кривлю губы. Плевать мне на него и его фейковые проблемы.

– Фуфло!

Зак смеется, но нет ни грамма веселья в его смехе.

- О чем я и говорю. – он качает головой. – Сисси не смотрин на меня как на привилегированного придурка. – у него опускаются плечи. Впервые я вижу в нем другого человека: бойца, но не такого, что бьется с яростью, как я. А больше такого, что бьется с отчаяньем.

- Ты должна понять, Сисси видит во мне кого-то еще. – его глаза, цвета карамели встречаются с моими и в первые в них есть что-то осознанное, значимое. – Я хочу быть для нее Тем Самым парнем, Майла. – его челюсть обретает жесткий контур. – Пожалуйста, дай нам шанс - это все, чего я прошу.

Моя ярость постепенно сходит на нет. Никогда бы не подумала, что притворяясь плейбоем, Зак скрывает что-то еще. Но все эти чрезмерно дорогие подарки и одноразовые отношения? Только задумайтесь, шаблонность его поведения очевидна.

Прикрыв глаза, я вспоминаю свой первый разговор с Сисси. Мы были в первом классе, я пыталась избегать неприятностей на игровой площадке. Но это не помогало. Билли Саммерс поливал дерьмом мой «странный хвост» в миллионный раз. Я взбесилась и раздавила его. После этого все - как учителя, так и дети – смотрели на меня, как на свихнувшуюся уголовницу. Тогда ко мне подошла Сисси и взяла за руку. Она тоже разглядела во мне кого-то другого. На сердце становится тепло от воспоминаний.

Делаю медленный вдох.

- Я дам тебе шанс, Зак. Но держите меня семеро, если ты сделаешь ей больно... - мои зрачки вспыхивают алым. – Я разорву тебя на части голыми руками.

На губах Зака появляется облегченная улыбка.

- Спасибо. - он откидывается на спинку стула, выгибая свои светлые брови. Не проходит и секунды как его вернувшаяся маска Мистера Самодовольство проявляет себя с удвоенной силой.

- Это важно для нас, котенок. – он стреляет в меня из своего указательного пальца. – Действительно, важно.

Ты даже не представляешь насколько.

ГЛАВА ШЕСТАЯ

Разглядываю свой поднос с завтраком: странные на вид макароны (может, это зеленый мак с сыром?) и диетическая кола. Черт, хотелось бы мне вернуться в прошлое и не забыть положить парочку демон-батончиков в рюкзак. Ах, демон-батончики. Восемь конфет, замаскированных под гранулированное питание. Ням. Представления же школьной столовой о еде — просто тихий ужас.

Сисси садится на пустой стул напротив меня. Как всегда, в нашем любимом углу нас всего двое. Ее глаза рыже-карьего цвета светятся.

— Нам надо поговорить.

В столовой становится необычайно тихо. Я оглядываю близсидящие лица, отмечая, как активно все избегают смотреть в мою сторону. Страх и раздражение скручивают мой желудок. Похоже, наш с Сисси предстоящий разговор — театральное представление для всей столовой, и никто не хочет пропустить ни слова.

Я тыкаю вилкой в зеленую пасту.

— Конечно.

— Я хотела поговорить об этом в выходные, но ты не брала трубку. — Сисси вздыхает. — Мы все были немного удивлены тем приёмом.

— Мы? — в ярости щелкаю зубами.

— Ну, знаешь: Зак, его друзья и все те из школы, кто был на приеме. — Сисси делает глоток диетической соды. Затем выдерживает паузу. — В этом нет ничего постыдного.

— Я не стыжусь. — заставляю себя отложить вилку; Кажется, я просверлила дырку в пластиковой тарелке.

- Да ладно тебе, Майла. Я же вижу, что ты все еще расстроена. – Сисси перегибается через стол и кладет свою руку на мою.

- Послушай меня. Скажи только слово и с Заком будет покончено. И подразумеваю я именно то, что сказала. – слезы наполняют ее каштановые глаза; моя злость медленно тает. – Твоя дружба так много для меня значит.

Сисси была моей лучшей подругой с первого класса, единственной и настоящей. Она научила заплетать меня косу, достойную завести; Я показала ей как ставит людям подножки хвостом. Как я могу не быть за нее счастлива? Открываю рот, пытаясь выдавить хоть слово сквозь ком из эмоций, стоящий в моем горле.

- Дяя тжж.

Сисси хмурится.

- Эм, что ты сказала?

Я прочищаю горло.

- Для меня тоже. Твоя дружба много значит для меня. Я счастлива за вас с Заком. - откинувшись на спинку стула, барабаню пальцами по столешнице. – Слушай, причина моему поведению на приеме совершенно другая.

Сисси сжимает мою руку.

- Конечно, причина совершенно другая. Вот почему ты задала мне тот гипотетический вопрос в машине.

- Гипотетический вопрос о чем?

- Ну, знаешь. О желании поцеловать *кое-кого*? – она закатывает глаза. Издаю внутренний стон. Она думает, что тот разговор был о Заке, а не о Линкольне. Есть ли хоть одна причина рассказать ей правду? Я, в любом случае, не жду хорошего совета.

И именно этот момент Зак выбирает, чтобы появиться у нашего стола.

– Привет, красотки. Готовы идти?

Сисси поднимает указательный палец.

- Еще нет. Майла хочет мне что-то рассказать.

Мой взгляд мечется между Сисси и ее новым бойфрендом. Нет ни единой причины обсуждать Линкольна прямо сейчас. Они в это не поверят, да и в любом случае, я больше никогда не увижу этого говнюка.

- Нет, ничего.

- Уверена, что тебе нечего рассказать? – Сисси постукивает по подбородку. – О своей маме, например?

Черт, а она хороша.

- Что заставило тебя сказать это?

- Я знаю свою Майла-ла

Хмм. Возможно мне следует поделиться своей ношей, рассказав о Венере, сновидениях, и, что мой отец – упырь. Хэй, Сисси, ты же знаешь, что я наполовину демон Ярости с полоумным хвостом, а также непобе-

*димый воин Арены? Теперь мы можем добавить в этот список упырьские
гены и сталкера в виде королевы Ангелов.*

Ох, нет.

- Кое-что происходит, но сейчас я просто не готова об этом говорить.

Сисси хмурится.

- Ладно. Я выслушаю тебя в любое время. Когда будешь готова

Зак потирает ладони.

- Замечательно, что все улажено. — он показывает большим пальцем за
свое плечо. — Хочешь познакомиться с ребятами?

Я чуть не падаю со стула. Зак хочет познакомить Сисси со своими
друзьями? Он никогда и никого не знакомил со своими дружками, по крайне
мере не при дневном свете. Зак зависает с самыми горячими красавчиками
школы и все знают, что над их столиком висит невидимый знак «без девчонок». Факт, что он пригласил ее за их столик войдет в историю школы.

- Мы готовы. — Сисси хватает меня за руку, чуть не вырывая ту с мясом.
— Как я и говорила, Майла тоже хочет пойти.

- Хочу? — воу, у меня нет *ни единого* желания терпеть Зака и его банду
озабоченных кроликов. К тому же я не из тех, кто не может есть в одиночестве. Могу и пережить один обед без Сисси. - *Уверена*, что хочешь, чтобы я
пошла? - перевод: могу я остаться здесь, пожалуйста?

Сисси поднимает меня на ноги.

- Я абсолютно уверена.

Кривлю губы. Очевидно, что я раньше не задумывалась обо всех этих
«Сисси и Зак» вещах, через которые придется пройти. Их отношения пони-
жают меня с «звезды Сиссиного шоу» до актрисы третьего плана, которую
выставляют на сцену только для того, чтобы заполнить пространство. Мое
сердце наполняется чувством тяжелейшей депрессии и неожиданным желанием надрать Заку задницу.

Просто. Ужасно.

Сисси смотрит на меня умоляющим взглядом.

- Ну же, милая? — я смотрю в ее рыже-карие невинные глаза и чувствую,
что мое сопротивление тает.

Расправляю плечи.

- Конечно, пошли.

- Ты лучшая. — Сисси обхватывает мою руку своей. Вместе мы пересекаем столовую, направляясь к столику полному красивых парней с именами,
похожими на Чип, Трипп и Биф. У них у всех самодовольные ухмылки,
мускулистая грудь, и никой демон похоти им в предках не нужен, чтобы
привлечь к себе внимание противоположного пола. А еще они, похоже, не
могут выдавить и слова, не поигрывая при этом своими *банками*. Разговор
идет о скучных вещах типа школы и погоды, но каждое слово эти парни

говорят страстным голосом и с горящими алым глазами. Все девушки в радиусе двадцати фунтов украдкой кидают на них взгляды и заливаются румянцем.

Все, кроме меня.

Качаю головой. Может я унаследовала только гневную часть из комбо «гнев-похоть»? Затем другая мысль приходит мне в голову и она намного, намного хуже. Если я наполовину упырь, возможно, мне могут нравиться только *упырьские* парни. Неожиданное просветление вгоняет в депрессию и, к сожалению, это вполне может оказаться правдой.

Фу, фу, фу

***

- Майла, ты призвана служить.

Зевнув, открываю глаза. Две недели прошло с моей последней битвы на Арене. С того дня Зак и Сисси стали примером публичного проявления любви для всех детей в школе, мама усилила свои утренние допросы, а я не получила ни одного нового сновидение от Венеры. Моя жизнь, определенно, пришла в упадок.

Черт, еще никогда в жизни мне так не хотелось кого-нибудь убить.

Уолкер стоит у подножия кровати. Я переворачиваюсь, потягиваюсь и кидаю взгляд на свои настольные часы Дарт Вейдера. Пять часов утра.

- Хай, Уолкер. – принимаю я сидячее положение. – Насколько все плохо, что ты сейчас здесь?

Рот Уолкера растягивается в улыбке.

- Очевидно, очень плохо.

- У меня уже несколько недель зудят кулаки. – откидываю одеяло и вскакиваю на ноги. – Подожди. Ты же не думаешь, что этот матч будет таким же, как предыдущий? Если я увижу еще одного хорошо человека, добровольно обрекающего себя на ад, клянусь, в этот раз я остановиться не смогу и обязательно что-нибудь натворю.

- Думаю, сегодня у тебя будет обычный внушающий страх соперник.

- Миленько! – делаю паузу, скрещивая руки на груди. – Подожди секунду. Мне есть о чем с тобой поговорить.

- Да, мамочка. – подмигивает он.

- Перестань паясничать. – тычу пальцем ему в лицо. – У меня есть веские основания считать, что ты знал и знаешь кто я. Но все это время молчал, Уолкер.

- Вечер приема у Райдеров. – он наклоняет голову набок. – Ты подслушивала под окном, не так ли?

- Да, черт побери. – мой внутренний демон начинает шевелиться. Злость закипает в крови.

- Ты мне как сестра и я никогда не делал ничего, что могло бы тебе навредить. – он вздыхает. – Если я чего-то тебе не рассказывал, значит, не мог этого сделать.

Сжимаю на груди руки.

- Я уж слышала это однажды. – смотрю в его чернильные глаза и, черт, выглядит он так, словно действительно хочет мне все рассказать. Моя злость утихает. Я правда верю, что будь он способен, то все бы рассказал мне.

Дерьмо. Было бы намного проще, если я просто могла накричать на него.

- У меня *есть* несколько новостей, которыми я могу с тобой поделиться. – он показывает на большую коробку у его ног. – Это для тебя от Венеры. Она очень заинтересована в твоем здравии.

Сажусь на пол и открываю коробку; гладкая черная ткать поблескивает внутри.

- Настоящий бойцовский костюм! – верчу одежду в руках, похожую на комбинезон из гнущейся стали и сетчатым капюшоном.

Прижимаю костюм к груди.

- Шутишь? – я вскакиваю на ноги. – Ты ведь не рассказал об этом маме, так?

- Неа.

- И не говори ни слова. Хочу сделать сюрприз.

- Как пожелаешь.

Бросаюсь в ванную и натягиваю на себя новую обалденную одежду. Капюшон крут особенно. Мое сердце громко стучит, пока я крадусь по коридору и заглядываю на кухню. Мама стоит ко мне спиной, чем-то громыхая в шкафчике, Уолкер за столом попивает кофе.

Идеально. Никто из них меня не замечает.

Глубоко вздохнув, замираю у дверного проема, вжавшись в стеку для наибольшей скрытности.

- Хэй, Мам. Не двигайся, ладно?

С кухни доносится мамин голос.

- Почему, что случилось?

- Ничего, клянусь. Можешь закрыть глаза?

- Конечно, дорогая.

Я подкрадываюсь к ней.

- Теперь можешь открыть. – ее глаза цвета шоколада распахиваются. – Та-дааааам!

Для большего эффекта резко скидываю с головы капюшон.

Мама накрывает свой рот рукой.

- Нет слов!

- Разве это не потрясающе? – я кручусь на месте. – Подарок ангелов.

Делаю удар из карате, демонстрируя комбинезон в движении. Пузырьки счастья от новой одежды наполняют меня.

Мама делает шаг в мою сторону, ее руки ощупывают ткань на моей руке.

- Это не келавр, что-то другое. Возможно...

Уолкер заканчивает ее мысль.

- Драконья кожа.

- Адов звон, чем, они думают, ты будешь заниматься? – у нее ходят желваки. – Это безопасно?

Пузырьки счастья во мне громко лопаются. О нет, мы вернулись к «тому, что безопасно для Майлы» разговору. Я останавливаюсь на середине карате удара.

- Абсолютно безопасно-рррр, мам. Этот костюм – бомба.

Мама потирает рукой шею.

- А тебя не тревожит, *почему* они дали тебе эту вещь?

- Нет. - гнев встает поперек моего горла, изменяя голос. – Уверена, что у них были на то коварные причины, но, если честно, мне плевать.

Гнев превращается в отчаяние.

- Мне нужно, чтобы ты хоть немного в меня верила. *Прошу*.

Мама несколько раз глубоко вдыхает.

- Хорошего поединка, Майла.

Я выдыхаю. Хорошее начало. Узел из эмоций в моем горле немного ослабевает.

- Спасибо, Мам. – мы обмениваемся неловкими улыбками. После, я отпускаю ее руку и шагаю к Уолкеру. – Готов?

Его глаза-пуговицы сияют.

- Всегда. А ты?

- Сразиться со злой душой? – мой внутренний демон ревёт, оживая внутри. Возбуждение электрическими разрядами начинает течь по нервам. – Переноси.

Шагаю ближе и обхватываю его руку своей.

Вместе исчезнув с кухни, мы проносимся сквозь непроницаемую мглу и появляемся на земле Арены.

***

Проморгавшись, привыкаю к яркому свету Арены и моему вновь взбунтовавшему желудку. Ненавижу путешествовать порталами. Рядом со мной стоят Уолкер, Шарки и ХП-22, а также присутствует новое лицо: Крини демон – осьминог-монстр семь футов в высоту. Пожимаю плечами; в свое время мне довелось убить парочку Крини. Данный экземпляр мог похвастаться особо толстыми щупальцами, но, несмотря на это, Сисси бы легко с ним разделалась.

Шейла, должно быть, заболела.

Пока ангелы с демонами занимают свои места, я отрабатываю выпады, развороты и приемы в своем новом костюме. Весь остальной мир отходит на задний план. Накинув капюшон, подпрыгиваю к ХП-22 и рычу. Он чуть не выпрыгивает из робы. Хи-хи.

Шарки стучит оземь посохом, отрывая меня от любования обновкой.

Церемониймейстер поднимает посох.

– Перед тем как начать поединок, мы просим сказать пару слов нашего бесстрашного лидера Армагеддона…

Венера поднимается на ноги.

– С пары слов начну я. – она поворачивается к Повелителю Ада. – Ты еще не нашел Наследника Скалы, Армагеддон?

Армагеддон кривит губы в усмешке.

– Нет.

Венера расправляет крылья.

– Ясно. Какое неэффективное правление. Мы вынуждены…

Армагеддон вскакивает на ноги, его глаза пылают алым пламенем.

– МЫ НАЙДЕМ ЭТОГО ИДИОТА, ДАЮ СВОЕ СЛОВО! – говорит он, брызгая слюной. Его руки сжимаются в кулаки. Глубоко вздохнув, он вновь занимает свое место на троне, его глаза продолжают пылать алым. Он небрежно взмахивает рукой. – Да начнется игра.

Улыбнувшись, Венера также занимает свое место.

Несколько долгих секунд молчания, тяжелого как камни, опускаются на Арену. *Какого черта только что произошло?* Армагеддон чуть не потерял над собой контроль. Адреналин литрами вливается в мои вены; мой хвост за плечом выгибается. Что-то не так, что-то сильно не так. Эти двое посреди какой-то масштабной игры и все на Арене фигурки на их игровом поле. По моей спине побегают мурашки страха.

Шарки стучит посохом, прерывая мои мысли.

– Призывается душа. – рядом с Шарки появляется дух. В этот раз, призрак – мощный человек с широкими плечами, жилистыми руками и ногами. Татуировки с черепами покрывают все его тело. Я облегченно выдыхаю. Наконец, оппонент достойный усилий.

Шарки поворачивается к человеческой душе.

– Диакон Ли, ты выбираешь испытание боем?

Дух окидывает Арену мутным взглядом.

– Да.

– Ты имеешь три соперника на выбор. Первый…

– Выбираю девчонку.

Вах. Я участвую в матчах с двенадцати и души всегда внимательно слушают объяснения о том, кого они могут выбрать и почему. Иногда, объяснять приходится дважды. Совершенно очевидно, что этот парень *не только* знает правила игры, но и *желает* играть по ним. Инстинктивно поднимаю взгляд на Венеру с Армагеддоном. Лицо лидера ангелов нечитаемое, но Повелителя Ада? Тот выглядит очень довольным собой.

Во мне загораются искорки беспокойства. Это нехорошо. Склонив костлявую голову, Шарки ярко сверкает пылающими алым в глазницах зрачками.

- Да будет так. — он машет рукой в сторону аркообразных выходов. - Все остальные, проч.

Крини демон уходит первой, восемь ее тщедушных ног отбивают странный ритм. Уолкер и ХП-22 следую сразу за ней.

Диакон скрещивает на груди толстые руку.

- И, я хочу оружие.

У меня отпадает челюсть. Никому не дается оружия. Ни мне, ни злым душам. Никогда. Странность этого поединка достигает своего потолка. И проходит сквозь него, устремляясь дальше.

Шарки фыркат своим носовыми отверстиями.

- Нет.

Диакон обращается к зрителям Арены.

- Очевидно, что эта девушка - наполовину демон. Я — человек. Разве не заслуживаю я средства защиты?

Демоны визжат и воют в восторге; ангелы сидят в тревожном молчании.

Шарки впечатывает посох в землю.

- Правила испытания боем не подлежат обсуждению. Душа может выбрать соперника, но не оружие. Так было постановлено Загробным Договором от…

Склизкий голос эхом проносится по арене, заставляя замолчать Шарки.

- Он мне нравится. У парня есть яйца. — говорит Армагеддон. Демон поднимает черную руку и щелкает пальцами. — Держи свое оружие, приятель.

Длинный хлыст появляется у ног Диакона.

Нечестивый Ад.

Я поднимаю взгляд на Венеру на белом троне; ее голубые глаза сверкают. Она резко встает.

- Что скажешь, ШКИ-12? Так должен проходить матч?

Все, затаив дыхание, ждут, пока Шарки раздумывает над ответом. Капельки черного пота стекают по серой щеке. На кону сейчас стоит больше, чем просто оружие, я не могу это игнорировать. Мои пальцы сжимаются в беспокойстве.

- Упыри могут допустить одно единственное оружие только на эту битвы.

Венера вскидывает брови.

Шаркин кадык размером с Адамово яблоко нервно дергается.

- Вот это сюрприз. – она кидает на меня взгляд, как бы говорящий: «Поразительный поворот событий» и есть у меня ощущения того, что сделано это было только для моего успокоения.

Прокручиваю в голове все события сегодняшнего утра: Диакон слишком быстро меня выбирает, Армагеддон призывает для него оружие, Венера присылает мне боевое облачение. Что подводит меня к одному заключению.

Венера – не единственная заметившая меня после убийства Душителя.

Очевидно, что Армагеддон тоже своеобразно во мне заинтересован. Должно быть, по его мнению, я - единственная преграда между ним и чистейшего зла душой на Небесах. Надеваю капюшон с защитной маской, ощущая прилив новой волны адреналина. Конечно, все произошедшее удивить Венеру не могло: она оракул. В разочаровании я сжимаю зубы. *Было бы неплохо получить нечто большее, чем просто новый костюмчик, мисс.*

Шарки стучит посохом об пол.

- Да начнется бой! – из зыбкого существа Диакон превращается в человека из плоти и крови. Он поднимает свой хлыст и на всю длину расправляет его перед собой. У меня перехватывает дыхание. Рукопашный бой? Без проблем. Драться с вооруженным противником? Я в таком дерьме. Впервые начиная с двенадцати лет, в моей голове мелькает мысль о том, что я действительно могу здесь умереть. Ужас охватывает меня.

Диакон резко дергает запястьем; Хлыст разворачивается. По всей длине оружия вспыхивает адово пламя. Лицо человечишки зло оскаливается. Быстрее удара сердца он вскидывает руку и громко щелкает хлыстом.

Следующее, что помню это то, как я задыхаюсь с огненным хлыстом на своей шее. Ужас курсирует по моим венам, сковывая моего внутреннего демона страхом.

Вскинув хвост, пытаюсь разрезать шнур на шее, но бесполезно. У меня остается несколько драгоценных секунд в сознании. Развернувшись к моему сопернику, высоко подпрыгиваю, держа сапоги спереди и бью ногами Диакону в грудь. Из-за столкновения моих пяток и его ребер меня откидывает назад. Диакон спотыкается, тряся рукой с хлыстом. Я приземляюсь рядом, стараясь сохранить обхват хлыста настолько слабым, насколько это возможно.

Это мой шанс. Вырвать хлыст прежде, чем он вновь сможет его контролировать.

Когда я сосредотачиваюсь на не надежно сжимающий хлыст руке, все вокруг замедляет свой ход. Кидаюсь к руке, пытаясь вырвать из него оружие, но в последнюю миллисекунду он вновь крепко сжимает пальцы.

Ох, нет. Беспомощно смотрю, как мой последний шанс выскользнуть из захвата хлыста исчезает. Легкие без воздуха горят, парализуя тело страхом. Застыть в ужасе? Это не та стратегия, что может привести к победе.

Диакон вновь отводит свою руку вниз, уводя за собой и хлыст. Огненный шнур на шее затягивается сильнее; мои легкие молят о кислороде. По крайне мере, новый костюм защищает кожу от ожогов. Немного утешения в океане всепоглощающего ужаса.

Рев толпы демонов набатом раздается в моей голове. Краем разума отмечаю, что Армагеддон поддается вперед на своем темном троне, с ликованием наблюдая за боем, его глаза горят алым. В моем сознании мелькает ужасная мысль: если я умру здесь сегодня, какой-нибудь демон вроде него может поглотить мою душу. Эта мысль, столь шокирует, что мышцы перестают реагировать на команды мозга.

Диакон врезается в меня мощным дросселем, впечатывая свое плечо в мой живот. Он протаскивает меня несколько шагов; мое тело ударяется о стену Арены. Смутно осознаю, что демоны ревут все громче, получая от матча удовольствие. Прикованная к одному месту, я поднимаю ногу для очередного удара, но в этот раз промахиваюсь. Мои конечности ощущаются странно тяжелыми, но мой разум неожиданно успокаивается, осознав одну важную вещь:

Только что Диакон сделал стратегическую ошибку века.

Мой внутренний демон ревет, возвращаясь к жизни, мои конечности дрожат от ярости. Пока я корчусь в его захвате, Диакон притягивает свое лицо ближе к моему. Картинка расплывается, его татуированная кожа размывается. Диакон впечатывает в мой живот колено со словами:

- Ты не единственная, кто умеет драться.

Под тканью маски я улыбаюсь. Из последних сил перехожу к несущему смерть рывку. Вскинув хвост на уровень плеч, я вонзаю его прямо в сердце моего противника.

А ты не единственный, кто умеет драться оружием.

Лицо Диакона застывает, его безжизненное тело падает на пол.

Пошатываясь, наклоняюсь вперед, стаскиваю с шеи хлыст, а затем достаю и свой хвост из его груди. В свежей ране булькает кровь. Воздух вливается в мои легкие с огромным вдохом. Зрение проясняется; даю своему хвосту слабое «пять».

Шарки кидается ко мне, хватает мое запястье и вскидывает его вверх.

- Победитель!

Тяну свою руку вниз, но он не отпускает.

- Спасибо. – скрючившись, пытаюсь отдышаться. – Я… хочу… уйти.

Шарки поворачивает ко мне свою лысую голову, его хватка на моей руке становится железной.

- Еще нет. Перед тем как ты уйдешь, гости из свиты Ангела Венеры хотят похвалить тебя за храбрость в битве.

Пару раз моргаю, чтобы очистить голову, потом выплевываю единственное:

- Конечно. — черт, быстрее получить свои благодарности и отправиться домой.

Наконец, опустив мою руку, Шарки поворачивается к главному арочному проходу Арены.

- Ангелы и демоны, воин Арены будет поздравлен с победой.

Океан людей вываливается на поле Арены. Все они одеты так, словно вышли из средневековья. Восстанавливая дыхание, осматриваю толпу. Кто все они такие? Не ангелы, не демоны и не упыри. Что они делают в свите Венеры?

Линия глашатаев с серебряными трубами в руках выстраивается в живой коридор. Хрупкая женщина в платье из парчи проходит по коридору, следуя за крепким мужчиной в длинной тунике. Кем бы ни был весь этот народ, действовать они не спешили.

Я закатываю глаза. Достаточно церемоний. Давайте перейдем к поздравлениям, чтобы после я спокойна смогла отчалить домой и уговорить Маму сделать мне несколько брауни. Бой был дерьмовым.

Вдоль прохода начинают двигаться две одетые в кольчуги фигуры с накинутыми поверх церемониальными туниками. Первым я отмечаю крепкого пожилого мужчину с белыми волосами, разбросанными по плечам, серебряная корона сверкает на его голове. Рядом с ним шествует некто юный с вьющимися коричневыми волосами, мускулистым силуэтом и квадратными плечами. Каждая клеточка моего тела приходит в боеготовность.

Я точно знаю, кем являются эти двое: *Линкольн и его отец*.

Дерьмо. Все эти чудаки в средневековых одеждах – фраксы. Фраксы, которые только и заботятся о прочесывании земли, в поисках нуждающихся в уничтожении демонов. Чувствую, Венера двигает все больше фигурок на ее с Армагеддоном игровом поле и фраксы часть какой-то ее суперстратеги. Мой мозг начинает просчитывать вероятности, но после такого сумасшедшего утра я не могу понять, что все это значит.

Последний глашатай опускает свою трубу, громко объявляя:

- Король Коннор и его сын, наследный принц!

Мой желудок пытается поменяться с ртом местами. Линкольн – гребаный наследный принц фраксов? Тысячи глаз наблюдают за передвижением двух мужчин; миллион лет проходит пока эта парочка пересекает стадион.

Наконец, они останавливаются напротив меня.

Голос Шарки опускается до шипения.

- Сними маску, раб.

Стащив сетку с лица, я встряхиваю головой, откидывая каштановые волосы за спину. Мои глаза встречаются с глазами Линкольна, которые открываются на долю дюйма шире. Принц выдает всего одно слово:

- Ты.

Я вновь смотрю прямо на его губы. Возможно, мне нужна помощь врача определенного рода деятельности.

- Да, я.

Король секунду смотрит на нас двоих, затем поворачивается к Шарки.

- Имя этой девушки?

Никогда не слышала, чтобы Шарки звал меня как-то иначе, кроме «раб». Должно быть ему ужасно ненавистно отвечать на *этот* вопрос. Голос церемониймейстера раздается подобно грому.

- Майла Льюис, ваше высочество.

- Ты храбро сражалась, Майла Льюис. — вблизи я вижу, что у короля светлая морщинистая кожа на лице, а от разноцветных глаз разбегаются лучистые морщинки. — Одной из задач нашей здесь миссии является налаживание отношений с такими квази, как ты. Пожалуйста, прими этот меч в качестве поздравления. — он поднимает длинный серебряный меч с красным набалдашником в руках, затем, остановившись, поворачивается к Линкольну:

- Возможно, это тебе должно вручить его ей, сын мой. Уверен, что видел, как вы двое разговаривали на балу.

Черт, нет. Не позволяй этому придурку вручить мне меч. Я быстро вскидываю руку.

- Мы друг с другом незнакомы.

Линкольн крепко сжимает оружие в руках.

- Дай-ка подумать. — он окидывает меня пристальным взглядом. И, вдруг я понимаю, что костюм из драконьей кожи совершенно не оставляет места для мужской фантазии. Даже хуже, сегодня на Арене очень-очень холодно. Замечательно.

Принц упирает меч острием в землю, его руки лежат на верху рукоятки.

- Уверен, у нас был один разговор. О домашних животных, насколько я помню? — тяжелым взглядом он смотрит мне прямо в глаза, один его зрачок голубого оттенка, другой пшенично-коричневый. За ними скрывается вызов.

Мой внутренний демон рычит, возвращаясь к жизни и, пусть не с гневом, но с чем-то столь же сильным. Хвост бьет меня по плечу, будто призывая остановиться. Я бью рукой по стреловидному кончику и наклоняюсь ближе к Линкольну.

Я всегда принимаю вызов.

Расплываюсь в фальшивой улыбке.

- Теперь я вспомнила тот разговор. Ты еще вел себя тогда, словно *истинный* принц. – поворачиваюсь к королю. – Благодарю вас за этот дар, ваше высочество.

Линкольн резко подбрасывает оружие так, что красный набалдашник оказывает в его правой руке, а смертоносный кончик лезвия в левой. Мы с принцем встречаемся в поединке взглядов прямо посреди Арены. Я коротаю время за воображением того, как сбиваю его с ног на землю.

Король Коннор прочищает горло.

- Возможно, ты произнесешь пару слов, сын.

Линкольн кривит губы.

- Конечно, отец. – он глубоко вдыхает. – Это квази-девушка...

- Майла. Мое имя Майла. – злость бурлит в каждой клеточке моего тела.

Принц на секунду забывает закрыть рот. Не думаю, что его часто поправляют. Кидаю взгляд на Короля; смешинки пляшут в его разноцветных глазах.

- Да, *Майла*. – если бы Линкольн мог плюнуть в мое имя, думаю, он бы это сделал. – В этом бою ты показала некоторые базовые навыки, достаточных, чтобы оправдать получение достойного меча. Конечно, если бы сразись ты с настоящим охотником на демонов, то...

- Просто назови время и место. – мое тело дрожит от еле сдерживаемой ярости.

После сказанного я замираю. Каждое мое слово эхом отразилось от стен Арены. Очень, очень громко. Я оглядываю места зрителей. Ангелы сидят неподвижно; их рты приняли форму буквы «о». Демоны фактически прекратили свои никогда не прекращающиеся драки за лучшие места. Тысячи глаз внимательно за нами сейчас наблюдают. Часть меня знает, что я должна чувствовать себя униженно, но другая часть слишком взбешена, чтобы обращать на что-то внимание.

Мой взгляд мечется между Линкольном и Коннором.

- Ладно, как нам это закончить?

Король потирает подбородок, прикрывая улыбку.

- Возможно, если ты положишь руку вот так? – он поднимает руки на уровень груди, ладонями вверх.

- Ах, да. – я повторяю жест за королем. Лицо Линкольна – образец спокойствия, он аккуратно опускает меч на мои руки. Я выдыхаю. Утренний кошмар почти окончен. И тут, принц касается моей кожи кончиками пальцев. Когда наша обнаженная кожа соприкасается, я чувствую, как меня, словно электрическим импульсом, пробирает удовольствия.

Что. За. Черт.

Мгновенно отдергиваю руки, прижимая меч к груди.

- Спасибо.

Кидаю быстрый взгляд на лицо Линкольна, маска спокойствия на мгновение дает трещину, являя смешение шока и желания.

Значит, он тоже ощутил прикосновение, но все еще считает меня отвратительным демоном. Замечательно. Мое лицо горит от злости и унижения.

Король и принц слегка кланяются, затем уходят. Кажется, словно их прогулка по проходу занимает вечность. Я коротаю время за изобретением способов ударить Линкольна в затылок.

Следующие две минуты проходят в марше глашатаев, гудении труб и улыбках придворных. В какой-то момент Уолкер утаскивает меня под ближайшую арку в безопасную тень. У него спокойный, нежный голос.

- Готова спорталиться домой, Майла?

Моя глаза горят от чувств, названия которым я не знаю.

- Уолкер, я была готова еще час назад. – я в секунде от того, чтобы разреветься. *Какой-то воин.*

- Не принимай близко к сердцу, Майла. Большинство фраксов никогда не встречают квази. Они не понимают, что ты не демон.

- Мне плевать. – мой голос срывается так резко, что я чуть не изобретаю свою версию «йодль». Дерьмо, ненавижу так делать. – Ладно, это чертовски больно.

Уолкер заключает меня в объятья. Его тело твердое и теплое, а не мертвецки холодное, как можно было бы ожидать.

- Хочешь, чтобы я его побил за тебя?

Не могу не засмеяться.

- Не в этот раз Уолкер. – опускаю голову ему на плечо. – Но спасибо за предложение.

- В любое время.

ГЛАВА СЕДЬМАЯ

Из-за всей этой церемониальной бла-бла-болтовни на матче, в школе я оказываюсь только к концу обеда. Быстро набираю себе поднос еды и осматриваюсь вокруг, выглядывая Сиссин любимый столик на двоих. Почти сразу нахожу его взглядом, вот только теперь он на троих.

К нам присоединился Зак. От негодования у меня скручивает желудок. Заку и так достается все Сиссино внимание после школы, а я выслушиваю ее несмолкающую болтовню о нем в течение уроков. Обед — единственное оставшееся в моей жизни время, которое она уделяет только мне.

Сжав зубы, подхожу к столику и останавливаюсь в ожидании хоть малейшего намека на то, что они заметили мое присутствие. Но этого не дожидаюсь.

- Хочешь еще, Заки? — в одной руке она держит французское жаркое. Почти уверена, что кормит она его с рук. Фу.

- Нет, спасибо, милая. — Зак хлопает себя по животу. — Достаточно, а то он у меня совсем раздуется.

Они обмениваются эскимосским поцелуем (иначе говоря, трутся носами) и я понимаю, что с меня достаточно.

- Привет! — выдавив улыбку, киваю на свой поднос. — Будет место для третьего?

- Майла! — Сисси разворачивается на стуле. — Где ты была?

- Очередной Аренный бой. — опускаю на пустое место, хватаю вилку и вонзаю ее в гигантских размеров салат.

- Что-то много их в последнее время. — он потирает подбородок. — Случилось что-то из ряда вон?

Я останавливаю вилку на полпути ко рту. Как много я могу им рассказать?

Сисси сладко мне улыбается.

- Ты же знаешь, что можешь рассказать нам все что угодно.

Отбросив вилку в сторону и сделав глубокий вдох, начинаю рассказ:

- На приеме у Зака я познакомилась с фраксом, оскорбившего квази и сравнивший Сисси с собакой, танцующей на горячих углях. Такого терпеть я не собиралась! Но сегодня на матче оказалось, что он наследный принц фраксов. Он вручил мне меч, но затем сказал, что я не выстояла бы против *настоящего* охотника на демонов. – хлопаю руками по столу. – Колокола Ада, я хотела выбить из него все дерьмо. – *И, возможно, немного поцеловать, но им я этого не говорю.* Я тихо свищу. – А вообще, и чего это я так беспокоюсь. Ведь мы, возможно, никогда больше не увидимся, так?

Следует длинная пауза, в течение которой Зак с Сисси безмолвно на меня смотрят; их глаза готовы выпасть из орбит. А затем разражаются громким смехом.

Слишком много правды. Я закрываю лицо рукой и стону. Провал дня.

- Да ладно, Майла. Давай серьезно. – Сисси вытирает слезы со щек, ее хвост быстро виляет за спиной.

- Если ты не готова нам довериться – все нормально. – Зак рукой прикрывает улыбку. – Со временем, мы с этим справимся.

Сисси и Зак обмениваются сочувствующими взглядами. Затем следует серия громких скрипов: Сисси пододвигается ближе ко мне, а Зак, наоборот, отъезжает как можно дальше.

- Может быть… так лучше? – она неуверенно мне улыбается.

Колокола Ада, они до сих пор думают, что я веду себя странно из-за своей «супер-пупер» влюбленности в Зака. Молчу и делаю большой глоток из банки диетической соды. *А вообще, если это остановит все эти их обжимашки и клички домашних животных - они могут думать все, что им захочется.* Я кладу руку ей на плечо.

- *Так* лучше. – я выдыхаю. Громко. – Большое спасибо.

Зак пальцами пробегает по светловолосой шевелюре.

- Кстати говоря, я слышал, ты разговаривала с Тетей Сисилией на приеме.

Подняв вилку, насаживаю новый кусочек салата.

- С Тетей кто?

- Сисилией. Ты ее знаешь: старая женщина, седые волосы, павлиний хвост.

- Ах, да, она… - подбираю верное слово. – …хороший слушатель.

Зак закидывает ноги на ближайший стул.

- Она сказала, ты расспрашивала о дипломатических штучках.

Снова роняю вилку.

- Да. – мне хотелось услышать что-нибудь об отце, но я не собираюсь говорить это Заку.

- В моем доме собраны все старые дипломатические архивы времен правления квази. – он постукивает пальцем по краю тарелки, выжидающе на меня глядя. – Можешь там порыться.

Сисси кивает, заставляя свои колотые кудри подпрыгнуть.

- Замечательная идея! Парочка интересных исследований может отвлечь тебя от мыслей о…

Моей безответной любви к Заку. Пррррравильно. Я проглатываю некоторое разочарование вместе с порцией салата.

Зак натягивает фирменную улыбку Мистера Самодовольство.

- Там можно еще много чем заняться, помимо библиотеки.

- Ох, да. – Сисси начинает хлопать ресницами как безумная. – У особняка есть живой лабиринт, фонтан и большая теплица с ботаническим садом внутри.

Подождите минуточку. Слишком долго я знаю Сисси, чтобы не среагировать на ее чрезмерную скорость моргания, когда она появляется.

- Предложение прекрасное, но меня интересует одна вещь. – я аккуратно складываю на столе руки. – Есть ли что-то конкретное, что вам от меня надо во всей этой ситуации?

Наклонившись вперед, Сисси тихо говорит:

- Раз уж ты упомянула, если ты будешь в доме и все такое, возможно я тоже буду там.

Мои глаза превращаются в щелочки.

- Ясно. Ты будешь в особняке Райдеров, чтобы составить мне компанию, а не зависать с Заком.

Сисси так старательно улыбается, что удивительно, как ее лицо еще не треснуло.

Я закусываю губу. Ладно, мне уже понятно, к чему все идет.

Сисси внимательно разгадывает потолок, ее рот перекошен набок.

- И если мои родители спросят, что происходило в доме у Зака, ты скажешь, что мы все время были вместе. *Втроем.*

Я делаю глубокий вдох.

- Но *что* на самом деле вы двое будете делать?

Зак вскидывает руки в знак капитуляции.

- Просто смотреть телевизор и гулять, клянусь. Мои родители тоже будут неподалеку.

От непонимания я морщу лоб.

- Тогда в чем проблема?

- Мои родители слышали приводящую в ужас ложь о Заке. – Сисси вздрагивает. – Теперь с собой мне всегда надо брать доверенного сопровождающего и, ну, я знаю как сильно мои мама и папа доверяют тебе.

- Они считают меня страннохвостым Аренным воином.

- Но они также считают, что ты убьешь любого, попытавшегося сделать мне больно.

Кладу в рот еще кусочек салата. Это аргумент.

Сисси вновь начинает хлопать ресницами.

- Пожааааааааалуйста, Майла?

Я издаю утробный рык. Слухи о Заке – не ошибка, но я знаю Мистера Самодовольство с детского сада, и он никогда не знакомил девушек со своими друзьями, не говоря уже о семье. Я правда считаю, что с Сисси он ведет себя нормально. Плюс, если я смогу порыться в дипломатических записях – возможно, что-нибудь найду о своем отце.

- Ладно. Я в деле.

***

Остаток дня проходит в скукоте, включая поездку домой на Бетси. Через входную дверь прохожу к счастливой матери.

- Добро пожаловать домой, Майла!

- Привет, Мам. – целую ее в щеку.

Мама плюхается на софу в нашей гостиной и хлопает по месту рядом с ней.

- Догадываешься что это, милая? Перед тем, как вы сели в машину, мне все-таки удалось щелкнуть вас с Сисси в платьях.

Я присаживаюсь рядом с ней. Она силой вкладывает фотографии мне в руки. Несмотря на то, что все бантики с платья были срезаны, оно все равно походило на неоновую тыкву.

- Сисси вышла красиво. – вздыхаю. – А вот я выгляжу слишком оранжево.

- Вы *обе* прекрасны. Не забудь показать их Сисси.

Кладу фото в карман толстовки.

- Не забуду. – *в другой жизни.*

Мама улыбается и похлопывает меня по руке. Она в хорошем настроении. Значит, сейчас идеальное время для уговоров Маминой Инквизиции на ежедневные послешкольные поездки в особняк Райдеров.

- Итак, Сисси начала встречаться с парнем по имени Зак Райдер.

- Оу, я знала семью Райдеров до войны.

Ого, еще один случайный факт из маминого мистического прошлого.

Так как все идет хорошо, я решаю двигаться в том же направлении.

- Теперь, когда Сисси встречается с Заком, она ездит к нему домой после школы. Ее родители хотят кого-нибудь в сопровождение, и потому попросили об этом меня.

Мама подпрыгивает на месте.

- О, особняк Райдеров прекрасен! У меня где-то валяется карта. - она поднимается на ноги и исчезает в своей комнате.

Ладно, пусть это довольно странно, но, судя по всему, у мамы завалялась карта особняка Райдеров. Она возвращается в гостиную и приземляется на софу, складывая на колени кучку сложенных бумаг.

Раскрыв первую карту, мама пробегает пальцами по разным отметкам.

- Особняк Райдеров построен в форме гигантской буквы «П». В центре здания – верхней планке буквы «П» - располагается приемная зала. Оттуда уходят Западное крыло – здесь живут Райдеры – и Восточное. – Мама вздыхает. – Восточное крыло особенно красиво. Там располагается бальная зала, дипломатический офис и библиотека.

- Дипломатический офис, хах? – позволяю я прорваться словам. Мама не клюет на приманку.

Вместо этого она показывает на другую точку, отмеченную на карте.

- Ах, а здесь живой лабиринт, прямо между двумя крыльями. А в центре располагается прекрасный фонтан. За ними теннисный корт, ботанический сад и другие всевозможные развлечения дипломатов.

- Вау, дом Зака намного увлекательнее, чем я думала. – как, ну, как мне так повернуть этот разговор, чтобы узнать что-нибудь о Мамином прошлом?

Мама цокает языком.

- Их владения сейчас меньше прежнего. Ты должна увидеть какими они были до войны.

- Мне бы понравилось. – весь мой самоконтроль (а его у меня очень мало) уходит на то, чтобы не начать выпытывать у подробности прямо сейчас.

- Библиотека чудесна, не забудь заглянуть туда, Майла-ла. – она разворачивает другую карту, на которой показано только восточное крыло – На первом этаже бальный зал, на втором дипломатический офис. Библиотека располагается на двух последних этажах: третьем и четвертом. – Она качает головой. – Это библиотека невероятна. Среди ее записей есть все: от правления квази до истории демонов, от новых записей и до древнейших дипломатических архивов.

И тут я достигаю предела своего самоконтроля.

- Разве я не совершаю настоящий подвиг, не спрашивая тебя обо всех тех дипломатических вещах, которыми ты занималась до войны? – мой рот начинает жить собственной жизнью. – Я имею в виду это довольно очевидно, что ты работала в дипломатическом офисе особняка Райдеров. Возможно, ты встретила Папу там? Вы вместе занимались поисками чего-то в библиотеке или еще что. – я поддаюсь вперед, мой уровень сдержанности на нуле. – Я права?

Мама открывает рот, словно хотя что-то сказать, но не может ничего выдавить. Вместо этого, она тяжело вздыхает.

- Были ли у тебя сновидения от Венеры?

- Ни одного, с тех пор, как мы говорили об этом в первый раз.

- Ах, ладно. – она поднимается на ноги. – Может, скоро.

После этого мама уходит к себе, забирая карты с собой.

Черт.

***

Подбегаю к парадному входу особняка Райдеров и стучу бронзовым молотком. Я так чертовски волнуюсь из-за опоздания на встречу с Сисси и Заком, что это даже не смешно. Идеально белая дверь отрывается, являя блаженно улыбающуюся Сисси.

- Добро пожаловать в особняк Райдеров. – она так это говорит, словно они встречаются уже многие годы, а не несколько недель.

- Привет, Сисси. – я прохожу в приемную комнату. – Извини, что опоздала. Бетси снова сломалась. – на протяжении лет карбюратор, дворники и коллектора постоянно устраивают мне гадости. Обычно мне нравятся лишние клубы дыма, некая драматичность и смазка повсюду, но сегодня это только сильно раздражало. Ненавижу опаздывать.

- Не беспокойся. – Сисси кидает на Зака липкий взгляд.

Осматриваю приемную. Она в два этажа высотой и заполнена витиеватой золотой мебелью. Обычно здесь также находятся и родители Зака.

- Где Райдеры? – сказать, что родители Зака мгновенно влюбились в Сисси – значит, сильно преуменьшить. В течение последних двух недель папа Зака постоянно крутился неподалеку и сверлил Зака взглядом «не смей все испортить». Сегодня первый день, когда мне действительно придется играть роль сопровождающей.

- Они играют в теннис. – Сисси оборачивает свою руку вокруг его. – Хочешь присоединиться к нам в Западном крыле?

О, нет. Я достаточно насмотрелась на «Шоу Любви имени Зака и Сисси» в школе. Моя цель пребывания здесь проста и ясна: найти какую-нибудь информацию об отце.

- Спасибо, но, думаю, сегодня я посещу Восточное крыло.

Сисси кладет голову на плечо Зака.

- Ты уверена? Мы будем рады, если ты потусуешься с нами.

Ах, *конечно*, вы будете. Я ценю то, что Сисси пытается быть милой, но мне не хотелось быть третьим колесом у двухколесного велосипеда.

- Спасибо, но все хорошо. Мне правда хочется побывать в Восточном крыле.

Сисси склоняет голову на другую сторону.

- Ты чего-то не договариваешь, милая? – она локтем пихает Зака в бок. – Я говорила, что она последнее время что-то от меня скрывает.

- Я в порядке.

- Правда? – Сиссины губы задумчиво кривятся. Это значит, что она раздумывает над совместным походом в библиотеку. Поиски своего упырьского наследия достаточно противны сами по себе; мне не нужна лишняя публика.

- Правда-правда. – подталкиваю их в сторону противоположного коридора. – А вы, детки, идите и хорошо проведите время.

Сисси застывает на месте, ее лоб беспокойно нахмурен. Зак кладет руку ей на плечо, поворачивая лицом к нему. Они встречаются взглядом, и он сражает ее улыбкой.

- Сегодня я бы хотел показать тебе наши конюшни.

Сисси заливается краской. О, да. Она повелась.

- Это было бы замечательно.

Я машу им рукой на прощание, пока они не поворачивают к Западному крылу. Они направляются прочь, их ноги синхронно стучат о мраморный пол коридора. Всю дорогу Сиси прижимается к Закиному боку, его рука крепко обнимает ее за плечи. Что-то в этом жесте заставляет мое горло сжаться. Почувствую ли я когда-нибудь что-то подобное к другому человеку? При таких условия, к сожалению, возможно, никогда.

Я передёргиваю плечами. Возможно, упырьские гены во мне делают невозможным любовь к кому-либо с пульсом. Фу, что за удручающая мысль.

Встряхнись, Майла. Тебе есть чем заняться.

Развернувшись на пятках, встаю лицом к коридору, ведущему в Восточное крыло. Сверкающий мраморный пол, позолоченные зеркала и вызывающие тревогу тайны. Мама сказала, что там находится бальная зала, офис и библиотека. Я кривлю губы, рассматривая варианты. Кивнув самой себе, решаю начать поиски в библиотеке четвертого этажа. Исходя из рассказов Сисси, она всегда открыта и обычно пуста.

Глубоко вздохнув, расправляю плечи и направляюсь на четвертый этаж. Библиотека – это лабиринт из высоких деревянных книжных шкафов. Запах пыли и старого пергамента витает в воздухе. Пытаюсь найти глазами других посетителей, но вокруг ни души. Замечательно.

Я нахожу сектор истории и вытаскиваю особо огромный, отделанный кожей том. У дальней стены библиотеки находится ряд оконных ниш с мягкими сидениями. Я занимаю ближайшую к себе оконную нишу, раскрываю на коленях книгу и кидаю взгляд на территорию особняка за окном. Далеко подо мной виднеются зеленые стены живого лабиринта. Мой хвост раскрывает книгу на титульной странице.

Квази Дипломатия: История

Шорох раздается на другом конце библиотеки.

- Сисси, это ты?

Тишина.

Пожав плечами, возвращаюсь к чтению.

Введение написано Санктус Льюис.

Перечитываю вновь. Санктус Льюис. У меня мамина фамилия, а Санктус Льюис – мама моей мамы. *Какое совпадение.* Возобновляю чтение:

Как каждый квази-горожанин знает, семья Льюис сыграла важную роль в развитии загробной дипломатии, вот почему я рада писать это предисловие к десятому изданию...

- Мы на месте! – раздается в моих ушах незнакомый женский голос, но я слишком увлечена чтением, что обратить внимание на владелицу. Я подношу страницу ближе к глазам. В ней содержится тона бла-бла-бла о том, чтобы дать людям второй шанс на хорошую загробную жизнь, затем автор пишет:

Я горжусь тем, что моя дорогая дочь Камилла была выбрана на традиционный для семьи Льюис пост сенатора - это честь...

Моя первая настоящая зацепка! Имя моей мамы – Камилла, значит, бабушка написала это перед своей смертью во время войны Войне. Я крепче сжимаю книгу. Мама была сенатором? *Моя помешанная на чрезмерной защите и сентиментальная мама?* Качаю головой и переворачиваю страницу.

- Линкольн, нет! – визгливое хихиканье наполняет воздух. – Вы помнете мне платье.

Я застываю.

Она сказала Линкольн? Это не может быть он.

- Приношу свои извинения. Ваше платье столь же прекрасно, как и вы. – *все-таки,* это он. Аргх.

Пытаюсь сосредоточиться на чтении, но не могу не прислушиваться к их разговору. Ладно, может, и могу, но мне интересно, чем это занимается Напыщенный Принц.

Линкольн вновь начинает говорить:

- Министр сказал, что «Писание Скалы» должно быть где-то здесь.

- О, кажется, я вижу свое. – она коротко хрюкает. – Ах, моя полка таааааак высоко. Не могли бы вы достать для меня ту книгу?

Скривив лицо, я пародирую ее «полка таааааак высоко» и высовываю язык.

- Конечно, леди Адейра. – глухой звук вытаскиваемой книги.

- Спасибо, ваше высочество. – она хихикает вновь.

Я крепко сжимаю зубы, а мой хвост кромсает что-то рядом со мной. Обернувшись, я нахожу некогда целую ярко-желтую подушку теперь аккуратно распиленную на две половинки. Злость и шок наполняют меня. Я только что бессознательно выпотрошила подушку. Я никогда не делала ничего подобного, даже во время Маминой Инквизиции. Почему какой-то парень заставляет моего демона вести себя так безрассудно?

Улыбка слышится в голосе Линкольна:

- Всегда, пожалуйста.

Леди Адейра громко вздыхает.

- Раз у нас есть время, я хочу сказать кое-что. Вы оказали мне честь, пригласив присоединиться к Венере на матче Арены.

- С удовольствием. Мне подумалось, что вам понравится бой.

- Сражение было неплохим, я думаю. Но что мне *действительно* понравилось, так это как милостиво вы поступили после того.

После длительного молчания Линкольн говорит вновь:

- Имеете в виду момент, когда я наградил демона?

- Да. Той девушке очень повезло, что вы ее не убили.

Демону? Я - квази и у меня есть имя. Говнюк.

- Ну, я…

- Демон и шанса не имеет против настоящего война фраксов. – тон ее голоса становится излишне приторным на словах «настоящего война фраксов». Уверена, что мой хвост только что порезал на лоскутки еще одну подушку. Я сжимаю кулаки.

Линкольн посмеивается.

- На самом деле, это довольно несправедливо: сравнивать фракса и демоницу, леди Адейра.

- Не знаю, подумаете ли вы, что я забегаю вперед, но… - я почти слышу, как отчаянно она машет своими ресницами.

- Но что?

- Могу я потрогать мускулы на вашей руке?

Я хлопаю рукой по лицу.

- Не уверен, Адейра.

- Всего одну секунду? Прошу. – затем следует длинная пауза. – Ооох! Такие сильные. – вспоминаю его руки и, да, он довольно мускулист. И я, в какой-то мере, ненавижу себя за признание этого факта.

Она вздыхает.

- Как могла какая-то девчонка бросить тебе «назови время и место»?

Голос Линкольна становится ледяным.

- Мы сейчас же должны вернуться к остальным, миледи.

- Ох, я только хотела сказать… То есть, я думала… - звуки шагов уходят за дверь. – Подождите меня, ваше высочество!

Я слушаю, как затихают их голоса и звуки шагов. Ярость бурлит во мне. Официально заявляю: *принц Линкольн, я ненавижу тебя больше кого-либо другого во вселенной. Однажды, я покажу тебе, на что способен «настоящий воин».*

Меряя шагами скрипучий деревянный пол, я представляю, как здорово было бы спустить их обоих с лестницы. Пихнув книгу подмышку, выхожу из библиотеки на лестничную площадку и спускаюсь в бальный зал на первом этаже. Пересекая танцпол, цепляюсь взглядом за движение в одном из множества огромных окон. Фраксы, одетые для какого-то официального мероприятия, толпятся около изгороди живого лабиринта.

Грр.

Оставляю в приемном холле прощальную записку для Сисси (включающую в себя неправдоподобную историю о произошедшем с подушками) и спешу к своей машине. По пути домой я шесть раз чуть не попадаю аварию, в большинстве своем из-за того, что репетирую «ты тупица» речь, вместо того, что следить за дорогой. Уже на собственной подъездной дорожке осознанно паркую машину, топаю к дому и захлопываю за собой дверь. Кратчайшим путем направляюсь к своей комнате.

Я достигаю полпути, когда мама выглядывает с кухни.

- Привет, Майла. Я взяла нам замороженный ужин. Твой с курицей. – она бросает на меня долгий взгляд. Мои зрачки все еще горят яростным алым.

Мама хмурится.

- Все в порядке?

Нет, не в порядке. Я так сильно ненавижу принца фраксов, что едва держу себя в руках. Делаю глубокий вдох.

- Все нормально, мам. Просто задали много домашки.

- Хочешь поесть в своей комнате?

- Было бы замечательно.

Топаю в свою комнату и сажусь на кровать. Вытащив тетрадку из рюкзака, открываю ее на случайной странице.

Мама подходит ко мне.

- Сюда. – она ставит тарелку с вязкой зелено-оранжевой массой на тумбочку. Я смотрю на «еду» и морщусь. Даже для нашей семьи, это отвратительно. Себе на заметку: научиться готовить.

Я выдавливаю улыбку.

- Спасибо, мам.

- Не ложись спать слишком поздно, делая домашнюю работу. – она клюет меня в щеку и выходит за дверь.

Я сую в рот ложку замороженного ужина и просматриваю случайную главу в тетрадке. Проходит час. Ни одно слово со страницы так и не дошло до мозга. Мои глаза неумолимо закрываются. Раскрытая тетрадь все еще лежит на коленях.

В момент, когда веки смыкаются, мне снится Серое Море. И снова я стою голыми стопами на темном песке, стена из черного камня маячит неподалеку. Темные грозовые тучи застилают небо. Сильный запах серы заставляет морщиться. Приседая, кладу ладони на землю цвета шоколада. Круг белого огня вспыхивает вокруг меня. В центре песок формирует знакомый силуэт.

Моя мама.

Весь воздух покидает мое тело. Венера говорила, что будет посылать мне видения прошлого мамы. Неужели, это, наконец, оно?

Силуэт передо мной обретает все большую четкость. Даже несмотря на то, что вся она сделана из песка, я могу сказать, что на маме надета мантия в стиле тоги, точно такую же она держала в руках, когда плакала в своей комнате. Должно быть, это сенаторская мантия.

Моя кожа покрывается гусиной кожей от неожиданного прозрения. Вот почему мама расстроилась: в поисках швейных принадлежностей, она наткнулась на сенаторскую мантию. Это ужасно. В один день ты облаченный в тогу сенатора, а на следующий латаешь серые мантии для кучки упырей. Камень оседает на мое сердце. Когда она меня спрашивала, я даже не знала для чего именно это мантия. Ее собственная дочь. Это заставляет меня чувствовать себя еще хуже.

Я вновь обращаю внимание на песок под ногами. Еще больше песчинок взвивается вверх внутри круга. На этот раз они формируют что-то вокруг моей Мамы. Я щурюсь, наблюдая за тем, как песок превращается в лестницу Восточного крыла в особняке Райдеров.

Ладно, в этом есть смысл. Я догадывалась, что мама работает на дипломатическом этаже особняка. Почему бы еще ей скрывать карты?

Уголки моих губ кривятся в усмешке. Я на правильном пути. Круг огня передо мной вспыхивает и исчезает. Декорации, вылепленные из песка, обретают плоть и кровь.

Из меня вырывается тихий свист. Крутое сновидение, Венера.

Упырь поднимается по лестнице и направляется к маме, его черная мантия разлетается позади него.

- Опоздаете, сенатор Льюис. – в высоту он меньше чем шесть футов, что по упырьским меркам низкоросло. Скинув капюшон, он являет лысину, покрытую светло-серой кожей. Для упыря он довольно привлекателен, с большими черными глазами, прямым носом и полными губами.

С ослепительной улыбкой на лице мама поворачивается к Тиму.

- Не опоздаю, Тим. И я еще *пока* не сенатор Льюис. – ее каштановые волосы рассыпаны по плечам; карие глаза сияют. Аура силы и энергии окружает ее. Не могу перестать ее рассматривать, вопросы наполняют мою голову: Как может эта женщина быть той, что сейчас растекается лужицей, стоит меня призвать на Арену?

Тим вытаскивает из складок мантии старомодные часы на цепочке.

- Ты никогда не станешь сенатором, если пропустишь церемонию присяги. – он со щелчком открывает крышку, кидает взгляд на циферблат и сует прибор обратно в мантию.

- Она начнется ровно в двадцать две минуты. – он беспокойно морщит лоб. – Почему тебе надо встретиться с ними именно сейчас?

- Поймешь, когда познакомишься с ними сам. – мама останавливается перед дверью второго этажа и поворачивает ручку. Ничего не происходит. – Странно.

Я окидываю дверь внимательным взглядом. Да, эта та же дверь, мимо которой я проходила по пути в библиотеку четвертого этажа. В следующий свой визит в особняк Райдеров, обязательно поищу способ попасть в эту комнату.

- Обычно мы оставляем ее незапертой. – мама снимает с шеи серебряную цепочку. На конце висит крошечный ключик. Она вставляет его в замок, поворачивает ручку и медленно открывает дверь.

Они с Тимом шагают в комнату

Ряды парт и стульев наполняют длинное помещение, и все они пусты. В комнате тихо и темно. Мама упирает руки в бока.

- Где все? – она щурит шоколадные глаза.

Мне хорошо знаком этот взгляд. Он появляется прямо перед тем, как выясняется, что я забыла сделать что-то действительно важное. У кого-то точно будут проблемы.

Включается свет. Десятки людей появляются из-за столов и стульев.

- Сюрприз!

На мамином лице расплывается широкая улыбка. Она осматривает всех присутствующих, радостно хлопая в ладоши. Она знает всех этих людей. Даже больше, они важны для нее.

Вот это да.

Мама знает кого-то еще, кроме меня с Уолкером? Полагаю, это должно было стать очевидным, после того, как я узнала, что она – сенатор, но раньше я об этом просто не задумывалась. Чувствую, как меня наполняет что-то среднее между радостью и шоком.

Старая женщина с кожей цвета янтаря и седыми волосами делает шаг из толпы. В руках она держит огромный торт с надписью: «Поздравляем, Камилла». На ней надет простой брючный костюм синего цвета и фиолетовый шарфик на шее. У нее большие карие глаза, полные губы и длинный черный хвост – все это выглядит так знакомо.

Мамино лицо освещается широкой улыбкой.

- Спасибо, мама.

Святое гуакамоле. Это моя бабушка, Сенктус Льюис, та, о которой я читала в библиотеке Райдеров сегодня. Та, что написала введение к «Квази Дипломатии». Я осматриваю комнату, отмечая, что все лица в ней странно знакомы. Они - не просто сотрудники, должно быть, все они из семьи Льюис. Я качаю головой. Одно дело читать о наследственности дипломатии в семье Льюис в бабушкином введении, и совсем другое видеть так много похожих друг на друга лиц в особняке Райдеров. И почему я не встречала никого из них раньше?

Бабушкины губы растягиваются в улыбке.

- Мы все так гордимся тобой. Льюис всегда выигрывали выборы на место сенатора, но результат никогда не превышал восьмидесяти процентного порога! - комната взрывается аплодисментами. – Этой оглушительной победой люди Чистилища согласились с моим мнением. Мое место сенатора не может перейти в руки квази более подходящего, чем ты! – она передает торт долговязому парнишке с короткими коричневыми волосами и кабаньим хвостом. – Поставишь в конференц-зале, Мортимер?

- Да, Санктус. – он принимает из ее рук торт и несет к двери в другом конце комнаты.

Бабушка поворачивается к Тиму, ее улыбка тает, а взгляд становится нечитаемым.

– Ты привела с собой кого-то еще.

- Да. – мама оборачивается к упырю рядом. – Тим, познакомься с моей семьей. – кивает она в сторону людей. – Семья, познакомьтесь с Тимом. Он присоединяется к штату в качестве моего ассистента.

Сенктус окидывает его внимательным взглядом.

- В дипломатическом офисе мы еще никогда не имели работника, не принадлежащего семье Льюис. –

- Что ж, пришло время это изменить. Если мы хотим наладить отношения с другими реалиями, нужно начинать прямо здесь и сейчас, в этом офисе.

- Превосходный аргумент. – легко кивает бабушка. – Тим, позволь провести тебе ознакомительную экскурсию. – она кивает на группу мужчин и женщин самых разных возрастов и размеров. У всех у них каштановые волосы и большие глаза цвета шоколада. – Здесь у нас София, Изабель и Мартин. Они заведуют Камиллиной предвыборной кампанией. У окна мы можем увидеть Фортуса, Куина и Феликса; они управляют офисными делами. Коко, Сиена, Артуро и Хьюго находятся в конференц-зале, помогая с тортом. Их забота – корреспонденция и заявки. И, наконец, у нас есть еще Танис и Бей, заведующие финансами.

У Тима отпадает челюсть.

- Я никогда не запомню все эти имена.

Бабушка хмурится.

- Не повезло, ибо потом я проведу тест. – позади нее зловеще щелкает хвост.

Капля чёрного пота стекает по Тиминой щеке.

- Ох, нет. Я совершенно не подготовлен.

Мама кладет руку Тиму на плечо.

- Не переживай. Сенктус просто дразнит.

Тим выдыхает.

- Ах, понятно.

К бабушке подходит девочка четырех лет и выставляет ножку.

- Ты забыла меня. – каштановые волосы стоят облаком вокруг ее головы, завиваясь в локоны, как у Сисси. Ее длинный черный хвост тянется вверх, осторожно обхватывая бабушкину руку. Маленькая прелесть. Я представляю себе дюжины кузенов, кузин, теть и дядь разбросанных по всему Чистилищу. Милые маленькие детки, упрашивающие меня петь глупые песни. Старые родственники, которые могут дать хорошие советы о том, где лучше устроиться служить после окончания школы. Мужчины и женщины маминого возраста, знающие секретные рецепты семьи. От любви к Льюисам у меня в груди разливается тепло.

Это. Просто. Восхитительно.

Санктус поднимает девочку на руки.

- Как могла я забыть тебя, Дани? Ну, так, скажи кто ты у нас?

- Вице-президент Веселья!

- Верно. И какой у нашего Вице-президента план на сегодня?

- Ага. Мы все идем вместе с тетей Камиллой на дачу присяги. – Санктус вскидывает свою белую бровь. – Замечательная идея, Дани. - она поворачивается к маме. – Правила этого не запрещают, если ты не возражаешь.

- Возражать? Я *люблю* эту идею. – мама хлопает в ладони. – Все внимание, Санктус и я должны сделать важное заявление. Все идете со мной на церемонию клятвы приношения! – комната разражается радостными восклицаниями. Мама поворачивается к Тиму. – Можешь открыть для нас портал, пожалуйста?

Тим кивает.

- Конечно. – черная дыра восемь футов высоту открывается в центре комнаты.

Мама лучится оптимизмом.

- А теперь, все беремся за руки и не отпускаем! Спорталимся в палату сенатора вместе.

Они переговариваются и переставляют ноги, пока не образуют прочную длинную цепочку. – Все готовы?

И снова радостный ропот проносится по комнате. В этот раз себе я тоже позволила счастливо вскрикнуть. *Не могу поверить, что у меня есть такая замечательная, где-то спрятанная родня!*

Мама крепко хватает Тима за руку.

- Тогда ладно. Идем!

Друг за другом, каждый член моей удивительной новообретенной семьи проходит через портал. Последние в очереди - бабушка с крохой Дани, взгромоздившейся ей на спину. В момент, как они все растворяются в темноте портала, картинка меняется. Дипломатический офис из реальной комнаты вновь превращается в песок, гранулы которого медленно опадают на песчаную землю Серого Моря.

Я просыпаюсь словно от толчка, потягиваюсь и улыбаюсь, улыбаюсь, улыбаюсь. Чтение о сенаторе в книге не идет ни в какое сравнение с видением мамы в фиолетовой мантии, улыбающейся и уверенной в себе. Тру глаза и зеваю, прокручивая в голове каждую секунду своего сновидения.

Сенатор Камилла Льюис, вау.

Кстати говоря…

Поставив голые ступни на холодный пол, я прокрадываюсь в мамину комнату и замираю в футе от ее кровати. Мое тело гудит от счастливого возбуждения.

- Мама, ты проснулась?

Она зевает.

- Неспокойный сон, Майла? – она хлопает по месту рядом с ней.

- Можно сказать и так. - я плюхаюсь на кровать, подпрыгиваю на пружинах, и прислоняюсь к спинке кровати.

Мама широко распахивает шоколадные глаза.

- Сновидение от Венеры?

Я усмехаюсь.

- Оу да.

Она делает глубокий вдох.

- Есть ли у тебя вопросы?

- Мама, ты была сенатором. Вау. – в возбуждении нервно постукиваю пальцами по матрасу. – Я прочитала в одной из книг о том, что ты была им, но в сновидении я увидела, словно то был не сон, а реальность. – закусываю ноготь большого пальца. – Кажется, это был не вопрос.

Мама выпрямляется, пересаживаясь ближе.

- Это была книга из библиотеки Райдеров?

- Да. – кидаю на нее виноватый взгляд. – Я точно оставила им записку, когда взяла ее.

- Уверена, нет ничего страшного в том, что ты ее позаимствовала; рада, что эта книга вообще существует. – мама долго выдыхает. – Родители Зака – замечательные люди. Ты не поверишь, через что им пришлось пройти, чтобы сохранить особняк, не говоря уже о библиотеке. Это последний оставшийся кусочек нашего прежнего мира. Во многом, это и единственная связь с остальными реалиями.

Я готова пуститься в пляс от того, сколько информации вываливается на меня сейчас. Расскажи мне больше!

- Итак, на что это похоже – быть сенатором?

- Давай посмотрим. – мама начинает перебирать факты, словно гид на экскурсии. – Тогда в Чистилище правил Сенат из 100 представителей. Наша семья занимала места представителей дипломатии в течении нескольких поколений.

Качаю головой.

- Как я могу быть твоей дочерью, если эта темы *никогда* не всплывала в разговоре с другими людьми? – кидаю на нее взгляд, означающий «и с тобой тоже».

- После войны все перестали меня замечать, и я хочу сохранить все так, как оно есть сейчас. - Она вытягивает торчащие из потертого одеяла нитки. – Армагеддон захватил Чистилище лишь по одной причине, чтобы заполучить в Ад больше душ. В Сенате же, мы всем душам давали шанс попасть в Рай. Это справедливо. Демонам для выживания души не нужны. Поедание душ для них просто высококачественный наркотик. – ее глаза пылают ярко-алым, такого я еще не видела. Знаю, мама так же, как я носит в себе силу демонов Ярости, но мне всегда думалось, что унаследовала она от них только хвост.

- Как мы можем позволять им делать это? – мои глаза полыхают от гнева. – В основном, упыри учат нас тому, что квази – крупнейшие лузеры истории. – кидаю взгляд на свою комнату. – Я сделаю копии этой книги и передам другим квази в школе. Может возьму еще больше книг из библиотеки...

- Майла, нет! – мама хватает меня за руки. – Мы не можем так рисковать. Ты должна понять. Война Армагеддона была непросто захватом власти; это была резня. Он хотел уничтожить все воспоминания о прежних временах, о щедрости, о терпимости. Кто знает, что он сделает, если кто-то вновь начнет поднимать старую республику?

- Мне все равно. Квази имеют право знать. – вздергиваю подбородок. – Кроме того, это моя работа – бороться со злом.

Мама опускает голову.

- Не с таким злом. - она смотрит на дождь за окном. - Это та тьма, что не терпит и искры света. – с лицом, расчерченным дорожками слез, она поворачивается ко мне. – Во время войны они выследили и убили каждого члена семьи Льюисов, кроме меня.

Хмурю лоб, пока информация просачивается в мозг. Все мои родственники мертвы? Я вспоминаю счастливые лица в дипломатическом офисе. Шок окатывает меня волной. *Не может быть. Это неправда.*

– Я думала, Льюисы живут где-то в Нижнем чистилище. Я хотела познакомиться с ними. – а также с бабушкой, Дани и миллионом других Льюисов из Дипломатического офиса.

– Они носят нашу фамилию, но не принадлежат к квази Ярости. Никто у кого из них нет наших способностей к сражениям. – ее покрасневшие глаза встречаются с моими. – Упыри уничтожили каждого, кто мог стоять в очереди на место следующего сенатора. Всех, кто мог помнить или сопротивляться. – ее глаза блестят. – Не только нас; их целью был каждый сенатор. – у нее срывается голос и этот звук разбивает мое сердце на невозможно мелкие кусочки.

– Мы можем поговорить об этом позже. – я привстаю с кровати. Мама накрывает мою руку своей. – Нет, ты права. Ты заслуживаешь знать свое наследие.

Я присаживаюсь рядом с матерью, у меня кружится голова.

– Не понимаю. Почему мы с тобой выжили?

Мама закусывает губу.

– Один друг пожертвовал всем, что у него было ради меня. А когда родилась ты, это защита распространилась и на тебя.

У меня сжимается горло.

– Кем был этот друг? Моим папой?

Мама сильно зажмуривается, новые дорожки слез расчерчивают ее щеки.

– Это все, что я могу рассказать тебе прямо сейчас, Майла.

Я знаю маму достаточно хорошо, чтобы понять одну вещь: это значит «да». Да, твой отец умер, чтобы защитить нас. И даже больше. Сеть из темных секретов все еще оплетает наш дом. Часть меня хочет схватить ее за плечи и заставить рассказать мне больше - разорвать печальный круг. Другая часть чувствует себя ужасно виноватой за то, что я и без того сильно на нее давлю. У нее опухшие красные глаза и совершенно несчастный вид.

Дрожа, мама закрывает себе рот рукой.

– Мне нужно немного побыть в одиночестве. – она делает рваный вздох. – Мы вновь поговорим после следующего визита Венеры.

Я поднимаюсь на ноги. Ярость, сочувствие и вина борются во мне. Заставляю себя сделать шаг к двери. Лучше остановиться сейчас, пока мы обе все не испортили.

– Хорошо, мам. – я ухожу, осторожно прикрывая за собой дверь. Ее тихие всхлипы эхом проносятся по дому.

Мой внутренний бой оканчивается, когда я слышу, как она плачет. Сочувствие побеждает с огромным разрывом. Сегодня я не хочу расстраивать маму еще больше, поэтому, собираясь в школу, веду себя очень тихо.

Уже на пути к выходу, замечаю, что мама все еще тихо всхлипывает за закрытой дверью своей комнаты. У меня опускается сердце. Открытие для себя маминого прошлого проходит совершенно не так, как я это себе представляла.

ГЛАВА ВОСЬМАЯ

Мы с Сисси сидим на наших обычных местах: в заднем ряду класса биологии, ожидая, пока рассядутся остальные ученики. Моя лучшая подруга нетерпеливо ёрзает на стуле.

— Я уже говорила, что родители Зака вернулись?

Всего двенадцать раз.

— Да, ты упоминала об этом, Сисси. — на следующий день после моего первого посещения библиотеки Райдеров родители Зака на неделю отправились в дипломатическую поездку. Перед отъездом они позвонили Сисси и сказали, чтобы ни при каких обстоятельствах та не посещала их особняк. Нескольких дней они с Заком пытались зависать у нее дома, но у ее родителей до сих пор проблемы с принятием репутации Зака. Короче говоря, они считали дни до возращений Райдеров из поездки.

И если быть с собой полностью честной - они не единственные, кто вел отсчет. Не могу дождаться момента, когда вернусь в библиотеку и узнаю что-нибудь новенькое о мамином прошлом или личности отца.

Сисси черкается в своей тетрадке.

— Я собираюсь в особняк Райдеров после школы. Ты идешь?

— Черт, да. — не понимаю к чему был этот вопрос. — С чего бы мне не идти?

Сисси закусывает губу.

— Я была не уверена, что ты все еще этого хочешь. Последнюю неделю ты довольно рано оттуда уходила. Меня беспокоило, что тебе, возможно, не нравится торчать в библиотеке.

Ах, это? Только когда принц фраксов объявляется.

— Нет, я в деле. Буду там после школы.

- Хорошо.

Сисси наклоняется и тихо стучит по моей парте.

- Хэй, видела? – она кивает в сторону передней части класса.

Вытянув шею, замечаю большую стеклянную коробку рядом с учительским столом. Трехфутовый куб водружен на маленький серебряный стол.

- Круто. Леди умеет вызвать любопытство.

Леди – это ЛДИ-99, наш учитель биологии. Ее кожа цвета древесного угля натянута на костлявый силуэт с наглухо запахнутой мантии, который возвышается над полом на семифутовую высоту. Ее отличительные черты: ореолоподобное афро, огромные глаза и маленькие круглые очки. Она – определенно, наикрутейший учитель в школе.

- Сегодня у меня для вас сюрприз. – Леди делает шаг к пустой стеклянной коробке. – Мы будем изучать Реперио демонов.

Я счастливо пританцовываю на своем стуле. Реперио офигенны.

Леди поднимает мусорную корзину и вываливает все содержимое в куб. Обрывки бумаги, сломанные карандаши и скрепки вываливаются на дно коробки.

После, мусор начинает шевелиться.

Обрывки бумаги обретают форму маленького человечка с глазами-ластиками. Сточенные с карандашей обрезки превращаются в юбки для леди с деревянными телами и головами-скрепками. Они мечутся по стеклянному дну, бьются о стенки куба и ругаются.

- Каждый демон имеет имя и классификацию. Кто может охарактеризовать этих?

Поднимаю руку и отвечаю прежде, чем она назовет мое имя.

- Их имя Реперио Минускулус, классификация Поссидео.

Леди поправляет свои очки на носу.

- Да, это Реперио Минускулус. – она подходит к своему столу. – Но я совершенно уверена, что их классификация Инсултус. – она открывает толстую книгу в кожаной обложке на свое столешнице и листает страницы. – Нет, ты права. Это Поссидео. Как так?

Я закатываю глаза. Невероятно. Даже упырьский учитель биологии не знает основы демонологии. Все вокруг ведут себя так, словно демоны рано или поздно исчезнут, если их игнорировать.

Маленькие демонята за стеклянной стеной показывают учителю непристойные жесты. Леди смотрит на них, потом на меня.

- Ты сражаешься со злыми душами на Арене, не так ли?

- Ага. И с демонами тоже, после того как заканчиваю с душами людей. – я киваю на стеклянный ящик. – Хотите узнать наилегчайший способ убить Реперио?

Тихий вздох проносится по комнате. У Леди округляются глаза.

- Нет, нет, нет. Мы любим наших друзей-демонов. – она быстро подходит обратно к коробке. – Давайте поговорим о чем-нибудь другом, класс. Ах, знаю. Расскажу вам, как кормить, одевать и развлекать наших маленьких друзей.

Сисси шепчет мне через проход между парт:

- Слушай, Майла, я знаю, что ты ведешь дневник о способах убийств демонов, но...

- О, я все еще делаю тонны заметок. И Уолкер довольно часто выкрадывает меня из дома на Аренные бои. Я видела, как другие бойцы сражаются с Реперио и наилегчайший способ убить их – это...

- Майла Льюис! – взгляд Леди обращен ко мне, ее большие черные глаза сильно выпучены, словно вот-вот выпадут из глазниц. Я оглядываюсь. Другие ученики смотрят на меня так, словно я сказала, что коллекционирую замороженные головы. – Предупреждаю в последний раз. Прекрати разглагольствовать о стратегиях убийства наших друзей-демонов.

Мои глаза вспыхивают яростным пламенем. *Друзья-демоны, поцелуйте меня в задницу.*

Сисси кидает на меня полный отчаянья взгляд.

- После школы, Майла. Библиотека? Помнишь?

Правильно, библиотека. Если Леди отправит меня в кабинет директора, я точно буду отстранена. Зная свою маму, это будет значить, никакой библиотеки в течение месяца. Ответы на вопросы мне нужны больше, чем спор о демонах. Я с силой сжимаю зубы.

- Я поняла, ЛДИ-99.

- Спасибо. – следующий час Леди рассказывает нам о том, как сильно Реперио демоны любят есть Читос и одеваться в прогнившие остатки пищи. А также, теперь мы знаем главное их развлечение - пердящие дети.

Нечестивый Ад, что за пустая трата времени.

***

- Здравствуй, Майла. Ты призвана служить.

Распахиваю глаза. Сейчас раннее утро и Уолкер стоит у подножия моей кровати. *Пожалуйста, пусть это будет не сон.* С тех пор как победила Диакона, я неделями мечтала о новом сражении на Арене. Скрещиваю под одеялом пальцы.

- Я сплю?

Уолкер складывает руки на груди.

- Нет, это действительно я.

- Аренный матч. Еее! – с улыбкой до ушей вскакиваю с кровати.

Уолкер потирает свои бакенбарды.

- Нам скоро выходить.

- Соберусь в мгновение ока. – я перерываю свой гардероб в поисках наиболее потрепанных штанов, каких будет не жалко. Взглянув назад, замечаю, что Уолкер до сих пор смотрит на мою кровать. – На этом месте, по сценарию, ты должен выйти из моей комнаты.

Уолкер путается в длинной мантии.

- Конечно. Прости, Майла.

- Нет проблем. – я киваю на дверь. – Так как я собираюсь на Арену, готова поспорить - мама на кухне уже накручивает себя по поводу моей будущей смерти. Иди составь ей компанию.

Уолкер вылетает из моей комнаты, закрыв за собой дверь.

Собравшись в рекордное время, припускаюсь на кухню. Мама сидит за столом, лениво полистывая журнал о путешествиях.

- Доброе утро, моя милая Майла. – на ее лице появляется теплая улыбка. – Как я понимаю, сегодня ты идешь на Арену.

Подозрительно. Обычно, к этому времени мама находится в одном ударе сердца от инсульта.

- Ага, ухожу сражаться с *плохими людьми*. – разрезаю воздух карате-ударом и слышу как трещат по швам мои штаны. – Ладно, возможно, эти штаны не слишком подходящие. – закатываю глаза. – О чем я вообще думаю? Я же могу одеть свой бойцовский костюм. – бегу обратно в комнату и переодеваюсь.

Мама кричит мне с кухни:

- Положи те штаны на диван, прежде чем уйдешь. Я залатаю их этим же утром. – ее голос звучит довольно бодро.

Хмм. Это *очень* подозрительно. Пришло время для парочки вопросов.

Я возвращаюсь на кухню и делаю себе завтрак с огромным количеством сладких хлопьев

- Итак, с кем я сражаюсь сегодня?

Уолкер хмурится.

- Ты ни с кем не сражаешься. Ангелы запросили твое присутствие на церемонии.

Мое хорошее настроение мгновенно тает.

- Церемония? – я кривлюсь. – Ни единого шанса подраться? Совсем?

- Зная тебя, шанс есть всегда. – Уолкер отпивает кофе. – Может, тебе повезет и ты совсем выведешь Шарки из себя.

- Хорошо, потому что я только что порвала свою последнюю пару чистых штанов. Так что-либо этот костюм, либо ничего. – поворачиваюсь к маме. – Как к этому относишься ты? – она до сих пор не начала Материнский Допрос. Даже не пыталась. И это очень, очень странно.

Мама заливает в чашку с кофе сливки и сахар.

- Я знаю ангела Венеру еще с довоенных времен. Мы с ней это обсуждали. Ты можешь идти.

- О, ясно. – если мама говорит, что я могу пойти – значит, мероприятие обещает быть адски скучным. Я ложка за ложкой уплетаю хлопья Франкерберри. Ощущение, будто это последний мой прием пищи перед отводом на гильотину.

Уолкер с нетерпением ждет меня, стоя за спиной.

- Мы сейчас же должны отправиться, Майла. –

Злость наполняет меня.

- Если бы ты заранее прислал мне хоть одну крохотную запискулечку - я б приготовилась быстрее.

Уолкер с мамой обмениваются хитрыми взглядами.

- Прежде, ты никогда не жаловалась.

- Ну, а теперь жалуюсь.

Мама переворачивает очередную страницу своего журнала.

-Только то, что сегодня ты сражаешься со злодеями, не дает тебе права огрызаться на Уолкера.

Аргх. Ненавижу, когда она права.

- Прости, Уолкер.

- Ты прощена.

Проглатываю последнюю ложку хлопьев.

- Ладно, давай.

Посереди кухни открывает портал.

Мама посылает мне воздушный поцелуй.

- Повеселись там, милая!

- Попытаюсь. – вяло машу ей рукой. – Увидимся после школы.

Беру Уолкера за руку и, напрягшись всем телом, шагаю в темный проход. Время падение сквозь пространство словно бы растягивается на долгие часы. Содержимое желудка чуть не выходит из меня, как минимум дважды, прежде чем я ступаю на землю Арены.

Рядом со мной стоит десяток квази. Мужчины и женщины, черные и белые, молодые и старые... Группа совершенно разномастная, за исключением одного: у всех из них черный остроконечный хвост, как у меня.

Все они частично демоны Ярости. Воины, как и я. Не могу не сравнивать с ними себя. Я бы с легкостью смогла уложить любого из них. И, хотя все они имеют специальные боевые костюмы, ни у кого нет столь же крутого, как у меня из драконьей кожи.

Хэй, это не соревнование, но я выигрываю.

Шарки выполняет свою работу церемониймейстера. Олигархи, ангелы, демоны – все занимают свои места на Арене. В стоянии среди других воинов проходит вечность. Коротаю время, играя в камень-ножницы-бумага со своим хвостом. В животе урчит. Должно быть, плохо поела.

БАМ. БАМ. Шарки ударяет посохом о землю.

- Ангелы, демоны и упыри! Сегодня мы услышим экстренное заявление от бесстрашного предводителя наших войск, Армагеддона! – сектор демонов взрывается овациями. Ангелы вежливо хлопают. Армагеддон встает со своего каменного трона, губы на его вытянутом черном лице изгибаются в злобной усмешке.

- Мы нашли Наследника Скалы. – его глаза источают угрозу. – Как и было обещано.

Вера поднимает на ноги.

- Превосходно. Если это действительно Наследник Скалы, мы должны провести церемонию инициации Скалы *прямо сейчас.*

Армагеддон медленно занимает свое место на троне.

- Конечно.

Венера простилает руки к нашей группе воинов.

- Пожалуйста, выстройтесь в линию вдоль стены Арены. Вы – свидетели перемен.

Перемен по поводу Скалы? Должно быть, нас ждет интересное зрелище. На всякий случай занимаю место у выхода с Арены: легче выскользнуть, если вещи примут совсем уж скучный оборот.

Венера вскидывает руки.

- Да начнется же инициация!

Все ангелы поднимаются на ноги. Пространство наполняется шорохом крыльев и мантий. В один голос они говорят:

- Был ли найден наследник Скалы?

Венера опускает руки.

- Да. Среди дворянства фраксов.

Дворянство фраксов? Мой желудок неприятно сжимается. Тьфу.

Действуя как один, ангелы раскрывают свои крылья. Их половина стадиона становится ослепительно белой. Они вновь говорят в унисон:

- Да представят же они нам Наследника Скалы, чтобы тот пробудился и обрел ангельские узы. – они возвращаются на свои места.

- Мы представим Наследника Скалы. – мягко улыбается Венера. – Но сначала, царство, произведшее на свет Наследника, выйдет на Арену. Сегодня этой чести удостаиваются фраксы. Фраксы разделены на множество Домов, величайшие из которых: Хорус, Стрига, Камаль, Акка и Рикса. Первый - Дом Хорус, потомоков Нубийских Фараонов.

Выдыхаю с облегчением. Нубийские Фараоны? Значит, Линкольн вряд ли выйдет в центр арены сейчас. По крайне мере, пока.

Я хвостом вычищаю грязь из-под ногтей. Не то что бы меня вообще заботит *что* он будет делать, конечно.

В воздухе раздается гудение труб. Земляной пол дрожит, когда Дом Хорус занимается черт-знает-чем в лабиринте коридоров, ведущих на Арену. Еще больше труб начинает звучать, как десяток двухколесных колесниц выезжают из соседней арки, каждую из которых ведет пара серых жеребцов.

Когда колесницы заходят на круг по стадиону, Земля под ногами мелко трясется. Уголки моих губ приподнимаются в усмешке. Эти ребята столь круты, что даже не смешно. Когда они, делая круг по Арене, оказываются поближе я отмечаю, что извозчики – высокие мужчины с эбонитовой кожей, шкафообразными фигурами и длинными дредами. Все они одеты в коричневые льняные штаны и черные кожаные туники. Бронзовой нитью у них на груди вышито изображение египетского глаза.

Колесницы сменяют один строй за другим, дорожки от их колес создают сложное переплетение линий и фигур. Золотые уздечки сверкают между губ лошадей. Колесницы пересекаются все в более сложных узорах. Затем становятся аккуратным рядком в одном из углов стадиона. Вау. Не могу поверить, что они ни разу друг в друга не врезались.

Я взрываюсь в диких аплодисментах, но все остальные сохраняют тишину. У-упс. Быстро прячу за спиной руки.

- Второй - дом Стрига. – говорит Венера. – Их способности к магии и чародейству известны во всех пяти реалиях.

Из противоположного арочного прохода, маршируя, выходят на Арену два десятка мужчин, их тела тонки и долговязы. У всех из них оливковая кожа и квадратные лица. Фиолетовые бусины вплетены в каштановые волосы. Одеты они в коричневые штаны из кожи, серебряные кольчуги и бархатные туники, украшенные фиолетовой пентаграммой. Палкообразные люди маршируют к центру стадиона, выстраиваются в огромный круг и резко склоняют головы. Низкое песнопение разносится по Арене. Огромный шар красного пламени появляется над землей.

У меня перехватывает дыхание. Никогда не видела магии прежде.

Алая сфера взмывает в небо и взрывается фейерверком. Мужчины из Стрига маршируют в угол Арены, занимая место рядом с Домом Хорус.

Я перекатываюсь с пятки на носок, с нетерпением ожидая представления следующего Дома. Конечно, обломно, что я сейчас ни с кем не сражаюсь, но данное шоу это почти компенсирует. Почти.

- Третий - дом Камаль. – говорит Венера. – Данные фраксы славятся своим мастерством дрессировки животных.

Еще больше фраксов выходит на стадион, в этот раз на их туниках из темно-синего хлопка изображен след от трех когтей. Воины Камаль выстраиваются в линию в центре Арены, всего около двадцати воинов. Их тела выглядят худыми и жилистыми; на лицах цвета какао решительное выражение лица.

Изучая их, пытаюсь найти женщин-воинов, но не вижу ни одной. Хмм. В других Домах также нет бойцов женского пола. Как странно. Интересно, все ли девушки-фраксы вертятся вокруг, хлопая глазками, и щупают мышцы парней, как это делала та девушка, Адайра? Хмм. Не уверена, что хочу знать ответ на этот вопрос.

Камаль издают громкий клич. Тигры, вылетевшие из арочного прохода, устремляются к центру стадиона. С небес спускаются соколы; длинные синие ленты свисают с их когтей. Каждое создание занимает определенное место - один зверь подле одного воина. Они кричат и вопят столь громко, что, казалось, у меня лопнут барабанные перепонки. Воины слегка кланяются; животные замолкают. Шагая в унисон, Камаль занимают свои места рядом с другими Домами. Соколы восседают на плечах их воинов, тигры стоят подле своих хозяев. Все звери встают неподвижно, как камень.

Стремительно перебираю в голове всех демонов, с которыми будет легче сражаться, если на моей стороне будут тигры и соколы Камаль. Одобрительно киваю. Дрессировка может быть чрезвычайно полезной способностью.

- Четвертый – дом Акка. Эти фраксы славятся своими способностями к арбалету.

Я прислоняюсь к каменной кладке, положив правую ногу поверх левой. Времени это занимает довольно много, но уж очень интересные у них представления. Кто знал, что кроме как кулаками, есть еще так много способов убить демона? Я прикладываю огромное количество сил, чтобы выглядеть увлеченной и активно игнорирую воспоминания Линкольих губ, образ которых продолжает стоять перед глазами. Чувство беспокойства все сильнее сжимает внутренности. *Да, перестань ты уже о нем думать, черт возьми.*

На стадион выходят двадцать воинов в бархатных черных туниках с изображением кулака в желтой перчатке на них. У всех, как у одного крепкое тело, бледная кожа и волосы цвета золота. На руки металлические перчатки с шипами, а за спиной серебряные арбалеты. Войны Акка проходят в центр Арены и выстраиваются в длинную шеренгу. Двигаясь как единое целое, они выстреливают единственным металлическим болтом прямо в воздух.

Я поджимаю губы. Не столь впечатляюще, как ожидалось. Мне мало что известно об арбалетах, но такое и я бы с легкостью могла повторить.

Стадион задерживает дыхание, когда болт взлетает вверх, затем дает заднюю и быстро летит к земле. Воины вскидывают руки и ловят болты одетыми в перчатки руками.

Беру слова обратно. Это было довольно ловко.

- Пятый – Дом Рикса, правителей фраксов. Единственный род, что может владеть могущественным бакулумом. - тишина накрывает арену, когда Линкольн, его отец и мать выходят на стадион. На всех троих надеты серебряные короны.

Инстинктивно, мое тело принимает боевую стойку и хвост изгибается, угрожающе зависнув над моим плечом. Вся моя забытая с библиотеки злость возвращается ко мне в удвоенном виде. «Настоящий воин фраксов», можешь поцеловать меня в задницу.

Вслед за королевской семьей ровной колонной выходят шестьдесят воинов, каждый шаг которых идеально синхронизирован с другими. Мужчины одеты в кожаные штаны и серебряные кольчуги, поверх которых накинуты бархатные черные туники. На груди серебряной нитью вышито изображение орла. Птица летит вниз, ее ноги вытянуты вперед, а когти распахнуты.

Мой хвост в хищном ритме хлещет позади меня. Внутренний демон во мне пробуждается, гнев растекается по венам. Я сжимаю зубы, наблюдая за представлением.

Король Коннор крепко сбит и высок, серебряный меч свисает с пояса на его талии. Рядом с ним королева, облаченная в черное бархатное платье в пол с длинными широкими рукавами; по краю ее платья вьется серебристый узор. Ее песчано-каштановые волосы собраны в свободный пучок у основания шеи. Линкольн по-военному вышагивает рядом с ними. Тени ложатся на его губы, каштановые волосы и сильные плечи.

Мои зрачки вспыхивают алым от злости.

Рикса проходят в центр стадиона и выстраивается в три колонны по двадцать солдат в каждой. Король, королева и наследный принц встают рядом.

Линкольн делает шаг вперед и поднимает руку.

- По моей команде!

Мужчины первой колонны тянутся руками за спину и из складок своей мантии достают что-то, похожее на два коротких серебряных стержня.

Сощурившись, пытаюсь разглядеть оружие в их руках. Эти маленькие веточки-недоростки и есть «могучие бакулумы»? Не слишком впечатляюще, Самовлюбленный Принц.

Линкольн опускает руку.

Солдаты берут по одной палке в руку. Огонь зажигается на обоих концах бакулума, превращая его в короткое копье, сделанное из белого пламени.

Воины бросают копья в воздух. Линия белого огня прочерчивает небо, а затем спиралью возвращается в руки воинов. Рикса соединяют два бакулума вместе, создавая одно длинное и тяжелое копье. Взяв его перед собой двумя руками, они втыкают копье в землю.

Ладно, возможно, это впечатляет, *совсем немного*.

Линкольн поворачивается к следующей группе и кивает.

Вторая колонна достает свои бакулумы и складывает два стержня в один. Из бакулума вырывается огонь, превращая короткий стержень в длинный трезубец из белого пламени. Воины синхронно проделывают серию выпадов-поворотов. И, как и первая группа, заканчивают комбинацию втыканием трезубцев в землю.

Ненавижу это признавать, но и трюки с трезубцами были клевыми.

Линкольн поворачивает голову к последней группе солдат.

Третья колонна поднимает руки на высоту плеча, в каждой руке по одному бакулуму. Нить белого пламени протягивается между стержнями. Огненные ленты перед воинами мечутся туда-сюда, пока не сплетаются в два десятка маленьких огненных паутинок. Солдаты подбрасывают их в воздух, где те объединяются в одну огромную сеть из огня. Даже представить не могу, чтобы демон смог из-под этой штуки выбраться.

Мгновение огненная сеть парит в воздухе, затем медленно опускается. Когда она почти касается голов воинов, Рикса вскидывают руки и легко ловят свои бакулумы. Бойцы опускают руки. Огненная сеть распадается на множество маленьких.

- In thrax hic sunt! – говорят они как Скала на латыни. Не имею ни малейшего понятия, что бы это могло значить, но думаю что-то вроде: «фраксы Дома». От звука их голоса, злость обуревает меня с новой силой. Я разминаю шею и стараюсь сохранять спокойствие.

Со белого трона Венера обводит толпу рукой.

- Старшей девушкой каждого великого дома является первая леди. И нам повезло, что сегодня с нами четыре первые леди: Нита из дома Камаль, Кейша из дома Хорус, Джинна из дома Стрига и Адейра из дома Акка.

Адейра? «Ахх, какие у вас сильные мышцы» Адейра? Я сжимаю челюсть и заставляю себя замедлить дыхание. Я создана для того, чтобы надирать задницы, а не смотреть на озабоченных своими розовыми соплями девчонок.

Делаю глубокий вдох. Держи себя в руках, Майла. Уверена, она просто важно пройдет по Арене, затем встанет в сторонке и будет тихо блистать своей милой внешностью.

Из арки выходят четыре девушки примерно моего возраста, каждая одета в платье цвета своего дома: желтый, фиолетовый, бронзовый и синий. Они медленно проплывают по стадиону и останавливаются перед королем, королевой и наследным принцем. Линкольн опускает свой бакулум; огненное лезвие исчезает.

Кидаю взгляд на часы. Уроки почти закончились. Эта церемония тоже вскоре должна подойти к концу.

— Процессия завершена. — говорит Венера. — Теперь приступим к пробуждению Наследника Скалы.

Ангелы вновь поднимаются на ноги. Их огромные крылья расправляются за спиной. Они в унисон говорят:

— Кто является Наследником Скалы?

Леди Адейра поднимает руку на высоту плеча, ладонью вперед.

— Я являюсь Наследником Скалы.

Что?! Ни черта подобного. Скала должен иметь в себе кровь ангела, демона и человека. Фраксы же лишь наполовину люди и на половину ангелы. Я внимательно изучаю леди Адейру. Она столь идеальна и мила, что легко может нести в себе кровь демонов. Может, она происходит от одного из тех болотных монстров, что притворяются прекрасными, утопающими леди. Ты пытаешься спасти милашку, но оказываешься соблазненным своей смертью. *Ага, так оно и есть.*

Леди Адейра заговаривает вновь, звук ее голоса вырывает меня из мыслей.

— С нетерпением жду момента, когда, традиционно для фраксов, стану Скалой.

Морщусь. Нынешний Скала долго не протянет. Если она Наследник Скалы — в будущем я проведу огромное количество рабочего времени с этой лузершой. Мерзость.

Адейра аккуратно перекладывает свои длинные светлые волосы на другое плечо. Она высока и стройна, у нее фарфоровая кожа, тонкие губы и вздернутый носик. Один ее глаз изумрудно-зеленый, а другой темно-карий. В общем, выглядит она вполне способной достать книгу с полки без чьей-либо помощи.

Венера кивает.

— Теперь мы пробудим Наследника. — все ангелы склоняют головы. В воздухе над ареной появляется точка белого света. Я щурюсь и прикрываю глаза рукой. События вновь принимают интересный оборот.

Королева ангелов простирает руки к парящему источнику белого света.

— Мы взываем к силе игни Наследника Скалы.

Мой взгляд перемещается от магического света к Адейре, что перешептывается с Джанной. Поднимаю брови. Мне тоже скучно, но я не болтаю, стоя в центре Арены.

Дюйм за дюймом, крошечная звезда опускается, пока не оказывается чуть выше песчаного пола. Арена становится странно тихой, когда звезда вспыхивает вновь. Начинает беситься мой хвост, пытаясь затащить меня в ближайший арочный выход. Я даю леща остроконечной головке и приказываю хорошо себя вести.

С оглушительным треском, точка взрывается, окутывая Арену туманом. Ангелы поднимают головы, сквозь белую дымку тумана их глаза источают ярко-голубой свет. Демоны воют и кашляют.

Я глубоко вдыхаю; воздух пахнет садко и успокаивающе. Мой хвост успокаивается.

Как только воздух очищается, Венера обращается к Адейре:

- Докажи, что владеешь силой игни.

Адейра поднимает над головой руку.

- Я Наследница Скалы. — маленькие искорки света вырываются из кончиков ее пальцев, словно песчинки.

Венера кивает.

- Теперь, когда Наследница пробудилась, она должна обрести ангельские узы. Сила игни исходит от ангелов. Как только Наследница обретет истинную любовь к кому-то с кровью ангелов в жилах, вот он-то и активирует ее способности к призыву игни. Когда нынешней Скала умрет, проявится ее полная сила.

Я считаю пункты в своей голове: пробуждение, обретение ангельских уз и, наконец, становление Скалой, после того, как предыдущий умрет. В желании ангелов контролировать то, как и когда пробуждается Наследник, есть смысл. Важное дело. Перевожу взгляд на Адейру, мои губы кривится в полуулыбке. Не уверена, что она для этого подходит.

Венера обращается к Наследнице:

- С кем ты хочешь связать себя ангельскими узами?

Адейра улыбается.

- Со своей истинной любовью, наследным принцем Линкольном.

Я скриплю зубами. Кажется, меня сейчас вырвет.

- Принимает ли это наследный принц?

Выражение лица Линкольна не читаемо.

- Да.

Венера кивает Адейре:

- Хотела бы ты сказать несколько слов, прежде чем обретешь ангельские узы?

Адейра сияет.

- Да. Спасибо вам всем за прекрасную инициацию. — она упирается взглядом прямо в меня. — Мне радостно от того, что и низшие существа тоже смогли здесь присутствовать.

Злость вспыхивает во мне. Что я ей сделала? Сначала она кидается раздражающими комментариями в мой адрес в библиотеке. Теперь, она делает это снова. На Арене. Кое-кто просто напрашивается на то, чтобы его задницу надрали.

Адейра с Джанной вновь начинают перешептываться.

Я закатываю глаза. Фи, они не могут подождать со своими разговорами до дома?

Венера обращается к Линкольну и Наследнице Скалы:

— Пожалуйста, повернитесь друг к другу лицом.

Адейра быстро делает шаг к Линкольну. Их глаза встречаются. Адейра морщит лоб. И после, оборачиваясь, оседает на землю. Линкольн помогает ей подняться на ноги. Адейра оглядывает стадион, ее глаза безумно моргают.

Стадион испускает коллективный выдох. Глаза Адейры, раньше разноцветные, теперь оба сияют ярко-голубым. Ангельские глаза.

— Леди Адейра, вы пробуждены и повязаны Ангельскими узами. — говорит Венера. — Инициация завершена. Когда нынешний Скала умрет, вы получите от него полную силу. Мы кланяемся вам, нашей Наследнице Скалы.

Ангелы сгибаются в талии, демоны кричат и воют. Армагеддон откидывается на спинку черного трона, его глаза сверкающие алым ничего не выражают. Разыгрываемое здесь представление кажется мне чересчур сложным и непонятным. Но что я могу? Я привыкла убивать на Арене, а не наблюдать за подобным дерьмом.

Линкольн предлагает руку Адейре, она сжимает свои пальчики вокруг его бицепса. *Ну, конечно.* Рука об руку они идут к выходу со стадиона.

Неожиданно, я сильно жалею о своем решении встать рядом с аркой выхода. Направляются они прямо ко мне. Мой внутренний демон начинает безумствовать с удвоенной силой.

Когда принц и Наследница подходят ближе, Адейра окидывает меня пристальным взглядом.

— Как там называются эти низшие демоны? Козявки? Полуфабрикаты?

Ярость скручивает мой живот. *Мы называемся квази.*

Линкольн кидает в мою сторону пристальный взгляд. У него каменное выражение лица.

— Не уверен.

Адейра вздыхает.

— Как бы их не звали, я рада, что сегодня они увидели «истинных воинов» в действии. — она сильнее сжимает бицепс Линкольна.

Во мне разгорается еще большая ярость. Я расставляю ноги, готовая к броску. Хвост стоит на изготовку за моим плечом. Линкольн наблюдает за моими действиями, тень улыбки появляется на его полных губах, как бы говоря: «Как мило: маленький демон хочет подраться». Давление в моих артериях стремительно поднимается.

Принц проходит мимо меня в арочный проход.

- Да, уверен, это было довольно познавательно для бедных созданий.

И вот, в мою чашу опускается последняя капля.

Меня охватывает застилающая разум ярость. Мои глаза испускают алые лучи. Я бросаюсь вперед, приготовившись подсечь обоих под коленки.

Вместо этого, вылетевший из ниоткуда Уолкер запихивает меня прямо в портал. Мы перемещаемся сквозь пространство и выходим на пустом парковочном месте у моей школы.

-Уолкер? Что ты, ради всего святого, делаешь? – я сжимаю кулаки. Мои глаза горят алым.

- Ты спрашиваешь *меня?* – в неверии Уолкер качает головой. – Это ты собиралась сбить с ног наследного принца фраксов. Сотни его лучших воинов стояли поблизости. Даже ты не смогла бы выстоять, Майла.

Я мерю шагами парковочное место. Движение помогает освободиться от злости. Мои зрачки немного бледнеют.

- Ладно, ты прав. – беру паузу и делаю глубокий вдох. – Спасибо.

- Всегда пожалуйста. – Уолкер потирает свои бакенбарды. – Этот взгляд, что был на твоем лице. Никогда не видел, чтобы твои зрачки становились такими красными.

- Думаю, у меня снесло крышу. – переступаю с ноги на ногу. Этот раньше ослепляющий яростью инцидент сейчас вызывал только сильное смущение.

- Я тебя понимаю. У нас упырей так часто происходит. Мы долгое время можем молча терпеть, а потом – КАБУМ – и мы теряем голову.

Возможно, эта черта генетически передалась мне от отца. Бе. Печаль тяжестью оседает на сердце. Ссутулившись, обнимаю себя за локти.

Уолкер склоняет голову набок.

- Что-то не так, Майла?

Я встречаюсь с его взглядом, видя, как черные глаза-кнопочки наполняются беспокойством. И я вываливаю на него:

- Венера присылает мне сновидения о мамином прошлом.

Уолкер кивает.

- Твоя мама рассказывала мне.

- Ну, так вот, думаю, мой отец может быть упырем.

- Ты спрашивала об этом маму?

- Еще нет. – еще немного сутулюсь. – Может, мне не так уж и сильно хочется услышать ответ на этот вопрос.

- Понимаю. – Уолкер задумчиво потирает свои бакенбарды. – Возможно, будет неплохо сменить обстановку. Я тут разузнал, что скоро Скала проведет иконографию.

- Правда?! Ты протащишь меня туда? – иконограция – это когда Скала перемещает огромную толпу душ. Так круто.

- Конечно. – ухмылка играет на его губах. – А куда бы ты пожелала пойти сейчас? – он открывает портал.

Я впитываю в себя теплоту улыбки Уолкера. От эмоций у меня встает ком в горле.

- Еще раз спасибо, Уолкер. За все.

- Не нужно благодарности. – Уолкер касается ладонью моей щеки, от его руки исходит тепло и покой. – Ты очень важна для меня, Майла. – он кидает взгляд в темный провал портала. – Куда теперь?

Я смотрю на свои часы.

- Ну, уроки закончились час назад. Можем мы пойти в библиотеку Райдеров?

- Конечно. – Уолкер берет меня за руку. Мы вместе шагаем в портал. В этот раз, пересекая пространство, я почти не чувствую тошноты.

Тихонько сжимаю руку Уолкера.

- Увидимся на иконограции.

Уолкер кивает.

- До встречи. – он шагает в темноту портала и исчезает.

ГЛАВА ДЕВЯТАЯ

Делаю глубокий вдох, подхожу к парадному входу в особняк Райдеров и стучусь. Нет ответа.

Дергаю за ручку. Не заперто. Поворачиваю ручку и вхожу внутрь.

- Сисси? Зак? – нервничая, закусываю губу. Я сильно опоздала из-за своего фиаско с Адейрой на Арене. Если после всего произошедшего я еще и в библиотеку не смогу попасть, мне определенно понадобится кого-нибудь убить. Надеюсь, не Зака.

Тихое хихиканье доносится из угла приемной.

- Заки, нет! – это Сисси.

Ох, они уже здесь. Ик.

Замираю в центре приемной.

- Сисси, я пойду в библиотеку. Хорошо?

Еще больше хихиканья.

- Приму это за «да». – сворачиваю в коридор Восточного крыла, нахожу лестницу и поднимаюсь по ней. Останавливаюсь на втором этаже. Это то самое место, что я видела в сновидении. Здесь мама встретилась со своей (и моей) семьей, прежде, чем принести присягу сенатора. Смотрю на закрытую дверь, комок из нервов образуется у меня в животе.

Вот оно.

Медленно кладу руку на ручку и поворачиваю ее. Дверь открывается. Я ступаю на порог и включаю свет. Внутри отделанный деревом конференц-зал со столами и стульями из красного дерева. На стене висит огромное изображение Олигархии.

Я хмурюсь. Ничто здесь не похоже на то, что было в моем сне.

Другая дверь в конце комнаты немного приоткрыта. Я вхожу в нее и оказываюсь в длинном просторном помещении, оплетенном паутиной. У меня перехватывает дыхание. Это старый сенаторский офис, точно такой же, каким был до войны. Мое сердце начинается сумасшедше биться.

- Привет, Майла.

Я подпрыгиваю от неожиданности.

- Ох, Сисси. Не заметила, что ты здесь.

- Ты не слышала, как я звала тебя по дороге сюда?

Пробегаюсь пальцами по пыльной столешнице.

- Думаю, я был немного рассеяна. – отмечаю пустоту за ее спиной. – Где Зак?

Сисси пожимает плечами.

- Я сказала ему, что встречусь с ним позже. – она окидывает внимательным взглядом мой бойцовский костюм. – Очередной матч на Арене?

- Типа того.

- Теперь они у тебя чуть ли не по два раза в месяц. – она качает головой. – Я за тебя беспокоюсь.

Открываю рот, уже готовая все рассказать ей, но также быстро его закрываю.

- Я в порядке, Сисси.

- В последнее время ты постоянно только так и говоришь. – она обходит тускло освещенную комнату по кругу. – Что ты здесь делаешь? Это всего лишь противный старый офис, что использовался еще до войны. Он уже многие годы как пустует.

- Мама была сенатором старой Республики. Ее команда работала в этом офисе.

Сиссины рыжевато-карие глаза округляются.

- Вау. – она складывает руки на груди. – Как долго ты об этом знаешь?

- С первого визита в библиотеку. Я нашла книгу об этом.

- Почему ты не рассказала мне?

- Не знаю. Это личное. – червячок вины грызет мой желудок. *Я так горда тем, что не рассказала лучшей подруге о том, что наполовину упырь?*

- Раньше ты никогда так не делала. – она подходит ко мне и мягко кладет на мое плечо руку. – Мы трепались о загадочном довоенном прошлом твоей матери с тех пор, как были детьми. Помнишь время, когда мы строили песочные замки на пляже Канус? Ты представляла, будто твоя мама сражается с демонами в высокой башне. А я тебе говорила, что твой папа - король драконов.

У меня срывается голос.

- Да, помню. – медленно опускаюсь на покосившийся офисный стул, смахнув слой паутин и пыли. Прячу лицо в ладонях.

Сисси опускается передо мной на колени.

- Да ладно тебе, Майла. Есть что-то, что тебя беспокоит, и это нечто больше, чем сенаторство твоей мамы. Ты можешь рассказать мне.

Обнимаю себя за локти.

- Кое-что есть. Льюисы – огромная семья. Но все были убиты в Армагеддонову войну, потому что мама была сенатором. Вот почему она чрезмерно меня опекает. Она потеряла всех, кого любила. – я упираюсь взглядом в пол. – Я никогда даже не встречалась с ними.

Сисси гладит меня по руке.

- Мне жаль.

- На протяжении многих лет я хотела узнать правду. Но сейчас, единственное, чего я хочу - забыть все, что узнала. – горячие слезы скатываются к кончику моего носа.

- Я понимаю, дорогая.

Сидя на старом офисном стуле, я наблюдаю за пылинками, парящими в луче света из открытой двери. Где-то тикают старомодного вида часы. Я вглядываюсь в тени, представляя как призрачные глаза Льюисов в страхе за мной наблюдают. Моя кожа покрывается гусиной кожей. Сисси осторожно накрывает своей ладонью мою.

- Хэй, возможно, у меня есть кое-что, что может взбодрить тебя. – она вытаскивает из кармана письмо. – Мне точно не следует этого делать.

Я смотрю на нее своим правым глазом.

- Делать что?

- Все в Восточном крыле сходят с ума. Фраксы зарезервировали особняк для какого-то мероприятия в честь начала осени, но упырьский министр вышвыривает их вон. Никто не хочет быть тем, кто сообщит кучке борцов с демонами о том, что они не смогут использовать особняк. – она кивает на запечатанный конверт в своей руке и поднимает на меня вопросительный взгляд. – Я должна отдать это одному из воинов Ярости, для доставки.

Фраксы? Сообщение? Чувствую запах расплаты.

Выдаю Сисси самую невинную из своего арсенала улыбку.

- Ты права. Выполнение небольшого поручения должно меня взбодрить.

- Это моя Майла. – она уже протянула мне письмо, как тут же дала заднюю. – Не удивляйся, если они немного расстроятся.

- О, я смогу с этим справиться. – выхватываю письмо из ее рук. Расстегнув свой бойцовский костюм, я кладу конверт на ключицы, затем застегиваю обратно. – Я пошла.

- И еще одно. Фраксы помешаны на своих традициях. Перед тем как направиться к ним, ты должна надеть платье и приехать на лошади. - ее лицо выражает одновременно и беспокойство, и озорство. – Тебе было бы полезно немного отойти от привычного. Надеть платье и все такое.

Я хочу открыть рот, чтобы пролить свет на правду: я не девочка-платье и не девочка-лошадь. Конечно, мне нравится проникать в Райдерские конюшни, чтобы убивать Докси, но не имею ни малейшего понятия как подойти к лошади, не то что ездить. Но к черту. Ради грядущего праздника возмездияя готова сказать все что угодно.

- Звучит замечательно, Сисси.

- И не говори никому, что я позволила это сделать тебе, ладно?

- Никогда.

- Хорошо. — она качнулась с пятки на носок, заставив свои золотые кудряшки подпрыгнуть. — В конюшне Райдеров есть несколько фраксовых лошадей. Думаю, они зачарованы или что-то вроде этого. Слышала, они ездят самостоятельно, если ты понимаешь, о чем я.

Некая часть меня чувствует себя виноватой, за то, что вводит Сисси в заблуждение, когда та пытается сделать добро, но мой внутренний демон удерживает эту маленькую часть меня в бессознательном состоянии.

- Звучит неплохо.

Мы с Сисси покидаем особняк, проходим мимо живой изгороди лабиринта и направляемся к длинному узкому зданию на прилегающей территории. Большая деревянная дверь встает перед нами; Сисси оттаскивает ее в сторону. Внутри длинный коридор с десятком стойл по обе стороны.

Я прохожусь по проходу, заглядывая в разные стойла. Сухое сено хрустит под моими ногами.

- Мне всегда было любопытно. Зачем вообще Райдерам конюшни? Зак никогда не говорит о верховой езде, да и его родителям, кажется, нравится только теннис.

- Это для гостей. Фраксы — не единственные, кому нравится путешествовать на лошадях. Некоторым упырям и демонам тоже. Обычно здесь обитает только несколько лошадей, но, когда фраксы в городе, конюшня почти всегда заполнена.

Перевожу взгляд от лошади к лошади, читая их имена, написанные над стойлами.

- Лунная тень. Огнесвет Евгений.

- Последняя лошадь принадлежит демону. Не приближайся к ней.

Поднимаю брови в восхищении.

- Вы просто источник дипломатической информации, мисс Фредериксон.

Сисси улыбается.

- Родители Зака научили меня всему этому. Это действительно интересно.

Лошадь с синевато-серым окрасом выходит из ближайшего стойла. Прогарцевав ко мне, она тихо ржет.

Улыбаюсь. Я бы узнала эту лошадь из тысяч. Она на протяжении месяцев была лакомой мишенью для Докси. Им нравилось путаться в ее гриве и хвосте; мне нравилось изображать ее личного истребителя демонов. Зарываюсь пальцами в ее шелковую черную гриву.

- Как тебя зовут, красотка?

Сисси подходит к опустевшему стойлу.

- Это лошадь фраксов. Ее имя Тень Ночи. – Сисси загадывает внутрь. – Удивительно, что она смогла выбраться из своего стойла.

Я пожимаю плечами.

- Ты сказала, что эти лошади зачарованы. Может, они и сами могут магичить.

Тень Ночи ложится на пол конюшни. Ее большие черные глаза смотря на меня, как бы говоря: «Залазь».

Мои нервы гудят от волнения. Я быстро залажу на Тень Ночи; ее спина тепла и неподвижна подо мной, пока она поднимается на ноги. В следующий момент Тень Ночи начинает идти к выходу из конюшни. Чувства легкости и спокойствия омывают меня. Появляется ощущение, будто я всю жизнь ездила на лошадях. Улыбаясь, наматываю ее гриву на пальцы и тихо шепчу:

- Отвези меня к фраксам. – она поднимается на задние ноги.

Сисси хмурится.

- Еще не время, Майла. Ты должна надеть платье.

Тень Ночи скачет к выходу из конюшни. Я оглядываюсь через плечо и машу рукой.

- Я что-нибудь придумаю!

Уверена, Сисси что-то кричит мне вслед, но я не могу расслышать что. Ладно, может, если постараюсь, то расслышать и смогу, но я еду на чокнутой лошади! Мускулы Тени Ночи перекатываются подо мной в бешеном ритме. Ветер дует в лицо, завывает в ушах и заигрывает с моими длинными каштановыми волосами. Какое восхитительное чувство.

Мы с Тенью скачем по холмам за особняком Райдеров. Пузырьки радостного возбуждения переполняют меня. Мы мчимся по огромным полям с высокой травой. И после короткой поездки, ее ход начинает замедляться.

На горизонте появляется три фиолетовые палатки. Все три огромны, имеют прочный каркас и больше походят на цирковые тенты, чем на туристические палатки. Справа от них возвышается линия из хвойных деревьев. Тень Ночи останавливается.

- Мы на месте, Ночь?

Лошадь ржет.

Я выпускаю ее гриву из рук, соскальзываю с лошадиной спины на землю и направляюсь к ближайшей палатке. Все вокруг имеет пустынный вид. Девушка в желтом платье выходит из-за линии деревьев. Высокая и стройная, с длинными светлыми волосами.

Я машу рукой.

- Эй, ты там, привет!

Девушка останавливается, окидывая меня внимательным взглядом.

- Ты тоже потерялась? Я живу здесь уже несколько месяцев, но до сих пор плохо ориентируюсь. Это место просто огромно.

Подхожу ближе.

- Да, я потерялась. Вроде того.

Она улыбается.

- Прости мои манеры. — она делает реверанс. — Я леди Эйвери. А ты? — она моргает своими большими глазами, один из которых зеленый, а другой коричневый.

- Я Майла. — разглядываю ее в течение секунды. — Ты, мне кого-то напоминаешь.

- Я младшая сестра Великой Наследницы Скалы.

- Ага, точно. — расцветаю своей лучшей улыбкой. — Я ищу принца Линкольна. У меня для него важное сообщение.

Она переминается с ноги на ногу.

- Она на мероприятии только для фраксов. Ты не можешь прийти туда без приглашения. — она осматривает мой бойцовский костюм. — И не надев надлежащего платья.

- Конечно, я приглашена на сегодняшнюю...

- Боевую тренировку юных Лордов?

Эта Эйвери, ну, очень умная личность.

- Точно. Именно туда меня и пригласили. И даже сделали специальное исключение насчет платья.

Эйвери хмурится.

- Никогда не слышала о специальных исключениях.

- У меня проблемная кожа. Это костюм, эм, прописан моим доктором. — я вытягиваю руку. — Тебе лучше держаться на расстоянии. В какой-то мере, это заразно.

- О, боже!

- Итак, где же проходит тренировка?

- Там. — она показывает на каменистый холм напротив высоких сосен. — Я и сама направляюсь туда. Из-за того, что теперь моя сестра — Наследница Скалы, я - первая леди дома Акка. — сияя, она откидывает волосы за спину.

Натягиваю улыбку в ответ.

- Конечно. — и резко стартую. — Увидимся там!

- Ладно. До свидания, Майла!

Я ускоряюсь на каменистом склоне, мое сердце стучит в предвкушении. Достигаю вершины небольшого холма и вижу землю внизу. Мне открывается плоский участок зеленого поля. Линкольн стоит в центре, окруженный четырьмя мужчинами в бархатных туниках бронзового, желтого, фиолетового и синего цвета. Королева стоит в стороне, неподвижная и величественная в своем бархатном черном платье. Ее окружают первые леди, все еще одетые в разноцветные платья с инициации. Только Адейра теперь одета в простую белую мантию.

В центре поля, Линкольн крутит в своих руках тренировочный меч из дерева. Высоко вскинув руку, он демонстрирует молодым лордам технику рассечения. Все внимание собравшихся направлено на урок. Представляю, что произойдет, когда появлюсь я. Мои губы расплываются в зловещей усмешке.

Это мой шанс.

Сбегаю вниз по каменистому склону, высоко подняв руку.

- Привет всем! У меня сообщение для...

Лорд Акка трясет головой.

- Демон! Я защищу вас, мой принц! – он кидается ко мне, вытянув вперед руки.

Наблюдая за своим противником, качаю головой в неверии. И это весь его план? Накинуться и схватить меня? Слишком просто. Жду, пока он приблизится, затем подпрыгиваю и выбрасываю ноги вперед. Мои ботинки соприкасаются с его грудью. Лорд Акка, задыхаясь, приземляется на задницу. Сделав сальто назад, я приземляюсь на ноги и продолжаю шествие.

Моя улыбка становится шире. Мне нравится происходящее.

Уверенно продолжаю приближаться к Линкольну, по пути осматривая площадку. Ошеломленные королева и леди неподвижно стоят на краю. Оставшиеся трое лордов встают на изготовку в ожидании своей очереди атаковать. Линкольн молча за мной наблюдает, в его разноцветных глазах стоит немая угроза.

Круто.

- Сейчас же остановись, отвратный демон! – на этот раз лорд Хорус. Его 250 фунтов чистейшей мышечной массы надвигаются прямо на меня.

Перебираю в голове возможные способы справиться с ним. С ним будет немного интереснее.

Как только лорд Хорус меня настигает, я нагибаюсь. Мой хвост оборачивается вокруг шеи нападавшего и раскручивает того на 360 градусов. С тяжелым стуком он падает на землю. Раздается громкий стон.

Я морщусь. Ладно, возможно, он заработал себе сотрясение мозга. Уупс.

Готовлюсь к следующему поединку. Сейчас Линкольн от меня всего в нескольких ярдах. Лорд Камаль испускает кличь. По крайне мере, ему хватает мозгов схватить деревянный меч.

Оружие. Оно ему только помешает.

Останавливаюсь, переношу вес тела на правую ногу и скрещиваю на груди руки. Камаль подбегает ко мне, занеся меч высоко над головой.

- Умри, ты, демонское отр…

Мой хвост бьет его в живот. По крайне мере, я думаю, что это был живот. Эм, на самом деле, я не особо не уделяла этому внимания. Лорд Камаль со стоном падает на землю и сворачивается в клубок.

Я подхожу к лорду Стрига.

- Собираешься пробовать? — молодой лорд энергично мотает головой, заставляя бусинки пота вытекать из корней волос.

- Нет, ваша милость.

- Хорошо.

Я поворачиваюсь к Линкольну. Вся его фигура источает жесткость и несгибаемость; лицо у него все еще каменное. Подняв руки, расстегиваю верх своего костюма. От первых леди доносится вздох. Не могу сдержать усмешки. Вытаскиваю письмо и передаю ему в руки. Принц берет конверт, выражение его лица не читаемо.

- Для вас сообщение от министра Упырей. Срочное. — делаю легкий поклон. — Если позволите, я оставлю вас, *настоящих воинов* тренироваться дальше. — и ухожу, возможно, покачивая бедрами немного сильнее, чем необходимо.

Пересекая поле, я кидаю взгляд на лица первых леди. Их лица кривятся в гримасе шока и отвращения. Адейра выглядит особо уродливо. Как мило.

Королева тоже за мной наблюдает, но, в отличие от первых леди, на ее губах играет улыбка удовлетворения. Мой хвост машет ей на прощание. Она тихонько кивает в ответ.

Эйвери появляется на вершине холма.

- Я здесь! — она машет всем рукой. - Я что-нибудь пропустила?

Кидаю на нее невинный взгляд.

- Не слишком много. Увидимся позже.

Эйвери приседает в реверансе. — До свидания, Майла. Надеюсь, состояние твоей кожи улучшиться.

- Ах, это. — я чувствую себя уже намного лучше.

Преодолеваю холм и нахожу ждущую меня Тень Ночи около ближайшей палатки. Она бьет о землю копытом, как бы говоря: «Давай убираться отсюда».

- Я тоже готова отправляться. — пропускаю ее гриву сквозь пальцы и запрыгиваю на ее спину. Тень скачет по холмам и равнинам. Совсем скоро мы бежим уже вниз по моей улице. Тень Ночи останавливается перед дверью моего дома; я скатываюсь с ее спины.

- Спасибо, Ночь. — она тыкается в мою шею носом. Провожу по ее гриве пальцами и вздыхаю. Тень Ночи — лучшая.

- Я так рада, что ты нашла меня, девочка.

Она тихо фыркает и пускается прочь.

Когда я вхожу во входную дверь, дом тих и пуст. Я проверяю комнату за комнатой, пока не нахожу мамину записку на кухонном столе. Они с Уолкером бегают по рабочим делам и дома будут поздно. Наскоро перекусываю и ложусь спать. На моем лице, впервые за последнее время, умиротворенная улыбка. В вашей жизни представится не так уж и много шансов надрать задницу так, как это сделала сегодня я. Единственное, что могло бы сделать этот день лучше – видео произошедшего.

***

Только я закрываю глаза, как сон приводит меня к Серому Морю. Я стою на знакомом участке темного песка рядам с высокой каменной стеной. Низко присев, кладу на песчаную землю ладонь. Вокруг меня вспыхивает круг из белого пламени. В центре вырастает песчаная фигура моей матери. Она сидит за столом.

Песок продолжает вздуваться и пениться, песчинки принимают форму офиса.

Огонь вспыхивает ярче и затем исчезает. Песок вокруг обретает плоть и кровь

Мама поднимает взгляд от стола.

- Привет, Тим. – она пробегает кончиками пальцев по краю воротничка своего голубого костюма.

Взгляд Тима следует за движениями ее пальцев на груди.

- Вы должны называть меня ТИМ-29. – его голос немного охрип.

Я неспециалист по части скрытых желаний, но, возможно, Тим что-то чувствует к моей маме. Мой желудок сжимается. Может ли быть этот парень моим отцом?

- Я звала тебя Тимом на протяжении шести месяцев и буду продолжать в том же духе дальше. – она улыбается. Ее лицо выглядит воодушевленным, живым и прекрасным.

Я почесываю шею, качая головой. До сих пор не могу поверить, что она тот же человек, что устраивает мне Материнский Допрос каждое утро.

Тим кланяется вновь.

- Как пожелаете, сенатор.

- В сотый раз, зови меня Камилла.

Тим трясет головой.

- Нет, это будет неправильно, сенатор. – он робко ставит на ее стол чашку кофе.

- Спасибо.

Склонившись над мамой, Тим делает глубокий вдох и произносит шепотом: «Лаванда».

Запах волос? Это только подтверждает тот факт, что у Тима есть чувства к моей маме.

- Что ты сказал? — она пишет в своем блокноте.

- Ничего, сенатор. — он делает несколько быстрых шагов назад. — Ксавье Кросс снова в комнате ожидания. Он настаивает на встрече с вами.

Мама вздыхает.

- У нас назначена встреча через *месяц*.

Я много раз слышала подобный вздох. Кем бы ни был тот парень, он испытывает последние капли маминого терпения.

Тим ставит руки на талию.

- Он хочет видеть вас *сегодня*.

Старый телефонный аппарат на столе начинает звенеть. Мама кладет руку на трубку и смотрит на Тима.

- Пожалуйста, попроси его подождать один месяц. — Тим кивает и покидает комнату.

Мама берет трубку.

- Сенатор Льюис говорит. — она поворачивается вместе со стулом так, что оказывается лицом к стене. — Да, посол. Понимаю ваше недовольство.

На противоположном конце комнаты открывается дверь. Мужчина проскальзывает внутрь. Он высок и у него короткие каштановые волосы, пронзительные голубые глаза и кожа цвета какао с молоком. Он поправляет лацканы своего серого пиджака.

Все еще находясь лицом к стене, мама продолжает телефонный разговор.

- Я поняла ваш запрос, но мы не можем гарантировать попадание конкретной души в Ад. Обязательно передам этот запрос сенатору Мьюну.

Черт, она не ведется на напор звонящего. У меня выгибаются брови. И это та же женщина, что, выбирая замороженный ужин, проводит около холодильника час? Никогда бы не подумала, что она может быть столь решительной и непреклонной.

Незнакомец прохаживается по комнате, разглядывая картины на стенах, его руки сцеплены в замок за спиной. Передвигается он с расчетливой грацией, что я нахожу странно успокаивающей.

Мама пинает стену, ее лицо принимает «выведенное из себя» выражение лица. Она делает глубокий вдох.

- Сенатор Мьюн занимает место в Управлении Загробной Жизнью, я же возглавляю Дипломатию Других Реальностей. Как я уже сказала ранее, у меня нет официальных полномочий в этом вопросе, но я обещаю, что о вашем запросе узнают. — она замолкает, слушая. — Отлично, до свидания. — кладя трубку, она хлопает ею об телефон. — Колокола Ада! Это уже четвертый раз за эту неделю. – она поворачивается на стуле, впервые замечая незнакомца в своем офисе.

Мамины глаза цвета шоколада превращаются в щелочки.

- А вы?

Мужчина протягивает руку.

- Ксавье Кросс.

Ни одного мускула не шевельнулось на мамином лице.

- У нас назначена встреча через месяц, мистер Кросс. Тим должен был остановить вас.

Ксавье садится на стул напротив Маминого стола.

- Это не займет и пяти минут, обещаю. – он улыбается. У него симпатичное лицо с квадратным подбородком и высокими скулами.

Мама смотрит на него с поджатыми губами.

- Пять минут. – она кидает взгляд на свои часы. – Пошли.

Я щелкаю языком. Отличный ход, мам!

Ксавье постукивает указательным пальцем по коленке.

- Вы новенькая в Сенате, не так ли?

- Моя семья занимает места Дипломатов в Сенате на протяжении восьми сотен лет, но, да, конкретно эту должность я занимаю шесть месяцев.

- Я видел фото на стене. Ежегодные пикники Льюисов.

- Да, мы сплоченная команда. Четыре минуты.

- И у вас в ассистентах упырь. – он смотрит в ее глаза, как бы говоря: «И это наиглупейшая идея тысячелетия.» Мои глаза вспыхивают от гнева. *Оставь мою маму в покое.*

Мама барабанит пальцами по столешнице, у нее ледяное выражение лица.

- Я управляю связями между всеми пяти реалиями: Раем, Адом, Антрумом, Темными Землями и Чистилищем. Большую часть моего штата составляют члены семьи Льюис, но также я расширяю свою команду за счет представителей других реалий. Три минуты.

- Вы доверяете этому упырю?

На мамином лице начинают ходить желваки.

- Мистер Кросс, к чему конкретно вы ведете?

Есть в ее тоне нотки в защиту Тима, может, даже любовь. Мой вполне вероятный отец-упырь. Бе.

- Я скажу вам. – он откидывается на спинку стула. – Я - ведущий посол ангелов, и вы, кажется, не знаете кто я и почему мы должны встретиться. Не удивлюсь, если вы больше подходите для работы за пределами Сената. Возможно, ваши интересы лежат в плоскости, что ближе к упырям?

Я издаю тихий свист. *Он действительно спросил это вслух.*

У мамы вспыхивают алым глаза.

- У меня есть возражения на этот счет, Мистер Кросс. – она открывает ящик и достает оттуда тяжелую папку. С громки стуком, она кладет ее на стол. – Я изучала вас. – она открывает папку. – Ксавье Кросс, ведущий посол ангелов. – она указывает на строчку в листке перед собой. – Так как, по какой-то причине, никто не помнит, чтобы видел ваши крылья, в графе «раса» стоит «неизвестная».

Он пожимает плечами.

– Сам часто задаюсь этим вопросом.

– Кем бы вы ни были, вы занимаете должность ангельского Посла в моем управлении на протяжении трех сотен лет. – она настороженно смотрит на него и, должна согласиться, этот парень выглядит довольно подозрительно. Желание защитить ее наполняет меня.

Ксавье обводит рукой комнату.

– Как факт, я помогал проектировать это здание Сената. – его глаза вспыхивают ярко-голубым. – И знаю о упырьском правительстве вещи, о которых вы и не догадываетесь.

Поправочка: он ОЧЕНЬ подозрительный.

– Очевидно, что вы – нечто большее, чем ваши секреты. – Мама достает из файла красный листок бумаги. – Здесь краткое изложение жалоб, что поступали на протяжении многих лет. – она потрясает листочек. – Использование ангельского воздействие, похоже, ваш любимый способ выполнение работы. Такая тактика незаконна и больше не будет допускаться в этом офисе.

Ксавье закидывает лодыжку на колено и улыбается.

– По этому поводу никогда не подавалось официальной жалобы. В чем же суть проблемы тогда?

Мама кладет бумажку в папку.

– Ангельское воздействие. Вы ведь знаете, контроль разума? Когда ангелы находят в смертной душе что-то хорошее и используют это, чтобы те изменили свое поведение.

Я вскидываю брови. Ангельское воздействие? Кто знал, что они могут контролировать разум?

Хавьер цокает языком.

– Возможно, вы спутали со снохождением. Лишь горстка ангелов и демонов имеет этот дар. Они могут посылаюсь сновидения, иногда даже общаться через сны. Должно быть, это сбило вас с толку.

Ой-йо-йой. Я пробовала эту «ты все неправильно поняла» тактику с мамой прежде, но только разозлила ее еще больше.

Мама поднимает руку.

– Пожалуйста. Мы оба знаем, что ангельское воздействие совершенно непохоже на снохождение. Вы подключаетесь к не-ангелам и вдохновляете тех на так называемые добрые свершения. – она хлопает руками по столу. –

Я не дура. У большинства моих ангельских запросов лишь одна цель: не допустить вознесения злой души в Рай путем испытания боем. И почему? Потому что ангельское воздействие не работает с истинным злом, потому вы не можете его контролировать.

Мама знает, о чем говорит. На Аренных матчах, я сражаюсь с наихудшими душами именно по этой причине: истинное зло будет неконтролируемо на Небесах.

Ксавье хмурится.

- Бред.

Я закатываю глаза. Сам он бред.

- Я знала, что вы так и скажете. Вот почему я провела последние месяцы в сборе доказательств обратного. На нашей первой встрече, я бы хотела привести ясные и простые доводы. После этого у нас бы была честная дискуссия о взаимодействии наших ведомств в дальнейшем. – она поднимается на ноги и подходи к стулу Ксавье. – Вы готовы к честной дискуссии сегодня, Мистер Ксавье? – ее глаза сверкают алым.

Я улыбаюсь. Это был устный эквивалент удара в живот. Никогда не думала, что гневу есть место где-нибудь еще, кроме Арены, но мама выводит использование эмоций на совершенно иной уровень. Давай, мама, давай!

Ксавье поднимается на ноги.

- Сенатор Льюис, если это будет означать, что после этого мы, наконец, приступим к работе - я пообещаю что угодно.

Мама обхватывает себя за локти.

- Что угодно?

Его глаза сияют голубым.

- Я имел в виду то, что сказал.

- Тогда повторяйте за мной. Я не буду использовать ангельское воздействие.

На его лице ходят желваки.

- Я не буду использовать ангельское воздействие.

- Вы пообещали, посол Кросс. – она обходит стол и вновь занимает свое место. – Увидимся через месяц.

Ксавье пристально ее разглядывает.

- Нет, увидимся в понедельник. – развернувшись на пятках, он топает к двери и захлопывает ее у себя за спиной. Крутанувшись на стуле, мама пинает стену.

- Бесит!

Вздыхаю. *Я тебя понимаю, мам.* Нет ничего хуже красивого парня с привлекательными губами и комплексом превосходства.

Тим медленно открывает дверь и заходит в комнату.

- Все в порядке, сенатор? Я слышал шум.

- Где ты был последние несколько минут, Тим?

- За своим столом. — он морщит лоб. — Сортировал документы.

- Кто-нибудь проходил мимо тебя?

- Нет.

Мама бубнит себе под нос:

- Все-таки ангельское воздействие. Надеюсь, в последний раз.

Я потираю подбородок. В этом есть смысл. Ангельское воздействие может работать на любом, в ком есть хоть капелька доброго, причем столь долго, сколь сил у этого ангела.

Тим хмурится.

- Что вы сказали, сенатор?

- Ничего. Я в порядке, Тим. Спасибо, что проверил. — мама наблюдает за тем, как ее помощник идет на выход. — Ох, Тим?

- Да, сенатор?

- После работы в бальном зале будет коктейльная вечеринка. Не хотел бы ты пойти и выпить со мной?

Тим улыбается.

- Да, сенатор Льюис. Хотел бы.

Тьфу. Можно рассматривать это как ответ на вопрос: «Который из упырей мой отец?»

Они продолжают разговаривать, в то время как их тела становятся песком и осыпаются наземь. Оставшуюся часть ночи я пыталась приготовить идеальное суфле из червяков. И это было чертовски противно.

ГЛАВА ДЕСЯТАЯ

Когда я открываю глаза в моей голове вертится только одна мысль: возможно, мой папа упырь по имени Тим-29. Основано это предположение на всем, что я узнала от мамы и из сновидений. Удручающая складывается картина.

Я вхожу на кухню, готовая к утренней Материнской Инквизиции. Мама, потягивая кофе, сидит за нашим поцарапанным столом из пластика. Она окидывает меня внимательным взглядом.

- Снова сновидение?

Инквизиция начинается.

- Да.

- Хочешь поговорить об этом?

Я чуть не говорю «нет». Это «путешествие, полное открытий» было немного подпорчено. Глубоко вздохнув, сажусь на стул напротив нее.

- Мне кажется, я видела папу в сновидении этой ночью. – нервно барабаню пальцами по столешнице. – Это упырь по имени Тим-29?

Ее лицо – ледяная маска.

- Да, это он.

Я скрещиваю пальцы.

- Ты лжешь.

- Никогда. Тим-29 – твой отец.

Мамины слова врезаются в меня, словно удар кулаком в живот. Одно дело подозревать, что твой отец – упырь и совсем другое, более отвратительное, когда твоя мама это подтверждает. Я качаю головой.

- Не может быть.

Она поджимает губы.

- Это было делом одно ночи. У женщин тоже есть потребности.

Ладно, становится совершенно отвратительно.

- Слишком много подробностей, мам!

- У тебя, похоже, было плохо с пониманием. И я решила объяснить немного подробнее.

Барабаню пальцами по столешнице. Что-то во всем этом не складывается.

- Ну, не знаю.

Мама смотрит мне прямо в глаза, взгляд ее тверд и непоколебим.

- Я когда-нибудь лгала тебе, Майла?

Сглатываю ком в горле.

- Нет.

- Тим – твой отец. Я понимаю, что это не традиционно. Вот почему я так долго скрывала это от тебя.

Кривлю в отвращении губы.

- До сих пор не могу поверить, что у тебя что-то было с упырем.

- Привлекательность может принимать самые разные формы. Возьмем Уолкера, например. Его бабушка – архангел.

Издаю стон. Еще более отвратительно.

- Ну, я же еще не ела.

- Давай же. Отбрось предрассудки. Такого рода вещи случаются постоянно. Не нужно так сильно воротить нос.

Хмурюсь.

- Я не ворочу нос. – я просто хочу есть мороженое и плакать так, словно это работа.

Мама вскидывает брови.

- Ладно, может немного и ворочу. – я откидываюсь на спинку стула, позволяя себе эту новость принять. – Как так получилось, что я совсем непохожа на сама-знаешь-кого? – оттягиваю на своем лице кожу.

- Ты не будешь походить на упыря, пока не умрешь как смертная.

- Значит, вместо того, чтобы умереть, однажды я превращусь в серокожее зомби. Думаю, это своего рода бонус. – у меня кружится голова. – Хочешь поделиться чем-нибудь еще?

- Думаю, достаточно для одного утра, ты так не считаешь?

- Да, совершенно точно. – тыкаю за спину большим пальцем. – Я пошла слушать депрессивную музыку и готовиться к школе.

- Я достану Франкерберри.

- Спасибо, мам. – бреду обратно в комнату, врубаю Тейлор Свифт и переодеваюсь в самые неприметные штаны и футболку, что смогла найти. Упыри - самая брюзгливая и властолюбивая боль в шее астрального плана.

И они – те, кем я наполовину являюсь. Что-то тяжелое оседает на моих плечах.

Я возвращаюсь на кухню. Каждый шаг дается с таким трудом, словно к ногам привязали по камню. Мозг работает также вяло. Я едва замечаю завтрак, долгую поездку и вход в Старшую Школу Чистилища. Я бреду сквозь море студентов.

Официально заявляю, что нахожусь сейчас в разгаре праздника-жалости-к-самой-себе.

Пересекая наполненный людьми коридор, Сисси находит взглядом меня и машет рукой.

- Привет, Майла!

Подхожу к ее шкафчику, мой разум все еще в тумане.

- Утречка. – почти уверена, что говорит она о каких-то изменениях в классе гимнастики. Но мой мозг не способен на обработку ее слов, так что я надеваю свою лучшую улыбку и киваю. Затем я слышу что-то похоже на бла-бла-бла *библиотека Райдеров* бла-бла-бла.

Я моргаю и трясу головой.

- Что ты сказала, Сис?

- Сегодня после школы ты идешь в библиотеку Райдеров, правильно?

- Ага. – может, найду что почитать на тему «как быть полу-упырем». Ура.

- Замечательно. Увидимся позже! – она сливается с толпой, а я начинаю свой долгий путь к классу истории. Подняв голову, краем сознания ожидаю увидеть маленькое черное грозовое облачно, парящее над моей головой.

Я добираюсь до класса и занимаю парту в заднем ряду.

Зак садится на место рядом. Черт.

- Привет, Майла.

- Привет.

Искренняя улыбка разбавляет его точеные черты лица.

- Я тебе уже рассказывал, что сделала на днях Сисси?

- Нет. – я почти уверена, что он начал говорить о Сисси, но сегодня у меня проблемы с вниманием. Я не могу понять ни слова. Вместо этого я сосредотачиваюсь на радостном лице и оживленной жестикуляции. Это, как наблюдать за котенком, гоняющимся за мячиком на веревочке. Он так счастлив; я просто не могу не улыбаться. Через некоторое время его слова все-таки проникают в голову.

- Она действительно нравится моим родителям. – он трясет своей золотой шевелюрой. – Они взяли ее на дипломатический прием; она была столь естественна. На ужине, она улыбалась и заводила непринужденные разговоры с наискучнейшими лузерами вселенной. Это было превосходно.

Мисс Цаца хлопает в ладоши.

- Внимание, класс! — она проходит от двери к своему столу. К несчастью, сегодня она решила не надевать свой капюшон и потому, комбинация из красных губ и серой лысины сегодня выглядит особо жутко.

- Сегодня у нас с вами важный урок. — Мисс Цаца мерит шагами пространство перед своим столом, цокая на каждый шаг красными каблуками. — Возможно, вы слышали наводящие ужас слухи о демонах. - она сжимает своими длинными красными ногтями подбородок. — Я не буду мягка в выражениях. Некоторые говорят, что однажды демоны могут напасть на нас, своих любимых союзников-упырей. —

Я откидываюсь на спинку стула, у меня поднимаются брови. *Антидемонские слухи? Это что-то новенькое.* Обычно все они только о любви к демонам.

Мисс Цаца вздыхает.

- Демоны — бедные и непонятые существа. На самом деле, они верные друзья упырей. Хотя, может, и не столь сильно верные квази. — она постукивает длинным серым пальцем по подбородку. — Но, так как вы наши слуги, значит, они и ваши друзья тоже! — она выжидающе смотрит на класс.

Я тоже оглядываю класс. Все вокруг смотрят на учителя открытым, понимающим взглядом. От расстройства при слове «слуги», что эхом раздается у меня в голове, сдавливает грудь. Мы привыкли, что нами управляют — упыри хорошо постарались.

Мисс Цаца пристально смотрит на один из многочисленных глянцевых снимков Олигархии, что она развесила на стенах.

- Кроме того, наши храбрые и щедрые правители, сказали, что демоны будут нашими союзниками вечно. А вы знаете, что Олигархия никогда не лжет и не допускает ошибок. - у нее дергаются глаза, когда она выдыхает. — Поэтому не стоит ни о чем беспокоиться.

Хах, слишком сильно она распинается о том, о чем не стоит беспокоиться.

Мисс Цаца подходит к доске и, используя самый скрипучий мелок, начинает перечислять примеры того, какими надежными были демоны на протяжении веков. Спустя двадцать минут, она добирается до середины второго пункта.

Зак меняет положение тела; его стул издает тихий скрип. Поворачиваюсь к нему и осознаю, что все это время он, не останавливаясь, шептал мне о Сисси. Я улыбаюсь и делаю вид, будто все время слушала его.

- Было так офигенно, оттого что она была рядом. — говорит Зак. — Мои родители не получают от упырей особой помощи. В общем-то, они только позволяют нам иметь свой дом, на этом все. Взамен, мы обязаны оплачивать все дипломатические приемы. А они все дороже.

- Это ужасно, Зак. Я не знала.

- Мои родители тоже довольно разборчивы. Они беспокоятся о каждой мелочи. Однако, Сисси действительно хороша в деталях. Например, при подготовке ужина она додумалась так составить цветочную композицию, что вместо керулеан можно было вставить барвинки. Мама пришла в восторг.

Вау. Не имею ни малейшего понятия, что он только что сказал.

- Это так здорово, Зак. Я рада за тебя.

- В любом случае она замечательная девушка. – он улыбается. – И ты проделала потрясающую работу, приспосабливаясь к нашим отношениям. Знаю, это должно быть трудно видеть нас все время вместе. – он поднимает бровь и подмигивает.

Только ты допускаешь мысль, что с Заком можно нормально общаться, как он вновь превращается в Монстра Похоти. Мой голос наполняется здоровой порцией яда.

- Я приспособилась, Зак. И ты тоже должен.

Остальная часть дня пролетает так и не замеченная мною, и вот я уже веду свой зеленый универсал к особняку Райдеров.

Бетси катит по длинной и извилистой подъездной дорожке к особняку. С застывшими от ярости телами Сисси с Заком стоят перед входной дверью. Губы обоих сжаты тонкую ниточку. Я машу им через закрытое окно. Они пристально смотрят на меня в ответ.

Ик. Должно быть, фраксы поплакались родителям Зака. Нехорошо.

Я паркую Бетси и подхожу к особняку невинная и улыбающаяся.

- Привет, ребята! Что происходит?

Зак топает ногой.

- Что, ради всего святого, ты делала на фраксовом мероприятии?

Расстегиваю капюшон и пытаюсь выглядеть повседневно.

- Ох, они упоминали обо мне?

Глаза Зака готовы вылезти на лоб.

- Упоминали о тебе? Они взвыли от тебя. Это дипломатический кошмар.

Я закатываю глаза.

- Это не кошмар.

Сисси хмурится.

- Это было слишком. Ты отделала троих лордов.

Я это сделала, не так ли? Сладкая Сатана, это было весело.

Сисси тыкает в мои губы.

- О, я вижу это самодовольную ухмылку. С каждой секундой ты увязаешь все глубже.

Я заставляю принять свое лицо нейтральное выражение.

Зак потирает виски.

- Когда ты сказала, что знаешь принца фраксов, мы думали, ты шутишь.

- Хммм. Давайте сделаем шаг назад в прошлое. Я сказала вам, что я и принц повздорили; вы отказались мне верить, потому что думали… что же вы думали? – я потираю подбородок в драматичном жесте. – О, точно. Вы подумали, что я страдаю от большой нераздельной любви к Заку. Что ж, на заметку, я никогда не испытывала к Заку этого дерьма.

- Хорошо, мы верим тебе сейчас. – Сисси недовольно хмурится. – Но проблема не в этом, Майла. *Проблема* в том, что ты сражалась с принцем, пользуясь подлыми приемами.

Я продолжаю хранить нейтральное выражение лица. По большей части.

- *Я?* Сражалась? Почему все так уверены в том, что это была я?

- Хмм. – теперь очередь Зака постукивать себя по подбородку. – Как много существует первосортных бойцов, получавших от принца Линкольна почетный меч? Это короткий список. Ты.

- Хэй, я сделала то, о чем вы и просили – доставила письмо. Дело закрыто.

Зак хмурится.

- Оно, отнюдь, не закрыто. Фраксы хотят, чтобы ты исправилась. Мои родители сказали, что, если ты согласишься на чтобы-они-не-попросили, инцидент будет исчерпан. Ты даже сможешь и дальше пользоваться библиотекой. – он поднимает брови. – То есть, *если* согласишься.

От шока у меня холодеют конечности. «Нет» библиотеке, значит «нет» единственному способу найти что-нибудь еще о своем отце. О таком я не подумала. Сисси несчастно хлюпает носом, у нее дрожит нижняя губа. И я также не подумала, что могу причинить боль ей. Мое одеревеневшее от шока тело покрывается корочкой виноватого льда.

- Итак, чего же фраксы от меня хотят?

Зак кривит губы.

- Ех, мы еще не знаем.

- В любом случае могу я пойти в библиотеку сегодня? Я действительно не могу согласиться, пока не узнаю *что* они хотят. – переминаюсь с ноги на ногу. – К тому же мне правда нужно исследовать… - я останавливаю себя перед тем, как сказать «свое упырское наследие» - Ех, кое-что.

- Ну, не знаю. – надевает свою Мистер Льстивость улыбку. – На самом деле мы не должны пускать тебя, пока все не закончится.

Разочарование оседает на моих плечах.

- Я поняла. – сую руки в карманы своих штанов. – Пойду домой. – поворачиваюсь в сторону Бетси.

Сисси хватает меня за руку.

- Нет, ты все еще можешь использовать библиотеку. – она начинает моргать с безумной скоростью. Сладкая улыбка растекается на ее лице.

Хе-хе. Похоже, Сисси решила поработать своего рода ангелом.

Зак обнимает ее за плечи и подмигивает.

- Конечно! Мама с папой дали добро, но только сегодня. Но пообещай оставаться в библиотеке. Не болтайся вокруг.

Я настороженно наблюдаю за их наигранной радостью. Они определенно что-то замышляют. Пожимаю плечами. А мне-то что? Мне нужен был доступ и сейчас он у меня есть.

- Хорошо, буду в библиотеке.

С громким скрипом Сисси открывает дверь и кивает в сторону Западного крыла.

- Увидимся позже.

- Повеселитесь вдвоем. – я несусь по коридору Западного крыла и поднимаюсь на четвертый этаж библиотеки. Сошедшую с лестничной площадки меня, встречает знакомый лабиринт из высоких деревянных шкафов. Пролетаю по этому лабиринту и в правом его углу нахожу упырьский отдел. Пробежавшись глазами по нескольким пыльным томам, нахожу *Упырьское Писание*.

Мое тело деревенеет от наполняющей меня нервозности. Это главная энциклопедия, дающая пояснения на любые связанные упырями вещи. Я достаю четырехдюймовую в толщину книгу и разглядываю здоровенный кожаный переплет. Сотни упырей-авторов перечислены на обложке сверкающим золотым шрифтом.

Добираюсь с *Упырьское Писание* до своего любимого оконного места. Сажусь, раскрываю книгу, пробегаюсь глазами по содержанию и, открыв раздел об упырях полукровках, начинаю читать:

Упыри могут спаривать с существами других реалий. Потомство рождается в человеческой форме и прибывает в ней на протяжении всей смертной жизни – эта фаза так же известна, как стадия личинки.

Высовываю язык. Фу, прямо сейчас я личинка.

До своей смерти личинки зреют в прекрасную упырьскую форму. В своем смертном состоянии полукровки печально известны несоблюдением правил и устоев. Однако, однажды умерев, они превращаются в полноценную единицу Группового Мышления.

Воу. Однажды я превращусь в бесхребетное властолюбивое существо. Вздрагиваю и, переборов ощущение накатывающей тошноты, возвращаюсь к чтению. Мое внимание привлекает раздел с названием: «Групповое Мышление».

Зрелые упыри не являются изолированными существами, в отличие от других существ, обделенных таким счастьем. Они разделяют одно сознание с совершеннейшими представителями нашего вида – Олигархией. Это высшая форма связи между существами называется Групповым Мышлением. Благодаря этому, мысли наших великих лидеров постоянно текут в голове каждого упыря.

Усмехнувшись, захлопываю книгу. Когда-нибудь и в моей голове будет обитать Олигархия 24 часа в день, 7 дней в неделю? Отстой с большой буквы «О». Возможно, было бы лучше, не знай я своего наследия.

С другого конца библиотеки доносятся звуки шагов.

- Вы найдете ее здесь, ваше высочество.

От шока у меня завязывается в узел желудок. Не так уж и много Их Величеств бегает по Чистилищу. Внезапно, предложение Сисси и Зака обретает смысл. Ах, эти маленькие гады. Ладно, с моей стороны было довольно умно побить фраксов за стремление навредить мне. Но Сисси с Заком тоже поступили довольно умно. Если они хотели, чтобы я хорошо себя вела, засада – не лучший способ воплотить это желание это в жизнь.

- Спасибо. – голиос принадлежит, определенно, Линкольну. По его резкому тону могу сказать, что я здесь точно ради этого. Тьфу.

Вновь открываю *Упырьское Писание* и притворяюсь увлеченной с головой. Шаги, отстукивающие ровный ритм, приближаются с другого конца библиотеки и замирают рядом. Я поднимаю глаза. Линкольн стоит передо мной в своих кожаных штанах и бархатной тунике, его разноцветные глаза сердито смотрят. С толчком адреналин начинает течь по моим кровотокам.

Ну, давай же.

- Здравствуйте, мисс Льюис. – он широко расставляет ноги; его квадратные плечи застывают в напряжении. Боевая стойка.

- Здравствуйте, принц.

- Сегодня у меня была официальная встреча с Упырьским министром. Мне показалось, что ему не понравился ваш способ доставки сообщения.

Я закрываю книгу.

- И?

- Значит, вы признаете, что совершили несанкционированное нападение на группу фраксов?

Я постукиваю по своей щеке.

- Значит, *вы* признаете, что скромная квази-девушка совершила успешное нападение на группу супер-офигительных охотников на демонов?

- Ваши действия были ошеломительно грубы. Лорды были не готовы.

Я фыркаю.

- Они были одеты в кольчугу, с оружием на поясе и посреди тренировочного боя. Я называю это справедливым поединком.

Он качает головой.

- Мои люди не ожидали появления из ниоткуда какой-то девушки в комбинезоне.

Я поднимаю указательный палец.

- Первое, это боевой костюм из кожи дракона, а не комбинезон. – поднимаю второй палец. – Второе, и что же они думали будет делать девушка, когда атаковали ее? Половина лучших Аренных бойцов — женщины.

- В Антруме не так.

- Что такое Антрум?

- Это место, где я живу, где все фраксы живут. На Земле, глубоко в литосфере.

- В этом есть смысл. Не знать о девушках-воинах; это легко объясняется тем фактом, что все вы живете под землей.

Прикрыв глаза, он делает глубокий вдох.

- Никто со мной так не разговаривает. — желваки играют на его лице.

Мои глаза превращаются в щелочки. Он не единственный, кто не любит разговоров, переходящих к обмену колкостями.

- Добро пожаловать в Чистилище.

- Князи требуют от тебя присутствия на турнире отважных борцов с демонами в честь осеннего равноденствия. Старшие члены фраксового дворянства сразятся на поле чести.

- Хмпф. — ни за что не присоединюсь к этой сосисочной вечеринке.

- У лордов есть право продемонстрировать свои способности традиционным способом.

- Ну, это то, что им надо сделать в первую очередь.

Линкольн складывает руки на груди.

- По-вашему, что это?

- Скажи «пожалуйста».

Принц зарывается пальцами в волосы.

- В тебе ни капли уважения.

Он думает, что это во *мне* ни капли уважения?

- Смешно, могу сказать то же самое и о тебе.

Линкольн медленно выдыхает, его кулаки разжимаются и сжимаются. Развернувшись на пятках, он уходит. Опершись спиной на оконную раму, я выписываю узоры на своем животе и наблюдаю за его отступлением. У него крепкая спина, обернутые мускулами руки, а его нижнюю половину хорошо подчеркивают черные кожаные штаны. И в переднем плане он тоже хорош. Его губы, должна сказать, выглядят особо аппетитными.

Притормози-ка. Я не должна смотреть на принца-сноба похотливым взглядом. Давайте-ка подумаем, с каких это пор я вообще смотрю на парней похотливым взглядом? Встряхиваю руками и качаю головой. Этот спор немного выбил меня из колеи.

Я вскакиваю на ноги, мои губы расплываются в широкой улыбке. *Этот спор немного выбил меня из колеи, потому что я ПОБЕДИЛА*. Я так горжусь своей темной стороной, что почти пританцовываю путь по библиотеке и лестнице, прокручивая у себя в голове каждое слово нашей словесной драки. Я добираюсь до приемной и застываю.

Сисси и Зак стоят перед входной дверью и, да, они выглядят сильно раздраженными. Снова.

Сисси упирает кулаки в бока.

- Принц фраксов только что завершил встречу с Упырьским министром. И был не сильно счастлив.

Я надеваю маску невинности и моргаю.

- Что заставило тебя так думать?

Сисси хмурится.

- Он только что пролетел мимо нас.

Зак кивает на Западное крыло.

- И дипломатический конференц-зал прямо под библиотекой. Что ты об этом скажешь?

- Скажу, что это странно. – пожимаю плечами. – Вам не кажется, что принц - личность слишком темпераментная для охотника на демонов?

Зак складывает руки на груди.

- Вы снова подрались?

- Подрались? – чешу затылок. – Мы никогда не дрались. – технически. Но мы много *поорали* друг на друга.

Сисси поворачивается к Заку.

- Можешь дать нам немного девичьего времени? Нам с Майлой нужно поговорить.

В течение целой минуты Зак молча сверлит меня взглядом.

- Конечно.

Сисси открывает в конце приемной дверь и показывает на живой лабиринт за особняком.

- Сюда, Майла.

Я выхожу на желтеющую траву за дверью. Сисси следует за мной, закрывая за нами дверь с тихим щелчком. Я крепко сжимаю зубы, наполненная решимостью. На этот раз я за собой вины *не* чувствую. Они с Заком сами заманили меня в ловушку.

Сисси поворачивается ко мне лицом.

- Рассказывай.

- Не знаю, о чем ты.

- Это же я. – Сисси закатывает глаза. – Ты не покинешь этого места, пока я не получу информации. Мне известно, что вы двое подрались. Честно говоря, ты провоцируешь огромные интернациональные проблемы.

Я испускаю драматичный вздох.

- Да ладно! Кто послала ко мне принца не предупредив? К чему ты думала это приведет?

Мгновение Сисси смотрит на свои носки.

- Это была идея Зака. Я говорила ему, что не сработает.

- *Что ж, это не сработало.* – *оставим придумывание таких идиотских планов, как этот на Зака.*

Сисси вздыхает.

- Так, *что* же произошло?

Я выдыхаю.

- Принц потребовал моего присутствия на турнире, так как там его тупоголовые графы смогут показать мне насколько они потрясающи.

- И что ты сказала?

- Что они должны сказать «пожалуйста». – складываю руки на груди. Я буду стоять на этом; они не смогут заставить меня взять слова обратно.

Сисси стонет.

- Да что с вами двумя не так?

- Эм, обоюдная ненависть?

- Нет. – Сисси медленно окидывает меня взглядом с ног до головы. – Нет, это не ненависть.

Я закатываю глаза. Парой Сисси бывает такой толстокожей.

- Эх, да-да, это она и есть.

- Ты не можешь этого видеть, но я могу. Этот парень что-то значит для тебя. – ее глаза вспыхивают красным от ревности. – он значит для тебя больше, чем я.

В меня врезаются ее слова, выбивая воздух из легких. Конечно, я много думаю о Линкольне, но только потому, что он ужасный придурок. Она ошибается. Сильно ошибается.

- Меня заботит только возможность ударить его, вот и все. Ты – моя лучшая и единственная подруга.

Сиссин голос становится тихим и угрожающим.

- Он борется с тобой, отстаивая свое. А ты не можешь сказать «нет» хорошей стычке, Майла. – ее зрачки пылают ярко-алым. – Но, первоочередно, ты должна быть *моей* подругой.

Злость вскипает во мне.

- Какое совпадение! Мне бы хотелось, чтобы и ты была, *первоочередно, моей подругой.* Я честно все выложила тебе на счет принца, а ты посмеялась над этим. Да еще и устроила мне засаду в библиотеке. Не очень-то круто, девушка Зака.

Сиссины глаза превращаются в огненно-красные щелочки.

- Ты права. Я должна была поверить тому, что вы повздорили с принцем, а не носиться с Заком. И я не должна была посылать тебя в библиотеку не предупредив. Об этом я раскаиваюсь. Искренне. – она говорит очень тихим, жутким голосом. - А сейчас докажи, что ты больше *мой друг*, чем *его враг*. Пошли со мной на турнир.

Ой-йо. Мое сердце уходит в пятки. Это плохо, Сиссин демон зависти вылез наружу. Конечно. Она показывает демоническую ревность, когда девушки типа Палетт, говорят о Заке, но то малая толика. Полномасштабные приступы зависти у нее случаются нечасто, но, когда они приходят, последнее чего мне хочется – быть в радиусе взрыва.

Мои губы растягиваются в, я надеюсь, убедительной улыбке.

- Я твоя первая и последняя подруга, Сисси. Навсегда. – я ласково сжимаю ее плечо. – Ты знаешь это. – краем глаза осматриваю пространство вокруг в поисках безопасного пути к отступлению.

Сиссины глаза продолжают полыхать ревностно-алым светом.

- Тогда докажи это. – ее губы сжимаются в тонкую ниточку. – Пошли со мной на турнир. Покажи мне, что я для тебя важнее, чем *он*.

Поднимаю руки на уровень плеч, ладонями вперед.

- Слушай, знаю, я добавила вам проблем своей доставкой письма, но и вы меня тоже подставили. В библиотеке ты не...

- Прекрати, сейчас же. – ее голос остается жутко-спокойным, хотя глаза источают огонь. – Меня не волнует письмо. Меня не волнует библиотека. Меня волнует только одно. – она подходит ближе. – То. Что. Мое.

Мой рот принимает форму маленькой буквы «о». Никогда не видела, чтобы Сиссин демон зависти так бесился. Она сейчас немного пугающая, а я знаю цену слову «пугающая». Мои мысли застывают от шока.

- Не знаю, что сказать.

Сисси подходит еще ближе.

- Скажи, что пойдешь на турнир.

Продолжая держать ладони на уровни плеч, воспроизвожу универсальный жест «успокойся».

- Позволь мне подумать. – склоняю голову к правому плечу, размышляя. На турнире может быть интересно: мне нравится узнавать о новых способах борьбы с демонами. Затем я представляю лицо Линкольна. Злость наполняет меня, вытесняя все мысли из головы до того состояния, что уже невозможно вспомнить почему я вообще рассматриваю возможность пойти на этот глупый турнир.

- Без вариантов.

Сисси обнажает зубы, ее глаза горят почти ослепляющим красным светом. Она разворачивается на пятках и уходит.

Ох, нет.

Этого не случалось со времен третьего класса:

Сиссин бойкот.

Когда она оказывается на безопасном расстоянии, я завожу Бетси и возвращаюсь домой, по пути раздумывая над своим новообретенным статусом «без друзей». Сисси сейчас не в себе, но она не сможет беситься вечно. Ну, я думаю, что не сможет. Бьюсь об заклад, что она вернется к своему обычному состоянию, максимум, дня через три. Ага, вот и все. Я захожу во входную дверь, говорю свое "привет" маме и плюхаюсь на диван, чтобы провести некоторое время с Человеческим Каналом.

На середине "Скуби-ду" марафона я погружаюсь в глубокий сон. Не проходит и пары секунд, как я оказываюсь на Сером Море.

ГЛАВА ОДИННАДЦАТАЯ

Сновидение вновь переносит меня на темные пески Серого Моря. Я стою на теплой земле и зловоние серы наполняет в мои легкие. Встав на колени, прикладываю ладонь к песчаной земле. Вспыхивает кольцо белого пламени. Песок в кругу вздувается, превращаясь в песчаную фигурку моей матери. Еще больше песчинок взлетают вверх, принимая очертания комнаты вокруг нее.

Круг из огня ярко вспыхивает и затем исчезает. Фигуры передо мной меняют текстуру, обретая плоть и кровь. Я оглядываюсь и понимаю, что нахожусь в заполненной комнате Сената из белого мрамора. Деревянные скамьи занимают большую часть пространства, все они заполнены квази в фиолетовых мантиях; отличные друг от друга хвосты раскачиваются в едином размеренном темпе. Перед ними за высокой деревянной трибуной стоит моя мама. Со своих скамеек на нее взирают сенаторы, все их внимание приковано к ней.

Мама сжимает края трибуны.

- Наш с сенатором Мьюном план – важный шаг на пути к справедливой организации загробной жизни для людей. Слишком часто души попадают в Чистилище без какого-либо утешения и поддержки со стороны своих ангелов-хранителей, защищавших их при жизни.

Ксавье проскальзывает в Сенаторскую залу через заднюю дверь и замирает у дальней стены. Он одет в серый костюм и голубой галстук, оттеняющий его бирюзовые глаза. При взгляде на мою мать его суровое выражение лица смягчается улыбкой. Тепло разливается в моей груди. Должно быть, они разрешили свои разногласия. *Хорошая работа, мам.*

Мама внимательно осматривает толпу.

- Этот законопроект поможет ангелам-хранителям находить души своих подопечных после их смерти, точно так же, как предыдущий проект помогает это делать их демонам-искусителям. Пожалуйста, уважайте ваш священный долг сохранять Чистилище нейтральной и справедливой зоной для душ.

Мама обводит взглядом сенаторов. Все взгляды прикованы только к ней.

- На следующей неделе помните, что человеческие души прибывают в Чистилище каждый день, каждую секунду. Голосуйте за законопроект Мьюна-Льюис. Спасибо.

Секунду комната остается безмолвной, затем некоторые члены Сената начинают хлопать. Аплодисменты быстро набирают громкость. Ко всеобщей радости присоединяюсь и я, каждая клеточка моего тела раздувается от гордости. *Давай, Камилла!*

Слегка поклонившись, мама спускается с трибуны. Комната наполняется негромкими разговорами, все поднимаются на ноги и расходятся по своим делам. Небольшая группа сенаторов окружает маму, задавая ей вопросы. Тим влетает в заднюю дверь залы, от стремительных движений его длинная мантия развивается. Он нежно касается маминого предплечья.

- Сенатор Льюис, нам надо отправляться на заседание комитета.

- Спасибо, Тим. – она кладет руку на его плече. По нему пробегает дрожь.

Вместе они покидают комнату. Ксавье наблюдает за их уходом и затем на небольшой дистанции следует за ними. Они преодолевают несколько длинных переходов, отделанных мрамором и оказываются перед маленькой деревянной дверью. Ксавье остается в людном коридоре за углом.

Я наблюдаю за тем, как Ксавье осторожно сохраняет дистанцию между собой и моей мамой. Он действует покровительственно, с собственническим оттенком, но не пугающе сталкерски. Хмм. Мне начинает нравиться этот парень.

Тим открывает перед мамой дверь.

- Сегодня комитет встречается здесь.

Мама проходит внутрь.

- Спасибо. – они с Тимом подходят к длинному деревянному столу, окруженному тяжелыми кожаными креслами. Как только они занимают свои места, в комнату заходят две новые фигуры. Один – знакомо выглядевший упырь в длинной черной мантии. Другой – Армагеддон.

Мое тело приходит в боевую готовность. Армагеддон здесь? Мне хочется прорваться сквозь ограничение сновидения, схватить маму за руку и бежать отсюда. Я чувствую, как мои ноги примерзают к полу. Беспомощной мне остается только бороться с накатившим приступом паники.

Мама окидывает новоприбывших внимательным взглядом, ее губы изгибаются в вежливой улыбке.

- Добрый день, посол.

Секундочку. Мама работала с Армагеддоном? Вау. Я внимательно изучаю их лица. Кажется, ни на кого из них не производит впечатление огромное давление демонской ауры. По идее, от страха их всех должно было размазать по стеночке, но вместо этого все — особенно мама — кажутся неподдельно спокойными. В моей голове быстро-быстро вращаются колесики, пока не становится ясно: в сильнейшего демона Армагеддон превратился только после становления королем Ада. Ясно. От захвата Чистилища он получил больше, чем кажется на первый взгляд.

Вытянутое темнокожее лицо Армагеддона превращается в нечитаемую маску.

- Сенатор.

Повернувшись, мама обращается к упырю:

- Приветствую, О-72.

О-72 кивает.

- Мы благодарим вас.

Неожиданно вспоминаю где видела этого упыря раньше. Накинуть на него красную мантию и он — один из нынешней Олигархии. Я его дюжину раз видела на матчах.

Армагеддон, мама и упырь из Олигархии? Какого черта здесь творится?

Мой сонный разум напряженно пытается осознать мной увиденное. Я свыклась с мыслью, что моя мама — сенатор. Вообще-то, это было офигительно: видеть ее в действии. Но знание, что она вела дела с Армагеддоном, оседает в животе свинцовым камнем. Мне известен конец этой история, и нет ничего хорошего в том, что мама находится прямо в ее эпицентре.

В комнату входит Ксавье.

- Всем добрый день. — он садится в кожаное кресло напротив мамы.

Армагеддон провожает взглядом каждое движение Ксавье, его лицо неподвижно, а зрачки пылают ярко-алым. От беспокойства по спине пробегает табун мурашек.

- Посол Кросс. — оскаливается он. Очевидно, что Армагеддон люто ненавидит Ксавье. Что между ними произошло?

Мама кивает Тиму.

- Начнем. — из складок своей мантии он достает папку и передает ей. — Спасибо, Тим. — она кладет папку перед собой на стол. — Первый пункт на повестке дня - это дипломатическая миссия в...

Армагеддон откидывается на спинку кресла.

- Нет. У меня есть одно незаконченное дело. — постукивает он четырехпалыми пальцами по острому подбородку. — Вы знаете, чего я хочу.

О-72 тяжело вздыхает.

- Я слышал об этом уже множество раз, Армагеддон. Может, однажды, вы станете Королем Ада, но прямо сейчас вы обычный демон четвертого класса.

Армагеддона заметно перекашивает на этих словах.

- Значит, продолжаешь держаться за эти слова.

Капельки черного пота появляются на лбу О-75. Он поправляет воротник своей мантии.

- Закон – есть закон. Только две класса демонов допускаются на иконо-грацию и Аренные бои: первый класс и Король Ада. Не четвертый класс. Не вы. Будьте благодарны, что вообще были назначены делегатом на этот Совет. Это большая честь для кого-то с вашим скромным происхождением.

Армагеддоновы глаза превращаются в щелочки.

- Но это не та честь, которой мне хочется. Мой сын перемещает на Арене души. Я хочу быть там.

Мама остается невозмутимой.

- Мы ценим то, что ваш сын – Великий Скала. Возможно, вы могли бы организовать встречу за пределами Арены?

Армагеддон обнажает зубы.

- Фраксы настроили его против меня. И вы все прекрасно об этом знаете. – он ударяет кулаком о стол. – Я хочу получить доступ на Арену, к своему сыну. – он окидывает сидящих за столом хищным взглядом. – Я хочу видеть, как он перемещает души.

Ошеломленно выдыхаю. Я знала, что Скала – Армагеддонов сын, но я никогда не думала, что старый демон хочет поддерживать с ним связь. От страха у меня дрожат плечи. Армагеддон что-то просчитывает, строя свой невидимый план. Наверное, в этот момент он и решает захватить Чистилище; это заставляет меня ужаснуться.

О-72 трясет своей серой головой.

- Невозможно. Упыри допускают на Аренные мероприятия только опре-деленных демонов. Закон – есть закон.

- Понятно. – Армагеддон обхватывает свою шею четырехпалой рукой. Мы все связаны правилами. Иногда. – он взглядом сообщает О-72 о том, что кое-что припас как раз для такого случая. – Вы, все из нас, должны пони-мать это.

О-72 прочищает горло.

- Я посмотрю, что можно сделать.

Армагеддон опускает руку, его губы изгибаются в злой усмешке.

- Это все, чего я прошу. – он поднимается на ноги. – Мы закончили.

Мама тыкает прямо Армагеддонову грудь.

- Куда это вы собрались?

У меня перехватывает дыхание. *Черт, мама!* Вокруг будущего короля Ада надо ходить на цыпочках. От беспокойства у меня холодеет в груди.

Ксавье поднимает руку.

- Если Армагеддон хочет бежать – пожалуйста. - То, как он сказал слово «бежать», как бы напоминает о какой-то ситуации в прошлом, воспоминанием о которой Ксавье сейчас, как красной тряпкой, размахивает перед лицом демона.

Армагеддон поворачивает голову, кидая на Ксавье пристальный взгляд, из его горла выходит тихое шипение.

- Когда-нибудь придет и твоя очередь.

Голубые глаза Ксавье вспыхивают ярче.

- Посмотрим.

Мама ударяет кулаком о стол.

- У нас есть ряд важных вопросов для обсуждения сегодня. – она пальцем постукивает по папке перед ней. – Давайте вернемся к ним.

Армагеддон пальцем подзывает О-72.

- Пошли со мной.

О-72 покорно поднимается и выходит из комнаты вслед за Армагеддоном. Он не мог быть под еще большим контролем, даже если бы из-под его мантии торчали нитки, словно у марионетки. Наблюдая за уходом парочки, мама не смягчает своего каменного выражения лица.

Я тревожно покусываю нижнюю губу. Плохой признак. Она уже готова потерять свой гребаный рассудок и выплеснуть на кого-нибудь все накопившееся. По крайне мере, не на меня.

Мама поворачивается к Ксавье.

- Почему ты не поддержал меня? Армагеддон не должен был покинуть наше собрание так рано. – она толкает папку от себя, и та улетает со стола на пол. – Мы не можем позволить ему строить с упырями заговоры и игнорировать авторитет этого офиса.

Ксавье смеется.

- О, пожалуйста. Я наблюдаю за тем, как демоны и упыри грызутся на протяжении тысяч лет. Переговоры займут у них некоторое время, но потом они вновь подерутся из-за какой-нибудь мелочи и разойдутся по домам. Демоны – это хаос и разрушения. Упыри – правила и предписания. Вода с маслом не смешивается.

- Я говорила тебе сотню раз – Армагеддон другой. – ее глаза пылают алым. – Мы не можем вот так безнаказанно позволять ему уходить.

Каждая клеточка моего тела кричит о ее правоте. Мне хочется запрыгнуть в сновидение, потрясти Ксавье за плечи и сказать, чтобы тот слушал маму, иначе я его ударю. Но я не могла ничего сделать.

Похоже, Ксавье, как и я, нечасто слушает мою маму. Он откидывается на спинку стула и мягко качает головой. Стоящий за ними Тим, выглядит столь робким и напуганным, что я удивлена тем, что он еще не попытался спрятаться под стол.

Ксавье барабанит по столу пальцами.

— Прежде я уже видел демонов Армагеддонового типа. У него не хватит сил, чтобы и правда изменить систему.

Ха! Армагеддон в одиночку уничтожил всю чертову систему. Пожалуйста, услышь. Пожалуйста, пожалуйста, пожалуйста!

Мама трет рукой шею.

— Ты слышал, с каким упорством он продолжает вести разговоры о сыне и это странно. Он хочет получить доступ к Максону и сделает для этого все что угодно.

Ксавье смеется.

— Ты себя слышишь? Демон, любящий своего сына. Это безумие, Камилла.

— Я не говорила, что он любит сына. — она прикрывает ладонью глаза. — Он что-то замышляет, что-то грандиозное, для чего ему и нужен Максон. — она опускает ладонь и прямо встречает взгляд Ксавье. — Армагеддон опасен. Мы на грани катастрофы.

Ее беспокойство взбалтывает содержимое моего желудка. Мне так хочет к ней подскочить, обнять за плечи, и сказать, что скоро с ней буду я.

У Ксавье в голове примерно такие же мысли. Он наклоняется вперед, его голубые глаза заглядывают в мамино лицо.

— Я никогда не позволю, чтобы с тобой что-нибудь случилось, Камилла. Тебе не о чем волноваться.

Мама перегибается через стол, беря его ладонь в свою.

— Надеюсь, ты прав, Ксавье. — искры вспыхивают между ними при касании.

Тим, похоже, сейчас либо хорошенько проблюется, либо закричит - не могу сказать точно. Смотрю на его перекошенное в муках лицо и понимаю одно: если этот упырь мой отец, то он определенно из ревнивых. От злости его рот сжимается в настолько тонкую ниточку, что удивлюсь, если от такого у него не треснут зубы. Возможно, это потому, что пока он не часть нашей жизнь. Мое сердце уходит в пятки. Или потому, что мама лгала мне о том, что он мой отец. Я качаю головой. Невозможно. Мою маму много как можно назвать, но лгуньей? Никогда.

Мама слегка сжимает руку Ксавье.

— Но, к сожалению, у меня *много* причин для беспокойства. — она склоняет голову набок. — Первый в списке — это ты, Ксавье Кросс. Я не просила совета от ангела. Прямо сейчас мы должны быть неукоснительны по отношению к Армагеддону, и так как теперь мы в одной упряжке, нам надо…

Глаза Ксавье полыхают ярко-голубым.

- Нет, ты не должна беспокоиться об Армагеддоне. – он сильнее сжимает ее руку. Тим, видевший это движение, давится воздухом.

Тим не единственны, кто в шоке. Почему-ну-почему этот ангел, кем-бы-он-ни-был, не хочет слышать правды? Когда глаза Ксавье вспыхивают ярче, мамин взгляд стекленеет и сама она становится вялой. Ксавье использует ангельское воздействие, мешок говна. Я хочу запрыгнуть в воспоминание и пинком под зад отправить его в полет через всю комнату. Может, дважды.

Мама трёт лоб свободной рукой.

- Да, в этом нет ничего... - она замолкает; затем остервенело трясет головой. Ее глаза вспыхивают демоническим алым. – Как ты *посмел* пытаться применить ангельское воздействие на мне!

Хорошо, мам! Пора положить этому конец. Я судорожно выдыхаю, мой уровень боевой готовности опускается до более-менее нормального.

Мама поднимается на ноги.

- Это возмутительно. Я сделаю официальный запрос нового ангельского Посла и санкции для Армагеддона.

Ксавье хмурится.

- Они не будут слушать тебя, Камилла, как я. Это карьерное самоубийство. Твои идеи звучат безумно.

- Возможно, но документы будут поданы к концу недели. – вместе с Тимом позади она вылетает из комнаты. Ксавье смотрит ей вслед с побледневшим от беспокойства лицом. Взгляд на его лице полон любви и нежности; я хочу обнять его, даже несмотря на глупость его поступка.

На моих глазах тело Ксавье превращается обратно в песок. С тихим шипением вся сцена тает, растекаясь песчинками по земле. Я сажусь на серый песок и прокручиваю в голове каждую деталь увиденного. Армагеддонова одержимость Максоном... как первый из Олигархии стал подконтролен Армагеддону... И мамина борьба за то, чтобы надвигающуюся угрозу восприняли серьезно. Сера обжигает легкие, ветер бьет по щекам, но ничто из этого не имеет значения.

Я просыпаюсь под звуки соскабливаемого метала. Открыв глаза, вижу серое небо за окном. Зевая, соскальзываю с кровати и иду на кухню. Мама стоит у стола, держа в руках плоскую деревянную ручку с длинным металлическим лезвием: тканевый резчик. Она опускает и поднимает бритвено острое лезвие, оставляя на черной ткани длинные разрезы.

- Привет, мам.

- Доброе утро, Майла. – я изучаю ее лицо. Мамина кожа испещрена морщинками. Ее волосы не ухожены и разбавлены седыми прядками. Некогда яркая улыбка теперь постоянно чем-то омрачена.

Что с ней сотворила война?

Мама делает резчиком еще один надрез.

- Надеюсь, я тебя не разбудила. Таким способом кроить капюшоны легче. Я прислоняюсь к столешнице.

- Все нормально.

- Как спалось? — по тому, как мама задает этот вопрос, понятно, что она уже знает ответ.

- Не так хорошо, как хотелось бы. Венера прислала мне еще одно сновидение. Я видела тебя на каком-то заседании сенаторского комитета. Ты правда была знакома с Армагеддоном до войны?

- Была. В течение тысяч лет упыри и демоны не могли довериться друг другу настолько, чтобы объединиться. Все изменилось с приходом Армагеддона.

- Я вижу его иногда на матчах. — вспоминаю вытянутое лицо, лезвеподобный нос и огненный глаза. — Он ужасает.

- Армагеддон *всегда* пугал одним воим видом, но, когда он стал сильнейшим демонов, то вывел свою способность внушать страх на совершенно иной уровень. — она вздрагивает. — Я слышала, что ни человек, ни ангел, ни упырь не могут стоять возле него больше двух минут.

- Могу себе это представить.

Она делает еще один надрез.

- Он шантажировал или подкупил всех упырей, что сейчас являются новой Олигархией. Защита Чистилища позволяет войти внутрь лишь горстке демонов зараз, но Армагеддон убедил упырей открыть достаточно большой портал, чтобы вывести на наши земли целую армию.

- Воу. Они не учили нас этому в школе. — нахмурившись, остервенело соскребаю фанеру с необработанного края столешницы. Школа – отстой.

- Не удивительно. — мама делает еще один надрез. — Демоны разбили нашу оборону и создали марионеточное правительство из упырей. С тех пор, пока упыри посылаюсь лишние души в Ад, демоны поддерживают их правление. — она вздрагивает. - Но, я не думаю, Армагеддон будет счастлив иметь марионеточное правительство вечно. Это не в его привычках.

Я тру пальцами шею и вздыхаю. Давайте подведем итог всему этому ужасу. У нас есть бойкотировавшая меня подруга, мама удручающей историей в прошлом и, под конец, упырь в отцах. Зрение в уголках глаз расплывается.

Мама пристально наблюдает за мной.

- Почему бы вместо школы тебе не остаться сегодня дома? Ты не очень хорошо выглядишь.

Я представляю себе Сисси и ее упрямое молчание. Чувствую легкую тошноту в животе.

- Ты права, Мам. Пойду вернусь в постель. — я проснулась меньше часа назад, но уже успела устать. Падаю на кровать, сворачиваюсь под одеялом в калачик и быстро засыпаю. Умиротворенная улыбка играет на моих губах, когда я проваливаюсь в свободный от магических сновидений мир.

***

Я валяюсь дома весь оставшийся день, а потом следующий и следующий. И мама правда нормально к этому относится. Оно готовит замороженные обеды и позволяет мне смотреть по телевизору все, что мне хочется. Прежде чем я возвращаюсь в класс, в таком ритме проходит целая неделя.

С уверенной улыбкой на лице, я лениво веду свой универсал по знакомой дороге к школе. Спустя целую неделю, Сисси уже должна изгрызть совесть за свой полный провал, как лучшей подруги, а ее превращение в ревнивого демона стать старой, покрытой пылью историей. В общем, бьюсь об заклад, что она просто скажет «привет» и будет болтать со мной как ни в чем ни бывало.

Ага, вот и все.

Припарковав Бетси, захожу в школу и внимательно осматриваю наводненный людьми коридор. Сисси стоит у своего шкафчика. Подхожу к ней и напяливаю свою лучшую улыбку.

- Привет, Сисси.

Тишина.

- Я чувствую себя намного лучше, спасибо, что спросила.

Сисси медленно поворачивается ко мне лицом. В момент, когда встречаются наши глаза, ее зрачки вспыхивают так ярко, что мне приходится прикрыться от этого света рукой. С тихим рычанием она захлопывает дверцу шкафчика и уходит.

От разочарования у меня скручивается желудок. Перед глазами тает картинка нашего «как ни в чем ни бывало» разговора. Черт, этот ее демон зависти, когда пробуждается, такая заноза в заднице.

Я иду в класс и притворяюсь заинтересованной, неважно какую чушь Старый Таймер несет, но в голове у меня мозговой штурм на тему: какую бы беспроигрышную стратегию поведения с Сисси придумать. Уверена, если смогу рассмешить ее на обеде — она сдастся (и я избегу турнира фраксов). Моя любимая стратегия: «Поговори со мной, тогда я почешу тебе хвост.» Молча киваю. Точно сработает.

В этот момент раздается стук в дверь.

Застыв, все переводят взгляд в сторону незнакомца. За маленьким стеклянным окном в двери маячить темная фигура. Кожа незнакомца черна и гладка, словно полированный камень. Мое тело натягивается, словно струна.

Очень похоже на Армагеддона. Колокола Ада. Он пришел, чтобы убить упырей, как мама и предсказывала. Мой хвост, готовясь ударить, занимает позицию над плачем.

Старый Таймер махает нарушителю в жесте «пошел прочь».

- Подойдите позже. У меня очень важный урок.

Незнакомец стучится вновь, на этот раз его голос достаточно громок, чтобы заставить затрястись дверь.

- Инспекция. – его голос звучит одновременный шепот сотни людей.

Перебираю в голове все известные мне виды демонов. Который из них может иметь подобный голос? Его звучание режет слух и пугает. Демонический гнев копится во мне в подготовке к атаке.

Старый Таймер морщит нос, отчего у него дергаются усы.

- Меня не информировали ни об одной проверке.

- *Демон*-инспекция.

Старый Таймер разглаживает на мантии складки, мчится к двери и, расцветая улыбкой, широко ее раскрывает.

- Добро пожаловать на мой урок, о, великий демон.

Фигура проходит в комнату. Высокий и стройный, похожий на маленькую версию Армагеддона, вплоть до влито сидящего черного смокинга. Старый Таймер, показывая на комнату, полную учащихся, спешит встать рядом с демоном.

Мой внутренний демон злобно рычит. Старый Таймер так представляет нас, словно сейчас время ужина, а мы – множество сортов говядины. Мои губы растягиваются в зловещей улыбке. Только попробуйте, ребята. Хоть что-нибудь.

- Великий демон, это занятие называется «Уроки Служения». Может вы хотели бы увидеть какие-то определенные навыки? Чистка мантий, массаж, коленоприклонство, скобление?

- Я здесь не для того, чтобы на что-то *смотреть*. – уголки демоновых губ приподнимаются в улыбке.

Старый Таймер наматывает на палец кончик усов.

- Тогда, зачем вы здесь?

- За этим. – кусочек демоновой щеки превращается в бабочкоподобное существо с кроваво-красным тельцем и толстыми крыльями. У существа маленькое лицо со сверкающими на нем красным глазами, вздернутый нос и крошечная линия рта с блестящими внутри черными зубами. Его черные крылья яростно взбивают воздух, отчего его длинные тонкие ноги покачиваться в воздухе.

Я выдыхаю. Теперь мне точно известно что это за монстр: Папило демон. Мерзкое создание, но даже близко не столь ужасное, как Армагеддон.

От тела демона отслаиваются все больше злых бабочек. В мгновение ока маленькие летающие демоны образуют в воздухе огромное темное облако.

Гуманоидно подобное тело демона превращается в уродливый комок и исчезает. На его месте появляется туча Папило и разлетается по классу переворачивая столы и стулья, врезаясь в учеников. Парочка маленьких гаденышей запускают руки в мои волосы. Отвратительно.

Некоторые ребята начинают кричать; их отчаянные крики с новой силой разжигают ярость во мне. Пока я разрабатываю способы наилучшего шинкования Папило своим хвостом, мои глаза горят яростным алым. То, что мы изо дня в день должны сидеть в школе и позволять упырям вешать нам лапшу на уши - невыносимо и так. Но атака демонов в учебный план точно не входит.

Папило со свистом проносятся мимо, раскидывая вокруг вытаскиваемые из рюкзаков, карманов и кошельков вещи. Они изрезают на кусочки учебники, превращают в бесформенный металлолом монеты, и вырывают волосы клочьями. Я поднимаюсь на ноги, в ярости сжимая кулаки.

Рой делает круг по комнате, затем обращает внимание на Старого Таймера и направляется к нему. Он стоит около своего стола, спиной прижавшись к столешнице и вытянув руки вперед.

Мой хвост расслабляется. Настала очередь Старого Таймера. Замечательно.

- Согласно седьмой статье Спектрального Соглашения, проверки допустимы только по отношению к квази. А это, вообще-то, стол упырьского *учителя*.

Папило окружают Старого Таймера и с остервенением перерывают все его вещи. Пол быстро усеивается ручками, бумагой и изрезанными на лоскутки книгами.

Старый Таймер упирает руки в бока.

- Это мои личные принадлежности! Я упырь! *У меня есть права*!

Крошечные демоны трещат своей сотней, похожих на шепот, голосов. Отделившаяся от них группка хватается за один из усов Старого Таймера и с силой тянет. Они рвутся с отчетливо слышимым «ррррип».

Серокожая рука Старого Таймера хватается за верхнюю губу.

- Как вы *посмели*!

Демоны только еще громче захихикали, затем вылетели из класса и понеслись дальше по коридору. Старый Таймер последовал за ними, потрясая костлявым кулаком.

Скользнув обратно на свое место, я расплываюсь в удовлетворенной улыбке. Все наши проваленный тесты и докладные о плохом поведении сейчас валяются на полу, изрезанные на кусочки. Это здорово, но еще лучше наблюдать за тем, как упырь познает истинную сущность демонов.

Как я уже говорила, они могут быть кем угодно, но только не нашими союзниками.

ГЛАВА ДВЕНАДЦАТАЯ

Я иду по пожелтевшей траве школьного газона. Сунув большой палец в рот и прикусив ноготь, морщусь. Ауч. Я уже все ногти сжевала под корень. Этот глупый фраксов турнир состоится в эти выходные. А с тех пор как я последний раз разговаривала с Сисси прошла неделя, четыре дня и шесть часов.

Моя выдержка начинает трещать по швам.

Кидаю взгляд на наручные часы. Через две минуты я подхожу к грязной поляне позади школы. Завернув за угол главного здания, начинаю искать взглядом класс. У меня дергается глаз, когда я замечаю группу ребят, толпящихся посреди неухоженной поляны.

Добежав до одноклассников, сую руки глубоко в карманы. Я никому не говорю привет и также никто не приветствует меня. Вы наверняка думаете, что за две недели я завела себе новых друзей. Конечно, я пыталась разговаривать с другими ребятами, но все мы делимся на группки по нашим смертным грехам, а грех гнева довольно редок. А ребята, сочетающие в себе и Ярость и Гнев, как я? Еще более чертовски редки.

Я пробовала поговорить с несколькими квази гнева в школе, но все, что пытались сделать они – надрать мне задницу. Это присущая квази гнева черта: потребность быть на верхушке иерархии. К сожалению, закончилось это их отправкой в медпункт, а не новым лучшим другом. Похотливый-кролик-Зак регулярно зовет меня присоединиться к их столику на обеде, но Сисси тоже там. А каждый раз, когда мы встречаемся взглядом, ее демон ревности немедленно дает о себе знать. В общем, большую часть обеденного времени я провожу где-нибудь за углом, жуя Демонические батончики.

Старый Таймер с Танком выходят из-за угла и становятся перед классом. Танк долго дует в свисток. Все замолкают.

Наш физкультурник упирает устрашающие ручища в бока. Ростом с небоскреб, лысой головой и твердым подбородком, он возвышается над нами, подобно башне в своей черной мантии. На его фоне, Старый Таймер похож на серую тростинку с половиной усов на лице, обернутую в серое одеяло.

- У нас для вас важная новость сегодня. – говорит Танк. - ОТ-42 захотел объединить наши уроки, специально для этого объявления, потому что... - он смотрит вниз на Старого Таймера. – Повтори-ка, зачем мы это делаем?

Старый Таймер поглаживает серую кожу над губой.

- Безопасность. – он нервно оглядывает поле. – Никогда не знаешь, кто заявится на урок.

Я рукой прикрываю насмешливую улыбку. После нападения Папило демонов Старый Таймер больше непохож на себя прежнего. В хорошем смысле. Отвратительные уроки «служения мастерам» исчезли, их заменили учебные залы, где мы читаем книги по тому, как защитить себя при нападении демонов. Он теперь даже тестирований не проводит.

Танк хлопает Старого Таймера по спине, да с такой силой, что тот чуть не улетает в толпу.

- Правильно. – говорит Танк. – Безопасность в количестве. Это очень важно. – он складывает огромные руки вместе. – Как вы знаете, квази выпускного года проходят тестирование и получают свое пожизненное назначение на служение. Тестирования этого года еще не начались. – тихий стон проносится по рядам школьников. Танк поднимает руку. – Не волнуйтесь. Сегодня тестирований не будет.

Старый Таймер сильнее заворачивается в свой плащ.

- В общем, мы здесь, чтобы сказать, что в этом году тестирования не будет.

Стоны сменяются счастливыми восклицаниями.

Никакого тестирования? Я вскидываю в воздух кулак. Это чертовски здорово!

Танк складывает на груди свои ручища.

- А теперь, все успокоились. – ученики мгновенно замолкают. – Квази Департамент постановил, что в этом году все выпускники будут назначены на одну службу. Все вы присоединитесь к новой Легиону Охраны Упырей. Идем дальше, на уроках физкультуры вы будете к этому служению готовиться.

На задворках сознания я припоминаю, что Сисси что-то говорила об изменениях в уроках физкультуры. Биться в Охранном Легионе – звучит довольно неплохо.

Я поднимаю руку.

- Каким бойцовским навыкам нас будут учить?

Старый Таймер трясет головой.

- Никаким. На этих уроках вас будут учить, как наилучшим образом отдать свою жизнь за своего упырьского мастера, давая тому время спастись в случае нападения.

Оглушающая тишина накрывает поляну. Никто не двигается.

Святой Аид! Конечно, мне хотелось, чтобы упыри осознали: демоны – не союзники. Но я предполагала, что они совершать что-нибудь рациональное, как, например, покинут Чистилище или создадут что-то, наподобие армии. Но приказывать нам отдавать жизни, пока она телепортируют отсюда свои задницы? Невероятный идиотизм.

- СТ-42 преувеличивает. – быстро реагирует Танк. – Вам будут преподавать и другое. Войны ангелов научат вас некоторым защитным приемам.

У меня поднимаются брови. Войны ангелов? Приемы? Этот урок лишь немного сдвинулся в сторону от «невероятного идиотизма» к «дебильному отчасти».

Старый Таймер энергично кивает.

- Ангелы будут способствовать нам в подготовке к... ну, просто в подготовке в целом. Они помогут с вашими тренировками.

Перед газами встатает тот день, когда Старый Таймер сказал мне сделать червовое суфле. Сисси тогда крикнула об ангелах перед школой. Все были шокированы, ну, а я слишком взволнована тем, что удалось избежать мешания склизких червей голыми руками, чтобы хорошенько об этом поразмыслить. От понимания у меня округляются глаза. Так *вот* почему ангелы приходили в школу. Они помогают упырям в – как там назвал это Старый Таймер – «подготовке в целом»?

Ну, конечно. Ангелы здесь для того, чтобы помочь упырям подготовиться к следующему вторжению демонов. Дрожь пробегает по мне. Мама говорила, что Армагеддон никогда бы не стал довольствоваться одним лишь марионеточным правлением и она оказалась права. Снова.

Сисси вскидывает руку. Чувствую болезненный укол в груди; я скучаю по ней. Должен быть какой-нибудь способ вырвать ее из сетей демона зависти. Она прочищает горло.

- Кого конкретно мы защищаем и против кого тренируемся? Против демонов?

Старый Таймер вскидывает руки ладоням вперед.

- Нет, нет, нет. Ничего подобного. Демоны – наши друзья. Все знают это. – его глаза вспыхиваю ярко-алым.

Закатываю глаза. Конеееееечно, они наши друзья.

- Давайте начнем. – Танк вновь свистит. – я хочу, чтобы вы потренировались бегать, размахивая руками и вопя: «Поймай *меня*! Поймай *меня*!» По моей команде. Приготовились. Начали!

Ребята разбиваются на мелкие кучки и разбегаться по полю. Некоторые проникаются упражнением и действительно начинает его выполнять. Недалеко от меня Сисси с Заком неспешно прогуливаются, переговариваясь и улыбаясь. Мое сердце, наконец, дает трещину.

Я направляюсь к Сисси и встаю прямо на ее пути. Мы встречаемся взглядами. Ее глаза вспыхивают ярко-красным.

Зак потирает шею.

- Оставлю вас – поговорить. – он немедленно отходит.

Сисси продолжает на меня смотреть, ее глаза вспыхивают ярче. Этому должен прийти конец и, пусть я ненавижу делать это, думаю, есть только один способ заставить ее демона зависти сказать нам «пока-пока».

- Я могу рассмотреть возможность похода на турнир. Возможно. – щелкаю перед ее глазами пальцами. – Но я должна поговорить со своей подругой Сисси, а не с ревнивой демоницей.

Сисси делает глубокий вдох и долгий выдох, ее глаза медленно возвращаются к изначальному рыже-карему цвету.

Хорошо. Теперь у нас есть шанс прийти к согласию.

Она качает головой.

- Так действительно лучше. – она делает несколько вдохов-выдохов. – Думаю, мой демон зависти немного вышел из-под контроля.

Я упираю руки в бока. *Пришло время для накипевшего.*

- *Немного* вышел из-под контроля? Ты в течение двух недель со мной не разговаривала. Все время вела себя как сука. И из-за чего? Из-за какого-то парня. – я тычу в нее пальцем. – Я терпела этот *твой* посвященный Закумуси-пусии праздник любви. Все, что сделала *я* – это несколько раз поцапалась с каким-то парнем и ты тут же ВЗБЕСИЛАСЬ. На заметку, прямо сейчас ты как друг ведешь себя совершенно ужасно.

Она закрывает рот ладонью.

- Ох нет, я ужасна.

- Совершенно.

- Не знаю что сказать, Майла. – ее глаза заволокло слезами. – Я потеряла контроль. – она трясет головой. – Ты не должна идти на турнир, если не хочешь. –

Потирая шею, я хмурюсь.

- Нет, я пойду на этот глупый турнир.

Сисси улыбается и подпрыгивает.

- Спасибо, Майла, спасибо! – она заключает меня в крепкие объятия.

Я стою каменно неподвижная, позволяя ей обнимать меня, но не делая и движения в ответ.

- При одном условии.

- Говори.

- Я хочу серьезных извинений за этот совершенно необоснованный и длинный приступ ревности.

Сисси понимающе кивает.

- Ты права. Итак. – она двигает бровями вверх-вниз. – Как много? Два? Три?

- Пять. – я скрещиваю руки на груди. – Ты сделаешь мне пять противней брауни. С разными вкусами. И не пытайся схитрить, привлекая к делу свою маму.

- Я сделаю это. Огромное. Спасибо. – она подается вперед, чтобы еще раз обнять меня, но я поднимаю руку, останавливая ее.

- И последнее. Если я пойду, то сделаю все по-своему.

***

Выскальзываю из своей комнаты и крадусь к выходу из дома. Ключи от Бетси лежат в кармане толстовки. Затаив дыхание, берусь за дверную ручку.

Мама выглядывает с кухни. Вот это я напоролась.

- Куда это ты крадешься? – она подходит ко мне, ее плечи опущены. – Собираешься на встречу с другими топовыми воинами Арены? – ее хвост оборачивается вокруг руки. – Я знаю, что они, как и наш род, несут в себе частичку Ярости.

Тайная встреча с воинами Арены? Где она берет эти свои поводы для беспокойства?

- Я встречалась с бойцами Арены. – пожимаю плечами – Они в порядке.

Мама упирает руки в бока.

- Значит, ты крадешься не для того, чтобы с ними встретиться?

- Зачем бы мне это делать? – я верчу в руках ключи. – Не пойми меня неправильно, как воины они хороши, но...

- Но не столь хороши, как ты.

- Что-то вроде этого. – по моему скромному мнению, они кучка выдохшихся когда-то-воинов. Не поймите меня неправильно, они могут надрать задницу любому в Чистилище, но не мне.

- Тогда что же ты собираешься делать?

- Слушай, я не собираюсь встречаться ни с какими воинами Ярости. – но я собираюсь на турнир фраксов. Лгунья из меня ужасная, а ведь я надеялась ускользнуть в обход Материнской Инквизиции.

Ее шоколадного цвета глаза превращаются в щелочки.

- Тогда что же ты собираешься делать?

- Позависать с Сисси. – на турнире фраксов. Но эту часть я оставляю несказанной.

Мама пристально на меня смотрит, затем кивает.

- Ладно, повеселитесь.

- Спасибо, мам. Скоро вернусь. – потому что, когда они увидят, что я надела штаны, вместо глупого бального платья, я уйду. Мои губы растягиваются в широкой улыбке.

Мой план чертовски офигенен.

Я веду Бетси к фраксам, паркую ее на сухом участке поляны и следую за толпой. Все одеты в традиционный для фраксов платья и потому глазеют на мои крысиного цвета штаны и толстовку. Я кидаю взгляд на часы. Если мне удастся отсюда уйти в ближайшие десять минут - успею к повтору «Я люблю Люси» на Человеческом Канале. Замечательно.

Следую за толпой, состоящей из фраксов. Мы проходим через лесок и выходим на широкий луг, усеянный грязью. На краю леса располагаются пять огромных палаток. Все они больше моего дома и у каждого свой цвет: желтый, бронзовый, фиолетовый, голубой и черный. За палатками виднеется зеленая турнирная поляна овальной формы – *единственное* зеленое место в округе – окруженная деревянным забором высотой до плеча. Окружают турнирную поляну два длинных зеленых тента для зрителей.

Прищурившись, окидываю тенты пристальным взглядом. Ступенчатая платформа под навесом образует ряды сидений. Деревянные столбы держат тканевый потолок. Повсюду развешаны флажки и фонарики.

Сисси стоит рядом с турнирной поляной, прекрасно смотрясь в простом средневекового кроя платье изумрудного цвета. Я машу ее рукой.

- Привет, Сисси!

У нее отпадает челюсть и она тут же подбегает ко мне.

- Майла, ты явилась.

- Ага. – показываю на свои штаны. – И это то, что я надела. С кем я могу поговорить о том, чтобы меня отсюда выгнали?

- Ты должна быть в традиционном платье, как я.

- Да ты что! – щелкаю пальцами и делаю шокированное выражение лица. – Наверное, мне придется вернуться домой. –

Сисси хихикает и качает головой.

- Ты не уйдешь отсюда так просто. У них здесь есть экстренные платья.

- Действительно есть? – я замираю.

- О, да. В отличие от тебя, я заранее разузнала о фраксах. – она вздыхает. – Почему ты не позвонила швее, номер которой я дала тебе?

Хмурю брови и пинаю кроссовком землю

- Потому что, считала, что придумала замечательный план. – ладно, возможно, мой план не *так* уж и чертовски офигенный.

Сисси хватает меня за руку и ведет к палатке Рикса. Меня сковывает напряжение. Там может быть Линкольн. Я сжимаю зубы в ожидании знакомой волны ярости. Но она все не наступает. Вместо этого, я чувствую себя полной некой нервозности, желудок внутри выписывает кульбиты.

Что, черт возьми, со мной не так?

Подруга останавливается около тканевого лоскутка, что служит дверью. У меня перехватывает дыхание.

Сисси прочищает горло.

- Здравствуйте!

Старушечий голос доносится изнутри:

- Да?

- Мы – две незамужние гостьи дома Рикса. Можно нам войти?

Отверстие в палатку открывается.

Дородная женщина в простом черном платье являет нам свое морщинистое лицо.

- Здесь никого нет, кроме меня. Заходите.

Я немного расслабляюсь. В ближайшее время, встречи с Самовлюбленным Принцем не предвидится. Фух.

Сисси ведет меня внутрь.

- Мое имя Сисси, а это Майла. Ей нужно платье.

Женщина упирает пухлые ручки в бока и оглядывает меня с головы до ног. У нее каштановые волосы с проседью, круглое лицо и разноцветные глаза льдисто-голубого и пшенично-карего цветов.

- Эта та, кого Линкольн, эм, пригласил?

Поднимаю указательный палец.

- Технически, я больше заключенный, чем гость.

- Веди себя прилично, Майла. – Сисси прячет улыбку. – Да, это она.

- Я служанка королевы Октавии, Бера.

Сисси приседает в реверансе.

- Приятно с вами познакомиться. – она легонько пихает меня под ребра.

- Приятно, э-э... - взгляд цепляет интерьер палатки. Пространство уставлено всеми видами экипировки и оружия, которые я только знаю. Тычу в сторону серебряных мечей с волнообразным лезвием.

- Они для убийства Виперонов, не так ли? – перекатываюсь с пяточки на носок. – Никогда не думала, что они действительно существуют.

Полные щеки Беры раздуваются от улыбки.

- Вообще-то, они для убийства Виперонов *и* Семия демонов.

Ладно, я слышала слухи об этих лезвиях, но, думала, это легенды, наподобие летающего ковра-самолета или Экскалибура. Я рассматриваю поблескивающие оружие и мои руки чешутся коснуться его.

- Вау. Могу я подержать одно?

- Нет, не можешь. – Сисси кидает на меня взгляд, говорящий: «Майла, соберись.» - Нам нужно только выходное платье и после этого мы больше не станем вам мешать.

Она права. Линкольн может войти в любую секунду.

- Да, платье – это замечательно.

Бера кивает.

- Думаю, у нас что-нибудь найдется. Она направляется к огромному сундуку у задней стены палатки. Выпустив мою руку, Сисси следует за ней. Бера откидывает тяжелую деревянную крышку и прокапывает себе путь сквозь слои ткани. Она вытаскивает оттуда, что-то, что можно описать только как большую кучу белого и воздушного нечто. – А вот и оно.

Сисси берет наряд.

- Спасибо.

Бера вновь окапывается в сундуке и достает пару белух туфель на каблуках.

- Эти должны подойти.

Сисси держит платье. Это огромная зефирка увешенная бесчисленным количеством кружев.

Кривлю губы.

- Я это *не* надену.

- Тебе некого винить, кроме себя самой, Майла.

Голос доносится снаружи палатки:

- Я - воин дома Рикса. Могу я войти?

Я застываю. Черт. Я узнаю этот голос где угодно. Линкольн.

Напряжение сковывает мою спину и плечи.

Надеть штаны? Официально заявляю, что офигительнейший план провалился.

Бера подходит к выходу из палатки.

- Одну секундочку, ваше высочество. – она берется за край ткани входа и поворачивается ко мне. – Лучше бы тебе разобраться с этим побыстрее. Турнир вот-вот начнется.

Не было смысла спорить. Если бы я задалась целью узнать о фраках хоть немного, то не заварила всей этой каши. Я стягиваю свои вещи и залажу в зефировый ужас. Мой хвост быстро прорезает себе дырку в спине и оборачивается вокруг платья, поглаживая ткань, словно странную зверушку. Сую ноги в белые туфли и кидаю взгляд на Сисси.

- Даже не собираюсь спрашивать, как я выгляжу.

Она морщится.

- Не надо.

Машу Бере рукой.

- Я готова. Есть ли здесь другой выход?

- Нет. – Бера отпускает ткань и за веревочку открывает проход в палатку. Она поднимает руки. – Одну секундочку, ваше высочество. Сначала выйдут дамы.

У меня есть только один вариант: улыбаться и делать вид, словно это платье – лучшая вещь на свете. Натягиваю широкую улыбку и выхожу на улицу. Линкольн стоит, одетый в черное обмундирование со изображением головы орла на груди. Мы встречаемся взглядами; воздух вокруг нас начинает трещать от странного рода энергии. Он окидывает меня с ног до головы взглядом, его лицо ничего не выражает.

- Мисс Льюис. – он делает легкий поклон.

- ваше Высочество. – пытаюсь присесть в реверансе, но в итоге измазываю подол платья грязью. За мной наружу выходит Сисси.

- Прошу прощения. – Линкольн скрывается в платке, закрывая за собой проход.

Сисси переплетает наши руки. Мы проходим пару шагов, затем, наклонившись ко мне, она шепчет:

- Итак, как оно прошло? Крики, кулаки, перестрелка грязью?

Ей нет надобности добавлять «с принцем».

- Нет, мы поздоровались и все.

Сисси хмурится.

- Хмпф.

- Что значит это твое «хмпф»?

- Это значит, что нам лучше закончить с этим разговором, если ты хочешь, чтобы мой демон зависти оставался под контролем. – она замокает, затем костяшками пальцев трет глаза.

Я вздрагиваю, страшась того, что увижу, когда она уберет руки от лица. Прямо сейчас я не смогу справиться с серьезным психом ее демона. Придвигаюсь ближе.

- Ты в порядке?

Моя лучшая подруга опускает руки. Ее глаза обычного каре-рыжего цвета, слава тебе господи.

- Давай сменим тему. – она кивает на мое платье. – Сможешь в этом передвигаться?

Одну руку кладу на сердце, другу поднимаю на уровень плеча ладонью вперед.

- Настоящим я торжественно клянусь с этого момента слушать Сиссины советы, касающиеся моды. Это уже второе монстроподобное платье, ношение которого я могла избежать, если бы приняла твою помощь. – опускаю взгляд на грязный подол своего платья. По крайне мере, вес грязи немного стягивает его воздушность книзу.

- В следующий раз, когда мы будем наводить марафет для чего-то подобного – сделаем это вместе. - она подмигивает. – Тем не менее, мы можем контролировать размеры катастрофы. То есть, мы сядем в павильоне. – она вновь оглядывает мое платье. – В заднем ряду.

- Превосходная мысль. Веди.

По грязи мы добираемся до ближайшего павильона. Я останавливаюсь у лестницы; свободных мест в заднем ряду нет. Мое сердце судорожно сжимается. В этом павильоне только одно свободное, и оно рядом с первыми леди. Тьфу.

Я поворачиваюсь на пятках.

- Может, проверим другой павильон?

Раздается пискливый голосок.

- Мисс Льюис, садитесь с нами! – я поднимаю взгляд на одетую в белую мантию Наследницу Скалы, что машет мне рукой. Подавляю желание вдарить с ноги ей в голову.

Этикет рассадки на фраксовом турнире – вещь дипломатическая и чисто женская. То есть Сиссина вещь. Наклоняюсь к ней и шепчу:

- Помоги.

Кивнув, Сисси говорит так тихо, что слышать могу только я:

- Беру это на себя. – развернувшись к первым леди, Сисси приседает в легком реверансе. – Благодарим вас за любезное предложение, но мы с Майлой должны сидеть вместе. Это традиция квази. – и шепчет мне на ухо.
– Это должно их заткнуть. У фраксов множество всевозможных правил о следовании традициям своей и других реалий.

Адейра поднимается на ноги.

- Для нашего народа никакие традиции не стоят выше желания Наследника Скалы. А я очень сильно желаю поговорить с мисс Льюис. – она щелкает пальцами. – три блондинки в желтых платьях появляются рядом с нами. – Это леди моего Дома. Они сопроводят вас к прекрасному месту в павильоне на другой стороне. Мисс Льюис останется здесь.

Я кривлю в отвращении губы. Шепчу Сисси уголком губ:

- Варианты?

Сисси тихо стонет.

- У меня нет идей. - она легонько сжимает мою руку. - Мне так жаль, Майла. Я новичок во всех этих дипломатических вещах. Оправдание традицией - это все что я могу.

Меня охватывает паника. Фиг-знает-сколько-времени просидеть рядом с кучкой девчонок, из тех, что любят только девчачьи разговоры? Я переживала подобный кошмар пару раз в школе. Говорить они хотят только о вещах наподобие наращивания ресниц, форм трусов и крема от кутикул. Сущая пытка.

Сисси сильнее сжимает мою ладонь.

- Давай просто сбежим отсюда. Здесь в любом случае полно придурков.

Сбежать? Звучит *замечательно*. Я уже готова сказать «да, да и да», когда ловлю Адейрин взгляд. Ее губы растянуты в самодовольной улыбке, а глаза говорят: «Я знала, что ты испугаешься, ты - низшая форма жизни.»

Я застываю. В ее взгляде читается вызов, а я вызов всегда принимаю. Расправив плечи, расплываюсь в широкой улыбке.

- С удовольствием присоединюсь, о, Наследница Скалы.

Ее мерзкая ухмылка сменяется на гримасу отвращения. Замечательно.

- Как здорово, что ты к нам присоединишься. — Адейра кивает на свободный стул рядом с ней. – Пожалуйста, присаживайся.

Поворачиваюсь к трио, окружившему мою лучшую подругу.

- Хорошо позаботьтесь о ней или *я* хорошо позабочусь о вас. – хлопаю Сисси по плечу. – Увидимся после матча.

Сисси улыбается.

- Сделаем это. – и эскорт ее уводит; Наблюдаю за тем, как она растворяется в толпе. Сделав глубокий вдох, вновь нацепляю улыбку и занимаю место рядом с Наследницей Скалы.

- Привет, меня зовут...

- Мисс Льюис. – заканчивает Наследница. – Мы все об этом знаем, глупышка. – она улыбается и отточенным движением головы перекидывает гриву золотистых волос через плечо. – И ты знаешь меня. Я видела тебя на церемонии.

Ага, когда назвала низшей формой жизни. Изменилось ли что-то с тех пор? Мое лицо освещает искренняя улыбка. Точно. Я собственноручно уложила всех тех Лордов. И заработала с тех пор немного фраксового уважения.

- Позволь представить тебе остальных. – Адейра показывает на сидящую по другую от нее сторону девушку в фиолетовом платье. Тонкокостная с оливковой кожей и сильной челюстью. Ее длинные коричневые волосы удерживает за спиной сеть из фиолетовых бусин. – Это леди Джанна из дома Стрига.

Знакомая блондинка вытягивает голову в конце ряда.

- Привет, Майла! – я дружелюбно махаю Эйвери в ответ. Она недолго ерзает. – Разве это не здорово, что Джанна и Адейра теперь друзья? Обычно, Акка и Стрига ненавидят друг друга.

Первые леди обмениваются понимающими взглядами, в то время, как Адейра скрипит зубами и желваки играют на ее скулах.

- Эйвери, тихо! Я доберусь до тебя через несколько секунд. – Наследница делает глубокий вдох, затем показывает на девушку, сидящую после Джанны. – Это леди Кейша из дома Хорус. – Адейра показывает на девушку в бронзовом платье со смуглой кожей, огромными разноцветными глазами и дредами, ниспадающими до талии. Кейше каким-то образом удается послать мне одновременно и теплу, и холодную как лед улыбку.

Адейра кивает на следующую в очереди одетую в голубое платье девушку:

— А это леди Нита из дома Камаль. — у нее кожа цвета молочного какао, крепкая на вид фигура, длинный каштановые волосы и противная ухмылочка на лице. Адейра не удосуживается показать на последнюю в очереди девушку. — Думаю, ты уже знакома с Эйвери. Она из дома Акка, как я.

Эйвери вновь мне машет.

— Привет, Майла! Я так рада снова тебя видеть!

Выдавливаю лучшую из своих улыбок.

— Всем привет.

Адейра обращает свое внимание на мое платье, окидывая меня взглядом с ног до головы. Дважды.

Я закусываю нижнюю губу. *Сейчас начнется.*

— Вы очень празднично выглядите, мисс Льюис. — другие первые леди прыскают.

Я уже в шаге от учинения очередного интернационального скандала, когда на зеленую турнирную поляну выходит пухлый рыжеволосый мужчина в возрасте с арбалетом в руке. Черно-желтая туника на его бочкообразной груди готова разойтись по швам. Эйвери хлопает в ладоши и показывает в его сторону.

— Смотрите, это папа!

Наследница с Джанной обмениваются глумливыми взглядами.

— Мы все его видим, Эйвери.

Князь Акка вскидывает пухлые руки.

— Добро пожаловать на осенний турнир и демонстрацию! Этот показ боевых умений -лишь подготовка перед *настоящим* событием — зимним турниром, где будет назван величайший воин Антрума! — зрители разражаются дикими аплодисментами. — Конечно, я надеюсь, что в этом году этой чести удостоится дом Акка. — аплодисменты стихают.

Князь поднимает арбалет.

— Начну я сегодняшнюю демонстрацию с показа собственных боевых умений против ужасающего Люмус демона!

Я кривлю лицо. Надеюсь, это будет не Шейла.

В конце турнирного поля распахиваются ворота. Люмус демон выплывает наружу, его тело — огромная масса зеленой слизи. Я всматриваюсь в его физиономию. Не Шейла, фух.

Князь Акка заряжает арбалет металлическими болтами и начинает стрелять. Не причиняя вреда, те со скоростью пули пролетают сквозь желеобразного демона и врезаются в деревянное ограждение позади.

Легонько пихаю локтем Наследницу.

- Он же не пошел против Люмус с одним лишь только арбалетом, правда?

- Что значит «Люмус»? — она хмурится. — А, эта та зеленая штука. Папа знает что делать. Он - *фракс*, мисс Льюис.

Люмус быстро приближается к своей жертве. Князь Акка твердо стоит на своем месте, болт за болтом простреливая тело демона. Я оглядываюсь вокруг. С одного из столбов, поддерживающих над павильоном тент, свисает фонарь.

Да, это должно сработать.

Люмус врезается в князя. Зеленая слизь вбирает мужчину в себя. Князь Акка внутри демона пытается прорубить себе путь наружу с помощью арбалета. Рядом со мной Адейра и Джанна продолжают переговариваться. Я вновь легонько пихаю ее под ребра.

- У твоего папы большие проблемы.

Она переводит взгляд на меня и выгибает бровь.

- У него нет проблем. И если ты продолжишь меня прерывать, то Джанна тебя зачарует. — она поворачивает к своей подруге лицом, а ко мне спиной.

На турнирном поле, князь Акка слабо бьется и извивается внутри Люмус демона. Несколько фраксов в павильоне поднимаются со своих мест, у них обеспокоенные выражения лица. Князь перестает сопротивляться совсем.

Вот оно.

Я срываю фонарь со столба и со всей своей силы швыряю его. Огонь касается кожи демона. Люмус охватывает изумрудное пламя. У всех фраксов в павильоне перехватывает дыхание. Огонь затухает, являя живого, но хрипящего и покрытого зеленой слизью князя.

Он тычет в меня измазанным слизью пальцем.

- ТЫ! Как ты смеешь!

В течение следующих неимоверно долгих минут вокруг было много шумихи, вздохов и криков «как ты смеешь» от князя. Все это проходит мимо меня, пока знакомая ладонь не обхватывает мою. Она дергает меня за руку.

- Пошли отсюда.

Она тащит меня мимо турнирной поляны и останавливается позади одной из палаток. Ее глаза необычно огромны от наполняющей их тревоги.

- Что там произошло, Майла?

- Я сохранила тому парню жизнь.

- Все твердили, что он в порядке.

- Все *ошибались*. Люмус демон собирался переварить его целиком. — я складываю руки на груди. — Он просто самовлюбленный хвастун, что не хочет признать девушку, даже если та спасла ему жизнь.

Сисси сжимает зубы.

- Дом Акка с ума сходит. Мне нужно как-то уменьшить масштаб катастрофы. – она морщится. - Это может занять некоторое время. – лоб Сисси прорезают беспокойные морщинки, это же выражение у нее появляется, когда она кормит бродячих котят или ухаживает за мотыльками в обувной коробке. Ей не хочется, чтобы все это сильно раздулось, чтобы не доставить неприятностей Заку и его семье. К которым я имею прямое отношение, с тех пор как стала завсегдатаем их особняка.

Я не позволю ей отвечать за произошедшее в одиночку.

- Нет, лучше, если ты будешь молча стоять на своем. Каждый лебезящий перед Аккой посчитает своим долгом высказаться о том, что ты уже дважды их обесчестила.

Обесчестила? Серьезно? Я молчу, потирая шею. После проведенного с Адейрой времени это не удивительно. Этот дом Акка – сплошная неприятность. Я мягко сжимаю Сиссино плечо.

- Не беспокойся. Я могу просто уехать.

Она склоняет голову набок.

- Ты уверена?

- Конечно, я уверена. – если я когда-нибудь отыщу дорогу к парковке и Бетси. Прогулка меня ждет долгая.

Сисси клюет меня в щеку.

- Спасибо. – она приподнимает подол юбки, разворачивается и быстро удаляется. Как только она уходит, я оглядываюсь вокруг, пытаясь вспомнить долгий путь обратно к Бетси. Не знаю, с чего начать.

И в этот момент я слышу это. Озлобленные голоса Акка поносящие «грязного демона», «отброса», «квази-шлюху», что унизила их князя. Я спасла парню жизнь и вот что получаю взамен? У меня сжимается горло. Печаль и разочарование окутывают сердце. Что я пыталась доказать, сражаясь с этими людьми? Думала, они поймут, что девушка достойна той же цены, что воин фраксов? Не имеет значения что я сделаю, они никогда не увидят во мне ничего больше, кроме как грязного демона.

У меня щиплет глаза. Он тоже никогда не увидит во мне ничего больше, кроме как грязного демона.

Горечь наполняет сердце. *Мне немедленно нужно вернуться домой.* Я пытаюсь добраться до парковки, но мешают непривычно пышные юбки и каблуки. Поскользнувшись в грязи, со смачным звуком приземляюсь на задницу. Горячие слезы застилают мне взор.

Позади доносится звук хлюпающих шагов. Несмотря на грязь вокруг, я не могу не отметить военной точности шагов их владельца. Линкольн.

Я поднимаю руку, наблюдая за тем, как грязь стекает по пальцам.

- Послушай, парень. Если ты здесь, чтобы пожаловаться на меня, то я уже все слышала. У дома Акка кричать получается намного лучше, чем сражаться.

Линкольн прочищает горло.

- От имени меня и моего народа, спасибо вам за то, что спасли князю жизнь.

Я трясу головой, неуверенная, что правильно его расслышала. Из уст принца вылетело что-то действительно доброе? Я наблюдаю за его удаляющимся силуэтом.

Склоняю голову набок.

- Всегда пожалуйста.

Медленно поднимаюсь на ноги. Мое платье впитало в себя столько грязи, что теперь ощущается лишней тонной килограмм. Я хмурюсь. Даже если мне удастся выяснить где находится Бетси, путь к ней займет вечность.

Радостное ржание доносится из-за ближайшего подлеска. Вглядываюсь в тускло освещенный лес. Синевато-серая шкура Тени Ночи отсвечивает в тени. Я улыбаюсь.

- Как раз вовремя, Ночь. Конечно, я могу уехать отсюда и на лошади.

ГЛАВА ТРИНАДЦАТАЯ

До моей комнаты доносится бодрое щебетание Сисси.

— Здравствуйте, мама Льюис. Майла дома?

Свесив с кровати ноги, с хлопком закрываю учебник. *Сисси здесь. Миленько.*

Кидаю взгляд на часы Дарт Вэйдера; осенний турнир фраксов закончился час назад. Благодаря всему своему мастерству, я смогла проскользнуть в дом так, чтобы мама не заметила меня или мое извалянное в грязи платье, но в большой степени благодаря самому большому в мире окну-в-ванной-тире-черному-входу. И с тех пор, я жду вестей от Сисси.

Мама отвечает:

— Я думала вы с Майлой у *тебя* дома.

Вскочив на ноги, я вылетаю из своей спальни.

— Привет, мам! Привет, Сисси! — нахожу их около входной двери. Сисси в штанах и футболке, а мама с «что вы затеваете» взглядом на лице.

Мамины шоколадные глаза превращаются в щелочки.

— Что это ты делаешь дома, Майла?

Я подхожу ближе и стараюсь вести себя как обычно.

— О, я недавно вернулась домой, чтобы сделать домашку. Ты не слышала, как я пришла?

— Э, нет. — ее материнский радар, анализирующий ситуацию, пищит как безумный. Уверена, что она что-то заподозрила, но, к счастью, даже не догадывается что.

Хватаю свою лучшую подругу за руку.

— Сисси пришла, чтобы помочь мне с остатком домашней работы. — тащу ее в свою комнату. – Увидимся позже, мам! – мы вваливаемся в мою спальню и быстро прикрываем за собой дверь.

Я готова взорваться от любопытства.

- Итак, что было после моего ухода?

- Этот князь – кусок говна. Все чем он занимался – это скулил о том, как ты его унизила. – Сисси закатывает глаза. – Он хотел подать официальную дипломатическую жалобу.

- Что за бред! Я спасла его гребаную жизнь! – мои глаза вспыхивают алым от злости. Официальная жалоба принесет мне, маме и Райдерам много проблем.

Она задумчиво потирает подбородок.

- Все в доме Акка только об этом и кричали.

- Я их слышала. – голос меня подводит. – Кто-то должен вымыть свой рот с мылом. – я вспоминаю их крики и деревенею от переполняемых меня унижения и ярости. Сисси хитро мне улыбается.

- Не воспринимай эту часть истории слишком серьезно. Они жаловались, но *не жалуются*, если ты понимаешь, о чем я.

Хах.

- Ясно, как грязь.

Сисси оглядывается вокруг, раздумывая над тем, как объяснить понятнее.

- Выглядело это так, словно люди князя не особо того уважают, но слишком запуганы, чтобы отвернуться от него, когда тот ведет себя как лузер. – она хмурится. – Князь, как фракс мало что из себя представляет, если ты понимаешь, о чем я

Щелкаю пальцами.

- Вот *теперь* я поняла. Для предводителя охотников на демонов, он ведет себя как полнейший слабак. Плюс, он ни хрена не знает о том, как сражаться с демонами. Арбалет против Люмус?

Сисси посмеивается.

- Не думаю, что об этом много кто знал.

Я поднимаю указательный палец.

– Многие люди не князи.

- Действительно. – она пристально за мной наблюдает. – В любом случае тебе не надо беспокоиться об официальной жалобе. Линкольн встал на твою сторону.

Мое сердце забилось с такой силой, что, я думала, оно выпрыгнет из груди.

- Оу, правда? – решаю, что сейчас самое подходящее время, чтобы прибраться в своем комоде. – Что он сказал?

- Что ты спасла князю жизнь и они должны благодарить тебя, а не жаловаться. Он закрыл эту дискуссию как-то *так*. – она щелкает пальцами.

Вдруг у меня возникает желание протанцевать по спальне парочку счастливых па.

- Сказал ли он что-нибудь еще?

- Сказал, что не в фраксовых привычках отвечать на доброту жестокостью, даже если... - она быстро закрывает себе рот рукой.

- Давай же. Даже если *что*?

- Даже если ты *демон*. – морщится Сисси.

И снова это слово: демон.

- О. – я плюхаюсь обратно на кровать, складывая руки на коленях. Печаль накрывает меня, подобно тяжелому одеялу.

Сисси садится рядом со мной.

- Не позволяй ему тебя расстраивать. Вы из совершенно разных миров, вот и все. – она обнимает меня за плечи. – Слушай, я рада, что кто-то сумел тебя заинтересовать, но серьезно? Им не может быть он.

Ауч. Это больно.

- Я не говорила, что заинтересована. – у меня начинает жечь глаза. *Что угодно, Майла, только не плачь.*

- Ну же, милая. – она нежно сжимает мои плечи. – Тонны парней выполнять любой твой каприз, лишь бы ты согласилась на свидание. Правда в том, что ты – квази, а не фракс. И в этом нет ничего плохого. – ее голос принимает шутливый тон. – Ты же не наполовину упырь или что-то вроде этого.

И в этот момент, я теряю контроль; объявляю соплисморкательный-и-глазовытерательнй праздник открытым. У Сисси уходит много времени, чтобы успокоить меня достаточно, для объяснений, почему я так расстроена.

- Это оно. Я думаю, что мой папа – упырь.

У Сисси перехватывает дыхание.

- Прости, Майла.

Мое лицо горит от горечи и смущения.

- Мне так долго хотелось узнать всего две вещи: чем мама занималась до войны и кто мой отец. Сейчас же все, чего мне хочется – это вернуться в прошлое и никогда не задавать этих вопросов.

Сисси поворачивается так, что мы оказываемся лицом к лицу.

- Но это не отменяет моего отношения к тебе и к нашей дружбе. Ни на иоту.

Уголки моих губ поднимаются в неуверенной улыбке.

- Спасибо, Сисси. Это много для меня значит.

***

Я стою на дюне Серого Моря, песчинки согревают нежную кожу моих босых ног. Ветер обвивает вокруг моих ног полы длинной хлопковой ночнушки.

Мое тело погружено в глубокий сон, но мое сознание бодрствует внутри сна. Это первый раз с прошедшего на прошлой неделе осеннего турнира фраксов.

Прошла уже неделя? Но та катастрофа так отчетливо стоит перед глазами, словно случилась только вчера.

Кладу руку на темный песок, создавая круг белого пламени. Фигура моей матери появляется из земли, ее тело состоит из песчинок. Огонь ярко вспыхивает и исчезает. Мама вновь обретает плоть и кровь. Она одета в фиолетовую мантию и стоит на подиуме спикера в палате Сената.

- Я стою перед вами сегодня, чтобы вынести на обсуждение проблему, которую многим из вас будет трудно принять. – она прочищает горло. – Многие верят, что различия между упырями и демонами столь глубоки, что союз между ними невозможен. – она окидывает комнату внимательным взглядом. Большинство сенаторов, разбившись на мелкие группки, переговариваются. Горстка из них слушает ее с небольшим интересом. Ксавье в своем сером костюме прислоняется к задней стенке, у него обеспокоенное выражение лица. Тим стоит около дверного прохода, его глаза полны страха.

Мама впечатывает в трибуну кулак. Большинство сенаторов обращает к ней взгляды.

- Я не буду мягка в выражениях. Я считаю, что посол Армагеддон заключил союз с упырями для захвата Чистилища. Мы должны действовать!

Седовласый сенатор с долговязым телом и хвостом слона поднимается на ноги.

- Сенатор Льюис, мы это уже проходили. Такое утверждение не может быть результатом мыслительного процесса ясной головы. Вас об этом предупреждали. Если вы продолжите в том же духе, мы будем должны прибегнуть к импичменту.

У меня перехватывает дыхание. Моя мама… будет отстранена от должности по импичменту? Это слово звенит в моей голове, порождая импульсы шока и сигналы тревоги в моей нервной системе.

Палата сенаторов оживает. Все внимание приковано к маме, когда она начинает громко спорить со старым сенатором.

Ксавье бросается вперед и встает рядом с мамой.

- Армагеддонов вопрос был вынесен на сегодняшнее обсуждение, спасибо. – он оборачивает свою длинную руку вокруг маминых плеч и ведет ее к задней стенке палаты Сената.

Я расслабляюсь. Катастрофа миновала.

Мама с Ксавье прижимаются к стенке. Она скидывает его руку с плеч.

- Зачем ты это сделал?

- Сенатор Адамс, вот-вот бы начал процедуру импичмента.

У нее краснеют зрачки.

- А *я* была готова подать запрос о *твоей* замене.

Он усмехается.

- Полагаю, я должен прислать сенатору Адамсу корзинку с подарками. – его глаза сияют голубизной. – Как думаешь, он любит арахис?

Мамино хмурое выражение лица теплеет от печальной улыбки; ее зрачкам возвращается цвет шоколада.

- Если ты собираешься сказать «я же тебе говорил», давай уже.

- Не буду. – он замолкает. – Как насчет взять перерыв? Я слышал, за дипломатическим офисом есть прекрасный сад. Мы могли бы взять мороженое по пути. – он придвигается ближе, шепча ей на ушко:

- Когда ты в последний раз ела мороженое?

Ладно, этот парень такая милашка. Почему мама не могла переспать с ним, а не с Тимом? Хотя, я бы не удивилась, узнав, что она это все-таки сделала. Моя вера в мамину неспособность лгать начинает стремительно рушиться.

- Довольно давно, если быть точной. – она заливается краской. – Ну, не знаю, Ксавье.

Я почти вживую вижу, как превращаются в желе мамины коленки. Поджимаю губы, Делая еще одну мысленную пометку напротив имени «Ксавье». Возможно, она все-таки переспала с ним.

- Давай же, оставь здание Сената хотя бы на пол дня. Я *посол* в конце концов. Если хочешь, мы можем говорить только о работе.

Они долго смотрят друг другу в глаза. Мама облизывает губы.

- Хорошо.

Я улыбаюсь. *Мороженое и прогулка.* Это так мило, что я хочу расцеловать их щеки. Парочка направляется к выходу из палаты Сената. Мама машет Тиму.

- Я так рада, что ты здесь. Можешь очистить мое расписание на послеобеденное время? Мы с Послом уходим.

Тим кивает.

- Да, сенатор Льюис. – на его лице ходят желваки, а зрачки вспыхивает демоническим красным, когда он наблюдает, за тем, как они удаляются.

Итак, у Тима определенно есть проблемы с ревностью. Я думаю спросить об этом маму, но тут же отказываюсь от этой идеи. С моей удачей, я скорее узнаю еще один нелицеприятный факт о своем папаше, чем что-то полезное.

Сцена передо мной превращается обратно в песок Серого Моря. Фигуры мамы, Ксавье и Тима распадаются на песчинки.

Просыпаюсь я, оттого что мама напевает какую-то чушь на кухне. Я потягиваюсь и зеваю, затем выскальзываю из кровати и топаю на кухню.

Мама стоит у плиты, щелкая переключателем мощности подачи газа под сковороду. Она улыбается.

- С чем хочешь свой омлет?

- Спасибо, но я буду хлопья.

- Давай сделаем перерыв от Франкерберри. Как насчет перца и лука?

- Ням. – занимаю свое любимое место за кухонным столом. – У меня было очередное сновидение этой ночью.

Мама взбивает в маленькой миске яйца.

- Есть вопросы?

Крепко зажмуриваюсь. Я не буду спрашивать, я не буду спрашивать, я не буду спрашивать.

Открываю глаза. Эх, все-таки спрошу.

- Ты спала с тем парнем, Ксавье?

Мама на мгновение застывает, затем шпателем соскребает омлет со стенок миски.

- Да.

- Ксавье не мой…

- Нет. – ее тон говорит, что без боя она эту тему обсуждать не начнет. А этим утром боевого настроения у меня нет.

Вздыхаю. Ах, ну, что ж, попробовать стоило.

- Почему бы нам не увидеться с Тимом?

Морщусь. Сейчас мне должны сообщить плохие новости. Он либо мертв, либо обезумел в ревности, либо присоединился к труппе клоунов где-нибудь в Аду.

Мама выливает взбитые яйца в сковороду.

- Мы разошлись во мнениях. Он хотел от наших отношений большего, а я сказала, что это было краткосрочным романом.

- Вот как? Он не хочет видеть свою прелестную дочурку?

- Нет, мне жаль, Майла.

Я прислушиваюсь к себе, ожидая, что накатит печаль, оттого что мой упырьский папаша не хочет быть частью мой жизни. Но мои чувства можно описать одним словом: фех. Несмотря на сказанное, мне до странного нормально. Пожимаю плечами.

Она держит сковороду в одной руке.

- А теперь у *меня* вопрос к *тебе*.

- Давай.

- В тот день, когда вы с Сисси гуляли, чем вы занимались *на самом деле*?

- Ах, ничем. – может ли из меня выйти лгунья хуже, чем уже есть?

Мама берет со стойки конверт.

- Уолкер доставил это ранним утром. От королевы Фраксов.

Черт.

- Зачем Уолкер играет в почтальона фраксов?

- Не меняй темы. – мама насыпает в сковородку специи. – Уверена, что ничего не хочешь мне рассказать?

- Ага.

- Ясно. – она выключает газ. – Королева фраксов – это компетенция дипломатического офиса. Может позвонить Райдерам; возможно, они что-то знают. – она кидает на меня хитрый взгляд.

Я загнанна в угол. В последнюю очередь мне хочется, чтобы мама позвонила Райдерам и узнала о трех избитых мною лордах, криках в библиотеке и кто знает, о чем еще.

- Ладно, мы с Сисси ходили на турнир охотников на демонов. Фраксы - кучка квази-ненавистников и я не могу дождаться момента, когда они уберутся под гору, из-под которой выползли. Вот и все.

Мама ставит передо мной тарелку. Определенно, омлет выглядит аппетитно.

- Королева хочет, чтобы ты посетила еще один турнир. Он проводится в честь прихода зимы и на нем называют величайшего воина Антрума.

Кладу кусочек омлета на язык.

- Очень вкусно, мама. – проглатываю. – Не знаю, почему фраксы так озабочены празднованием времен года в Чистилище. Их у нас всего два: грязный и не-слишком-грязный.

Мама занимает стул напротив меня.

- Это не ответ на вопрос.

Проклятье. Она в прекрасной форме сегодня.

- Не пойду.

Она издает тихий свист.

- Ты действительно ненавидишь фраксов, хах?

- Правильно понимаешь. – я пережевываю еще кусочек завтрака.

- Майла, для фраксов находиться в Чистилище – уже беспрецедентный случай, не говоря уже о том, чтобы взаимодействовать с квази. Обычно они убивают любого, в чьих жилах есть хоть намек на кровь демона.

- Значит, в этом ты на стороне фраксов? Ты там не была и не знаешь, как оскорбительно себя ведет это их принц. – вспоминаю, как он сказал, что я заслуживаю благодарности за спасения жизни князя, даже несмотря на то, что *демон*. Спасибо за ничто, придурок. Я нервно выстукиваю по столу. – И еще одно. Даже если сначала он *не* оскорбляет, под конец он вновь возвращается к оскорблениям. Неважно какой там у него титул, рано или поздно, он станет относиться ко мне с уважением.

- Мы сейчас говорим не о принце. Для кого-то вроде королевы, путаться с квази просто неслыханно. Отклонив ее приглашение, мы можем откинуть наш уровень дипломатических отношений с фраксами на десятилетия назад.

- Бу-ху.

- Это касается не только тебя, Майла. Вдруг в будущем нам нужны будут фраксы как союзники? Ты должна подумать об общем благе.

В моей голове всплывают воспоминания о демонской инспекции. Такие вещи никогда не проводились столь грубо.

- Ладно. – я хмурюсь. – Но я ненавижу, когда твои доводы имеют смысл.

Мама улыбается.

- Постараюсь больше так не делать. – она постукивает карточкой по подбородку. - Эта королева, должно быть, умная женщина.

Я замираю с поднесенной ко рту ложкой омлета. *У Линкольна хитрая мать?*

- Почему ты так говоришь?

- Отправляя тебе письмо, она позаботилась о том, чтобы оно попало сначала в мои руки, должно быть, зная, что ты не появишься без некоторого наставления. – она переворачивает приглашение. – Она также написала, что портной с нами свяжется. Наверное, тебе надо немного мотивации и в этом плане?

Пережевывая омлет, вспоминаю последние два платья, что надевала: неоновая морковка и огромный белоснежный пуф. Что одно, что другое – сплошная катастрофа. Если бы я только могла носить свой бойцовский костюм 24 на 7, я б носила.

- Когда дело доходит до одежды, я могу сказать только одно: вот черт.

- Приму это за крик о гардеробной помощи. Передам твои параметры портному.

Я тяжело вздыхаю.

- Спасибо, мам. – от расстройства сильно сжимаю зубы. Еще один фраксов турнир. Еще больше часов среди помешанных на средневековом дресс-коде существ и еще больше попыток говорить не о чем с кучкой ни во что тебя не ставящих фраксов. Если бы только Сисси была здесь… я замираю, давая сформатироваться мысли.

- Хэй, могу я взглянуть на приглашение?

- Конечно. – она передает его мне.

- Круто, здесь сказано, что я могу привести с собой друга. Сисси будет в восторге. – и у меня будет подспорье на этом мероприятии. Замечательно.

Мама поднимается на ноги.

- Мне нужно будет выполнить пару поручений сегодня, так что я подброшу тебя до школы. – она кидает взгляд на настенные часы. – И лучше бы нам вскоре выехать.

Ставлю тарелку в раковину.

- А Уолкер не может с тобой поперемещаться?

- Я и сама справлюсь. Нет нужды вновь беспокоить Уолкера.

Усмехаюсь. Мама демонстрирует свой старый характер и независимость.

- Хорошо звучит, сенатор.

По дороге в школу мама рассказывает о том, как работала с фраксами, когда была сенатором дипломатии. В основном они беспокоили ее ведомство, только когда случалось что-то, что могло заставить их покинуть Антрум или, еще хуже, подвергнуть риску их систему безопасности. Для жизни под землей у них есть причина: демоны будут рады избавить мир от их существования, что и пытаются сделать регулярно.

Я вожусь с Бетсиным кондиционером.

- Ты помнишь что-нибудь еще?

- Давай посмотрим. Нынешняя правящая династия пришла к власти еще в Средние века.

- В этом что-то есть. Кажется, они на них немного помешаны.

Она смеется.

- Это случилось еще семь сотен лет назад. Демоны тогда наводнили Антрум. На помощь была призвана архангел Акила.

- Почему она?

- Архангелы очень редки и очень могущественны. Суть истории в том, что Акила влюбилась в фракса и ее ребенок стал основателем дома Рикса. Они единственные, кто может использовать это особое оружие, не могу вспомнить его название.

В голове всплывает Линкольн с его огненными мечами.

- Бакулум.

- Точно. Рикса прогнали демонов и стали правителями Антрума, кем и являются по сей день.

От расстройства я шумно выдыхаю. На вечеринке Зака меня привело в восторг то, что Мисс Цаца рассказала нам о том, почему у фраксов разноцветные глаза, но кто знал, что на свете еще столько всего, о чем я не знаю?

- Вау. Они не учат нас ничему подобному в школе.

- Конечно, не учат. Они слишком заняты промывкой ваших мозгов для будущего служения.

Вскидываю брови. Довольно необычное для мамы нахальство.

- К следующему твоему визиту к Райдерам составлю список книг. Слишком долго я позволяла им набивать твою голову мусором. – она останавливается перед школой. – Приехали.

- Спасибо, мама.

- Пока.

Только после ее отъезда я осознаю, что она попрощалась без судорожных вздохов и просьб быть осторожной. Потрясающе.

Я захожу в школу и встречаюсь с лучшей подругой на выходе из дамской комнаты.

- Утречка, Сисси.

- Привет, Майла.

Я взмахиваю приглашением.

- А у меня для тебя сюрприз! – вручаю ей конверт. – И *ты* идешь со мной.

Сисси открывает письмо, читает и начинает прыгать.

- Это потрясающе! Королева фраксов, вау. Райдеры будут в восторге. Могу я показать это Заку?

- Конечно, беги уже. Поймаю вас позже.

Мой первый урок ведет худшая учительница в школе – Мисс Цаца. Я занимаю место в последнем ряду, достаю тетрадь и пишу «Я ненавижу принца Линкольна» снова и снова.

Мисс Цаца поднимает руки.

- Класс, сегодня мы поговорим о наиважнейшем празднике Земли. В течение целого месяца земляне празднуют упырьское великолепие и называется это Хеллоуином. – она открывает верхний ящик своего стола. – У меня есть несколько ценных артефактов с этого священного празднества, которые я пущу по классу. Но сначала, кто может сказать, почему Хеллоуин так важен для квази?

Тишина в комнате.

- Как насчет тебя Палетт?

Палетт отрывает взгляд от своего кошелька Прада.

- Что?

Мисс Цаца стонет.

- Почему Хеллоуин так важен для квази?

- Потому что он для упырей?

- Точно! А то, что важно для упырей, важно и для вас. – я хмурюсь. Я видела достаточно повторов на Человеческом канале, чтобы знать в одном Мисс Цаца ошибается.

- Да, Майла?

- Разве Хеллоуин это не тот праздник, где они наряжаются в костюмы и ходят от двери к двери, выпрашивая конфеты?

Она преувеличенно громко вздыхает.

- Ты смотришь этот созданный для клопов человеческий канал на общественном телевидении. – ее передергивает. – Оно напичкано ложью, и ты дура, если принимаешь все, что там говорят на веру.

Я поджимаю губы. *Это я-то здесь дура?* И это я слышу от женщины, сказавшей, что в Олигархии одни красавчики. Я возвращаюсь к своему сверхважному карябанью в тетрадке. Да пошла она.

Мисс Цаца поднимает со стола мешок полный желто-оранжевых конфет.

- Все видят? Это называется *конфетами*. Каждый Хеллоуин люди наполняют огромные чаши конфетами, но не съедают ни одной. Почему? Они символизируют золотые самородки, что люди однажды принесут упырям. – она передает мешок ближайшему ученику. – Осторожно передавайте это по кругу.

Зак лениво проходит в класс, подмигивая учителю.

- Здравствуйте, прекраснейшая.

- Привет, Зак. – она окидывает его липким взглядом. Просто омерзительно.

Я сутулюсь и скреплю зубами. Когда опаздываю я, Мисс Цаца готова содрать с меня шкуру.

Зак опускает на соседний стул.

- Привет, Майла.

- Привет, Зак.

Мисс Цаца достает пластиковую тыкву. На ее «лице» вырезаны геометрические фигуры, изображающие нос, глаза и рот.

- Класс, это называется Лампой Джека. – она с благоговением держит тыкву над головой. – На Земле, люди фигурно вырезают на тыквах лица любимых упырей. Это мое.

Я приглядываюсь к Лампе Джека. Лысая часть на месте, но надо добавить красную помаду.

Пока Мисс Цаца достает еще больше вещей из своего стола, Зак наклоняется через проход.

- Это так здорово, что ты начала перерастать все это.

- Что «это»?

- Фраксов. Ну, знаешь, пойти на зимний турнир и взять с собой Сисси. Это много значит для моей семьи. Спасибо.

- И, конечно, все вновь сводится к тебе. – я поджимаю губы. – Как обычно.

Зак постукивает по столу ручкой.

- Да, это касается меня. – не уверена, нарочно ли он игнорирует мой сарказм или просто не замечает. В любом случае он в *своем* репертуаре. – Итак, в этот раз ты закажешь обычное платье?

Я кривлю губы. Не самая моя любимая тема для разговоров.

- Ага.

- Тебе в ближайшее же время надо сделать заказ. Мероприятие всего через три недели.

- Моя мама занимается этим.

- И ты возьмешь с собой Сисси, чтобы не попасть впросак?

Я начинаю закипать.

- Я возьму с собой Сисси, потому что она моя *подруга*.

- И ты…

- Извини, Зак, но у меня тут важный урок и мне не хочется его пропускать. – киваю на Мисс Цацу. – Давай закончим с разговорами и начнем слушать Мисс Цацу, ладно? – в ином случае ты выйдешь отсюда с еще одним фингалом под глазом.

- Как хочешь. - он поворачивается к учителю. Я смотрю на него еще мгновение, задаваясь вопросом, а правильно ли я вообще поступила, пригласив с собой Сисси.

Ах, ладно. Скоро узнаем.

ГЛАВА ЧЕТЫРНАДЦАТАЯ

Я подхожу к обычному на вид одноэтажному домику в Среднем Чистилище и звоню в дверь. Снаружи участок выглядит точно так же, как и мой; одноэтажное серое здание на улице, что состоит из других одноэтажных серых зданий. По прошествии нескольких секунд, красивая пара блондинов открывает дверь.

Высокая стройная женщина склоняет к плечу голову, из-за чего ее золотистые кудряшки подскакивают.

- Здравствуй, Майла.

Черт, Сиссина мама точно меня ненавидит.

- *Здрасьте, миссис Фредериксон.*

- Я тоже здесь. — привлекательно лицо Сиссиного отца расстроено хмурится. Он тоже меня ненавидит. Это все хвост. Большинство квази не воспринимают потомков Ярости как демонов вообще, из-за того, что у нас два смертных греха и так далее. Мы больше походим на фриков, созданных природой, и именно так меня сейчас воспринимает мистер Фредериксон.

- Здравствуйте, мистер Ф. — нет смысла использовать полное имя; он в любом случае меня ненавидит. Поднимаю взгляд со своих носков на пространство между их плечами.

- Сисси дома? — за их спинами я замечаю знакомые восточные ковры, позолоченную мебель и современные картины.

- Майла! — Сисси прорывается сквозь заслон из своих родителей и хватает меня за руку. — Платья пришли прошлым вечером! — она протаскивает меня мимо родителей-привратников в свой тщательно обставленный дом. Я бывала здесь сотни раз, но до сих пор меня шокирует то, что на стенах может быть так много полочек со статуэтками и дорогими безделушками.

Сисси провожает меня в свою комнату и со стуком захлопывает в спальню дверь.

– Мне пришлось освободить полгардеробной, чтобы они поместились.

Что-то красочное на стене привлекает мой взгляд.

- Хэй, у тебя новая картина. – смотрю на это и морщусь. – Что это?

- Какой-то вид современного искусства у людей - папа недавно нашел. Поли-кто-то-там-Джексон. Папа заключил на нее сделку. – кивает она головой, из-за чего подпрыгивают ее золотые кудряшки. – Возможно, она просто выпала из грузовика, если ты понимаешь, о чем я.

Я осматриваю ее комнату в поисках других изменений. Моя комната - обычный для квази вариант: мышиного цвета ковер, не блещущая изысками кровать и не поддающийся описанию шкаф. Интерьер в ней не изменен с тех пор, как мне было два года. Сиссина комната выглядит как роскошная шоу-рум из прошлых дней республики квази. Здесь и под стать интерьеру кровать, и мягкий ковер, и ряд моднятских картин на стене. Ее отец постоянно вылавливает лакомые кусочки из своих сделок на черном рынке.

Моя лучшая подруга достает из чехла свое платье. Оно полностью изумрудного цвета, с широкими рукавами и отделкой из черного бархата.

Отклоняюсь чуть назад и окидываю оценивающим взглядом.

- Выглядит прекрасно. Что означают цвета?

- Зеленый означает, что я незамужняя, но находящаяся в отношениях женщина. Черные ленточки значат, что я гость дома Рикса. – она достает из чехла мое платье. Оно точно такое же, как и ее, только кроваво-красное.

- Что значит красный?

- Что ты незамужняя и необремененная отношениями женщина.

- Почему бы им еще и прайс лист носить не заставить? Хах. – парочка сложенных друг на друга коробок привлекает мое внимание. – А там что?

- Обувь и другие вещи. – Сисси прикладывает к себе свое платье и позирует перед зеркалом. – Это даже лучше, чем то, что я надевала на осенний турнир.

Подхожу к коробкам, достаю свои туфли и сложную систему сцепленных ленточек, какими обертывают мумий. Двумя пальчиками вытаскиваю свою.

- Что за черт?

Сисси кидает на меня взгляд через плечо.

- Твое белье.

- Ты должно быть шутишь.

Она кладет руку на бедро.

- Видишь? Если бы ты пошла со мной к портному, вместо того, чтобы отправить свои параметры через маму, то знала бы об этом. Фраксы помешаны на своих традициях, и они также имеют традиции на счет женского нижнего белья.

- Я это не надену. – бросив ленточки обратно в коробку, смотрю на них своим правым глазом. – Я даже не знаю, как такое одевать.

- Ты это наденешь, и я точно знаю как. – Сисси смотрит на меня. – Когда они надеты, то выглядят как обычное белье, не беспокойся. Судя по тому, что сказали Райдеры, фраксы просто безумны, когда речь заходит о подобных вещах. Если в ванной комнате тебя увидят в чем-нибудь другом, ситуация может обратиться дипломатическим скандалом.

Я кривлю губы.

- Не уверена, что это хорошая идея, Сисси.

- Перестань вести себя как ребенок и надень уже свое бесподобное платье. Мы же не хотим опоздать.

Мы надеваем наши платья и, должна признать, мое мне очень нравится. Последние два моих платья были воплощением ядерной моркови и гигантских размеров зефира. Это же простого кроя, привлекательно и хорошо на мне сидит.

И, да, я надеваю фраксово традиционное нижнее белье. Пофигу.

Я веду Бетси к месту проведения фраксового мероприятия. Сисси всю дорогу жалуется, что мой прекрасный зеленый универсал имеет лишь слабо работающий кондиционер и плохо ловящее радио. Я напоминаю ей о Бетсинной верности и об отсутствии машины у нее. Добравшись до места сбора, мы еще целую вечность тратим на поиск парковочного места. Зимний турнир - вечеринка более масштабная, чем турнир осенний. Я нахожу для Бетси местечко и затем мы с Сисси следуем за толпой по широкой дороге сквозь лес, за которым открывается огромное поле.

Сисси трясет головой.

- Они должно быть пол-леса вырубили. – в сравнении с осенним турниром, сейчас поле было намного больше и усеяно множеством цветных палаток. На глаз, около двух десятков и все разных цветов.

Я пихаю Сисси в плечо.

- Главных домов всего пять, поэтому палатки остальных домов должны быть размерами поменьше.

Она улыбается.

- А ты уделила время изучению фраксовой культуры.

- Мама дала мне парочку книг.

Мы подходим к турнирной поляне. Нынешнее поле боя окружено бОльшим количеством павильонов с бОльшим количеством мест. Сеть из деревянных дорожек, освобождала от необходимости тащиться по грязи. На этот раз фраксы действительно подготовились.

Из-за всей этой толкучки и суматохи вокруг мы с Сисси сильно опаздываем. Все павильоны заполнены до отказа; нет и малейшего шанса, найти свободное местечко. Мы решаем встать у высокого деревянного забора, что ограждает турнирное поле.

Опершись локтями о забор, окидываю поляну внимательным взглядом. Князь Акка стоит в центре, высоко вскинув свой арбалет. Он палит из него в упыря. У меня перехватывает дыхание.

Трогаю Сисси за плечо.

- Я знаю этого упыря. Это ХП-22. Вижусь с ним на Аренных боях.

Ее симпатичное личико омрачняется хмурым выражением.

- Почему князь бьется с упырем?

- Я вынуждена биться на Арене. Для ХП-22 же это работа. Должно быть, они заплатили ему за присутствие. – наблюдаю за тем, как князь отбивается от ХП-22, пытаясь от того убежать. – Это неправильно. Даже ты можешь надрать ХП-22 задницу. Да и он явно не атакует князя всерьез.

- Шшш, Майла. Не нам судить.

- Замечательно. – я стискиваю зубы и отвожу взгляд. Толпа разражается громкими аплодисментами. – Закончилось?

- Да.

- Упырь мертв?

Сисси шумно выдыхает.

- О, да.

Князь гордо удаляется с поля. Несколько фраксовых лакеев уносят остатки тела. Мои зрачки вспыхивают алым от ярости и ужаса. ХП-22 не засуживал такой кончины своей загробной жизни.

На противоположной стороне турнирного поля отворяются деревянные створки. На поле боя выползает дракон. Его тело размером с корову, хвост в два раза длиннее. У него короткие толстые крылья, красные глаза, длинная узкая морда и черная чешуя, сияющая фиолетовыми бликами на свету. Это теневой дракон - редкое создание, которое невероятно сложно убить.

Издаю тихий свист. Искренне сочувствую тому смертнику, что выйдет против такого противника.

И, конечно, в лице Линкольна на поле выходит тот самый смертник. На нем черное обмундирование со знаком Рикса на груди, его бакулум в виде длинного огненного меча зажат в руке. Он идет прямо к дракону, перебрасывая меч из руки в руку и не сводя глаз с противника.

Дракон поднимается на задние лапы, вытягивает вверх шею и выпускает струю алого пламени. Линкольн нарочно приближается к драконовой пасти. Вскинув бакулум над головой, он мечем блокирует струю пламени. Вырывается фонтан раскалённых искр. Дракон давится, трясет головой и отпрыгивает назад. Его шея опускается до земли.

Линкольн падает наземь перекатывается под драконовым животом и появляется у хвоста.

Я вкидываю брови. Довольно изящное выполнение.

С бакулумом в руке принц взбирается на спину дракона; демон ревет и взмахивает над собой крыльями. Я наблюдаю за игрой мускул на его груди и ногах. Моя кожа горит от желания. Черт, он великолепный образчик мужского пола, несмотря на всю его неотесанность временами.

Сисси касается моего плеча.

- Майла, ты в порядке?

- Что ты имеешь в виду?

Она кивает на деревянную ограду. Я так сильно ее сжала, что та треснула. Разжав пальцы, пожимаю плечами.

- Да, я в порядке. Просто демон действительно крутой.

- Ты и демоны. – Сисси фыркает. – Что ж, будь поаккуратней с забором. Выглядит он не слишком прочным.

- Конечно. – я оглядываю зрителей. Королева Октавия сидит в первом ряду самого большого павильона, ее взгляд прикован ко мне. Я вздрагиваю и перевожу внимание обратно на поле битвы. Принц все еще на драконьей спине, хотя тот брыкается и рычит.

- Натан! – Линкольн махает крепкому фраксу на обочине. – Брось мне намордник!

Мужчина бросает ему что-то похожее на сеть из тонких кожаных лоскутков. Принц надевает это дракону на пасть и натягивает поводья. Зверь затихает. Тряхнув головой, Линкольн скатывается с драконьей спины, огненный меч все еще крепко зажат в его руке.

В павильонах поднимается крик:

- Убить! Убить!

Линкольн по кругу обходит дракона, проверяя челюсть и задние ноги; толпа затихает.

- Натан, сюда!

Бочкообразный мужчина трусцой пробегает по полю. Крепкий и тучный, он одет в черное обмундирование как у Линкольна. Принц кивает в сторону демона.

– Сколько, думаешь, дракону лет?

Прищурившись, я внимательнее присматриваюсь к драконову телу. *Он прав*. Демон слишком юн для участия в турнирном поединке. Ни один истинный воин не примет, как противника никого, кроме взрослого воина в полной боевой готовности. Урок князя Акка должен быть усвоен. Я склоняю голову набок. Надо иметь крепкую силу воли, чтобы суметь остановить себя в разгар боя. Мне очень не хочется этого признавать, но я впечатлена.

Я возвращаюсь мыслями на турнирное поле, где Натан проверяет зубы зверя.

- Зверю четыре, может, пять лет от роду, мой принц. Еще щенок.

Линкольн похлопывает зверя по морде.

- Что ты можешь сказать об этих отметинах?

Натан свистит сквозь зубы.

- Крапивные язвы, очень болезненны. Должно быть они-то и заставили бедного зверя совсем одичать.

Крапивные язвы? Что за жестокость. Даже в некоторых сообществах демонов такое запрещено.

Линкольн поднимает руку, обращаясь к толпе:

- Данный зверь не достиг нужного возраста и обращались с ним недопустимым образом. Убийство подобного существа было бы бесчестным. – толпа отвечает раздраженным ропотом. Линкольн отдает Натану поводок от намордника. – Верни его обратно в Зверинец. Сообщи Смотрителю Зверей, что я скоро с ним поговорю.

Я наблюдаю за покидающим поле Линкольном. В отличие от князя Акка, Самодовольный Принц знает, что нет ничего славного в избиении заведомого слабого и не способного ответить на атаку противника. Кто бы мог подумать?

И вновь легкое касание моего плеча.

- Хэй, Сисси. – я поворачиваюсь, но рядом стоит не подруга, а Бера - служанка королевы Октавии.

- Королева хотела бы с тобой поговорить.

Шок охватывает меня.

- Королева хочет говорить со мной? – я кидаю на Сисси наполненный ужасом взгляд. У нее круглые от эмоций глаза.

- Да. – Бера хватает меня за рукав и тащит прочь от деревянной ограды. – Сейчас.

Я машу Сисси дрожащей рукой на прощание.

- Встретимся позже, я думаю. - что, ради всего святого, королеве надо от меня? Тревога охватывает меня.

Сиссин голос похож на писк:

- Конечно, увидимся.

Бера поворачивает к королевскому павильону.

- Следуй за мной.

Люди уступают нам дорогу. Мое сердце тревожно бьется в груди. Какого черта здесь происходит? По ступенькам поднимаюсь на главную платформу павильона. На троноподобных стульях бок о бок сидят королева Октавия и король Коннор. Наследница Скалы устроилась подле королевы, ее противное личико хмурится.

- Подойди, Майла Льюис. – Королева щелкает пальцами, одновременно не сводя взгляда с Наследницы Скалы. Адейра вскакивает на ноги и отходит. Октавия кивает на новоосвободившееся место. Корона на ее голове сдвигается на миллиметр вслед за движением.

Я сажусь на стул с высокий спинкой рядом с ней.

- Здравствуйте, ваше высочество. – говорю я королеве, а потом машу королю. – И ваше высочество.

Король слегка наклоняет голову.

- Мисс Льюис.

Королева щурит свои разного цвета глаза.

- Можешь звать меня Октавией. – вблизи я замечаю фарфоровость ее кожи, высокие скулы и тонкие лучинки смеха в уголках глаз. Ее песочного цвета волосы собраны в усеянную бусинами култышку у основания шеи.

- Спасибо. Зовите меня Майлой. – я осматриваюсь вокруг. Первые леди стоят у ступенек, ведущих к трону, тычут в меня пальцами и хихикают. *Ургх.* У меня сжимаются кулаки.

Королева берет золотистый кубок с вином на ближайшем столике. Она окидывает взглядом толпу. Почти вживую вижу, как крутятся колесики в ее голове.

- Первые леди смотрят на тебя, Майла.

Я поворачиваю в их сторону голову, мои зрачки пылают демоническим-алым. У них белеют лица. В один удар сердца все они отворачиваются.

Я довольно усмехаюсь.

- Теперь не смотрят.

Королева сдерживает улыбку.

- Жаль, не могу поступить так же. – она кивает на другой конец турнирного поля, где должно быть и ошивается Линкольн. – Мой сын не смотрит на тебя вообще.

Я сдерживаюсь, чтобы *не* посмотреть туда, куда показывает она.

- Я не против.

- Я вижу. – она отпивает немного вина, пристально меня рассматривая. – Тебе нравится турнир?

- Честно говоря, нет. Я знала упыря, что бился с князем Акка. Его убийство было не... - я прочищаю горло. – Он не был достойным противником, вот и все.

Улыбка появляется льна губах королевы.

- Слова истинного фракса.

В гневе стискиваю зубы.

- Я квази-демон... Как князь Акка любезно отметил. – *и ваш сын, тоже, но в лицо я вам этого не скажу.*

- Знаю. Видела твой хвост. – Я смотрю в ее разного цвета глаза. За ними воображаемые шестеренки завертелись еще с большей скоростью.

У меня странное чувство, будто она знает, что конкретно я о Линкольне думаю.

Вздыхаю. Присутствовать на очередном скучном турнире и так несладко, а теперь еще и этот разговор с расчетливой и своего рода жуткой мамой Линкольна. Я ерзаю на своем стуле, наблюдая за открывающимися на турнирном поле воротами. Арахноид демон выползает на поле боя. Арахноиды – это длинноногие пауки ростом в десять футов с оболочкой повышенной защищенности и не знающие слова «миролюбие". У них крошечные тела, ноги в нить толщиной и гигантский клещеподобный рот, укус которого ядовит. На противоположный конец поля с тигром выходит князь Камаль.

Я трясу головой.

- Он должен был взять сокола.

Октавия делает глоток из кубка.

- И почему же это?

- Тигр может отбиваться от ног Арахноида хоть весь день – пользы от этого не будет. У них легкая броня, не уступающая в прочности драконьей чешуе. Но само тело демона защищено довольно слабо, особенно сверху. Птица легко бы его поразила.

Краем глаза вижу, как мой хвост поправляет корону на голове королевы. Ему точно нужен поводок. Нахмурившись, даю тому затрещины.

Октавия выгибает бровь.

- Я собиралась поблагодарить тебя за это.

- Это была не я. Мой хвост порой обретает собственную волю. – она поджимает губы.

- Интересно. – Октавия внимательно осматривает меня с ног до головы. Вдруг у меня появляется чувствую, будто я интересная зверушка из зоопарка.

Раздраженно выдыхаю.

- Зачем вы меня сюда пригласили, Октавия?

Она посмеивается.

- Мне было интересно, спросишь ли ты прямо. Поверишь, если я скажу, что речь о дипломатических отношениях между квази и фраксами?

- Нет.

- Мудро. – она делает глоток вина, внимательно следя за моим выражением лица, затем ставит кубок на стол. – Я позвала тебя сюда, потому что думаю, что мой сын находит тебя интересной особой.

Мои глаза готовы выпасть из орбит. Я оглядываюсь назад. Возможно, кто-то другой вошел в павильон.

- Меня? – я показываю на себя.

Она кивает.

- Вы плохо знаете своего сына. – он высокомерный выскочка, который никогда не найдет интересной такого «демона», как я.

- Возможно. – уголки ее губ слегка приподнимаются. – Как бы то ни было, думаю, я знаю *тебя*. – Октавия щелкает пальцами. Бера мгновенно оказывается подле нее.

Служанка кланяется.

- Ваше высочество.

- Проводи Майлу к палатке моей семьи. – она легонько похлопывает меня по руке. – Я дала твои мерки моему кузнецу. Он сделал тебе доспех. Мне бы хотелось, чтобы ты сражалась под знаменем моей кровной семьи, дома Гурит. – она кивает на поле битвы, где князь Камаль сражается с Арахноидом. – Тот, кто первым сразит демона, станет победителем турнира и будет называться величайшим воином Антрума. Думаю, им станешь ты.

Мое сердце начинает бешено колотиться.

- Да! – вскакиваю на ноги, подхожу к Бера и останавливаюсь. Я пристально вглядываюсь в подобное маске лицо королевы. Шестеренки в ее голове все еще быстро вращаются. – Почему вы мне помогаете?

- Бера, подождешь Майлу у основания лестницы? – служанка кивает и уходит.

Королева манит меня пальцем.

- Подойди ближе.

Я поддаюсь вперед; Октавия шепчет мне на ухо:

- Я помогаю тебе, моя дорогая, потому что мы с тобой здесь единственные женщины с мозгами.

На моем лице появляется широкая улыбка.

- Вы мне нравитесь Октавия.

- Да? – улыбка играет в ее глазах. – Иди надевать свой доспех.

Я встречаюсь с Берой внизу лестницы. Она ведет меня через плотно сомкнутую толпу к маленькой золотистой палатке увенчанной декоративной головой дракона в стиле викингов. Бера поднимает лоскут ткани, играющий роль двери и мы входим. В этом безлюдном и тесном месте содержится маленький склад оружия. Огромный деревянный сундук стоит у одной из стенок.

- Иди сюда, девочка. – Бера откидывает крышку сундука. Внутри лежит костюм, сделанный из коричневой кожи в форме доспеха с золотым нагрудником. Я провожу пальцами по выдавленной в металле голове дракона.

- Так красиво.

Бера сияет.

- Он сделан по подобию доспеха Октавии, в котором она сражалась на зимнем турнире много лет назад. Дом Гурит – один из немногих, позволяющих девушкам биться.

- Она победила на том турнире?

- Второе место. Коннор занял первое. – она подмигивает. – Но сегодня выиграешь ты, девочка.

Я осторожно достаю доспех из сундука.

- А если и нет, я буду хорошо одетым воином. – смотрю на свое отражение в сверкающем золоте и усмехаюсь. Я собираюсь сражаться на турнире. Я демоница. В возбуждении мой хвост отбивает нервную дробь. Я точно знаю, как уложить этого Арахноида на лопатки.

Быстро натягиваю доспех. Сидит как влитой. Бера собирает мои длинные каштановые волосы золотой лентой.

- Хорошо. А теперь твое снаряжение. - Бера кивает на склад оружия. – С чем бы ты хотела сражаться? С лезвием? Арбалетом?

- Ни с чем. Только я и ничего больше.

Все краски сходят с лица Беры.

- Чем же ты тогда будешь сражаться?

Хвост появляется из-за моего плеча и машет ей своим кончиком.

- Им, полагаю. Пошли.

Мы выходим из палатки и пробираемся сквозь толпу. Взгляды и перешептывания окружают меня. Замечательно. Бера ведет меня к краю турнирной площадки. На поляне, князь Хорус бьется с Арахноидом. Он все еще вьется у ног демона. Дебил.

- А теперь, жди здесь. У князя есть еще несколько минут. Если он не убьет демона в течение этого времени, придет твоя очередь.

Наблюдаю за тем, как князь Хорус пытается сломать демону голень. Да, моя очередь точно наступит.

В ожидании я разминаю шею. Ко мне подходит Сисси, у нее круглые от шока глаза.

- Майла, что ты здесь делаешь? Что на тебе надето?

- Доспех.

- Ты должна быть одета в соответствующее традициям платье.

- И я следую традициям. Королева приказала мне биться с Арахноидом, а это традиция – следовать приказам королевы, правильно? – поигрываю своими бровями.

Сисси хватает меня за предплечье.

- Имеешь в виду, с тем жутким паукоподобным монстром на поле? Он убьет тебя!

- Нет, я хорошо проведу время. – клюю ее в щечку. – ты слишком сильно беспокоишься. Сразить Арахноида легче легкого.

Раздается рев серебряных труб. Под ободряющие аплодисменты зрителей с поля уходит князь Хорус.

Бера выходит вперед, берется за деревянную дверь в ограде и распахивает ту.

- Твоя очередь, девочка. Стань гордостью Гуритов.

Я выхожу на турнирное поле. На стадион мгновенно опускается тишина. Где-то вдали слышится мычание коров. Взволнованные голоса шепчутся о том, что у меня нет оружия.

Ухмыляюсь. Это они так думают.

Арахноид наступает на меня, перебирая своими тонкими ножками. Я жду, пока он приблизится и прыгаю на верх ближайшей из его ног. Арахноид держит верхние части ног на одном уровне, по тому их можно использовать, как параллельные брусья в гимнастике. Я взбираюсь наверх, пока не достигаю его бедра. Крутанувшись на триста шестьдесят градусов делаю сальто в воздухе и приземляюсь на крошечный пяточек демонова тела.

Краем глаза я вижу стоящего на краю поля Линкольна с пустым намордником в руках. Он пристально за мной наблюдает, его лицо не читаемо.

Какого черта ему от меня надо?

Я теряю равновесие, скатываюсь с демона и с характерным звуком падаю наземь. Вздох прокатывается по толпе зрителей.

Майла, соберись.

Прыжком вскакиваю на ноги и жду момента, сделать еще одну попытку. Он кружит вокруг меня, его ноги отбивают странный ритм. Теперь его конечности полностью подвижны, не оставляя верхние части на одном уровне. Умный паук. Я больше не смогу забраться на его тело таким способом.

Мне нужна новая стратегия.

Арахноид устремляется ко мне, клешни клацают в его голодном рту. Мой внутренний демон приходит в режим чрезвычайной готовности. Огромные волны злости поднимаются во мне, вводя нервную систему в шок. Хвост нетерпеливо пощелкивает над моим плечом.

Как только Арахноид приближается на нужную дистанцию, я падаю на землю и перекатываюсь под левый бок демона. Мой хвост оборачивается около двух из восьми его конечностей. Вскочив на ноги, бегу под живот зверя, переворачивая того на спину. В шоке Арахноид лежит неподвижно. Я быстро обхожу демоново тело, оборачивая хвост вокруг восьми его ног.

Движением бедра я сильнее затягиваю хвост вокруг его ног.

Попался.

Ревут трубы. Толпа взрывается радостным безумием. Скандирования «Убить! Убить!» начинаются доноситься из павильонов.

Я складываю руки на груди.

- Зачем его убивать? Он не сделал мне ничего плохого.

Арахноид оправляется от шока и начинает бороться с моим хвостом. Одна из его ног освобождается и, прорезав мой кожаный доспех, оцарапывает мне спину. Боль разрывает позвоночник. Мои глаза вспыхивают демоническим алым.

- Ладно, теперь повод есть. – делаю разворот на триста шестьдесят, одновременно раскручивая Арахноида. Когда тело демона получает достаточно ускорения, мой хвост ослабляет хватку, запуская демона на противоположный конец турнирной площадки. Монстр с громким стуком врезается в защитное ограждение и сползает по нему, оставляя яркий мазок желтой слизи.

Хмурюсь.

- Что ж, теперь он мертв. Тьфу.

Зрители взрываются новой волной аплодисментов. Сисси выскакивает на площадку, подбегает ко мне и заключает в крепкие объятия.

- Майла, это было поразительно!

- Спасибо, Сисси. – так и хотелось сказать «я же тебе говорила», но мне не хотелось быть победителем со звездной болезнью.

Королева машет мне из королевского павильона. Я захожу в него и встаю перед ней и Королем Коннором.

Октавия улыбается.

- Ты справилась. – она с королем обменивается взглядами, безмолвно переговариваясь.

Король Коннор поднимает руку.

- Настоящим я объявляю Майлу Льюис из дома Гурит сильнейшим воином Антрума! – зрители энергично аплодируют.

Октавия обращается к толпе, держа в руке лоскут золотого цвета ткани.

- По традиции, я вручаю шелковый платок победителю. – она передает мне предмет одежды. – Мне подумалось, что ты, возможно, предпочтешь такую форму.

Беру ткань в руки. Это нежная на ощупь шаль, украшенная мелким жемчугом.

- Спасибо, Октавия. Она прекрасна.

Королева улыбается.

- Доспех теперь так же твой, сохрани его.

- Вау. Спасибо еще раз. – я растираю ткань между пальцев. Королева спланировала и это. У меня жжет глаза, но не от ярости. Я не привычна к тому типу матерей, что всецело в тебе уверены.

Король Коннор опускает руку.

- Традиционно, победитель присоединяется к одному патрулированию каждого Дома. Надеюсь, это встретит твое одобрение?

Охота на демонов на земле? Мое сердце и рот разрываются от перевозбуждения.

- Было бы здорово! – я прочищаю горло и делаю глубокий вдох. – Я хотела сказать, что это честь для меня – присоединиться к демоническому патрулю, ваше высочество.

- Победитель также имеет право на одну просьбу к королю и королеве. Любое твое желание, в пределах разумного, конечно, будет удовлетворено.

По поводу желания сомнений у меня нет.

- Я бы хотела заботиться о Тени Ночи.

Улыбка играет на губах королевы.

- Родственные души, хах?

Я переминаюсь с ноги на ногу. Надеюсь, просить такое с моей стороны не было грубостью.

- Да, Тень Ночи – особенная лошадь.

- Да будет так. – Октавия кивает ближайшей слуге. – Убедитесь, пожалуйста, что Майлина лошадь будет оседлана и готова к ее отъезду домой сегодняшним вечером. – она кивает на свободный стул подле нее. – А теперь, присоединись ко мне на время церемонии закрытия. – я вхожу в павильон и занимаю свое место рядом с ней.

Оставшаяся часть турнира проходит в фанфарах и маршах. Ревут трубы, проходит парад лордов и леди. Князь Акка держится, словно павлин с новым набором перьев в хвосте. Все останавливаются, чтобы сказать «доброго вечера» Королеве и «поздравляю» мне. Наконец, гости разъезжаются по домам, небо темнеет и Октавия поднимается на ноги. Она похлопывает меня по руке.

- Хорошо сработано, Майла. Ты принесла дому Гурит почет.

- Спасибо.

- Сделала ли я правильно, предположив, что, сегодня ты отправишься к стойбищам Райдеров на Тени Ночи?

- Мне бы хотелось этого.

- Конечно. Ты найдешь ее за той грядой деревьев. – она кивает на другой конец турнирного поля. – Доброй ночи, моя дорогая.

- Доброй ночи, Октавия.

Королева проходит в противоположный конец павильона. Коренастая фигура Коннора ожидает ее около выхода. Король кивает мне, берет королеву под руку и уходит.

Приходится немного побродить, прежде чем мне удается найти конюшни. Это длинное деревянное здание, прикрытое деревьями. Входные ворота открыты. Войдя, вижу два десятка стойл по бокам от центрального прохода. Тень Ночи стоит посреди коридора в конце здания. Ее, тыкающуюся носом в

                    КРИСТИНА БАУЭР

сидящую на корточках фигуру, освещает масляная лампа. Этот кто-бы-то-ни-есть наполовину скрыт чьим-то стойлом.

Незнакомец поднимается на ноги, и я вижу знакомую фигуру Линкольна: широкие плечи, землистого цвета волосы и военная выправка. У меня сжимает желудок. Спиной ко мне, он осматривает баночки на стене рядом с ним. Кивнув, достает белый контейнер. Присев на корточки, склоняется над чем-то в последнем стойле.

Подхожу ближе. Тень Ночи тыкается носом в спину Линкольна. Подняв над головой руку, тот рассеянно гладит ее по щеке.

- Знаю, ты здесь Ночь. Я тоже рад тебя видеть.

Я застываю. Тень Ночи – лошадь Линкольна? Мои губы начинают непроизвольно двигаться.

- Эй, там. Привет.

Линкольн поднимается на ноги.

- О, привет. – он стоит словно натянутая струна. Его доспех не прикрывает шеи. Свет от фонарика бросает тени на его полные губы и высокие скулы.

- Я пришла за Тенью Ночи.

Ночь склоняет свою голубовато-серую голову к Линкольну.

- Она знает. Мы прощались.

- Она твоя?

- Дом Стрига их разводит; я взял ее еще жеребенком и вырастил. Все лошади Стрига зачарованы, но Ночь смогла овладеть своими способностями на совершенно ином уровне.

Я улыбаюсь.

- Понимаю, она возила меня на своей спине без седла. Мне даже не надо было говорить куда, она всегда привозила меня куда надо. Думаю, она волшебна. – Ночь поворачивается ко мне, ее обсидиановые глаза моргают, как бы говоря «без шуток».

Линкольн пробегает пальцами по ее гриве.

- Дом Стрига специализируется на волшебстве. Тень Ночи пользуется магией во всех описанных тобой случаях. Она также можешь заставлять маленькие вещи исчезать и появляется. Ах, и она очень любит посылать во врагов огненные фаерболы вовремя битвы. – лошадь тихо ржет; Линкольн усмехается. – Таким образом, мы получили пару общих шрамов.

- Слушай, я бы никогда ее не попросила, знай, что…

- Это было справедливым желанием. Ты хорошо сегодня сражалась. – он гладит Ночь по шее. – Моя мама из дома Гурит. Это самый маленький дом, но один из немногих, позволяющий сражаться женщинам. Она мечтала о победе женщины на турниры многие годы. Ты сделала ее очень счастливой. – он вздыхает. – Кроме того, Ночь Тени выбрала тебя, не так ли?

- Да. На конюшнях Райдеров.

- Я приехал тогда на ней на встречу с министром. Обычно она самостоятельно возвращается обратно. – она бьет его головой и фыркает. – Ничего личного, девочка.

Сунув руку в карман, Линкольн достает пару бисквитов. Тень Ночи съедает их с протянутой руки. Я внимательно за ним наблюдаю, обеспокоено наморщив лоб. Неужели это все тот же парень, оскорблявший квази и кричащий на меня в библиотеке?

Линкольн нежно гладит Ночь по голове.

- Никогда не видел, чтобы кто-то дрался подобно тебе сегодня. Твои глаза стали красными.

- Это от моей демонической стороны. У каждого квази есть сила, связанная с одним из смертных грехов. Мой грех - гнев.

- У тебя есть какая-нибудь военная подготовка?

- Неа. Я начала сражаться в Аренных боях насмерть с двенадцати. В каком-то смысле, я научилась всему сама.

Тихий стон доносится из последнего стойла.

Я делаю шаг вперед.

- Что там?

- Теневой Дракон. Он слишком болен, чтобы перенести обратную транспортировку в Зверинец. – Линкольн открывает белую банку, принюхивается к содержимому и морщится. – Может, пахнет оно и ужасно, приятель, но должно помочь . – он приседает.

Подхожу ближе. Черная чешуя дракона почти полностью побелела. Его огненно-красные глаза сейчас поддернуты дымкой. Мой хвост бросается вперед и прижимается к его спине, медленное сердцебиение ощущается, как собственное. Такая связь между нами может означать только одно.

- Это не Теневой Дракон. Это демон Ярости. – хотя они и могут принимать форму дракона, демоны Ярости также на какую-то часть люди. Биться с ними на Арене, не говоря уже о таких вот турнирах, - против межриальных законов.

Пальцами Линкольн зачерпывает еще больше мази, нанося ее на бок зверя.

- Откуда ты знаешь? Он никогда не принимал человеческой формы.

Поворачиваюсь к нему, выгибая бровь.

- Он догадался. – мой хвост помахал ему из-за плеча.

Он посмеивается.

- Ладно, поверю тебе на слово. – он покачивается на своих пятках. – Как думаешь, почему он не меняет форму?

- Думаю, он слишком напуган. – я поднимаю его заднюю ногу, рассматривая когти. – У него даже первых когтей еще не появилось. Ему не может быть пяти лет. – существо в стойле кидает на меня взгляд сонных глаз. – Бедняжка.

- Я сегодняшним вечером пошлю сообщение послу Ярости. – он гладит дракона по спине. – Ты абсолютно уверена?

- Да. К этому момент, Теневой Демон уже бы насадил нас на свой хвост. Так они поедают души. – я усмехаюсь. – Ну, или попытался бы.

Он усмехается в ответ. Мои колени на грани превращения в желе.

- А ты много знаешь о демонах.

ГЛАВА ПЯТНАДЦАТАЯ

В течение долгого времени мое сознание витает между сном и видением. Боль в спине проходит и кажется, будто турнир и стойла в сотнях световых лет от меня.

Наконец, мой сон обретает форму. Продуваемая всеми ветрами я стою на песке Серого Моря. Сновидение. Круг белого пламени потрескивает у моих ног. Появляется фигура моей матери в сенаторской мантии. Огненное кольцо ярко вспыхивает и опадает. Сделанное из песка тело становится реальностью.

Мама сидит на лавочке в сенаторской палате. Она до побелевших костяшек сжимает на коленях руки, ее спина напряжена и идеальна ровна. Вокруг нее на лавочках и у стен теснятся сенаторы, секретари и послы. В комнате трудно вздохнуть, не то что пошевелиться. В передней части за трибуной стоит сенатор Адамс, за его спиной покачивается слоновий хвост. Говорит он тихо, но отрывисто:

- Не хочется импичмента сенатора Льюис, но сказанное ею в сторону посла Армагеддона свидетельствует о потери ясного видения. Ей нужно лечение, а не членство в правительстве.

Ошеломленный вздох срывается с моих губ. Они действительно собираются сделать это: отстранить мою маму от должности из-за сказанной ею правды об Армагеддоне.

- А сейчас. - сенатор Адамс поднимает дряблую руку. - Давайте предоставим сенатору Льюис шанс объяснить. - он кивает маме. - Если желаете.

Мама медленно поднимается на ноги, ее губы сжаты в тонкую линию.

- Спасибо, за данную возможность выступить в этой зале. - она окидывает комнату внимательным взглядом, в ее карих глазах стальная решимость. Ксавье стоит в своем сером костюме, прислонившись к стене, кожа его лица белая от беспокойства. Тим болтается у входа. Желваки ходят на его челюсти.

Мама медленно выдыхает.

- Меня попросили отозвать сказанное мною об Армагеддоне и упырях. Если же я этого не сделаю, то стану первым за восемь веков сенатором Льюсом, к которому применят процедуру импичмента. - мама окидывает внимательным взглядом заполненный до отказа зал Сената. - Возможно, вы и предпочитаете воспринимать правду, как невиданную глупость, но я не отступлюсь. Официально заявляю: какой бы цена ни была, я приму ее. - она возвращается на свое место.

Весь кислород покидает мои легкие. Это самый смелый поступок из всех, что я когда-либо видела за всю свою жизнь. Меня разрывает от желания дать ей пять и потребности заключить в утешающие объятия.

Сенатор Адамс качает седовласой головой.

- Тогда, я печально обязан объявить, Камилла Льюис, о начале процедуры вашего... - тихий гул наполняет зал. Рядом с сенатором Адамсом открывается портал. Из него выходят Армагеддон, О-72 и пара неуклюжих Манус демонов. Высотой в шесть футов и почти в ту же ширину Манус покрыты длинношерстным черным мехом. Их огромные руки скребут пол. Острозаточенные желтые клыки выглядывают из-под губ.

Колокола Ада! Я видела Манус демонов на Арене, но не в *такой* близи. Эти монстры — головорезы мира демонов: огромные, безжалостные и вгоняющие в ужас. В режиме берсерка ими руководит лишь одно правило: *не оставлять никого в живых*. Адреналин течет по моим венам. Беги, мама!

Сенатор Адамс прочищает горло.

- Посол Армагеддон, вы как раз вовремя. Мы снимаем сенатора Льюис с должности, на основании ее неуравновешенного отношения к вам и нашим союзникам упырям.

На Армагеддоновом вытянутом черном лице появляется улыбка. Он складывает руки на узкой груди.

- Ох, в этом нет необходимости.

Адамс улыбается.

- Вы слишком добры, посол. Мы обеспокоены здравием ума сенатора.

Армагеддон нежно касается плеча Адамса.

- Нет, я совсем недобр. Сенатор Льюис права. Я собираюсь напасть на Чистилище. - глаза Армагеддона вспыхивают ярко-алым, его пальцы сжимаются на плече сенатора. Адамс застывает. Дюйм за дюймом, его тело вместе с мантией сенатора становится гладким и черным, как камень. - Начиная с тебя.

Армагеддон отнимает свою руку от плеча сенатора и тот пеплом опадает на пол.

От шока у меня трясутся конечности. Я знала, что Армагеддон вытягивает души из своих жертв, но видеть такое вживую — совершенно другое дело.

Крики раздаются в зале Сената. Толпа бездумно кидается к выходу. Я пытаюсь отыскать в обезумевшей толпе маму, но не могу. Ужас опаляет легкие, учащая дыхание.

Армагеддоновы глаза вспыхивают ярче.

- Принимайтесь за работу. - дает он отмашку окружившим его Манус демонам. - Никого не оставлять в живых.

Демоны высоко вскидывают свои тяжеленые руки и атакуют ближайших сенаторов. Открывается еще больше порталов. Из них выходят упыри бок о бок с красноглазыми Манус.

Из-под пресса из тел появляется Ксавье, в защитном жесте обернув рукой мамины плечи. Я резко выдыхаю. Она в порядке, по крайне мере пока.

Он тащит ее сквозь ужасное месиво из тел квази и демонов. В этой безумной толкотне столько спешащих людей, что кажется, будто и не движется никто. Группа сенаторов изо всех сил пытается протиснуться через главный выход: из-за того, что они пытались выйти все и разом, их тела застревают в проходе. Высоко подняв огромную руку, Манус обрушивает ею двоих сенаторов и часть гранитной стены, образуя огромных размеров проход. Ксавье с мамой протискивается сквозь новообразовавшийся выход и бегут по мраморному коридору. Тим следует прямо за ними.

Я наблюдаю за тем, как мой отец бежит за мамой с Ксавье и кривлю в отвращении губы. Когда мама нуждалась в нем, Тима в поле зрения не было. Теперь же, когда она вырвалась, он - первый из спешащих за ней. Это просто унизительно — делить ДНК с таким червем.

Мама, Ксавье и Тим мчатся по коридору; повсюду начинают открываться порталы. Манус демоны и упыри наводняют коридор, убивая всех квази, которых только могут найти. Пространство наполняется звуками ударов и криками. Ксавье заворачивает в тихий коридор и нажимает на мраморную стену.

- Где-то здесь должна быть комната паники. - в стене открывается панель, являя тесное грязное пространство за ней. Ксавье впихивает туда маму.

- Подождите меня! - он вжимается туда следом.

Я скриплю зубами. *Что за омерзительное поведение.*

Ксавье захлопывает мраморную дверь.

- Здесь вы будете в безопасности какое-то время.

Мама хватает Тима за руку.

- Моя семья ждет меня за гардеробной. Можешь открыть для них портал и вывести отсюда?

Рев демонов разрывает воздух. Вся краски сходят с маминого лица.

- Поторопись.

Картинка всплывает в моей голове: улыбающиеся лица Льюисов на маминой церемонии клятвоприношения. Сердце уходит в пятки. Конечно, они пришли сюда сегодня, чтобы поддержать при импичментизации. *Должен быть какой-то способ спасти их.* Мамина семья не может погибнуть здесь.

Тим закрывает свои огромные черные глаза.

- Наше Групповое Мышление изменилось. Новые голоса присоединились к Олигархии. - в раздумьи он морщит лоб. - Демоны наводняют Чистилище. Все Сенаторы и их семьи будут убиты. - он медленно открывает глаза. - У меня больше нет полномочий на открытие порталов. - Манус рычат все громче. Стены и пол дрожат от их атак и нападок. Тим делает шаг к стене, его нижняя губа дрожит от страха. - Мне жаль, Камилла.

Совсем не по-женски, мне хочется плюнуть в него. Трус.

- Порядок. Я сама их вытащу. - мама поворачивается к мраморной двери и активно начинает открывать ее ногтями.

Ксавье обнимает ее за плечи и оттаскивает назад.

- Коридор заполнен демонами. Ты не можешь выйти отсюда.

- Но я должна помочь своей семье! - мама пытается вырваться из хватки Ксавье. У нее дикие, полные слез глаза.

Я обнимаю себя за локти. Горечь и печаль обрушиваются на меня неподъемной тяжестью. *Нет никакого способа остановить это.* Скоро, мамина семья — *моя семья* — будет уничтожена.

Детский крик доносится из коридора. Мама отчаянно скребется в дверь, ее глаза пылают алым.

- Дани!

Я помню юркую девчушку, что звалась Вице Президентом Веселья в семье Льюисов. Неподъёмное чувство горечи и печали ломает что-то глубоко внутри меня. Пожалуйста, нет.

Ксавье оттаскивает маму подальше от двери.

- Камилла, ты не можешь выйти отсюда. Тебя убьют.

- Это моя племянница. Она всего лишь ребенок. Ты должен меня отпустить! - крики Дани становятся громче, а затем наступает тишина. Рычание Манус демонов затихает.

Рыдая, мама оседает на пол.

- Они пришли сюда, чтобы меня поддержать. И что сделала я?

Я крепче сжимаю локти; Удивительно, что кости еще не треснули. У меня болят руки от желания воплотиться в реальности прошлого, сжать ее сильно-сильно и прошептать:

Мне *жаль мама, мне так жаль.*

Я никогда не могла и близко представить всего ужаса Армагеддоновой войны.

Ксавье встает рядом с ней на колени, нежно гладя ее по спине.

- Их местонахождение не имеет и не будет иметь значения. Ты слышала Уолкера. Демоны наводнили Чистилище. Все семьи сенаторов — теперь их цель. - он поднимается на ноги и кладет руку на мрамор двери. - Мое сердце твое, Камилла.

Мама поднимает на него взгляд карих глаз, слезы катятся по ее щекам. - Куда ты собираешься?

Тим съеживается у стены.

- Они и тебя убьют, Ксавье. Ты сторонник квази — враг новому строю. - у него ломается голос. - Мы все теперь враги новому строю. Я слышу это в Групповом Мышлении. - у него дрожат пальцы, все сильнее сжимающие ткань мантии.

Наблюдаю за своим дрожащим упырьским отцом и понимаю, что его решение работать с моей мамой - смелый поступок. Многие упыри не воспринимали квази, как законную форму жизни, не говоря уже о том, чтобы принимать его как начальника. Он же рискнул, потому что хотел заботиться о ней и теперь его жизнь в опасности.

Ксавье прижимает ухо к двери.

- Я помогал строить это здание, помнишь? Мне известны способы выхода отсюда не замеченным. Я пойду к Армагеддону и посмотрю, что можно сделать.

Мама оглядывается, ее нижняя губа дрожит.

- Ты имеешь в виду ангелов, правильно?

Ксавье трясет головой.

- Не понимаю.

- Ты сказал, что поговоришь с Армагеддоном. Ты должно быть хотел сказать, что поговоришь со своими. С Ангелами.

Ксавье грустно улыбается маме.

- Да, конечно. С Ангелами.

Я морщу лоб в замешательстве. Мама слишком расстроена, чтобы заметить, но то, как он ответил на ее вопрос выглядит немного подозрительным. Что он имел в виду, говоря, что поговорит с Армагеддоном?

Мама поднимается на ноги.

- Я пойду с тобой.

- Нет, я пойду один или не пойду вообще. - он проводит пальцами по мраморной поверхности, в поисках открывающего механизма. - Вернусь так скоро, как только смогу.

Сцена передо мной застывает. Фигуры из плоти и крови превращаются в песок. Дюйм за дюймом, фигуры осыпаются на землю Серого Моря. Мой сон перемещается в место, где вокруг пусто и темно. Горечь и печаль наполняют мое сердце.

Мамин голос вырывает меня из темноты сна. Я просыпаюсь.

- Майла, ты меня слышишь?

Мои глаза открываются. Я лежу на мягком диване внутри маленького, но крепкого на вид дома. Комната наполнена позолоченной мебелью и изящными скульптурами. Восточные ковры покрывают пол. Мама стоит рядом со мной. Тихие переговоры множества голосов доносятся из открытых окон и эхом разносятся по комнате.

Я трясу головой, мой мозг еще не полностью проснулся.

- Где я?

- На даче королевы, - говорит мама. - У фраксов здесь лагерь.

Я рывком принимаю сидячее положение.

- Как долго я здесь нахожусь?

- С прошлого вечера. Я приехала сразу, как узнала о твоем ранении. - мой затуманенный разум пытается понять смысл маминых слов. Должно быть, меня вырубило, когда Линкольн лечил мне спину. *И я проснулась только сейчас?*

- Что со мной?

- Из-за инфекции у тебя сильно поднялась температура. — мама прижимает ладонь к моему лбу. - Но она спала около часа назад. Ты хорошо спала?

Воспоминания об атаке Армагеддона вспыхивают в моем сознании. Я хватаюсь за мамину руку.

- У меня было сновидение этой ночью.

Одно это слово, «сновидение» действует не хуже бомбы: оживленная болтовня слуг обращается идеальной тишиной. Фигуры, сновавшие за окном застывают. Ожидание наполняет воздух.

Я хмурюсь. Отличный ход, Майла. Меня принес в комнату королевы сам принц. И все должно быть просто умирают от любопытства. А теперь я говорю о сновидениях — суперредкой ангельской способности. Будь я карнавальной зазывалой, раздающим билетики из окна, то не смогла бы найти более заинтересованной публики.

Наклонившись, мама шепчет мне на ухо:

- Может это подождать до дома?

Ей не надо было просить меня дважды.

- Ага, конечно.

Мама поднимается на ноги и расправляет плечи, ее голос тверд, а тон серьезен:

- Тебе очень повезло, Майла. Доктор сказал, что ты могла умереть. - она замолкает, поднимая руку в ожидании реакции наших слушателей.

Тишина вокруг нас становится оглушительной. Колокола Ада. Представление «Что принцу надо от этой девчонки?» еще продолжается?

Мама расстроено выдыхает.

- Шоу окончено, ребята. Возвращайтесь к работе, или я позову королеву. - мгновенно все за окном вновь приходит в движение. Возобновляется тихая болтовня в коридоре. Я кидаю на маму одобрительный взгляд. Она все больше и больше ведет себя как в старые, сенаторские деньки. Это здорово.

Откидываю одеяло и ставлю босые ступни на холодный пол.

- Итак, когда мы уезжаем?

Мама тут же ко мне кидается и укладывает обратно.

- Доктор сказал, что тебе нужно отдыхать, а потому останешься здесь еще на несколько дней. - она натягивает одеяло до самого моего подбородка.

- Я нормально себя чувствую. Правда.

Мама садится на край кровати, ее голос тих:

- Это связано с тем фраксовым мальчиком, о котором ты мне рассказывала? Не могу поверить, что ты так им взволнована, что не можешь подождать своего выздоровления здесь.

- Нет, с ним это не связано. — *но, если быть честной с самой собой - это точно связанно именно с ним.* После моего странного наполненного желанием состояния прошлым вечером, мне хотелось быть от него на как можно большем расстоянии. - Я готова отправиться домой, вот и все.

Мама взбивает подушку под моей головой.

- Доктор прописал, Майла-ла. Я навещу тебя завтра. Может, тогда ты сможешь поехать домой. - она поднимается на ноги. - Пообещай мне, что отдохнешь немного. Обещаешь?

Кутаюсь в одеяло и улыбаюсь.

- Обещаю.

Как только мама уходит, я выскальзываю из постели, потягиваюсь и ловлю свое отражение в зеркале. На мне надета белая льняная сорочка. *Когда они успели?*

Пожимаю плечами. Полагаю, это лучше, чем проснуться в доспехе. Я подхожу к обставленному элегантными вещичками углу, провожу пальцами по тяжелым на вид обоям и разглядываю изящные скульптуры. Встаю у раскрытого окна. Ряды одноэтажных домиков раскинуты на некотором расстоянии от огромных цветных палаток.

Раздается стук в дверь.

- Можно войти? - это Линкольн. У меня сбивается дыхание. - Конечно. Открывается дверь и входит Линкольн.

- Здравствуй, мисс Льюис. - мое тело покрывается потом. Это никак не поможет мне выздороветь быстрее.

- Привет. - я прохожусь взглядом по его одежде: джинсы, влито сидящая черная футболка, кожаные ботинки. - Вау. Ты знаешь о двадцать первом веке.

- Точно, ты же меня только на официальных встречах видела. - он показывает на себя. - Добро пожаловать в мой выходной день.

- Мне нравится. - его же жестом я показываю на свою белую ночнушку. - Добро пожаловать на представление «Майла в первой попавшейся и неизвестно-кем-надетой ночнушке». - я хмурюсь. - Только не говори мне, что это был ты.

Он усмехается.

- Не скажу.

Целая чертова часть меня хочет улыбнуться в ответ, но я себя одергиваю, поворачиваюсь к нему спиной и вновь смотрю в окно. Он все равно тот еще придурок.

Голос Линкольна раздается позади меня:

- Хотел проверить, в порядке ли ты. Вчера вечером тебя вырубило от пары прикосновений. - он делает глубокий выдох. - Выглядишь неплохо. - затем следует долгая пауза, во время которой я смотрю в окно и не разговариваю с Линкольном. *Не забывай, что он та еще задница, Майла.* Не говоря уже о том странном, что произошло в конюшне. Наверное, это было проявлением аллергической реакции на нейротоксин. Мой внутренний демон знает только чувство гнева. Дело закрыто.

Тихо скрепят половицы под переминающимся с ноги на ноги принцем.

- Ну, я пойду.

Раздается стук удаляющихся ног. Что в моей груди сжимается. По какой-то причине, мне не хочется, чтобы он уходил.

- Хэй. - я поворачиваюсь к нему лицом. Он останавливается у самой двери; его рука сжимает ручку. Наши глаза встречаются. - Спасибо за... Ты знаешь.

Он выгибает брови.

- За спасение твоей жизни?

- Да, за это. - я позволяю себе полуулыбку и кое-что понимаю: сложно ненавидеть того, кто спас твою жизнь, особенно если этот кто-то делал тебе массаж.

- Без проблем. - он складывает руки на груди. - Мы чудесно провели этот месяц, занимаясь магическими лошадьми и спасением жизней.

Теперь мои губы растянуты в широкой улыбке.

- А у тебя хорошее чувство юмора. Почему-то я даже не предполагала, что оно у тебя есть.

Он смотрит на меня своим голубым глазом.

- Ну, не то чтобы я поразил тебя своим богатым внутренним миром, когда мы только познакомились.

Не могу сдержать смеха.

- Вот уж точно.

- На самом деле, я слишком долго отказывался принять действительность и ужасно себя вел. Мне очень жаль. -

Я криво улыбаюсь. Он так просто не отделается.

- И никаких больше неприятных комментариев о моем происхождении?

Вытянувшись по струнке, он прикладывает ладонь к сердцу.

- Никогда больше. - он подмигивает. - Мама со всей строгостью отчитала меня на эту тему. - его губы растягиваются в хитрой улыбке. - А ты знаешь, как это может быть.

Черт возьми, все-таки он легко отделается.

Он подходит ближе.

- Да, уж я знаю. - смеюсь.

- Как насчет начать все заново? - он делает легкий поклон. - Привет, я Линкольн.

Я молчу, внимательно за ним наблюдая. *Почему бы и нет?*

- Майла Льюис.

Он протягивает руку.

- Друзья?

Я пожимаю его ладонь.

- Друзья. – его кожа тепла и упруга. Вспоминаются его прикосновения к моей пояснице, и потому я быстро отдергиваю руку. - Кажется, я застряла здесь на несколько дней. - пожимаю плечами. - Хотя я не чувствую себя такой уж больной.

- У нас чрезмерно заботливый придворный врач. - бесенята танцуют у него в глазах.

Пихаю его в плечо.

- Хэй, выпишешь официальное освобождение от школы?

Он прислоняется к стенке, скрещивая ноги.

- Будет дополнительной наградой за победу в турнире.

- Итак, чем мы займемся, *друг?*

- Хочешь покататься на Тени Ночи?

Беру паузу, склонив голову набок. Воспоминания о его прикосновениях бурлят на задворках сознания. Мне надо быть осторожной. Никаких больше странных вспышек демонической похоти, особенно к парню, который только сейчас доказал, что не придурок. Но, хэй, друзья занимаются вещами типа прогулок на лошадях. Мы вполне можем позволить себе прогулку на лошадях.

Я киваю.

- Конечно.

- Хорошо. Пришлю к тебе кого-нибудь с одеждой для езды.

- Штаны, пожалуйста. - видела я, как фраксовы леди в длинных платьях разъезжают в дамских седлах. Это не по мне.

Он улыбается.

- Думаю, тебе предложат большой выбор.

- Замечательно. - я зеваю и потягиваюсь. - Встретимся у конюшни через час?

- Тебе не надо на подготовку больше времени?

Фыркаю.

- Так вот, какой ты меня видишь?

Он испускает смешок.

- Нет, не такой. - он распахивает дверь. - Значит, через час.

Линкольн выходит, и целая армия слуг в традиционных платьях и туниках наводняет домик. Они приносят мне еду, одежду и медную ванну, полную воды. Я моюсь, перекусываю и решаю надеть коричневые кожаные штаны, высокие сапоги и блузку с красным корсетом поверх. Свои длинные каштановые волосы я перевязываю черной бархатной лентой.

Нахожу конюшню. Снаружи стоит Линкольн с Тенью Ночи и еще одной холеной черной лошадью.

- Рад представить тебе Бастиона. - он кивает на черную лошадь.

- Красавец. - глажу его по шее. - Еще один из дома Стрига? - провожу пальцами по его шелковистой гриве.

- Да. Растил его не я, но, несмотря на это, мы очень близки. - он поправляет на Бастионе седло и тоже проводит рукой по его гриве. Наши пальцы встречаются; это касание вводит мою нервную систему в шоковое состояние.

Быстро отдергиваю руку, мое сердце стучит с удвоенной скоростью. Я ловлю взгляд Линкольна, пристально за мной наблюдающего. Его рука неслучайно коснулась моей. Внезапно я не могу прекратить думать о том, каковы его губы на вкус. *Соберись, Майла. Все что тебе от него нужно — это дружба.* Пора сменить тему.

- Как дела у демона Ярости?

Улыбка играет в глазах Линкольна.

- Намного лучше. Он все еще не сменил обличия, но мы все равно переместили его в дворцовый лазарет.

- Рада это слышать.

Мотая своей голубовато-серой головой, ко мне подбегает Тень Ночи. Есть у меня такое чувство, что ей уже не терпится броситься вскачь. Схватившись за седло, запрыгиваю на ее спину.

Линкольн делает то же.

- Готова?

Мое сердце решает, что это наилучший момент для того, чтобы забиться так громко, что его стук и движение крови по сосудам отдается у меня в ушах. Готова к *чему* конкретно? К дружбе, проблемам, чему-то еще?

Я крепче сжимаю поводья и все силы бросаю на то, чтобы казаться спокойной.

- Конечно. Куда?

- Следуй за мной. - Линкольн щелкает языком. Наши лошади срываются в галоп.

Копыта выбивают под нами дробь. Фраксы высовывают головы из своих цветных палаток. Кабельное у них здесь не проведено, поэтому, думаю, спешашего на прогулку принца они воспринимают как развлечение.

Перед нами простирается гряда холмов, покрытая желто-зеленой травой. Серые облака покрывают небо. Тень Ночи с Бастином берут более медленный темп, даже дыша и ступая в идеальной синхронности. Линия живой изгороди появляется впереди.

Линкольн оглядывается на меня, улыбаясь так, что меня пробирает до пальчиков ног. Его волнистые каштановые волосы танцуют вокруг лица, подчеркивая острые скулы и уверенные линии подбородка. Он кивает в сторону невысокой изгороди.

- Думаешь, это будет слишком опасно, если мы...
Сжимаю бока Тени Ночи пятками.

- Ная! - моя лошадь несется прямо на изгородь. Позади Линкольн щелкает языком. С каждой секундой стук копыт Бастиона становится ко мне ближе. Живая изгородь оказывается прямо передо мной. Тень переносит вес тела на задние ноги и прыгает вперед. Несколько мгновений радости от полета и невесомости, а затем тяжелый удар о землю при приземлении. Линкольн приземляется позади меня спустя секунду. Я натягиваю поводья Тени, пуская ее по кругу вокруг Линкольна и Бастиона.

- А это *мой* тебе пинок под задницу!

- Он смеется.

- Не думал, что это было соревнованием.

На моем лице сияет улыбка. Ладно, разве это не замечательно? Обычно, я зависаю с людьми, которым не нравится, что я наношу себе — или им — вред своими замашками. К примеру: если Сисси еще раз припомнит мне случай, когда я сломала ей зуб - я закричу. Сейчас же здесь Линкольн, пытающийся побить меня в прыжке через изгородь и смеющийся над своим поражением.

Я направляю лошадь так, чтобы мы встали бок к боку.

- Для воина, все является соревнованием.

Линкольн окидывает меня внимательным взглядом

- Ты действительно готова к состязанию со мной в полную силу?

Показываю ему язык.

- Покажи все, на что способен.

- Хорошо. Смотри. - улыбаясь, Линкольн вновь щелкает языком.

Тень с Бастионом начинают двигаться в другом направлении. Лошади медленно идут. Тропа сужается, заканчиваясь утесом над Серым Морем. Спешившись, мы ведем лошадей попить из пруда неподалеку. Я плюхаюсь на край утеса и свешиваю ноги. Пустыня простирается до самого горизонта, где угольно-черная земля встречается с серебряным небом. Чувство, будто я живу там — столько раз я видела это место в сновидениях Венеры.

Прикрываюсь летящего в глаза песка.

- И как часто ты здесь бываешь?

Линкольн садится рядом со мной на выступе.

- Каждый раз, когда мне нужно немного отдохнуть от дворца. Возможно, раз в неделю.

- Серое Море прекрасно, словно... - я опускаю и поднимаю голову, в поисках нужных слов.

- Словно черная пустыня?

- Точно. - мягко улыбаюсь. Никогда и никто прежде за мной не заканчивал мысль. В каком-то смысле, это здорово. - Итак, каково это — охотиться за демонами на земле?

Линкольн морщится.

- Непохоже на романтические книги. Большинство придворных леди просят опустить особо отвратительные моменты, поэтому я обычно сокращаю и просто говорю...

- Ладно, если одна из таких дам вдруг окажется поблизости - можешь перестать говорить. - кидаю на него хитрый взгляд. - Но сейчас, здесь только я, Линкольн.

- Точно. - он вскакивает на ноги. - Давай представим, что я демон. Я брожу по земле, учиняя на ней всевозможные бедствия, вот только люди принимают меня то за шторм, то за болезнь, вдруг разразившуюся в округе или тому подобное.

У меня раскрывается рот.

- Люди не могут видеть демонов?

- Неа. - он показывает на свой голубой глаз. - Только фраксы могут их видеть своей ангельской сущностью, ну, а ты их видишь, наверно, потому что сама наполовину демон. Ты в этой истории будешь фраксом.

Поднимаюсь на ноги.

- -Грр.

Линкольн испускает смешок.

- И «грр» тоже твое. - он кивает мне. - Итак, ты находишь демона, учиняющего где-то беспорядки, скажем, в лесу. Созываешь свою команду, образуя патруль.

— Вы одеваете те туники для борьбы с демонами?

— Неа. Единственное место, где фраксы надевают полное обмундирование — это патруль. У нас наисвежайшие модели бронежилетов, очки ночного видения и тому подобное. А еще Рикса традиционно берут это. - он вытаскивает две маленькие серебряные палочки из-за пояса джинс.

Я усмехаюсь.

— Надеюсь, мы доберемся до этой части.

— Они называются бакулумами. - он бросает их мне.

— Это я знаю. - я беру их в одну руку так, как видела это делал Линкольн на турнире. Представляю, как бакулумы превращаются в меч с широким лезвием из белого пламени. Затем обращаю огненный меч в сеть, копье, трезубец, в общем, развлекаюсь.

— Они удивительны. - я подскакиваю к нему, приставляя трезубец к его груди. - Вкуси смерти, демон!

Линкольн хитро усмехается и выгибает правую бровь.

— Ты только что сказала «вкуси смерти»?

Заливаюсь краской.

— Возможно, я увлеклась.

Он улыбается.

— Не надо краснеть, хотя... тебе идет.

Чееееееерт. Этот комментарий только заставляет меня покраснеть еще больше.

— Вкуси смерти. - он потирает свой подбородок в наигранной задумчивости. - С этим можно работать. - схватившись за сердце, Линкольн начинает шататься. Он заваливается на спину, для большей драматичности дергается и затихает.

— Прекрасное представление, ваше высочество. - я представляю, как огненный трезубец исчезает и так оно и происходит. Склонившись над Линкольном, кладу серебряные палочки ему на живот. - Спасибо.

Он смотрит на меня своим правым глазом.

— Всегда пожалуйста. - принц садится, потирая подбородок. - Как ты это сделала? Только Рикса могут активировать бакулумы.

Пожимаю плечами.

— Не знаю. Вы когда-нибудь проверяли это утверждение на квази? Может, мы всегда были на такое способны.

Он медленно кивает.

— Конечно, может.

Присаживаюсь рядом с ним; сухая трава царапает руки. Мы молчим какое-то время. Разряды энергии потрескивают между нами. Одна мысль все продолжает занимать мою голову: я приподнимаю левую руку всего на пару сантиметров, в стремлении коснуться его бедра. Мои пальцы дрожат от нетерпения.

Воу. Найди чем занять свои руки, Майла. Срываю широкую травинку. Зажав ее строго между большими пальцами, я дую. Травинка издает похожий на рев трубы звук.

В течение секунды Линкольн наблюдает за моими руками. Затем переводит взгляд на меня. Его взгляд наполнен желанием и мой пульс ускоряется до предела. Губы принца изгибаются в хитрой улыбке, и у меня появляется дурное чувство, что он точно знает для чего мне понадобилось имитировать трубу: для того чтобы не позволить себе коснуться его. Решаю, что лучшее, что можно сделать в данной ситуации — это притвориться, что делаю я это просто так. Вновь издаю трубный звук.

Линкольн срывает травинку себе.

- Не знал, что трава на такое способна.

Подмигиваю.

- Ты много чего не знаешь. - слишком много напряжения, потому я ложусь спиной на землю и смотрю в облачное небо. С увеличением дистанции между нами становится немного легче. Очередная смена темы тоже может помочь. - Итак, чем займешь сегодня вечером?

Линкольн ложится рядом со мной, смотря на все то же пасмурное небо, из-за чего выходит из безопасной для меня зоны. Мои пальцы вновь начинают дрожать.

Принц вздыхает.

- Званый ужин. Обязанности Принца. Скукота. - поворачиваюсь к нему. - Ты отмазал меня от школы. Меньшее, что я могу сделать — это вернуть тебе услугу. - он поворачивается ко мне лицом. Мы обмениваемся улыбками. Что-то переворачивается в моем животе.

Он вскидывает брови.

- Что, конкретно, ты собираешься делать?

Растягиваю губы в улыбке Чеширского Кота. Конечно, в прошлом у меня была парочка неудачных планов. Но, как бы то ни было, тот, что появился в моей голове был неописуемо прекрасен и нуждался лишь в паре штрихов, чтобы стать самим совершенством.

- У меня есть парочка идей... Но хочу, чтобы это было сюрпризом.

- Ладно. Просто создай нам как можно *больше проблем.*

- И создам. - я смотрю на него в течение долгих секунд, затем трясу головой. - Не могу поверить, что ты все тот же парень, с которым я познакомилась на приеме.

- А я и не тот. - его губы изгибаются в причудливой улыбке. Я краснею.

Он кладет руки под голову.

- Знаешь, я видел тебя однажды, еще до бала Райдеров.

Я закатываю глаза.

- Конечно, видел.

Он издает смешок.

- Ты гонялась за стайкой Докси демонов около конюшен у особняка, насколько я помню. - кидаю на него озорной взгляд. Так вот почему он спрашивал о конюшнях Райдеров на балу. Он знал, что я мимоходом убивала Докси. И почему это произвело на него такое впечатление? Есть только одна возможная причина.

- Я убила их первой, не так ли?

Он наигранно хмурится.

- Да.

Ооооx, я люблю побеждать.

- Давай посмотрим. Это значит, что я побила тебя не только в прыжках через изгородь, но в убиении Докси. А это уже на одна победа, а две.

Линкольн поигрывает бровями.

- Это вызов, Майла?

Я закатываю глаза.

- Тебе? Всегда.

В мгновение ока он переворачивается и оказывается на мне. У меня сбивается дыхание от чувства его твердых мышц, прижатых к выступающим частям моего тела. Жар наполняет мое сердце. Его губы зависают прямо над моими.

- Ты уверена?

В течение секунды я раздумываю над тем, чтобы ударить его в пах, вскочить на ноги и бежать к Ночи, но только в течение одной секунды. Я - Майла Льюис и я так просто не отступлюсь. Я смогу с этим справиться. Друзья дерутся друг с другом и дурачатся. Все нормально.

- Конечно, я уверена.

Он поднимает руку и проводит пальцем по моей щеке. Тепло разливается внизу моего живота.

- Я не против мысли о твой надо мной победе. - его руки по обе стороны от моей головы, его колени по обе стороны от моих бедер. - Совсем нет.

Я смотрю на его полные губы. Каждая клеточка моего тела хочет коснуться его, поцеловать. Какого черта со мной творится?

Он хитро мне улыбается.

- Хочешь знать почему меня это не волнует?

Раскаты грома сотрясают пространство. Возможно, надвигается шторм. Возможно, меня молнией расщепит на миллионы крошечных кусочков. Возможно, мне все равно. Мой внутренний демон желания рвется наружу с удвоенной силой. Я открываю рот, надеясь, что из него выйдет что-нибудь смешное и милое. Но, вместо этого, я только киваю. Полный провал.

Линкольн наклоняется ближе, облизывая свои губы.

- Меня это не волнует, потому что... - в этот момент я уверена, что меня ждет первый поцелуй. - Потому что я собираюсь надрать тебе задницу на обратном пути к конюшням.

Вскочив на ноги, он бросается к Бастиону и вспрыгивает на его спину.

Я резко поднимаюсь на ноги, во мне мешается сексуальное напряжение напополам с яростью.

- Ублюдок! Ты лживый хитрый злостный, сукина сына, ублюдок!

Линкольн подает Бастиона и лошадь поднимается на задние ноги.

- Увидимся позже. - он подмигивает.

Я топаю ногой, сверля злым взглядом, но все эти почти-поцелуй-вещи не дают быстро собраться с мыслями.

Линкольн направляет Бастиона в нужную сторону, оглядывается через плечо и улыбается. Прижав пятки к животу Бастиона, он пускает того в галоп.

Это заставляет мою голову проясняться быстрее.

Я не позволю какому-то горячему ублюдку королевских кровей, выбить меня из колеи грязными разговорами, что заставляют задаваться вопросом о том, как он выглядит без одежды. И, кстати, об этом, с каких пор я думаю о *ком-либо* без одежды? Ну, не считая Линкольна, чей голый живот имеет идеальный рельеф.

Я трясу головой. *Соберись, Майла.*

Пересекаю площадку на утесе и вскакиваю на Тень Ночи.

- Давай сделаем его, Тень. - прежде, чем слова срываются с моих губ, она пускается в галоп. Но вскоре мы теряем Линкольна с Бастионом в лесу. Я догоняю их уже у конюшен.

Принц стоит рядом с Бастионом, чрезвычайно довольная улыбка играет на его полных губах.

- Хэй, лузер.

Пускаю Ночь наматывать круги вокруг Линкольна и его лошади.

- Хэй, читер. - *со мной больше никогда не прокатит подобный "Мистер Секси" трюк, мой друг.* Я тыкаю пальцем прямо ему в нос. - Кроме того, я бы не стала так шутить над тем, кто собирается вытащить тебя с невыносимо скучного мероприятия.

Действительно. И, после всего этого, ты *все еще* опережаешь меня на одно очко. - он делает легкий поклон в мою сторону.

- Уже лучше. - я наклоняю голову. - А сейчас, если ты простишь, мне еще многое надо сделать, в подготовке к завтрашнему делу. - я откидываюсь назад в седле и машу ему ручкой.

Он испускает смешок.

- Веселись.

- Повеселюсь. - поглаживаю Тень Ночи по шее. - Девочка, отвези меня к... - она пускается в бег прежде, чем я заканчиваю предложение. Пока мы пересекаем фраксово поселение, я продолжаю думать об одном: мероприятие обещает пройти феерично.

ГЛАВА ШЕСТНАДЦАТАЯ

К тому времени, как я возвращаюсь в поселение фраксов на улице уже темно. Я завожу Тень Ночи в стойло, затем крадусь по главному коридору с озлобленным баулом на спине: в нем коробка, наполненная Реперио демонами из класса биологии.

Это так классно; я просто не могу дождаться.

На цыпочках прокрадываюсь к длинному деревянному зданию с куполообразной крышей. Единственные окна в нем - вентиляционные отверстия, по одному с каждой стороны здания. Я останавливаюсь и поправляю капюшон-маску своего боевого костюма. Свет мигает в оконных отверстиях. Изнутри доносятся голоса и звон серебра. Фраксы пируют.

Глубоко вздохнув, я встаю под одним из отверстий для вентиляции. Используя неровности деревянной стены, влезаю наверх и сажусь на оконный выступ. Передо мной потолок, под которым раскинута сеть из тяжелых деревянных балок.

Улыбаюсь. Будет легче легкого пробраться по главной балке.

Осторожно прячась в потолочной тени, осматриваю зал подо мной. Два длинных деревянных стола заполнены фраксами. Мужчины одеты в туники; женщины в традиционные платья цвета их дома. В дальнем конце здания у потрескивающего огнем камина сидит менестрель наигрывая мягкую мелодию. Слуги суетятся вокруг, наполняя вином опустевшие стаканы и тарелки. В середине дальнего от меня стола на троноподобных стульях восседают король, королева и принц. Линкольн одет в черные кожаные штаны, серебряную кольчугу и черную тунику.

Князь Акка поднимается на ноги. Он проводит рукой по своим тонким рыжим волосам.

- Возможно, Наследница удостоит нас чести и споет?

- Конечно, отец. - Адейра соскальзывает со своего стула и подходит к менестрелю. На ней длинный белый плащ, такой же, как на старом Скале. - Знаю, вам всем интересно каково это - быть Наследницей Скалы. - она окидывает всех драматичным взглядом. - Конечно, это значит появления у дома Акка огромной силы. - она кивает своему отцу. Он так широко улыбается, что ему, должно быть, больно щеки.

Адейра складывает на груди руки, пряча те в длинные рукава.

- Теперь я нечто большее, чем обычный фракс и, возможно, даже большее, чем смертный.

Я закатываю глаза. Это хуже, чем ее «могу я потрогать ваши мускулистые мускулы» поведение. Этой девочке нужна здоровая доза реальности.

- Этим вечером, я хочу разделить со всеми вами мое приключение в роли Скалы . - Адейра делает глубокий вдох и переводит взгляд на менестреля. - Я написала песню на мелодию «Собираешься на ярмарку в Скарборо?». - она кивает музыканту и тот начинает играть тихую мелодию. Внимание всех присутствующих обращено к Адейре и ее песне.

Это мой шанс.

С коробкой, полной зла, я крадусь по главной балке зала.

Адейра прочищает горло, затем поет трепещущим голосом старой леди:

Кто будет поклоняться Скале Адейре?

Все фраксы одновременно

Моя сила велика, мои решения справедливы,

Кто не хочет любимого моего?

На словах «любимого моего» она смотрит прямо в лицо Линкольна. Он едва уловимо кривится в отвращении, неосознанно поднимая взгляд. Тут он видит меня и подмигивает.

Тепло разливается у меня в груди; на губах появляется улыбка. Линкольн совсем не такой, каким я его считала. Веселый, красивый, сексуальный и — не будем забывать о моих любимых качествах — способен постоять за себя и конкурировать в этом со мной. Часть меня удивляется тому, как быстро и далеко все зашло, хотя всего несколько дней назад я считала его главным придурком планеты. Хорошо, что другая часть меня утаскивает обеспокоенную меня в дальний угол сознания и выбивает из той дерьмо.

Музыкант проигрывает еще пару аккордов и затем Адейра вновь открывает рот:

Моя сила велика, мои решения справедливы,

Кто не хочет любимого моегооооооооооооооооо?

Линкольн кидает взгляд в мою сторону и одними губами произносит:

- Ни за что.

Я улыбаюсь. С моих плеч падает камень, о существовании которого я и не подозревала. Думаю, часть меня беспокоилась о значении ангельских уз между Линкольном и Адейрой. Мне не хотелось думать, что на всю жизнь он повязан с этой крысой.

Кстати, о крысах... Я улыбаюсь, затем безмолвно показываю свою мускулистую руку Линкольну и одними губами произношу:

- Можно тебя потрогать?

Линкольн кидает на меня сердитый взгляд и трясет головой. Повернув в мою сторону голову, он средним пальцем многозначительно поглаживает свою бровь. Я прикусываю костяшки пальцев, чтобы не засмеяться вслух.

Адейра поднимает руку.

- Спасибо, мой народ! - комната взрывается восторженными аплодисментами, но громче всех, конечно, князь Акка. Линкольн вежливо хлопает. После этого он делает глоток вина.

Махнув рукой, привлекаю его внимание. Тыкаю пальцем сначала в коробку в моих руках, затем в окно на другом конце балки.

Линкольн незаметно кивает, подавляя смех, его щеки все еще полны вина. Он старается его проглотить, но, вместо того, подавившись, начинает кашлять.

Эйвери кидается к нему.

- Вы в порядке, ваше высочество?

Линкольн прочищает горло.

- Я в порядке, спасибо.

- В стропилах есть что-то, беспокоящее вас? - она вскидывает голову. Я застываю.

Дерьмо, меня могут раскрыть.

Он хватает Эйвери за руку.

- Нет. - все ее внимание обращено к нему. - Есть один вопрос, что я хотел задать вам, эм, Эйвери.

И без того огромные глаза Эйвери становятся еще больше.

- Ох, мой. Все, что пожелаете, ваше высочество.

- Вы... - он кусает губы.

- Да? Да?

- Наслаждались... своим ужином?

- Ах, он был очень хорош, ваше высочество. Мне всегда нравилась грудинка.

С улыбкой до ушей я открываю маленькую коробку с Реперио демонами.

Вот оно.

Противные маленькие человечки проворно пробегают по балке и сбегают по стене.

Крошечный деревянный мужичок запрыгивает на праздничный стол, опрокидывает бокалы с вином и топчется на грудинке. Леди-карандаш сгибает из серебряных приборов непристойные фигуры.

Фраксы приходят в бешенство. Хотя все они и дали клятву бороться с демонами, никто с собой оружия не взял. Правда, от Реперио больше беспорядка, чем вреда. На данный момент они заняты вилкометанием и кортофелебросанием.

Я быстро подбегаю к окну на противоположном конце балки и спрыгиваю на землю снаружи. В замешательстве Линкольн быстро выскальзывает за дверь. Я хватаю его за руку и бегу прочь оттуда. Его ладонь тепла, а ее хватка крепка, что заставляет меня ощущать разряды удовольствия. Мы добираемся до конюшен и останавливаемся.

Я так сильно смеюсь, что обнимаю себя за живот, в попытке не свалится на землю.

- Ты видел лицо Адейры?

- Адейры? Я наблюдал за князем Акка. Думал он вот-вот расплачется.

- Тебе надо вернуться туда, чтобы помочь?

- Точно нет. С меня достаточно. Есть ли у твоего плана вторая часть? - он поднимает брови и жар в моем животе разгорается с удвоенной силой.

- Конечно. - я киваю на Ночь с Бастионом, оба оседланы и готовы к поездке. - Мы с тобой вломимся в ботанический сад Райдеров. - затем следует пауза, в течение которой лицо Линкольна не читаемо, но затем на его губах расцветает улыбка.

- Замечательно.

В вечерней темноте мы скачем к огромной оранжерее в три этажа высотой и сделанной полностью из стекла. Огромное дерево торчит в потолке здания, оканчиваясь густым пологом из листьев.

- Мы на месте. - спрыгиваю с Ночи и пробую открыть дверь. Закрыто. Хмурюсь.

- Ну, я должна была *это* предвидеть.

Линкольн поворачивается к Тени Ночи.

- Поможешь нам войти, девочка?

Лошадь тихо ржет и дверной замок исчезает. Точно; я и забыла, что Ночь может магичить.

Открываю дверь и вхожу внутрь. Лунный свет отражается от деревьев, виноградных лоз и кустарников, что рядами тянутся вдоль стен оранжереи. Мои губы растягиваются в удовлетворенной улыбке. Это не общественное, закрытое для большинства место, поэтому конечно, я в течение многих лет хотела сюда пробраться. Кидаю быстрый взгляд на Линкольна: мое сердце пропускает удар. *Иметь партнера по преступлению — это здорово*. На цыпочках я крадусь вглубь здания, ведя его к гигантскому дереву в центре. Все это время я думаю о том, что мы одни, в темноте и в лунном свете он выглядит еще привлекательней. Биение моего сердца громом отдается в ушах.

- Мы на месте. - делаю легкий поклон. - Очень редкое и прекрасное дерево Тумптум. - подойдя ближе, провожу рукой по коре старого дерева, чувствуя жизнь и энергию под ладонью. - Их можно встретить только в Чистилище.

Линкольн пихает меня локтем.

- Ты - одна сплошная проблема, Майла Льюис. - он наклоняется вперед, и озорно улыбается, что приводит мои внутренности в желеобразное состояние.

Мои глаза превращаются в щелочки. Я не настолько желеобразное создание, чтобы так просто позволить такой комментарий.

Сделав шаг назад, я складываю руки на груди и надеваю маску праведного негодования.

- Я *не* проблема. У нас миссия милосердия.

- Действительно? Здесь?

Пальцем показываю на знак на стволе.

- Видишь? На этом бедном дереве знак «не залазить» и это просто неправильно. Если бы когда-нибудь у деревьев появился шанс прокричать: «сейчас же на меня залезь!», то это дерево им бы воспользовалось.

Линкольн покачивается на пятках.

- Это аргумент.

- Конечно, и аргумент хороший. - я хватаюсь за узловатый ствол и начинаю карабкаться. Линкольн залезает на противоположной стороне. Я занимаю положение, позволяющее стоять на горизонтальной ветке.

- Первый коснувшийся потолка — победитель.

Линкольн находит новую опору под ногу в коре и подтягивается вверх.

- Заметано.

Волна азарт захлестывает меня. Он не говорит мне слезть и остаться в безопасности, и сам он не трусит; вообще-то, он же меня к вершине и гонит. Я так рассеяна и счастлива, что чуть не падаю с ветки, схватившись за нее в последний момент. Я сосредотачиваю все свое внимание на стволе и карабканье.

Я знаю, что это соревнование я могу выиграть в легкую: в конце концов, у меня есть преимущество. Но продолжаю держаться чуть позади, находясь к Линкольну под таким углом, что б можно было любоваться его упругими бедрами и мускулистой спиной. Жар распространяется по мне. Под конец, я останавливаюсь совсем, осознав очевидное. Мой внутренний демон Ярости знает и гнев и похоть, а Линкольн, по какой-то причине, — тот парень, что заставляет просыпаться обе эти части.

У меня проблемы.

Звук голосов доносится со стороны поселения.

- Принц Линкольн! - я выглядываю в окно оранжереи. На горизонте появляются огни факелов.

Поисковый отряд. Упс.

Скатившись по стволу, Линкольн приземляется у основания дерева. Он поворачивается ко мне, задирая голову.

- Подать тебе руку, Майла?

Если честно, я и сама прекрасно могу справиться со спуском с дерева. Но я смотрю на протянутые Линкольном руки, на его мускулистую грудь и мой внутренний демон вожделения начинает реветь громче. Внезапно, мне так сильно хочется его коснуться, что я готова воспользоваться любым предлогом.

- Конечно. - спускаюсь еще немного, затем отталкиваюсь от ствола и падаю прямо Линкольну в руки. Я медленно стекаю по его телу на землю. Грудью и животом я чувствую каждый изгиб его тела. Желание захлесты-вает меня, наполняя жаром тело.

Привееееет, демон похоти.

Я медленно облизываю губы.

- Спасибо, Линкольн.

- Всегда пожалуйста. - вблизи, он пахнет землей, сосной и кожей. Он оборачивает руки вокруг моей талии.

- Я имел в виду именно то, что и сказал сегодня, Майла.

Мое лицо вспыхивает от удивления и жара. Он же не заговорит об *этом* снова? О нашем почти поцелуе?

- Имеешь в виду, когда мы говорили о поражениях?

Его рука скользит по моей спине; от желания, по мне пробегает дрожь.

- О поражениях, как о *вызове*. Это моя постоянная тема для жалоб: никто не подгонял меня быть лучше, чем я есть сейчас. Но ты это делала, даже когда ненавидела меня. - он улыбается. - *Особенно* когда ты меня ненави-дела. - он пальцами проводит по моим волосам у основания шеи. – Значит ли это что-то?

Я встречаюсь со взглядом его разноцветных глаз и осознаю, что, да, я совершенно точно понимаю, о чем он говорит. Я восемнадцать лет своей жизни провела в надежде, что жила *терпимой* жизнью и потому не искала того, кто мог бы со мной побороться. Кто знал, что создания, вроде Линкольна, существуют? Я хочу сказать это вслух, но в моем горле ком. Мне удается выдавить всего четыре слова:

- Да, значит. Очень много.

Его глаза почти сияют в темноте.

- Мне нравится это. Чувство, будто у меня есть соратник, партнер. - он обхватывает мое лицо. - Мне нравишься ты, Майла. - мои коленки превращаются в желе. *Ты мне нравишься тоже.*

Он касается своими губами моих и, черт, мне так хорошо. Его губы мягкие, а касание его языка посылает по телу электрические разряды. Мое сердце бьется, словно сумасшедшее. Я хватаю его за футболку и сжимаю ткань в кулаке. Наш поцелуй становится глубже. На горизонте, молния ударяет в землю, затем следует тихий раскат грома. Вспышка света разрушает очарование момента. Мы отрываемся друг от друга.

Я трясу головой.

- Странно. Сегодня не должно было быть шторма.

- Принц Линкольн! - голоса снаружи становятся громче.

Линкольн вздыхает.

- Лучше нам уйти отсюда.

Мы покидаем теплицу, подзываем наших лошадей и возвращаемся в поселение. Отовсюду доносятся голоса, зовущие принца Линкольна. Еще больше факелов вспыхивает в темноте. Линкольн спрыгивает рядом со мной и берет поводья Тени Ночи.

- Твой домик за теми деревьями. Тебе надо идти; я позабочусь о Ночи.

Молча показав Линкольну большой палец, прокрадываюсь к двери своего домика. Комната уютна и тепла. Я переодеваюсь в новую ночнушку, заползаю под одеяло и быстро засыпаю. Улыбка не сходит с моего лица.

***

Следующим утром я просыпаюсь от звуков маминого голоса. Она недовольна, что может значить только одно: у меня неприятности.

- Майла. - мама трогает меня за плечо. - Давай же, просыпайся.

Я открываю глаза, стараясь выглядеть настолько невинной, насколько это возможно.

Ее губы от злости поджаты в тонкую линию.

- Что вчера произошло?

Она переходит сразу к делу. Поправочка: у меня *большие* неприятности.

- Ничего. Я просто сидела здесь, размышляя над чем-то своим. - выдавливаю из себя кашель. Дважды - Восстанавливалась. А что?

- На вчерашнем праздновании зимы были выпущены Реперио демоны. Те же самые, что пропали из твоей школы прошлым вечером. Это вызвало большую шумиху.

- Шумиху, хах? Им нужно поработать над своей системой безопасности. – заставляю свое тело дрожать. - Я слышала крики в районе ужина. Было так страшно; я оставалась здесь и делала домашние задания.

Мамины карие глаза превращаются в щелочки.

- Понятно. Что за домашняя работа?

- Очень важная... работа. - я плохо соображаю, если что-то не касается убийства демонов.

- Гмм. Райдерам сообщили, что кто-то вломиться в их оранжерею, прошлой ночью.

- Да ладно! Поразительно.

- Из тебя ужасная лгунья, Майла.

Я ухмыляюсь ей, возможно, слишком дерзко.

- Хэй, у меня есть собственная правда, которой я и придерживаюсь.

- Мы едем домой. Сейчас.

Моя улыбка меркнет. Думаю, я знала, что когда-нибудь это закончится, но известие о раннем отъезде все равно приносит разочарование.

Мама хватает с собой кучку моих вещей и выходит из домика. Я натягиваю штаны и следую за ней. Все уже проснулись и выглядывают из окон своих домиков и палаток причудливых цветов. Линкольн стоит снаружи, прислонившись к дверному косяку своего дома. Он одет в обтягивающую белую майку и фланелевые пижамные штаны. У меня чешутся руки – так хочется коснуться его груди. Сейчас же.

Мама подходит к Бетси и заводит двигатель. Я следую за ней, чувствуя на себе взгляд Линкольна. Когда я сажусь на переднее сидение наши взгляды встречаются. Он подмигивает; я краснею. Черт, вчера было очень весело.

Мы едем вдоль бесконечного ряда домов. Первые леди стоят снаружи, каждая одета в ночную сорочку цвета своего дома. Если бы взглядом можно было проткнуть - меня б уже давно изрешетили.

Я возвращаюсь домой на день раньше, но оно стоило того. Абсолютно.

Мама постукивает по рулю ногтями.

- Если ты достаточно здорова, чтобы устраивать неприятности, значит, достаточно здорова, чтобы учиться. Я высажу тебя у школы.

Я открываю рот, чтобы аргументировать свою нужду в еще одном дне перед телевизором:

- Ну, я... ты должна понимать, что...

Мама поджимает губы.

- У меня нет никакого желания выслушивать это.

- Знаешь, что? - я откидываюсь на спинку сидения. - Мне нечего сказать. Высаживай у школы.

На мамином лице появляется крошечная улыбка.

- У них в любом случае на уроке не будет демонов.

- Значит ли это, что мне не надо идти в школу?

- Хорошая попытка.

Я оказываюсь в школе где-то после обеда. Сисси появляется рядом в ту же секунду, что мои кроссовки касаются пола школьного коридора.

- Приятно видеть тебя в добром здравии, дорогая. - она быстро целует меня в щечку.

- Спасибо, Сисси.

- Итак, я думала, что ты до завтра не появишься в школе. Что случилось?

Что случилось? Линкольн случился. Жар опаляет мои щеки при воспоминании о нашем поцелуе и его милых словах. *Не то что бы я собираюсь об этом рассказывать Сисси.* Последнее чего мне хочется — это пробуждения ее демона ревности. Я прочищаю горло.

- Почувствовала себя лучше.

Сисси кладет свою руку на мою.

- С тобой все нормально? Ты покраснела.

Выдавливаю из себя кашель.

- Да, я в порядке. Все еще восстанавливаюсь. - колокола Ада, можно ли вести себя еще более подозрительно?

Сисси мягко гладит меня по руке.

Не перенапрягайся, дорогая.

Я выдыхаю.

- Ты права. - и потому, больше никаких подозрительных действий. Дорогая.

- Ах, ты не поверишь, что произошло в школе. Кто-то спер всех демонов из класса биологии.

- Не. Может. Быть. - я улыбаюсь, мои глаза вспыхивают алым. Разговор о поцелуе с Линкольном? Плохая идея. Похвастаться о том, что стащила Реперио? Необходимость.

- Колокола Ада! Майла, ты к этому как-то причастна?

- Совершенно точно уверена в том, что причастна. - поигрываю бровями. - Это точно я стащила Реперио и выпустила их на фраксовом ужине. Разве это не лучшая идея в истории?

Сисси вздыхает.

- Я не буду читать тебе нотаций о том, почему это было совершенно безумным поступком. Если бы тебя поймали, то все обратилось бы очередным дипломатическим кошмаром. Не говоря уже о том, что кража школьного имущества — преступление.

Цокаю языком.

- Это одна из твоих не-нотационных-нотаций, не так ли?

Сисси пытается нахмуриться, но вместо этого улыбается.

- Ты одна сплошная проблем, Майла Льюис.

Интересно то, что Линкольн сказал то же самое. Вспоминаю наш поцелуй и чувствую, как уплываю. Должно быть, взгляд на моем лице был уж очень тупым, потому что, к тому времени, как я возвращаюсь к реальности, на Сиссином лице появляется подозрительный взгляд. Полный провал.

- Зачем ты выпустила демонов на фраксовом ужине? - она поджимает губы. - Имеет ли это какое-то отношение к принцу Линкольну?

Оставайся спокойной и убедительной, Майла.

- Ах, к нему? Он просто друг. - друг, с которым я целовалась, а сейчас хочу раздеть и облизаться, вот и все.

- Ты что-то скрываешь от меня? - ее глаза вспыхивают алым.

Вооо-уу. Нужно убираться отсюда, пока она не обрушила на меня всю мощь своего демона ревности.

- Извини, Сисси. Мне нужно бежать, а то опоздаю.

Развернувшись на пятках, убегаю прежде, чем у нее появляется шанс остановить меня.

Фуф. Это было близко.

ГЛАВА СЕМНАДЦАТАЯ

Доброе утро, Майла. Ты призвана служить.

Открываю глаза и зеваю.

- Привет, Уолкер. Давно не виделись. - вообще-то, с последнего раза, как я его видела прошло три месяца, я тогда победила Диакона на Арене и чуть не набросилась на Линкольна. Кто знал, что все закончится тем, что мы с этим парнем поцелуемся? С тех пор я успела побывать на осеннем и зимнем турнирах. Как быстро летит время.

Уже несколько дней как наступил новый год. Слишком большой промежуток времени между визитами моего дорогого старшего брата. Правда. Обычно он раз в месяц выкрадывает меня посмотреть на бои других воинов Арены.

Я притворно хмурюсь.

- Я скучала по тебе, Уолкер.

Мое сердце грустно стучит. *По Линкольну скучаю тоже*. Я с зимнего турнира от него ничего не слышала. Это действительно выбивает из колеи, словно я для него девчонка на один поцелуй. Тень Ночи теперь постоянный житель райдерских конюшен; я регулярно вывожу ее на прогулки близь фраксового поселения. И каждый раз надеюсь наткнуться на единственного человека, но удача не на моей стороне. А для того чтобы сделать что-то большее я слишком горда.

Тихо вздыхаю. Ладно, на самом деле я *не* настолько горда, чтобы сделать первый шаг, но фраксово пристанище все эти дни находилось на каком-то чрезвычайно закрытом режиме.

Уолкер пристально за мной наблюдает.

- Я тоже по тебе скучал. - он потирает свои длинные бакенбарды. - И, кстати, слышал о твоих успехах.

Откидываю одеяло и на носочках ступаю по холодному полу.

- О каких это?

- Ты сильнейший воин Антрума.

- Ах, да. - подхожу к шкафу, открываю верхний ящик и вытаскиваю золотой нагрудник. - Королева Октавия забила мне место в списке участников турнира и выдала доспех. - прикладываю к себе нагрудник поверх серой ночнушки и позирую перед Уолкером. - В этой штуке я прикончила Арахноида.

Уолкер улыбается.

- Хотелось бы мне это увидеть.

Подмигиваю.

- Может, в другой раз. - осторожно кладу нагрудник обратно в ящик. - Итак, с кем я сражаюсь сегодня?

Уолкер понижает громкость голоса:

- У меня для тебя сюрприз. На самом деле, мы идем смотреть на иконограцию

Я хлопаю в ладони.

- Не. Может. Быть. - иконограция — это когда Скала массово перемещает души в Рай и Ад. Супер круто.

- О, я нашел способ. - он прикладывает палец к губам, как бы прося быть тише. - Только не говори своей маме о том, что мы собираемся сделать.

Безмолвным жестом закрываю свой рот на замок.

- Принято. - мама всегда сходит с ума, если я занимаюсь чем-то необычным. Есть у меня чувство, что само упоминание об иконограции снесет ей крышу.

- Увидимся через несколько минут. - Уолкер выходит из моей комнаты, осторожно прикрывая за собой дверь.

Я принимаю душ, переодеваюсь в свой боевой костюм и с елейной улыбочкой на лице вхожу на кухню.

Мама сидит за столом, держа кружку горячего кофе в руках. Она кидает на меня один-единственный взгляд и тут же хмурится.

- Что происходит, Майла?

Я надеваю свое лучшее «сама невинность» выражение лица: широко распахнутые глаза и сумасшедшая скорость моргания.

- Уолкер забирает меня на Арену на очередной смертельный бой. Ну, знаешь, как обычно. - кучка демонических батончиков лежит на краю столешницы. Я беру один и распечатываю.

- Какие-нибудь странные сны этой ночью?

- Неа.

- Новые друзья?

Если не считать наследного принца фраксов?

- Сисси все еще моя лучшая подруга, мам. - не полная, но правда.

Мама обращается к Уолкеру:

- Что за душа сражается сегодня?

- Генеральный директор финансового конгломерата. Ужасный противник. – в отличие от меня, Уолекр действительно хорошо лжет.

Мама пристально меня рассматривает в течение целой минуты. Ее пальцы неспешно барабанят по столу.

- Думаю, все в порядке.

Замечаааааательно.

Проглатываю последний кусочек своего завтрака.

- Тогда, мы пошли. - Уолкер склоняет голову. Треск наполняет пространство вокруг, когда рядом с нами открывается портал. Я беру Уолкера за руку.

- Увидимся позже, мама.

Она наблюдает за мной своим правым глазом.

- Угу. - после моей небольшой шалости с Реперио демонами, она пристально следит за каждым моим шагом, готовая предотвратить очередную шалость. Не то что бы я виню ее.

Мы с Уокером шагаем в портал, проносимся сквозь пустоту и выходим в тени арочного выхода на Арену. Кажется, мне начинает по-настоящему нравиться портальное передвижение.

Прислоняюсь к каменной стене и оглядываю безлюдный стадион.

- Раньше, перед каждой иконограцие проводилось великое торжество, - говорит Уолкер. - Сейчас же Скала приходит, создает колонну душ и уходит.

Тихое шипение наполняет воздух. На верхнем уровне Арены открывается портал. Из него выходит высочайший упырь из всех, что я когда-либо видела и тот, кого мне бы никогда не хотелось видеть вновь: Армагеддон.

Поворачиваюсь к Уолкеру.

- Что здесь делает это высокое, темнокожее и демонское создание?

Он пожимает плечами.

- Приходит иногда посмотреть на своего сына.

Мой хвост занимает свою позицию над плечом. Тело приходит в полную боевую готовность.

Из портала выходит еще одна: крошечная женщина в красном шелковом платье с высоким воротником и длинным шлейфом, что тянется за ней по полу. Она похоже на человека из земного девятнадцатого века, за исключением розовой кожи, свиного пяточка и черных глаз-бусинок. Тонкие волосы собраны на голове в жидкий пучок. В своих руках-копытцах она держит серебряный портфель.

Армагеддон, упырь и несколько Манус демонов рассаживаются на балконе из черного мрамора. Король Ада щелкает пальцами.

- Клементайн. Сейчас. - демон-свинья бросается к балкону, занимая место рядом с черным троном Армагеддона. Она открывает портфель и перебирает содержимое, каким бы оно ни было. Звонкое постукивание наполняет воздух.

Киваю Уолкеру.

- Как думаешь, что Армагеддон замышляет?

- Кто знает? Он постоянно занимается чем-то странным. Я бы об этом не беспокоился.

Хм. В прошлом, подобное отношение позволило захватить Чистилище.

Широкий портал открывается в центре Арены. Из него выходят шесть упырей с модернизированной переноской в руках. Пожилой Скала в белой мантии лежит на удобных носилках, скорее похожих на переносную кушетку, и крепко спит. Тонкое белое одеяло натянуто до самого подбородка.

Один из носильщиков-уперей мягко касается худого плеча Скалы.

Старик приоткрывает веки до состояния щелочек.

- Ах, Ж-27.

Упырь кланяется.

- Пора призвать души на Небеса, Великий Скала.

Уолкер касается моей рукой.

- Он только что сказал...

- Я поняла его. - я застываю. *Минуточку, я только что поняла гребаный латинский.* - Какого черта я понимаю латинский?

Уолкер выглядит жутко заинтересованным в разглядывании каменной кладки напротив.

- Если Скала хочет, то может делать так, чтобы его понимали без знания языка.

Прикусываю губу. *Звучит слишком подозрительно.* Никогда не слышала, чтобы Скала имел такую силу. Я склоняю к плечу голову в пытке понять правда ли то, что сказал Уолкер.

- Ты мне лжешь?

Он поворачивается ко мне, его лицо спокойно.

- Зачем бы мне тебе лгать?

Ладно, это аргумент. Возвращаемся к наблюдению за Скалой.

На Арене Скала вяло поднимает руку. Вихрь игни появляется на его ладони. Два десятка призрака возникают на стадионе из ниоткуда. Я внимательно разглядываю ближайшего ко мне. Его форма быстро перетекает из одного сочетания тела и лица в другое. *Икон*а. Каждая из двадцати содержит тысячи человеческих душ.

Наблюдаю за тем как иконы начинают мерцать. Это прекрасно.

Скала роняет дрожащую руку. Игни исчезают. Он задыхается, его грудь поднимается и опадает. Он хватает ртом воздух.

Трясу головой. Действительно старый экземпляр. Выглядит так, словно может откинуть коньки в любую секунду.

- Во времена республики квази Скала перемещал сотни икон за раз. Теперь же редко, когда больше пары десятков. - Уолкер вздыхает. - Сегодня иконограция в Ад. Адовы вместилища душ Чистилища переполнены.

Кидаю взгляд на Армагеддона и Клементайн. Мягкий алый свет выходит из ее портфеля. Странные красные тени танцуют на ее щеках и подбородке. Звон становится громче.

Ж-27 вновь касается плеча Скалы.

- Вы должны переместить их.

Старик кивает, рвано вдыхая. Он вновь поднимает свою морщинистую руку; крошечные искорки света кружат на его ладони. Игни слетают с его пальцев и разлетаются по Арене. Они окружают каждую икону, закручиваясь вокруг них все быстрее. Игни размножаются и становятся столпами белого света.

Люблю наблюдать за этим в действии. За колоннами душ. За тем, как Скала перемещает духов.

Скала вздыхает; его глаза в глазницах закатываются. Колонна душ вспыхивает ярче и исчезает, забирая с собой иконы.

Скала роняет трясущуюся руку. Его дыхание становится все быстрее и рванее. Неужели он собирается умереть прямо здесь?

Ж-27 прикладывает пальцы к сморщенной коже на шеи старика. Серое упырьское лицо становится молочно-белым.

- Мы сейчас же должны отправиться к лекарю.

Армагеддон подается вперед, уперев локти в колени. Он смотрит на портфель на коленях Клементайн и улыбается. Свет из портфеля теперь ярко-красный. Звон становится громче.

Меня не волнует, что там сказал Уолкер. Что бы не было в том чемодане — это точно небезвредная Армагеддонова шуточка. Это П-Л-О-Х-О. От тревоги у меня покалывает кожу.

Повелитель Ада складывает пальцы обеих рук вместе.

- Давай посмотрим стоит ли эта штуковина тех денег, что за нее отдали. - шесть упырей хватают носилки Скалы и склоняют головы. Воздух трещит от энергии. Края портала очерчиваются в пространстве и исчезают. Черные бисеринки пота скатываются по серым вискам.

Кидаю взгляд на Уолкера.

- Что происходит?

Уолкер прикрывает глаза.

- Не знаю. Неслышно Группового мышления. Что странно.

- Разговоры Олигархиии звучат в твоей голове без передышек?

- Всегда. - Уокер хмурится сосредотачиваясь. - Хотя я могу заставить голоса в своей голове замолчать, если того захочу. - он все больше напрягается фокусируясь. - Но я не отгораживаюсь от них сейчас.

Армагеддон издает смешок.

- Достаточно, Клементайн. - демон-свинья захлопывает чемодан.

На Арене немедленно появляется портал. Упыри нервно улыбаются и, подняв Скалу на носилках, шагают в черный провал.

Лидер демонов поднимается на ноги.

- Мы уходим. Сейчас. - он поднимается на верхний уровень, приказывает своему упырю открыть портал и растворяется в нем вместе с Клементиной и Манус охраной.

Я хмурюсь.

- Он вновь что-то замышляет.

Уолкер пренебрежительно отмахивается рукой.

- Он всегда что-то замышляет. Я на протяжении двадцати лет наблюдал за его странными действиями и понял, что волноваться об этом - работа неблагодарная и совершенно бесполезная.

Я уже было открыла рот, чтобы аргументировать свою точку зрения, но тут же закрываю, решив не заморачиваться. Обычно я бы проспорила с Уолкером минут десять как минимум, но посещение Арены напомнило мне о Линкольне и о том моменте, когда он вручил мне меч. Закрыв глаза, вспоминанию чувство его губ на своих в оранжерее и ощущаю себя полной дурой. Если бы ему хотелось оставаться со мной на связи, то он решил бы этот вопрос недели назад.

Сжав зубы, подавляю желание раскиснуть.

- Мы должны возвращаться.

Уолкер прислоняется к камню арки, в его глазах мерцают алые искры.

- Ненавижу видеть вас в подобном состоянии.

Рассеянно отковыриваю с потрескавшихся стен мох.

- *Кого* и в *каком* состоянии?

- Тебя и Линкольна. Несчастных.

Секундочку. *Уолкер действительно сказал то, что мне послышалось?*

- Ты знаешь Линкольна? — напрягаюсь всем телом.

- Знаю. - уголки губ Уолкера опускаются. - Но я клялся не рассказывать об этом. - желваки играют на его лице. - Это все художник во мне. Слишком мягкое сердце. -

Подыгрывая ему, заставляю каждую клеточку своего тела выглядеть несчастно и жалко, насколько это возможно.

- Ну, давай же, не заставляй девушку терзаться.

Он делает глубокий вдох

- Я знаю Линкольна столько же сколько и тебя, Майла. Но не могу рассказать как и почему. По крайне мере, пока.

Прежде всего, сильно раздражает то, что он продолжает хранить свои секреты. *Да, расскажи ты мне уже!* Но почему-то сейчас я не могу пробудить в себе обычные негативные чувства по поводу замалчивания моей мамой почти всех аспектов своей и моей жизни. Кроме того, есть темы намного интереснее.

- Ты сказал, что Линкольн *несчастен?* - на моем лице расцветает огромная улыбка.

- Да. И он в таком состоянии с тех пор, как впервые тебя увидел.

Вспоминаю о нашем разговор на мысе Серого Моря.

- Он рассказывал о чем-то подобном. Сказал, что видел, как я сражаюсь с Докси демонами. - но не смог связать меня сражающуюся и меня на балу. Хотя, если подумать, это объясняет его «что за прекрасный и достойный отвращения демон» отношение в нашу первую встречу. Компенсировал свою откровенность скрытым фактом?

Уолкер рассудительно кивает.

- Впервые он увидел тебя вскоре после прибытия в Чистилище. Полагаю, тогда ты сражалась на озере.

- Верно. Я гналась за ними от конюшен. Они стали слишком раздражительны, поэтому я загнала их к озеру за деревьями. - мой голос становится тих и драматичен. - Вода нейтрализует их укусы. - *Принц был и там тоже?* Я моргаю три раза. Пытаясь переварить информацию. Линкольн думал обо мне на протяжении месяцев; он до сих пор думает обо мне.

Уолкер вскидывает левую бровь.

- По правде говоря, он был немного одержим тобой.

Я была права. Мы связаны. Тепло расцветает в моей груди.

- Не. Может. Быть. - мой хвост пихает его в плече, вжимая в стену.

- Осторожнее, Майла. - он улыбается. - Я без доспехов.

- Ха, ты крепче, чем выглядишь, Уолкер. - я мерю шагами каменный коридор, смешение волнения и восторга бурлит во мне. *Линкольн так же несчастен, как и я. Он думает обо мне и даже немного одержим.*

Это. Так. Круто.

Остановившись, поворачиваюсь к Уолкеру.

- Эта лучшая новость последних недель. - хмурю в раздумье лоб. Что-то здесь не складывается. - Хэй, если он настолько мной одержим, то почему за все это время я и весточки не получила от его величества?

- Вот почему, я хотел с тобой поговорить.

Ох, нет... я знаю этот его тон. Уолкер готовится вывалить что-то ужасное. Мое тело автоматически принимает боевую стойку, готовое к отражению атаки.

Уолкер делает глубокий вдох.

- Вы двое идеально друг другу подходите. - нахмурившись, он трясет головой. Что-то переворачивается у меня в животе. - Обычно об этом сообщают, как о чем-то *хорошем.*

Черные глаза Уолкера наполняются грустью и сочувствием.

- Вы из разных реалий. Он принц фраксов, а твои бойцовские навыки играют главнейшую роль в поддержании бесперебойно работы на Арене. - он кивает на место Армагеддона на стадионе. - Ты живешь в реалии, где всем заправляет Король Ада. А не на конюшне. - он вздыхает. - Подходите ли вы друг другу или нет, шансы на ваше совместное будущее очень малы.

Скажи ты уже. Он постоянно делает эти свои Уолкерские штучки, когда отвечает на мой вопрос.

- Почему он со мной не связывается?

В течение долгой минуты Уолер за мной наблюдает, затем говорит:

- После твоего ухода Линкольн беспрерывно вел переговоры с домом Акка. Они хотят войны. Принц — единственный, кого князь слушает.

Холодные мурашки пробегают по моей спине.

- И что с того?

Уолкер прячет руки в широкие рукава и заканчивает:

- Линкольн и Адейра собираются обручиться.

Реальность ударяет по мне хуже кулака. Можно было бы *предвидеть,* чем закончится кружение Адейры вокруг Линкольна. Она выбрала его для ангельских уз. Не говоря уже об этих ее поползновениях пощупать мускулы. Они собирались пожениться.

Нет, это не может быть правдой. Тряхнув головой, я ударяю стену. Сильно. Я помню песню Адейры на зимнем турнире. Когда она спела о том, что Линкольн ее любовь, его чуть не тошнило.

- Линкольну, кажется, не сильно хочется на ней жениться.

- Возможно, это так. - Уолкер хмурится. - Но слишком многое сложено против вас. Поверь мне, мне не в радость такое говорить, но ты должна пересилить свои чувства, пока они не проросли слишком глубоко.

Я закатываю глаза.

- Я тебя умоляю, всего-то раз поцеловалась с парнем

Брови Уолкера уползают на затылок.

- Ты с кем-то целовалась? - у него раскрывает рот. - Ты. Майла Льюис. - он вздыхает. - Похоже, я сильно опоздал со своими предостережениями.

Я складываю руки на груди. Ему нужно успокоиться.

- Слушай, я ценю твою игру в старшего братика и все такое, но тебе не о чем беспокоиться. Если бы я действительно беспокоила Линкольна - он бы нашел способ связаться. - тема закрыта.

Уолкер запускает руку в складки мантии.

- Уже нашел. - он отдает мне серебряный конверт. Мое имя чернилами выведено на нем.

Мое сердце громко бьется в груди, когда я вскрываю конверт и достаю записку. В ней написано: «Завтра, бальный зал в особняке Райдеров, 16:00. Одежда соответствующая. Линкольн.» Я улыбаюсь и трясу бедрами в счастливом танце.

Уолкер закатывает глаза.

- Никогда не играй в покер, Майла.

Кидаю на него полухмурый взгляд.

- Что *это* должно значить?

- Я никогда не видел, чтобы ты скрыла хоть одну эмоции за всю свою жизнь. - он сует руки обратно в складки мантии. - Очевидно, что у тебя уже есть чувства к Линкольну.

Я склоняю к плечу голову, принимая данное утверждение во внимание. Принц весел, красив, умен и может надрать серьезным демонам задницу. Почему он не должен мне нравиться?

- Возможно. - я показываю Уолкеру язык. Ха.

- О, боже. - Уолкер всеми силами пытается подавить улыбку, но могу по секрету сказать, что он в этом полностью провалился. - Вы двое натворите дел.

На моем лице появляется широкая улыбка.

- Надеюсь, так оно и будет.

***

Танк стоит на черной от грязи школьной лужайке, своими мясистыми руками подавая ученикам знаки собираться.

- Все, ко мне. Скоро начнется урок.

Кидаю взгляд на свои часы. Как только этот урок закончится, я смогу пойти к конюшням Райдеров на как-бы-это-не-называлось с Линкольном. Волнение бурлит у меня в груди.

Старый Таймер жмется к локтю физрука. Его теребящие усы пальцы дрожат. Сисси с Заком переговариваются неподалеку.

Старый Таймер собирает свои вьющиеся пряди волос в конский хвост.

- У нас сегодня особые гости. - он особо нервно наматывает на палец оставшуюся половину усов. - Ангельские воины. Они прибудут с минуты на минуту.

Из моей головы вылетают все мысли, оставляя чистейшую радость. Я начинаю подпрыгивать на месте.

- Да! Да! Да! - никогда не видела сражений ангелов. Весь класс поворачивается в мою сторону, их глаза огромны, а губы поджаты. Хвосты настороженно замирают.

Сисси проскальзывает на место рядом со мной и шепчет на ухо:

- Возможно, это охладит твой пыл, но многие ученики боятся ангелов. Остальные же...

Поднимаю указательный палец.

- Мне *не не нравятся* остальные ученики. Мне *не нравится быть* как все остальные.

Сисси хихикает.

- Я заметила. Ладно, продолжай прыгать. Выбивайся из серых масс.

Старый Таймер начинает бурчать о том, как надо вести себя перед ангелами. Одногруппники стоят нервные и впитывающие в себя каждое его слово.

Пихаю Сисси локтем и стараюсь выглядеть суперспокойной и равнодушной.

- Итак, есть ли какие-нибудь подвижки в нашем исследовательском проекте?

- Имеешь виду, чем принц Линкольн хочет заняться с тобой в особняке Райдеров сегодня?

- Да, это.

- Ничего. Думаю, родители Зака знают, но они и слова не скажут. - она кидает взгляд на свои часы. - Урок закончится через сорок минут. Так что сама скоро узнаешь.

Два ангела появляются на ближайшем грязном островке травы. Мужчина и женщина, Оба высокие и со свободно ниспадающими по спине белыми волосами, что лежат волосок к волоску. У них кожа цвета молока, бледноголубые глаза и огромные белые крылья. На их серебряных доспехах изящно выведены защитные руны. Ученики громко ахают, когда пара ангелов подходит к Танку и Старому Таймеру. Не думаю, что кто-либо вообще дышит, не говоря уже о том, чтобы говорить.

Женщина ангел берет слово первой:

- Всем добрый день. Я Рианнон, а это Леви. Мы члены новой охранной гвардии Ангела Венеры.

У Венеры есть вооруженные телохранители? Такого никогда раньше не было. Должно быть, это новый уровень угрозы для Чистилища. Это, и еще странное поведение Армагеддона на Арене сегодня. Что-то не так, что-то очень, очень плохо.

Леви упирает руки в бока.

- Мы здесь, чтобы показать, как защитить себя от демонов.

Старый Таймер прочищает горло.

- Извините, но это Лига *Упырьской* Защиты. Я уверен, что вы будете учить студентов как *защитить упырей.* - судорога проходит по его лицу. - Особенно от Папило демонов. - у него дергается глаз. - Они тронули мое личное имущество. - он дергает головой. - Я подал Олигархии множество жалоб, но они не признают даже самого факта нападения. - он бьет кулаком по раскрытой ладони. - Вы должны показать студентам, как с ними надо сражаться. - его зрачки полыхают ярко-алым.

Тихо свищу. Эти Папило демоны и правда заставили поехать его крышу.

Рианнон встречает взгляд Старого Таймера, ее зрачки вспыхивают ярко-голубым.

- Нет. Эта тренировка посвящена защите, а не пошаговой инструкции мести демонам. - сила добродетели исходит от нее волнами.

Старый Таймер кланяется так низко, что чуть не падает.

- Конечно, учите, чему желаете.

Леви потирает руки.

- Начнем с Манус демонов. - он поднимает к губам ладонь и выдыхает на кожу воздух. Магическим образом, его рука наполняется водой. Он выдыхает еще раз. Вода превращается в белый огонь.

- Давайте взглянем на Манус. - он протягивает в нашу сторону руку. Горящая вода обретает форму массивной фигуры Манус демона, вот только этот экземпляр прозрачен, как стекло и заключен в белое пламя.

Несколько учеников взвизгивают, но большинство судорожно выдыхают. Я счастливо вскидываю кулак в воздух.

Рианнон обходит демона по кругу.

- Как вы можете видеть, Манус как минимум шесть футов высоту и почти столько же в ширину. - показывая на разные части тела демона, она продолжает рассказ. - Отличительные признаки: сильные руки, желтые клыки, черный мех и короткие ноги. Они невероятно сильны и обычно используются для выполнения тяжелых работ, таких, как ломание стен и штурм зданий, а также для прокладывания путей сквозь толпу. Их наиболее уязвимая точка здесь. - она показывает на место под ребрами. - Удар в желудок оглушит их, давая вам время сбежать.

Танк складывает мощные руки на груди.

- Как ученики должны бороться с ними?

- Они не должны, - говорит Рианнон. — Данный экземпляр подпадает под категорию «пожертвуй собой, ради своего мастера». Сегодня мы изучаем приемы самообороны. Каким бы ни был демон, лучший способ защиты — это бежать. - она окидывает группу внимательным взглядом. - Вопросы?

Тишина.

Леви склоняет к плечу голову.

- Хотите увидеть больше?

Я вскидываю руку.

- Да, очень.

Несколько ребят кивают.

- Прекрасно, - говорит Рианнон. - Дальше мы взглянем на Армагеддона.

Старый Таймер взвизгивает:

- Армагеддон наш друг.

Рианнон улыбается.

- Конечно, друг.

Я сжимаю зубы и пинаю грязный настил. *Конечно, он не друг.* Не могу поверить, что кто-то вроде Рианнон прислушивается к глупостям Старого Таймера. Он один раз уже захватил Чистилище. Что помешает ему сделать это еще раз?

Рианнон рядом с Манус демоном поднимает руку и словно что-то сдувает со своей ладони. Появляется еще больше магической воды, язычки белого пламени лижут ее ладонь. Рианнон наклоняет ладонь, и вода принимает форму Правителя Ада. Лезвию подобный нос делит вытянутое лицо на половинки.

Я сглатываю. Ага, точно он.

Леви проходится вокруг модели Армагеддона.

- Вы все, присмотритесь внимательней. Армагеддон один из мощнейших демонов Преисподние. Они бессердечны, редки и невероятно сильны. У каждого есть свой любимый способ атаки. Для Армагеддона, — это прикосновение. Если он сможет прикоснуться к голой коже — выпьет душу. - я вспоминаю сновидение, где Армагеддон превращает сенатора Адамса в кучку пепла. Меня пробирает дрожь.

Челюсть Леви обретает жесткие очертания.

- Тело Армагеддона неуязвимо. Только другой мощнейший демон может сразиться с ним. Проще говоря, лучший способ защиты — это бежать. Если не можете сбежать, то чем-нибудь накройтесь, чтобы закрыть незащищенные участки кожи.

Ангелы сдувают со своих ладоней еще больше демонов. Ребята начинают задавать вопросы и перестают дрожать от ужаса. Даже Танк и Старый Таймер присоединяются. Лужайка наполняется фигурами монстров из чистейшей воды и белого пламени.

Так. Чертовски. Здорово.

Мне хочется себя ущипнуть. Это не может быть правдой: я в школе, разговариваю о способах борьбы с демонами и никто не смотрит на меня, как на чокнутую дуру. Потрясающе.

Рианнон и Леви заканчивают урок. Я наблюдаю за их уходом, затем проверяю время: 15:45.

Нечестивый Ад. Урок затянулся и теперь я опаздываю на свою загадочную встречу с Линкольном. Махнув Заку с Сисси рукой на прощание, бегом мчусь к Бетси и еду в Верхнее Чистилище.

ГЛАВА ВОСЕМНАДЦАТАЯ

Кажется, будто дорога к дому Райдеров занимает миллионы лет. Я паркую универсал, подбегаю к входной двери, дергаю ручку, и дверь распахивается.

Вхожу в приемный зал.

- Привет? Кто-нибудь есть? – кидаю взгляд на свои часы. Почти 17 часов. Они должно быть уже ушли. - Колокола Ада. - разочарование наполняет меня. Мой взгляд останавливается на изящных статуях, что украшают позолоченные столы приемной. Черт, я бы с удовольствием разбила парочку прямо сейчас. Мои руки сжимаются в кулаки.

Из Восточного крыла доносятся голоса.

Кулаки разжимаются. Возможно, я не слишком поздно.

Неравным шагом я следую за звуком. В конце коридора распахнуты двери в бальный зал.

Линкольн в центре, под его ногами квадрат из матов. Он стоит лицом к лицу с Натаном — мужчиной, что проверял дракона Ярости на зимнем турнире. Пара кружит вокруг друг друга и дерется на деревянных мечах. Линкольн одет в черные шорты до колен и, ну, все. Я наблюдаю за игрой мускулов на его спине, руках и ногах. Черт, его вид так и манит. Мой демон похоти довольно урчит.

Я поднимаю руку.

- Привет!

Натан останавливается и машет в ответ.

- Привет! - у него квадратное лицо с круглым носом, седой бородкой и разноцветными пуговками глаз. Все его тело увито мышцами. Как и

Линкольн, он одет в обтягивающие брюки, вот только наверху у него имеется еще и оливкового цвета футболка.

Воспользовавшись тем, что противник отвлекся, Линкольн припадает на колено и подсекает свободной ногой голени Натана. Мужчина падает, встречая мат сначала лицом, а потом и остальными конечностями.

Линкольн вскакивает на ноги.

- Всегда помни о битве, Натан. Ты научил меня этому. - он подбегает к краю мата, натягивает белую футболку и машет мне. - Привет, Майла.

- *Привет. Извините за опоздание.* - как бы странно это ни звучало.

- Без проблем. Благодаря этому, у нас с Натаном появилось время потренироваться. - он кивает на старого мужчину рядом. Натан возвращает тело в вертикальное положение и улыбается. - Не могу поверить, что вы двое, наконец, официально встретились. Хочу познакомить тебя с Натаниэлем Арчером, моим мастером по оружию.

- Мастер по оружию?

Натан делает полупоклон.

- Это значит, что я учу юного принца сражаться с демонами, миледи. - у него хриплый голос с милым акцентом.

Линкольн подмигивает.

- И остаться живым в процессе. - он подходит к краю мата, затем останавливается. Наши глаза встречаются; электрические разряды наполняют пространство между нами. Мы обмениваемся теплыми улыбками. *Я тоже скучала по тебе, Линкольн.* Мне до боли хочется его обнять.

Натан встает между нами.

- А так же, я являюсь королевским сопровождающим. - он прочищает горло. - На случай если какой-нибудь леди понадобится сделать мужскую работу.

Я склоняю к плечу голову.

- Раньше у тебя не было помощника, Линкольн.

Его улыбка увядает.

- Мы до этого еще доберемся.

- Хорошо. - у меня нет никакого желания слушать о князе Акке прямо сейчас. Для этого кошмара еще будет время. Потом.

Линкольн потирает ладони, улыбка возвращается на его губы.

- Для начала, у меня есть для тебя сюрприз. Натан научит тебя сражаться чем-нибудь помимо твоего хвоста.

Мое сердце становится словно воздушный шарик, готовый унестись в небеса.

- Правда? - я запрыгиваю на маты, пружиня на носках. У меня никогда не было боевых тренировок.

Лучший. Сюрприз. На свете.

Натан упирает руки в бока.

- Будьте честны, мой принц. Я никогда не соглашался бить юную мисс.

- Я говорил тебе, Натан. Она непохожа на придворных дам. - он подбирает меч и бросает его мне прямо в голову. Я ловлю меч левой рукой, в дюйме от своего носа. Линкольн улыбается. - Жаль, что ты пропустил ее выступление на турнире. Она была удивительна.

Я вспыхиваю.

- Спасибо. - поворачиваюсь к Натану. - Я сражаюсь на Арене с двенадцати лет. Рукопашный бой. Насмерть.

Натан тычет в Линкольна мясистым пальцем.

- Я не буду этого делать. И не имеет значения, что вы принц, а юная мисс говорит, что все нормально и пижонствует. У леди нет и шанса выстоять в бою с фраксом - это факт. - он переводит взгляд на меня и хмурится. - Только посмотрите на этот прекрасный юный цветок. Вы не можете быть серьезны, мой принц.

Гм. Прекрасный юный цветок, что свернет тебе шею за четыре секунды или меньше. Показать этому парню как могут драться девушки? Похоже на вызов. Мои губы растягиваются в озорной улыбке. Я всегда принимаю вызов.

Линкольн перебрасывает меч в правую руку, его разноцветные глаза находят мои.

- Вот как ты думаешь, Натан? - он принимает боевую позу.

Натан скрещивает руки на своей бочкообразной груди.

- Я не думаю, юный принц. Я это *знаю*.

Скинув кроссовки, с деревянным мечом в руках я встаю голыми ступнями на тренировочные маты. Мое сердце так сильно стучит, что пульс чувствуется в горле и висках. В этот момент, мне было неважно делай мне операцию на сердце, лишь бы находиться рядом с Линкольном. Не отпуская взгляд принца, едва заметно киваю.

- А это то, что знаю *я*, Натан. - он поднимает меч на уровень плеча и бросается прямо на меня.

Мой разум очищается, когда принц направляет в мою голову меч. Мозг переключается на боевой режим. Линкольн больше тот не парень, которого мне хочется поцеловать, теперь он - это шесть футов крепких мышц с направленным на меня оружием и свой стратегией сражения.

К счастью, его план довольно так себе.

В последний момент я уворачиваюсь. Когда его тело врезается в мое, хвост хватает Линкольна за горло и с разворота запускает того в воздух. Крутанувшись на 360 градусов в воздухе, Линкольн с громким стуком приземляется на спину. Приподнявшись на локтях, он смотри на меня, вскинув бровь.

- Ты используешь навыки рукопашного боя в сражении на мечах, Майла.
Я фыркаю.

- Говорит парень на лопатках.

Выгнув спину, Линкольн резким движением возвращается на ноги. Мой разум просчитываем возможные варианты атак из его нынешней позиции. Принц вновь бросается на меня с деревянным мечом; я блокирую его удар своим восходящим. Он под разными углами пытается соскочить, но я продолжаю блокировать.

Неважно, что я пытаюсь делать - из защиты мне выбраться не удается. Грр. Нужно отбить его удар и атаковать самой.

Когда Линкольн разворачивается для очередного удара, я нахожу брешь. На миллисекунду он оказывается ко мне спиной, тогда я, подпрыгнув в воздух и выбросив вперед ноги, стараюсь достать его плечи, чтобы воткнуть его лицом в маты.

Почувствовав мое движение, Линкольн уклоняется прежде, чем я успеваю ударить. Вместо того, чтобы попасть по Линкольим плечам, я ударяю воздух и приземляюсь на спину. Линкольн запрыгивает сверху, прижимает к мату и хватает меня за руки так, что не шевельнуться.

- Я предупреждал тебя о рукопашных приемах, Майла.

- А я должна предупредить тебя о своем хвосте. - фокусирую все свое внимание на том, чтобы хорошенько ударить хвостом Линкольна в живот.

Но мой хвост имеет свое мнение на этот счет. Игнорируя команды, стреловидный кончик пробирается мимо Линкольей руки и начинает наводить на его голове беспорядок. Длинные коричневые прядки падают на небесно-голубой и землисто-карий глаза принца. Кончики его губ изгибаются в усмешке.

- Вот это секретное оружие.

Я стону.

- Мы с моим внутренним демоном не всегда мыслим об одном и том же направлении.

Внезапно с моего сознания слетает боевой режим, и разум наполняется невероятно приятным ощущением прижатого ко мне тела. Пытаюсь освободить запястья, но Линкольн крепко прижимает их к мату. И это чертовски горячо. Я смотрю на его губы. *Поцелуй меня.*

Натан подходит к нам.

- Вы доказали свою точку зрения, мой принц. Я сражусь с юной мисс. - он нервно оглядывает комнату. - Вам двоим надо подняться.

Мои глаза остаются прикованными к глазам Линкольна.

- Нет. - мой голос похож на тихий шепот. - Только раз. - я сдвигаюсь так, что мои бедра оказываются между его. *Давай же.*

Линкольн улыбается и наклоняется ниже. Его губы прижимаются к моим и, черт, на вкус он лучше, чем я помню. Наши языки соприкасаются и исследуют друг друга, пока он крепко прижимает меня к матам. Желание затопляет мое тело и душу.

Где-то за пределами территории дома, молния ударяет в землю, затем следует оглушительный раскат грома. Я активно игнорирую тот факт, что это уже второй раз, когда молния ударяет в землю одновременно с проявлением во мне сильных эмоций к Линкольну. Наш с ним поцелуй слишком хорош.

Натан наклоняется и тянет Линкольна за плечо.

- Достаточно, вы двое.

Принц скатывается с меня, затем мы медленно поднимаемся на ноги. Черт, черт, черт. Секунду назад я плавилась в его объятьях, теперь же находиться на расстоянии почти больно.

Натан уводит Линкольна с тренировочных матов.

- Давайте начнем урок. - он подбирает с пола деревянный меч, перебрасывая тот из руки в руку. Остановившись, он окидывает меня внимательным взглядом.

- А в вас есть бесовщинка, не так ли, юная мисс?

Усмехаюсь.

- Надеюсь на то.

Мы с Натаном занимаем боевые стойки. Он показывает мне несколько базовых движений, затем мы входим в общий ритм ударов и парирований деревянными мечами. Спустя две минуты жарких мыслей о Линкольне, мое сознание переключается обратно в боевой режим. Нет ничего, кроме атаки, контратаки, уклона и удара. Линкольн наблюдает со стороны, его руки сложены на груди. Часы пролетают незаметно.

Натан хлопает меня по плечу.

- Наше время подошло к концу, маленькая мисс. Вы хорошо справились.

- Спасибо, Натан. Было здорово.

Он поднимает указательный палец.

- Не забывайте практиковаться. Один час с мечом, каждый день.

- Не буду. - пересекаю зал и сползаю, привалившись к стене и восстанавливая дыхание.

Натан поднимает маты, складывая один на другой. Линкольн сидит рядом со мной, его рука сжимает бутылку с водой слишком сильно. Мой боевой настрой сходит на нет. Беспокойство, желание и привязанность сталкиваются внутри. Я знаю, что будет дальше. Плохие новости.

- Хочешь воды? - Линкольн наклоняет в мою сторону горлышко длинной пластиковой бутылки.

- Да, спасибо. - мой хвост берет воду из его рук. - И спасибо за тренировку с Натаном. Он великолепен.

- Я рад. - Линкольн постукивает пальцами по коленке. - Я позвал тебя сюда еще по одной причине. – говорит он уже тише.

У меня сбивается дыхание. Я не могу заставить его сказать это.

- Я знаю, что ты собираешься сказать, Линкольн. - делаю глоток из бутылки, надеясь, что немного воды сможет успокоить мои нервы. - Уолкер рассказал мне о князе Акка. Об Адейре. Причина, по которой Натан играл сегодня роль сопровождающего очевидна. - Линкольну позволили встретиться со мной только в присутствии противо-Майлиной защиты.

- Уолкер *рассказал тебе?* - желваки играют на его лице. - Я убью его. Ему было сказано только доставить тебе сообщение. Вы с ним даже не знакомы.

Эм, вообще-то, знакомы. И не то чтобы это случилось только вчера.

- Он просто пытался помочь.

Линкольн поворачивается ко мне, его глаза становятся круглыми в неверии.

- И ты все равно пришла сегодня?

- Конечно, пришла. - пихаю его локтем. - К тому же Уолкер сказал, что у тебя есть замечательный план победы над князем Акка.

Он подмигивает.

- Это так.

- Видишь? Не о чем беспокоиться. - если я кому-то и проиграю Линкольна, то точно не какому-то напыщенному индюку, что идет против Люмус демона с арбалетом. Фиг ему.

Он не отводит от меня глаз и кажется, будто длится это миллионы лет.

- Большинство людей прогибаются перед князем, включая моих родителей. - он склоняет к плечу голову. - Как ты можешь?

- Могу задать тебе тот же вопрос. – маню его пальцем. Линкольн наклоняется для очередного поцелуя.

В другом конце бальной залы Натан прочищает горло.

- Пошлите уже, вы двое.

Линкольн издает смешок.

- Натан слишком серьезно относится к своей роли сопровождающего. - его губы превращаются в тонкую линию. - Есть еще одна вещь, что ты должна знать. Чтобы план сработал, мои люди должны вернуться в Антрум немедленно.

Грусть оборачивает меня тяжелым одеялом.

- Когда вы уезжаете?

- В следующую субботу.

Я киваю, переваривая новость.

- Если это наши последние дни вместе... - я расправляю плечи, - ...то я хочу повеселиться. - поигрываю бровями. – И, возможно, заработать еще *больше неприятностей.*

Он смеется и этот звук пробирает меня до кончиков пальцев.

- Еще больше Реперио демонов?

- Ни в коем случае. Это дело двухнедельной давности.

- Я знаю что. - Линкольн поднимается на ноги. - В четверг вечером здесь пройдет вечеринка, вроде официального прощально приема. Мы можем учинить проблем на ней. - он протягивает мне руку.

Кладу свои пальцы в его ладонь.

- Похоже на план. - Линкольн поднимает меня на ноги.

Наши тела лишь в дюйме друг от друга, а руки все еще вместе; никто из нас не отпускает хватки.

- Отлично. Я добавлю тебя в список гостей.

- Можешь добавить моих друзей, Сисси и Зака, тоже? - если я пойду без нее, то ее упрекам не будет конца.

- Конечно. - он отпускает мою руку и в момент разрыва, я чувствую почти ощутимую боль. - Первые леди организуют мероприятие; будет традиционный для фраксов дресс-код. Кто-нибудь будет на связи, чтобы заняться твоим платьем.

Морщусь.

- Я прошла через это еще на турнирах. Я не создана для платьев. Может, мы вновь сможем куда-нибудь вломиться?

Линкольн испускает смешок.

- С той тщательностью, что меня охраняют, боюсь, это невозможно. Но я правда буду рад увидеть тебя на балу. - склонив набок голову, он смотрит на меня своим светло-серым глазом. Линкольн медленно проводит по моей щеке указательным пальцем. - Скажи «да», Майла.

Жаркий румянец охватывает мои щеки.

- Да.

***

С мощными кусачками для ногтей в руках Старый Таймер мерит шагами класс. На палец свободной руки он накручивает кончик оставшейся половинки усов. Сисси сидит рядом. С тех пор как Линкольн пригласил меня — а также Зака и Сисси — на бал фраксов прошло несколько дней. А они все никак об этом не заткнутся, что заставляет и без того натянутые из-за предстоящего нервы накручиваться еще больше. Начинаю задаваться вопросом: зачем я вообще их пригласила?

- Класс, обратите внимание на признаки хорошего оборудования для заросших кутикул.

Несколько учеников кидают взгляд в сторону учителя. Остальные продолжают перешептываться.

- Ты отправила свои мерки? - Сисси самопровозгласила себя менеджером прощальной вечеринки Линкольна и уже достала меня разговорами о том, что я не могу не надеть фраксово нижнее белье.

- Да, мама сразу этим занялась. Так как я гость дома Гурит - буду в красном и золотом.

- А я одинокая приглашенная домом Рикса девушка, поэтому буду в зеленом с черным.

Барабаню пальцами по столешнице.

- По жизни быть окруженной одним цветом и одеваться в него же — это странно. Думаешь, у фраксов иногда появляется желание надеть клеточку, а остальным сказать, что просто не могут снять с себя намертво прилипшую к телу одежду?

Сисси поднимает брови.

- Эм, нет. Думаю, они правда-правда-правда верны своим традициям.

Я вздыхаю. Сисси права. И в первых строчках их списка традиций стоит пункт о принудительной женитьбе достигших совершеннолетия фраксов. Не то что бы мне есть до этого дело.

Для демонстрации способов правильного обрезания ногтей Старый Таймер снимает черные сапоги, а затем и свои дырявые носки. У него зеленые ступни, на пальцах которых длинные неровные ногти желтого цвета. Это даже хуже, чем просто отвратительно.

Внутренняя система связи, включившись, начинает трещать. Голос директора доносится из крошечного динамика на стенке кабинета.

- Всем студентам немедленно собраться в спортивном зале.

Наш директор знаменит своими объявлениями, что обычно растягиваются на час, плавно перетекая в детальный описание его юности на Земле, где он жил в месте под названием Буффало. В основном он повествует о районах упырьского населения и с печалью рассказывает о том, как скучает по острым куриным крылышкам. Для нашего директора, заткнуться после того, как семь главных слов были сказаны — неслыханное дело.

Что-то намечается.

Мы выходим из класса и проходим к спортивному залу. В течение нескольких минут ученики аккуратными рядками занимают места на металлических стульях, свешивая свои разношерстные хвосты из отверстий в спинках. Вдоль одной из стен зала перед нами выстроились властьимущие нашего учебного заведения, их угольно-черные глаза с безучастием смотрят в точку перед собой. Возможно, так кажется только мне, но сейчас они выглядят особо серо и безжизненно. Не знай я их - подумала бы, что они напуганы.

Рядом со мной Сисси садится.

- Как думаешь, для чего все это?

- Ни для чего хорошего.

На небольшой деревянный подиум рядом со строем из преподавательского состава поднимается наш директор и вскидывает свои длинные костлявые руки. Он высок, сухощав и серокож; над черными бусинками глаз нависает лоб в неандертальском стиле. И пусть он всегда носит стандартную для упырей мантию черного цвета, часто любит приправить свой образ чемто красным, например, кривовато завязанной на шее бабочкой.

- Приветствуем ДЛ-19 Школы Квази Прислуг. – опустив руки, директор пытается разгладить галстук, но только больше мнет его. – Мне бы хотелось начать с представления вам…

- Меня. – голос, что невозможно забыть, раздается из задней части спортивного зала. Три сотни учеников поворачивают свои головы в ту сторону и в замешательстве смотрят на вошедшего. Мне точно известно имя только что вошедшего в зал: Армагеддон.

Король Ада ростом в семь футов и тощ, словно тростинка; на его коротком теле, непропорционально длинных руках и ногах идеально сидящий черный смокинг.

Вытянутое лицо демона окидывает зал пристальным взглядом, сверкая малиновыми зрачками над лезвиеподобном носом. Рядом с ним стоят два покрытых черным мехом Манус демонов.

По центральному проходу между стульями неспешно проходит Армагеддон. Ученики по обе стороны от него съеживаются и вжимаются в спинки стула, их лица перекашивает от страха. Над их подбородком выступают длинные желтые клыки.

Взяв Сиссины руки в свои, тихо шепчу:

- Помни, что вокруг повелители демонов подавляющая страхом и ужасом аура.

Она быстро кивает.

- Ангелы рассказывали об этом.

Армагеддон подходит к нашему ряду. Посылаю Сисси, я надеюсь, успокаивающий взгляд, хотя не уверена, что и сама-то к такому готова. На близком с Армагеддоном расстоянии я была считаные разы. И каждый из этих раз был ужасен.

- Держись.

Затем приходит он. Чистый ужас обрушивается на меня, примораживая к стулу. Сиссины руки в моих сильно дрожат. Неспособная отвернуться я наблюдаю за тем, как Армагеддон несется вперед. Его скорость так высока, что руки с ногами размываются перед глазами. За ним, опираясь на костяшки пальцев, на горилльих ногах следуют Манус демоны.

Волосы на шее встают дыбом. Это плохо, очень плохо.

Когда Армагеддон достигает подиума, директор занимает свое место в ряду учителей. Теперь мы на достаточном от него расстоянии, чтобы ощущение ужаса от присутствия сильного демона ушло. Я окидываю внимательным взглядом застывших учителей. У некоторых на лбах поблескивают черные капельки пота. Их очередь прочувствовать на себе всю Армагеддонову мощь.

Король Ада сжимает края стойки.

- Это демон-инспекция. — он окидывает помещение внимательным взглядом и кривит губы в презрительной усмешке. Возможно, мне привиделось, но он словно бы нашел меня в толпе взглядом и при узнавании его глаза вспыхивают алым. - Я Армагеддон.

Мое чувство ужаса выходит на новый уровень. Не может быть, чтобы я это выдумала. Дважды я помешала Армагеддону, не позволив истинно злым душам попасть в Рай - сначала Душителю, потом с Диакону — и, конечно, сейчас он смотрит так, словно точит на меня зуб. В моем сознании вспыхивает мысль о том, что я, возможно, не выйду отсюда живой. Крепче сжимаю Сиссину руку. Тонкий слой пота покрывает нашу кожу.

Армагеддон сжимает трибуну с такой силой, что та, кажется, вот-вот разломится на двое.

- Вы все, похоже... готовы.

Мисс Цаца тихо всхлипывает, ее лицо расчерчено дорожками черных слез. Направившийся в ее сторону Армагеддон, останавливается прямо напротив нее. Даже издали видно, как трясутся ее плечи.

- Я пугаю тебя?

Она отвечает дрожащим шепотом:

- Да.

Армагеддон растягивает губы в злой усмешке.

- Понятно. - Повелитель Ада хватает Мисс Цацу за плечо; она судорожно вдыхает. Красный свет прорывается сквозь ее серую кожу, заставляя ту трескаться и слетать шелухой.

Странный холодок пробирает мои внутренности. *Это не может быть реальностью*. Король Ада не может вытягивать из учителя душу на глазах у всех учеников этой школы. Почему никто из учителей даже не пытается ее защитить? Или, что лучше, Олигархия?

Лицо учительницы перекашивается в ужасе, ее длинные красные ногти сжимают ткань юбки. *Слишком реально*. Тошнота волнами накатывает на меня, и каждая следующая сильнее предыдущей.

Секундой позже, ее тело вспыхивает столбом алого пламени. Все происходит настолько быстро, что у нее едва хватает время закричать. Когда пламя опадает, Мисс Цаца являет собой застывшую серую статую, вот только, сделана она из пепла.

Все вокруг становится похожим на сон. Никто не говорит. Никто не двигается. В воздухе витает запах обгоревшей плоти. Спасаясь от тошноты, прикрываю рот с носом рукой.

Армагеддон отнимает от плеча учителя ладонь; ее тело рассыпается. Он награждает кучку пепла, что расположилась посреди зала, жутким взглядом. Обнажив зубы, он являет острозаточенные клыки из гладкого черного камня.

- Спасибо за ответ.

Развернувшись, он смотрит в глаза одновременно всем из присутствующих учеников. У меня странное чувство, будто он заглядывает прямо в наши души, оценивая нашу решимость и способность противостоять ему. Удовлетворенная улыбка появляется на его губах.

- Моя инспекция завершена.

Армагеддон разворачивается на пятках и проходит к задней двери спортивного зала. Манус демоны следуют за ним. Неуклюже перебирающие конечностями твари переступают порог, за которым раздается треск открываемого портала. Дверь в спортивный зал протяжно скрипит и с громким стуком закрывается.

Я выдыхаю. *Он ушел.* Напряжение опускает мои плечи. Желудок перестает крутить.

Проходят секунды. Тишина еще наполняет спортивный зал. И в одно мгновение, школьники начинают всхлипывать. Другие кричать. Учителя падают на пол. Дети оглядывать комнату круглыми, полными ужаса глазами. Директор возвращается на подиум.

- Всем вернуться в класс. Класс Истории, до дальнейших указаний, поступает в распоряжение ТНК-64 для дополнительных тренировок Лиги Упырьской Защиты. На этом все. - он проходится по залу, успокаивая особо истерящих и призывая остальных разойтись по своим классам.

Хах. Я наблюдаю за директором полыхающими алым зрачками. Ему не потребовалось много времени, чтобы додуматься до того, что решением их Армагеддоновой проблемы являются дополнительные тренировки Лиги Упырьской Защиты. Ублюдок.

Сисси сжимает мою руку, ее голос тих и шаток:

- Держись рядом со мной, милая. - мы вливаемся в поток покидающих зал детей. Я оглядываю полные ужаса лица вокруг. Что-то надвигается и это не новая эра дружеских отношений между упырьми, ангелами, демонами, фраксами и квази. Это Армагеддон.

Оставшаяся часть дня — мешанина из заикающихся учителей и

плачущих лиц. Все уроки Сисси проводит рядом со мной. Она расспрашивает меня о способах борьбы с Манус, и я впервые не в восторге от этого.

Кое-как отыскав Бетси, приезжаю домой и с головой погружаюсь в поедание приготовленного мамой спагетти. Мама в течение всего ужина с интересом следит за каждым моим движением.

- И как тебе паста?

Ставлю пустую тарелку в раковину.

- Вкусно, мама. Спасибо.

Она щурит свои шоколадные глаза.

- Можешь помочь мне с перекройкой мантий?

- Конечно.

Мы проходим в ее комнату. Я встаю на табуретку перед трехстворчатым зеркалом. Мама натягивает на меня упырьскую мантию и внимательно осматривает подол. Я разглядываю ее отражение: ее большие карие глаза, высокие скулы и полные губы убедили в свое правоте стольких людей, что я, по сравнению с этим, жалкий червь.

Мама сидит на корточках, крепко держа серебряные булавки губами. Она спрашивает свободной половинкой рта:

- Хочешь поговорить об этом?

Не могу сдержать улыбки. *Мама заметила, что я расстроена.* В последнее время, она часто так делает.

- Вау, и как долго ты в курсе?

Она качает головой.

- С момента твоего прихода.

- Не пойми меня неправильно, но мне просто не верится, что ты тут же не задала мне миллион вопросов.

- Но не задала ведь так? - она переносит вес своего тела с носочков на пяточки; ее взгляд застилает пелена задумчивости. - Венерины сновидения хорошо на меня влияют. – она уверенно кивает. – Раньше я не осознавала, как сильно нуждаюсь в разговорах на некоторые темы. - она поглаживает меня по ноге и улыбается. - Но более важно, что они хорошо влияют на *нас.*

Отвечаю на ее улыбку своей.

- Ага, это точно. – последнее время мама раз через раз пропускает свои утренние сессии изнуряющих допросов, что само по себе, огромный сдвиг в наших взаимоотношениях. - Может, мы должны найти Тима — собрать семью вместе.

Она пристально всматривается в меня.

- Может, тебе следует рассказать мне о том, что случилось сегодня?

Тяжело вздыхаю.

- В нашей школе уже долгое время происходят странные вещи. Началось это в сентябре, когда ангелы стали ошиваться рядом с директором и его замом. Оказывается, они давали советы по защите от демонов. Поэтому школа организовала Лигу Упырьской Защиты.

Мама закатывает глаза.

- Я помню, как ты рассказывала мне об этой глупой Лиге.

- Я сначала тоже не восприняла это всерьез.

Склонив голову набок, мама смеряет собранную в руках ткань мантии оценивающим взглядом. Вытащив булавку изо рта, она закрепляет ей драпировку подола. - Демоны больше не ведут себя как маленькие добрые союзники. Рядовые упыри знают, что что-то надвигается, даже если их лидеры нет.

Поднявшись на ноги, мама аккуратно берется за плечики мантии.

- Готово. Давай я сниму ее с тебя. - ткань соскальзывает с моей головы. - Осторожнее с булавками. - она кладет мантию на ближайший стул, а сама садится на кровать. - Итак, случилось столько странных вещей и до сих пор ты не воспринимала их всерьез. Но сейчас воспринимаешь. Почему?

Спустившись с табуретки, сажусь на кровать рядом с ней.

- Армагеддон проводил «инспекцию» нашей школы сегодня. Во время нее он без причины убил одного из учителей.

- Ох, ты ж. Появилась ли Олигархия?

- Нет.

- А должны были. С их Групповым Мышлением, они с точностью до секунды знают, что происходит. Армагеддон проверял их.

- Ну что ж, они провалились. - что за кучка нубов эта их Олигархия.

- Скажем так, эти четверо просто не любят признавать существование неблагоприятной к ним реальности.

Ерзаю.

- Если демоны нападут, что мы будет делать?

Некоторое время мама обводит комнату задумчивым взглядом, затем кивает.

- Во времена, когда я была сенатором, были построенны несколько бункеров, на случай, если правительству понадобится где-нибудь укрыться. Там есть все, что нужно для того, чтобы мы могли продолжать работу: еда, вода, бронежилеты, устройства связи и даже сенаторские мантии. Существование бункеров совершенно секретно и построены они так, что ни один чистейших кровей демон не смог туда войти или выйти.

- Звучит здорово, вот только в прошлый раз они не помогли, так ведь?

- Сенаторы готовились к атаке либо демонов, либо упырей, они никогда раньше не объединялись в единую демонско-упырьскую армию. Но тогда они это сделали. Все закончилось прежде, чем кто-либо успел добраться до бункеров. Ангелы с фраксами пришли сражаться за нас, но под конец оставалось не так много того, что они еще могли сделать. Все, что от этого выиграли мы — это чуть менее жесткие условия мирного договора.

- Знаешь, что, мам? - кладу голову на ее плечо. - Думаю, скоро нам понадобится один из этих бункеров. - тревога зудом расползается по моем коже.

Мама легонько похлопывает меня по руке.

- Я тоже так считаю, Майла-ла.

ГЛАВА ДЕВЯТНАДЦАТАЯ

Сжимая в левой руке ручки двух огромных сумок с одеждой, Сисси влетает в раскрытые двери своей роскошной спальни. В правой она держит две обернутые веревкой коробки.

- Наши платья, наконец, прибыли! - она аккуратно ставит сумки на розовое покрывало. – Их прислали первые леди.

Кидаю взгляд на свои часы. Всего несколько часов до начала прощального бала Линкольна. Хорошо, что я не из тех, кому нужно миллион лет, чтобы собраться. Перевожу взгляд на свое платье.

- Странно. Они могли бы прислать их пораньше.

Сисси вешает наши платья в свой шкаф. Ее зелено-черное, мое красно-золотое.

- Откуда тебе знать? Может, это какая-нибудь древняя фраксова традиция.

- Может. - когда дело касается фраксов - никогда не знаешь точно. Не удивлюсь, если у них есть традиции, касающиеся правильного развертывания туалетной бумаги.

Сисси хлопает в ладоши.

- Давай одеваться! - она захлопывает дверь в спальню, и мы раздеваемся до нижнего белья.

Рядом с Сиссиным гардеробом появляется портал. Из него выходит Уолкер.

- Добрый вечер, Майла. Ты призвана служить.

Сисси вскрикивает, хватает свою одежду и прикрывается ею спереди. Я делаю то же самое.

- Уокер! - я закатываю глаза. - Есть одна интересная вещь, называется стук. Слышал когда-нибудь о таком?

Уолкер переминается с ноги на ногу.

- Тебя беспокоило то, что я не предупреждаю тебя о матчах заранее. Он будет в субботу в 5 утра. Так как сейчас вечер четверга, я думал ты будешь рада узнать.

- Я рада, Уолкер. Теперь можешь идти.

Если бы в Уолкере текла кровь, он бы в этот момент покраснел.

- Я должен, эм, извиниться за вторжение. Пойду предупрежу о матче твою маму.

Сисси кивает на сложенные друг на друга коробки.

- Обязательно скажи, что платья пришли вовремя.

- Нет! - пытаюсь ударить Сисси в голень, но мажу. - Она думает, что мы снова зависаем у Зака и не знает о бале. - я поворачиваюсь к Уолкеру, моля того взглядом. - Пожалуйста, не говори маме. Ты знаешь, как она отреагирует.

Уолкер окидывает платья внимательным взглядом.

- Линкольн пригласил тебя на сегодняшний бал. - это не вопрос.

- Они друзья. - говорит Сисси быстро. Я потратила несчетное количество часов, убеждая ее в этом. Нет смысла давать повод для пробуждения ее демону зависти, когда Линкольн уже через несколько дней уезжает.

- Я сохраню твой секрет. - Уолкер натягивает капюшон. - Жаль только, что у меня нет приглашения на данное торжество. - он прикрывает глаза; очередной портал появляется рядом с Сиссиным шкафом. Уолкер делает к нему шаг, затем останавливается. Сверкая алыми зрачками из-под капюшона, он наклоняется ко мне. - Вы двое станете причиной множества неприятностей.

- В одиночку на такое можно только надеяться. - показываю ему язык. - Меня не волнует какой-то там жалкий князь, крушащий мою жизнь.

- Только тебя, Майла. - Уолкер шагает в портал и исчезает.

Сисси кидает вещи обратно на пол, ее взгляд, подобно лазеру наводится на меня.

- И *что* это сейчас было?

- Обещаешь держать своего демона ревности под контролем?

Сисси сжимает зубы.

- Да.

Я поднимаю руку к лицу и словно бы сжимаю указательным и большим пальцем что-то маленькое.

- Возможно, между мной и Линкольном есть немного сексуальной напряженности. - лучше преуменьшить, чтобы смягчить ее знакомство с реальностью — И князь до сих пор меня ненавидит за тот случай с зеленой слизью.

- Ох. - Сиссины губы съезжают на одну половину лица. - Но Линкольн уезжает из Антуриума, ведь так?

- Ага. В Субботу. - обычно, этот факт кажется невероятно удручающим. Но если учесть, что я увижусь с Линкольном через считаные минуты? Это задевает немного меньше.

- Поняла. - она счастливо кивает головой, затем ее внимание возвращается к платьям. Я выдыхаю.

Подойдя к ящикам, достаю туфли и фраксово нижнее белье. Мое выглядит так, словно его сшили из черных ленточек.

- Оно выглядят даже страннее прошлых. Мне *правда* придется это надеть?

- Ты *правда* считаешь, что сможешь покинуть мою комнату в чем-либо другом?

Что правда, то правда.

Спешно нанеся макияжа и уложив волосы, мы надеваем платья.

Сисси кладет руки на бедра, критично осматривая меня с ног до головы. У меня красное с золотой отделкой и влито сидящим лифом платье с открытыми плечами; чуть ниже талии в платье отверстие для хвоста. Юбка доходит до пола и поделена разрезами на секции, что переливаются и мерцают в движении. Мои длинные каштановые волосы свободно ниспадают по моим плечам.

Судорожно выдыхаю. Я девушка с аппетитными формами, поэтому обычно я ношу одежду свободную, довольно неплохо скрывающей сей факт. Но в этом платье, я словно песочный часы. Причем лиф платья, имеющий свойство корсета, еще больше утягивает талию. Если все это сложить все это - станет понятно мое чувство неловкости. Я поворачиваюсь к Сисси.

- Ладно, что ты думаешь?

- Майла, ты потрясающе выглядишь.

Выдыхаю. Возможно, она преувеличивает, но прямо сейчас я нуждаюсь в этом.

- Спасибо. - киваю на ее платье. - Давай посмотрим на твое.

Сисси начинает кружить вокруг себя. Все ее платье отделано зелеными ленточками и имеет длинные расширяющиеся книзу рукава. Бархатный лиф распадается на длинные зеленые ленточки в зазорах между которыми мелькает черная юбка в пол. Ее волосы золотыми колечками лежат на плечах, а хвостом счастливо виляет за спиной. Я улыбаюсь.

- Прекрасно выглядишь.

- Спасибо. - она приседает в реверансе. - Нам лучше идти. Мы и так еле успеваем.

Мы прощаемся с Сиссиными родителями и садимся в мой зеленый универсал, стараясь не помять наши новые платья. Сегодня Бетси особо капризна и прежде чем завести, выдает много лишнего дыма и громких звуков. Наконец, мы начинаем недолгий путь от Сиссиного дома к особняку Райдеров. С каждой пройденной милей давление в артериях крови увеличивается на несколько пунктов. Не. Могу. Дождаться.

- Почему бы тебе не сдать машину в ремонт? - Сисси настраивает зеркало заднего вида так, чтобы она смогла проверить свой макияж.

- Шутишь? - веду Бетси по территории особняка. - Заполнение всех бумаг для официального запроса займет недели. - я глажу приборную панель. - До тех пор, пока она способна завестись — Бетси в порядке.

Сощурившись, смотрю на дорогу. Впереди, на серо-зеленом холме возвышается особняк Райдеров, белые кирпичи строения тускло поблескивают в лунном свете. Остальная же округа состоит из моря заколоченных темных домов. Восторг захлестывает меня.

Майла и Линкольн... пособники в деле учинения неприятностей на все фраксовые задницы в округе. Еее.

Подъехав ближе, мы видим сотни лошадей, вышагивающих по мощеной дорожке, ведущий к особняку. На каждом прекрасном животном восседает прекрасная леди в струящемся платье. Бархатные уздечки свисают с лошадиных голов; в волосы женщин вплетены цветные ленточки. Рядом с каждой наездницей вышагивает мужчина в коричневых кожаных штанах, серебряной кольчуге и бархатной цветной накидкой.

- Ого. - я до максимума замедляю ход машины.

- Знаю, фраксы — психи, когда речь заходит о лошадях. Райдеры сказали, что они построили в лесу все необходимые пристройки и конюшни, так что теперь они могут держать своих четвероногих друзей под боком.

Универсал приближается к подъездной дорожке. Выхлопная система стучит и испускает огромную струю черного дыма. Некоторые лошади начинают ржать фальцетом, из-за чего их наездники и сопровождающие кидают на меня злые взгляды.

Окидываю дорогу внимательным взглядом. Ни одной машины на мили вокруг.

- Мы единственные не фраксы на этой вечеринке? - мое сердце бешено бьется.

- Ага. Это не дипломатический прием; в общем-то, они запросили дом для приватного мероприятия. - она отворачивает козырек, проверяя свой макияж. - Я думала, Линкольн тебе рассказал обо всем.

Что я могу на это сказать? Линкольну потребовалось две недели, чтобы придумать как вырваться самому и побороться со мной в течение нескольких часов; о долгих разговорах и объяснениях базовых понятий о фраксовых вечеринок не может быть и речи. Хмурюсь.

- Я сказала, между нами сексуальная напряженность, Сисси, а не отношения лучших подруг.

Универсал выплевывает еще одно облако дыма. На меня обращается еще больше взглядов. Мы проезжаем мимо главной стоянки, которую закрыли для машин на время вечеринки, чтобы освободить место для лошадей.

И где мне парковать эту громадину?

- Пожалуйста, скажи, что есть другой способ припарковаться, благодаря которому нам не придется обруливать каждого благородного члена фраксового общества.

Сисси хмурится.

- Мне сказать то, что ты хочешь услышать... или правду?

- Аргх.

- Твое место — первое справа от главного входа. Мы почти добрались. - Выхлопная система вновь громко звякает; я морщусь. Еще одна лошадь ржет и слегка приподнимается на задних ногах. Еще больше взглядов обращается в мою сторону.

- Майла, двигайся помедленнее. Думаю, ты немного пугаешь лошадей.

Сжимаю зубы и концентрирую все свое внимание на дороге. Лошади не единственные, кто немного напуган.

Я паркуюсь на свободном пяточке у особняка.

- Бесит.

Вдалеке звучат трубы. Сисси мигом выпрыгивает из машины.

- Вступление началось. Мы опаздываем!

Мы бросаемся к парадному входу. Несколько фраксов топчутся у дверей, их лакеи проводят последних лошадей по мощеной дорожке. Мы выстраиваемся за остальными приглашенными, приглаживая платья и стараясь восстановить дыхание.

Из вестибюля доносится мужской голос:

- Мисс Сисилия Фредериксон и ее сопровождающий Изакеиль Райдер».

Сисси легонько сжимает мою руку.

- Мой выход. - через распахнутые двери она проходит в вестибюль. Комната наполнена фраксами в разноцветных одеждах. Сисси доходит до центра комнаты и замирает. Зак выходит из толпы, он одет в черную бархатную тунику поверх кольчуги и кожаные штаны. Он берет Сисси за руку и под звучание серебряных труб они проходят в зал.

Я мнусь перед дверьми, наблюдая за их уходом; нервы так натянуты, что, кажется, тронь — порвутся. Трубы замолкают и за ними следует пауза протяжностью не менее, чем в миллион миллиардов лет. Мое сердце так громко стучит, что, уверена, его слышно во всем Верхнем Чистилище.

Глашатай опускает серебряную трубу.

- Мисс Майла Льюис, без сопровождения.

Подавляю желание застонать. Без сопровождения? Правда?! Как насчет, "*со* способностью надирать задницы"? Им сейчас же нужно оставить свое средневековье.

Расправив плечи, я прохожу в двери и направляюсь в центр вестибюля. Может, мне просто кажется, но в фойе вдруг становится необычайно тихо. Стук моих каблуков звучит оглушительно громко. Несмотря на то, что на меня обращены взгляды сотен глаз, я сосредоточена лишь на двух: один свинцово-серый, другой пшенично-карий.

Линкольн стоит среди моря лиц, окруженный группкой красивых юных леди. Он одет в черные кожаные штаны, серебряную кольчугу и бархатную черную тунику. На его груди поблескивает вышитое изображение орла; на каштановых волосах сверкает серебряная корона. Он смотрит на меня с огнем в глазах и слегка приоткрытым ртом.

Минута проходит, прежде чем я осознаю, что должна куда-нибудь отойти, а не стоять как дура посреди фойе. Гости кидают на меня взгляды и хихикают. Я оглядываю комнату в поисках Сисси или другого выхода из ситуации, но она уже ушла в бальный зал.

Вновь трубит глашатай.

- Мисс Майла Льюис, *без сопровождения*. - мозг отказывается работать. Есть у меня ощущение, что он на что-то намекает, но не могу понять на что.

Хихиканье становится громче, а взглядов больше. Я оглядываюсь на выход, рассчитывая как много времени займет пробежка обратно к машине.

Из толпы выступает Линкольн, предлагая свою руку. Хихиканье, что я считала громким — это ничто по сравнению с коллективным вздохом, прокатившимся по комнате. Улыбнувшись, крепко сжимаю его руку, чувствуя под ладонью теплоту и упругость его мышц. Мы проходим в бальный зал.

- Думаю, мы шокировали твое высшее общество.

Линкольн усмехается.

- Они нуждаются в том, чтобы их иногда шокировали - это держит их в тонусе. - он кивает на танцевальную площадку. - Говоря о...

Перевожу взгляд на синхронно движущиеся пары. В то время как скрипка играет джигу, фраксы отплясывают что-то средневековое со сложным набором движений.

- Я не знаю этот танец, Линкольн, так что пропущу один.

- Давай посмотрим, что можно сделать. - Линкольн щелкает скрипачу пальцами. Музыкант мгновенно переводит взгляд на нас. Принц делает резкое движение у своего горла. Энергичная джига сменяется медленно мелодией.

- А вот, и медленный танец. - Линкольн выводит меня на танцпол. – Все умеют его танцевать.

Я подавляю улыбку.

- Небольшой изящный трюк.

Он выгибает брови.

- Хорошо быть принцем. - мы достигаем центра зала. - Начнем? - дюйм за дюймом, Линкольн поднимает мои руки себе на шею; я пропускаю его волнистые коричневые волосы через свои пальцы. Скользнув ладонями мне на спину, он оставляет руки на моей талии. При воспоминаниях о его прикосновениях в конюшне и нашем поцелуе в оранжерее по мне пробегают мурашки. Моя кожа пылает. Мы медленно кружим под неспешную музыку.

Новая волна взглядов устремляется к нам, но я вижу только глаза принца и игру света на его скулах и упрямом подбородке. Комната словно опустела и здесь только мы вдвоем. Улыбка появляется на губах Линкольна.

- Хочу поведать тебе один секрет.

- Правда? Какой?

- Я не могу его прошептать, когда ты на таком отдалении. Давай ближе.

Я придвигаюсь ближе; наши тела почти соприкасаются.

- Так? - я наклоняю голову, чтобы он смог прошептать мне на ухо.

- Ближе.

Мягко улыбнувшись, прижимаюсь к нему всем телом, чувствуя каждый контур его тела. Мы застываем. У меня перехватывает дыхание. Я пристально вглядываюсь в лицо Линкольна и замечаю желание в его глазах. Он проводит рукой по моей пояснице, и мы вновь начинаем кружить. Все мои силы уходят на то, чтобы не поцеловать его.

Склоняю голову набок.

- А сейчас?

Дыхание Линкольна щекочет мне ухо.

- Девушка, вроде тебя... В платье, вроде этого... Всегда должна танцевать только на таком расстоянии.

Мельком оглядываю зал, отмечая множество огромных глаз, громких перешептываний и не-столь-вежливо наставленных на меня пальцев. Князь Акка совсем покраснел лицом и выглядит так, словно готов взорваться от ярости. За соседним столом сидит Адейра, ее прикованный ко мне взгляд наполнен отвращением.

- Не думаю, что фраксы с тобой согласятся, Линкольн.

Принц скользит руками по моем спине и поглаживает кончиками пальцев голую кожу моих плеч. Закусив губу, подавляю желание издать «ммм» во всеуслышание. Принц прижимается к моему уху губами.

- Пора приступить к учинению неприятностей, не ты ли...

- Принц Линкольн! - Джанна в фиолетовом платье бросается к нам. - Это срочно! Демонический патруль попал в засаду! - как только до нас остается пара дюймов Джанна вклинивается между нами, хватает Линкольна за руку и делает попытку стащить того с танцпола.

К нам подходит мужчина в фиолетовой тунике.

- Если это порадует ваше величество - я составлю юной леди компанию на сегодня.

- Спасибо, Альдо. - Линкольн поворачивается ко мне. - Если патруль подвергся нападению, я не смогу вернуться. – выражение его лица каменеет. - Поездка на Землю занимает некоторое время.

- Понимаю. - мое тело и разум немеют. - Конечно. Защити своих людей. – наблюдаю за их с Джанной уходом и морщу лоб, но не от шока, а в замешательстве. Когда вещи успели принять такой оборот?

Мою кожу колет от смутного чувства подвоха. Оглядываюсь вокруг и замечаю неподалеку от себя князя и Эйвери. Оба выглядят очень счастливо. И это не может предвещать ничего хорошего.

Прежде чем я успеваю понять в чем дело, медленная музыке сменяется яростной джигой. Схватив меня за руку, Альдо начинает кружить со мной по танцполу. Подпрыгивающую и вращающуюся меня передают из рук в руки мужчины в желтых, голубых, фиолетовых и розовых туниках. Адейра, Нита и Кейша, постоянно оказываются рядом. Либо эти первые леди — худшие танцоры во всем Антруме, либо они намеренно наступают на подол моего платья. Какое-то время все идет своим чередом, но в какой-то момент я кое-что осознаю.

В бальном зале очень холодно... но только моей спине.

Разворачиваюсь, чтобы проверить платье сзади, но не вижу его там вообще. Я судорожно вздыхаю. Вся задняя половинка платья исчезла. Эти разномастные козявульки знали, как вытащить из швов моего платья все нитки. Теперь понятно, почему платья пришли так поздно: они поигрались с ними за несколько часов до бала. Адейра, Нита и Кейша перестали танцевать и начали смеяться, тряся своими маленькими глупыми головками.

Верчусь волчком в попытке соединить две половинки платья, чтобы прикрыть зад, но мне просто не хватает ткани. Весь зал начинает смеяться. Мое лицо сменяет как минимум восемнадцать оттенков красного.

Сисси появляется из ниоткуда. Встав позади так, чтобы прикрыть мою спину собой, она кладет мне на плечи руки и вдоль дальней стены начинает вести к окнам. Оказавшись там, она показывает на стеклянный проход в виде арки.

- Это дверь в живой лабиринт. Проверни замок и нажми на ручку.

Я делаю как она говорит; мы быстро выходим наружу. Схватив меня за руку, Сисси ведет меня к противоположному крылу особняка. И там, в безопасной тени она тянет меня сесть на одну из лавок у входа в лабиринт.

- Мне так жаль, я и подумать о таком не могла. - Сисси хмурится.

Чувствую, как немеет тело. Все это случилось на самом деле? Кому вообще могла прийти в голову такая идея?

- Не вини себя. Откуда ты могла знать, что они сделают это?

- Не то чтобы это к тому относится, но... - Сисси прикусывает нижнюю губу.

Холодок пробегает по моей спине.

- Есть что-то еще, не так ли? - я прижимаю ладони к глазам, чувствуя, как желудок уходит к пяткам. - Выкладывай.

- Ну, помнишь, в этот раз на твоем нижнем белье были черные полоски?

- Дааааааааааа.

- Когда ты его надела, на них проступила надпись на латыни.

- *Латынь? - это лживая, подлая, трусливая Адейра и ее безмозглый отец.*

- Да. Думаю, все фраксы могут говорить на нем.

Я смотрю на нее в щелочку между пальцев.

- И что именно там было написано?

- Куннис. К-У-Н-Н-И-С. Я слышала, как говорят фраксы. Думаю, это значит...

- Я знаю, что это значит. - снова закрываю лицо руками. - Сисси! Ты должна была мне об этом сказать!

- Ладно, смотрелось это довольно странно, но ты сильно дергалась по поводу белья, а мне не хотелось очередного дипломатического скандала. - Сисси кривит губы.

Я хватаюсь за края скамейки, словно собираясь разломить ее надвое. Ярость кипит в моих венах.

- Я люблю тебя Сисси, но ты была ночным кошмаром, требующим к себе все внимание последние несколько месяцев. - я начинаю загибать пальцы, ведя счет ее проступкам. - Во-первых, тебе снесло крышу от зависти, когда Линкольн привлек мое внимание, в то время как ты была слиииииишком озабочена Заком. Во-вторых, ты устроила мне бойкот без достойной на то причины. И третье, ты решила не заботиться о том, чтобы рассказать мне о том, что я хожу с надписью КУННИС на своей заднице. Это уже ни в какие рамки и потому должно прекратиться. - мои глаза вспыхивают алым. - Не говоря уже о том, что это разрушило мой последний вечер с Линкольном.

Сиссины глаза становятся огромными; она прикрывает ладошкой рот.

- Мне тааак жаль, Майла. - ее нижняя губа начинает дрожать. - Ты права: я была просто ужасной подругой. - она садится на скамейку рядом со мной. - Поговори со мной. Пожалуйста. Что я могу для тебя сделать?

Отвечаю сквозь стиснутые зубы:

- Возвращайся на бал, домой тебя отвезет Зак. Я хочу побыть в одиноче-стве некоторое время. - тяжесть оседает у меня на душе. Линкольн отправился на Землю к демоническому патрулю. Мы планировали хорошенько повеселиться этим вечером, но *вот* к чему пришли. Боже, мне нужно убить кого-нибудь.

Сисси грызет свои наманикюренные ногти.

- Мне правда жаль.

- Я знаю. - мой голос дрожит от ярости и разочарования. - Мне нужно немного времени, вот и все.

- Ладно. - она кидает взгляд на виднеющиеся вдали огни особняка. - С тобой *правда* будет все в порядке, если я поеду с Заком? Ты ведь поедешь на Бетси одна.

- *Будет.* - *уйди ты* уже, *наконец.*

Она делает несколько нерешительных шагов по направлению к особняку.

- Позвонить тебе завтра? -

Сжав кулаки, киваю. Если я скажу еще хоть слово - точно сорвусь. И тогда у Сисси появится точно такой же фингал под глазом, что однажды был у Зака несколько лет назад. Оставляя следы на мокрой траве, Сисси отходит все дальше. Вскоре она совсем исчезает из поля зрения.

Вскакиваю на ноги. *Этот, гребаный сукин сын, князь и его дочка-идиотка все испортили.* Во мне вспыхивает гнев и смешивает все внутри. Переместив весь свой вес на правую ногу, я со всей дури бью по скамейке, в итоге разломив деревянную скамью на две аккуратные половинки. От этого мне становится немного лучше.

- Хороший удар. - произносит знакомый голос. Я вглядываюсь в тени вокруг и замечаю шагнувшую на поляну фигуру: Линкольн.

Я судорожно вздыхаю. Громко. Что, ради всего святого, он здесь делает?

- Привет, Майла. - он запускает в копну своих волос пальцы. Корону он оставил в особняке. Кажется, что это что-то значит, но я не уверенна что именно.

Расплываюсь в улыбке до ушей.

- Разве сейчас ты не должен быть на Земле? - моя ярость тает, сменяясь странными ощущениями в животе.

- Зачем бы мне там быть? - он улыбается и бабочки в моем животе начинают сильнее махать крыльями. - Это было худшее фейковое ЧП, которое я когда-либо видел. — склонив голову набок, он окидывает пристальным взглядом мое платье, а точнее, почти полное его отсутствие. - Похоже, в их гениальный план входило не только это. - он вздыхает. - Буду честен. Не думал, что дойдет до *такого*. Довольно продуманная схема, ты так не считаешь? - он взглядом пробегается по моей спине и желание вспыхивает в его глазах. - Не то что бы мне есть, на что пожаловаться.

Огонь в его глазах пробуждает моего демона похоти. Он мурлычет во мне, и по телу растекается жар. Затем я вспоминанию, что написано у меня на заднице. Аргх.

- Подглядывать нечестно. - я отворачиваюсь, стараясь прикрыть зад остатками платья. Не то чтобы я против столь пристального разглядывания Линкольном моей попы, но надпись «куннис» немного смущает. Ладно *сильно* смущает.

- А знаешь, они оказали нам услугу. - он стучит по своему виску. - Вот почему я им подыграл.

Закатываю глаза и издаю смешок.

- Конечно, это так.

- Ты только подумай. Нам предстояло провести большую часть времени на балу, раздражая некоторых особ. Но теперь мы можем побыть наедине. - он подходит ближе. – Пройдет некоторое время, прежде чем они догадаются, что я не на Земле. - его полные губы изгибаются в озорной улыбке. Мои внутренности превращаются в желе. – Как насчет того, чтобы найти неприятностей на свой зад?

И да, и нет.

- Я не собираюсь разгуливать в таком виде вне дома. - ни в коем случае, я не буду ошиваться вокруг особняка с надписью «куннис» на заднице. Целая фраксова нация бродит в округе, не говоря уже о Сисси, Заке и его родителях. Неа.

Линкольн надувает губы.

- Значит, если тебе будет, что надеть, ты будешь гулять?

- Буду. - интересно, куда он собирается пойти.

Линкольн стягивает с себя бархатную тунику.

- Это должно подойти. - он остается только в серебряной кольчуге поверх кожаных штанов.

- Что? - тыкаю пальцем в длинную рубашку. - Ты хочешь, чтобы я надела это?

- Почему нет? Ты же будешь прикрыта. - он подмигивает. - По большей части. – и он протягивает мне одежду.

Окидываю ее внимательным взглядом. Она должна довольно неплохо на мне сесть. Кривлю губы, сдвигая их на одну половинку лица.

- Где я могу переодеться?

- Может, за изгородью? - кидает мне тунику и поворачивается спиной. - Обещаю не подглядывать.

Забежав за зеленую ограду, меняю платье на тунику Линкольна. Крутанувшись вокруг, окидываю себя критическим взглядом. Смотрится неплохо, но оставляет неприкрытыми большую часть ног.

Я закусываю губу.

- Чувствую себя слегка обнаженной, Линкольн. — скидываю каблуки и босыми ногами встаю на ледяную землю.

- Не беспокойся об этом, все будет в порядке.

На цыпочках обхожу ограду и вижу Линкольна в своих кожаных штанах и в... ничем больше. Низко сидя на его бедрах, они являют хорошо очерченные мускулы под его животом. Вау. Желание полностью поражает мою нервную систему.

Линкольн окидывает меня с головы до носочков внимательным взглядом и задерживается на моих ногах.

- Теперь мы оба слегка обнаженные.

Жестами сообщаю ему, что-то вроде «хэй, парень, ты забыл надеть футболку».

- Уверен, что это хорошая идея? - словно половина фраксового общества сейчас не тусуется рядом.

- Почему бы и нет? Я не вернусь на бал. - действительно, да и я, скорее всего, сильно испачкаю ему тунику.

Усмехнувшись, Линкольн пинает босой ногой кучку кованного железа.

- К тому же это штука весит целую тонну. - он складывает на груди руки. - И мне обещали неприятности, помнишь?

Это успокаивает.

Делаю легкий поклон.

- Ладно, уговорил. Куда идем?

- Есть у меня одно местечко на уме. - он переплетает наши пальцы. От прикосновения его пальцев к моим по мне дрожью пробегает волнение. - Пошли. - его разноцветные глаза мерцают в лунном свете. У меня вновь тянет низ живота.

В этот момент я бы последовала за ним куда угодно. Во время нашей короткой прогулки, мое сердце успевает ускориться до тысячи ударов в минуту, вдохи-выдохи становятся короче и чаще. Мой внутренний демон похоти, определенно, хочет выйти наружу и поразвлечься. Линкольн входит в живой лабиринт и уверенно ведет меня по нему. Вскоре мы достигаем фонтана в сердце лабиринта. В это время года он выключен, поэтому выглядит сейчас скорее как огромный бассейн с водой.

Поднимаю брови в замешательстве. Из всех мест на территории Райдерского особняка, почему Линкольн привел меня именно в это?

Принц подводит меня к бортику фонтана, чтобы сесть. Я плюхаюсь на него, чувствуя теплый камень под собой; мои ноги свисают, не касаясь земли. Отступив на шаг назад, Линкольн окидывает меня внимательным взглядом, в его глазах плещется изумление.

- Вот так. - он сует большие пальцы в ремешки на поясе своих кожаных штанов. - Именно такой я впервые тебя и увидел у озера.

Я киваю. Верно: он застал меня, когда я билась с Докси демонами в воде.

- Итак, зачем ты привел меня сюда? - я чешу щеку. Это немного странно.

- Ну, я очень много размышлял о той ночи. Возможно, даже слишком много. - он застенчиво мне улыбается. - Звучит безумно, да?

- Возможно. - задумавшись собираю губы трубочкой. - Так, что же дальше?

Он потирает одной рукой шею.

- Вообще, это малая часть истории. Я преследовал нескольких Докси от Райдерских конюшен. Думал ты просто еще один фракс, занимающийся тем же самым.

Я притворно хмурюсь.

- Просто *парень*, конечно.

Он прикладывает ладонь к голой груди.

- Виновен по всем статьям. - он подходит ближе, мое сердце тяжело бьется в груди. - Ты исчезла в воде, и я было подумал, что ты утонула, но ты вынырнула, сражаясь. - он останавливается прямо передо мной и кладет теплые руки на мои голые коленки. Жар, скручивая, опаляет низ моего живота. Его ладони грубы и в мозолях там, где это положено воинам.

Легко надовив, Линколь разводит мои ноги.

- Ты сражалась так, словно сама была демоном. Твои глаза сверкали алыми искрами в темноте. И ты смеялась. - принц прижимается твердым телом к моим мягким изгибам. У меня сбивается дыхание. Черт, так хорошо.

Линкольн замечает мой тихий вздох и улыбается.

- Я увидел, что ты женщина, воин. - он наклоняется ближе, его губы выдыхают мне в рот. - Сильная от природы. С того дня я думал о тебе, о той ночи и воде.

Я глубоко вдыхаю, готовая сказать: «Я тоже никогда не встречала тебе подобных раньше. И ты тоже сводишь меня с ума. В хорошем смысле.» В итоге я выдыхаю всего лишь два слова:

- Я понимаю.

Его голос становится тише, уходя в хрип:

- Хорошо.

Наши губы встречаются, грубо и свирепо, соприкосновение наших языков добавляет жара между ног. Мои руки скользят по обнаженным плечам Линкольна, чувствуя бархатную кожу поверх твердых мышц. Вдруг мне хочется пробежать руками по каждому дюйму его тела. Линкольн сжимает мои бедра, собирая в гармошку подол туники, что сейчас на мне. Желание опаляет мои внутренности.

Тонкая молния врезается в землю в нескольких ярдах от нас. Тихий раскат грома сотрясает воздух.

Я резко поворачиваю голову в сторону места, куда ударила молния. Теперь это тлеющий участок травы у бортика фонтана.

- Ты это видел? - уже третий раз молния ударяет точно в тот момент, когда во мне вспыхивают яркие чувства к Линкольну. Даже *мне*, сложно продолжать притворяться, что это простое совпадение.

- Нет. - Линкольн целует мою шею, затем нежно прикусывает мочку уха. Мои ноги превращаются в желе.

- Но Линкольн, разве тебя не беспокоит...

Он очерчивает контуры моего лица кончиками пальцев.

- Нет. - огонь пылает в его разноцветных глазах. - Поцелуй меня, Майла.

Улыбка появляется в уголках моих губ. Это чертовски хорошая идея. Я наклоняюсь и пробую его на вкус, желание во мне вспыхивает ярче. Линкольн сжимает мою талию, двигая нашими бедрами в одном ритме. Сквозь кожаные штаны я чувствую его готовую твердь. Каждый новый толчок — импульс чистого удовольствия. Мир вокруг исчезает, оставляя только наши губы, тела и желание. Через два дня он уезжает в Антрум. Кто знает когда я вновь его увижу, когда вновь попробую на вкус? *Нет времени ждать*. Мои похотливые инстинкты выходят из-под контроля, беря верх над остальными чувствами.

Я соскальзываю с бортика фонтана на прохладную траву. Опустив голову, берусь за края туники, готовая снять ее.

И в этот момент я чувствую это. Огонь в глазах. *Мои зрачки пылают алым*. Они никогда не загорались из-за возбуждения, только из-за гнева. Хотя если подумать, то я никогда прежде и не чувствовала к парням желания.

Замираю, продолжая держа голову опущенной. Это темная сторона наследования классических черт Ярости: гнев *и* похоть. Я смотрю на сжима-ющие тунику пальцы.

- Думаю, на этом нам стоит остановиться. - тихо и судорожно дышу. Я далеко не мастер по контролю над гневом, но и над тем, что я умею сейчас мне пришлось работать всю жизнь. А теперь еще и похоть? Я впервые поце-ловалась всего несколько недель назад, а сегодня, я чуть полностью не обна-жилась и не сделала бог-знает-что с Линкольном. Это не такой мне хочется быть.

Линкольн кладет свои руки на мои.

- Что случилось, Майла?

Я закусываю нижнюю губу, стараясь держать голову как можно ниже, чтобы не было видно глаз. Одна часть меня хочет убежать, другая же поце-ловать его вновь. Сильно. Глупый демон похоти.

Линкольн касается костяшками пальцев моего подбородка. Легко нада-вив, он пытается поднять мою голову. Я не поддаюсь.

- Это не очень хорошая идея, Линкольн.

Принц наклоняется, чтобы заглянуть мне в лицо. Улыбка появляется в уголках его губ.

- Твои глаза поменяли цвет. Они прекрасны.

- Это наследие демонов Ярости. Похотливая его часть. - мой голос слегка дрожит. - Раньше это проявлялась, только когда я чувствовала злость.

Он переплетает свои пальцы с моими, его голос мягок:

- Тогда давай немного сбавим темпы. У нас вечность впереди.

Я выдыхаю.

- Да, было бы здорово.

Он склоняет голову набок и прислушивается.

- Тем более они уже отправили поисковую группу. - он усмехается. - Как насчет поисков другого способа угодить в неприятности?

- Конечно. - сжимаю его пальцы. - Как насчет изучения оставшейся части лабиринта?

Он целует меня в кончик носа.

- *Это* замечательная идея.

ГЛАВА ДВАДЦАТАЯ

Я сижу на потрепанном переднем сидении Бетси, все еще одетая в тунику Линкольна. Ночное небо уступает утренней заре; мягкое свечение очерчивает горизонт. Я вспоминанию прошедшую с Линкольном ночь и улыбка не сходит с моего лица. В течение нескольких часов мы бродили по лабиринту и разговаривали. Теперь я знаю его любимый вид музыки (джаз), наименее любимое слово (влажное) и самый большой страх всей его жизни (вторжение в Антрум). Мы спорили по поводу того, какого демона сложнее убить, какого легче выследить и какой хуже воняет. Я же, в свою очередь, объяснила ему, почему так люблю хлопья Франкерберри, пожаловалась на то, что Сисси с Заком иногда раздражают и сказала, что повторы на Человеческом Канале просто бомба. Бедный парень не имеет даже телефона — настолько они помешаны на безопасности Антрума, не говоря уже о телевизоре. Поэтому я посчитала своим долгом объяснить ему значение этих слов.

Бью кулаком об руль. Черт, забыла спросить откуда он знает Уолкера! На будущее: не забыть спросить в следующий раз.

Повернув ключ зажигания, завожу двигатель. Бетси не противится и не кашляет клубами дыма всю дорогу до дома. Я улыбаюсь. Иногда все идет так как надо.

Удача сопутствует мне до самого возвращения домой. Я на цыпочках обхожу дом и добираюсь до окна, ведущего в ванную. Оно бесшумно открывается. Превосходно. Я проскальзываю внутрь и пробираюсь к своей комнате. Скинув тунику Линкольна, надеваю серую ночнушку и забираюсь в постель.

Я чувствую гордость за свое тихое проникновение, когда дверь в мою комнату распахивается. Мамин силуэт показывается в темном проходе.

- Где ты была, Майла Льюис?

Она назвала меня полным именем. У меня неприятности.

- Ходила с Сисси на вечеринку. - поправляю подушку под головой. - Знаю, надо было тебя предупредить.

- Да, надо было.

- Но сейчас я здесь, в безопасности. А завтра у меня школа. Можем мы поговорить об этом утром?

В течение долгой минуты мама молчит, но потом тяжело вздыхает.

- Наверное, можем. - она тычет в меня пальцем. - Но у тебя большие проблемы, юная леди.

Ее угроза отскакивает от стены моего внутреннего блаженства.

- Я поняла, мама. Поговорим утром. - я закрываю глаза и уплываю в мир сновидений.

В нем я возвращаюсь к Серому Морю. На песке у моих ног вспыхивает круг белого пламени. Внутри поднимается фигура моей мамы. Вокруг нее выстраиваются стены нашей гостиной. Круг из огня вспыхивает и исчезает. Песчаные фигуры становятся реальными и живыми. Гостиная выглядит точно так же, как она выглядит и сейчас, только диван менее поношен, ковер более пушист и на стенах меньше трещин. Мама кладет на диван отрезок черной ткани, махровый халат свободно болтается на ней. Я вздыхаю. Теперь она больше походит на свою изношенную и одомашненную версию себя. Грусть оседает у меня на сердце. Сенатор Льюис ушла.

Кто-то стучится в нашу входную дверь.

- Одну секундочку. - мама проходит к двери и распахивает ее. Ксавье стоит снаружи в своем сером костюме. Желваки ходят на его лице.

Мама машет рукой внутрь.

- Ксавье! Проходи. Присаживайся. - она стягивает с дивана отрез ткани и проходит на кухню. - Хочешь мороженого? У меня нет ничего столь же хорошего, как в прежние дни, но я нашла вот это. - стоит она в кухонном проеме, сжимая крошечный пакетик в руках. - они называются «Замороженные батончики из молочных продуктов».

- Нет, спасибо. - глаза Ксавье остаются приклеены к полу. Что-то с ним не то, но я все никак не могу понять что.

- Ты прав. Не знаю о чем я думала. - мам возвращается на кухню. - Кстати, мои документы на службу одобрили. Теперь я назначена швеей официально.

- Я слышал. Квази на службе у упырей не могут быть подвергнуты преследованию. Теперь ты в безопасности.

- Спасибо тебе и твоим людям. - мама возвращается в гостиную, сильнее затягивая поясок на халате.

Ксавье судорожно выдыхает.

- Нам нужно поговорить, Камилла. — сухость его тона заставляет меня сжать зубы.

Мамин лоб морщится в замешательстве.

- Конечно, не хочешь присесть? - она кивает на диван.

Ксавье трясет головой.

- Ты была права во всем. В Армагеддоне, в Олигархии, во всем. - он смотрит на маму тусклым взглядом. Он болен? У меня появляется непреодолимое желание броситься к нему и погладить по руке. Бедный парень.

Мамино лицо морщится в замешательстве.

- Зачем поднимать эту тему сейчас?

- Я должен был поддержать тебя тогда. Хочу, чтобы ты знала это.

Мама пожимает плечами.

- Если бы ты со мной согласился — ничего бы не изменилось. Они чуть не подвергли меня импичменту. Сенат не поверил ни единому сказанному мной слову, как ты и предвещал. - ее голос срывается на последней фразе. - Ты тоже был прав.

- Нет, не был. - Ксавье сжимает левую руку в кулак и ударяет себя по колену. - Я думал, что был прав, но ошибался. Я чувствовал только одно. Я чувствовал, что должен защитить тебя.

Поджимаю губы и хмурюсь. Хмм. Как-то слишком много от Ксавье разговоров о чувствах. Перевожу свое внимание на маму, которая в этот момент слишком сильно краснеет и теребит одежду в руках. Определенно, между ними что-то есть.

Ксавье подходит ближе.

- Этого не должно было случиться с кем-то вроде меня.

Мама отрывает от своего халата взгляд и склоняет голов набок в недоумении. И не она одна. Я тоже не поняла его фразы. Что это за «с кем-то, вроде меня» шутка? Он же обычный ангел, верно?

Мама хватает себя за горло.

- О чем ты говоришь?

Голубой огонек вспыхивает в глазах Ксавье.

- Я архангел.

Делаю несколько шагов назад; мое тело парализует от шока. Гребаный архангел? Из тех, что редки больше, чем могущественнейшие демоны Ада?

- Архангел? Но в записях о тебе об этом не было сказано.

- Вот почему я пришел в Чистилище. Мало кто знает меня здесь. Спустя несколько бурных тысячелетий я решил освоить профессию поскромнее. - он прикрывает свои голубые глаза. Точки белого света возникают около его плеч и огромные золотые крылья появляются за спиной Ксавье.

Кончиками пальцев мама проводит по сверкающим длинным перьям.

- Они прекрасны.

Ксавье вздрагивает и открывает глаза. Крылья исчезают.

- Архангел. - мама сует руки в карманы халата. - Не думала, что вы еще существуете.

Я фыркаю. Конечно, мама не знала. Она многого не знает об ангелах и демонах. Мощнейшие демоны могут родиться или стать таковыми. Армагеддон таким стал, когда его короновали как Короля Ада. Но архангелы? Они лимитированы еще с начала времен и столь стары и могущественны, что редко когда зависают с простыми смертными. Большинство обычных ангелов никогда с ними не встречалось. Поэтому-то мои глаза готовы сейчас вылезти из орбит.

Не могу поверить, что мама работала с одним из архангелов. Круто.

Ксавье кладет руку на стену и прислоняется к ней, словно в поисках поддержки.

- Нас немного. Я вел нашу армию в Битве при Вратах, в той, где Армагеддон был генералом на противоположной стороне. - грусть омывает его лицо. - Тогда он был обычным демоном.

Я вспоминаю Ксавье и Армагеддона в сенаторском зале заседаний. Эта парочка явно ненавидит друг друга. Трясу головой в неверии. Они сражались в Войне при Вратах, тысячу лет назад. В одном из грандиознейших противостояний истории.

Мама пристально изучает его лицо, что по ощущениям занимает года.

- Почему ты рассказываешь мне это сейчас?

Ксавье улыбается.

- Я знал, что ты спросишь. - его улыбка медленно тает. - Я должен уехать, но перед этим скажу кое-что, лишь раз. - он шагает к маме и робко касается ее щеки. Она прижимается к себе его ладонь. - Я жил очень долго. Я видел, как возносятся горы, рождаются звезды и океаны становятся колыбелью жизни. Я был свидетелем воин и свадеб, милосердию и ненависти, жадности и принесенным во имя чего-то жертвам. И за все это время я не разу не полюбил женщину. - он сгибает кисть, приближая ее лицо к своему. Ксавье, нежно касается ее губ своими. - Пока не встретил тебя.

Святое дерьмо.

Я знала, что они флиртую друг с другом, но это? Вау. И если посмотреть, как широко раскрытыми глазами смотрит на него мама — становится ясно, что и она не думала о подобном развитии событий.

Ксавье опускает руку, разворачивается на пятках и направляется к выходу.

Мама встает на его пути, блокируя ему проход. У нее стальной взгляд, тот самый, что означает — она не отступит.

- Куда ты собираешься?

Он смотрит мимо нее и открывает входную дверь. Мама упрямо стоит на пороге.

- Куда, Ксавье?

- Позволь мне уйти. - он стоит, выпрямив спину. Непоколебимый. Каждый дюйм его тела полон решимости.

Мама вглядывается в его лицо, ее глаза широко распахиваются.

- Подожди минуточку. Почему в Армагеддоновой Войне не убили меня? Почему именно меня - из всех тех людей - взяли на служение? - она закрывает за собой дверь и смотрит на Ксавье.

- Это не важно, Камилла. Все, что имеет значение — это твоя безопасность.

У меня кружится голова. Мама однажды сказала, что кто-то многим пожертвовал, чтобы мы были в безопасности. Все это время я была уверена, что этот загадочный некто — мой отец. Но сейчас здесь Ксавье, делающий нечто значимое ради мамы.

Я покрываюсь гусиной кожей. Может ли Ксавье быть моим отцом?

Колесики в моей голове начинают вращаться с немыслимой скоростью. Мама сказала, что моим отцом является Тим и, какие бы недостатки она ни имела, лож - никогда не была одним из них. Скрывать правду и твердой рукой заставлять всех делать то же самое? Да. Откровенно врать? Нет. По крайне мере, так я привыкла думать.

Мама подходит ближе к Ксавье, ее нижняя губа дрожит.

- Что ты сделал, Ксавье? - она берет его руки в свои. - ЧТО ТЫ СДЕЛАЛ?!

Он смотрит на их сцепленные руки, его глаза блестят.

- Я обменял свою жизнь на твою. Сегодня в полночь Армагеддон заберет меня в Ад.

Мама хватается за свое горло. Она еле дышит.

- Когда ты вернешься?

- Я не вернусь, Камилла.

- Но то, что они с тобой сделают. Ты не можешь уйти. – ее лицо каменеет. - Я никогда не соглашусь с этим. Я не позволю. Вместо этого, они могут убить меня.

Ее слова обрушиваются на меня сотней тяжеленых глыб. Когда смертные попадают в Ад, демоны поедают их души. Но архангелы могут излечиться от любых ранений. Если Ксавье и попадет в Ад, то только ради одного: вечности в муках. Я вздрагиваю. То, что они с ним сделают...

Ксавье качает головой.

- Договор подписан и нерасторжимым. Я заключил сделку с Армагеддоном в день, когда он вторгся в Чистилище. После того, как я уйду твоим опекуном станет упырь. Его зовут УКР-7. Можешь доверять ему, он наполовину архангел.

Мама обнимает себя за плечи.

- Должно быть что-то, что мы можем сделать.

- Нет, я сделал свой выбор и смирился с тем, что ждет. - он переводит на нее взгляд, полный любви и тоски. - Отпусти меня, Камилла.

Мама вглядывается в его лицо. Ее дыхание замедляется.

- Не единого шанса. - она шагает ближе и кладет руки на его плечи. Он не делает движения на встречу, потому она встает на носочки своих босых ног. Их губы в дюйме друг от друга. - Я тоже тебя люблю, Ксавье. - дюйм за дюймом, она приближается и касается его губ своими, но он не отвечает на ее поцелуй.

Мама отклоняется назад.

- Что?

- Это только усложнит все.

- Чушь. - она медленно проводит языком по его нижней губе. - Будь со мной.

Я поднимаю брови. Черт, мама. Прекрасный ход. Кто знал, что и она имеет в себе маленького демона похоти?

Архангел медленно и осторожно возвращает ей поцелуй. Мамины пальцы скользят по его плечам, берутся за лацканы и скидывают пиджак на пол. Он стонет, хватает ее за талию и сильнее прижимает к себе. Их поцелуй становится голодным, диким. Ксавье развязывает пояс на ее халате.

Мама берет его за руку, утягивает в свою спальню и закрывает дверь.

Я киваю сама себе. Сегодня утром у нас с мамой состоится серьезный разговор на тему «кто мой отец». Это просто нелепо.

Картинка мамы с Ксавье растворяется в песке. Другая сцена возникает на том месте: наша входная дверь в ночи. Мама открывает дверь, ее халат туго затянут.

- Привет? Есть кто-нибудь? - она окидывает двор внимательным взглядом, ее лицо бледнеет от беспокойства.

Сжимаю зубы. Я знаю, когда она ждет: Армагеддона. Заглянув в открытую дверь, нахожу взглядом часы в гостиной. Пять ночи. Повелитель Ада должен был прийти в полночь.

Мама некоторое время смотрит во двор, мускулы вдоль ее шеи натянуты. Насекомые стрекочут в ночи. Легкий ветерок шевелит желтеющие листья на дереве перед нашим домом. После нескольких секунд, мама выдыхает и ее губы перестают походить на тонкую ниточку.

Я тоже расслабляюсь. Уже почти утро. Может, Армагеддон и не придет вовсе.

Разомкнув немного шею, мама поворачивает к дому. Сделав шаг к двери, она застывает, каждый нерв в ее теле натягивается до предела.

Я судорожно выдыхаю, слишком хорошо понимая ощущение, что завладело мамой. Ее ударило аурой мощнейшего демона, а это может значить только одно. Армагеддон здесь.

Король Ада выходит из-за линии деревьев.

- С добрым утром, Камилла. Я к Ксавье. – изо всех сил борюсь с желанием запрыгнуть в сон и выбить из него все дерьмо, или, по крайне мере, попытаться. Убирайся с моего газона, говнюк.

С каменным выражением лица мама медленно разворачивается. Она встречает взгляд Армагеддона с поднятой головой.

- Ты его не получишь.

Повелитель Ада неспешно проходит к нашему дому, останавливаясь перед ступеньками. Губы его огромного рта кривятся в усмешке, когда он окидывает ее внимательным взглядом с ног до головы. Грохочущим голосом он произносит лишь одно слово:

- Ксавье.

Архангел выходит на крыльцо и встает рядом с мамой.

Она хватает его за руку.

- Не делай этого, Ксавье. Просто убирайся отсюда. - архангел грустно ей улыбается. После этого он медленно подходит к Армагеддону.

Мое тело деревенеет от шока и ярости. Этого не может быть.

Король Ада кладет руку Ксавье на плечо.

- Давай посмотрим на те крылья, что ты так долго от всех прятал.

Ксавье неподвижно замирает, молча отказываясь являть крылья.

Армагеддон проводит длинным красным языком по гладким черным губам.

- Возможно, немного боли собьет твою концентрацию. - он хватает Ксавье за руку и ломает ту с громким хрустом. Лицо архангела кривится от боли; золотые крылья появляются за его спиной.

Ярость лишает меня здравого рассудка. Венера и ее сновидения могут поцеловать меня в задницу; я не стану молча терпеть это. Мой хвост встает на изготовку над плечом; тело принимает боевую стойку. Я срываюсь на бег внутри сновидения, теплый песок скользит под голыми ступнями, мой взгляд прикован к Армагеддону. Тебе не поздоровится, приятель.

Я падаю в нескольких шагах от Армагеддона, словно врезавшись в кирпичную стену. Что-то вроде силового поля охраняет прошлое от настоящего. Я сжимаю зубы. Все, чего я добилась — это лучшего обзора на зловещую улыбку Армагеддона и подавленного агонией Ксавье.

- Ах, я помню эти крылья. - Армагеддон издает смешок. - Ты показал их, когда, сплотив ангелов, выдворил мою армию с Небес. - Повелитель Ада поворачивается к маме. – Это больно - смотреть на то, как я его калечу?

Мама смотрит на Армагеддона, сложив руки на груди. Я прижимаю к невидимой стене руки. Каждой клеточкой тела мне хочется пробиться сквозь, что б оказаться рядом с ней. Будь сильной, мама.

Король Ада выкручивает сломанную руку Ксавье. Архангел резко втягивает воздух, сжимая зубы. Мамины глаза медленно наполняются слезами. Мои тоже.

- Это причиняет тебе боль. - Армагеддоновы губы расплываются в невозможно-огромной улыбке. - Хорошо. Потому что я буду заниматься этим вечность. Когда бы ты не подумала о Сенате или о своей убитой семье или лелея одну из этих глупых мантий, я хочу, чтобы ты думала о Ксавье и как я пытаю его в этот самый момент. Из-за тебя.

Я бью кулаками по невидимой стене; она не поддается. Я должна убить Армагеддона, спасти Ксавье и помочь своей маме. Впустите меня!

Мамины плечи опускаются, беспокойные морщинки появляются вокруг ее глаз. Я замечаю несколько седых волос на ее голове, что не видела раньше.

Я застываю на месте, не способная ничего сделать, кроме как наблюдать за ее горем, стоя за невидимой стеной. Мама делает шаг назад и прислоняется к стене в поисках поддержки. Она прижимает ладонь к груди, и я почти слышу, как трещит от горя ее сердце. Вот он, тот момент, когда родилась сентиментальная, помешанная на безопасности версия моей мамы. Мне так жаль, мам. Я никогда и близко не могла подумать, что в твоем прошлом могло произойти такое. Теперь я понимаю.

Армагеддон машет ей на прощание костлявой ладонью.

- Прощай, швея. - он и Ксавье исчезают. Мгновение мама еще стоит в дверях неподвижно, но затем падает на бетон, сотрясаясь от рыданий.

Мамино тело обращается песком, прежде чем осыпаться на землю. Остальная часть сцены делает то же самое. Сновидение заканчивается. Откуда-то я знаю, что оно было последним.

Я вечность смотрю на Серое Море, наблюдая за тем, как перекатываются угольного цвета дюнами и касаются голубо-серого неба пески. Ветер завывает вокруг меня; сера душит, наполняя легкие. Но мне все равно.

Одна мысль кружит в моей голове: в этот самый момент, где-то в Аду пытают Ксавье. И все потому, что он спас жизнь моей мамы; и мою жизнь тоже. Не смотря на глубокий сон, я знаю, что мое лицо расчерчивают дорожки из слез.

ГЛАВА ДВАДЦАТЬ ПЕРВАЯ

Я просыпаюсь от электронного воя будильника. Дюйм за дюймом открываю глаза и потягиваюсь. Подушка под моей щекой влажная. Последнее сновидение было просто адским. И как мне начать с мамой этот разговор?

Мой рюкзак валяется в углу комнаты. Я смотрю на него с секунду. Разговор может подождать до окончания уроков. Делаю глубокий вдох, одеваюсь и иду на кухню. Мама сидит за столом, в ее руках дымящаяся кружка. Ее губы сжаты в ниточку.

Черт, забыла. У меня же большие неприятности.

- С добрым утром. - я пересекаю комнату и притворяюсь чрезвычайно увлеченной содержимым шкафчика.

Мама постукивает по фарфоровой кружке ногтями.

- Чем ты занималась прошлой ночью? И лучше бы этому быть чем-то хорошим.

Я вспоминаю поцелуи с Линкольном и улыбаюсь. *Нам было «до пробуждения демона похоти» хорошо.*

- Как я и говорила вчера, мы с Сисси ходили на вечеринку. - двигаю коробку хлопьев вперед-назад по полке. - Она проходила в особняке Райдеров. Закончилась поздно. Я не хотела, чтобы ты беспокоилась, поэтому ничего тебе не сказала. - скрещиваю пальцы и прижимаю их к животу. *Пожалуйста, не задавай неудобных вопросов.*

- И о чем *конкретно* ты не упомянула? - у меня опускаются плечи. Она задает неудобные вопросы.

Начинаю расставлять в алфавитном порядке коробки с хлопьями, стараясь держаться к маме спиной. Если она увидит мое полное вины лицо - все кончено. Заставляю плечи застыть.

- Сисси с Заком были единственными там квази.

Мама судорожно вздыхает.

- Так, *кто* конкретно был в особняке Райдеров?

Мое лицо принимает мучительно виноватое выражение.

- Фраксы, - вот и все.

Мама с грохотом ставит кружку на стол.

- Того фракса с которым ты познакомилась у Зака несколько месяцев назад там не было? - вот это память. Должно быть, у нее записан каждый ангел и фракс, с которым я хоть раз пересеклась взглядом. - Он прикасался тебя?

Я не могу сдержать улыбки.

- В каком-то роде, да, мы прикасались друг к другу, мам. Это был принц Линкольн. И он и есть тот парень, которого я встретила на приеме у Зака.

- Нееееет!

Мамин крик отдается в моих костях. Я так сильно сжимаю коробку, что несколько хлопьев выпадают на пол. Я заставляю себя замедлить дыхание. *Помни через что ей пришлось пройти, Майла.* Мой голос звучит спокойно и тихо:

- Венера показала мне, почему ты так волнуешься, мам. Ты боишься, что меня заберут, как это сделал Армагеддон с Ксавье. Но Линкольн никогда не сделает ничего подобного.

- Венера не рассказала тебе НИЧЕГО. - бросившись ко мне, мама хватает меня за руку и разворачивает к себе лицом.

Я резко выдыхаю.

- Успокойся, мама. Ты меня пугаешь.

- Пожалуйста, не позволь этому произойти. - Она зажимает мое лицо между ладонями, заставляя смотреть ей прямо в глаза. - Милосердный дьявол, нет! - она выпускает меня и делает несколько шагов назад, ее рука держится за горло.

Мои плечи застывают от страха и разочарования. Я никогда прежде не видела, чтобы мама так себя вела. Быть может, у нее что-то вроде сердечного приступа или инсульта? Я кидаюсь к ней.

- Что случилось, мам? Ты в порядке?

Мама прикрывает рот рукой, другой показывая на ванную.

- Посмотри сама.

Мое тело немеет от шока. Никогда не видела, что бы мама уходила в такую крайность. У меня покалывает кожу на шее.

- Ладно, мам. Я посмотрю. Все будет хорошо. - я провожаю ее до дивана, затем иду в ванную комнату.

Когда я ступаю по облезлому ковру в гостиной мир вокруг переходит в режим замедленной съемки. Стук сердца звучит в ушах. Каждый вдох тяжел и дается через силу. *Не позволяй маме вывести тебя из себя. Она вновь беспокоится не о чем, как и все предыдущие разы.* Я вхожу в ванную и нахожу свое отражение в зеркале.

Теперь моя очередь начинать учащенно дышать.

Тряся головой, я моргаю вновь и вновь, стараясь сморгнуть иллюзию. Но изображение в зеркале не меняется. Я тру поверхность, пытаясь стереть то, что вижу. Этого не может быть:

Мои зрачки всегда были цвета шоколада, но этим утром они оба бирюзового цвета. *По-ангельски голубые.*

Нечестивый Ад.

Шатаясь, я возвращаюсь обратно в гостиную.

- Что происходит, мама? - в голове я прокручиваю всевозможные варианты и каждый последующий хуже предыдущего. Джина заколдовала меня на балу? Разве мой демон похоти не кратковременно меняет цвет глаз? Паника циркулирует по моей нервной системе. Чтобы это ни было, это П-Л-О-Х-О.

Мама вскакивает на ноги.

- Уолкер, где ты? - она мерит шагами грязный ковер, крича Уолкера так, словно хочет порвать наши барабанные перепонки. Мой пульс ускоряется.

У входной двери открывается портал. Из него выходит Уолкер, мантия развивается за его спиной.

- Довольно необычный способ призвания, Камилла. Ваши приказания?

Мама тычет в меня дрожащей рукой.

- Посмотри на нее, Уолкер.

Откинув капюшон, Уолкер подходит ко мне. В течение секунды его черные глаза-пуговки смотрят прямо в мои и тень улыбки появляется на его губах.

- Мы знали, что когда-нибудь это произойдет, Камилла.

Я протяжно выдыхаю. Как бы странно то, что со мной произошло ни было, Уолкера это не пугает. Я вглядываюсь в его лицо, отмечая странную комбинацию из восторга, озабоченности и гордости. Если это все не ужаснее некуда, тогда как?

Мама поворачивается к нему, ее глаза пылают алым.

- Нет, Уолкер. Мы не знали, что это случится. Если ты не заметил, я *всю жизнь* пыталась этого избежать.

Хмм. Мама в ярости, в то время как Уолкер озабочен, но доволен. Таинственность этого утра начинает раздражать. Я упираю кулаки в бока.

- Кто-нибудь расскажет мне, что происходит?

Уолкер поворачивается к маме и использует собственную версию «я очень-очень спокооооооен» голоса:

- Камилла, я не способен нарушить свой обет молчания без твоего разрешения. Могу я это сделать, что объяснить Майле?

- Конечно, нет! - мускулы нервно дергаются на мамином лице. - Не говори ни слова, Уолкер. Просто телерепортируй ее отсюда. - мамины слова напоминают мне о моем последнем сновидении. *Не делай этого Ксавье. Просто убирайся отсюда.*

Я застываю.

Перед моими глазами мелькают картинки из снов. Мама, редко приглашавшая Тима на чай. Ее спокойные слова ему в ответ, которые она обычно использовала, чтобы доказать свою точку зрения. Отсутствие поцелуев, раздевающих взглядов и ни намека на флирт между ними.

Что так не похоже на их отношения с Ксавье. Дрожь пробирает меня. Внезапно мне становится ясна, как день причина моих голубых глаз. *Ксавье мой отец, а мама все это время откровенно лгала мне.* Кровь вскипает от злости. Я поворачиваюсь к маме; мой голос необычайно тих и спокоен:

- Тим мне не отец. Вы двое никогда даже не целовались, не так ли?

Мамин голос теряется где-то в ее горле.

- Неправда. - она сползает на кушетку. - ТИМ-29 твой отец, Майла.

Ярость овладевает мной. *Достаточно.*

- Я знаю, что ты лжешь, Мама. Мой отец — *Ксавье.*

Она выдавливает лишь одно слово:

- Нет.

Мои голубые глаза превращаются в щелочки.

- Так, давай подумаем. У всех квази карие, иногда краснеющие зрачки. А у ангелов голубые. - в драматичном жесте задумчиво постукиваю пальцем по подбородку. - Мои глаза становятся красными, когда я злюсь и если мой папа ангел, то они становятся голубым, когда я испытываю любовь.

Мама вцепляется в подранные подлокотники дивана.

- Майла, не делай глупостей.

Это успокаивает. Закрыв глаза, я вспоминаю Линкольна, стоящего у Райдерского фонтана и описывающего, как я выпрыгиваю из озера, уничтожая Докси и смеясь. *С того дня я думаю о тебе.* Я вспоминаю как сверкают его разноцветные глаза, как его прекрасные губы касаются моих. Приятный ветерок обдувает мою кожу. На кончиках моих пальцев появляется странное ощущение, словно электрического разряда. Я вновь открываю глаза.

- Майла, остановись! - мама задыхается. - Никто не должен видеть тебя такой. - мама продолжает читать мне лекцию о том, как важно скрывать мои глаза, но я едва слышу ее. Вместо этого, я сосредоточена на новом приятном ощущении силы на кончиках моих пальцев. Чувство наэлектризованности расширяется и изменяется пока не превращается в тысячи крошечных зовущих меня голосов. Некоторые из них поют, другие смеются, но всем из них до боли хочется выйти наружу. Это завораживает. Я оглядываюсь : мама и Уолкер с головой погружены в свой разговор. Только я могу слышать эти тихие голоса внутри.

Я смутно осознаю, что Уолкер садится рядом с мамой. Некоторые его слова прорываются сквозь мое затуманенное сознание:

- Камилла, больше нет причин притворяться. Ее глаза светятся ярко-голубым.

Мама судорожно выдыхает.

- Да, Майла. Твой отец — Ксавье. Ты была права насчет Тима. Мы с ним даже за руки никогда не держались.

Эти слова, что я ждала всю свою жизнь, теперь слушаю лишь вполуха. Все мое внимание сконцентрировано на тех крошечных голосах и скрывающийся за ними силой. Я поднимаю ладонь к лицу и поворачиваю ее, разглядывая под разными углами. Мои губы шевелятся без моего на то желания:

- Во мне кровь ангела, демона и человека. - воспоминания вспыхивают в моей голове: бакулум Линкольна, подчиняющиеся моей воле... понимание латинского языка на иконограции Скалы... удары молний, во время вспышек сильных чувств к Линкольну... и мои глаза, изменившие цвет на голубой после поцелуя с носителем ангельской крови.

Голоса становятся громче, наполняя мое сознание успокаивающими словами и прекрасной музыкой. Их желание принять физическое обличие становится ошеломляющим. Вдруг меня озаряет кто эти голоса: игни.

А также, кто есть я.

Завороженная, я тихо произношу:

- Я Наследница Скалы. - на этих словах на моей ладони материализуется игни: одна единственная крохотная искорка света, сияющая силой и красотой. Часть меня знает, что я должна прийти в ужас от одного этого вида. Но, вместо этого, я успокаиваюсь тем больше, чем больше игни появляются на моей ладони и затем начинают кружить вокруг нее, словно стая серебристых рыбок.

Мир вокруг меня растворяется в дымке, когда я наблюдаю за тем, как множатся, парят и подныривают игни, танцуя вокруг моих пальцев. Их многообразие песен сливается в один четкий и разборчивый голос. Они поют о Райской загробной жизни, что неведома даже ангелам. Они успокаивают меня мягкими словами, помогая принять их силу и свет. И они предостерегают меня:

- Теперь ты должна узнать как и почему твоя сила скрывалась так долго. Тогда следующий шаг станет ясен.

После этого они испаряются.

Я опускаю руку и начинаю пятиться, пока не упираюсь спиной в стену. Я тяжело и прерывисто дышу. Кажется, я не могу вдохнуть достаточно воздуха. Мое тело немеет от шока. Что только что произошло? Я вновь беру дыхание под контроль, и тогда моя голова начинает потихоньку проясняться. Гостиная вновь обретает четкие очертания. Мама и Уолкер неподвижно сидят на диване.

Минуты проходят, прежде чем Уолкер склоняет голову, его голос тих и торжественен:

- Наследница Скалы.

Мама обнимает себя за плечи, ее одичавшие глаза полны паники.

- Еще не слишком поздно, Майла. Максон Бейн жил почти тысячу лет, может прожить и еще тысячу. У тебя всегда был потенциал стать Наследницей, но не было нужды пробуждаться, не говоря уже о том, чтобы связывать себя ангельскими узами. Сейчас, когда это произошло, ты все еще можешь скрыться. Иди. Беги. Сейчас. Никто не узнает, что ты изменилась.

Я вглядываюсь в ее покрасневшие от налитой крови глаза; эмоции борются внутри меня. Разочарование от того, что она все еще обращается со мной как с ребенком. Злость на ложь всей моей жизни. Жалость из-за того, через что ей пришлось пройти во время войны и Ксавье. Страх перед тем, что последует за моей трансформацией в Наследницу Скалы. Напряжение сковывает меня. Только одно можно сказать наверняка: неважно что ждет впереди, я готова к битве.

Осознав это, позволяю себе мельком улыбнуться. Бой? Похоже на вызов. А я всегда принимаю вызов.

Мама подается вперед, опершись локтями о коленки.

- Ты слышала меня, Майла? Ты должна спрятаться. Где угодно.

Отлепившись от стены, встаю перед мамой и Уолкером. Мой голос тих, но решителен:

- Не тебе больше принимать решение, мама. С этого момента я сама выбираю свой путь. Но для этого, мне нужны кое-что знать. - я вспоминаю сказанное мне игни: я должна понять как и почему все это произошло.

Мама падает обратно на спинку дивана; ее глаза прикованы к полу.

Я встаю перед ней на колени и беру ее руки в свои.

- Как долго ты знаешь, что я Наследница Скалы?

Мама отводит взгляд и прикусывает губу. Мои глаза превращаются в щелочки. В этот раз я не приму «нет» как ответ.

Я легко сжимаю ее руки.

- Я знаю, что произошло с Ксавье и Армагеддоном. Венера показала мне это в сновидении этой ночью. Я знаю, что ты боишься потерять меня так же, как ты потеряла моего отца. Но мне нужно, чтобы ты была сильной сейчас, как когда ты была сенатором. Мне нужны ответы на вопросы. Как долго ты знаешь, что я Наследница Скалы?

Мамина нижняя губа дрожит.

- Я не видела твоего отца с тех пор, как Армагеддон забрал Ксавье. Три месяца спустя родилась ты.

- Три месяца? — я вздрагиваю. – Не может быть.

Мама судорожно выдыхает.

- Наследники Скалы до трех лет развиваются быстрее обычных детей. В этом возрасте они уже могут перемещать души. Я знала, что ты Наследница еще до твоего рождения. - я представляю маму в мире после войны, беременную и одинокую. Я тяжело вздыхаю. По крайне мере, у нее был Уолкер. Я поворачиваюсь к нему.

- Ты тоже знал, что я Наследница?

- Да. Твоя мама рассказала мне. - он кладет руку ей на плечо в утешительном жесте. - Я обещал твоему отцу защищать ее и следовать ее приказам во всем.

Я мягко киваю. Наверное с Уолкера взяли какую-нибудь священную клятву ангелов, а такие вещи нерушимы. Я перевожу свое внимание обратно на маму.

- И тогда ты решила скрывать меня? – она, должно быть, была напугана самой возможностью раскрытия моей истинной личности. Бесконечен список тех гадов, что захотели бы получить контроль надо мной. Или, в случае Армагеддона, убить меня.

- Я пыталась скрыть тебя. - она улыбается. - Но еще в детстве стало ясно, что у тебя характер отца. Всегда готовая к бою. Бесстрашная. Заточенная под сражения с демонами как ушко иголки под нитку. Ты всегда была готова сбежать на очередной Аренный матч и постоянно собирала заметки по способам убийств демонов. - ее карие глаза лучатся гордостью. - Знаешь, твой отец когда-то вышвырнул демонов с Небес.

Я улыбаюсь.

- Да, я узнала об этом из сновидения.

Перекатываясь с пятки на носок, позволяю себе, наконец, принять правду: мой папа — архангел. Взрывающий мозг факт. Раньше я трепетала пред одной лишь мыслью *увидеть* архангела, не говоря уже о том, чтобы с ним заговорить. А теперь я единственный ребенок Ксавье за всю его вечную жизнь. Вау. Мама вырывает меня из потака мыслей:

- Я должна была спасти тебя. От Армагеддона. От упырей. От всех. Я знала, что они сделают, если найдут тебя. - ее руки под моими дрожат.

Вновь нежно сжимаю ее пальцы.

- Этому *не* бывать. - страх скручивает мой живот. Если честно, это то, что, скорее всего, произойдет. *Сконцентрируйся, Майла.* Помни, что сказали игни. Тебе нужно получить ответы, а напуганное топтание вокруг да около не даст тебе ни одного. Я вновь фокусируюсь на своей цели, мой мозг обрабатывает информацию. - Кто еще, кроме тебя и Уолкера, знает, что я Наследница?

Мама тяжело вздыхает.

- Венера. Она видела это в своих видениях.

Прикусываю ноготь большого пальца.

- Все зовут Венеру ангелом-оракулом.

Уолкер трясет головой.

- Ее видения не всегда о прошлом. Иногда она делает все возможное, чтобы избежать определенного будущего. А иногда, наоборот, способствует его свершению.

Встав, плюхаюсь в черное кресло с высокой спинкой напротив дивана, мой лоб нахмурен от напряжения. Со скоростью, на которую только способна, я перебираю все известные мне факты.

- Не понимаю. Ангелы ведь посещают Аренные матчи, так почему же они не разбудили меня и не связали ангельскими узами раньше?

- Часть с пробуждением довольно проста. - мама выдавливает улыбку. - Вдыхаешь звездную пыль ангелов и все. Но ты, кроме Аренных боев, рядом с ангелами бываешь нечасто. А на Арене тебя охраняет Уолкер.

Мои глаза округляются от осознания.

- Так вот почему мои призывы на службу доводили тебя чуть и не до сердечного удара. Если бы я оказалась слишком близко к ангелам, один из них мог кинуть в меня звездной пылью и тем самым пробудить силы Скалы. - я вспоминаю белое облако на церемонии Скала-инициации Адейры. Воздух был сладким на вкус. Именно в тот момент я и пробудилась.

Уолкер потирает пальцами подбородок.

- С другой стороны, ангельские узы — вещь невероятно сложная.

Мама кивает.

- Их нельзя подделать и к ним нельзя принудить с помощью магии или ангельского влияния. Наследник должен ощущать неимоверно сильную любовь к кому-то с ангельской кровью. Чаще всего, это родитель. - она грустно мне улыбается. - Но ты никогда не встречалась со своим отцом.

Я закатываю глаза и вздыхаю.

- Так вот почему ты не хотела меня пускать в места, где могут быть ангелы, фраксы или Скала. - на первый взгляд, это кажется безумием, но на самом деле является довольно неплохим решением проблемы. Скорее всего, я бы никогда не узнала ангельских уз - не встреть я Линкольна.

- Из всех угроз этому плану ангелы были самой большой. Я жила в ужасе перед малейшей возможности обретения тобой ангельских уз. - она трясет головой. - Из-за того, что ты так ненавидела фраксов мне подумалось, что ты будешь в безопасности на зимнем турнире. В частности, принца Линкольна ты просто на дух не переносила. А когда ты выпустила демонов на королевском ужине я подумала, что этим ты хотела ему досадить из ненависти.

Мои губы изгибаются в хитрой усмешке.

- Нет, в этом преступлении Линкольн был моим сообщником. - мысль о нем заряжают меня позитивом. - Итак, проходят годы, и ангелы поднимают вопрос о наследнике Скалы.

Мама издает стон.

- Да, Венера попросила у меня на это разрешения и как последняя идиотка, я его дала. Мне подумалось, что какой-нибудь дурак вылезет вперед и отвлечет все внимание на себя.

Я склоняю голову к плечу. Значит, за всем этим стоит Венера. Вернемся к теме о ее коварности позже.

- Я поняла почему ты сделала это, мам. Но церемония пробудила меня, а не Адейру. После этого должна была проснуться моя сила. - я вспоминаю разряды молний, появлявшиеся, когда меня переполняли сильные чувства к Линкольну. *Хэй там, это я была той, кто устраивал все эти светопреставления.* Это была сила Скалы. Восторг бурлит в моей груди. - И именно это и произошло. Кажется, я создала парочку молний.

- Даже если церемония предназначалась не Адейре - подделка была просто изумительной. Ее глаза стали голубыми и все это видели.

Мама потирает кончиками пальцев лоб.

- Когда Уолкер рассказал мне об этом, я понадеялась на существование двух наследников Скалы. - она медленно выдыхает. - Приняла желаемое за действительность.

Я прикрываю глаза. *Думай, Майла.* Судорожно перебираю в сознании все известные мне об Адейре факты. Проходит минута, прежде, чем я резко распахиваю глаза.

- Джанна.

Мама откидывается на спинку дивана.

- Кто такая Джанна?

Чешу висок, продолжая работать головой.

- Она первая леди могущественных фраксовых фокусников. Дом Стрига известен своим колдовством; они разводят зачарованных лошадей. Джанна стояла рядом с Адейрой на протяжении всей церемонии, не прекращая с ней перешептываться. Держу пари, она наложила на Адейру заклинание, меняющее цвет глаз, а затем, сымитировала ее владение силой Скалы.

- Так глупо. — мамино лицо принимает неодобрительное выражение. - Все это время леди Адейра знала, что не является настоящей Наследницей Скалы.

- Она такая. - разглядываю свои ладони, стараясь и дальше связно размышлять, несмотря на всю немыслимость сегодняшнего утра. У меня в голове возникает новый вопрос. - Венера ведь спрашивала твоего разрешения еще и на показ сновидений?

- Да, я оценила ее желание помочь восстановить наши отношения.

- Это *помогло*. - я гримасничаю. *Вот оно*. Пора вновь поднять вопросы о Венере и ее хитрожопости. Барабаню пальцами по коленке. - Давай здесь остановимся. Венера уговорила *тебя* отпустить меня на Адейрину инициацию, но именно *я* была той, кого пробудили. Затем она заручается твоим согласием на показ сновидений и, конечно, они идут на пользу нашими отношениями, но *также* готовят меня к становлению Наследницей Скалы. Что здесь не так? - я полна гнева и разочарования. Мама, Уолкер, Венера... Есть хоть кто-нибудь, кто *не* лгал и *не* манипулировал мной на протяжении стольких лет?

Мама поджимает губы, осторожно подбирая слова:

- Ангелы не врут в прямом смысле этого слова, они говорят столько правды, сколько ее нужно для достижения своих целей. Возьмем, например, церемонию инициации. Венера сказала, что подставная Наследница пробудится напоказ и обретет ангельские узы. Но не сказала, что *и ты* пробудишься тоже.

Уолкер испускает стон.

- Ангелы. Я никогда их не пойму.

Мама встает, подходит к моему креслу и берет меня за руку.

- Я была так перегружена всем этим, что не сказала, как я счастлива за тебя. Если вас с Линкольном связали ангельские узы — значит, ты глубоко и искренне его любишь. - она поднимает меня на ноги и заключает в теплые объятья.

- Это действительно так, ведь правда? - кладу голову ей на плечо. - Спасибо, мама.

Вау... почти нормальная сценка дочки-матери. Конечно, речь идет о моем на-половину-ангеле борце-с-демонами возможно-бойфренду, но это все равно прогресс.

Мама возвращается на диван, а я вновь устраиваюсь в своем кресле.

- Давайте-ка повторим. - на пальцах восстанавливаю цепочку событий. - Первое, я пробудилась и заимела некоторые базовые способности Скалы, типа ударов молниями. Второе, мы с Линкольном теперь связаны ангельскими узами и потому мои силы возросли до уровня материализации игни на своих пальцах? Тогда третье...

Мама заканчивает мою мысль.

- Когда Максон умрет, его сила перейдет к тебе. - она потирает лоб — Ты станешь полноценной Скалой.

Я так глубоко вдыхаю, что чувствую, как не хватает легких. Полноценная Скала. Это значит, что каждый в пяти реалиях *полностью* сконцентрируется на контролировании *меня*. Сокрытие своего существования вдруг перестает казаться такой уж плохой идеей. Уже готовая произнести это вслух я поворачиваюсь к маме, но в этот момент в моей голове всплывает совет игни: прежде чем принять решение, я должна все узнать. Я прижимаю к глазам ладони и думаю, думаю, думаю. Мой мозг почти вскипает от запредельной концентрации.

Хмурюсь.

- Есть еще кое-что, чего я не могу понять. Линкольн сказал, что фраксов в Чистилище пригласили ангелы; иначе бы они не покинули своей страны. Это может прозвучать безумно, но мне интересно изначально ли они хотели, чтобы я встретилась с Линкольном. Хотели ли они образования ангельских уз именно с *ним*.

Мама качает головой.

- Может быть. Хотя, это твоя влюбленность в квази была лишь вопросом времени. - она улыбается. - Я всегда надеялась, что это будет Зак Райдер, но Сисси заполучила его первой.

Итак, меня только что чуть не стошнило. Парень из квази? Зак Райдер?

Я кидаю на Уолкера жалобный взгляд. Тот закусывает губу в попытки сдержать смех.

- Поверь, мама. Я и через десятилетия не стала бы обжиматься ни с одним квази. Слишком уж удобно то, что Венера, сразу после призыва наследника Скалы, приказала стайке фраксов обивать порог нашего дома.

Уолкер кивает.

- Уверен Венера хотел, чтобы вы с Линкольном встретились. Вы двое слишком хорошо друг другу подходите.

И правда. Но что это *значит*? Тревога охватывает меня. Я потираю кончиками пальцев виски в попытке снизить давление, а также дать толчок к генерированию новых идей. И, наконец, в голове начинает что-то проявляется.

- Это оставляет два важных вопроса. Почему Линкольн? И почему сейчас?

- Почему Линкольн? - мама выдергивает пару старых ниток из подлокотника. - Ангелы постоянно вынашивают планы по улучшению вселенной и Венера особо на этом помешана. Если ты была в одном из ее видений — и видение сказало, что ты должна любить Линкольна — то никогда не узнаешь причины, пока не станет слишком поздно.

Я киваю. Звучит правдоподобно. Факт того, что я могу быть частью любимого видения будущего Венеры удручает, но звучит правдоподобно.

Уолкер складывает свои длинные руки в еще более длинные рукава.

- И что теперь? Может, ангелы хотят развязать войну? Не секрет, что будь их воля, то упырей они видели бы только за пределами Чистилища. Наличие Скалы с характером может помочь им в достижении этой цели.

- Чтобы сразить упырей, ангелам придется напасть на безоружных. - мама хмурится. - Они никогда на такое не пойдут. - у нее слегка приоткрывается рот от неожиданно пришедшего озарения. - Но они *могут* готовить контратаку, если думают, что демоны вот-вот нападут.

Перед глазами встают картинки прошлого, где ангелы дают нашему директору советы, учат нас самообороне на физкультуре и бесплатно отдают мне превосходный бойцовский костюм из драконьей кожи. Я наставляю на маму палец.

- Вот оно. Демоны готовятся к вторжению. И уже скоро. - в момент, когда слова слетают с моих губ, температура в комнате будто бы опускается до нуля. Еще одна война? Я уже видела на что способен Армагеддон. Страх скручивает внутренности. Это совершенно иной уровень отстойности.

Уолкер расстроено вздыхает.

- Но они говорили, что войн, подобных Армагеддоновой, больше не будет.

- Не уверена, Уолкер. В школе происходили странные вещи. - я морщась. - Дополнительные проверки. Атакованные и убитые учителя. Ее труп, обратился пеплом прямо на наших глазах. — руками очерчиваю в воздухе маленькую серую кучку, которой когда-то была мисс Цаца и вздрагиваю.

Мама постукивает себя по щеке.

- Нам нужен план.

Поднимаю руку на уровень плеча ладонью вперед.

- Я не буду убегать и прятаться. - несмотря на все свое желание казаться бесстрашной, вылетающие слова больше походят на вопрос.

- Подумай, Майла. - мама поднимается на ноги. - Только у ангелов такие же, как у тебя голубые глаза. Если ты останешься здесь — упыри и демоны быстро догадаются кто ты на самом деле. Они попытаются подчинить тебя. А, в отличие от Адейры, у тебя под рукой нет готовой защитить тебя армии. Есть только я и Уолкер, и это все.

Не могу сдержать улыбки. Что-то в этой речи напоминает мне о той сенатор Льюис, что я так много раз видела в своих сновидениях. Я плюхаюсь в кресло, размышляя о событиях этого сумасшедшего утра: об открытии того, что мой отец — Ксавье, о том, что у меня есть сила Скалы, об осознании того факта, что это Венера связала наши с Линкольном судьбы и что демоны могут наводнить Чистилище в любую минуту. Полагаю, теперь я знаю что и почему со мной случилось, что игни и говорили сделать. Мрачная решимость овладевает мной. К сожалению, мой следующий шаг слишком очевиден.

Мама подходит ко мне, уперев кулаки в бедра.

- Что ты собираешься делать?

Подняв голову, встречаю ее взгляд.

- Убраться отсюда к чертям собачьим.

Мама улыбается.

- Хорошо, но куда? - она мерит комнату шагами. - Земля, Небеса, Антрум, другое место?

Я качаю головой, просчитывая варианты. Я собираюсь бежать и оставить всю свою прежнюю жизнь позади. Измученные шестеренки в моей голове продолжают вращаться, снова и снова выдавая одно и то же имя.

- Пусть Венера и хитрая змея, но я пойду куда угодно, если она скажет, что там безопасно.

Уолкер переплетает вместе свои пальцы.

- Назначение аудиенции у Венеры займет некоторое время, тебе же нужно место, где можно скрыться прямо сейчас. - он барабанит пальцами по коленке в бешеном темпе. - Еще со времен квази-республики сохранился бункер — секретное место, куда лидеры уходили на время неприятностей. Оно в Сером Море. - он поворачивается к маме. - Мы можем пока отправить Майлу туда, а затем я телепортируюсь за советом к Венере.

Мама кивает.

- Я знаю это место. Оно прямо под...

Я заканчиваю ее мысль:

- ...стеной из черного камня. - нечестивый Ад. Это точно то место, где начинались все мои сновидения. Меня передергивает от пробежавшего холодка. Это несовпадение.

Уолекер внимательно за мной наблюдает.

- Ты знаешь это место?

- Оно было в каждом моем сновидении. - обнимаю себя за плечи. Мне вдруг становится жутко холодно. - Думаю, это значит, что Венера одобряет тот бункер. Так что я не против отправиться туда.

Мама выпрямляет спину.

- Согласна, но не сейчас. У тебя завтра бой. Если ты не появишься, упыри тут же начнут искать тебя. Уолкер прав. Нам нужно время, чтобы связаться с Венерой и придумать план. Не хочу, чтобы ты создала проблем еще больше.

Порываюсь встретиться с мамой взглядом, но в итоге так и не решаюсь поднять голову. Все верно. Еще больше проблем. Не знаю, где бы я могла их найти, но с моей удачей, они обязательно найдут меня.

- Хорошо. Я выиграю бой. С накинутым капюшоном никто не увидит моих глаз. - к тому же, благодаря этой отсрочке, у меня теперь есть время съездить попрощаться вечером. Печаль тяжестью оседает на моих плечах. Друзья, школа, сражения на Арене... Скоро все изменится.

- Тогда остаемся здесь до тех пор. - Уолкер сжимает за спиной руки. - Я телепортирую Майлу сразу после матча.

- Конечно. - рассеяно киваю Уолкеру. Завтра к пяти утра я буду готова покинуть Чистилище, возможно, навсегда. Сильно зажмурившись, стараюсь ходом мысли не отставать от происходящего. Я только что перешла из разряда воинов Арены в «Наследницу Скалы в бегах». Хватаю с дивана одеяло и полностью в него заворачиваюсь. Внезапно мне становится просто жизненно необходимо вздремнуть.

Мама приглаживает волосы.

- Помню этот бункер еще с тех дней, когда была сенатором. Нужно время, что б его настроить и как минимум четверо человек, чтобы открыть. Как бы мне попасть туда раньше?

- Тебя может телепортировать другой упырь, - говорит Уолкер. - Как насчет ТИМ-29?

Я кутаюсь в одеяло и закатываю глаза. *ТИМ-29 – бесполезный утырок.*

- Наш план достаточно шаток и без его приглашения.

Взгляд на мамином лице выражает полную со мной солидарность.

- Я не видела Тима с тех пор, как родила Майлу.

Уолкер пожимает плечами.

- Но ты доверяешь ему, Камилла?

Она замолкает.

- Да, полностью.

- Значит, я найду ТИМ-29. - Уолкер хмурится. – Но тебе нужно еще двое.

Я прикрываю глаза. Мой перегруженный мозг выдавил из себя последнюю на сегодня полезную мысль:

- Если вам подойдет любой и нужно только открыть двери, то Сисси и Зак могут помочь.

- Хорошо. - Уолкер перекатывается с пятки на носок. - Я поговорю и с твоими друзьями. Мы все встретимся здесь перед завтрашним матчем. - он поворачивается ко мне и усмехается. - Ангельские узы с Линкольном, ха?

Я глубже закапываюсь в свое одеяльце и заливаюсь краской.

- Да.

- Тебе лучше рассказать ему об... - он показывает на мои глаза.

Поднимаюсь на ноги и плетусь в свою спальню.

- Я не собираюсь ничего делать, пока не вздремну. - я тяжело вздыхаю. *Что за ужасное утро.*

Мама складывает руки на груди, улыбка появляется в ее глазах.

- Я позвоню в школу, скажу, что ты заболела.

Натягиваю одеяло на голову.

- Спасибо, мам.

- И Майла?

Шаркающим шагом я разворачиваюсь, чтобы видеть ее лицо, одеяло все еще натянуто на мою голову капюшоном.

- Что, мама?

- Я очень тобой горжусь.

На моем лица вспыхивает широкая улыбка. Не думала, что мне будет *так приятно* услышать от нее эти слова.

- Спасибо, мама. Я тоже горжусь тобой.

ГЛАВА ДВАДЦАТЬ ВТОРАЯ

После обеда, мы с Тенью Ночи отправляемся в долгую дорогу до поселения фраксов. Мама дала мне упырьскую мантию и теперь я внимательно слежу за тем, чтобы низко сидящий капюшон скрывал мои глаза. Мы с Тенью бежим. Легкий дождь омывает желтеющие деревья и траву. Темные облака низко нависают над головой.

Я вздыхаю. Погода столь же мрачна, как и мое настроение. Уолкер был прав. Многое стоит против нас с Линкольном, и так было еще *до* моего становления Наследницей Скалы. Теперь мне придется скрыться в никому-неизвестном-направлении, на черт-его-знает-сколько-времени. Трудно себе представить, что это может хорошо сказаться на наших отношениях.

Вскоре мы с Тенью достигаем крутых склонов прямо перед поселением фраксов. Я слишком нервничаю, чтобы наслаждаться поездкой и видами. Мои мысли продолжают вращаться вокруг сегодняшнего утра и о том возможном приговоре, что оно несет нам с Линкольном. Тень ржет, вырывая меня из своих мыслей. Я оглядываюсь вокруг и осознаю, что мы стоим около парадного зала фраксов.

Наклоняюсь вперед и глажу Ночь по шее.

- Он здесь, девочка?

Ночь вновь ржет.

- Спасибо. - я соскальзываю с ее спины, подхожу к парадной двери и проворачиваю деревянную ручку. Она издает протяжный скрип. Я вхожу. Внутри тихо, пусто и темно. У меня нервно сжимаются внутренности. Как я собираюсь объяснить все это Линкольну?

- Здравствуйте? Здесь кто-нибудь есть?

Нет ответа. За углом я слышу клацанье мышиных когтей по деревянному полу. Ни души в округе. Встаю около праздничного стола и начинаю барабанить по нему пальцами. Тревога овладевает мной. Есть только одна вещь, которая хуже предстоящих с Линкольном объяснений. Надо обежать фраксово поселение и найти его. Возможно, Тень ошиблась.

Дверь позади меня медленно открывается. Адреналин впрыскивается в мою кровь. Быстро двигаясь, я низко натягиваю капюшон, пересекаю комнату и прижимаюсь к стене у двери.

Колонна света протягивается от двери по залу для празднеств. Внутрь входят Линкольн и два пожилых мужчин.

Я немного расслабляюсь. Ночь была права.

Трио заходит в темную залу; я поправляю капюшон, чтобы лучше видеть их. Линкольн одет в традиционные кожаные штаны, кольчугу и тунику. Рядом с ним пожилой мужчина с черной кожей, длинными дредами и вышитом на груди египетским глазом. Наверное, это князь Хорус. За ним стоит мужчина с кожей цвета какао, высокими скулами и короткими седыми волосами. На его тунике изображение огромных синих порезов от трех когтей: князь Камаль.

Дверь за ними захлопывается, погружая залу в полумрак. Хорус шарит руками вокруг стола.

- Проклятье, где эти чертовы свечи?

- Неважно, - говорит Линкольн. - Вы сказали, что это срочно.

Камаль заговаривает первым, его голос — насыщенный баритон, с легким акцентом:

- Мы слышали, что дом Стрига отступился от альянса.

У меня выгибаются брови. Альянс? Что за альянс?

Линкольн складывает руки на груди.

- У Стрига есть некоторые вопросы, но их печати все еще стоят на пергаменте альянса. Если они отступятся — если *любой из вас* отступится — это повлечет за собой гнев короля. - его голос становится похож на тихий раскат грома. - Вы поставили свою печать. Вы дали свое слово.

Я никогда раньше не слышала рассерженного Линкольна, и, должна признать, мне нравится, когда он ведет себя как босс. По моим венам растекается желание наравне с адреналином. Кожа вокруг моих глаз вспыхивает. Колокола Ада. Мой глупый внутренний демон похоти вот-вот раскроет меня. Прикрыв глаза, заставляю себя сосредоточиться на мысли о том, что я пришла попрощаться с Линкольном. Спустя пару секунд, я достаточно успокаиваюсь, чтобы вновь начать прислушиваться к разговору.

Князь Хорус отмахивается.

- Альянс не стоит пергамента, на котором написан. Даже вместе с Хорус, Камаль, Стрига и Рикса у нас не хватит сил противостоять князю Акка.

Я стону про себя. Уолкер рассказывал мне об этом. Князь Акка правит мощнейшим домом Антрума, а теперь он хочет еще и трон заграбастать, что, в его голове, подразумевает женитьбу Линкольна и Адейры. Причина номер 439 — почему эти отношения, возможно, обречены на провал.

Камаль щелкает пальцами, и сокол планирует со стропил на его плечо. Я подавляю вздох, но Линкольн с князьями едва обращают на животное внимание. Наверное, дом Камаль постоянно вытворяет нечто подобное.

- Прими совет. - Камаль поглаживает своего сокола по голове. - Дай Акка то, чего он хочет.

Линкольн издает невеселый смешок.

- Правда? То, чего он хочет на этой неделе? Вы видели, что произошло с моим отцом. Уступи однажды и конца этому не будет. - он показывает на пространство между ними. - Мы все знаем, что происходит. Акка видит моего отца беззубой собачкой, а теперь пришел и за моими клыками. - он ударяет кулаком по ладони. - Я обязан суметь отстоять свое, в ином случае я не могу быть достоин короны.

Его фраза «отстоять свое», счастливым эхом раздается в моей голове. *Это значит, что он не женится на Адейре*. Мои губы расплываются в улыбке. Чтобы не произошло, в конечном счете, он никогда не закончит каким-нибудь лузером.

Линкольн смиряет князей холодным взглядом.

- Вы говорите о великих домах, но разве они единственные в Антруме? Дома Гуриф, Зерихун и Алура лояльны королю, возможно и многие другие тоже.

Я вспоминаю прочитанное в книге из библиотеки Райдеров. Фраксы живут глубоко под землей. И всеми их землями под старым миром — Европой, Австралией, Африкой — правит Рикса. Существует пять великих домов и сотня младших, меньших по размерам. Каждый следует королевским законам, но в значительной степени имеет и свои порядки. Азарт охватывает меня. Линкольн планирует объединить меньшие дома в одну большую армию и дать отпор Акке. Украдкой заглядываю в его разноцветные глаза и улыбаюсь. Если кто и сможет это сделать, то это он.

Хорус тычет в Линкольна пальцем, на его губах появляется тень от улыбки.

- Ты смышленый малый, даю тебе карт-бланш. Так же, как и Октавии.

Линкольн кивает.

- Завтра мы возвращаемся в Антрум и по прибытии туда я обращусь к малым домам. - он кивает сначала Камаль, потом Хорус. - Не забывайте главной причины, по которой вы поставили свои печати под договором Альянса. Как только Акка подавит мой дом, он возьмется за ваши. Все, о чем я прошу — это немного времени.

Камаль хмурит брови.

- И твой отец поддерживает это? С каждым днем он склоняется перед Акка все ниже и ниже.

Линкольн кривит губы.

- Вы когда-нибудь видели, чтобы я преклонял колени?

Камаль делает шаг к принцу.

- Нет, мой принц. Никогда.

- И не увидите. – Линкольн мечется взглядам от одного князя к другому. – Уже завтра мы отправляемся в Антрум, но и здесь осталось еще немало работы. Если вы меня извините. - он кивает на выход.

Князья медлят, обмениваясь долгими взглядами, но затем кивают. Линкольн открывает дверь. Сейчас он всего в нескольких дюймах от меня, но и князья тоже.

Черт.

Камаль направляется к выходу, но затем замирает на пороге. Мое сердце бьется так громко, что, уверена - они могут слышать его.

- Даю вам месяц. С Акка я не могу рисковать дольше.

Отчаянье во взгляде Камаль подводит напряжение моих нервов к пределу. Услышав с какой опаской все говорят об Акке, сразу и не скажешь, что этот идиот пошел на Люмус демона с арбалетом.

Затем к Линкольну подходит Хорус, черты его лица также полны отчаянья.

- Ты наш последний шанс.

Уголки губ Линкольна приподнимаются в усмешке. Он так сильно волнуется, что это даже не смешно.

- Я когда-нибудь подводил вас?

Камаль мрачнеет.

- Пока нет. – и тут они, наконец, уходят; за ними захлопывается дверь. Линкольн медленно выдыхает. Это было близко.

В одно неуловимое движение Линкольн оказывается лицом ко мне, его губы находят мои. Линкольн языком проводит по моим губам и тут же начинает углубляться. Желание растекается по моим венам и собирается внизу живота. Линкольн немного сдвигается, телом вжимая меня в стену движением достаточно грубым, чтобы из меня вырвался стон. Черт, так хорошо. Мои ноги дрожат, когда я пробую его на вкус снова и снова; его мышцы бугрятся и перекатываются под его кожей, что прижата к моей.

Линкольн прижимается губами к моему уху.

- Тебе, черт возьми, повезло, что эти князья неспособны на отлов даже самого дохлого демона. Я бы и на другом конце комнаты мог услышать твое дыхание.

Облизываю губы и улыбаюсь.

- Счастливчик.

Принц смотрит на меня в течение долгой секунды.

- Это была та часть, где я теряю контроль из-за неожиданности твоего появления. - он робко мне улыбается. - В следующей части я предлагаю сбавить темп.

- Спасибо. - хотя, не будь причина, по которой я здесь, столь пугающей, я бы попросила вернуться к первой части.

Линкольн переплетает свои пальцы с моими и отходит чуть назад.

- Чему я обязан удовольствием лицезреть тебя? - наши руки счастливо вместе покачиваются. Мне до безумия приятно его видеть. Я впервые за долгое время улыбаюсь.

- Линкольн, как вчера выглядели мои зрачки? - покраснев, я держусь у стены, следя за тем, чтобы держать голову в тени капюшона.

- Ах, это. - он хмурится, вспоминая. - Они меняли цвета. Карий, голубой, красный. Ты сказала это из-за того, что впервые пробудился твой демон похоти. - он наклоняется, тыкаясь носом в мою шею. – Я уже говорил, как сильно люблю красный цвет?

Смеюсь.

- Говорил. - прошлой ночью, во время прогулки, мы делали перерывы в наших разговорах и целовались до тех пор, пока один из нас не предлагал «сбавить темп». Со временем, это превратилось в соревнование (во что же еще) как быстро Линкольн сможет заставить мои глаза «заискриться». Горячий мужчина с функцией «заноза-в-заднице». - Не менее шести раз, насколько я помню.

Он поджимает губы.

- Главное, что я последователен. - он наблюдает за мной правым глазом. - Вот зачем ты сюда пришла: спросить об этом?

Я ерзаю, вжимаясь в стенку.

- Нет, я пришла сюда показать тебе кое-что.

В глазах Линкольна появляются забота и беспокойство.

- Ладно. Что?

Мой желудок скручивается в тугой узел.

- Что, если я не та, за кого ты меня принимал?

Его голос остается спокойным, а лицо нечитаемым.

- Как это?

- Что, если я стала кем-то, кто больше никогда не будет в безопасности, потому все на него охотятся? – меня сковывает напряжение и появляется нестерпимое желание проделать дыру в столе за спиной Линкольна. - Кем-то, кто должен исчезнуть на очень долгое время.

Линкольн подходит ближе и заключает меня в объятия.

- Чего именно ты боишься?

Я закрываю глаза, утыкаюсь в его плече и вдыхаю запах сосновых иголок и кожи. Мое тело расслабляется. Вот, в чем я нуждалась весь сегодняшний день. Здесь и сейчас, находясь в его объятьях, я чувствую, что могу рассказать что угодно.

- Нашим отношениям и без того хватает препятствий. Может, тебе будет лучше с кем-нибудь вроде Адейры.

- Правда? - он нежно целует меня в макушку. - Ты знала, что Адейра считает Семия демонов милыми?

Закатываю глаза.

- Лжешь.

- Хотелось бы мне, чтобы это была ложь. - он опускает руку мне на спину. - Ты вновь скрываешь глаза, Майла.

Черт, все-таки он *хороший* охотник.

Он пальцами мягко сжимает ткань капюшона и медленно его стягивает.

- Я уже говорил тебе, что мне нравится, когда твои глаза становятся красными.

Сжимаю зубы и распрямляю спину. Все силы у меня уходят на то, чтобы смотреть ему прямо в глаза, не опуская голову. Когда он поймет кто я на самом деле — все, скорее всего, закончится.

Лоб Линкольна расчерчивают морщинки.

- Они голубые. - от злости его губы превращаются в тонкую ниточку. - Кто-то из дома Стрига заколдовал тебя? Тогда скажи мне, я...

- Нет, это не то.

Он берет в свои ладони мое лицо, черты его лица заостряются от беспокойства.

- Ты больна?

- Ничего такого. - я открываю рот, желая сказать правду, но то, что из него выходит — лишь малая часть. - Мой отец архангел Ксавье.

Разноцветные глаза Линкольна округляются.

- Архангел Ксавье? Я изучал его в цитадели. Величайший воин истории. Легенды говорят, что он не любил ничего, кроме сражений.

Я высокомерно фыркаю.

- Пока не встретил мою маму.

- Могу себе это представить. Если она такая же, как и ты. - принц пристально меня разглядывает в течение минуты, он в замешательстве. - Я не понимаю. Исходя из этого, ты должно быть... - он сглатывает. - Это невозможно.

- Я тоже так думала. - кусаю губы. Как убедить своего вроде-парня, что ты единственная в своем роде, что наследует силу определения дальнейшего существования душ?

Есть только один способ.

Глубоко вздохнув, закрываю глаза и призываю игни. Сначала их мелодия тиха и доносится словно бы издалека, но затем быстро набирает громкость и яркость звука. Смех, подобный детскому, наполняет мои уши; губы изгибаются в улыбке. Их возвращению хочется радоваться, словно возвращению старого друга.

Подняв правую руку на уровень плеча, я открываю глаза. Сознанием я понимаю, что Линкольн стоит рядом, но в глазах он словно за стеной белого тумана. Кожу на моем лице овевает прохладным ветерком; зрачки сияют ярко-голубым. Игни материализуются вокруг моей ладони, появляясь даже быстрее, чем в прошлый раз дома. Крошечные искорки света закручиваются вихрем вокруг моей ладони до тех пор, пока не образуют один огромный гейзер до потолка. Ударившись о деревянные стропила, игни отскакивают от них и осыпаются на нас тысячей крошечных снежинок, растворяясь прежде, чем успевают коснуться пола.

Я сосредотачиваюсь на Линкольне. После того, с глаз спадает белая пелена, я вижу, его в нескольких ярдах от себя, его лицо – каменная маска. Я встречаюсь с ним взглядом.

– Возможно, это или нет, но *я* – следующая Скала.

– Майла, я…

Я вскидываю обе руки ладонями вперед.

– Нет, сначала, я должна кое-что сказать. Теперь, когда моя сила Скалы активна – я должна скрыться. И мне не известно, когда представиться возможность открыться вновь, если это вообще когда-нибудь произойдет. Уокер доходчиво объяснил почему наши с тобой отношения невозможны… Как, например, желание князя женить на тебе Адейру. И в дополнение к этому я слышала, что ты недавно сказал Камаль с Хорус. Объединить младшие дома? У тебя и без меня достаточно поводов для беспокойства. – обнимаю себя за печи. *А теперь худшая часть.* – Итак, к чему я веду: если ты захочешь встречаться с другой - я пойму. – закатываю глаз. *Что я говорю?* – Не то что бы мы с тобой, вообще, по-настоящему встречались.

Я бы ударила себя по лицу, не будь этот жест еще глупее сказанного. Худшая в истории речь.

Лицо Линкольна не читаемо.

– Могу я задать вопрос?

Притворяюсь, что очень занята сдуванием со своей мантии пылинок. Все что угодно, лишь бы не смотреть ему в глаза в этот момент.

– Конечно.

– Ты любишь меня?

Святая корова! Даже не думала, что к такому может прийти.

– Ах, ну, я…

Чееееееееееерт. Понятия не имею, что мне ответить.

- Ладно, задам другой вопрос. —выражение его лица все еще напоминает камень. Понятия не имею, о чем он думает и, черт, это раздражает. – Когда это произошло?

Ладно, на *этот* вопрос я знаю ответ.

- К этому шло в течение некоторого времени, но я об этом не знала. Церемония на Арене, на самом деле, пробудила меня, а не Адейру. Затем, появились ангельские узы после того, как мы вчера… - я закусываю нижнюю губу.

В течение долгой минуты Линкольн молча на меня смотрит, затем его губы вытворяют что-то немыслимое: они разражаются в самой широкой улыбке, что я когда-либо видела. Он молниеносно ко мне кидается и заключает в крепкие объятия.

- Это чудесно, Майла.

Подождите минутку.

Наблюдаю за Линкольном правым глазом. Невероятно.

- Значит, тебя не беспокоит только что мною сказанное?

- Нет. А должно?

Пусть поднятие этой темы – не то, чего мне хочется, но по некоторым причинам я все равно ее поднимаю:

- Но я должна буду скрыться. Кто знает, когда я вновь появлюсь? Ты разве не хочешь, ну, знаешь, двигаться дальше?

Он крепко сжимает меня за талию и, оторвав от земли, раскручивает вокруг себя. Я не могу сдержать смеха. Он нежно целует меня.

- Конечно, нет. Ты сделала меня очень счастливым.

На этих словах лампочка в моей голове зажигается.

- Ты только что слышал что-то вроде: бла-бла-бла «образование ангельских уз значит, что Майла любит меня, как безумная» бла-бла-бла? Я права?

- Да. – мы так близко друг к другу, что я могу почувствовать в своей груди отголоски его сердцебиения. – И я тоже люблю тебя, Майла. Как безумный.

Прячу улыбку. Иногда он может быть чертовски горячим дураком.

- Я люблю тебя, Линкольн.

- Вот. Остальное не имеет значения. – опустив ладонь на мой затылок, он мягко толкает мои губы к его. Мы встречаемся в медленном поцелуе. Мои колени вновь обращаются в желе.

- Гм. – раздается в другом конце зала.

Линкольн хмурится.

- Это может быть только моя мама.

Он только что сказал «мама»? Мое лицо сменяет тысячи оттенков красного.

- Не слышала, чтобы кто-нибудь входил. – натягиваю капюшон пониже и делаю большой шаг от Линкольна. – И часто она вот так вот незаметно рыскает вокруг?

- Довольно-таки.

Трогаю щеки; мой убийственный румянец в ближайшее время не сойдет точно. Не так я представляла открытие королеве наших с Линкольном отношений. Я надеялась на что-то вроде «давай представимся как парочка в подходящий момент», а не быть застуканными на обжимашках в темноте. Аргх. Не говоря уже о моей новой силе. Линкольн, может, и не возражает против моего наследия Скалы, но кто знает, что скажут его родители?

Октавия стоит у закрытой двери, ее высокое одетое в черное бархатное платье тело натянуто как струна. Каштановые волосы собраны в пучок на затылке.

- Похоже, нам есть что обсудить. Сюда.

Я неподвижно замираю в центре зала для празднеств. Поперек моего горла встает ком от эмоционального напряжения. Молча отдаю себе приказ двигаться, но тело упрямо его игнорирует. Официальная аудиенция у короля и королевы? В эту самую секунду? Моя жизнь в последние двадцать четыре часа и без того находилась в режиме «захватывающего дух» приключения, а теперь еще и это.

Линкольн встает за моей спиной и крепко сжимает мое плечо. Его губы касается раковины моего уха.

- Мы сможем.

Переплетаю наши пальцы и чувствую тепло его кожи. *Да, мы сможем.* Вместе мы открываем дверь, переступаем порог и следуем за Октавией к массивному тенту, сделанному из черных гобеленов с изображениями серебряных орлов. Высокие деревянные столбцы удерживают конструкцию от падения, каждая из которых увенчала золотым знаменем. У входа стоит охрана в черных доспехах.

Октавия наставляет на них палец.

- Никого не подпускать ближе чем на двадцать ярдов. Несмотря ни на что.

- Да, ваше высочество.

Королева поворачивается ко мне.

- Мы так всегда делаем во время официальных аудиенций. – развернувшись, она исчезает за дверью из ткани.

После ухода Октавии Линкольн хватает меня за руку.

- Подожди минуту, Майла. – он уводит меня из зоны слышимости стражников и останавливается в нескольких ярдах от входа.

- Что-то не так?

Он нежно кладет руки на мои плечи, большими пальцами выписывая на них успокаивающие круги.

- Не хочу, чтобы это застало тебя врасплох: мой отец может быть немного груб с тобой.

Я срываюсь на частое дыхание. Это маленькое предупреждение вводит в шоковое состояние. И, потому я внезапно очень рада его успокаивающим движениям на своих плечах.

- Почему? Он ведь совсем меня не знает.

Линкольн ухмыляется.

- Ты сильнейший воин Антрума, все тебя знают.

Я наигранно хмурюсь.

- Ты знаешь, что я имею в виду.

Он осматривается вокруг, подбирая правильные слова.

- Мой отец ищет причину уступить Акке.

Что значит: он хочет женитьбы Линкольна на Адейре... и моего ухода с их дороги. Ох, он действительно будет немного груб. Я кривлю губы.

- И что мы будем с этим делать? – на этом месте мой голос становится немного выше обычного.

Одной рукой Линкольн обнимает меня за талию, другой за плечи. Притянув к себе, он касается своими губами моих. Оу, да. Его губы – это все мягкое, теплое и вкусное, что есть на свете. Весь остальной мир исчезает. Линкольн рукой поглаживает мою поясницу, затем по талии соскальзывает ею на живот. Мой разум пустеет. Повторите-ка, какой он там задал вопрос? И почему я вновь не сказала «да»?

Хэй, там, Майла. Пора придумать способ упокоения бунтующих гормонов.

Я прерываю поцелуй и надеваю свое лучшее хмурое выражение лица.

- Это твой способ ответить мне?

Он смотрит на меня с лукавой улыбкой.

- Да. – его ладони скользят по моим бокам, почти-едва коснувшись набухших грудей.

Черт, черт, черт. Он просто заболтал меня.

- Хорошо. Пошли.

Он целует меня в кончик носа.

- Ты не пожалеешь.

Пытаюсь сглотнуть ком из эмоций.

- Можно заверить эти слова нотариально?

ГЛАВА ДВАДЦАТЬ ТРЕТЬЯ

Я стою посреди огромного квадратного помещения, заполненного крепкими деревянными стульями и столами. Железные сундуки и восточные ковры покрывают пол. Король Коннор в своей черной тунике восседает на кресле с высокой спинкой с листком пергамента в руке. Его белые волосы в аккуратном беспорядке разбросаны по плечам. Рядом с ним стоит Октавия. Король поднимается на ноги и, просияв улыбкой, приветствует сына:

- Привет, привет! – он подходит к Линкольну вразвалочку и заключает того в медвежьи объятия. Кажется, будто миллионы лет проходят, прежде чем король, наконец, поворачивается ко мне. Сжав зубы, заставляю губы растянуться в улыбке.

- Что это? – Король упирает мясистые руки в бока. – Мне не сообщили о том, что с тобой будут посторонние. – его голос истекает раздражением.

Вот она. Грубость.

Линкольн берет меня за руку.

- Это Майла, отец. Девушка, о которой я тебе рассказывал.

Рассказывал? Мое сердце учащенно бьется. Линкольн рассказывал родителями обо мне. Моя натянутая улыбка становится искренней.

Коннор покачивается с пятки на носок.

- Да, я помню. – его глаза превращаются в щелочки, когда он окидывает меня с ног до головы пристальным взглядом. – Ты квази-демон.

Я уже было открыла рот, чтобы его поправить, но Линкольн меня опередил:

- Ее имя Майла. - говорит он тоном защитника. Моя улыбка становится шире. А он горяч, когда пытается защитить меня.

Вразвалочку Король возвращается к столу и приземляется своим седалищем в кресло с высокой спинкой. Октавия занимает пустое место подле него. Мы с Линкольном рука об руку стоим в несколько ярдах от них.

Коннор тяжело вздыхает.

- Если вы здесь, значит, можно предположить, что у вас *неприятности*. – по тону, с которым он говорит «неприятности», становится ясно, что он думает будто я ношу ребенка Линкольна.

Злость вспыхивает во мне. Хэй, мудак! Меня много за что можно попрекнуть, но беременность не входит в этот список

Октавия нервно вздыхает.

- Коннор!

Он ударяет ладонью по столешнице.

- Но у *них* ведь неприятности, не так ли? – он поворачивается ко мне. – А если быть точнее, у *тебя*. Ведь так?

Что за мерзкий, высокомерный и пустоголовый ублюдок! Мои глаза вспыхивают алым от ярости.

- Нет, Ваша Отвратность. – мой голос истекает ядом. – Держите ваши грязные мыслишки при себе.

Линкольн поворачивается ко мне, его лицо выражает беспокойство.

- Майла, что ты делаешь? – он придвигается ближе, его голос становится тише шепота. – Никто не разговаривает с моим отцом в таком тоне.

У меня скрипят зубы. Значит, мы возвращаемся к «особым словам, выражения благоговения» при общении с королевской семьей фраксов? Не для того я билась и спорила с Линкольном на протяжении трех месяцев, чтобы лебезить перед его дорогим и почтенным папашей. Сначала, пусть он выкажет мне свое уважение.

Я киваю Линкольну.

- Не волнуйся. Это я уже поняла. – закрою глаза, откидываю капюшон и призываю игни. В этот раз они появляются быстрее, чем в прошлый, их пение и смех мгновенно вытесняют из моей головы все остальное. Их крошечные тела закручиваются в маленький вихрь вокруг моей руки, отвлекая взгляд от обстановки вокруг.

Некоторое время я наблюдаю за их танцем на кончиках моих пальцев, затем приказываю: «*Давайте покажем этому корольку что значит настоящая проблема.*» разразившись громким смехом, они подчиняются.

Усмехаюсь. Как насчет *такой* проблемы?

Ледяной холод окутывает меня, а глаза вспыхивают яркой голубизной. Медленно подняв веки, смотрю прямо на короля и говорю самым противным голосом, на какой только способна:

- Я – Наследница Скалы, Коннор. И *у меня нет* проблем. – мои зрачки вспыхивают ярым пламенем. – *Я и есть* проблема.

Обстановка вокруг вновь возвращается в фокус. Линкольн стоит рядом со мной, его тело напряжено, а выражение лица не читаемо. Октавия рядом с Коннором сидит с каменным лицом. Король с нечитаемым выражением лица молча смотрит на меня в течение долгой минуты. Мне хочется показать ему язык. Получи.

Впечатав кулак в деревянный стол, король разрывает тишину. Мое тело мгновенно принимает боевую позу, хвост занимает свое место над моим плечом. *Хочешь кусочек лакомой меня?* Ну, давай попытайся, крутой парень. С удовольствием на это посмотрю.

- Ладно-ладно. – Коннор качает своей большой головой. – Будь я проклят. – и он заливается громким, словно раскат грома смехом.

Он смеется?! Правда?!

Искоса наблюдаю за веселящимся королем. Игни, должно быть, закоротили мое восприятие мира: не мог же он просто взять и заржать. Поворачиваюсь к Линкольну с полным замешательства лицом.

- С ним все нормально?

Линкольн кивает.

- О, да. Он это любит. – принц наклоняется ближе, в его глазах сверкает удовлетворение и гордость. – Хорошо сыгранно, Майла.

Мои внутренности счастливо пританцовывают, когда он нежно целует меня в щеку. Не думала, что во что-то играю, но, похоже, только что я победила аса этой игры.

Коннор потирает мясистыми пальцами глаза.

- Линкольн, мой мальчик. Какое же ты сокровище. – Король тычет в меня. – И ты! Огнемет. – он кивает на пару пустых стульев напротив него. – Присядьте. Давайте немного поговорим - посмотрим, что можно сделать. – он смотрит налево. – Октавия, уверен, ты стоишь за всем этим. По крайне мере отчасти?

Королева улыбается уголками губ.

- Всегда, Коннор. – она та еще хитрая лисица.

Королева присаживается рядом с Коннором; я занимаю стул с высокой спинкой рядом с Линкольном. Коннор барабанит по столу ладонями.

- Похоже, с нами сегодня Наследница Скалы. А что с леди Адейрой?

Октавия хмурится.

- Мошенничество. Не могу поверить, что не разглядела этого раньше. Адейра всегда показывала силу Скалы только в присутствии что-то нашептывающей Джанны; подобные заклятье ничего не стоят дому Стрига. – Октавия цокает языком. – И изменение цвета глаз Адейры - тоже дело рук Джанны.

- Дома Акка и Стрига враждовали друг с другом на протяжении многих веков. А теперь они заодно. – Король вздыхает. – Не самая радужная новость.

Глаза Линкольна становятся стального оттенка. Я знаю этот взгляд: он готовится сообщить плохие вести.

- На деле все еще хуже. Стрига подал запрос на выход из Альянса против Акка.

Король сердито хмурится.

- И когда же он подал этот запрос?

Выражение лица Линкольна остается спокойным, подобно камню.

- Два дня назад.

Коннор скрипит зубами. Веселый король, коим он был пару секунд назад, бесследно исчезает.

- Интересно тот факт, что сообщаешь ты мне об этом только сейчас, мальчик.

Капельки слюны вылетают из его рта во время разговора.

Я спускаюсь на своем стуле чуть ниже. *У Коннора серьезные проблемы с головой.* В одну минуты он счастлив, а в другую? Злобно плюется.

- Ты знаешь, почему я не сказал раньше, отец. – от Линкольна веет холодом и спокойствием. – Если бы я сказал тебе об этом два дня назад – ты бы сделал что-нибудь опрометчивое. Теперь же мы можем рассматривать новости о Стрига в контексте того, что *действительно* важно. – он переплетает свои пальцы с моими и с громким стуком, кладет наши руки на стол.

Вау. До сих пор мы с Линкольном сохраняли дружескую дистанцию в присутствии его отца. Этим жестом Линкольн пометил свою территорию не хуже собаки, пописавшей на куст.

Принц тихо, но с угрожающими нотками в голосе говорит:

- Я думал, ты хочешь поговорить обо мне и Майле? – под моей ладонью его кожа скользит от пота. Бедный парень. У него спокойное выражение лица и ровный голос, но, похоже, внутри его это убивает. Я легонько сжимаю его ладонь.

Король выплевывает:

- Возможно.

Мне не нравится это признавать, но я могу понять кардинально меняющего свое настроение менее чем за минуту короля. Я знакома с одной, подобной ему квази: каждое утро встречаю ее отражение в зеркале.

Принц и король молча сверлят друг друга взглядом не меньше двух долгих минут. Октавия проводит это время в безмятежном царском спокойствии. Мое лицо принимает обеспокоенное выражение, а пальцы выписывают успокаивающие круги на ладони Линкольна. После множества вздохов, ерзания и гляделок, гляделок, гляделок, король, наконец, отводит взгляд. Я не ас во всех этих дворцовых играх, но даже я понимаю, что для Линкольна это «большая победа». Когда Коннор поворачивается ко мне, то ведет себя заметно мягче, чем раньше.

- Наследница Скалы должна простить мне мой темперамент. – король прочищает горло. – Теперь, когда твоя сила активна, тебе нужна защита фраксов?

Защита фраксов? Заманчивая идея с полным ням-ням доступом к Линкольну. Окидываю присутствующих внимательным взглядом. Но, к сожалению, я не уверена, что они смогут защитить себя, не говоря уже о Наследнице Скалы. Все-таки мне придется пойти в одобренное Венерой место. Посылаю королю благодарную улыбку.

- Я пришла сюда увидеться с Линкольном. У нас с мамой другие планы на будущее.

Октавия кивает Коннору.

- Помнишь сенатора Льюис со времен квази-правления?

- Помню. Очень способная. Единственная, насколько я помню, предсказывавшая войну с Армагеддоном.

Октавия кивает на меня.

- Это ее дочь.

Я расправляю плечи. Так чертовски приятно слышать о том, как другие обсуждают крутость сенатора Льюис. Уголки моих губ поднимаются в гордой улыбке.

- Интересно. – Коннор складывает на столе руки. – Очень интересно.

Посмотрев на меня, король улыбается.

- Знаешь, как мы с Коннором познакомились, Майла?

Король весело смеется.

- Только не эту историю, Октавия. – очевидно, королю вернулось хорошее настроение. Чувствую, мне нужно выявить некую систему знаков, предупреждающих о смене его настроения.

Ко мне поворачивается Линкольн.

- Это было на балу в честь весеннего равноденствия.

- Это *официальная* версия, - говорит Октавия. – На самом деле это случилось на зимнем турнире. Ты знаешь, что я в нем участвовала.

Усмехаюсь.

- Да, Бера рассказала мне.

Я вспоминаю золотой нагрудник, что Бера дала мне надеть на прошлом зимнем турнире. Она сказала, что у королевы был похожий, когда она сражалась. Я представляю себе Октавию моего возраста: живую, увитую мышцами машину для убийств. Ах, хотелось бы мне увидеть это вживую.

Королева руками изображает стрельбу из лука.

- Мои умения были связаны с луком. Турнирным зверем того года был Манус демон. Я нашпиговала его стрелами и была в секунде от победы, но мне не хватило отведенного времени. Коннор немного потанцевал вокруг демона, проткнул того мечем и выиграл турнир.

Король смеется, запрокинув голову.

— Ты многое опустила в своем рассказе. — он заговорщицки мне улыбается. — Прошло уже два столетия, а она все еще держит обиду.

Мои глаза лезут на лоб.

— Две сотни лет?

Линкольн кивает.

— Фраксы долго живут.

Я пожевываю в задумчивости губу. Скала тоже долго живет. Кидаю взгляд на квадратную челюсть Линкольна, высокие скулы и полные губы. Он так чертовски прекрасен, что почти невыносимо. Если мы сможем пережить все эти Скала-Акка-Армагеддон проблемы, то нас ждет много прекрасного времени вместе. Линкольн, похоже, читает мои мысли (если учесть мой уровень умения скрывать эмоции - для этого не надо быть гением) и трется своей ногой об мою под столом. Притворившись, что почесываю нос, прячу под рукой улыбку.

Коннор скрючивает пальцы, изображая когти.

— Никогда не было на турнире чудовища ужаснее и не было воина могущественнее, чтобы сразить его, чем Октавия. — он коварно усмехается. — В конце концов, я пошел навестить свою леди в ее семейной палатке, но провалился в части с официальным представлением себя.

Октавия ухмыляется.

— Он из ниоткуда появился позади меня, когда я была одна и полураздета.

Вау. Я знаю, что я бы сделала — что сделал бы любой воин — в подобной ситуации. При мысли об этом, я невольно морщусь.

— И куда ему досталось? Локтем в живот?

Октавия выгибает бровь.

— Коленом в пах.

Я сжимаю зубы.

— Ауч.

У Линкольна от смеха трясутся плечи.

— Ты никогда мне об этом не рассказывал, отец.

Коннор тоже смеется.

— Это не слишком приятный для вспоминания случай. — он берет Октавию за руку. — Но больше этого повторять и не придется. Ты встретил Майлу, а для фраксов, сила в бою — наше все, а, может, и чуточку больше.

Кидаю на Линкольна понимающий взгляд.

— Я заметила. — у нас начинается новый раунд пихания ногами под столом. Я заливаюсь краской.

Король кивает мне.

- Вот почему, моя дорогая, я решил рискнуть и поставить на тебя. Есть в тебе некая сила. – он откидывается на спинку стула. – Но тут я сам себя переплюнул, ведь если ты Наследница Скалы, значит, в тебе есть кровь ангелов. Кто твой отец?

В глазах Линкольна появляются веселые искорки. Это, должно быть, его «я собираюсь сбросить хорошую новость словно бомбу на ваши головы» лицо.

- Архангел Ксавье.

Глаза королевской четы, чуть не выпадают из орбит. Король тихо присвистывает. – Значит, архангел первого поколения. – он потирает ладони. - И не какой-нибудь, а Ксавье!

Я хмурюсь в замешательстве.

- Почему так важно, что поколение первое?

- Больше ангельской крови – больше силы, – говорит Линкольн. – Нынешний Скала из пятого поколения рядовых ангелов. Я из третьего поколения архангелов. Папа из второго. Мы предки Архангела Аквила. Слышала нашу историю?

- Да, мама рассказывала мне об основании дома Рикса.

Коннор усмехается.

- Я слышал об архангеле Ксавье. Удивительный воин, ставший дипломатом. Вел ангелов в последней битве-выдворении демонов из Рая.

На его словах в сознании всплывает картинка: Повелитель Ада, выкручивающий папе сломанную руку. Гнев и печаль вспыхивают во мне с новой силой.

Октавины глаза превращаются в щелочки.

- Но, полагаю, он исчез после Воины.

Расправляю невидимые складочки на своей мантии.

- Я не хочу об этом говорить – сжимаю зубы. Нечестивый Ад. Я звучу точь-в-точь, как мама.

- Конечно, конечно. – Коннор складывает на груди руки. – Так, каков теперь твой план?

- Завтра утром у меня бой на Арене. Сразу после него я уйду в безопасное место, и буду там до тех пор, пока нам не удастся связаться с ангелами.

- Ясно. – король задумчиво барабанит пальцами. Внезапно, атмосфера в палатке становится напряженной. Лица Линкольна и Октавии не читаемы, что значит - я упускаю нечто важное.

Закатываю глаза. С меня на сегодня достаточно разговоров взглядами.

- Вы явно над чем-то серьезно задумались, Коннор. Над чем?

Он выгибает кустистые брови.

- Если ты так хочешь знать: я раздумываю над тем, одобрять ли план Линкольна по объединению младших домов или нет.

Мои губы двигаются по собственной воле:

- Я помогу ему.

Король фыркает.

- И как ты это сделаешь, если будешь прятаться?

- Я найду способ. – склоняю голову. – Сила в бою, ваше высочество. Если князю что-то не понравится – стоит мне потянуть за парочку струн, и он отправится в Ад.

Король медленно кивает.

- Я могу в это поверить.

Щелкаю пальцами.

- В мгновение.

- Хорошо, мы подождем. – он кивает Линкольну. – У тебя есть месяц, мальчик. Объедини младшие дома. – он понуро опускает голову. – Я задержу князя.

Губы Линкольна расплываются в удовлетворенной улыбке.

- Спасибо, отец. – он крепко сжимает мою ладонь. В моей груди расцветают тепло и любовь. Вместе, мы с Линкольном сможем. Мы можем все.

Октавия стучит по столу пальцем.

- У нас есть еще одна тема для обсуждения. – она поворачивается ко мне. – Этот матч завтрашним утром. Как ты будешь сражаться, не показывая глаза?

- У моего бойцовского костюма есть капюшон-маска – он-то и скроет глаза.

Мысль о боевом костюме почему-то успокаивает. Это штучка чертовски офигительна.

- Очень хорошо. – Октавия поворачивается к сыну. – И ты тоже там будешь?

- Это не официальное мероприятие фраксов, но я свяжусь с министром. Уверен, что смогу посмотреть из арочного входа.

Поворачиваюсь к нему с огромнейшей улыбкой, на которую только способна.

- Ты будешь там?

Он подмигивает.

- И нигде более.

Я чувствую, как некий груз сваливается с моих плеч. Мило.

Коннор хмурит брови.

- Возьмешь с собой солдат?

Линкольн откидывается на спинку стула. Наши переплетенные руки скатываются со стола и повисают между нами, покачиваясь.

- Нет, это только привлечет ненужное внимание.

Октавия наставляет на сына палец.

- Убедись, что надел полное патрульное обмундирование: нательную защиту, бакулум, кинжалы...

Линкольн кивает.

- Я буду в порядке, мам.

Я подавляю улыбку. Здорово знать, что не только моя мама иногда чрезмерно обеспокоена сохранностью своего чада.

Король потирает подбородок.

- И останься с ней сегодняшней ночью.

Октавия давится воздухом.

- Коннор!

У меня отпадает челюсть.

- Вау! — сначала он думает, что я беременна, а теперь предлагает Линкольну спать в моей кровати? Мне так хочется его ударить, что это даже не смешно. Быть может, частично я и демон похоти, но это не значит, что я шлюха. Фиг вам.

Король трясет головой.

- Я имею в виду в разных комнатах, но готовые среагировать, если что случится.

Хмуро закрываю рот. Значит, я его не ударю. Возможно. Кровь во мне все еще кипит от злости.

Октавия прочищает горло и делает попытку вернуть разговор в безопасное русло:

- После матча Линкольн присоединится к нашей процессии в Антрум.

Линкольн завтра уезжает. Эта мысль — становится штормовым дождем, что мгновенно тушит пожар моего гнева. Внезапно, я перестаю придумывать оригинальные способы поколотить короля. Вместо этого мою голову обуревают мысли о нашей с Линкольном разлуке и о том, на сколько она затянется. А Антрум — место настолько закрытое, что я даже не представляю, когда нам удастся связаться. Печаль тяжелым одеялом укутывает мои плечи.

Мой голос чуть громче шепота:

- Похоже на план.

Линкольн сжимает мою ладонь.

- Давай вернем тебя домой. Ты приехала сюда на Тени?

- Да.

- Хорошо. Вероятно, она уже снаружи ждет тебя вместе с Бастионом. — он нежно целует меня в щеку. — Встретимся там через минуту. Я должен собрать вещи.

Печаль на сердце немного отступает. По крайне мере, у нас с Линкольном есть еще некоторое время на то, чтобы побыть вместе.

Я прощаюсь с Коннором и Октавией долгими объятьями. Не известно когда я увижу их снова. Королева смеряет меня пристальным взглядом, и слышно, как в этот момент отлаженным механизмом вращаются колесики в ее голове.

- Не переживай, – говорит Октавия. – Мы еще встретимся, моя дорогая.

Выдавливаю из себя улыбку.

- Уверена, что так оно и будет. – однако, если быть честной с самой собой, я далеко не уверена в том, что когда-нибудь вновь с ними увижусь.

***

К тому времени, как мы с Линкольном добираемся до моего дома на улице уже вечер. Тень Ночи с Бастионом шагают нога в ногу вниз по тихой улице. Печаль пронизывает воздух и наши сердца. Мы почти не разговаривали с тех пор, как покинули королевский тент.

Без команды с нашей стороны, лошади останавливаются перед моим крыльцом. Мы с Линкольном спешиваемся, и отправляем Тень и Бастиона обратно в Райдерские конюшни. Ночь кидает на меня взгляд своих огромных гладких и круглых, словно мрамор глаз, и выражение в них эквивалентно: «Мы – сестры, без шуток». Мы с Линкольном наблюдаем за тем, как удаляются наши лошади, затем рука об руку подходим ко входной двери. Мама открывает ее прежде, чем мы успеваем постучаться.

- Майла! Я ужасно беспокоилась.

Я внутренне стону. Ее лицо - вновь, одна сполшная маска безумного беспокойства. Не то чтобы я действительно виню ее в этом, но фу. Это ужасно смотрится со стороны.

Переминаюсь с ноги на ногу.

- Привет, мама. Это Линкольн. – не могу сдержать улыбки.

Линкольн застенчиво улыбается.

Мама нервно постукивает ногой.

- Ты фракс? – она в редком для нее режиме: обеспокоенная, взволнованная, да еще и с претензией на безумие. Ну, все, вот он, ужас.

Принц кивает.

- Да.

Мама смотрит на тяжелую сумку за плечом Линкольна.

- Принес защиту и оружие?

- Да.

- Хорошо. Входите.

Моя мама очаровательна.

Мы входим. Мама закрывает за нами дверь и в драматичном жесте показывает на диван.

- *Это* твое место для сна, Линкольн, фракс. – она сверлит его точно таким же взглядом, каким на меня смотрел отец Линкольна, и значит он: «Я знаю, что творится в твоей маленькой озабоченной головке.» И, хэй, в этом есть доля правды, но мы держим все под контролем. По большей части.

Он слегка кланяется.

— Конечно.

Мама заключает меня в крепкие объятья.

— Я рада, что ты в порядке, малышка. Не ложись спать слишком поздно. — она поднимает взгляд на Линкольна и вздыхает. — Спасибо, что присматриваешь за Майлой. Это многое о тебе говорит. — она нежно целует его в щеку. — Спокойной ночи.

Я выдыхаю. Мама на удивление нормально приняла Линкольна. С каждым днем она все быстрее и быстрее переключается из режима бешеной-опеки в свое старое состояние «сенатор Льюис». Какое облегчение.

Мама сильнее кутается в свою поношенную мантию, заходит в свою комнату и закрывает за собой дверь с тихим щелчком.

Мы с Линкольном обмениваемся взглядами, в которых смешан шок и облегчение — выражение, что появляется на моем лице обычно только после того, как успешно заводится Бетси. Уголки моих губ приподнимаются в полуулыбке.

— Даже и не знаю, кто из нас выиграл в номинации «самые странные родители дня».

— Да ладно тебе. Конечно, я. — он заключает меня в объятья. — И мне очень жаль, кстати говоря. Отец должен был сосредоточиться на обеспечении твоей безопасности, а не на плетении связанных с князем интриг. Раньше он был... совершенно другим. — он мягко поглаживает мою спину. — Но, достаточно разговоров о моей семье для одного дня. — он подается ближе, чтобы коснуться своими губами моих.

— Не уверена, что это хорошая идея. — нахмурившись, наблюдаю за закрытой дверью в мамину спальню.

Линкольн выпускает меня из своих рук и отходит назад.

— Я понимаю.

Осталось так мало времени до нашего «прощай». После завтрашнего боя на Арене Линкольн вернется в Антрум, а Уолкер телепортирует меня в убежище Серого Моря. Тяжесть, что я ощущала всю поезду до дома, все сильнее давит на плечи. У меня щиплет глаза.

Я беру Линкольна за руку и веду его в свою комнату. Грусть устилает пространство, словно туман. Линкольн сидит на моей кровати, прижавшись спиной к спинке кровати. Я забираюсь на матрас и сворачиваюсь калачиком рядом. Моя щека на его груди; его рука обнимает меня за талию, ладонь спокойно лежит на моей спине. Мои веки тяжелеют.

***

Этой ночью мне снится офис, отделанный в красных тонах. Багровые стены простилаются в обе стороны от меня без окон и без конца. Голыми ступнями я стою на кроваво-красном деревянном полу, что усеян маленькими круглыми ковриками того же цвета. По левую от меня сторону алые кожаные кресла вокруг огромного стола из красного хрусталя. По левую сторону стоит вишнево-красный стол, а за ним сидит Армагеддон.

У меня перехватывает дыхание. Армагеддон здесь! Мое тело приходит в полную боевую готовность, собираясь принять ударную волну ужаса и паники. Но она не приходит. Я, конечно, чувствую себя напуганной, но ничего подобного тому, что я ощущала, когда Армагеддон проходил мимо нас с Сисси в школе.

Но важно не это, важно что это за сон?

Армагеддон аккуратно складывает свои длинные руки на столешнице, его губы неспешно растягиваются в невероятно широкой улыбке. На его вытянутом лице торчит лезвеподобный нос и полыхают алым глаза.

- Добро пожаловать, Максон.

Я ничего не отвечаю, мое тело словно примерзло к месту. Какого черта здесь происходит? Почему он принял меня за своего сына Максона?

Повелитель Ада барабанит пальцами по столу.

- Ну, давай же, мальчик мой. Я разговариваю с тобой во снах каждую неделю в течение последнего тысячелетия. Не нужно стесняться.

Мои глаза округляются от осознания. Как и Венера, что посылает мне сновидения, Армагеддон может общаться со своим сыном во сне. Я киваю. В этом есть смысл; у сильнейших демонов Ада целые букеты странных способностей. Но почему он принимает за Максона меня?

Армагеддон выгибает бровь на гладком, как камень лице.

- Твое нежелание показываться не имеет значения. - я чувствую запах твоих игни. – он опускает ладони на стол и подается вперед. – Ты так близко, сын мой.

Это из-за игни. Последние восемь часов я провела как Наследница Скалы, показывая свою силу маме, Уолкеру, Линкольну и его родителям. Игни, должно быть, оставили некий след на моем теле и душе. И каким-то образом, это обмануло Армагеддона в этом странном сне. Вот почему я не чувствую ужаса – физически я далеко от него.

Армагеддон откидывается на спинку стула.

- Мы оба знаем, о чем ты думаешь. Столетия назад я предлагал тебе присоединиться ко мне в правлении Адом – ты отказался. Теперь ты несешь бремя моего проклятья. – его глаза-бусинки превращаются в щелочки. –

Идем дальше. Проси моего прощения, сын. Еще раз. И, быть может, я смилуюсь - чего ты так отчаянно жаждешь.

Затем следует долгая пауза, в течение которой Армагеддон ждет, пока я начну молить его о милости. Но этого не случится. Никогда.

- Не в настроении сегодня ползать на коленях, мой мальчик? Как утомительно. — глаза его вспыхивают багрово-алым. — Неважно. Я водворю в жизнь свое проклятье и заберу твое тело в ад силой, но не для того, чтобы править... А для того чтобы ты плавился в муках. Возможно, однажды, ты попадешь в Рай, но перед этим я измучаю твое тело и душу *в Аду*.

Демон замолкает, а затем щелкает пальцами.

- На сегодня мы закончили.

Офис с Армагеддоном исчезает. Оставшуюся часть ночи мое сознание дрейфует в темноте и тишине.

Замечательно. Ночной кошмар прямо перед важным матчем. Еще одна причина для ненависти к Армагеддону.

ГЛАВА ДВАДЦАТЬ ЧЕТВЕРТАЯ

Я просыпаюсь в своей кровати одна. Линкольн оставил короткую записку на тумбочке рядом со мной: «Ушел мять диван, прежде чем проснется твоя мама. Увидимся за завтраком. Л.» С грустной улыбкой, я кладу записку в верхний ящик своего столика. Она от Линкольна; я просто не могу заставить себя ее выбросить.

Дверь в мою комнату открывается. С моим боевым костюмом в руках входит мама. От беспокойства морщинки вокруг ее глаз стали глубже этой ночью. Она замирает.

- Ты встала.

Я принимаю сидячие положение и ставлю босые ступни на ледяной пол.

- Ага. Мне не слишком хорошо спалось этой ночью.

- Сейчас пять утра. Пора собираться на Арену.

Я потираю шею и потягиваюсь.

- Спасибо, мам. – волнение охватывает меня. Мои руки едва заметно дрожат.

Да ладно тебе, Майла. Этот матч ничем не отличается от предыдущих. Успокойся.

Бросив костюм на мою кровать, мама нежно сжимает мое плечо.

- Мы все на кухне. Увидимся там, как будешь готова. – она подходит к двери и останавливается. – Хочешь немного Франкерберри?

- Конечно, мам. – хотя, если учесть бурление в моем желудке, я могу и не удержать их внутри.

Переодеваюсь в бойцовский костюм и направляюсь к кухне, которая сегодня утром является еще и местом сбора. Мама, Сисси и Зак сидят за крошечным столиком. Линкольн с Уолкером стоят рядом. Тим стоит в дальнем углу, нервный и с широко раскрытыми глазами.

Принц заключает меня в теплые объятья.

- С добрым утром, Майла.

Упершись лбом в его плечо, вдыхаю восхитительный запах сосновых иголок и кожи.

- Рада, что ты здесь. – выдавливаю улыбку.

Он тихо и мягко говорит мне на ухо:

- Сегодня ты надираешь задницы.

Искренняя улыбка появляется на моих губах.

- Черт, да. – шагнув назад, окидываю внимательным взглядом экипировку Линкольна: черный доспех, кинжалы на бедрах, бакулум за спиной. – Ты тоже готов надирать задницы.

Линкольн пожимает плечами.

- Еще один обычный будний день.

Сисси с Заком подходят ближе, старательно отводя взгляд от моих новых голубых зрачков. Это похоже на те сны, в которых ты заявляешься в школу голый, вот только сейчас, вместо наготы, я - голубоглазое душами-управляющие бытие. Уверена, они стараются быть тактичными, но все же. Я и без того чувствую себя уродцем.

- Утречка, Майла. – Сисси заключает меня в особо крепкие объятья – Уолкер все нам рассказал. Я буду скучать по тебе, милая.

- Я тоже буду скучать по тебе, Сисси. – представляю себе маленькую обувную коробку, полную моли в ее шкафу. Я всегда полагалась на Сисси, выступающую хранителем того кокона из странностей, которым являлась моя жизнь. Я действительно не знаю, что буду делать без ее дружбы. – Очень сильно. – у меня срывается голос.

Зак неловко ударяет меня по плечу.

- Следующая Скала, ха? В каком-то смысле, это объясняет, почему ты не западала на других парней в школе.

Сисси разрывает наше объятие, разворачивается вокруг и бьет его локтем под ребра.

- Веди себя чуть добрее, Зак. Сегодня речь не о победах твоих друзей на личном фронте. Сегодня мы прощаемся с Майлой.

- Ох, да. – Зак смотрит на свои кроссовки. – Довольно удручающе, что тебе надо бежать и все такое.

- Спасибо. – по Сисси я точно буду скучать, а вот по Заку – не уверена.

Уолкер выходит вперед, его длинная мантия развивается на каждый его шаг. Широко взмахнув рукой, он показывает на Тима. По сравнению с Уолкером в темной мантии, Тим похож на двенадцатилетнего паренька в черном халате.

- Майла, хочу представить тебе ТИМ-29.

- Привет, Тим. – довольно странно быть представленной кому-то, за кем наблюдал в течение месяцев в сновидениях. Особенно когда этот кто-то, в своем роде, придурок. Жаль, что другого варианта не было.

- Приятно познакомиться. – он смотрит своими большими черными глазами прямо в мои. – Не могу поверить. У тебя действительно по-ангельски голубые глаза.

- Ага. – я быстро жму его ледяную руку. – Наверное, пора бы мне уже привыкнуть к своей новой должности главного уродца города.

Он постукивает указательным пальцем по подбородку.

- Возможно, ты могла бы показать нам что-нибудь. Один или парочку трюков с игни.

- Тим! – мама упирает кулаки в бока. – Для Майлы рискованно создавать здесь игни.

- Ах, конечно. – Тим невесело хихикает. – Трудно поверить, что у тебя есть ребенок от Ксавье. Я имею ввиду, что у него никогда не было потомства, и это несмотря на то, что живет он с начала времен. – его губы изгибаются в коварной улыбке. – Я считал возможным родителем девчонки демона Ярости. – он пристальнее вглядывается в мое лицо. – Есть заклятья, которые могли изменить цвет твоих зрачков.

Он тянет к моим глазам руки, но я слишком ошеломлена, чтобы пытаться сломать их. Он думает, что мама на такое способна? Словно бы стать Наследницей Скалы так же просто, как улюлюкнуть. Ну, что за идиот.

Мама пересекает комнату и встает между мной и Тимом.

- Тема закрыта.

- Простите мне мой энтузиазм. – Тим кланяется. – Просто меня немного выбило из колеи возвращение сенатора Льюис и встреча с ее прекрасной дочерью.

Вау. Все-таки он полный придурок и имбецил. Ура. Линкольн кидает на меня вопросительный взгляд. Я пожимаю плечами. На данный момент, что есть – то есть.

Мама пытается улыбнуться.

- Спасибо, что помогаешь нам сегодня, Тим.

Я киваю. Все-таки это производит впечатление. Они оба ведут себя довольно зрело, учитывая произошедшее между ними в прошлом. Мама рассказала мне, что, когда Тим узнал, что они с Ксавье вместе, то оборвал с ней всякое общение. Думаю, это бы один из «Ты любишь меня? Значит, это ужасно – быть тобой» разговор. Теперь же он вернулся, чтобы помочь ребенку Ксавье. Неловкий момент!

Уолкер раскатывает на кухонном столе карту.

- Все, взгляните, пожалуйста. – мы собираемся вокруг. В верхней части карты на мили вокруг простирается Серое Море. Здесь и там во мраке пустыни мелькают очертания черных скал. Уолкер тыкает пальцем в особо огромный островок из черных скал.

- Наш бункер спрятан прямо здесь. – у меня скручивает желудок. Это мой новый дом, вдали от дома. По крайне мере, на несколько дней. Так. Чертовски. Странно.

Уолкер водит пальцем по начертанию гор.

- За каменной скалой находится огромная дюна. – кончиком пальца он проводит по каменной стене, затем скользит по широкой дюне и останавливается далеко в пустыне.

Линкольн кивает.

- Это может стать хорошим укрытием в случае надобности.

- Точно. – Уолкер показывает на пик дюны. – Эта насыпь была создана для защиты входа в бункер.

Уолкер тыкает в точку у основания каменной стены.

- Сам вход в бункер находится здесь внизу.

Картинка из сновидения всплывает перед моими глазами.

- Дверь в бункер – это что-то вроде огромного вспыхивающего огнем круга на песке?

- Да, это она. – угольно-черные глаза Уолкера фокусируются на мне. – Это было в одном из твоих сновидений?

- Вообще-то во всех них. – что не так с этой Венерой, что она не может просто сесть и объяснить все, как нормальный человек? Я имею в виду, кроме обещания моей матери, которое она все равно нарушила. Хитролисая Венера.

Уолкер показывает на то место, где спрятан вход в бункер.

- Нам нужно четверо человек: по одному на сторону света. Когда они одновременно положат ладони на песок - появится круг из огня. Дверь бункера медленно поднимется в центре.

Сисси пожевывает ноготь.

- Нам нужны перчатки или что-то вроде?

Уолкер трясет головой.

- Бункер окружен ангельским пламенем, не пропускающим только чистых демонов. Он не обожжет тебя.

Я чуть не рассказала о том, что в сновидениях огонь меня никогда не обжигал, но вовремя вспомнила, что являюсь наполовину архангелом второго поколения, и потому, возможно, я не подчиняюсь обычным законам физики. Вздыхаю. Мой извечный поиск самой себя окончательно зашел в тупик. Я знаю кто я – Наследница Скалы, но не слишком-то в восторге от этого факта. Заиметь способность перемещать душ? Стать мишенью для любого, желающего править загробным миром? Превратиться в еще большего уродца, чем была до этого? Не уверена, что готова хотя бы одному из перечисленного. Скрывание от всех и вся – звучит, как замечательный план, быть может, я буду придерживаться его всю оставшуюся жизнь.

Мама кладет ладони на бедра.

- Бункер защищен от атак упырей и демонов. Если внутри упыри и квази, то упыри могут создавать порталы, через которые можно выйти или войти. Если упырей внутри нет, квази могут открыть дверь вручную.

Линкольн одобрительно хмыкает.

- Хорошая система безопасности.

- Внутри много еще более крутых вещей. – Уолкер раскрывает карту самого бункера. – Внутри находится пристрой и главная комната. В обоих отсеках есть запасы еды, воды и одежды как минимум на несколько месяцев. Но только в главной комнате находятся система связи и перископ для обзора поверхности.

Уолкер кивает Сисси с Заком.

- После того как вы откроете дверь и зайдете внутрь - Тим откроет для вас портал домой. – Уолкер поворачивается к моей маме. – Между тем Камилла настроит коммуникационную панель, чтобы мы имели связь с внешним миром. Майла, Линкольн и я встретимся с тобой в главной комнате в 6 часов утра. – Уолкер складывает длинные руки в складки мантии. – Вроде все. Вопросы?

Всего лишь миллион. Куда ангелы отправят меня прятаться? Что случится, если Армагеддон вторгнется в Чистилище? Когда я вновь увижу Линкольна, друзей и семью? И мой последний, любимый: можно заставить кого-нибудь другого быть Наследницей Скалы?

Каждый мускул моего тела находится в диком напряжении. Я смотрю на свои ладони и сжимаю-разжимаю их вновь и вновь.

Уолкер прочищает горло.

- Майла?

Вынырнув из водоворота своих мыслей, поднимаю взгляд.

- Да? - и в этот момент до меня доходит. Все взгляды в комнате обращены ко мне и, возможно, уже продолжительное время. Жаркий румянец заливает мою шею. Я должна дать речь или что-то вроде этого? Эти обязанности Наследницы Скалы - полная фигня. – Я хотела сказать: повторите вопрос?

Мама склоняет голову набок, выражение ее лица смягчается.

- Мы готовы идти?

Ох, я просто не поняла, что он был адресован мне. Надеваю на лицо, я надеюсь, полную уверенности маску.

- Да, конечно. Пошлите. Сисси, Зак, Тим и мама открывают бункер.

Уолкер, Линкольн и я идем на Арену. Затем Уокер телепортирует меня к бункеру. Ага.

Проклятье. Я вспоминаю ту ужасную речь, что я дала перед Линкольном у фонтана и она кажется настоящим самородком ораторского искусства, по сравнению с тем куском дерьма, что вывалился из моего рта сейчас.

Линкольн берет в свою теплую руку мою.

- Вместе мы можем сделать что угодно, Майла.

Я делаю глубокий вдох. Надеюсь на это, Линкольн.

***

Я вываливаюсь из портала под одной из темных арок Арены. Мерцающий на стадионе свет создает странные тени на каменных стенах. Линкольн с Уолкером выходят следующими, появляясь в нескольких футах позади меня.

Принц кладет руку Уолкеру на плечо.

- Прежде чем мы пойдем дальше, я хочу поблагодарить тебя за то, что ты так заботишься о Майле и ее матери. Я всего лишь попросил доставить тебя письмо, но то зашел намного дальше.

У меня теплеет на сердце. Уолкер потрясающий, а я никогда его не благодарила в достаточной мере. Шагнув ближе к нему, я привстаю на носочках и нежно целую его в щеку.

- Не могу поверить, что это может быть наш последней Аренный матч. — поднимаю взгляд в потолок подсчитывая. — Впервые ты выкрал меня сюда восемь лет назад? – я улыбаюсь, вспоминая, как Уолкер по-тихому спорталил меня сюда впервые и сказал: «Однажды тебя могут призвать служить.» Мы вместе посмотрели сражение с Виперон демоном и именно тогда я на это подсела.

Шагнув назад, перекатываюсь с пятки на носок и улыбаюсь воспоминаниям. Затем до меня доходит, что в коридоре стало тихо. Слииииишком тихо.

Уолкер и Линкольн смотрят друг на друга с нечитаемыми выражениями лиц. Затем следует длинная пауза, прерываема только тихим стеканием воды с шероховатой поверхности стен.

Хах. Что здесь происходит?

Бью себя ладонью по лбу.

- Я забыла, что вы тоже друг с другом знакомы. Как это произошло? – улыбаюсь. Время для интересных историй! Хороший способ отвлечься.

Линкольн продолжает молча сверлить Уолкера взглядом. Внезапно температура в коридоре резко опускается. Что-то здесь не то.

Уолкер поворачивается ко мне.

- Помнишь, что моя прабабушка архангел?

Киваю.

- Мама рассказала мне об этом несколько лет назад.

- Ее имя Аквила. – говорит Уолкер. – Она основала дом Рикса. Мы с Линкольном члены Аквилинеа – сообщества потомков Аквилы.

Хихикаю.

- Я должна создать сообщество потомков Ксавье. Будет чем заняться в одиночестве. – перевожу взгляд с Линкольна на Уолкера и обратно в ожидании ответа. Это было не лучшей моей шуткой, но как насчет вежливого смеха для девушки, что направляется на смертельный аренный бой? Кстати говоря, мои внутренности трясутся от беспокойства. Бой должен начаться уже через несколько минут.

Лицо Уолкера все еще напоминает камень.

- Твоя мама запретила мне рассказывать о себе, и я уважал ее желание. Но теперь, как бы там ни было, пришло тебе время узнать об Аквилинеа.

- Спасибо. – качаю головой. – Теперь понятно, почему Октавия и Линкольн доверяли тебе свои послания. – я вспоминаю упрырей, что иногда сопровождают Венеру на матчах; мне всегда думалось, что некоторые из них похожи на Уолкера. Должно быть, и они из Аквилинеа. Кидаю взгляд на трибуны. Быть может, я увижу их и сегодня? Это мысль должна была утешить, но нет. Вспоминание того факта, что я сейчас нахожусь на Арене только прибавляет мне волнения.

На лице Линкольна не шевелится ни один лишний мускул, когда он произносит:

- Это объясняет нас с тобой. Но что насчет вас с Майлой?

Я присматриваюсь к нему внимательнее. Оооо, я поняла. Никогда эмоции принца не были легки для чтения, но сейчас я ясно понимаю, что направлены они на кого-то определенного. Лист возможных кандидатов невелик: Уолкер, Уолкер и Уолкер.

- Ты не знал, что мы с Уолкером знакомы?

Взгляд Линкольна остается прикованным к Уолкеру.

- Разве что в пределах нескольких моих посланий.

На лице Уолкера ходят желваки.

- Я под нерушимой клятвой. Мать Майлы должна дать свое одобрение, прежде чем я смогу рассказать о ней хоть слово.

- А что, если я выступлю в качестве ее доверенного лица? – как волшебной палочкой взмахиваю своим пальцем в сторону Уолкера. – Я освобождаю тебя от данной тобой клятвы. – мне тоже хочется услышать, как Уолкер стал частью моей жизни. К тому же супер-напряженная атмосфера вокруг - перебор для и без того беспокойного утра.

- Это должно сработать. – глаза Линкольна превращаются в щелочки. – Говори.

Уолкер глубоко вдыхает.

- Давным-давно еще в Цитадели Ксавье был моим учителем. Он заменил мне отца. И перед тем как покинуть Чистилище, он попросил меня присматривать за Камиллой. Я дал нерушимую клятву, а после рождения Майлы начал присматривать и за ней тоже.

Линкольн сжимает кулаки.

- Так, значит, это Майла – та загадочная девушка, к которой ты бегал все эти годы?

Мои брови лезут на лоб. Кто знал, что я была частой темой для разговоров между Линкольном и Уолкером? Причем годы, не меньше.

Уолкер вскидывает подбородок.

- Да.

Мой рот принимает форму буквы «о». Это заставило немного поднапрячь мой перегруженный мозг, но я, наконец, поняла, что здесь происходит. Встав прямо напротив принца, обхватываю его лицо ладонями. Щетина колет кожу; он упрямо продолжает смотреть только на Уолкера.

- Между нами не так. Уолкер мне как брат. – я заставляю его взглянуть мне прямо в глаза.

Ярость скрывается за чертами его лица.

- Значит, вы никогда?

- Ха! – закатываю глаза. – Я оценила ревностный порыв, но самое большое, что между нами было – это поцелуй в щечку на прощание.

Линкольн, наконец, улыбается и придвигается ближе. Мы сливаемся в неторопливом поцелуе. Он сладок и ярок на эмоции, но заканчивается слишком быстро. Принц прижимается своим лбом к моему.

- Будь осторожна.

Мой хвост приводит его волосы в беспорядок.

- Буду. – я целую его еще раз, просто потому что могу.

Натягиваю на лицо маску, делаю глубокий вдох и поворачиваюсь к Уолкеру.

- Сделаем это.

Уолкер поворачивается к Линкольну и прикладывает к груди кулак.

- До встречи, Брат Защитник. – думаю это традиционна для Аквилинеа прощание, но то как Уолкер это произносит больше похоже на вопрос: «Все ли с нами в порядке?»

Принц секунду молчит, затем повторяет жест Уолкера.

- Пока не встретимся вновь. – то как произносит слова Линкольн, похоже на ответ: «В порядке.»

Уолкер улыбается. Мы вместе выходим на Арену и направляемся к группке квази, что кучкуется вокруг Шарки. У всех у них длинные черные хвосты со стреловидными кончиками.

Воины Арены. Потомки демонов Ярости. Лучшие из лучших со всего Чистилища.

В последний раз, когда нас собирали вместе – ангелы проводили инициацию Скалы. Хмурю лоб в недоумении.

- Уолкер, сегодня церемония?

- Нет, насколько я знаю.

- Ах-хах. – я напрягаюсь всем телом. Что-то во всем этом не так.

Обычно на стадионе находятся только один надирающий задницы квази и несколько слабых демонов. Тогда почему сегодня здесь собрались все воины Арены с наследием Ярости, все лучшие воины Чистилища ?

Окидываю поле боя внимательным взглядом и нахожу еще больше странностей. Обычно, на поле присутствует как минимум один лишний упырь, сегодня же здесь только Уолкер и Шарки. Арочные проходы вокруг тоже пусты, кроме того, что напротив. Там, в тени Линкольн мерит шагами пространство, его тело похоже на сжатую пружину. Он поворачивает в мою сторону голову. Наши взгляды встречаются. В них нет веселья или присущих влюбленным чувств, только собранность двух воинов в ожидании… Чего?

Шарки стучит посохом оземь. Наверху стадиона с каждой стороны света появляется по одному члену Олигархии. Синхронно обернувшись они создают четыре огромных портала на верхнем уровне Арены.

Я присматриваюсь к выходящему из порталов народу. Ангелы выглядят как обычно: белые крылья, льняные мантии, голубые глаза. Я перевожу взгляд на демонов и судорожно выдыхаю. Сегодня это необычное разношерстное сборище демонов всех видов и мастей. Сегодня, все они высоки, громоздки и увиты мышцами. Огромные черные крылья летучих мышей сложены у них за спинами. В полной тишине они занимают свои места. Не менее пяти тысяч демонов теперь восседают на своей половине Арены.

Я привычна к воющему и рычащему беспорядку в рядах демонов и долгие годы просто не обращала на это внимание. Но сегодня, опустившаяся на стадион тишина заставляет до предела натянуться мои нервы.

Нахожу взглядом Шарки. Он тяжело дышит сквозь свои дыроподобные носовые отверстия, черные капельки пота стекают по его вискам. Уолкер шагает ближе ко мне и кладет руку на плечо. В проходе напротив Линкольн обращает свой бакулум в огненный меч.

Нечестивый Ад. Что бы здесь ни творилось – это плохо.

ГЛАВА ДВАДЦАТЬ ПЯТАЯ

Толпы ангелов и демонов занимают свои места с рекордной скоростью. Венера с Армагеддоном появляются на стадионе последними. Ангелы в белых доспехах стоят по обе стороны от Венеры. Я вспоминаю Рианнон и Леви. Дополнительная защита Венеры - плохой знак.

Сощурившись, разглядываю темный балкон. Армагеддон окружен огромными демонами с непробиваемой кожей. Клементайн тоже там, и довольная ухмылка играет на ее свиньем личике. В попытке скрыть дрожь, сцепляю в замок руки за спиной.

Матч вот-вот начнется.

Шарки вновь бьет посохом оземь.

- Ангелы, упыри и демоны, я представляю вам...

Армагеддон поднимает палец, его голос эхом разносится по Арене.

- Я прошу присутствия Скалы и его Наследницы. — он кидает на Олигархию насмешливый взгляд. — Вы согласны?

Хах. Как будто они могут не согласиться.

Олигархия отвечает в один голос:

- Вызывайте носильщиков.

Проходят минуты. Я прыгаю и разминаю шею. Аргх, ненавижу ждать. Как же. Это. Бесит. Мой внутренний демон гнева просыпается, а хвост встает на изготовку над плечом. Новые эмоции – ярость и разочарование – смешиваются с ужасом и волнением, что уже давно бурлят во мне. Благодаря этому я чувствую себя чуточку лучше. Мои плечи расслабляются, и теперь я готова кого-нибудь поколотить.

Наконец, широкий портал открывается в центре Арены. Из него выходят шесть упырей с носилками в руках. На них крепко спит Скала. Рядом стоит в своей длинной белой мантии Наследница. Высоко вскинув голову (немного высоковато, на взгляд *истинной* Наследницы Скалы), она окидывает стадион внимательным взглядом.

Адейра поднимает руку.

- Мне бы хотелось пару слов, если можно?

Шарки кланяется.

- Конечно, о, Наследница Скалы.

- Я была тронута тем, что ко мне явился незнакомый упырь и просил присоединиться к вам сегодня. В действительности, это показывает ваше ко мне уважение. Спасибо. Правда, спасибо.

Я смотрю на Линкольна. Он мечется взглядом между мной и Адейрой и качает головой. Я точно знаю, о чем он сейчас думает: ей не следовало появляется здесь без единого способного ее защитить фракса за спиной.

Идиотка.

Шарки стучит посохом.

- Теперь мы…

Армагеддон фыркает. Шарки вместе со всем стадионом окутывает гробовая тишина.

- Я не закончил.

Каждый мускул моего тела сокращается от сжимающего в тисках страха. Мне не нравится эта самодовольная усмешка на Армагеддоновых губах. Что он собирается сказать? Давайте уже начнем матч.

Желваки ходят на сером лице церемониймейстера. На своем балконе Венера сжимает ручки трона, ее голубые глаза превращаются в щелочки. После продолжительной паузы Шарки выдавливает одно слово:

- Д… Да?

Поднявшись на ноги, Армагеддон вскидывает свое сухощавую руку над головой.

- В АТАКУ!

Мое тело застывает в шоке. Чееееееееееееерт.

Произошедшее после занимает секунды, но каждая тянется словно в год длинной. Демоны наводняют площадку для сражений. У меня перехватывает дыхание, когда я осознаю зачем всех воинов Ярости Чистилища – всех лучших воинов, что квази вообще имеют – собрали сегодня здесь, на Арене:

Чтобы одним ударом стереть всех с лица земли.

Я окидываю внимательным взглядом верхние ряды стадиона. Олигархия стоит, застыв в ошеломлении, их скелетообразные головы качаются из стороны в сторону. Немного замешкавшись, они ступают в собственные порталы и исчезают. И главный путь к отступлению исчезает вместе с ними.

Большое спасибо, ублюдки.

На белом балконе ангелы немедленно образуют группу защиты вокруг

Венеры, правда, неясно хотят ли они ее защитить или просто ищут пути отступления. В любом случае они не воины. Демоны с военной точностью прорываются сквозь ряды ангелов-зрителей, стремясь добраться до Венеры и ее окружения.

Меня прошибает ледяной пот. Не могу поверить, что все это происходит у меня на глазах. Расправив крылья, Венера взлетает. Одни из ее защитников вступают в рукопашный бой с демонами, другие поднимаются в воздух и окружают свою Королеву. Группа демонов раскрывает кожистые крылья и тоже поднимается в воздух. Противники сцепляются друг с другом в ожесточенной схватке прямо над моей головой.

Происходящее перед глазами кажется совершенно нереальным и вводит в глубокий шок. Мир замедляет свой ход. Мое сердце громко стучит в ушах. Я оглядываюсь в поисках арки, под которой стоял Линкольн, но там его больше нет.

Уолкер касается моего плеча, привлекая мое внимание.

- Я использовал Групповое Мышление, чтобы призвать своих сестер и братьев по Аквилинеа. Они телепортируют отсюда столько ангелов, сколько только смогут. — он окидывает толпу внимательным взглядом. — Нужно вытаскивать тебя отсюда. — он хмурится. — Слишком много людей вокруг, чтобы просто открыть портал, но я должен попробовать.

- Что с Линкольном? — я вглядываюсь в толпы вокруг, но ничего не вижу сквозь плотно прижатые друг к другу тела.

Уолкер закрывает глаза.

- Он не на нижнем уровне Арены. — он хватает меня за руку. - Я вернусь за ним сразу после того, как перемещу тебя.

- Поняла. — в ожидании знакомого гудения открывающегося портала, я крепко обхватываю себя руками.

Но ничего не происходит.

Стадион же вокруг нас тем временем погрузился в кромешный ад. Крики наполняют пространство. Демоны, ангелы и квази сходятся в сражении, их тела сливаются в кровавое месиво рукопашных боев. И Линкольн застрял посреди этих локальных битв. Что-то сжимается у меня в груди. Нам всем немедленно надо отсюда выбираться.

Я перевожу взгляд на Уолкера, паника охватывает меня.

- Что случилось?

Он морщит лоб.

- Дай мне еще минутку, здесь так много...

Но Уолкера прерывают. Два мерзких черных Крини демона встают перед нами, одновременно круша все вокруг своими шестнадцатью огромными щупальцами.

Нечестивая молитва.

Первый Крини обхватывает своей конечностью Уолкера за живот и крепко сжимает. Теперь Уолкер едва может дышать, не говоря о том, чтобы сосредоточиться на открытии портала.

Я поворачиваюсь к первому Крини, мои глаза ярко пылают от ярости. *Как смеешь ты класть свои щупальца на моего Уолкера?* Согнув ноги в коленях, я приготовилась подпрыгнуть и ударить демона в голову, но тут ударил меня со спины второй Кирини.

Проклятье! Уолкеру придется подождать.

Я припадаю к земле, а мой хвост в это время делает свою работу: шинкует напавшие на меня щупальца. Кидаю быстрый взгляд на Уолкера: его руки с ногами связаны вместе и находятся где-то между длинным черным клювом и огромными красными газами. Все его силы уходят на то, чтобы не оказаться в пасти Крини.

И это подает мне идею.

Мой Крини вновь на меня нападает; на этот раз я стою смирно и не противлюсь. Схватив меня своими щупальцами, он подносит меня прямо к раскрытому рту. Продолжаю притворяться мертвой до тех пор, пока не оказываюсь в дюйме от клюва — тогда мой хвост пронзает его глаз и мозги насквозь. Взревев в последний раз, демон падает на землю мертвой тушкой. Ха!

В момент, когда я оказываюсь на свободе меня хватает монстр, удерживающий Уолкера. Новая волна ярости захлестывает меня с головой. *Этот склизкий монстр напал не на ту девушку.* Крини двумя мясистыми щупальцами оборачивает мое тело, а третьим в крепком захвате держит мой хвост.

Черт возьми, этот умнее предыдущего.

Паника охватывает меня. Я не могу пошевелить ни рукой, ни ногой, ни хвостом. Огромные глаза Крини мечутся между мной и Уолкером в раздумье о том, с кого бы лучше начать завтрак. Его взгляд останавливается на мне. Нехорошо. Своим щупальцем Крини относит от своего рта Уолкера. После этого демон головой вперед направляет в свою пасть меня.

Я брыкаюсь и ерзаю, но все бесполезно. Крини открывает свой длинный клюв. Зеленые лезвеподобные зубы наполняет его рот. Слюна капает с огромного розового языка. Все вокруг становится похожим на сон и мне начинает казаться, будто я порю вне своего тела, со стороны наблюдая за тем, как меня все глубже и глубже затаскивают в пасть монстра.

Вот она. Моя смерть. Но почему-то я скорее удивлена, чем напугана.

Поморщившись, сжимаю кулаки и изо всех сил начинаю вырываться, но это бесполезно. Все что я могу делать — это ждать оглушительного треска, когда зубы монстра войдут в мой череп.

Но вместо того, чтобы опуститься мне на голову, челюсти демона вдруг разжимаются. Конечности-тентакли ослабляют свой захват, и я тут же из него выбираюсь. Почувствовав под ногами твердую землю, я окидываю Арену внимательным взглядом.

Святое дерьмо, что здесь случилось? Я осматриваюсь вокруг. Рядом стоит Линкольн с огненным мечем из бакулума в руках. Крини же двумя аккуратными половинками валяется у его ног. Я шумно выдыхаю, облегчение наполняет каждую клеточку моего тела.

- Я должна тебе одно спасение жизни, - улыбаюсь.

Он улыбается в ответ и многозначительно поигрывает бровями.

- Я знаю.

Я хихикаю, более, чем благодарная ему за улыбку.

Принц хватает меня за руку; его огненный меч исчезает.

- Уолкер свободен, так что давайте выбираться отсюда.

Облегчение накрывает меня с головой. С Уолкером все в порядке, и мы можем валить отсюда! Окидываю пристальным взглядом Арену. Рядом, схватившись за живот и кривя от боли лицо, стоит Уолкер. Позади него открывается портал с рябящими краями.

Мы больше не можем медлить. Уолкеру так больно, что он едва может поддерживать портал открытым. Ему нужно оказать первую помощь, а нам - оказаться в безопасности. Мы с Линкольном припускаемся к порталу.

Крик на грани фальцета раздается в наших ушах, заставляя застыть на месте. Линкольн вздрагивает.

- Я знаю этот голос.

- *И я. Это Адейра. — мое сердце сжимается в дурном предчувствии. Почему прислуживающий Скале персонал не эвакуировал их отсюда?*

Сощурившись, взглядом нахожу Адейру около безжизненной громадины Манус демона. Существо валяется лицом вниз, его тело — кучка пропитанного кровью меха.

Наблюдая за тем, как кричит и вертится Адейра, я все больше хмурюсь. Вот что значит «классическая дилемма моральных принципов». На одной чаше весов Уолкер, явно раненный и из последних сил поддерживающий портал, чтобы он, я и мужчина, которого я люблю могли спастись. На другой чаше весов Адейра, попавшая в данную ситуацию по собственной глупости и, возможно, заслуживающая смерти. И поверх всего этого: я — демон. Никто и *не подумает* ждать от меня благородных жестов в подобной ситуации. Я бы могла схватить Линкольна и броситься в портал, легко как-нибудь объяснив свой поступок позже. *Ой-йой, я слишком сильно паникую. Виновата!* В глубине моей души ревет демон гнева, ратуя за быстрый выход из сложившейся ситуации.

Быстрый выход? То, на самом деле, очень даже неплохая мысль.

И вновь Адейра начинает кричать так, словно ее голова сейчас взорвется и, черт возьми, я чувствую жалость по отношению к ее долбанной заднице. Ничтожество или нет, она не заслуживает подобной смерти.

Дерьмо, я вновь собираюсь поступить правильно, точно так же, как и на зимнем турнире с ее отцом. Надеюсь, мне не придется пожалеть об этом.

Я поворачиваюсь к Уолкеру.

- Закрой портал. Мы должны забрать Адейру. – Уолкер кивает, черная дверь исчезает. Секунду он стоит неподвижно, вцепившись в живот, а в следующую он уже падает на пол.

Колокола Ада.

Я встаю рядом с ним на колени.

- Ты в порядке? – мои руки беспомощно трясутся около его живота. Игры во врача и больного – не самая моя сильная сторона.

Уолкер говорит сквозь стиснутые зубы:

- Со мной все будет в порядке. Крини демон немного, – он вздрагивает, - повредил мои внутренности. Но я унаследовал от бабушки дар саморегенерации, поэтому все, что мне нужно – это немного времени. – его лицо белее мела.

Список способностей у отдельно взятого архангела, может достигать мили в длину, а то и больше. Но их потомство наследует обычно лишь одну-два из всего списка. Я выдыхаю. Если Уолкер может самовостанавливаться, то вскоре он придет в норму. Вот бы у меня или у Линкольна тоже была такая способность.

Я неловко хлопаю Уолкера по плечу.

- Лечись столько, сколько понадобится.

Принц трогает меня за плечо; я поднимаюсь на ноги.

– Что случилось?

Он кивает на противоположный конец Арены.

- Тинея демоны. – желваки ходят на его скулах. – Они движутся прямо к Адейре.

- О, конечно, а как иначе. – мое сердце сжимается в дурном предчувствии. Тинея – это гуманоидные черви, около пяти футов в высоту с поджарым телом, склизкой коричневой кожей и огромной зияющей дырой вместо рта. Его голова – безглазый отросток, покрытый перьями, словно волосами. Конечности-плети венчают острозаточенные когти.

Эти штучки столь опасны, что даже не смешно. Я даже никогда не *слышала*, чтобы удалось убить хотя бы одного из их рода. Напряжение сковывает мою спину и ноги. Мы влипли.

Тинея идеально подходят для похищений и убийств. Однажды услышав ваш голос и поступь, они уже никогда не отстанут. Должно быть, Армагеддон послал Тинея за Адейрой. Оглядываю стадион в поисках старого Скалы, но не нахожу ни намека на присутствие его или его носильщиков.

Наверное, телепортировались отсюда при первых же сигналах к опасности, напрочь позабыв о Наследнице.

Ну, Армагеддон не забыл.

- Я задержу демонов. – Линкольн достает бакулумы. – Сделай так, чтобы она не двигалась и не издавала ни звука. – я киваю. Тинея охотятся посредством звуков и ощущений. Если Адейра замрет и замолкнет, он не найдет ее.

Мы с Линкольном ударяемся кулаками, и я припускаюсь к Адейре. На бегу я поднимаю взгляд на верхний уровень Арены. Холод пробирает меня до костей. Весь верхний ярус Арены заполнен демонами, что ползают, летают и пробивают себе пути с Арены. Они собираются наводнить Чистилище.

Тошнота настигает меня. Все, кого я знаю – учителя, студенты и даже старый механик, пытающийся починить Бетси – могут умереть сегодня.

Я трясу головой. Нет времени на размышления.

Окинув внимательным взглядом округу, я отмечаю что бОльшая часть площадки для сражений очищена и только с полдюжины квази и демонов продолжают сражаться неподалеку. Горстка сестер и братьев Уолкера по Аквилинеа бродит вокруг, открывая порталы для уцелевших ангелов. Слишком много на каменных сиденьях безжизненных тел в белых мантиях. От горечи и печали у меня встает ком в горле.

Поднимаю голову. Сейчас небо чисто; можно только надеяться, что Венера сумела спастись, пока я сражалась с Крини демонами. Я скрещиваю пальцы. *Пожалуйста, пусть она выживет.*

Армагеддон все еще восседает на своем темном троне. Облизав тонкие губы, он подсчитывает нанесенный стадиону урон. Сиденья разбиты, арки разрушены, и тела всех рас разбросаны повсюду. Взглядом он задерживается на Тинея, и улыбка появляется на губах.

- Первая фаза проходит нормально. Следуйте за мной. – он и его свита покидают Арену.

Напряжение, сковывающее мою спину немного спадает. По крайне мере стало на одну проблему меньше.

Хрупкая и скучающая в своем шатании по Арене Адейра уже в нескольких ярдах от меня. Я вскидываю руку.

- Хэй! Адейра!

Ее крошечные глазки пытаются разглядеть мое лицо.

- Кто ты?

Остановившись перед ней, стягиваю маску с лица.

- Майла Льюис.

- Ах, да, та, что чуть не оголилась на балу, - усмехается она. – Девушка Куннис.

В обычной ситуации, я бы хорошенько ей вмазала за такое, но, вместо этого, я делаю глубокий вдох и сжимаю в кулаки руки.

- Послушай, Адейра. Ты в серьезной опасности. Тебя преследует один демон.

Она хихикает.

- Нет никакой опасности. – позади нас к выходу со стадиона пробирается какой-то Крини. – Смотри. – она деликатно постукивает по тентаклю своим пальчиком. – Здравствуйте!

Крини смеряет нас с Адейрой изучающим взглядом, и его красные зрачки вспыхивают ярким пламенем. Монстр подползает ближе и вскидывает свои щупальца. Я принимаю боевую стоку, мой хвост встает на изготовку над плечом.

На другом конце стадиона, Линкольн сражается с Тинея; алмазные когти встречаются с пылающим мечом. Развернув голову к Крини, Тинея злобно рычит. Я не знаю языка демонов, но думаю, это значит что-то вроде: «Тентакли убрал! Она моя!». Крини останавливается, вздрагивает и уползает в противоположном от нас направлении.

Адейра усмехается.

- Видишь, что о чем я? Они не трогают Наследницу Скалы, хотя этот, - она пинает мертвого Манус демона, - чуть не раздавил меня своей тушей.

- Другие демоны избегают тебя только потому, что Армагеддон послал за тобой Тинея. – каждое слово я осторожным шепотом произношу. – Пока ты тихо стоишь и не двигаешься - Тинея не сможет найти тебя. Поэтому не говори и не двигайся, ладно?

- Конечно-конечно. – она осматривается вокруг, всем телом как бы говоря: «Она не со мной».

Ярость вскипает во мне. Я пытаюсь спасти ее жизнь, а она, как и ее гребанный папуля, слишком упряма и горда, чтобы это заметить.

Адейра говорит в полный голос:

- Все, что меня беспокоит сейчас – это как я буду добираться домой. На Арене я ночевать ни за что не соглашусь, разве что только упыри хорошенько попросят.

Добраться домой? Она серьезно?

- Демоны напали на Чистилище, Адейра.

- И что?

Я уже собиралась сказать: «А то, что твой народ, скорее всего, уже эвакуировался», но потом передумала. Сейчас она говорит (отчасти) тихо и не двигается, так зачем ее лишний раз волновать?

- Уверена, скоро кто-нибудь доберется до Арены.

Адейра замирает.

- Линкольн! – она подпрыгивает. - Мой принц здесь, чтобы спасти меня.

Все, достаточно. Я хватаю ее за предплечье.

- Какая часть фразы «стой тихо и не двигайся» тебе не понятна?

- Линкольн! Ах, Линкольн! – она нас обеих тащит в сторону принца и Тинея. Упершись пятками в землю, крепче вцепляюсь в ее руку.

- Адейра, что тебе было сказанно? Стой тихо и не двигайся. Линкольн сейчас *сражается с демоном.*

Но Адейра только сильнее начинает вырываться

- Отпусти меня! – она поворачивается ко мне. – Как ты смеешь… - она застывает, внимательно разглядывая мое лицо. – Хэй, почему у тебя голубые зрачки?

Нечестивая молитва. Я знаю к чему все идет, и место это далеко не счастливое.

- У меня карие зрачки. Тебе кажется. – не самая лучшая ложь.

- Ты пришла сюда с Линкольном? Вы двое ушли с вечера сразу после твоего Куннис приключения. – ее крошечные глазки превращаются в щелочки. – Мне нужно поговорить с наследным принцем. Сейчас же. – она тыкает пальцем мне в ребра. – Я должна тебе сказать, что мы с принцем практически обручены.

Делаю глубокий вдох.

- Конечно. – мне хочется ее ударить. Так. Сильно. – Адейра, соберись. Помнишь того противного монстра-червя?

- Линкольн! – она изо всех начинает вырываться из моей хватки.

Приказываю самым громким шепотом, на который только способна:

- Адейра, *замри.*

Она протаскивает нас вперед еще на несколько фунтов.

- Я знаю, что ты пытаешься сделать. – искорки паники вспыхивают в ее глазах. – Ты притворяешься Наследницей Скалы, не так ли? – она кидает отчаявшийся взгляд на Линкольна. – Ну что ж, ты ею не являешься. Я НАСЛЕДНИЦА СКАЛЫЫЫЫ!

Дерьмо.

Тинеа останавливается. Повернув свою голову-отросток в нашу сторону, он шумно втягивает воздух своими дыроподобными носовыми отверстиями.

- Наследница.

Ох, нет, похоже, оно учуяло запах игни на мне, точно так же, как это сделал Армагеддон во сне.

Линкольн кромсает тело Тинея, но раны на нем заживают с той же скоростью, что и появляются. Единственный способ убить Тинея – это отрубить все четыре конечности червя одновременно. Вот почему, никому еще не удавалось этого сделать.

Демон начинает рыть землю передними отростками; его тело все быстрее и быстрее погружается в землю, оставляя за собой лишь узкое отверстие в земле. Я смотрю на зияющий провал и мечтаю о том, как бы было здорово прыгнуть туда и скрыться на некоторое время. Или, быть может, только до тех пор, пока Адейра, наконец, умрет.

Линкольн припускается в нашу сторону.

- Не двигайтесь!

- Видишь, я была права. Мой принц спасет меня. – надменная улыбка появляется на лице Адейры. – Я фракс, а фраксы знают демонов. Та червеобразная штука не стоит моего беспокойства.

Ургх, не могу поверить, что она такая жирная. Переместив весь на правую ногу, наблюдаю за тем, как она радостно скачет на одном месте и зовет своего принца. *Хотя, нет, могу.*

- Демон может появиться на поверхности в любую секунду. – я сильнее сжимаю ее руку. – Не двигайся или он появится прямо под твоей…

- Линкольн! Я знала – ты придешь за мной. – она подпрыгивает. Опять.

Я вздыхаю.

- Адейра, тебе нужно поработать над своим умением слышать окружающих.

Линкольн встает рядом с фальшивой Наследницей Скалы. Я отпускаю ее руку; она бросается на его грудь.

- О, мой принц! Я была так напугана!

Ярость вскипает во мне. Руки прочь, он мой.

Линкольн похлопывает ее по спине.

- Все будет хорошо, Адейра. – он переводит взгляд на меня. – Майла, ты говорила, что удержишь ее на месте.

Милый Сатана! Я не позволю критиковать мой навык управления Адейрой. Упираю руки в бедра.

- Я пыталась. Но она та еще сучка.

Смешинки танцуют в глазах Линкольна.

Адейра поворачивается ко мне. По крайне мере, она оторвала щеку от его ключицы.

- Никто не разговаривает с Наследницей Скалы в таком тоне!

Ну, все. Я вскидываю ладонь на уровень плеча, готовясь спустить всех своих игни на ее блондинистую головку.

Прежде чем я успеваю зайти слишком далеко, Тинея начинает выкапываться. Почва около наших ног трясется и пенится. Руки-винты показываются из земли. Голова-отросток и тело червя идут следом. Грубая кожа покрыта слизью.

Запрокинув голову, начинает кричать Адейра.

Перья на Тинея становятся дыбом, а затем возвращаются в свое обычное положение. Монстр с шумом втягивает воздух через узкие носовые отверстия. Мой разум переключается в боевой режим. Злость на Адейру, беспокойство за Уолкера и страх перед будущим... все это уходит на задворки сознания, когда мой мозг начинает просчитывать возможные траектории атак и способы защиты. Танец битвы начинается.

Дыроподобный рот Тинеа распахивается. Его голова поворачивается в мою сторону.

- Наследница.

Мое тело встает боевую позицию, хвост угрожающе зависает над плечом. Сейчас мы с Линкольном находимся с одной стороны Тинея, а это не лучший вариант атаки.

- Нет, нет, нет! – Адейра вклинивается между мной и демоном. – Это я Наследница Скалы.

Линкольн хватает ее за руку, пытаясь убрать с дороги, но она не двигается с места.

Червеподобные конечности Тинея протягиваются к Адейре, готовые пройти ее живот насквозь в попытки добраться до меня. В голове перебираю возможные ходы и ответные движения.

Да, это сработает.

Припав к земле, делаю подсечку. От сильного удара по лодыжкам она с громким стуком падает на спину. Конечности Тинея проносятся над нашими головами, не причинив вреда.

Да, это спасло ей жизнь.

И да, мне очень понравилось ее бить.

Разноцветные глаза Адейры округляются и поблескивают от страха.

- Этот демон мог убить меня. – и вот теперь-то она тиха и неподвижна.

Линкольн и я встаем плечом к плечу, Тинея перед нами замирает. Демон поворачивает ко мне голову.

- Наследница. – и начинает зарываться в землю. Если посмотреть под каким углом он это делает, то можно сказать, что на поверхности он появится прямо под Линкольном. Не очень хорошо.

Наблюдая за зарывающимся демоном, почесываю подбородок. Он практически неуязвим, когда находится под землей, и потому отрезать его конечности, когда он там, невозможно. У нас появилось немного времени передохнуть.

- Линкольн, помнишь, я сказала тебе, что я твоя должница?

- Ясень пень. – Линкольн занимается своим бакулумом. – И у меня на тебя большие планы. – Тинея перед нами почти полностью скрывается под землей.

Движением бедра я насаждаю голову демона на кончик своего хвоста и, раскрутив, запускаю того через всю Арену. Он со смачным стуком врезается в противоположную стену.

- Тинея закапывался, чтобы появиться под тобой. Теперь мы квиты.

На лице Линкольна появляется полуулыбка.

- Спасибо, наверное.

На другом конце Арены Тиней собирается в кучку и вновь зарывается в землю.

Глаза Линкольна становятся огромными.

- У меня есть идея. – он разбивает бакулум на два коротких огненных меча. Встав на изготовку, он ждет появления демона. – Держись позади меня.

Ладно, я знаю к чему он ведет. С Тиней проще всего покончить, если атаковать с двух сторон, но если мы пройдем на свои позиции – демон с точностью до миллиметра будет знать наше местонахождение. Нужен элемент неожиданности.

Я встаю за Линкольном, мое тело в полной боевой готовности. Адейра сидит рядом, наблюдая за нами с открытым ртом. Мой разум переключается в боевой режим, но на этот раз работает немного по-другому. Теперь я просчитываю не только свои атаки и контратаки, но еще и Линкольна. Улыбаюсь. Сражаться в команде невероятно здорово.

Почва перед Линкольном вздувается. Руки-вентили появляются на поверхности.

Все мое тело напрягается, становясь пружиной, готовой выстрелить. Переминаясь с ноги на ноги, спрашиваю шепотом:

- Сейчас?

Голос Линкольна тих и спокоен:

- Еще нет.

Склизкая голова Тиней появляется над землей. Мне так сильно хочется двигаться, что все силы уходят только на то, чтобы сосредоточится в ожидании команды. Следом за головой из земли появляется верхняя часть туловища демона. Я встряхиваю кончиками пальцев в попытке хоть немного сбросить напряжение. Наконец, из почвы появляются липкие ноги и встают на твердую землю.

- Майла, сейчас! – Линкольн наклоняется. Я ставлю ногу на его спину, толкаюсь в воздух и, сделав сальто, приземляюсь на корточки позади демона. Линкольн вскидывает короткие мечи.

Это сигнал.

В момент, когда Линкольн отрезает демону руки, я хвостом отрезаю ноги. Монстр замирает, вздрагивает и опадает на землю слизью, превратившись в коричневую лужицу.

Замечательно. Победа над одним из Тиней достойна занесения в книгу рекордов.

Адейра сидит рядом с бледным словно полотно лицом.

- Вы убили его. Вместе.

Мы с Линкольном ударяемся кулаками.

- Это верно. – кручу своим задом. – Мы – машина для убийства демонов.

Линкольн смеется; Адейра нет. Удивительно, но она выглядит скорее потрясенной, чем надменной, что явно изменение в лучшую сторону. Обхватив себя за плечи, Адейра спрашивает сквозь стучащие зубы:

- Как вы так можете драться?

Вау. Вопрос, не похожий на обычное нытье Наследницы. Адейре надо почаще оказываться на грани смерти. Немного пробежавшись на месте, разминаю шею.

- Линкольн разделил бакулум на двое для того, чтобы отрубить демону руки – это очевидно. А так как он берет на себя руки, значит, я – ноги, ведь есть только один способ убить Тинея.

Принц обнимает меня за талию.

- Красиво сделано.

Целую его в кончик носа.

- То же относится и к тебе. – внезапно, я с кристальной ясностью осознаю, что на мне надет облегающий кожаный костюм, а Линкольн в своем доспехе выглядит невероятно аппетитно. Воздух между нами электризуется. Если бы Адейра не смотрела бы на меня так, словно перед ней еще один Тинея – я бы поцеловала Линкольна прямо сейчас.

Принц читает мои мысли:

- Позже, Майла.

Надуваю губы и хмурюсь.

- Обменяешь на что-нибудь особенное?

Линкольн обхватывает мое лицо кончиками пальцев.

- У нас еще будет время. Клянусь. – он говорит не о поцелуе. Желание пронзает меня. *Оу, да.* Мои глаза вспыхивают ярко-алым.

Принц наклоняется ближе, его губы в миллиметре от моей ушной раковины.

- Думаю, время, за которое твои глаза сейчас сменили цвет, было рекордным.

Мои губы изгибаются в насмешливой улыбке.

- Ты - расчетливый маленький таракашка. – *у меня нет другого выхода.*

Отступив, делаю глубокий вдох. Мы не можем позволить себе, шатаясь по округе, отмачивать шуточки.

- Надо найти Уолкера. Я уже запаздываю со своим появлением в бункере.

Линкольн выгибает брови.

- «Я»? Думаешь, ты пойдешь туда в одиночку?

Наигранно хмурюсь.

- Я думала, таков был план. – Линкольн останется со мной? Вау. Яркое пятно на черном полотне этого дня. На сердце становится чуточку легче.

- Когда Армагеддон напал на Чистилище, план изменился. Я никуда не пойду, пока не буду уверен, что ты в безопасности.

Топаю ногой.

- Я бы сказала тебе – отправляйся к своим, но ты же меня не послушаешь.

Линкольн лукаво мне улыбается.

- Но на самом деле, ты точно не хочешь меня отпускать.

У меня розовеют щеки. *Это так очевидно?*

- И это тоже.

- Знаю. – подмигнув мне, Линкольн поворачивается к Адейре и предлагает руку. – Можете идти?

На этот раз она держит руки при себе.

- Я в порядке.

- Очень хорошо. – принц склоняет голову набок. – Боюсь, вам придется перемещаться с нами до тех пор, пока мы не сможем отправить вас домой.

- Ладно. – голос Адейры чуть громче шепота. Я пристально вглядываюсь в ее лицо, нахмурив в раздумье лоб. Наш с Тинея бой что-то изменил в ней, но я не могу понять что. Пожимаю плечами. Как бы там ни было, она, безусловно, стала менее раздражающей.

- Эй, там! – Уолкер хромает к нам, его рука вскинута в приветственном жесте. Я рада видеть, что его кожа стала более здорового цвета. Стадион вокруг выглядит заброшенным. – Теперь я могу спорталить нас всех в бункер, если вы готовы, конечно.

Я перевожу взгляд с Линкольна на Уолкера и обратно. В путь, вместе с любимыми людьми? *Всегда готова.*

ГЛАВА ДВАДЦАТЬ ШЕСТАЯ

Из портала я выхожу в слабоосвещенную главную комнату бункера. Уолкер, Адейра и Линкольн выходят за мной. Квадратная комната сделана полностью из бетона и имеет внушающие размеры. С потолка на проводах свисают производственные лампы, отбрасывающие на пол круги света. Стальные полки, устилающие стены вокруг, заполнены припасами. Складные металлические стулья нераскрытыми лежат штабелями в углу. Мама, Тим, Сисси и Зак в ожидании стоят у противоположной стены.

Машу им:

- Привет, ребята.

Ни слова в ответ. Странно.

- Необязательно приветствовать в один голос. – улыбаюсь.

Все продолжают молчать. Волосы на шее встают дыбом. Тревожное чувство охватывает меня. Развернувшись, нахожу взглядом консоль связи. Мониторы все еще темные. Хмурю лоб.

К этому времени, все уже должно было быть включено и готово.

Киваю Сисси с Заком:

- Почему вы двое все еще здесь?

Никто не произносит и звука. Тим с Сисси придвигаются ближе друг к другу и делают несколько шагов в сторону от других. Адейра забивается в угол и сидит там, сгорбившись и обняв себя за колени. По крайне, мере не кричит.

Я еще больше хмурю лоб. Зачем бы Сисси находиться в такой близости к Тиму? Что-то тут не то. Тревожные колокольчики все громче звенят в моей голове.

Уолкер хмурит брови, показывая своей длинной рукой на Тима.

- Почему ты не телепортировал отсюда юных квази?

Волна ледяного страха мурашками пробегает по моей спине. Тим мне никогда не нравился.

Уолкер обнажает зубы.

- Отвечай на вопрос, ТИМ-29.

- Потому что я знаю, кто она на самом деле. — Тим тычет в маму своим костлявым пальцем. — Ты бы никогда не согласилась работать обычной швеей, сенатор. Ты строишь заговор против упырьского правительства, ты и та, которую ты зовешь дочерью. Однажды я уже пошел против своего народа, решив работать на тебя. Но я не повторю этой ошибки дважды. — его слова складывались в замечательную историю, но дрожь в голосе рассказывала совсем о другом. На самом деле поведение Тима и не пахнет патриотизмом. Он все еще питает к маме чувства, но его выводит из себя тот факт, что она не любит его так, как он ее. Он хочет мести.

Тим разворачивает Сисси. К ее спине он прижимает короткий ножик.

- Лезвие покрыто ядом. Так что не заблуждайтесь; одна царапина и она мертва. Никому не двигаться.

Вот черт. А ведь я считала Тима по-настоящему взрослым, и потому помогающим нам, несмотря на мамину любовь к Ксавье. Демон ярости во мне превращает кровь в венах в расплавленную лаву. Что за жалкий неудачник! Кидаю взгляд на его костлявую руку на Сиссином плече. Держите меня семеро: если он сделает ей больно — я голову ему снесу. И это будет только началом.

Линкольн тихо и осторожно говорит:

- Мы пришли с Арены. Демоны напали на всех, включая упырей. Олигархия едва унесла ноги, спасая свою жизнь. Мы на одной стороне, друг.

- Демоны напали, да? — Тим мрачнеет. — И чья это вина? Ты забываешь, что я проработал вместе с сенатором не один год. Она никогда не откажется от республики. Она все еще строит планы по ее возрождению и никогда не сдастся, помяни мое слово.

Мамин голос спокоен и мягок:

- Пожалуйста, пойми, Тим. Я уже не та...

- Помилуй. — он разворачивается к маме, его глаза пылают. — Не знаю, чем ты разозлила Армагеддона, но ты за это заплатишь. Олигархия идет.

Напряжение и беспокойство сковывают мою спину и шею. Олигархия здесь? Все это мини-приключение к бункеру было организовано только для того, чтобы я смогла спрятаться от таких наделенных властью фриков, как они. Когда они узнают кто я, тут же попытаются взять меня под контроль. Ярость и разочарование наполняют меня, энергия растекается по моим мускулам. Черт, черт, черт!

Я сжимаю зубы и заставляю себя замедлить дыхание. Успокойся, это просто Олигархия. Они – далеко не самые страшные звери в городе. Армагеддона-то здесь нет.

Ухмылка Тима тает, уступая место благоговению.

- О, могущественная Олигархия, я передаю вам преступника, что успокоит наших захватчиков. – он кивает на маму. – Сенатор Льюис. – затем он показывает прямо на меня. – А эта особа может притвориться наделенной особыми силами, но не дайте себя одурачить.

Олигархия кладет на пол носилки Скалы.

- Отличная работа.

Они синхронно крутят головами, осматривая помещение вокруг. – И это место недоступно для демонов?

- Да, оно окружено ангельским пламенем. – Тим так энергично трясет головой, что поразителен тот факт, что она еще не отвалилась. – Это прекрасное место для проведения ваших переговоров.

Олигархия кивает.

- Ты уверен, что этот план сработает?

Огромные серные глаза Тима наполняются гордостью.

- Да, как я и говорил. Сенатор Льюис никогда бы не стала швеей по-настоящему. Она строила планы по возрождению старой республики. Поверьте, это и является истинной причиной вторжения Армагеддона. Избавитесь от сенатора – избавитесь и от него тоже.

Я вздыхаю. Тим не знает, как сильно мама изменилась, потеряв Ксавье. Он просто не может себе представить, что сенатор Льюис может заниматься чем-то кроме борьбы за республику. Уголки моих губ опускаются, когда я вижу открытые и легковерные лица Олигархии. Они схватятся за любую соломинку, лишь бы и дальше продолжить игнорировать правду об Армагеддоне.

Олигархия тихо шипит, а затем говорит в унисон:

- Король Ада прибудет с минуты на минуту. – их головы поворачиваются одновременно, окидывая пространство внимательным взглядом. – Будем надеяться, что передачи сенатора будет достаточно для его успокоения.

У меня отпадает челюсть. Армагеддон вторгся в Чистилище, а они считают передачу моей мамы в его руки – превосходным планом по задабриванию? Замечательный пример на тему: «Жизнь в розовых очках». При мысли о том, что моя мама попадет в руки этого дьявола скручивает внутренности. Хотя, что за мелочность? Любой из нас может оказаться в руках Повелителя Ада. И лишь возможность этого ввергает в отчаянье.

- Вы сообщили Армагеддону расположение бункера? – мама закатывает глаза. – Ладно, он придет сюда, но не только за нами.

Олигархия оглядывается вокруг и останавливает взгляд на Скале и Адейре.

- Похоже, Наследница тоже здесь.

Кинувшись к Адейре, Тим поднимает ее с пола.

- Да, могущественнейшая Олигархия. Она не менее полезна. Если сенатора будет недостаточно — вы сможете привлечь к переговорам с Армагеддоном и ее.

Зрачки олигархии ярко вспыхивают.

- Да, довольно неплохо.

Адейра пытается вырваться из Тиминой хватки.

- Я не Наследница. — она показывает прямо на меня. — Это она. Она Наследница Скалы.

Я сжимаю зубы. Конечно, сейчас она решила признать меня Наследницей.

Олигархия начинает булькать и, как я понимаю, это у них смех такой.

- Ты — то, во что поверит Армагеддон, девчушка.

Адейра начинает пятиться до тех пор, пока не упирается спиной в бетонную стену.

- Но я правда не Наследница. — все краски сходят с ее лица.

- В этом не будет надобности, - шипит Олигархия, как мне кажется, утешительным тоном. — Армагеддон возьмет сенатора и уйдет.

От неприятного осознания скручивает живот. Может, Олигархия и хватается за соломинку, собираясь выдать маму Армагеддону, но они не так уж и глупы. Они держат здесь Скалу и заботливо обращаются с Адейрой ради одного: отдать их Армагеддону, если понадобиться. Олигархия готова на все, лишь бы спасти свои шкуры. А Повелитель Ада захочет забрать своего сына. И, без сомнений, он захочет ту, что станет Скалой в будущем.

- Не беспокойтесь, Великая Наследница Скалы. — Олигархия кланяется Адейре. — План безупречен. Обмен на сенатора сработает.

Глаза Уолкера вспыхивают алым пламенем.

- Пришло время поменять планы. — он опускает голову и у дальней стены начинает формироваться портал.

Олигархия кидает мимолетный взгляд на Уолкера.

- Не пытайся нас перехитрить, предатель. — портал исчезает.

Отбросы. Олигархия закрыла Уолкера. У нас заканчиваются варианты.

Идея возникает в моей голове. Быть может, мне удастся отвлечь Олигархию при помощи игни. Много времени это не займет, лишь столько — сколько понадобится Уолкеру для открытия портала. Киваю сама себе; превосходный план. Подняв ладонь, закрываю глаза. Линкольн мгновенно хватает мое запястье и опускает руку вниз.

- Майла, пожалуйста. — произносит он, едва двигая губами. - Он узнает.

Ясно, кого Линкольн имеет в виду под «ним»: Армагеддона.

Я встречаюсь с принцем взглядом и вижу в его глазах искры отчаянья и страха.

- Спрятать тебя – только ради этого мы собрались здесь.

Взглядом нахожу Адейру, что все еще жмется к стене, бледная и дрожащая.

- А что с Адейрой?

Желваки ходят на скулах Линкольна.

- А что, если Армагеддон заберет и Скалу и Наследницу? С такой силой в руках он сможет поработить все пять реалий, а это важнее любого из нас, Майла.

Киваю, сжав за спиной руки. Чувствую, как вес того, что я Наследница Скалы проникает в мои кости. Это тупик. Почему я не отступила еще когда мама сказала, что мне не следует спрашивать о своем отце?

Олигархия в другом конце комнаты поворачивается к Скале:

- Максон. – старец приоткрывает глаза. Олигархия шепчет на латыни: «Сковать их.» Скала поднимает иссохшую руку и вихрь из игни принимается танцевать на кончиках его пальцев. Он повторяет за Олигархией слово в слово и вновь закрывает глаза.

Игни, сорвавшись с его ладони, разлетаются по комнате, окружив всех, кроме Олигархии и Тима. Искорки света мгновенно обращаются электрическими веревками, опутавшими наши руки и ноги. Тим отводит от Сиссиной спины лезвие; в этом больше нет нужды.

Я смотрю на игни на моих запястьях и чувствую, как от взгляда на них становится спокойней на душе. Ощущая исходящую от меня силу, они тянут ко мне тонкие ниточками своих мыслей, проникая ими под самую кожу. Мне так сильно хочет освободить их, что от этого почти больно в груди. Их музыка и смех тихим эхом разносятся в голове; десятки детей-духов зовут меня выйти и поиграть с ними. Мне нельзя, мои маленькие. Я должна прятаться.

Глаза Олигархии вспыхивают ярко-алым.

- Каждый Скала, помимо умения создавать колонны душ, обладает особой способностью. Наш Максон создает веревки и клетки. – на четырех парах губ появляется довольная ухмылка. – Даже не пытайтесь выбраться. Эти пути невозможно разорвать. – они поворачиваются к Тиму. – Выйди к Армагеддону. Скажи, что мы ждем его приказаний.

Кивнув, Тим создает портал и исчезает.

Олигархия пристально вглядывается в наши лица.

- Нет нужды всем вам отвечать за преступления сенатора. – их голоса становятся приторно-сладкими. – Помогите нам, и мы защитим вас от Армагеддона.

- И как вы себе это представляете? – мама вздыхает, как бы говоря: «Не могу поверить, что мы вновь вернулись к этому разговору.» - Вы даже себя от него защитить не можете.

Открывается портал. Из него выходит Тим со вскрытой грудной клеткой; из его живота вытекает месиво из фиолетовых органов.

- Лорд Армагеддон благодарит вас за предложение, но он пришел сюда, чтобы убить нас всех.

Тим замертво падает на пол и в этот же миг начинают сотрясаться стены, словно кто-то пытается пробиться в наш бункер сквозь пески.

Армагеддон идет.

Нечестивый Ад. Что за хрень. Я должна была спрятаться в этом бункере от Армагеддона и Олигархии. Но вместо этого оба отморозка находятся всего в несколько ярдах от меня, а все, кого я люблю, сейчас связаны и я в том числе. Если в скором времени ничего не изменится – я призову игни. Быть может, еще есть шанс открыть портал и смыться.

Олигархия дрожит в своих алых мантиях.

- Армагеддон уничтожит нас всех?

Мама сердито хмурится.

- Конечно, уничтожит. – она щелкает пальцами. – На раз, два.

Скала распахивает глаза. Похоже, он достаточно хорошо знает английский, чтобы понять фразу: «Армагеддон убьет нас.»

Старый фракс принимает вертикальное положение, его лицо – гримаса ужаса.

- Армагеддон здесь!

Линкольн хватается за свой шанс и зовет Скалу на латыни.

- Фракс! Брат!

Возбуждение переполняет меня. Если я что-то и узнала о фраксах, так это то, что они просто обажааааааают свои традиции. А нет традиции важнее, чем следовать приказам королевской семьи. Услышав родной язык, Скала поворачивается к Линкольну:

- Мой принц.

Ха! Я знала.

Электрические путы на запястьях и лодыжках Линкольна исчезают. Скала падает обратно на свои носики.

- Подойдите сюда, мой принц.

Олигархия кидает на него властный взгляд.

- Максон! Сковать его! – тычут они пальцами в Линкольна.

Старец переводит взгляд с Линкольна на Олигархию и обратно и кривит губы. Тревожная тишина наполняет комнату. Только одна мысль бьется в моей голове: Кого предпочтет Скала: Линкольна или Олигархию?

Старец вздыхает.

- Я не могу навредить своему принцу. – он протягивает к Линкольну иссохшую руку. – Подойди присядь рядом со мной, брат.

Олигархия скалит зубы.

- Как ты смеешь?

Скала поднимает руку.

- Хотите, чтобы я сковал и вас? – на его ладони лениво кружит пара игни. – Могу устроить. – он тихо кашляет. – Ваш народ заботится обо мне и защищает, поэтому я готов следовать вашим приказам. Но когда дело касается моего принца, переговорам места нет. – он щурит глаза. – Не слишком полагайтесь на то, что я полагаюсь на вас.

Не отрывая от Скалы взглядов, Олигархия активно прокручивает в голове и Групповом Мышлении возможные способы склонения Скалы к подчинению. Бесконечно долгая минута проходит, прежде чем четыре упыря склоняют головы.

- Как пожелаете, Великий Скала.

Я расплываюсь в довольной улыбке. Единственный вариант, что у них есть – это отдать Максона в руки Армагеддона… А они не отдадут его, пока Армагеддон не гарантирует им безопасность. Короче говоря, Линкольн выиграл нам немного времени. Я разминаю плечи и выпрямляюсь. Чувство спокойствия наполняет меня, несмотря на связанные руки.

Линкольн опускается на колени около носилок Скалы.

- Я Линкольн Видар Осрик Аквилиус из дома Рикса, наследный принц Фраксов. А теперь, освободи их.

В течение секунды Скала пристально вглядывается в лицо Линкольна, а затем щелкает пальцами.

- Слушаюсь, мой принц. – связывавшие нас игни исчезают. Я растираю запястья, чувствуя свежий приток крови к кончикам пальцев. Отличная работа, милый.

Скала хватает Линкольна за руку.

- Они сказали, что Армагеддон идет сюда. Я должен бежать!

У старца такие дикие полные отчаянья глаза, что мне становится его жаль. Скорее всего, ему предстоит провести бессчетные часы, полные мук рядом со своим папашей в Аду. Дрожь пробирает меня. Бедный парень.

Линкольн легонько хлопает по старческой руке.

- Да, Армагеддон наступает. – он поворачивается к Олигархии. – Мне бы хотелось, чтобы его спорталили в безопасное место. Что вы хотите взамен?

Олигархия склоняет головы и закрывает глаза.

- Групповое Мышление в хаосе. Сейчас невозможно безопасно спорталиться.

Линкольн кидает на них понимающий взгляд.

- Значит вы не думали о возможной торговле его безопасностью. Пока. –

Линкольн переводит все свое внимание обратно на Скалу. – Мы будем продолжать пытаться, брат. Но пока нам лучше оставаться здесь.

Скала хватается сморщенной ладонью за руку Линкольна.

- Зажгите свой бакулум. Подарите мне легкую смерть, мой принц.

Я прикусываю губу, вспоминая слова Армагеддона в своем видении: «... я измучаю твое тело и душу в Аду.»

Если честно, стучись сейчас папуля Армагеддон в МОЮ дверь - я бы тоже молила о смерти.

Линкольн трясет головой.

- Нет, брат. – и отворачивается. Старик выхватывает кинжал из ножен на бедре Линкольна. В мгновенье ока, старый фракс насквозь пронзает свое сердце. По его белой мантии расползается алое пятно крови.

Святое дерьмо.

Я достаточно насмотрелась на вид своей крови на песке Арены. Не всегда матчи имели хороший конец. Знакомое смешение эмоций наполняет меня: шок, жалость, печаль. Но в этот раз, чувства усиливают крошечные голоса в моем сердце и разуме. Игни оплакивают ранение своего друга с детской энергией и глубиной. Я кусаю себя за костяшки пальцев в попытки подавить зарождающиеся в груди рыдания.

Сисси подает голос первой:

- Линкольн! Скала!

Развернувшись, Линкольн склоняется над носилками, осматривая рану.

- Нет, брат! – грудь старика подымается и опадает. Его морщинистая рука скатывается с носилок.

Линкольн прикладывает пальцы к шее старца.

- Он ушел.

Игни кричат в моей голове все громче. Ноги отказываются держать мой вес. Он был всем, что они знали на протяжении тысячи лет.

Глаза Олигархии становятся кроваво-красными.

- Предатели! Убийцы! Вы убили нашего... - мертвый Скала дергается. Олигархия затыкает свои рты.

Один за другим игни покидают безжизненную оболочку и окружают тело Скалы. Он вновь начинает дышать. Мертвец открывает глаза; оба пылают ярко-голубым. Игни вокруг него образуют широкий столб света. Их тонкие голоса в моей голове затихают. Тишина нервирует; я грызу свою губу.

Что-то надвигается. Что-то большое.

Мертвец показывает на меня. Его движения странно вялые.

- Я передаю свою силу новому Скале.

Проходят доли секунды, но для меня они растягиваются на миллионы лет, в течение которых меня трясет от ужаса. Может, мы заставим кого-нибудь другого выполнять эту работу? Может, я еще смогу вернуться к своему существованию в виде Майлы Льюис, обычного получеловеческого детеныша и экстраординарного воина Арены. Я забуду об отце, забуду о своей новой силе и забуду о миллионах душ, что нуждаются в транспортировке на Небеса и в Ад. Я знаю кто и я не хочу быть частью этого. Отпустите меня.

Затем игни разражаются песней, слышимой только мной. На этот раз в ней нет слов, только ласковые голоса и нежная музыка, накрывающая меня покровом спокойствия. Мой пульс замедляется. Дыхание почти исчезает. Мир вокруг растворяется, оставляя лишь их прекрасную музыку. Медленно вращаясь, колонна из игни пересекает бункер, направляясь прямо ко мне.

- Все в порядке, - говорят они. – Это быстро закончится. – их музыка, словно наркотик заглушает весь тот ужас, что я чувствовала лишь секунду назад. Мой разум пребывает в странном блаженстве, когда в меня врезается вихрь из игни.

И в этот момент возвращается страх. Какого черта здесь происходит? Я кричу, когда ошеломляющей силы энергия наполняет меня до самых кончиков пальцев. Тысячи крошечных искр чистейшей энергии закрепляются в клетках моего тела, обжигая плоть. Так мучительно.

Я хватаю ртом воздух и бью себя по рукам и ногам, пытаясь выгнать игни оттуда. Я не хочу этого. Я не хочу никого из вас. Найдите себе другого! Но ничего не меняется. Крошечные искорки безостановочным потоком проникают в мое тело.

Мертвый старик откидывается обратно на спину. Его глаза закрываются. Дыхание замедляется.

- Эсме. Я иду к тебе. Наконец. Эсме. – он улыбается и затихает. Его грудь замирает. На этот раз он действительно ушел.

Меня охватывает новое ощущение. Что-то за гранью слов и эмоций. Я – все и никто. Я – всё и ничто. Я чувствую каждую эмоцию в этой вселенной, но также ощущаю себя свободной от этих чувств. Мой хвост расслабляется. Глаза закатываются. Сила наполняет мое тело. Я меняюсь.

Перед моими глазами встает картина: Манус демоны выламывающие двери в мой старшей школе... ряды особняков в Верхнем Чистилище, горящие алым пламенем... Крини демоны, крушащие пустые дома в фраксовом поселении... И Армагеддон, что стоит, прислонившись к стене из черного камня посреди Серого Моря, и кривит губы в довольной улыбке.

Все больше игни проникают под мою кожу. Колонна старого Скалы тускнеет и истончается. Каждая клеточка моего тела переполнена энергией. Меня накрывает осознанием. Нашествие демонов, Армагеддон и Чистилище; теперь я точно знаю, что надо делать дальше.

Если бы только у меня были на это силы.

Я все еще не хочу этой силы и отказываюсь принимать такое свое будущее. Но прямо сейчас, в этот момент, мне известен только один способ спасти тех, кого я люблю. Я должна попробовать.

Последние игни проникают в меня. Комнату накрывает мертвая тишина. Я оглядываюсь вокруг: Зак и Сисси стоят, застыв, словно памятники. Адейра сидит неподвижно, прижавшись к стене. Не уверена, что они, вообще, дышат. Линкольн и Уолкер улыбаются. Мамины карие глаза смотрят на меня со смесью ужаса и гордости.

Олигархия — единственные, кто решаются заговорить. Повернув ко мне свои головы, они облизывают губы и шипят:

- Новая Скала.

Все мои силы уходят только на то, чтобы держать плечи расправленными, а спину прямо. Я должна попробовать. Взгляд Олигархии я встречаю с поднятой головой.

- Да, я новая Скала. А теперь мы обсудим способы выдворения демонов с моей родины. — поворачиваюсь к Уолкеру. — Приведи сюда Венеру.

Олигархия кланяется.

- В настоящее время мы не можем дать разрешения на несанкционированный портал, Великая Скала. В Групповом Мышлении беспорядок. Это небезопасно.

- В самом деле? Захотели быстрой поездочки в Ад? — я поднимаю руку и сотни игни возникают вокруг моей ладони. Наблюдаю за тем, как крошечные искорки света танцуют на кончиках моих пальцев.

Олигархия кланяется.

- Мы даем свое разрешение на ваши порталы, Великая Скала.

- Так-то лучше. Уолкер, приведи Венеру.

Уолкер кивает. Портал открывается. Его края полупрозрачны и колеблются. Сжав зубы, Уолкер шагает в черное ничто и исчезает.

Я раскрываю один из складных стульев и киваю на оставшиеся:

- Хватайте стулья, мальчики. Нам многое нужно обсудить.

Олигархия вздыхает. Думаю, они слишком сильно привыкли к бесхребетному Скале.

- Как пожелаете, Великая Скала. — Олигархия разбирает металлические табуретки и со скрежетом тащит их по бетонному полу. Я, возможно, рассмеялась бы, не будь я так взбешена всем тем, что со мной случилось.

Стараюсь держаться уверенно, осматривая раскинувшуюся передо мной картину. Олигархия продолжает тащить за собой стулья, пока все остальные стоят поодаль и смотрят на это большими полными шока глазами. Безумие. Почему я, вообще, это делаю? Ах да, потому что кучка искорок света, сказали, что это хорошее идея. Мы в полной жопе.

Линкольн подходит ко мне и приобнимет меня за талию. Его прижимающееся ко мне тело дарит тепло и спокойствие.

- Можно вас на минутку, Великая Скала?

- Я Майла. – и я личность, вообще-то.

- Я вижу. Следуй за мной, пожалуйста. – он берет меня за руку и уводит в маленький вестибюль рядом с главной комнатой. Уютное помещение с темными стенами на вроде кладовой уставлено припасами воды и еды. В одном углу сложены друг на друга койки, в другом располагается импровизированная кухня. А также тут единственный выход на поверхность – огромный стальной круг портала.

Линкольн закрывает дверь в главную комнату и достает одну из коек. Я выгибаю брови. Что он собирается делать? Принц садится и хлопает по месту рядом.

- Давай поговорим.

Я поднимаю руки к плечам ладонями вперед. Расстройство скручивает мой живот.

- На разговоры нет времени. Скоро здесь разразится настоящий Ад. Все серьезно.

Линкольн упирается локтями в колени.

- Несколько минут назад ты впитала в себя достаточное количество сил, чтобы привести в движение целую вселенную. Мы не начнем действовать, пока я не буду уверен в том, что ты в порядке. – он склоняет голову набок, его разноцветные глаза полны беспокойства.

Проклятье. Я в порядке до тех пор, пока есть что-нибудь, на что можно злиться (или, в случаи с Олигархией, кто-нибудь, кем можно командовать). Теперь же, когда Линкольн ведет себя так мило и нежно, я начинаю терять контроль. Моя нижняя губа начинает дрожать.

- Я в порядке. – у меня щиплет глаза. – Наверное.

Линкольн поднимается на ноги и заключает меня в крепкие объятья. Я чувствую тепло его рук, а твердость тела дарит спокойствие. Утыкаюсь головой в его плече и вываливаю накопившееся:

- Все это началось только потому, что я, как идиотка, захотела узнать кто мой отец. Теперь же оказалось, что мой папа архангел и находится сейчас в Аду, обреченный на вечные страдания. Это такой отстой. А потом я встретила тебя, влюбилась и – БУМ - я Наследница Скалы. Что, конечно, странно, но хэй, старый Скала мог прожить еще тысячу лет, так что это не было большой проблемой, правильно? – мягко бью Линкольна в живот. – Я права или я права?

Он пытается подавить смешок.

- Ты права.

- Ну что ж, он не продержался и недели. И теперь я Великая Скала, что является довольно трудной работенкой, включающую в себя попытки властимущих взять меня под контроль. – я всхлипываю на его груди. – Если бы я только послушала маму, то все еще продолжала бы сражаться на Аренных матчах, прогуливать школу и жить, как теперь оказывается, довольно неплохой жизнью.

Линкольн нежно гладит меня по волосам и это, как ни странно, успокаивает.

— Мне так жаль, что это случилось с тобой, Майла.

Обнимаю его за талию.

— Быть может, когда все закончится, мы сможем найти кого-нибудь еще на роль Скалы? Какой-нибудь неучтенный наследник наверняка бродит поблизости. — вытираю нос костяшками пальцев. — О, я слышала об удивительных мастерах магии. Может, они смогут запихнуть игни в кого-нибудь другого. — стону. — Хочу, чтобы сегодняшний день закончился тем, что я выпну Армагеддона из Чистилища и навсегда забуду события последних недель. — утыкаюсь носом в его плечо. — Все, кроме встречи с тобой, конечно.

Он целует меня в макушку.

— Давай завершим сегодняшний день. Переживем его вместе. А после этого мы сможем поговорить с тобой, о чем угодно.

Тяжело вздыхаю.

— Ты прав.

Обхватив мое лицо руками, он заставляет посмотреть себе в глаза.

— Ты готова вернуться туда сейчас?

— Неа. — улыбаясь, показываю на свои губы.

Линкольн нежно целует меня.

— А сейчас?

— Ага.

Улыбнувшись, он берет меня за руку и ведет к двери.

— И, Линкольн?

Принц останавливается и поворачивается ко мне.

— Да, Майла?

— Спасибо. — тепло разливается у меня в груди. — Никто больше и не подумал спросить меня о том, как я себя чувствую после, ты знаешь. — после того, как во мне оказалась заключена сила достаточная, чтобы привести в движение целую вселенную.

Линкольн мягко сжимает мою ладонь.

— Мы команда, верно?

Киваю.

— Совершенно верно.

ГЛАВА ДВАДЦАТЬ СЕДЬМАЯ

Посреди главной комнаты выставлен импровизированный круг из десяти стульев, на одном из которых я и сижу. Линкольн сидит рядом со мной; четыре упыря из Олигархии сидят после него. Все мы ждем Венеру, и никто даже и не пытается завести ничего не значащий разговорчик. Время от времени раздается громкое «бум» - это Армагеддон делает очередную попытку прорваться. Между этим из вестибюля доносятся тихие переговоры Зака, Сисси и мамы, что перебирают запасы бункера в поисках полезного. Адейра тоже ждет в прихожей, не издавая ни звука. Непонятно: напугана она или пребывает в шоке, но если она спокойна – какая разница?

План прост. Я собираю внутри бункера представителей ангелов, фраксов, квази и упырей. Затем я заставляю их решить каким образом мы собираемся победить Армагеддона. ах да, и еще мы подпишем пакт об освобождении Чистилища после разгрома демонов. Линкольн будет представлять фраксов, Олигархия – упырей, а я - квази. Когда появится Венера – к нам присоединится представитель от ангелов и тогда мы начнем.

Комната вновь сотрясается. Металлические полки бренчат, коробки с банками падают на пол. Я вздрагиваю. Армагеддон не сдается.

Рядом открывается портал и из него выходят Уолкер, Венера и Леви – один из тех ангелов, что тренировали мой класс в школе. Неужели это было лишь неделю назад? А по ощущениям с тех пор прошли годы. Лицо Уолкера вновь бледнее мела. Его губы сжаты в ниточку от боли.

Поднимаюсь на ноги.

- Уолкер. Ты в порядке?

- Нормально. – отмахивается он. – Пожалуйста, продолжайте.

Я склоняю голову к плечу.

- Поговори со мной. Что случилось?

Уолкер выдавливает из себя улыбку.

- Олигархия была права, в Групповом Мышлении какие-то помехи. Создание порталов сильно меня поистрепало, но ничего такого, с чем не справится моя регенерация.

- Спасибо. – у меня срывается голос. – Выздоравливай. – я хмурю в беспокойстве лоб, наблюдая за его уходом.

Линкольн легонько сжимает мою ладонь.

- Он будет в порядке. Нам нужно сосредоточиться на переговорах.

Я киваю и возвращаюсь на место.

- Действительно.

- Приветствую всех присутствующих. – Венера занимает стул напротив меня, одновременно тщательно разглаживая свою белую мантию. Еще один камень, о существовании которого я и не подозревала. После бойни на Арене я даже и не надеялась, что Уолкеру удастся найти Венеру живой. Думаю, я успела к ней привязаться, несмотря на то, что она та еще интриганка.

Леви встает за Венерой, его серебряные доспехи мерцают в тусклом свете. Ни один из них не являет своих крыльев.

В течение долгой минуты Венера тщательно ищет что-то в моих глазах, а затем, просияв лицом, произносит:

- Ты, наконец, приняла свою истинную форму Великой Скалы. – каждый дюйм ее тела так и кричит: «Разве это не прекрасно?»

Ерзаю на своем стуле. По-моему, сила Скалы во мне скорее новость плохая, чем хорошая.

- Ага. Я Великая Скала. – *пока что*.

Венера кивает.

- Превосходно. – и обращается уже ко всем. – Рада данной возможности для переговоров. – она замечает наши с Линкольном сцепленные руки. – Вы создали узы?

- Да. – смотрю на нее суженными глазами. – Однажды мы еще поговорим о ваших своднических замашках.

Глава ангелов широко улыбается.

- Не думала, что ты заметишь.

Линкольн выгибает брови.

- Некоторые из нас и не заметили.

Звучный «бумс» сотрясает стены, при очередной попытке Армагеддона прорваться в бункер. Пора начинать переговоры.

Откинувшись на спинке стула, я окидываю окружающих пристальным взглядом. Линкольн, Венера, Олигархия и я сидим в кругу. Телохранитель Венеры Леви стоит за ее спиной. Уолкер занимает место за мной. Мама,

Сисси и Зак в прихожей сортируют припасы. Адейра… Ах, да кого волнует, чем занимается она?

Делаю глубокий вдох. Наконец, мой план начинает воплощаться в жизни. Расправив плечи, стараюсь игнорировать маленьких бабочек с огромными кувалдами в своем животе.

Помни, Майла: надо просто пережить этот день.

Я прочищаю горло.

- Все мы здесь представляем четыре народа, страдающих от последствий Армагеддоновых нападений на Чистилище: ангелов, упырей, фраксов и квази. Наша цель – придумать план по обезвреживанию Армагеддона и изменить жизнь в Чистилище.

Олигархия оскаливается:

- Изменить Чистилище?

Я кусаю губы.

- Я точно уверена, что некоторые вещи нуждаются в обновлении, иначе бы мы не сидели запертые в бункере, с бушующим Армагеддоном над нашими головами. Но перейдем к насущному. Кто знает, что творится снаружи?

Поднимаю взгляд к потолку, представляя, как Армагеддон с демонами рыскает по моей земле. Беспокойство и злость наполняют меня. Мой дом под ударом.

- Я могу описать вкратце, - говорит Венера. – Демоны с Арены разбрелись по Чистилищу и теперь убиваю и квази и упырей в равной степени. – ее голубые глаза вспыхивают. – Они проводили инспекции, чтобы точно знать, как и куда ударить. Это точно просчитанная кровавая резня.

Линкольн трясет головой.

- Вам известно сколько их у бункера прямо сейчас?

Венера кивает.

- Несколько сотен. И пять тысяч вместе с теми, что в Чистилище.

Линкольн обращается к Олигархии:

- Ваши упыри могут телепортировать их отсюда?

Я медленно киваю. Хорошая идея. В Темных землях живут миллионы упырей. Нам же нужно лишь несколько сотен порталов снаружи, чтобы в те попали демоны и телепортировались подальше отсюда.

Олигархия склоняет головы к одному плечу.

- Мы можем открыть порталы, но заставить демонов в них шагнуть – совсем другой разговор. Не считая парочки исключений, упыри не воины. - на этих словах Олигархия кидает выразительные взгляды на Уолкера. Я судорожно втягиваю воздух. *Конечно*. Уолкер – потомок Аквилы, а она любит надирать задницы. Уолкер и Аквилинеа – возможно, лучшие воины упырей.

Я слышу, как за мной переминается с ноги на ногу Уолкер.

- Вызвать Аквилинеа возможно, но это всего лишь пара десятков воинов. Могут ли Темные Земли предоставить недостающих?

- К сожалению, нет. — пусть они и сказали так, сожаления в их глазах не было. — Нам бы хотелось рассмотреть другие варианты ублажения Армагеддона. Быть может, соблаговоли новая Скала оправиться в Ад - Армагеддон со своей армией покинули бы...

Я сжимаю края металлического стула, мои глаза вспыхивают от ярости. Одно дело – думать, что можешь манипулировать стариком на носилках. И Адейрой. Если вы пообещаете ей феерический прием в Аду – она, вероятно, охотно туда отправиться. Но я ни за что не стану козлом отпущения. Я уже было открыла рот, чтобы высказать им все, что о них думаю и даже больше, но тут на ноги поднялся Линкольн.

Принц покровительственно кладет руку мне на плечо.

- Этому не бывать.

Олигархия ухмыляется, являя четыре набора одинаково гнилых зубов.

- Почему нет? У нее все силы старого Скалы. Игни запросто могут перенести ее в Ад и обратно.

- Правда? – оскаливаюсь я. – Если я куда-нибудь и перенесусь, то только на небеса. – *что, вообще-то, неплохая идея.*

Венера предугадывает ход моих мыслей:

- У врат Рая есть ограничение на переносимые игни вещи. Только мертвые могут пройти.

- Но в Аду подобных ограничений нет. – Олигархия одновременно улыбается, что со стороны выглядит довольно жутко. – Конечно, вы можете, отбившись от атак демонов там, возвращаться передохнуть сюда.

Ярость вскипает во мне. Я так крепко сжимаю края стула, что металл под моими руками деформируется.

- Ага, я одна против целого Ада. Великолепная идея. – *придурки.*

Глаза Венеры вспыхивают голубым.

- Ангелы поддерживают фраксов. Отправка Скалы в Ад – не вариант.

Закрыв глаза, заставляю себя сделать несколько глубоких вдохов. Не позволяй им сбить себя с толку. Сфокусируйся на своем плане.

- Спасибо. – я перевожу взгляд с Венеры на Линкольна. – Вам обоим.

Линкольн возвращается на свое место; его пальцы вновь переплетаются с моими.

- Теперь, когда вариант с моим отправлением на верную смерть отклонен, - я кидаю полный злости взгляд на олигархию. – Давайте рассмотрим другие.

- У меня есть армия ангелов наготове. – говорит Венера. – Вы можете их телепортировать?

Олигархия закрывает глаза.

- Не можем.

Венера стонет.

- Конечно, вы можете. Даже если все упыри Чистилища мертвы, у вас есть еще миллионы живых в Темных Землях, которые могут спорталить наше войско.

Линкольн кивает.

- Я также могу предоставить своих воинов.

Капельки черного пота скатываются по вискам Олигархии.

- Мы не сказали, что *не хотим*. Мы сказали, что *не можем*. Групповое Мышление заблокировано.

Развернувшись на сто восемьдесят, я вглядываюсь в лицо Уолкера.

- Это правда?

Уолкер склоняет голову концентрируясь.

- Групповое Мышление молчит. – желваки ходят на его скулах. – А без него невозможно создать портал. – он хмурится. – Оно было не стабильно еще когда я переносил Венеру с Леви. Теперь же его нет совсем.

Лица Олигархии теряют всякие краски.

- Даже упыри из Темных Земель теперь не смогут нас отсюда телепортировать. – после этих слов они стали выглядеть совсем подавленно. *Хорошо*. До этого они здесь сидели только потому, что бункер было безопасным местом для переговоров. К тому же Тим организовал им несколько козырей в виде моей мамы и Адейры. Уверена, они никак не ожидали того, что *тоже* станут заключенными. Теперь мы все в одной лодке. Искра надежды вспыхивает в моей груди. Это должно нам помочь прийти к согласию.

Все еще сидя лицом к Уолкеру и барабаня по спинке стула, я пытаюсь ухватиться за смутную мысль в своей голове. Воспоминание с иконограции на Арене всплывает в моей голове. *То, что произошло в тот день – должно быть, было тестом.* Я щелкаю пальцами, а затем показываю ими на Уолкера.

- Помнишь иконграцию? Демон-свинья, Клементайн открыла для Армагеддона портфель.

- Помню, - говорит Уолкер. – Это каким-то образом помешало носильщикам Скалы открыть портал. Никогда не видел ничего подобного прежде.

Затем, я предположила, что Армагеддон что-то замышляет, а ты мне на это сказал, что беспокоиться не о чем, Мистер Умные Штанишки. Но я не собираюсь произносить это вслух. Хотя мне очень-очень-очень хочется.

Постукиваю пальцем по колену.

- Уверена, что тогда Армагеддон проверял свою систему блокировки Группового Мышления.

Венера качает головой.

- В этом есть смысл. Армагеддону нужен был способ перекрытия упырьских способностей к телепортации, чтобы те не смогли контратаковать. Он бы никогда не развязал войну, не подумав об этом. Боюсь, мы заперты здесь надолго.

Я поворачиваюсь к Линкольну. Знаю, это бессмысленный вопрос, но я должна его задать:

- А если вернуть фраксов обратно в Чистилище?

Принц хмурится.

- Со мной было несколько сильных воинов, но все они в течение сегодняшнего дня отправились в Антрум. А даже если и нет, после атаки демонов немедленно начал свою работу протокол по эвакуации. Боюсь, они давно все ушли.

Это новость не должна была так сильно меня огорчить — в конце концов, я знала, что это был бессмысленный вопрос — но внезапно, наше одиночество становится слишком явным. Кучка людей в бункере против Армагеддона и всей его армии.

Черт, работа Скалы — такой отстой.

Венера вздыхает.

- Без упырьской телепортации армиям придется пересечь ничейные земли, чтобы добраться до Ворот Чистилища. А это займет месяцы. Если учесть скорость, с которой демоны орудуют, то война закончится в считаные часы. — она потирает лоб. — Как Армагеддоном и было запланировано.

Олигархия поднимается на ноги, их длинные алые мантии покачиваются на скилетоподобных телах.

- У нас остается только один вариант. Отправит Скалу в Ад. Это уведет Армагеддона с наших земель. — они наставляют на меня свои костлявые пальцы.

Нечестивый Ад. *Просто не могу поверить, что мы вернулись к этой идиотской идее.* Я уже была готова покрыть Олигархию и их матерей «А не пошли бы вы в…» речью, когда услышала это: прекрасную музыку из сочетания тысяч крошечных голосов. Игни вернулись.

Линкольн и Венера вскакивают на ноги, крича на Олигархию за их идиотскую идею. Глаза упырей становятся красными, когда они выкрикивают ответ, типа: «А что еще нам остается?» Я закрываю глаза, чувствуя движение и рост во мне сил Скалы. Множество голосов игни выравниваются в один и внезапно мне становится предельно ясно, чего они от меня добиваются. И пусть их план вполне может сработать, все равно вариант отстойный.

Кладу ладонь на глаза, продолжая внутренний спор с игни. Они продолжают настаивать на своем плане победы, я же продолжаю твердить, что эта их работа Скалы – полный отстой. Я не собираюсь претворять в жизнь их безумный план. *Нет, нет, нет!* Но, в конце концов, я все-таки сдаюсь. Они правы; это единственное, что нам осталось. Черт.

Встаю.

- Я пойду.

Все замолкают.

Венера моргает в неверии.

- *Что* ты сказала?

Пожалуйста, не заставляйте меня повторять это еще миллион раз. Я и без того ненавижу эту затею.

- Я сказала, что выйду наружу и встречусь с Армагеддоном лицом к лицу. Отправлю его обратно в Ад своей силой Скалы. – и, помяните мое слово, если я переживу сегодняшний день, то точно выгоню всех этих игни из своей головы.

- Ты не можешь. – лицо Линкольна наполняется беспокойством. – Они убьют тебя, и то, если тебе повезет.

Из меня вырывается тяжелый вздох. Я уже пробовала подобную тактику в споре с игни, но как об стенку горох.

- Если я выйду наружу и спрячусь так, чтобы они не смогли меня заметить – шанс есть. – *я уже говорила, что ненавижу эту затею?*

Линкольн встает передо мной и берет обе мои руки в свои.

- Думаешь, сможешь отправить всех демонов в Ад?

Нет, я думаю, что у меня в голове обитает целый легион безумных искорок света. Но я не говорю ему этого. Этот план и так полон рисков; сейчас мы должны действовать так, словно верим в то, что это возможно. Я стараюсь выглядеть решительно и упрямо или хотя бы близко к этому.

- Да, Линкольн. Я смогу это сделать.

Линкольн кивает.

- Тогда я полностью тебя поддерживаю. – есть у меня смутное ощущение, что Линкольн, как и я, лжет сквозь стиснутые зубы, но мне нравится, что он меня поддерживает.

Ко мне поворачивается Уолкер, его лицо полно беспокойства.

- Я видел старого Скалу на иконографии. После перемещения всего двух икон он чуть ли не терял сознание. И даже в свои лучшие годы он мог переместить всего несколько сотен икон зараз и только из *одного места*. Мы же говорим о пяти тысячах демонах, разбросанных по всему Чистилищу.

Злость вскипает во мне.

- Ты такой зануда, Уолкер. Я потомок архангела в первом поколении, вообще-то. К тому же я воин Арены, Льюис и та, кому есть что терять. Я смогу это сделать. – надеваю на лицо еще одну самоуверенную маску, несмотря на то, что внутри я вся трясусь.

Венера возвращается на свое место.

- Армагеддон не знает, что с нами новая Скала и не будет ожидать нападения с ее стороны.

- Точно. – я поворачиваюсь к Олигархии. – И если у меня все получится – вы согласитесь изменить нынешнее устройство Чистилища?

Угольно-черные глаза Олигархии вспыхивают алым.

- Изменить *как*?

- Владение этой землей вернется к квази, - говорит Венера. – И мы организуем специальные силовые отряды из квази, упырей, фраксов и ангелов, чтобы помочь патрулировать границы.

Я вскидываю брови. *Умная Венера*. Пихаю ангела локтем в бок.

- Хорошая идея. – на ее губах появляется улыбка.

Олигархия складывает на груди костлявые руки.

- Никогда.

С шумом втягиваю воздух. Терпение не мой конек, и немногие его крупицы уже были сегодня потрачены на Адейру. И коротко выданный ими ответ становится последним в моей чаше терпения. В ярости перевожу на Линкольна пылающий ярко-алым пламенем взгляд. Я пытаюсь спросить шепотом, но, думаю, у меня плохо получается:

- Можно мне убить одного?

Смешинки прыгают в глазах Линкольна.

- Я как-нибудь переживу эту потерю, Майла. – он поворачивается к Олигархии и его лицо принимает каменное выражение. – Подумайте об этом, могущественная Олигархия. - и пусть я знаю, что внутри он нервничает – его голос звучит уверенно и спокойно. – Вы заперты в бункере. В любую минуту Армагеддон может прорваться внутрь. И когда же он, наконец, это сделает, то обязательно сдержит свое обещание убить вас всех.

Олигархия, в дискомфорте ерзая на стульях, обменивается нервными взглядами. *Е ее, они, наконец, приняли правду об Армагеддоне.*

Линкольн кивает на меня:

- Когда Майла отправит демонов в Ад – а я совершенно уверен в том, что она это сделает – вы потеряете контроль над Чистилищем, но сохраните свои жизни и власть в Темных Землях. Вот, что мы вам предлагаем. – он поддается вперед. – Если же вы откажитесь сейчас – после Майлиной победы мы предложим вам то же самое, но методами Армагеддона. Через смерть. – его голос становится похож на рычание. – Мы поняли друг друга?

Мне нравится, когда Линкольн командует. Мой демон похоти просыпается с суперской идеей запрыгнуть на принца прямо здесь и сейчас, но я тут же его остужаю. Что за позорные мысли.

Армия Армагеддона делает еще один залп черт-его-знает-чего над нами.

Еще больше коробок с банками падает на пол. Кусочки бетона сыпятся с потока

Линкольн трясет головой.

- Армагеддон уже недалеко. Каждая секунда промедления может стоить жизни Майле… и вам.

Двигаясь как один, четыре упыря смахивают белую пыль с кроваво-алых мантий.

- Олигархия согласна.

Фух, наконец-то.

- Превосходно. – Венера удовлетворенно вздыхает. – Я подготовлю документы на подпись. – она поворачивается ко мне с Линкольном. – Отличная работа.

- Спасибо. – я опускаюсь обратно на стул и тогда на меня обрушивается вся тяжесть заключенного договора. Спасти Чистилище. Я согласилась отправить Армагеддона и всю его армию обратно в Ад. Волнение и адреналин переполняют меня. Минута проходит за минутой; все заканчивают последние приготовления, а я в это время медленно схожу с ума, размышляя обо всем том, что может пойти не так во время реализации нашего плана. И в конце концов, прихожу к мысли, что совсем слечу с катушек, если еще хоть минуту просижу здесь впустую.

Повернувшись к Линкольну, делаю глубокий вдох.

- Пора встретить своих демонов лицом к лицу.

Линкольн сжимает мою ладонь; без всяких сомнений – он идет со мной. Мы обмениваемся печальными улыбками. Через несколько минут мы выйдем к армии Армагеддона и я испытаю свои новые силы Скалы на всем Чистилище.

Не самый надежный план.

- Подожди, Майла. – в главную комнату заходит мама. Она одета в сенаторскую мантию. Мама величественна и прекрасна. Следом за ней заходит Сисси в белой мантии с фиолетовой отделкой по краям – наряде младшего сенатора. Зак же надел черный доспех со знаком квази на плече: звезда, заключенная в круг. Адейры нигде не видно, что просто замечательно.

Я судорожно вдыхаю. Ощущение, будто они сошли со страниц исторических книг из библиотеки Райдеров.

- Зачем все это, мама? – кажется, она говорила что-то о том, что в бункере есть запас мантий, но я все не могу понять: как это нам сейчас поможет?

- Венера рассказала нам о соглашении. – мама царственным жестом обводит комнату рукой. – Я все еще, сенатор квази, поэтому запрошу от лица нашего народа переговоры с Армагеддоном, а затем выйду к нему со своим охранником и младшим сенатором. Надеюсь, мы сможем выиграть тебе немного времени.

Хмурюсь.

- Думаешь, он не проигнорирует сенаторский запрос на переговоры?

Сисси усмехается.

- С нами в бункере Скала и Наследница. Он будет с нами говорить.

Я оглядываюсь.

- Где, кстати, Адейра?

Сисси нервно комкает край мантии.

- Э-эм, она начала истерить. – Сисси делает свое «у-упс» лицо. – Поэтому, возможно, я подсыпала ей немного снотворного. На одной из полок как раз была коробка с медикаментами.

Зак хихикает.

- Моя девушка просто вырубила ее. – он активно позирует в новом доспехе, красуясь своим мускулистым «я». Мы с Линкольном переглядываемся.

Мама стучит Зака по плечу.

- Давайте не будем отвлекаться, мистер Райдер. Нам нужно подготовиться к выходу наружу.

Если мама завет его мистером Райдером, значит, он выводит ее из себя. Мои губы разъезжаются в улыбке Чеширского Кота. Добро пожаловать, Конец Ее Комментариев по поводу того, что встречаться я должна была с Заком.

Олигархия хмурится.

- Ваш план обречен на провал. Максон Бэйн мертв.

Задумчиво покусываю губу.

- Армагеддон чувствует силу Скалы. До тех пор, пока он меня не увидит, он будет считать, что Скала где-то поблизости. Это должно сработать.

Линкольн улыбается.

- Это гениально. – он слегка кланяется моей матери. – Превосходное дополнение к нашей маленькой операции.

- Спасибо. – мамин голос ровен; сейчас она в режиме сенатора. – Мы скажем, что знали о его планах и подготовили контратаку. – меня наполняет чувство гордости. Так чертовски здорово видеть ожившую сенатор Льюис в действии.

Мама показывает на участок стены позади нас.

- За теми полками есть потайной выход. Он выходит на огромную дюну за каменной стеной. Мы проверим местность с помощью перископа. Армия Армагеддона находится у подножья стены. Если будете оставаться за дюной – вас не увидят.

Представляю маму, Сисси и Зака стоящими лицом к лицу с Армагеддоном. Хмурю брови.

- Даже не знаю, мама, это слишком опасно.

Зак пожимает плечами.

- Это во много раз безопаснее вашей отправки туда в одиночку.

Линкольн кивает.

- Он прав.

Почесываю шею, пытаясь взять в расчёт любую непредвиденную мелочь. Все так быстро закручивается, что из семи раз успеваешь отмерить лишь три-четыре раза. Мой взгляд останавливается на упырях напротив меня. Эти четверо требую к себе особого внимания.

- И что насчет того, что мы оставим здесь Олигархию? Ну, знаете, одних? — я не доверю им остаться одним даже на пять секунд.

Венера поднимается на ноги.

- Мы с Леви останемся в бункере вместе с ВКР-7, чтобы убедиться в том, что Олигархия продолжает работу над договором и... - она делает глубокий вдох, осторожно подбирая слова. – И не отвлекалась.

Олигархия поворачивает к Венере головы.

- Мы не поколеблемся.

Я проявляю чудо самоконтроля, удержав себя от закатывания глаз. *Конечно, вы, парни, никогда не поколеблетесь.*

Линкольн вновь сжимает мою ладонь.

- Что скажешь? У нас есть план?

Я окидываю внимательным взглядом лица присутствующих, все кажутся серьезно настроенными и сосредоточенными. Закрыв глаза, провожу быструю мысленную инвентаризацию. Я перевозбуждена и слегка дергана, но так всегда обычно бывает перед боем, даже как-то привычно.

- Да, сделаем это

Мама с Сиси и Заком за спиной направляется к выходу из бункера. В это же время, мы с Линкольном осматриваем полки на задней стене. У нас не отнимают много времени поиски панели, о которой говорила мама. От легкого нажатия полки легко отодвигаются в стороны, являя в бетонной стене темный туннель с низким потолком.

Туда мы и направились.

Встав на четвереньки, я заползаю в темный проход. Линкольн следует прямо за мной. Чувствовать его рядом и ощущать его движения в такт моим — все это дарует успокоение моим измученным нервам. Тунель, казалось, был бесконечен. Но вот, наконец, мы достигаем песчаной панели в конце прохода. Мое сердце подскакивает к горлу. Мы у самой поверхности.

Неглубоко зарываюсь пальцами в песок. Он теплый и сухой. Странное спокойствие овладевает мной, пока мой разум запечатлевает каждый миг.

Возможно, я буду дорожить этими воспоминаниями, а быть может, бежать от них всю оставшуюся жизнь. Отстраненно размышляю о том, что как только я выйду наружу – мне придется опробовать свои новые силы под сильным давлением и огромным риском. Момент спокойствия проходит, закончившись для меня резкой панической атакой. Мои пальцы в песке дрожат. Лучшее, что я могу сейчас сделать – это двигаться. И быстро.

Сжав зубы, наваливаюсь на песок и вываливаюсь уже на поверхности Серого Моря. Свирепый ветер свистит в ушах и взметает волосы. Серые облака низко нависают над головой. В воздухе чувствуется запах серы. Мы с Линкольном ползком добираемся до вершины дюны. Бок к боку мы лежим на теплом песке и осторожно выглядываем из-за края насыпи.

У меня сбивается дыхание. Картина перед нами не может быть реальностью. Где-то в двадцати ярдах к низу сотни демонов выстроены в несколько огромных кругов. Армагеддон стоит в стороне, его высокое тело опирается на стену черного камня. По крайне мере, он достаточно далеко, чтобы я могла не беспокоиться о его всеподавляющей ауре ужаса. Я с трудом сглатываю.

Быстро и сосредоточенно отмечаю в памяти расположение каждого нашего врага. Никто не замечает нас, расположенных на возвышении. Вместо этого все взгляды обращены к мощному Манус демону, стоящему в центре толпы. Этот гориллоподобный монстр – наиогромнейшее существо из всех, что я когда-либо видела. Манус вскидывает свои длинные руки высоко над головой и со всех сил ударяет кулаками по земле. От его удара песок фонтаном брызгает в стороны. С каждым новым ударом я чувствую, как сердце уходит все дальше к пяткам. Он почти добрался до металлического портального круга: входа в бункер. Это плохо.

Мои глаза округляются от пришедшего осознания. Так вот что грохотало над нашими головами. Манус демон пытается проломить путь внутрь, или как минимум напугать нас до того состояния, что мы и сами выйдем оттуда. Я окидываю демона пристальным взглядом: его тело размером с хороший валун, а конечности толщиной со ствол дерева. Черт, такую махину будет тяжело убить. Кто знает сколько сил придется потратить на ее перемещение в Ад?

Круглые двери приходят в движения, вокруг вспыхивает круг белого пламени. Манус демон отпрыгивает с линии огня. Я напрягаюсь всем телом. Пламя означает, что мама, Сисси и Зак скоро предстанут перед ордой демонов. Колокола Ада.

Если он хоть пальцем тронет их – держите меня семеро.

Огромная круглая дверь поднимается из песка. Она представляет из себя плоский диск на земле, окруженный четырьмя белыми столбами. На земле между этими колоннами появляется мама, Сисси и Зак. Они вздрагивают всем телом, когда Армагеддонова аура обрушивается на них. Адреналин наполняет меня. Каждой клеточкой тела мне хочется вскочить, сбежать вниз и приступить к надиранию задниц. Но я лишь глубже вкапываюсь конечностями в теплый песок, словно в попытке пустить корни.

Армагеддон встает на край круглой платформы, его противная улыбочка становится еще шире.

- Приветствую, сенатор. – усмехается он. – Вышли поговорить?

Расправив плечи, мама отвечает спокойным разлетающимся на многие метры вокруг голосом:

- Я вышла сюда сегодня от имени ангелов, упырей, фраксов и квази. – она поразительно хорошо держится для той, кто одновременно с этим борется с влиянием ауры сильнейшего демона Ада. – Ваше необоснованное вторжение в наше...

Линкольн мягко кладет руку мне на плечо.

- Пора.

Судорожно вдыхаю. План по отвлечению работает. Теперь все зависит от меня. Мое тело почти ощутимо дрожит от страха. Никогда прежде не чувствовала себя настолько напуганной.

Я глубже закапываюсь в песок. Тепло песчинок у моего живота успокаивает. Закрыв глаза, поднимаю руку и призываю игни. Мое сердце так громко бьется, что пульс громом раздается в ушах. *Пожалуйста, пусть игни меня услышат.*

Детский смех, подобный колокольчикам раздается в моей голове. Несколько крошечных искорок света начинают кружить вокруг моей ладони. Всем телом я напрягаюсь в волнении.

Голос Линкольна звучит в моих ушах:

- Отлично, Майла. У тебя получится.

Смех становится громче. Затем его заглушает голос Армагеддона.

- У меня есть для тебя сюрприз, Камилла.

Я распахиваю глаза. *Что он задумал?*

Мама складывает руки на груди.

- И что такого ты можешь сделать, чтобы удивить меня?

Король Ада единожды щелкает пальцами.

И хотя я не свожу взгляда с мамы и Армагеддона, мое сознание остается сосредоточенным на танцующих вокруг моей ладони частичках силы. Игни все пребывают, их крошечные тела щекочут мою кожу, а голоса звучат все громче.

Темная точка появляется в небе Серого моря. Она все разрастается, превращаясь в парочку огромных летающих демонов с орлиными телами, головами ящериц и крыльями летучих мышей. В своих когтях они несут гигантский металлический ящик. С громким стуком они сбрасывают свою ношу на землю.

Я щурюсь из-за сильного ветра. На песчаной земле лежит ржавый контейнер около восьми футов в высоту. Мое внимание полностью переключается на него; внутри лежит что-то важное.

Все меньше игни кружат вокруг моей ладони. Их музыка в моей голове стихает.

Армагеддон стучит по металлическому контейнеру.

- *Это* для тебя. – одна из стенок ящика распахивается, убив парочку демонов в процессе. Армагеддон даже не глянул в их сторону; вместо этого, все его внимание приковано к телу на дне ящика.

И я тоже невольно перевожу взгляд. На дне контейнера распластано тело, на руках и ногах которого надеты тяжелые цепи. Спутанные волосы, седая борода и кожа цвета какао, что покрыта фиолетовыми синяками и гниющими ранами. Обрывки серой ткани свисают с изломанного тела и грязных крыльев. Он ангел, или то, что от того осталось.

Армагеддон показывает на сломленную фигуру.

- Сенатор, позвольте представить вам архангела Ксавье.

Весь воздух покидает мои легкие. Это мой отец – тот, кто обменял вечность в Аду на жизнь моей мамы.

Мама смотрит на сломленного ангела. Слезы встают в ее глазах. Она почти полностью разворачивается лицом к моему укрытию, но успевает остановить себя прежде, чем стало слишком поздно. Она замирает, затем словно каменеет и переключает свое внимание на Армагеддона.

- Мне до сих пор не удалось понять каким образом меня должно было удивить твое вероломное вторжение, Армагеддон.

Ледяной холод пробирает меня. Я застываю в шоке. Еще больше игни испаряются с моей ладони.

Армагеддон усмехается, являя полный заостренных зубов рот.

- Ах, ты просто еще не видела лучшую часть. – он вновь щелкает пальцами. Парочка крылатых монстров поднимается в воздух. Они впиваются когтями в папину спину и начинают подниматься.

О, мой сладкий грех. Они вырывают ему крылья.

Мой взгляд прикован к бородатому искаженному от боли лицу отца. Он крепко сжимает тяжелые цепи, стиснув в агонии зубы. Игни вокруг моей ладони исчезают совсем.

Линкольн хватает меня за плечо.

- Майла, что происходит? Игни ушли.

- Там мой отец.

Крылатые демоны еще сильнее тянут за папины крылья. Мое тело застывает в шоке. Разум пустеет.

Армагеддон покачивается на пятках и смеется. Ее черная радость ударяет по мне, словно кулаком под дых. Весь воздух покидает легкие. Мой папа страдает в то время, как Армагеддон смеется. Почему-то от этого больнее всего. Рыдания подкатывают к горлу.

Слезы бегут по маминому лицу. Сисси держит ее за руку и шепчет что-то успокаивающее. Зак стоит тихо, словно окаменев. Мама говорит тихим, подрагивающим голосом:

— Что бы ты ни пытался сделать, Армагеддон, это не работает.

Пустыня наполняется папиными криками. Раздается громкий треск, когда ломаются кости, и крылья, наконец, становятся свободными от тела. Армагеддон поворачивается к маме с выражением злого веселья на лице.

— Все еще не работает?

Мамино лицо теряет всякие краски; ее нижняя губа дрожит. Она открывает рот, но из него не выходит ни звука. Зато я слышу свой. Всхлип за всхлипом — и рыдания вырываются из моего горла.

Тело отца выгибается от боли, когда новые крылья начинают прорастать из его спины. На его лопатках Маленькие бутоны проклевываются, рассекая кожу. Он вскрикивает вновь, когда из его плеч высвобождаются огромные золотые крылья. Он использует способность архангелов к саморегенерации, чтобы бесконечно мучить его. Это неправильно.

Я смотрю на сломанное тело папы. Злость наполняет каждый мускул моего тела. Демон гнева вспыхивает внутри ярким пламенем, наполняя меня раскаленной добела яростью. Я уже было повернулась к Линкольну, чтобы высказать все, что было в тот момент у меня на уме, но увидев ярость и в *его* глазах, поняла, что в этом нет надобности.

Армагеддон резко поворачивает голову в мою сторону.

— Посмотрите-ка, кто тут у нас. Маленькая девчушка с Арены и наследный принц фраксов. — он сверкает глазами. — Ты сын короля Коннора. — он мечется взглядом между мной и мамой. — А она твоя дочь, не так ли, Камилла?

Ксавье медленно поднимает свою всклоченную голову. Его глаза мерцают мягким голубым светом. Он смотрит на маму и произносит лишь одно слово:

— Дочь?

Мама мягко кивает. Какая-то часть меня осознает, что я должна увидеть любовь в ее почувствовать и почувствовать в каком-то роде боль. Но ничто не способно пробиться сквозь застилающую глаза ярость. *Я разорву эти цепи на папе, даже если это будет последним что я сделаю в своей жизни.*

Он сглатывает.

— Она...

— Да, Ксавье. — ее газа наполняются слезами. — Она твоя.

Архангел напрягается всем телом, чтобы повернуть голову. Взглядом он находит меня.

- Она прекрасна, Камилла. – он заставляет свой сломанный голос произнести это громче. – Она прекрасна.

Его слова были полны нежности, и глубоко внутри мне бы хотелось почувствовать их тепло. Но прямо сейчас, мне была знакома только ярость. Это закончится. Сейчас.

- И это не все, кем я являюсь. – вскинув руку, призываю игни; они начинают кружить вокруг моей ладони. Их голоса в моей голове полны злобы. Это темные дети – те, что отправляют души в Ад, хотя выглядят они точно так же, как добрые. Хах. Этих я еще не призывала.

Ухмыляюсь. *Ну, зато теперь они здесь.*

Армагеддон перекатывается с пятки на носок, сложив руки на широкой груди.

- Так значит, это ты истинная Наследница Скалы. Интересно.

Я призываю еще больше игни. Звук их голосов становится почти невыносим, словно по металлу водят лезвием бритвы.

- Почти угадал. - игни множатся, превращаясь в колонну света семь футов в высоту. – Я не Наследница. Я и есть Скала.

Линкольн рядом со мной зажигает бакулум.

Глаза Армагеддона вспыхивают яростным алым.

- Что ты сказала? Где мой сын? ГДЕ МОЙ СЫН?

- Он умер от собственной руки, - говорит Линкольн. – Он умер смертью, достойной воина фраксов.

Он перебрасывает клинок из одной руки в другую, примеряясь к Армагеддону. Повелитель демонов запрокидывает голову и ревет. Его рев гремит на всю пустыню.

- Мой сын мертв? МОЙ СЫН МЕРТВ?! – он приседает на корточки рядом с Ксавье, хватает его за волосы и вздергивает его голову. – Хочу, чтобы ты сейчас хорошенько рассмотрел свою дочку вблизи, потому что я собираюсь переломать ей все кости и отправить прямиком в Ад. Я пообещал страдания и муки Максону, но, раз его нет – она его заменит. – повернувшись ко мне, он самоуверенно ухмыляется, уверенный в том, что до дрожи меня напугал.

Даже не близко, приятель.

Каждая клеточка моего тела источает ярость.

- Ну-ка, попробуем это. – запускаю столб белого света прямо в небо, наполняя грозовые облака яркими вспышками. – Как насчет того, чтобы убрать свои гребаные ручонки прочь от моего отца? – сверху раздается оглушающий грохот. – СЕЙЧАС ЖЕ.

Зарычав, Армагеддон запрыгивает на дюну. Рядом со мной вздрагивает

Линкольн, ощутивший на себе подавляющую мощь ауры повелителя демонов. Но вот я на нее никак не реагирую; должно быть, игни блокируют ее влияние на меня. Армагеддон большими шагами направляется прямо ко мне, занеся для удара руку. Все инстинкты во мне вопят в призыве бежать, но я не могу контролировать игни и уклоняться от ударов одновременно. Потеряю игни — потеряю победу.

Король Ада направляет кулак прямо мне в голову. Я вздрагиваю в ожидании удара, но в последний момент между мной и кулаком Армагеддона встает Линкольн. Его бакулум встречается с гладкой, словно камень кожей демона, высекая кроваво-красные искры. Повелитель Ада отдергивает руку; его кожа после встречи с мечом остается невредимой. Демон продолжает наступать, все быстрее нанося удары. Но снова и снова Линкольн встречает его кулак прежде, чем тот коснется моей - или его — обнаженной кожи.

Мое обычное «я» сейчас было бы в ужасе: Линкольн в опасности, мой папа в оковах, все, кого я люблю рискуют своими жизнями, и все Чистилище полагается на меня. Но я загоняю все подобные мысли в дальнюю комнатку своего сознания и запираю ту на ключ. Мой разум переключается в боевой режим полной концентрации. Сейчас для меня не существует ничего, кроме цели — переместить демонов в Ад — и следующего шага на пути к ее осуществлению.

Оценивая, наблюдаю за атаками Армагеддона и контратаками Линкольна. Принц сможет выиграть мне лишь несколько минут; нужно работать быстрее. Колонна игни справа от меня мерцает силой, наполняющей белым светом темные облака. Я погружаю кончики пальцев в сверкающую колонну. Голоса игни в моей голове становятся все громче. Что-то новое присоединяется к ним: картинки демонов, наполняющих Чистилище.

В голове формируется идея. Я знаю, как ускорить процесс. Возбуждение переполняет меня.

Запускаю еще больше игни в столб света, а затем вхожу туда сама. Внутри странно спокойно: ни ветра, ни звуков, только гудение колонны из ослепительно белого света. Мою голову наполняют видения. Я вижу каждого демона, что находятся сейчас в Чистилище. Крини, Манус, Папило… более пяти тысяч злобных лиц встают перед моим внутренним взором.

Вскинув голову, я возвожу колонну все выше, пока, словно гейзер, игни не вырываются на свободу и пронзая облака, дождем рассыпаются по всей территории Чистилища.

Уголки губ поднимаются в улыбке. Сработало.

Перед внутренним взором, тысячи крошечных икорок света окружают тысячи демонов. Игни создают вихрь света вокруг демонов, удерживая тех на месте. В одно мгновение вся ненависть, страдания и жестокость моих пленников обрушивается на меня. Я ощущаю принадлежность, сущность и собственное место каждого из них.

Туда-то я их и посылаю.

Игни кружат и множатся вокруг каждого демона. Тысячи колонн душ с заключенными внутри демонами возникают по всему Чистилищу. Все разом они ярко вспыхивают и мгновенно же испаряются, забирая монстров с собой в Ад.

Всех, кроме одного. *Армагеддона*.

Мой разум с тревогой прокручивает возможные стратегии и варианты. Как мне заставить его отсюда убраться? Каким-то образом он блокировал мою недавнюю волну колонн душ. Я не могу вновь позволить этому случиться.

Армагеддон в очередной раз нападает на Линкольна; принц блокирует атаку. Развернувшись к демону лицом, я вскидываю руку на уровень плеча ладонью вперед. Я приказываю игни переместиться ко мне, больше не наполняя собой облака. Они подчиняются, и всей своей мощью колонна душ возвращается в мое тело, а через мои руки устремляется к Армагеддону.

Попробуй-ка *это*.

Часть меня считает это совершенным безумием, ведь неизвестно, как и какая связь образуется между мной и Повелителем Ада. Но я прогоняю подобные мысли подальше, концентрируясь на одном: я должна забросить Армагеддона как можно дальше отсюда.

Когда в него врезаются игни, Армагеддон издает пробирающий до костей вой. Широко раскинув руки, он создает колонну алого пламени вокруг своего тела. Линкольн отлетает в сторону; сила красного пламени не уступает взрыву гранаты. Вернувшись на ноги, Линкольн с клинком в руках подбегает ко мне.

Моя колонна игни сливается с адским пламенем Армагеддона, образуя один огромный двуцветный столб. Я смутно слышу, как Линкольн что-то кричит мне за пределами адского пламени и ангельских игни. Краем глаза вижу, как он пытается прорваться ко мне, но не может войти в колонну.

Тайник, в который я прятала все эмоции, дает трещину. Страх разливается в груди и овладевает сознанием. Прямо сейчас я стою посреди Серого Моря, лицом к лицу с Армагеддоном. Адское пламя и ангельские игни кружат вокруг нас, колонной упираясь в облака.

Чем больший страх овладевает мной, тем больше слабеет мой контроль над игни. В колонне вокруг становится все больше пламени и все меньше игни.

Армагеддон усмехается. Он побеждает и ублюдку об этом прекрасно известно.

Король Ада щелкает пальцами. Огненная веревка обматывается вокруг моего тела. Паника охватывает меня - исчезает еще больше игни. Пламя облизывает костюм из драконьей кожи, неспособное обжечь меня сквозь него.

Со скоростью света, сознание Армагеддона преодолевает заслон из игни и касается моего. Свежая волна ужаса захлестывает каждую клеточку моего тела. *Это плохо. Очень плохо.* Он нападает на мое сознание. Я почти чувствую, как его пальцы переворачивают страницу за страницей моих воспоминаний и страхов, в конце концов, останавливаясь на тех, что подходят его темным планам.

Страшные, обычно загоняемы в угол сознания мысли наваливаются на меня, ошеломляя нескончаемым потоком. Я пытаюсь остановить их поток, но у меня не выходит. Я хочу бежать, но не могу двигаться. Одна за другой в голове вспыхивают картинки: паника в глазах Сисси, когда отравленное копье входит в ее спину… Ухмылки на лице Олигархии, когда они предлагают отправить меня в Ад…Уолкер, скрючившийся на земле от боли после сражения с Крини… Линкольн, сожжений во взрыве адского пламени… Полное отчаянья лицо мамы, наблюдающей за муками Ксавье… Этот замкнутый круг, полный ужаса, тревоги и ярости появился в тот день, когда я проснулась с голубыми глазами.

Да, все эти ужасы начались из-за того, что я стала Скалой. Отчаянье наполняет меня до краев, вытесняя остатки боевого духа. Я никогда не просила ни о чем подобном, так за что мне это бремя? Все это слишком, и для меня, и для моих близких. На моих глазах, колонна вокруг все большее теряет игни и наполняется адским огнем. Я теряю последние остатки концентрации.

Это безнадежно. Что бы я ни сделала – я умру здесь.

Подняв взгляд, в оцепенении смотрю на своего похитителя. Я заключена внутри столба из пламени на пару с Армагеддоном. Как все к этому пришло? Закрыв глаза, обращаюсь к игни. *Не бросайте меня здесь. Боритесь.* Они мечутся в адском пламени и кружат вокруг меня, отказываясь вконец исчезать.

Я сжимаю зубы. О чем я только думала, когда решилась попробовать превзойти Армагеддона в силе? Я - восемнадцатилетняя девчушка, он – бессметное олицетворение зла. Дура.

Армагеддон испускает смешок.

- У меня и для тебя есть сюрприз. – черная дыра открывается в песке перед нами. Из нее вылезает дух со вздутым испещренным шрамами лицом.

Нечестивый Ад. Эта та женщина, что я видела на Арене. Та, что добровольно приняла смерть от руки Люмус, потому что считала, что не заслуживает попасть в Рай. И теперь Армагеддон заставит меня наблюдать за тем, как он поглощает ее душу. К горлу подкатывают еле сдерживаемые рыдания.

Неспешным шагом Армагеддон направляется ко мне, его маленькие черные глазки превращаются в щелочки.

- Я наблюдал за тобой некоторое время. Ты не позволила двум моим злым душам попасть на Небеса. Никто не встает на моем пути, не поплатившись за это после. - он кидает взгляд на несчастную душу. – Я заметил твое стремление спасти ее, поэтому я сохранил ей жизнь для особого случая. – жестокая улыбка отмечается на его лице уголками губ. – План внутри плана. Вот почему я Король.

Армагеддон останавливается прямо передо мной, всем телом нависая над моим.

- В тебе течет кровь архангела и сила Скалы, поэтому тебе удалось переместить всех демонов из Чистилища в Ад, но ты до сих пор слишком слаба, чтобы прикоснуться ко мне. – усмехается он. – Хочешь знать почему?

Из моего горла вылетает лишь тихий шепот:

- Нет.

- Я видел твои мысли. Ты ждешь, что кто-то другой примет на себя твое бремя. Кто-то умнее, сильнее, лучше.

У меня щиплет глаза.

- *Да. – быть может, будь этот «кто-то» здесь, все было бы по-другому.*

- Раскрою тебе маленький секрет, один из тех, что может знать лишь Повелитель Ада. Любой, *жаждущий* силы Скалы – зло. Сила Скалы – это больше, чем надо доброму и больше, чем злому следует иметь. Для доброго такая сила – всегда бремя, всегда служение. И *это* делает их слабыми. Как и тебя.

Почти все игни вокруг меня исчезают. Огненные путы на мне вспыхивают ярче, опаляя жаром. Он прав. Я слаба и ничего не могу с этим поделать.

Армагеддон вновь щелкает пальцами. Дух начинает ползти вперед на четвереньках, пока не оказывается у ног Армагеддона. Я смотрю на ее лицо. Вздувшееся. С наполненными кровью глазами. Испещренная дорожками из слез.

Я сглатываю подкатившую к горлу желчь. Армагеддон отложил ее душу на потом, чтобы однажды заставить меня наблюдать за ее кончиной. Разве может кто-нибудь во всех пяти реалиях на равных противостоять подобному злу?

Армагеддон поднимает указательный палец и, с улыбкой за мной наблюдая, начинает им медленно тянуться к плечу женщины. Слезы катятся по ее изрубцованным щекам, когда он касается обнаженной кожи ее плеча. Она вскрикивает, а ее призрачное тело начинает рябить и растворяться.

Стоило мне услышать ее вопль, как во мне, наконец, что-то щелкнуло. Осознание снисходит на меня бетонной плитой на голову. Никто более умный или лучший сейчас здесь не появится. Есть только я и эта бедная женщина. И мы не умрем здесь. Меня не волнуют последствия. Я не возражаю против данного мне бремени. Я *боец*.

Я поднимаю руку внутри своих пут. Новые игни начинают кружить на моей ладони.

Армагеддон выгибает бровь.

- Тебе не победить.

- Значит, я просто продолжу сражаться.

Армагеддон сверкает глазами.

- Это твоя смерть, Майла. – женщина рядом с ним почти полностью исчезает.

- Нет, *Майлы* больше нет. – призываю больше игни. Они танцуют вокруг, освобождая меня от пут. – Я *Великая Скала*.

Все что я чувству, все силы, что во мне есть я выплескиваю на Армагеддона. Я не оставляю в душе ни уголка, где бы могла спрятаться надежда на возвращения к прежним временам, где я все еще обычный боец Арены. Также я не оставляю в душе ни местечка для мечтаний о будущем, в котором я не Великая Скала. *Я - эта битва.*

Я призываю игни и они бешеным потоком спускаются с облаков, смывая Армагеддонову колонну адского пламени. Мои путы исчезают. Женщина-призрак, освободившись, падает наземь. Искорки белого света окутывают Армагеддона и утаскивают его в созданный его же руками провал в земле. Армагеддон загребает руками песок в попытке выбраться, но в итоге растворяется в темноте, яростно сверкая алыми точками глаз.

Он ушел. Я отправила Армагеддона в Ад. Мое тело гудит от переполняющего меня возбуждения. Я поворачиваю голову в сторону несчастного духа и приказываю игни сопроводить ее душу. Они окружают ее огромной толпой и уносят вверх, к Небесам. Детский смех звенит в моих ушах. После этого, остается лишь тишина.

Вдруг приходит осознание того, что я нахожусь посреди Серого Моря, недалеко от входа в бункер. И лишь одна мысль вертится в этот момент в голове: Армагеддона здесь больше нет.

Я выдыхаю. Руки безвольно опадают, покачиваясь по бокам. Ветер пустыни треплет волосы. Мрачные штормовые облака надо мной уступают место безвредной серой дымке. Ноги становятся ватными. Я смутно признаю в рядом стоящих Сисси, Зака, маму и Ксавье. Меня начинает шатать. Все кончено. Уже падая, я чувствую, как Линкольн подхватывает меня и прижимает к себе. Мир вокруг окутывает тьма.

ГЛАВА ДВАДЦАТЬ ВОСЬМАЯ

Кажется, будто я целую вечность плаваю среди пустых и холодных снов. Иногда в эту пустоту проникают случайные звуки и голоса: мама промакивает мой лоб… Сисси держит меня за руку…Линкольн нежно целует в закрытые глаза. Кто-то говорит: «Худшее для нее уже позади.»

Я просыпаю в своей постели. Мой разум еще подернут сонной дымкой. Шатаясь, поднимаюсь на ноги и выглядываю в окно. Половина домов на нашей улице сожжены до основания. Демоны побывали и здесь тоже.

Мир вокруг начинает кружить; я хватаюсь за подоконник.

- Что ты делаешь? – знакомый голос.

Скашиваю глаза, но не могу сфокусировать зрение на одной точке.

- Мама?

- Да, я. – она подходит ближе. Обхватив рукой мои плечи, она ведет меня к кровати. – Зачем ты встала?

Коснувшись головой подушки, скручиваюсь калачиком.

- Я не знала где я. – мне так холодно, что зуб на зуб не попадает. Пытаюсь открыть глаза, но не могу.

Мама натягивает на меня одеяло до подбородка.

- Ты дома, Майла. – внезапно разум обретает кристальную ясность. Широко распахнув глаза, хватаю маму за руку. – Что произошло после того, как я отправила демонов Ад? Где упыри?

Мама с нежностью убирает упавшие на мое лицо прядки.

- Демоны остались в Аду. Упыри держат слово и патрулируют наши границы. – она улыбается. – Ты сдала это, Майла. Венера собирает саммит через три недели. Ангелы, упыри, квази и фраксы встретятся, чтобы обсудить будущее нашего Чистилища.

- Где Ксавье?

- В безопасности, благодаря тебе. – она гладит меня по руке. – Закрывай глаза, Майла-ла. Теперь все хорошо.

Перекатываюсь на бок и улыбаюсь.

- Я сделала это. – что-то поблескивает на моем комоде. – Что это?

Мама берет блестящее нечто и вручает мне.

- Подарок от Линкольна. – два серебряных стержня оказываются в моих руках.

- Бакулум Линкольна. – кончиками пальцев пробегаю по замысловатому рисунку на серебристой поверхности. – Не могу поверить, что он отдал их мне.

- Он был с тобой днем и ночью, пока целители не объявили, что твоя жизнь вне опасности. Потом он вернулся в Антрум. Он оставил бакулумы и попросил меня напомнить тебе о данном Натану обещании. Тебе это о чем-то говорит?

- Да. – я пообещала мастеру по оружию, что буду практиковаться с мечом по часу в день. Теперь я могу делать это стильными штучками. Улыбнувшись, кладу бакулум под подушку.

Мама встает.

- Сейчас тебе лучше поспать, Майла.

- Угу, хорошая идея. – дрогнув ресницами, закрываю веки. И погрузившись в глубокий сон, оказываюсь на Сером Море. Я стою на одной из многочисленных угольно-черных дюн под низким серебряным небом. Ветер поднимает песчинки и подол моей ночнушки. Рядом стоит Венера в мантии и с крыльями за спиной, что выглядят ослепительно белыми на фоне серого пейзажа. Меня разрывают два желания: подбежав к ней, заключить в объятья и пнуть по коленкам. Сложный выбор.

- Привет, Майла.

- Привет, Венера.

Правительница ангелов смотрит вдаль. Ее длинные черные волосы в идеальном каскаде ниспадают с плеч.

- Мне нравится Серое Море. – она поворачивается ко мне, ее миндалевидные глаза сверкают ярко-голубым.

- Я заметила. – мои голые ступни стоят на теплом песке. – Не знаю, что сказать.

- Почему так?

- С одной стороны, мне хочется поблагодарить вас. Ваши сновидения помогли нашим с мамой отношениям и подготовили к становлению Скалой. Но с другой стороны? Не знаю. Ощущение, будто я была просто пешкой в игре, которой не понимала.

- Имеешь в виду Линкольна.

- Да.

- Вы не выглядите несчастными. Думаю, ваше друг к другу притяжение непреодолимо.

Хихикаю.

- Ах, не знаю. Какое-то время оно было вполне преодолимо. – я смотрю на Венеру пристальным взглядом. – Вот почему ты заставила фраксов задержаться в Чистилище?

- Да, но это все, что я могу тебе рассказать. – на губах Венеры появляется всезнающая потусторонняя улыбка. Это немного раздражает.

- Прекрасно, продолжай хранить свои секреты. Мне нужно восстанавливаться, так что лишних сил здесь ошиваться у меня нет.

Венера слегка кланяется.

- Тогда до саммита.

- Да, увидимся там.

На мир вокруг опускается темнота и тишь. Но вскоре внутрь врываются знакомые голоса.

Открываю глаза и, моргнув, зеваю. У моей кровати стоит Сисси с Заком. Я жадно впитываю их образ и улыбаюсь. Они живы, целы и вновь ссорятся. Похоже, с миром вокруг все в полном порядке.

Сисси топает ногой.

- Я знаю, что она не ела уже несколько дней. – она наставляет палец на Зака. – Но сенатор Льюис сказала не будить ее.

Зак тычет в меня.

- Ну, что ж, мы ее уже разбудили.

Сиссин хвост бешено заметался за ее спиной.

- Ты проснулась! Мы принесли тебе бульон. – она садится на краешек моей кровати с кружкой в руках.

Привстаю на локтях.

- Как долго я была в отключке?

- Четыре дня. – она подносит кружку к моему рту. – Открывай.

- Я сама, спасибо. – забираю из ее рук кружку, подношу ко рту и отпиваю. Бульон теплый и вкусный.

- Знаешь, что? – светится Сисси. – Я тоже иду на саммит Венеры. Я буду младшим сенатором при твоей маме.

- Это замечательно. Ты же хотела работу в сфере дипломатии.

Зак кладет руку Сисси на плечо.

- Мои родители очень рады иметь ее при себе. – он целует ее в макушку. – И я тоже.

Из гостиной доносятся незнакомые голоса. Я мощусь. В данный момент мне совсем не хочется встречаться с незнакомцами.

- Кто там?

Зак и Сисси обмениваются странными взглядами.

- Нам пора идти – она забирает из моих рук пустую кружку. Должно быть, я была голодна; не помню, как все выпила.

Попрощавшись, друзья выходят из моей комнаты и осторожно прикрывают за собой дверь. Голоса становятся громче.

Заставив себя подняться на ноги, спотыкаясь, дохожу до двери и открываю ту с громким скрипом. Посреди гостиной стоит мама в красном платье и разговаривает с мужчиной в сером костюме. Я не вижу его лица. Мой затуманенный разум пытается определить его личность по силуэту. Выглядит до странного знакомым.

Мама смеется, и ее шоколадного цвета глаза сияют. Аура силы и уверенности окружает ее. Не могу вспомнить, когда последний раз видела ее столь живой и прекрасной. От счастья у меня немного кружит голову. Я прислоняюсь к дверному косяку в поисках поддержки. Мужчина заключает маму в объятия и сливается с ней в долгом поцелуе.

И тогда я вспомнила, где раньше видела этого мужчину. Это Ксавье.

Мама прерывает поцелуй, хихикает и потирает костяшками пальцев живот моего отца. Я широко улыбаюсь. Мама замечает меня в дверном проеме.

- Майла, зачем ты встала?

Всем телом опираюсь на дверной косяк.

- Услышала голоса.

Ксавье разворачивается лицом ко мне.

- Здравствуй, Майла. – его бирюзовые глаза сверкают. Сейчас он чисто выбрит, поэтому похож на мужчину из моих сновидений: короткие каштановые волосы, подтянутая фигура, квадратный подбородок и высокие скулы. Время, проведенное у Армагеддона, оставило свои следы: кожа цвета какао свисает с его костей словно костюм, сшитый на размер больше.

Отец делает несколько осторожных шагов ко мне.

- Приятно видеть тебя в сознании.

Улыбаюсь.

- Здорово увидеть тебя бритым и в прямом эфире.

Он трясет головой.

- До сих пор не могу поверить, что ты не сон. – он делает еще один крошечный шажочек вперед.

Прикидываю примерное расстояние между нами. Таким темпом мы на это потратим весь день. Пошатываясь, подхожу к нему и заключаю в объятья.

- Я здесь, я реальна, и я люблю тебя.

Ксавье обнимает меня за плечи.

- Моя девочка. Моя красавица.

Мои коленки превращаются в желе. Встать на ноги было не лучшей идеей.

- Позволь помочь тебе добраться до кровати. — взяв на себя большую часть моего веса, Ксавье ведет обратно в мою комнату.

Мама следует за нами до дверей, но затем останавливается.

- Дам вам немного времени. — с мягким щелчком она прикрывает за нами дверь.

Ксавье помогает мне забраться на матрас и укрывает меня до подбородка одеялом словно мне два годика. Так мило. Он ставит рядом с кроватью полуразвалившийся стул, садится на него и поправляет и так сильно ослабленный воротник белоснежной рубашки. Стоит ему начать говорить, как его голос тут же срывается:

- Спасибо, что спасла меня.

- В любое время. — мое сердце так сильно бьется, что удивительно, как оно еще не сломало мне ребра. Мой папа здесь! Настоящий, не упырьский, самый потрясающий архангел-отец. Мне столько нужно рассказать ему и еще больше спросить. С чего мне начать?

Он наклоняется ближе, всматриваясь в мое лицо, затем, застыв, опускает руки.

Усмехаюсь.

- У тебя все еще «неужели она реальна» проблемы, я права?

Он кивает, слезы встают в его голубых глазах.

Я беру его за руку и прижимаю ладонью к своей щеке. Мозолистая, но теплая. Внезапно я ясно понимаю, что мне следует спросить: интерес номер один в списке тех, что мы разделяем.

- Назови демона, любого демона.

- Что?

- Ты называешь демона, а я говорю, как его убить. — это обещает быть столь увлекательным, что я начинаю ерзать в нетерпении.

Он судорожно выдыхает.

- Люмус.

Я закатываю глаза.

- Пожалуйста! Спичка. Конец истории. — пихаю его руку обратно к нему на колени и усмехаюсь.

Он смеется и плачет в то же время.

- Ладно, как насчет Папило?

- А вот это уже вызов. — и мы пускаемся в прекраснейшую и продолжительную дискуссию на тему борьбы с демонами. Папа вел собственные заметки о демонах, которые он пообещал однажды мне показать. Так. Круто.

Свет в моем окне сменяется тьмой. Веки наливаются свинцом. Мне хочется попрощаться, но все что из меня вырывается — это «хмм», а затем я засыпаю. Сон приводит меня к маленькому деревянному домику с изумрудно-зеленой лужайкой. Небо над головой - сплошной белый свет. Я сижу в кресле-качалке на крыльце перед домом и, медленно покачиваясь взад-вперед, улыбаюсь. Меня окружает мир и покой.

Просыпаюсь я под чье-то перешептывание. Рядом с моей кроватью стоит мама с Уолкером. Судя по свету, льющемуся из окна, можно предположить, что сейчас ранний вечер.

Мое лицо озаряет улыбкой.

- Хэй, бро! Рада тебя видеть. Как ты себя чувствуешь?

Уолкер сгибается в полупоклоне.

- Хорошо, я полностью восстановился, спасибо, что поинтересовалась. А ты?

- Лучше. – приподнявшись, хватаю маму за руку. – Как долго я пробыла в отключке на этот раз?

- В общем счете, шесть дней. – на ней надеты джинсы и коричневая футболка. Потрясно.

- Шесть дней? – я морщусь. – Это просто отвратительно. Я в душ.

- Все не так плохо, Майла. Мы держали тебя в чистоте, мо…

Вскидываю руку.

- Давай остановимся на этом месте. Пусть это останется тайной. – выбираюсь из кровати и волочу ноги по направлению к ванне. – Скоро увидимся.

Приняв душ, окапываюсь в своем шкафу. Похоже, мама прошлась по магазинам, пока я была в отключке; все мои старые треники исчезли. Вот это бонус! Натягиваю черные джинсы и красную майку и плетусь на кухню. Уолкер с мамой сидят за столом с дымящимися кружками кофе в руках. Ксавье стоит, прислонившись к краю столешницы, одетый в футболку и свободные пижамные штаны. Думаю, он переехал к нам насовсем. Замечательно.

Подхожу и быстро клюю его в щечку.

- Утречка, папа.

Он лучится радостью.

- Утречка, эм, дочь.

Я возвращаю улыбку.

- Можешь звать меня Майлой или – если сильно хочется – Майла-ла.

Он кивает.

- Я запомню, Майла-ла.

Прислоняюсь к столешнице рядом с ним, беру демонский батончик и начинаю его распечатывать.

- Кто-нибудь еще навещал меня, пока я спала? Вы, знаете ли, могли бы и разбудить меня.

Мама отпивает кофе.

- Майла, не похоже, что Линкольн может просто позвонить или зайти к нам в гости по дороге домой.

Парой я скучаю по тем старым денькам, когда она не имела ни малейшего понятия, о чем я думаю.

- Зачем бы мне о нем спрашивать?

- Так уж и незачем?

Я пережевываю и проглатываю очередной кусочек.

- Ладно, хорошо. Вопрос был именно о нем.

Мама ставит кружку на стол.

- Ты знаешь отношения Антрума к секретности. Никаких телефонов, телевизоров и компьютеров. Он даже позвонить не может. Только писать раз в месяц. Упыри не могут открывать порталы внутрь или изнутри. Может пройти не один год, прежде чем ты вновь о нем услышишь.

У меня скручивает живот. Быть может, перекус батончиком был не лучшей идей.

- Спасибо, обнадежила. А я-то думала, он тебе нравится.

- Он мне нравится, просто, я не жду, что он появится на нашем пороге в ближайшее время. – она делает еще один большой глоток кофе. – И вся эта история с ангельскими узами. Она не значит, что ты должна постоянно быть с ним. Вокруг еще много мужчин помимо него.

Что за...? Он не оставил меня в битве против чокнутого Повелителя Ада. И голубые глаза у меня из-за того, что мы разделили эту безумную силу на двоих. Она что, на таблетках? Я не собираюсь вытанцовывать по округе в поисках другого. Надуваю губы. Я не собираюсь этого делать в любом случае.

Комкаю фольгу в кулак.

- Я просто спросила. Мне не нужна лекция на тему невозможности наших с Линкольном отношений. Спасибо Уолкеру, он уже прочитал.

Мама и Уолкер обмениваются долгими взглядами. Похоже, для них данная тема стала причиной многочасовых разговоров. Мама вздыхает.

- Нравится тебе или нет, но вы, по сути, правите противоположными друг другу реалиями.

Поворачиваюсь к папе.

- Что ты скажешь?

Он хмурится размышляя.

- Я скажу, что никогда не видел, чтобы кто-то, кроме архангела, смог продержаться против повелителя демонов больше двух секунд. – он берет со стола чашку кофе и делает большой глоток. – Вы, дети, стали бы невероятными воинами.

Мама бьет ладонью об стол.

- Это не помогает, Ксавье.

Он нагло ей усмехается и подмигивает. Мама краснеет. Я одобрительно качаю головой. Здорово иметь отца под рукой.

Мама поправляет волосы на затылке. Покраснели ее щеки или нет, она не даст замять все так просто.

- Я просто хочу сказать: почему бы тебе не подумать о других вариантах. Может, мы сможем найти тебе не коронованного принца фраксов?

- Конечно. Я зайду в магазин фраксов и выберу себе другого.

Она качает головой.

- Знаю, ты не хочешь этого слышать, но это правда.

Дерьмо. Часть меня понимает, что в ее словах есть смысл. Князь Акка хочет женить принца на своей дочери. И, хотя Линкольн планирует одержать вверх над ним, ничего не гарантированно. Мои веки наливаются тяжесть. Вся эта реальность вокруг оставляет после себя только головную боль.

- Правда позже, а сейчас спать.

Я выхожу с кухни. Уолкер салютует мне кружкой с кофе.

- До свидания, Майла. – он сочувственно мне улыбается.

- Пока, Уолкер.

Ксавье бросается к двери.

- Ей нужно помочь?

Мама трясет головой.

- Я займусь ею. Наслаждайся своим кофе.

Мама провожает меня до спальни, помогает забраться в постель и нежно целует в щеку. Мой разум витает где-то между явью и сном. И в этом месте темно, пусто и спокойно.

Из дремы меня вырывает звук открывшегося портала. Распахиваю глаза. За моим окном непроглядная темень. Рядом стоит Уолкер.

- Привет, Уолкер. – кидаю взгляд на часы. Два часа ночи. – Что ты здесь делаешь? – моя голова со сна еще не успела включиться в происходящее. – Я призвана служить?

- Нет, Майла. Служить тебя больше никогда не призовут.

- Ладно. – сворачиваюсь колачиком под одеялом, дрожа всем телом. Здесь так чертовски холодно. – Спокойной ночи, Уолкер.

- Я принес тебе кое-что.

- Это замечательно. – пытаюсь открыть глаза, но не могу. – Ты лучший.

Вдруг впервые за последние несколько дней я чувствую тепло и уют. Я погружаюсь в глубокий сон и там возвращаюсь на фраксовы конюшни. Я стою на коленях на мягком сене, пока Линкольн нежно поглаживает мою спину. Сонно приоткрываю глаза. За окном все еще темень.

Вновь проснувшись, я кое-что осознаю: наследный принц лежит сзади, обнимая меня за талию.

Нечестивый Ад. Беспокойно заерзав, окидываю комнату внимательным взглядом. Мы одни.

У меня над ухом раздается тихий голос Линкольна:

- Здравствуй, Майла. – приятная дрожь пробегает по мне.

Развернувшись к нему лицом, чувствую тепло его груди, прижатой к моей; чувствую, как уютно устроена на сгибе его локтя моя голова и приятную тяжесть одеяла, обернутого вокруг нас.

- Привет, Линкольн. – улыбаюсь сквозь подернутое дымкой сознание. – Как так офигительно получилось?

- Уолкер перенес меня сюда с земли. Прогуливаю демонский патруль.

- Ммм. – чувство умиротворения омывает мой сонный мозг. Закрыв глаза, прижимаюсь головой к руке Линкольна. – Уолкер привел тебя сюда, чтобы мне было к кому прижаться?

- Нет, это было моей идеей. – слышу улыбку в его голосе; чувствую тепло его дыхания у своего уха. – Я решил, это поспособствует твоему выздоровлению.

- И оно способствует. Спасибо, что прокрался.

Он нежно целует меня в лоб.

- Я не могу задержаться надолго. Князь Акка грозится развязать войну.

- Эта семейка точно из преисподней. – заставляю себя сфокусировать взгляд на его лице. Акка угрожает войной? Есть у меня некоторые подозрения на счет того, чего он действительно хочет. – Он все еще жаждет твоей свадьбы с Адейрой?

Линкольн кивает.

- Но я объединил под своим началом большинство младших домов. Я остановлю его, Майла. – он тяжело вздыхает. – Вообще-то, я сейчас должен быть с демонским патрулем дома Гурит и уговаривать их присоединиться к нам. Поэтому, боюсь, через несколько минут я уйду. –

Тяжелая пауза повисает в воздухе. Несколько минут.

- Я скучаю по тебе, друг.

- Это не прощание. Уолкер сказал, что через несколько недель начнется ваш саммит. Если к тому времени ты поправишься, то, быть может, сможешь посетить Антрум перед тем, как он начнется. – он поглаживает большим пальцем мое предплечье. – Возможно, мы посетим дом Стрига и найдем способ избавиться от игни.

Я молчу, закусив губу. Не уверена, что все еще хочу избавиться от своей силы. Впервые мне становится интересно, а задумывался над чем-то подобным Линкольн.

- Ты когда-нибудь думал оставить Антрум?

Он в задумчивости оглядывается вокруг.

- Конечно. У меня были такие дни. – он придвигается ближе и робко мне улыбается. – У меня есть парочка фантазии на счет того, чем бы мы с тобой могли заняться на тропическом острове.

Хм, довольно специфично, но интересно.

- И чем бы мы могли там заняться?

Он заливается краской и это просто невыносимо мило.

- Бродили бы по округе, истребляя демонов. – он пробегает по моей руке двумя пальцами, словно ножками. – Делали детей.

Вау. Он хочет создать со мной новую ячейку общества. Не могу решить пугающе это или мило. Хмм... Мило, определенно мило.

Хихикаю.

- А как насчет зарабатывания денег и поисков еды?

Он закатывает глаза.

- Ты не о том думаешь. Большую часть времени я потратил на раздумья о том, во что ты будешь одета и на каких демонов мы с тобой будем охотиться. – он поигрывает бровями.

Хитрая мартышка.

- Значит, ты раздумывал об уходе. – моя улыбка тает. – Так, почему же до сих пор не ушел?

- По той же причине, по которой ты больше не хочешь избавиться от игни. – он целует меня в кончик носа. – Ты ведь в этом теперь не заинтересована, не так ли?

Моя очередь краснеть. Как он может читать меня так легко?

- Нет. Определенно нет.

Принц поднимает брови, как бы говоря: «Нет, расскажи мне.»

- Я годами жаловалась на жизнь в Чистилище. Но эта проблема гораздо больше издаваемых упырьми приказов о том, как одеваться и кем работать. Из-за того, как упыри вели дела, множество хороших душ было уничтожено. Теперь, став Скалой, думаю, я смогу это изменить. Я должна остаться здесь и подготовиться к саммиту.

Линкольн кивает.

- Я понимаю. Ты можешь изменить существующий порядок, поэтому должна попробовать. Не каждому дается такой шанс. – он вновь тяжело вздыхает. – Я хорошо тебя понимаю.

Провожу пальцами по линии его подбородка, затем по нижней губе. Он остается в Антруме по той же причине, что и я в Чистилище – значит, мы будем порознь. Правильные поступки могут быть такими занозами в заднице.

Разноцветные глаза Линкольна пристально вглядываются в мое лицо в течение долгой минуты.

- Как Скала, в конце концов, у тебя появятся дипломатические обязанности. – он заправляет прядь моих волос за ухо. Этот жест посылает волну удовольствия книзу моего живота.

Наигранно хмурю брови.

- Я ни о чем таком не слышала.

- Возможно, тебя удивят приглашением в Аркс Холл.

- Ну, даже не знаю. Внезапные приглашения со мной обычно не срабатывают. — я вспоминаю неожиданное приглашение Зака на прием в доме Райдеров. По календарю это было всего полгода назад, но по ощущению прошли миллионы лет.

Линкольн касается костяшками пальцев моего подбородка и нежно поднимает мое лицо к своему. Наши губы встречаются; тепло разливается в моей груди.

С другой стороны, внезапные приглашения прекрасны в долгосрочной перспективе.

- Но, если меня попросит сам наследный принц, боюсь, я не смогу отказать.

Линкольн кладет руку мне на шею, и мы сливаемся в глубоком поцелуе.

- Приходи ко мне в Аркс Холл. — его голос тих и сладок.

- Я правда не знаю, когда я…

- В любое время, как появится возможность. Я буду ждать. — склонив голову, он наблюдает за мной светло-голубым глазом.

- Скажи «да».

Меня переполняют любовь и тепло.

- Да.

КРИСТИНА БАУЭР, АВТОР

Кристина Бауэр считает, что книги в жанре фэнтези похожи на бекон: они просто делают жизнь лучше. Именно поэтому она пишет любовные романы про демонов, драконов, волшебников, ведьм, эльфов, элементалей и кучу случайных вещей, над которыми она размышляет во время прогулок, или, например, когда едет по делам на бостонском поезде. Ну и, конечно же, в ее книгах много юмора и крутые девчонки.

Кристина Бауэр окончила Сиракузский университет со степенью бакалавра английского языка, а также телевидения, радио и кинопроизводства. Она живет в Ньютоне, штат Массачусетс, со своим мужем, сыном и безумно активным золотистым ретривером по имени Руби.